JN113113

大陸征記

北支派遣軍　一小隊長の出征から復員までの記録

下巻

元陸軍少尉
北村北洋三郎 著
Kitamura Hokuyousaburou
北村龍 編
Kitamura Ryu

MP ミヤオビパブリッシング

山西省

約 1/6300,000

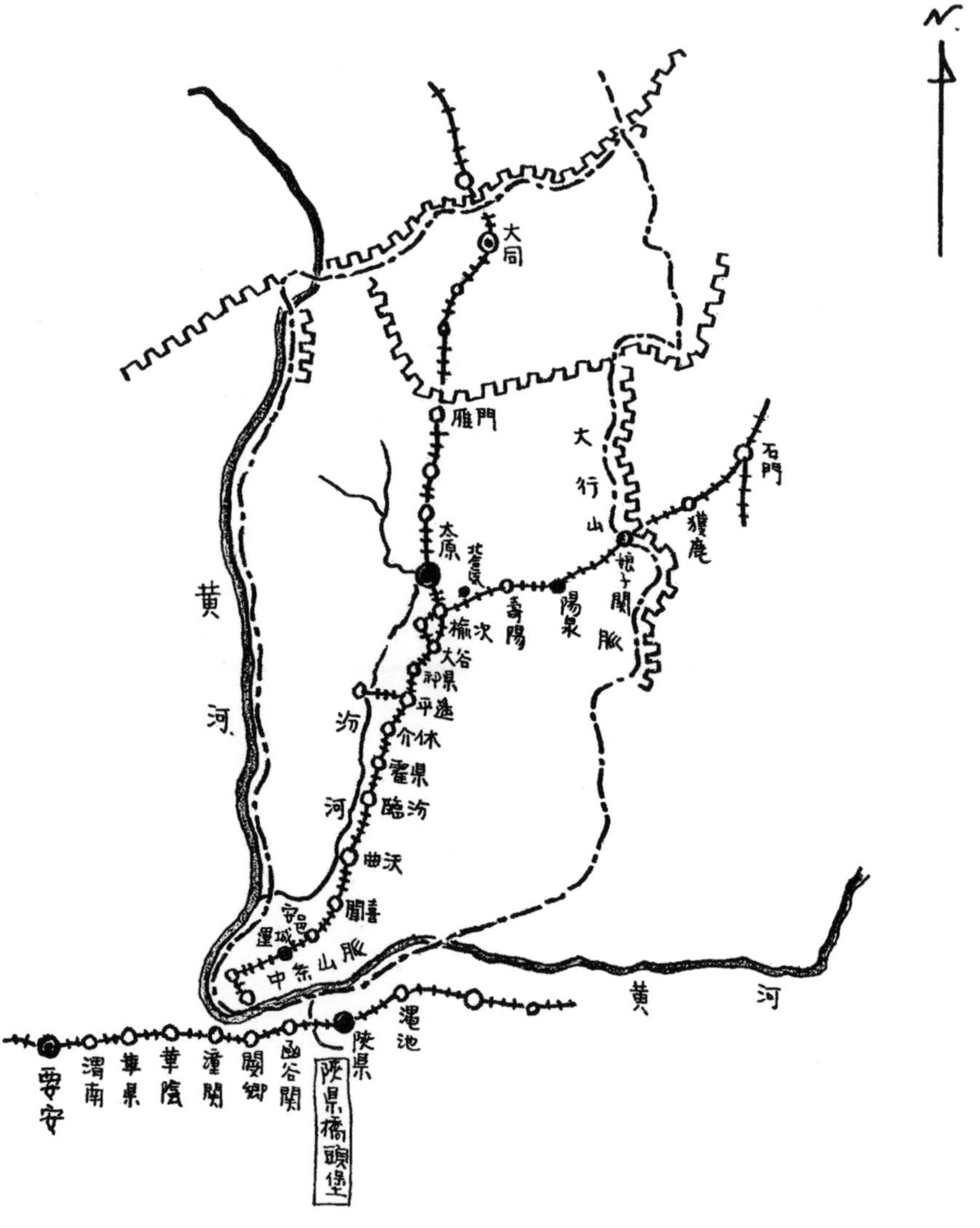

N.

大同
雁門
大行山脈
石門
獲鹿
娘子関
太原
北倉鎮
寿陽
陽泉
楡次
大谷
祁県
平遥
介休
霍県
臨汾
曲沃
聞喜
安邑
運城
中条山脈
汾河
黄河
黄河
澠池
陝県
函谷関
閿郷
潼関
華陰
華県
渭南
西安
陝県橋頭堡

目次

※本書中の挿絵は総て著者が描いたものを使用

〔V〕

行軍

1　橋頭堡(きょうとうほ)脱出

大営を出発した中隊は東へ東へと進む。

空はすばらしい星だ。ギラギラと金銀丹青(きんぎんにあお)、色とりどりの星屑が輝いている。夜行軍は涼しい。自分の小隊は後衛尖兵となる。自分は橋頭堡に来て以来、新品見習士官で、戦闘参加の経験もなく、黄村(こうそん)陣地勤務以外はあまり華々しい役目は与えられなかった。新店(しんてん)攻撃にも参加していない。

今度の作戦で、伊東隊長は自分を徹底的にコキ使ってやろうと言うつもりらしい。コキ使われるのはひとつも嫌ではない。新しく来た高木少尉も、西田見習士官もまだ中隊の事情には通じていないので、いきおい自分がコキ使われるということになるのである。自分としてもここで張り切った腕を振わなければ、他に働く場所はない。

小隊の兵は精鋭揃いだ。他の小隊や指揮班に負けるものか。

中津山は大きな荷物を背負って重そうである。これもまた、彼独特の意地っ張りから、自然とこのようになってしまったのだ。黄村陣地を出る直前に、酒保品のビスケットや煙草がドッサリと来た。それらの雑物や各人携行の糧秣や下着類の着替えまで、彼は自分を含めて二人分背負って行くつもりでいるのだ。

「馬鹿、そんなもん背負ってどうするんだ。敵に追いかけられるんだぞ。捨ててしまえ」と言っても聞かない。行軍中、自分に不自由させまいという彼の気持ちは有り難いが、これでは彼の体が参ってしまうだろう。頼(たの)もしい奴だがこの意地っ張りをどうしてくれよう。

明くれば八月一五日。終夜歩き続けたのと睡眠不足で皆、相当疲れてきた。

長い間、警備状態にあり機動作戦がなかったため、兵の体格は水ぶくれ的に肥満している。それに行軍に必要な装具を山のように背負っている。特に弾薬と糧秣は、如何なる不測の事態にも応じられるように定量以上に携行しているのだ。器具もある。これが案外にこたえるものである。中津山は自分の被服や糧秣を全部彼の背嚢(はいのう)の中へ入れてしまった。自分は図嚢(ずのう)と鉄帽と拳銃と刀、水筒のほか、殆どカラの雑嚢しか持っていない。

東天がホンノリと白みだした。すごい行軍速度である。早く敵から脱逸しなければならないからである。涼しいので大いに助かる。落伍するものこそないが、各兵の距離が非常に伸びて、一個中隊の隊列が五〇〇メートル以上に伸びてしまった。

中津山の速度がそろそろ鈍り始めた。だから無理に荷物を担ぐなと言ったじゃないか。困った奴だ。自分は後衛尖兵長だから、その配置としては絶対、列の最後尾を歩かねばならぬ。中津山がおくれたからといって、これより先に行くことはできないのだ。仕方がない。自分は彼について少し速度を緩めて歩いた。中隊は我々を残してドンドン先に行ってしまう。五中隊の酒保品を積んだ馬が、あまり荷を積み過ぎたために、ずっとおくれてしまっている。こんな急迫した状況下でビールや酒を積んだ馬なんかあるか。棄ててしまえばよいのに意地汚い奴らだ。

温塘（おんとう）まで来る。あんなに急いだのに夜が明けてみたらまだ温塘か。これにはがっかりした。大営から直接陜（せん）県へ退ればまだしも近いのだが、原店（げんてん）へ寄り道したりしたので、遠回りになってしまったのだ。しかしあの時、中尾見習士官を収容して良かった。あのままにしておけば、きっと敵にやられてしまったに違いない。

五中隊はまだ来る様子がない。あるいは敵に捕捉されてしまったのかも知れぬ。温塘の大隊本部辺りからも煙が朦々（もうもう）と立ち上がって棚引いている。再びゾーッとする何とも言えぬ悲惨な気持ちに打たれる（今でこそ思うが、あれが敗戦の惨めさを示す、何とも言えぬもの淋しい気持ちなのであろう。自分たちはまだ敗戦とは知る由もない。いわゆる虫が知らせたのである）。

中津山がいよいよおくれる。中隊は四〇〇メートルばかり先に行ってしまった。自分は気が気でない。敵はもうすぐそこに来ているかも知れぬ。また自分が中津山のために小隊からこんなに離れてしまったら、肝心の小隊の指揮官としての役目が果たせないのである。困ったことに中津山は山のような荷物を背負ったまま道端に腰を下ろしてしまって「少し休みたい」と言う。

「馬鹿。駄目だ駄目だ。歩け。俺が尻を押してやる。荷物なんか捨ててしまえ」と言っても意地を張って捨てない。まったくこいつの意地はどこまで突っ張っているのだろう。自分もホトホト困り果てた。

「何でもよいから捨てろ。お前のために俺は小隊長の役が勤まらんじゃないか」

これはこの際、まことに残酷な言葉であって、疲れ果てた彼に対して言いたくなかったが、このひと言はよほどこたえたと見えて、ヤッコラサと立ち上がり、雑嚢の中から煙草をひとつずつ摑み出しては道に転がし転がし歩き出した。妙なことをする奴だ。しかし自分には彼の気持ちがよくわかる。どうして中津山をあとに残して先に行けるものか。自分は無理やりに彼の銃をひったくって担ぎ、彼の背中をグングン押して歩いた。

一刻も油断できぬ。敵は夜明けとともに黄河河岸から奥深く突入して、我々の退路を遮断するであろう。中隊はもうずっと遠くに行ってしまっている。自分たち二人だけになってしまっている。自分はグルグルとあちこち見廻して警戒し、彼の背を押して歩き続けた。

「隊長殿、ちょっと待ってください。靴を脱ぎますから」

「何だって」

彼は悠々と道の真ん中に腰を下ろして靴を脱ぎ出した。自分は根負けしてものも言えずに彼がやることを見ていた。中津山の大きな足にはその靴が少し小さかったのである。彼は靴を脱ぐと靴紐を結び合わせて頸から胸の前にぶら提げ、何を思ったか軍帽を脱いでバンドに挟み、手拭いでねじり鉢巻きをした。そしてやっと立ち上がると、今度は自分で銃を担いで裸足でスタスタ歩き出した。

自分は思わず吹き出してしまった。そのくせ中津山の人を食った恰好や、自分が気を揉んで心配しているのに、どこ吹く風とばかりにのそのそ歩く彼がむやみと癪にさわった。まったく何という姿だ。山のような荷物を担いで頸から靴をぶら提げ、坊主頭にねじり鉢巻きした大男が裸足でスタスタ歩くところは、味噌擂り坊主の買い物か貧乏力士の引っ越しといったところだ。

だが今は笑っていられる場合ではない。自分たちはあまりにも時間を喰った。中隊ははるか遠方に行ってしまったのである（東北農村の勇士たちは、何か緊褌一番の大仕事をやろうと立ち上がるときには、よくネジリ鉢巻きをするのである。中津山にとっては、今後どこまで続くか見当もつかぬ炎熱下の大行軍に、小隊長当番として重責を果たさねばならぬ。自分自身と小隊長の糧食、弾薬、被服のすべてを一人で背負い、影の形に沿うごとく小隊長に従うつもりが、こと志に反して小隊から脱落し、小隊長の指揮に支障を来たしてしまった。彼にとっては、それこそ必死であったに違いない。そのため渾身の力をふるって立ち上がり、ネジリ鉢巻きをしたのである。自分には彼の気持ちが自分のもののようによくわかる。オヤジとその当番は一心同体であり、死なば諸共なのである）。

やっと温塘集落の前まで来たら、中津山の背嚢の負い紐が切れた。まったく泣き面に蜂である。またもやひと頻り修理して歩き出そうとしたら、どうしたはずみか自分の水筒の負い紐がプツリと切れてしまった。何だかすごく腹が立って、こん畜生と水筒を投げ捨ててしまったが、あとから考えるとこれは大失敗だった。

　陽が上った。暑い。眠くはなかったが今度は暑さに苦しめられるのだ。遠くに陣地が見えてきた。橋頭堡の陣地である。中隊はそこに到着して休憩している。

濾伝（ろでん）〔編者註：伝令のこと〕が来て、第一分隊の野尻一等兵がいないという。実はさっき五中隊の馬があんまりおくれたので、援護させようと小隊から二名残らせた。野尻も援護に残した一人だったのだが、馬が速く歩き出したので、そのまま前進を続けたのである。

　野尻はしばらく自分たちと一緒に歩いた。温塘集落の前で中津山の背嚢の紐が切れて立ち止まり、修理しているうちに彼は先に行ってしまった。我々より先に到着していたはずなのだ。

　中津山を連れて何とか橋頭堡陣地に辿りついた。人員点検してみたがやっぱり野尻はいない。一難去ってまた一難だ。秋川兵長が黙って一人、温塘の方へ引き返して行った。分隊長という職務上、責任を感じたのであろう。危険だと思ったが今のところ他に取るべき手段もない。行李班の兵長が輜重車（しちょうしゃ）を馬に牽かせて、まだ温塘へ荷物を取りに行くようだ。敵はもうそろそろ来る頃である。

　野尻は心配だ。秋川も行ったきり姿を見せない。自分は心配で温塘の方を見つめて立ち尽していた。遠くに二人の人影が見えた。ああ秋川と野尻だ。やっと安心。それにしても今までどこにいたのだろう。自分たちより先に歩いていたはずなのに。

　野尻は少し頭の禿げかかった爺さんだ。秋川と二人で自分の前に来た時には青い顔をして汗にまみれ、見る影もない。聞くところによると、彼は自分たちよりも先に一人で歩いて行ったのだが、中隊は温塘の集落内に入り込んだと思い、集落の入口から右に折れて村へ入ってしまったのだ。ところが集落内を散々探し回ったが中隊は見当らぬ。大いに慌てて集落から飛び出したところでバッタリ秋川に会ったのである。危ないところだった。

　しかし温塘入口の三叉路で地上についた足跡を見るだけの着意があれば、こんなことにはならなかったはずだ。自分は伊東中隊長に目の玉が飛び出るほど叱られた。最初の失敗である。以後、人員の掌握にはよく注意しよう。温塘集落の方ではしきりに迫撃砲弾らしい炸裂音がする。敵が近接したらしい。

　橋頭溝（きょうとうこう）の陣地は内外二線の半月形陣地で相当広く、一個中隊で守るには大き過ぎる。まだ一部未完成で、一戦陣地と二戦陣地の連絡交通壕もできていないところもある。交通壕だけにいやに長くウネウネと続いているが、掩体や掩蓋が少ない。その掩蓋や掩体も我々が造ったのと違って何だか変である。やはり自分で守る陣地は自分の手で造ったものが一番ピッタリ身につくものなのだ。

二個小隊で左右半分ずつ担当して配備につく。自分の小隊は右半分、西安街道を含む方である。まだ道路上を輜重車が往来している。

「パーン、キューン。パン、パン、パン」

突如、黄河河岸白土溝の集落から、チェコ機銃と小銃の弾が飛来した。皆を壕の中へ入れる。やはり敵はすぐ後ろに追尾していたのだ。危なかった。温塘に落ちる迫撃砲弾の炸裂音はますます激しい。

やがて街道上にも敵散兵が現れ、近距離から集中射を浴びせてきたので応射を命ずる。チラチラ動く敵影は近接する。便衣(支那のふだん着)でなくて草色の制服を着た中央軍だ。蓬田分隊が擲弾筒を撃った。中隊長からあまり撃つなと注意が来る。蓬田分隊の正面が最も激しく、敵に与えた損害で確認したのもだいぶあった。

敵弾がやや下火になった。昼食だ。熱い熱風が砂を吹き飛ばす壕の中へ、汗をかいたようなウドンが運ばれてきた。疲労と睡眠不足で半分も食べられなかった。烈日が真正面からカッと照りつける。堪らない。ここから陝縣までの撤退が危ぶまれる。もうすでに敵に完全に尻尾をつかまれてしまったのだ。

橋頭溝の陣地にはまだ友軍が一部残っていた。ここで高橋隊(五中隊)が無事に脱出してきたことを知った。一八時頃出発。陣地東方に連なる深い地隙に下りて東進する。もし敵がこの附近の地形をよく知っていて、この地隙の中を進む我々を縦射したり、手榴弾攻撃を加えたりしたら、ひとたまりもないであろう。

自分の小隊は尖兵になった。皆、相当疲れている。あの元気な高橋春治兵長も疲れ果ててものも言わずに歩いている。高橋 進も橋頭溝で脚が腫れて重いと言っていた。自分も相当疲れていたが歩くことには自信ができた。中津山も橋頭溝を出発する時はさすがに懲りたらしく、「隊長殿、夏軍衣を一着捨てても良いですか」と言った。ここでだいぶ捨てさせたが、それでも彼の荷物は人並み外れて大きい。彼は裸足で困るので支那靴を履いた。おまけに中津山はバンドに挟んだ略帽をどこかへ落としてきてしまったので、当分の間、ねじり鉢巻きで通さねばならぬことになった。

地隙の中ばかり盲目的に歩くのは甚だ危険だから、時々崖を駈け上がって、外部の状況を見なければならぬ。自分もだいぶ疲れてきた。

　日没頃、地隙を出た。陝縣はもう目の前である。この時、七里堡に警戒に出ている五中隊の中尾見習士官以下一個分隊の撤退を援護すべしとの命令で、またまた自分が出される。自分が出されるのは構わないが、やはり自分一人では行けないのである。昨夜から自分の小隊ばかり使われているのだから兵が可哀想だ。

　今度は蓬田分隊の一部に背嚢を取らせて連れて行く。西安街道をまた西の方へ引き返した。辺りはヒッソリとして夕焼けを映した黄河が何とも言えず美しい。銃声もせぬ。大黄河の歌を思い出した。七里堡の集落に到着して大声で叫んでみたが返事はない。村民に聞いてみると今少し前、鉄道線路に沿って帰ったという。自分たちは街道上を通ってきたから、あるいは途中で行き違いになったかも知れぬ。南方山の上に敵らしい姿もチラホラ見えたので帰還する。

　陝縣の桜陣地に到着した。中隊はそこに休んでいた。もう真っ暗である。夕食。冷たい水。西瓜がたくさん手に入り、やっと元気を取り戻す。しばらくして出発。陝縣の街に入る。自分らは橋頭堡に着任して中隊に赴任するまで一週間ばかり陝縣に滞在したが、中隊に配属になって前線に出てからは一度も陝縣へ来たことはなかった。思いがけなくこんな状況下に再び陝縣に来たのである。

　橋のある所へ来て河原の草の上で休憩。星空を背景に、黄河対岸山西側の山の頂にある友軍陣地が炎々火災を起こしているのが見える。あっちにもこっちにも、赤く空を焦がす火が見える。何だろう。またゾーッと寒気がするような妙な気持ちになる。

　真夜中頃、平陸渡場に到着、河原に集結する。他中隊も続々ここに集結した。渡場には民船が二隻しかなかった。大部隊の渡河を完了するにはずいぶん時間がかかる。すでに二四時近い。他中隊が渡場援護に配備についているらしいが、大挙来襲されたらひとたまりもない。正に背水の陣である。敵も当然そこまで考えているだろうから、渡船場を狙って襲撃を決行するだろう。小さく見えても民船は案外大きい。現在の編成なら優に一個中隊半は乗せる。両舷に太い櫂が一本ずつあり、支那人の舵子が一本に四人がかり、奇声を発して猛烈に漕ぐ。

　この渡河点に勤務する工兵の下士官が来て、このような状況だから支那人舵子はどうか丁寧に扱って欲しいと要望してきた。この渡場で民船を扱えるのはこの現地人苦力だけであり、彼らをなだめすかして集結した部隊を完全に渡河させるまでの心労は大変であろう。うっかりこの苦力たちに反抗され、民船の運航が止まってしまったら、ここに集まった橋頭堡部隊の運命は、それこそ袋のねずみなのである。

　船は静かに岸を離れた。ああ、これで河南の土ともお別れだ。初めて今年の三月、黄河を渡った時は、その雄大な景色に魅せられて、正に世界の果てに来たように思い、再び生きてここを渡ることがあるだろうかと悲壮な感に打たれた。黄河を渡ったということは、何か非常に日本から遠く引き離されたように思い、再び帰ることを許されない別世界に追いやられたような気がしたのである。

　また実際、橋頭堡はそんな所であったと思う。どういう回り合わせか、今、現に自分たちは船に乗って夜の黄河を山西に向かって渡りつつある。失った命を取り戻したような気持ちであった。颯々と舷を噛む水音も静かに、船は鷹揚に揺れながら水面を辿って行く。河南の景色は徐々に遠退いて、山西の山山が目の前に迫ってきた。河南に渡ってから今までの思い出が電光のように頭の中をよぎった。

　河南では多くの戦友が華と散った。尊い血を流した。自分たちも汗を流した。その河南は今すでにもう見えぬ。闇の中に遠く溶け込んでしまった。

　グラリと船はひと揺れして山西の岸に着いた。白砂の上に飛び下りた。空が少し明るくなってきた。敵の飛行機はおそらくこの好機を見逃しはすまい。さっと天明と共に大挙飛来して渡船場を空襲するに違いない。長くここにいるのは危険だと思う。

　伊東中隊長の馬も船に乗って渡ってきた。伊東隊長の世話をしている小孩（子ども）、原福児も密偵をしていた八郎という少年も、中隊と行動を共にした。では李萬珍はどうしたか。彼は中隊が撤退することを知ると、伊東隊長のところへ来て、何としてでも大人方の撤退を援護するから、余った兵器があれば貸して欲しいと申し出たのだそうである。

　しかし、いくら余った兵器とはいえ菊の御紋章が附いている以上、日本軍人でない彼に渡すことは許されない。決して彼の誠意を疑うわけではないが、日本陸軍の軍律を守る以上、伊東中隊長としては彼らに兵器を渡すことはできなかったのである。李萬珍は、これほど自分たちが誠心を込めて援護しようとする気持ちがわからぬのかと悲憤慷慨したそうである。そして治安維持会へ帰ってしまった。

　しかし彼は決して敵方に走るような人間ではない。

きっとあらゆる手段を尽して敵を妨害し、我々の退却を援護してくれただろうと思う。

伊東中隊長は後々までよく言われた。「李萬珍があんなに怒ったのを見たことがない。そして自分はあの時ほど辛い思いをしたことはなかった」と。

伊東隊長は相当多くの私物をここまで持ってこられたのだが、いよいよこれから先は持って行けぬと断念され、一部を我々将校に分配され、その他は不用品を河原で焼却された。

「オイ、北村、この夏服、俺はまだ一度も着ていないんだ。お前着て行け」と言うわけで夏軍衣袴をもらった。さっそく軍袴をはきかえ軍衣は中津山に持たせた。また伊東隊長の名前入りの略刀帯もこのとき譲られたものである。

「パン、パン、パパパーン、キュンキュンキュキュキューン」と対岸近くに見える陝縣城内の高台からチェコ機銃の射撃を受けた。敵はもうすでに陝縣城内に侵入していたのである。殆ど我々と踵を接するようにして入ったに相違ない。正に危機一髪の脱出であった。

辺りはますます明るくなる。我々は白い河原の砂洲の上にいるのだ。ここにグズグズしていてはならない。すぐ小隊をまとめて岸から離れた桃林の中に集合させる。しかし何と言っても最大の障碍たる黄河を渡ってしまったのだから安心だ。ホッとひと息ついたところで平陸縣城に入り、ここで日没まで大休止である。

ふた晩にわたる睡眠不足のため、兵は地上にひっくり返って大鼾で寝る。ここには西瓜と桃がたくさんあり、すっかり元気を回復した。この平陸の休止中、大隊本部で集合教育を受けていた学徒部隊の幹部候補生が五、六名、中隊配属になった。自分の小隊へは藤村、伊藤、岡田の三候補生が配属されたが、伊藤を除いてあとの二人はいかにも弱弱しい体なので、果して中条山越えに耐えられるかどうか大いに心配であった。

木の間から対岸の陝縣城内を望み見ると、何としたことだ。青天白日満地紅旗が高い旗桿に翻翻としているではないか。残念だ。何年間か奪い、血と汗を流して苦心経営してきた陝縣橋頭堡は、かくして再び敵の手中に帰したのである。

それにしても辺りに見える景色は何という嫌な、陰惨な感じを与えるのだろう。自分は今まで一度も大きな機動作戦には参加したことはないが、おそらくこんな悲惨な作戦行動というものはないと思う。

日没後、大隊集合地点に至る。ここで大隊本部兵器班が、これから先、携行できぬ各種弾薬を黄河の中へ投棄することになり、その使役に出されたのだが、また自分の小隊である。これでは自分の小隊の兵は疲れ果ててしまう。あまりに濫用である。しかし中隊での苦力頭をもって自ら任じる自分に仕事が多く与えられるのは、まあ喜ぶべきことだ。ただ兵隊が可哀想だ。

自分は胸をさすって大人しく出た。兵隊も辛抱した。働くものにはいつかは栄冠が与えられる。これが当時の自分の信念であり、一度、自分の指揮下に入ったことがあるものなら、この自分の説教を聞かされたはずである。

装具を下ろした兵を連れて兵器班長、常川少尉の指揮下に入り、弾薬箱を担いでは運び、黄河の中へ投げ入れた。他のものと違って、弾というものは馬鹿に重いものである。特に野砲や山砲の榴弾が入った木箱の重さは、思わず息が詰まるくらいのものである。しかも月光下の作業でいつ敵の弾雨にさらされるかも知れぬ。兵は黙々と重い弾薬箱を担ぐ。彼らは自分の小隊に配属されたばかりに、こんな苦労をすることをどんなに思っているだろう。

いよいよ平陸を出発、芽津へ向かう。黄河北岸に沿う長い長い道だ。またまた睡魔が自分たちを悩ませる。休憩の号令がかかると兵はバッタリと道路に伏せたまま眠ってしまう。自分は眠るわけにはいかない。昨日も野尻のことで失敗したから、同じ人員掌握のことで事故を起こしてはならぬ。一人でも眠っているものを見落として行ってしまったりしては大変だと思うと、緊張して目は冴えてくる。その代わり立ち上がって歩き出すともう駄目である。

ハッと気がつくと歩きながら眠っている自分の脚が、道幅いっぱいによろめき、もう少しで道路から踏み外れそうになって肝を冷やす。しかしこの時ほど自分の兵隊を可愛く思い、また可哀想に思ったことはない。芽津に当たる方向では断続的に重迫撃砲弾らしい弾着音が聞こえ、真っ赤な火光がパッと上る。対岸の会興鎮辺りから乱射されているのかも知れない。

兵は眠りながらフラフラと歩いて行く。自分も脚を踏みしめて歩いている。次第に頭が朦朧としてくる。向かい風が吹き出した。寒いくらいの東風である。しかも非常に乾燥していて細かい砂塵を顔一面に吹きつける。目が開けていられない。口の中が砂でガリガリする。何という残酷な風だろう。車輌部隊が非常におくれる。行軍隊形は乱れがちだ。休憩するごとに不用品を捨てさせる。

休憩中、辺りの静寂を破って叱る声がうるさい。指揮班の西田見習士官が大声で兵隊を無闇に叱っているのだ。西田の奴、いくら関西弁でベラベラ騒いでも、東北の兵隊にとっては一体何を叱られているのかさえもわからないに違いない。自分は関西人でありながら、西田に対してムラムラと憎しみがこみあげてきた。

彼は東北人を馬鹿にしてなめ切っているのだ。彼の関西弁はあまりにも下品であった。まあ呉服屋の番頭が小僧を叱るのならこれでもよいだろう。しかし兵隊に対しては、たとえ叱るときでもその人格は尊重すべきであろう。彼らも我々も同じく大元帥陛下の立派な股肱（ここう）なのだから。関西人としての西田の言動が東北の兵隊に対してどんな反響を呼び起こすか、自分はそら恐ろしい気持ちになった。

幸か不幸か東北地方出身者を主力とする中隊に入り、東北人の朴訥（ぼくとつ）と東北弁にこよなき愛着を感じていた自分にとって、西田の出現は関西人たる自分のささやかな自信を揺るがせる影となって、自分の心に食い込んできたのである。

しかしどうやら西田は伊東中隊長の機嫌をとるのは上手かったようだ。彼も神戸の出身であり、いろんな意味で関西人たる自分の自信をグラつかせるという、妙な回り合わせになった男である。

八月一七日、満天の星をいただき、乾ききった砂風に悩まされつつ歩く我々はまったく疲れ果てて、休止がかかると同時にぶっ倒れて眠るようになってしまった。自分もよほどがんばったのだが、睡魔の襲撃には抵抗できなくなってきた。出発がかかっても後に続行するものが知らずにグッスリ眠っていれば、それっきりである。

「眠るなら必ず後のものの足に頭をつけて眠れ。出発の時は後のものの頭を蹴って起こせ。そして起きたのを確認してから歩け」とひどい指示を与えた。兵は重い装具を

居眠一刻 値千金

附けているので、一度地上に横たわると、もう一度立ち上がるのが大変である。

何時間歩いたか知らぬ。黄河の水は星を宿して音もなく流れている。依然として芽津の方では真紅の火光が空を焦がし、爆裂音が天地を揺すっている。

周囲がそろそろ明るくなってきた。河岸に沿ってきた道はここから左（北）に曲り、岩山の峡部を北へ北へと進む。

「パン、キューン。パパパパン、キュキュキュキュキューン」

正面に立ち塞がる岩山から俄かに射撃を受けた。

「パンパンパキーン」となおも撃ってくる。

目の前はもう芽津である。野戦倉庫があり、友軍の警備隊もある。友軍が誤認しているのではないだろうか。更に少し前進してみる。東天の浅黄色を背に、岩山の稜線上に黒い人影が右往左往している。相当多数だ。

敵だ。共産軍だ。黄河を渡河して辛くも後門の狼、中央軍を引き離したら、たちまち前門の虎、凶悪極まる山西八路が出現したのである。それにしても芽津の野戦倉庫と目と鼻のこんな近い所へ共産軍が現れるとは意外だった。共産軍の戦闘方式は俗にゲリラ戦といわれるもので、正々堂々とやってくる中央軍に比べると、なお始末が悪いのである。今後の行軍の困難さが思いやられる。

しばらく待機するうちに銃声は止んだ。再び前進。空はますます明るくなる。山峡を出て少し広いところへ来た。

「ダン、ダーン、ザザーッ」

小隊前方二〇〇メートルばかりのところを前進していた指揮班の隊列の真っ只中に青白い爆煙をあげて数発の手榴弾が炸裂した。アッ、誰かがやられたと思ったが、幸い無事だった。道路の左側に迫って切り立った岩山の上から投げ落したらしい。

まったく油断がならぬ。

再び前進。その附近には、自分たちより先に前進した部隊がやはり襲撃されたらしく、背嚢、馬車、馬その他の資材がだいぶ遺棄してある。更に驚いたことに馬車に積んだ軽迫が二門遺棄してあるではないか。銃砲隊のものに違いない。馬鹿な奴。何という態だ。迫撃砲を捨てて何が銃砲隊だ。

銃砲隊長の大内少尉は招集の老将校であるし、兵隊も皆、寄せ集めの劣悪中隊であることは知っているが、これではまったく日本陸軍の面汚しではないか。兵器を捨ててオメオメと生きていられると思っているのか。

芽津に到着した。銃砲隊もここに着いていた。他中隊も休んでいる。敵はまだ時々撃ってきて、散発的ながら我々の身辺にも弾が降りかかってきた。伊東中隊長が銃砲隊の緒方見習士官と、これを援護していた四中隊の岡田見習士官をすごい権幕で叱りつけた。よほど腹が立ったとみえて、他中隊の見習士官に気合を入れたわけだが、さすがは先任中隊長である。ここがオヤジの良いところだ。

第一中隊から援護が出て、迫撃砲の馬車を坂の上に引き上げた。高木小隊が援護に出て、自分たちは警戒しながら休憩した。道端に白米や白砂糖がゴロゴロ遺棄されている。何とも豪勢な話だ。おそらく行李班辺りが苦し紛れに捨てていったものであろう。兵隊は喜んで靴下に詰めたり、舐めたり水筒に入れて砂糖水を作ったりしている。ここで朝食。眼下に野戦倉庫がある。

廃屋の陰に三八式野砲一門と牽引車が焼却されて残骸をさらしている。野砲は腔中にボロ布を詰め、石油をかけて点火し、金質（かなしつ）を破壊して役に立たなくしたらしい。グッと大仰角（だいぎょうかく）をかけて黄河対岸を睨（にら）んでいるが、もう二度と火を吐かぬ砲口である。

これもおそらく虫の報せだが、何だか我々の運命を暗示するかのように見えた。しかしこれで昨夜の爆裂音と火光の正体がわかったわけで、会興鎮にいた二五大隊の渡河援護にここから射撃したものと判明した。それでも二五大隊は敵に急追されて相当の損害を受けたということである。自分たちはまったく幸運であった。渡河点としてはむしろあまり重要でない平陸渡場を使ったため、敵主力の鋭鋒を避けられたのかも知れない。殆ど無傷なのである。

ただ、高橋隊（五中隊）は、撤退途中、静岡の補充兵を五名も失っているという。静岡の補充兵多数を擁する自分の小隊にはまことに心配なことである。全体として見ると、やはり自分の小隊の編成もそれほど良いとは思わない。ただ、自分の旧部下が多く、思想正統なものが多いことだけは心強い。これでたくさんだ。精神力というものは、いざという時になると物質的威力をもってしても為し能わざることもやってのけるものだからである。

2　惨（さん）たり、中条山越え

芽津で朝食後、いよいよ出発。難関中条山越えである。今度の行軍中、おそらく最大難関であると思われる。この天候、この重装備。果して全員、無事にこれを突破し得るだろうか。

　水筒に水を補給し、足ごしらえを厳重にさせる。道は登り坂となる。行く手は峨々たる山脈がそびえている。空には雲ひとつない晴天。太陽は真っ向から照りつける。午後の暑さが思いやられる。

　車輌部隊の轍の音。蹄音。罵声。叱声。馬のいななき。馬と塵のにおい。汗のにおい。革具と油のにおい。ああ、頭が狂いそうだ。目が回りそうだ。隊列は無闇に延長したり縮まったりする。車輌部隊が自分たちの隊列の間に割り込んできたり、狭い道路上を併行して歩いたりするので、なお更兵が疲れるようだ。皆、汗にまみれ、黄塵を被り、眼光ばかりギラギラする。

　黄河は次第に山陰に見えなくなる。河南の山山も遠くなる。黄河とも、懐かしい河南省ともこれで永久にお別れだ。行く手の困難が思いやられる。俺たちの行く末はどうなるのだろう。蒙疆の地は目がくらむほど遠い。この行軍はどこまで続くのだろう。汽車は通っているだろうか。凶悪なる山西八路は猛威を逞しくして我々の行軍を妨害するに違いない。兵はいかにも疲れている。

　正午頃、友軍のいた小集落に到着、大休止昼食。自分の部下は強かった。決して自分の期待を裏切らなかった。辛いけれど心強い。前途に希望を持てるようになった。

　昼食後、直ちに出発。中条山脈は高原状になっている。黄河に面した方と運城盆地に下る方には峻険があるが、中央部は一面の高台で小起伏が多く、地隙が錯綜して複雑な地形をつくっており、集落も散在する。しかし、軍用自動車道路に沿う地区は、殆ど三つぐらいしか集落がなく、それも非常に荒廃している。黄土と岩でできた山であり、奇岩、怪嶺多く、土佐派や南画に見る山水図を思わせるが、今の状況ではただ嶮坂を恨むばかり。見る限りでは実に雄大な眺めではある。

　嶮坂を、渓谷を下り、喘ぎ喘ぎ進み行く隊列に、白日は容赦なく熱気を注ぎ、熱風は砂塵を飛ばして顔を打つ。そろそろ水が欠乏する。山中に水を求める手段はまったくない。汗は滝のように流れると、たちまち乾燥し、黄塵にまみれた顔に白く塩を吹き出し、奇怪な隈取りをつくる。弾薬、糧秣の重さが身に応える。靴擦れに悩むものが出てきた。鉄帽、円匙、十字鍬など重いものがあり捨てさせたいが、今後どんな状況に遭遇するかも知れぬので我慢して持っていく。大隊本部からも「絶対器具の放棄を禁ず」と厳命が来た。

　やっと嶮しい山は突破して日没が近づく。涼風さっと吹き来たり、蘇生した思いがする。高原上、荘厳な落日。山麓の裾長く引いた緩斜面が夕陽に照らされて、何とも言えぬ荘重な景色となる。蟻のように進む人間の何と小さいことよ。珍しく路傍に井戸を見つけて兵はその周りに蝟集（いしゅう）して水を汲む。自分は橋頭溝に到着する前、水筒の負い紐が切れ、何だかすごく腹が立って水筒を投げ捨ててしまった。

　これは大失敗だった。黄土と岩ばかりの山中に水があるはずがない。自分は喉の渇きに苦しんだ。誰だって苦しいのである。中津山が傍へ寄ってきて、彼の水筒を差し出した。飲めというつもりなのだろう。しかし、彼も大きな荷物を背負って喘いでいる。

「お前飲め」

「いえ、隊長殿、中津山は飲みましたから」

　しかし彼の水筒の中には生ぬるい水が半分以上も残っていた。自分は生ぬるい水をひと口ずつ喉に流し込んでは涙を流した。

　黄昏どき、荒廃した一集落に到着。大休止。薪もなかったし、またあっても八路の襲撃を顧慮して火光は厳禁。飯を炊くことはできなかった。乾パンと砂糖に飢えをしのいで清冽な水に元気回復。

　大隊本部の建国軍勤務者の中に村岡伍長がいるのを見つけた。

「おう、村岡」

「ヤア、見習士官殿、ご苦労様です」

　彼は相変わらず元気であった。中津山は一時も自分の傍から離れない。また俺も離さない。影の形に添う如く、彼は自分、自分は彼のものである。この中津山がいなければ自分はどうしてこの困難な行軍に耐えられるだろう。

　まだ辺りが仄（ほの）明るいうちに出発。今夜は徹夜の行軍である。たった一個大隊足らずの兵力で、兇悪をもって鳴る山西八路が跳梁（ちょうりょう）する地区を夜間行軍するのに何の不安も感じない。団結力、相互の信頼感。これである。自分はこれまでこんなに兵を頼もしく思ったことはない。また、兵が自分を頼りにしたこともない。

　月が上る。嶮路（けんろ）は羊腸（ようちょう）と続く。眠るな眠るな、落伍をするなと念じつつ進む自分が、いつの間にかウトウトしてハッと気がつくと、危なく崖路を踏み外しそうになっている。

　深夜、長店鎮（ちょうてんちん）に到着。すでに友軍はおらず、ただ山腹を赤々と照らす紅蓮の炎のみ。何か肌寒いものを思わせる。大休止。月は山陰に隠れた。星のみギラギラ冴えわたる。耐え難い寒気。昼の暑さに比べ、想像もつかぬ寒さ。それでも火は絶対焚けない。

兵は石のようになって眠る。平山兵長以下六名が崖の上へ分哨として出された。若いものはどうしてもコキ使われる。明朝の行軍に疲れていては可哀想である。自分もいつの間にかウツラウツラと眠った。馬も兵も寂として声なし。

「パーン、パーン、パーン」

突如三発の銃声。すわ、敵襲と飛び起きる。自分たちが休止しているのは山と山との間の道路上である。崖の上から来られると防ぐのに骨が折れる。分哨は二、三出ているが油断はならない。

銃声はしなくなった。静かになった。兵はまた深い眠りに落ちた。分哨に出ていた平山が報告に来る。まったくご苦労だ。

「オーイ、オーイ」と必死の叫び声をあげて二名の兵がガサガサと、ものに憑かれたように脅えながら五中隊を探し求めている。五中隊の位置を教えてやって、どうしたんだと聞いても見向きもせずに行ってしまった。

しばらくしたら松村見習士官がまったく意気沮喪して、兵隊を連れて出て行った。きっと何かあったのだ。しばらくしたら本部から連絡が来た。

「五中隊の兵三名、上官の目を盗んで集落へ水を汲みに行く。共産匪数名に遭遇、一名射殺され、二名辛くも生還。松村見習士官、死体収容に行くも血に染みたる水筒のみ残り死体なし。以後、絶対兵に単独行動せしむるなかれ」との厳命である。

何という悲惨なことだ。ますます自分は心配で眠ることはできぬ。自分の兵隊の中にはそんな無鉄砲なものはいないと思うが、これに関しては静岡の補充兵が最も注意を要する。彼らは物欲に対しては何物にも目がくらんで、身の危険も忘れるような浅薄な兵なのである。おそらく殺された五中隊の兵は松村見習士官の部下であろう。しかし最初のこの不運が我が中隊を見舞わなかったのは有り難かった。

未明、暗黒を衝いて出発。皆、何か暗澹たる気持ちになり話をするものもない。自分の小隊は後衛尖兵。列の最後尾を後方警戒しつつ前進する。猛暑も黄塵もないため夜行軍は楽である。休憩すればおそろしく寒い。


八月一八日。夜明く。不幸なる苦難に満ちた一日なり。羊腸たる山道尽るところを知らず。民家まったくなし。深き地隙錯綜す。縦横無尽に起伏する山山。上っては下り、下ってはまた上る。中隊指揮班の駄馬、大いに弱る。馬についている兵も弱る。車輌部隊の苦労も思いやられる。大隊長以下、本部の首脳は先に安邑に向けて前進した。従って今、大隊主力の指揮官はうちのオヤジである。

山峡の底の方に珍しく澄んだ細長い水溜りを発見。水を得る。再び猛烈な暑さと熱風に悩まされる。他中隊には続々と落伍者が出てきた。幸い我が中隊は皆、辛うじて続行している。

山道にトラック遺棄しあり。エンジンから煙を上げて燃えている。ゴムタイヤは青い焔を上げてブツブツと泡立ち、ムッとする臭気鼻を衝く。

水なく疲労の極みに達したとき、八政村に到着。水流あり。ここにはまだ友軍が一部残っていた。給与係・金谷軍曹が奔走して交渉の結果、白米の飯ができる。正午の強烈な直射日光と草いきれのため誰も生きた心地なし。金谷軍曹が「サア、白米飯ができたぞ。早く食って元気を出せ」と叫ぶ。目の前に湯気を立てる白飯を見つめたまま誰も箸を取ろうとせぬ。しかしこれで三日ぐらい米の飯は食っていない。乾パンと饅頭で飢えを凌いできたのだ。体は極度に衰弱している。無理にでも食べなければ行軍は続かない。叱りつけて無理矢理食わせる。嘔吐するものもあった。

靴傷続出。特に軽機射手は疲労している。鈴木茂次郎兵長は足首を挫いているので殊に弱っている。大隊本部の兵器班が、ここまで運搬してきた在庫兵器をたくさん河原で焼却処分した。三八式小銃もチェコ機銃も無線機も新品のようなのをドシドシ火の中へ投げ込んでいる。

他の部隊が後から続々到着した。自分たちの後方にこれほどの大部隊がいるとは思わなかった。山腹を延々と続く人と馬。何れも汗と黄塵にまみれノロノロと動いていく。他部隊は自分たちより更に前方に休止しているらしい。

周囲の山に反響してけたたましくチェコの銃声が鳴り響く。はるか上空を弾が走る。敵は疲労し切った我々の弱みにつけ込んで迫ってきたのであろう。黄土に汚れた兵の列は銃声に顔を上げる気力も失せたかのようにノロノロ進んで行く。銃声はなおも響き渡る。あたかも疲労困憊した我々を嘲るかのように。誰もものを言わぬ。黄色くなった顔に、ただ爛々と目だけ光る。

高橋 進がグッタリとして直射する日光の下に眠っている。顔色が妙に赤味がかっている。おかしい。

「高橋、おい高橋、どうした。気分が悪いのか」

彼はハッと目を開けると飛び起きて、「隊長殿大丈夫です、何ともありません」と言ってニッコリ笑った。

「そうかそうか、それなら安心だ」（後から考えると、決して大丈夫ではなかったのだ。彼はすでに暍病（えつびょう）《日射病》にかかっていたのである。またこれが笑わぬ初年兵が見せた最後の笑顔であった）。

できるだけ不用品を捨てさせた。白米もあまり多く持っているものには捨てさせたのである。

出発。耐え難い暑気。熱風。河を渡ると見上げるばかりの急坂が高く高く青空まで届くかと思うばかりにそそり立つ。その灼け切った坂の上を大きな装具を背負った人と馬とがゆるゆると喘ぎながら登って行く。途中まで来たら脚が動かなくなりだした。互いに励まし合い、手を取り合って登る急坂。

刀を杖につき辛くも登る。敵は対岸の山巓（さんれい）から喘ぎ登る我らを狙撃する。応射することもできず、ただ黙々と、ただ登りに登る。暍病患者数名出る。佐々木、田名部衛生兵は自分の疲れも忘れて大活躍する。中隊に二人しかいない衛生兵。彼らは自分がどんなに疲労困憊しても戦友を救わねばならないのである。殊に佐々木の献身的な努力にはまったく頭が下がる。この急坂の登攀で水を殆ど費やした。

高橋　進はだいぶ弱った。暍病だ。それでも屈せず鈴木の軽機を交代して担ぐ。彼はもうすでに歩くこともできぬくらい苦しかったはずである。しかし彼は「物言わぬ初年兵」。誰も彼の病気に気がつかなかった。誰しも自分の体を運ぶだけで喘いでいたのである。

彼は定数以上、三〇〇発近い弾薬を携行している。重い装具もある。カッと肌を灼く炎熱。彼の頑健な体もさすがに疲労の極限に達したのである。それでも高橋は進み続ける。ひと言の苦痛も訴えず、顔に苦しみも表さず、ただ歩き続ける弾薬手。

炎熱今やその極に達す。

自分は朦朧とする頭を振りながら無我夢中で歩いていた。

「あっ、隊長殿。高橋が倒れました」

ハッとして我に返り、振り向くとすでに彼はバッタリと熱砂の中に倒れ伏していたのであった。佐々木衛生兵が寄ってきて胸を開け看護する。しかし、もはや重態である。注射したが効果なし。水、水、水を飲ませよ。各自水筒を抜いて集まった。高橋の口に水筒をあてて飲まそうとしても水は出ぬ。最後を傾け尽した誰の水筒にも水は一滴も残っていなかった。

高橋の脈は次第に微かになっていく。更に注射。効果なし。ひと言の苦痛も訴えず、苦しそうな顔もせず、彼はついに眠る。三〇〇発の弾薬が入った弾嚢（だんのう）を握ったまま、彼は生けるが如く熱砂の中に眠っている。

佐々木衛生兵は時計を出して見て、彼の死亡時刻を確認し、手帳に日時と場所を記録した。部隊は続々自分たちの傍を通過して行く。蓬田分隊を遺骸収容のため残す。泣くにも泣けず、涙も出ず。部隊は続々通過し、なおも銃声は絶えぬ。

いつまでもグズグズしていることはできぬ。早く遺体を運ばねばならぬ。しかし、どうして運搬するか。兵に背負わせるとしても重い彼の体は疲れ切った兵には運びきれない。弾薬もある。敵は迫る。

迫撃砲弾らしい炸裂音が八政村に聞こえる。それが次第に我々に迫ってくるようだ。部隊は山の向こう側にまったく隠れて見えなくなった。

高橋進。彼は自分が長い間、求めて得られざりし初年兵であった。笑わぬ初年兵、物言わぬ初年兵。これが彼の愛称であった。自分の彼に期待するところは大きかった。将来の大きな楽しみでもあった。小隊編成中に彼の名を見たときは、ゾクゾクするほど嬉しかった。大営出発以来、僅かに三日間。彼と自分のこの世における縁は、かくもはかなきものであった。

敵は迫る。遺体収容の手段今やなし。しかし遺骨だけは何としても持ち帰らねばならぬ。これが今、小隊長としての自分がしてやれる唯一の仕事だ。さて、どうして遺体を運ぶか。

ただ一途あるのみ。腕の切断。

意を決して刀を抜く。

彼は動かず。

生き返れ。腕を切るぞ。

彼は動かず。しかし生きているようだ。今にも笑いそうだ。

高橋、高橋、起きろ。起きてくれ。頼む。

高橋　進

彼は動かず。

刀を振り被る。

しかし、あっ。どうして貴様の腕が切れるか。可愛い貴様の腕が切れるか。

それでも切らねばならぬ。俺は何という不幸な人間だ。不幸な小隊長だ。こともあろうに最愛の部下の腕を切らねばならぬとは。

空は晴れている。熱風は砂を飛ばしている。それが何だ。彼は何にも知らずに安らかに眠っている。ますます切れない。俺も死ねるものなら死んでしまいたい。

「シュルシュルシュルシュルシュル……、ガーン。バラバラバラ、ザーッ」

頭上山腹に命中した迫撃砲弾、破片と岩片を降らせて轟然炸裂。

万事休す。無我夢中。目を瞑(つむ)って振り下ろす白刃。

パッと紅の血潮が飛び散り、手に点々と降りかかる。

かくして彼の腕は切断された。自分は血刀を提げて呆然として立っていた。

もはや一刻の猶予はならない。兵は円匙と鉄帽で大急ぎで路傍に穴を掘る。黙々と掘る。

「パン、パン、パキーン。キュキュキューン」

チェコ機銃は我々を追う。遥か向こうの山巓に敵散兵が点々と姿を現し、自分たちを狙撃する。二、三のものはすぐに応射した。誰かが鉄帽の中から国旗を出した。血の滴る腕を包む。穴ができた。皆で遺体を運ぶ。重い。こんな山西の山奥に高橋は一人で淋しく眠らなければならぬ。棺もない。墓標もない。僅かに手拭いで顔を蔽(おお)って大急ぎで土をかける。支那靴を履いた彼の丸々と肥った脚も土の下に隠れてしまった。

彼は、そうだ。今こそ本当に「笑わぬ、物言わぬ初年兵」になってしまったのだ。

彼の戦友は捧げ銃をした。自分は捧げ刀の敬礼をした。自分の刀は初めて血を吸った。皮肉にも部下の血を。拭いても拭いても血潮はとれぬ。

さあ、ぐずぐずできぬ。チェコの追射はますます激しい。山の向こうにまた迫撃砲弾落下。

「隊長殿、さあ行きましょう」と、急き立てられるが、やはりすぐには立ち去り難い。俺が小隊長でなかったら、ここに踏み止まって高橋と枕を並べて討死してやりたい。しかし今の自分にはそれができない。あと四〇数名の小隊を誰が指揮するのだ。誰が高橋の遺骨を運んでやるのだ。彼の功績を誰が伝えてやるのだ。

「隊長殿、隊長殿、駄目です。さあ行きましょう」

ついに辻上等兵が自分の手を摑んで引っ張りながら走り出した。高橋よ、左様なら、左様なら。自分は国旗に包んだ腕を握りしめて走った。チラと振り返ったら新しく掘り返した土が黒々と目に映った。胸を掻きむしられるような気持ちで走る。

「パキパキパキーン。ブスン、ブスン」と弾はなおも追ってくる。いくつか山を越え、急坂を登り詰めたら広い台上に出た。中隊はここで自分たちを待っていた。

伊東隊長に報告する。小隊長としてこれほど心苦しい報告があるものか。

中隊は直ちに出発する。迫撃砲弾はまだ後方で爆煙を吹き上げている。部隊に追いついた。急進して敵を引き離さねばならぬ。他部隊はずっと先に行ってしまっていた。

またもや嶮路は羊腸と続く。弾薬手を失った鈴木茂次郎兵長はまったく意気消沈した。

「俺はあいつがあんな重態だとは思わなかった。あいつは何時ものように可愛い顔をしていたし、言わなくても傍へ来て銃を交代してくれた。俺も大営で足を挫いていたから、あいつによく銃を持たせた。まったく可哀想なことをしてしまった」

彼の苦しい気持ちが、汗と涙と黄塵に隈取りされて、凄まじい形相になった。

弾薬手のなくなった射手は、もうグッと戦闘力が落ちる。実に射手と弾薬手というものは軽機という、生きている兵器によって結びつけられて兄弟以上の密接な関係なのだ。軽機の最大威力は射手と弾薬手の緊密な協力によって初めて発揮されるものである。鈴木が悲しみ嘆くのも無理はない。

急行軍につぐ急行軍で、鈴木はついにあごを出した。小隊の隊列もさすがにこの頃になるとバラバラになっていて、彼の近くには誰もいなかった。自分が最後尾から追いついたら、彼は路傍に腰を下ろしてため息をついていた。これがあの大営の戦闘で活躍した鈴木兵長なのか。頬がゲッソリと痩せ落ちている。彼はうつろな目を上げて自分を見上げた。

「鈴木どうした、しっかりしろ」

「隊長殿、俺はもう駄目だ」

「馬鹿野郎っ。さあ、お前はこの刀を持ってあとから来い」

彼の手に刀を無理に押し附けて、傍に置いてあった彼のチェコ機銃を担ぎ上げて歩き出した。疲れた脚にチェコはズシリと応えた。

鈴木の気持ちもよくわかる。彼も俺の大切な部下なのだ。高橋は死んでしまった。鈴木も弱り果てた。他の兵隊も疲労の極、今にも倒れそうな危ない足取りなのである。小隊長の俺は一体どうしたら良いのか。自分は破れかぶれの気持ちで無闇に大股で坂を上って行った。

この次、大休止したら、高橋の腕を火葬してやらなければならない。しかし、腕を切って良かった。あの時はできることなら腕も切らずにおきたいと思ったのだが、それでは遺骨を持ち帰ることはできない。

金谷軍曹が意気消沈した自分を笑顔で慰めてくれた。自分は子どものような純真な気持ちで彼の慰めを受けて安心した。生死の間を彷徨してきた我々には、今や利害得失も虚礼も、他のつまらない何物をも考える余地はなかった。あるのは子どものように天真爛漫な罪のない真の人間性のみである。

山間で小休止。風が涼しくなってきた。青い草も生えている。ここまで高橋が生きていたら、何としてでも助けてやれたであろうに。心身ともに疲れ果ててグッスリ眠る。

どれだけ眠ったか、出発準備の声に眠りから覚める。鈴木茂次郎兵長の弾薬手として臨時に小笠原長次郎をつけた。歩くに従い風も何だか清々(すがすが)しくなってきた。安邑が近いのであろう。幾つか山を越えた。本当に平地が近くなるような気がする。

急な坂道を二つ三つ上り下りして山間いから出た。おっ、目の前に運城盆地が忽焉(こつえん)と開けた。青々とした畑、白い道、点々と連なる緑の集落。そして紫色の霞の上に安邑縣城の古塔がきのこのように立っているではないか。五ヵ月ぶりで見る懐かしい山西の景色である。

五ヵ月のうちに世界の情勢もだいぶ変わった。自分も変わった。

苦難に満ちた中条山越えは終わった。最初の難関はかくして突破された。しかし、自分は一人の大切な部下を失ってしまったのである。高橋にひと目なりともこの青々とした景色を見せてやりたかった。

山を降りにかかる。山麓の下段村の集落に着く。ここに、これはまた何という大部隊だ。人馬の群れだ。集落の道路上に挽き馬、駄馬、数え切れぬ兵隊。それに陝縣や会興鎮その他から引き揚げたらしい居留民が疲れ果てた姿で群れをなして休んでいるではないか。部隊長以下、大隊本部も先に到着していた。支隊本部がここに来ていたらしい。トラックもあった。

ここで大休止して夕食を炊く。小さな清流もあり井戸もある。まったく皆、生き返ったような顔をした。黄土と汗にまみれた顔も洗った。中隊長が高木少尉、自分、西田見習士官を呼ばれた。そこは崖の頂で、眼下に休憩中の部隊や居留民の群れが見渡せた。

「どうだ北村、これを見てどう思う」

自分に伊東隊長が何を言おうとされるのかわからなかった。

「蒙疆への転進は我々の大隊だけなんだよ。しかし見ろ。二五大隊も来ている。二九大隊も三〇大隊も来ている。これはただの転進じゃない。あるいは日本の敗退かも知れないよ。俺たちはどうすればよいか。わかるだろう。君たちも今から将校としての執るべき道を考えておいたほうが良いよ」

　自分は頭をガーンと打たれたような気がした。脚がガクガク震え出すように思った。やっぱりそうだったのか。自分もほのかにそんな気がしないでもなかった。だが、まさかそんな馬鹿なことがと打ち消してきたのである。行軍は辛いけれど、大作戦ならこんなことが普通だろうと思っていた。

　今は辛くとも、これからは汽車で蒙疆へ行って、また楽しい希望に満ちた生活が始まるだろうと夢見ていたのである。あまりにも甘く、おめでたい考えであった。しかし、やっぱり伊東隊長殿の言われることは本当かも知れない。いや本当であろう。炎天下に群集して蠢く人馬の群れは、何となく死相を呈するように見えた。

3　下段村の戦闘

　伊東隊長の話を聞いてまったく暗澹たる気持ちになって小隊の休んでいる所へ帰ってきた。しかし兵隊にはうっかりこんなことは言えない。兵隊は何も知らずに今までの苦労も忘れて嬉々として立ち働いていた。自分にとって小隊は何物にも代え難い家庭である。どんな悩みも苦しみも兵の笑顔に迎えられれば、何もかも忘れて救われたような気持ちになれる。

　乏しい薪が集められて飯盒がかかっていた。もうすぐ飯が炊ける。そうだ、ここに長く休止するらしいから、高橋を火葬してやろう。自分は雑嚢の中から高橋の腕を取り出して、国旗に包んだまま燃え盛る薪の上に乗せようとした。

「パパパパパーン、ゴゴゴゴゴーッ。パキパキパキーン、ヒューン、ゴゴゴーッ」

　突如、集落の方で激しい銃声が起こった。

「パキ、パキ、キューン、ゴゴゴーッ」と銃声は山に反響して耳を聾(ろう)するばかり。人馬の群れが動揺しだした。銃声はなおも響き、空は弾の走る音で満たされる。居留民の群れが叫びながら右往左往するさまが凄まじい。

　そこへ朝岡大隊長が緊張した顔で走ってきた。

「伊東隊は後方山地を占領、直ちに敵を攻撃せよ」

「北村小隊、俺に続けーっ」と叫んで急斜面を駈けあがった。兵は背嚢も何もかも投げ出して銃をとるが早いか、坂を上り出した。少し上った所に友軍が作ったらしいふるい掩体があったので、直ちに各分隊に要点を占領させる。後方はるか山上からも弾が来るので高橋春治分隊を更に上へ上げる。集落の方を見て驚いた。モクモクとどこから湧き出したのか灰色の共産軍部隊が、集落目がけて殺到しているではないか。更に少し離れた集落からも続々飛び出してくる。容易ならぬ状況だ。

　部隊は戦闘準備をする暇もなく戦闘加入。他部隊もおそらく不意を衝かれたに違いない。居留民はどうしただろう。老人や女、子どももいるが無事逃げることができただろうか。雲霞(うんか)の如き敵集団だ。この戦闘はただでは済まぬ。自分は覚悟を決めた。思い返して元の焚火の所へ引き返し、身軽になるため図嚢を肩から外すと焚火の中へ抛(ほう)り込んだ。メラメラと燃え上がる。

　各小隊と指揮班に中隊の重要書類をひと包みずつ分担して携行している。見たところ戦闘はどうも我々に不利。伊東隊長の顔にも悲愴な色が見える。

「隊長殿、重要書類をどうしますか」

「ウン、焼け」

「辻、書類を焼け」

「いいんですか」

「ウン、早く焼け」

　辻上等兵は書類の風呂敷包を火の中へ入れた。これもメラメラと燃え上がる。高木少尉が遠くからこれを見ていて、

「北村見習士官、書類を焼いたのか」

「ハア、焼きました」

　そうか、と言って高木小隊も携行してきた書類を焼いてしまった(この重要書類焼却は後になって厄介なことになった。隊長も高木少尉も自分も少し異常な心理状態だった)。

　弾は唸りを生じてブンブン飛んでくる。自分はまた息を切らして山に駆け上った。掩体の中にドッカリと座り込んで蓬田分隊を直接指揮する。直ちに射撃を命じた。散開して掩体に入った兵は、キビキビとした見

事な動作で射撃し始めた。自分のすぐ眼下には、鈴木茂次郎兵長が新弾薬手の小笠原と並んで伏せ、しきりに撃っている。

「パパパパーン、ゴゴゴゴゴーッ。パパパパパーン、ゴゴゴゴゴーッ」

軽快な五発点射が力強く耳を打つ。かれのチェコは大営の戦闘で彼の身代りとなって敵弾を喰い止めた銃で、鈴木は命の親として大切に扱っている。上の方を見ると、高橋敬治兵長が敵集団に弾を喰わせている。彼我の銃声が轟々戛々と空気を震わせ、山に反響して凄まじい音の暴しである。居留民は山麓の安全地帯に避難したらしい。

他の大隊も態勢を取り直して反撃に出た。中隊長はどこへ行かれたろう。高木小隊もずっと下の方にいるらしい。上手く連絡が取れなくなった。敵は群がって集落内に突入してくる。

アッ、道路上に止まっていた牛車の牛に弾が命中したらしく、ひと声長く叫ぶと車もろとも道路外に転落した。自分は拳銃を抜き出して群がる敵を見つめた。

「パキーン、パキ、パキーン、キュンキューン、ピシーン、ブイーン」と敵弾が俄かに眼下にいる鈴木の軽機に集中し始めた。そのすぐ上にいる自分の耳元をブーンと跳弾がかすめる。

「アーッ、やられたーっ」

「衛生兵ーっ、衛生兵ーっ。小笠原がやられた〜っ」

ハッとして下を見ると、小笠原がゴロリと倒れていて、鈴木が顔色を変えて衛生兵を呼んでいるのだ。

「ピシャーン。ピシッ、ピシッ。キュン、キューン、ブイーン」

すぐ眼下だから行きたいのだが、ものすごい弾雨を浴びているので、うっかり飛び出せない。

「鈴木、鈴木ーっ。小笠原はどこをやられたかーっ」

「腰です。腹の貫通です。たいしたことはありません」

そのうちに、佐々木衛生兵が弾の下をくぐって這い上がり、小笠原を収容して行った。鈴木は一人で撃ち出した。彼は二人目の弾薬手を失ったのである。

「ダッダッダッダッダッダッダッ」

左の方で友軍のマキシム重機が撃ち出した。

「ズドーン」

どこかで砲声がする。敵のか味方のか。この際、敵の迫撃砲が出て来ては困る。どこだ、どこだと目を凝らして見廻していると、遥か向こうの集落から繰り出した敵集団のすぐ近くに灰白色の爆煙がパッと吹き上がった。

「ダーン、ザザザーッ」

バンザイ、友軍だ。友軍の山砲だ。

「ドーン、シュル、シュル、シュル、シュルー、ダーン、ザザーッ」

「ダッダッダッダッダッダッダッダッ」

山砲とマキシム重機はここを先途と猛烈に撃ち続ける。見る見るうちに敵は浮き足立った。集団をなして行動していたのだが、パッと散ると、匍匐して逃げようとする。その近くに「ダーン、ザザーッ」と、榴弾の爆煙が奔騰する。マキシム重機はなおも逃げる敵に追射を浴びせる。鈴木は一人で弾倉に弾を入れながら、一人でバリバリと撃ちまくった。

思いがけない砲の掩護に敵の銃声は俄かに衰え始めた。ざまを見ろ。自分たちは体を乗り出して見物した。敵の銃声はまったく衰え、彼らはどこをどうして潜り抜けたのか、影をひそめてしまった。

戦いは止んだ。まったく馬鹿にされたように静かである。今までの大騒ぎは一体どうしたのだ。狐に騙されたような気持ちである。白日が青空の真ん中で何にもなかったように燦々と輝いている。再び草いきれがむっと来る。俄かに喉の渇きを覚えて水が欲しくなった。

他部隊や居留民は安邑に向かって動き出した。トラックが三台、朦々と砂塵をあげてノロノロと走って行く。居留民の姿は見るも憐れである。老人も女も子どもも炎天下をゾロゾロ歩いたり馬車や牛車に揺られたりして行く。我々の大隊は最後まで現在地を占領して、他部隊や居留民が安邑に着くまで掩護してから前進することになった。蓬田分隊は後衛としてもう一度山の上に上げた。鈴木の顔がまったくやつれ果てて目ばかりギョロギョロ光り、可哀想であった。

無理もない。二人までも弾薬手を失ってしまったのだから。小笠原は数名の掩護兵と共に馬車で先発した。やむを得ないこととはいえ、二人までも犠牲者を出した自分の心は暗い。

先発した大隊が安邑に到着したのを見届けて、我々も出発した。我が中隊は中央道路上を、二村隊が右、高橋隊が左と、大隊の疎開隊形をとって進んだ。

山を降りるとまた耐え難い暑気である。道路は灼け切った黄土が灰のようになって朦々と舞い上がる。今度は高木小隊の浅利上等兵が暍病で倒れた。彼は新店攻撃で背中に手榴弾破片創を受けてから、体が思わしくなかったのだ。背中にはまだその時の破片が入っていて、背嚢を背負うと痛み出していたのであった。彼も相当重態で、まったく意識を失ってしまった。しかし今度は目の前に安邑が見えているることであるし、先ほどの戦闘で叩かれたから、敵もそれほど近接しないであろう。

佐々木衛生兵が注射を打ったら蘇生した。そして何とか自分で立って歩けるくらいになった。それにしても高橋 進は、彼はよほど不運な奴だった。自分も不運な小隊長である。浅利の肩をたたきながら、安心した面持ちで歩き出した高木少尉を見て、またもや悲しさがこみ上げてきて、雑嚢の中の高橋 進の腕を握りしめた。

下段村から安邑までは山の上から見た限りでは、近いようだが歩けば実に遠い。道は直線の一本道路である。安邑の塔は自分が歩けば歩くほど遠退いていくようにさえ見えた。何里あるのか知らぬ。とにかく遠い。

重い足を引き摺り、やっと安邑縣城に入り、民家に大休止。設営のため先発していた指揮班の佐藤候補生がアンペラの上にぶっ倒れている。小笠原は無事に衛生隊に収容されたと聞いて安心した。しかしここで今夜宿営するのではない。休止が終われば直ちに運城まで前進するという。

大急ぎでうどんを作らせる。兵は疲れを忘れて働く。中津山はさっそく活躍を始めた。

高橋 進を火葬してやらねばならない。指揮班の田中伍長は謹直をもって聞こえる男であり、自分が黄村にいた時には情報係をしていたから、よく手紙のやり取りもした。親切な男で曲がったことが嫌いである。自分は尊敬している彼に火葬を頼んだ。

「やりましょう」

彼は即座に承知して、土壁（どへき）の陰に火を焚いて丁寧に火葬し、半紙に包み、更に真新しいハンカチに包んで渡してくれた。彼も高橋 進の死を誰よりも悲しむ一人であった。高橋 進の腕はやっとひと握りにも足らぬ骨になってしまった。まだ温か味の残る包紙を握りしめて、また暗澹たる気持ちになった。しっかりと胸の物入れに入れる。

下段村を出発する前、自分たちは初めて種々の情報や指示を受けた。何も敗戦を明確に告げられたわけではないが、山西八路の大部隊が我々の行く手に待ち構えているということを聞いた。もうひとつ奇異に感じたのは、第一軍司令官と山西軍長官、閻錫山（えんしゃくざん）との間に軍事協定が成立し、山西軍は友軍なりという一事を知らされたことである。周囲のあらゆる状況から推して、我々をめぐる情勢はとにかく不利な方向に展開しているとしか判断されなかった。しかし、決定的に敗戦と断言するのはまだ早い。そんな馬鹿なことはあるまい。

夕刻、安邑出発。運城に向かう。さあ運城まで行けばとにかく屋根の下で安心して眠れる。最後の元気を振り絞って歩く。安邑を出る時、城壁の上にずらりと山西軍の兵士が並んで腰掛け、我々を見下ろしてニヤニヤと嘲るように笑う。これは変だ。山西軍はついこの間まで友軍に散々追い回され、叩かれていたのだ。それほどビクビクしていた奴が、こんな態度をとるとは、さてはやっぱり敗戦なのか。

運城への道は長かった。黙々として歩いた。我々の隊列の横をよく山西軍の兵士が馬車に荷物を載せて運搬したり、馬を走らせたりしていた。運城に着いたときにはもうすっかり暗かった。何よりも自分たちを驚かせたのは、煌々たる電燈の光である。我々のいた河南の前線はもちろん、陝縣にも会興鎮にも電燈はなかったのだ。我々は五ヵ月ぶりに電燈という文明の光に照らされたのであった。

運城に来たが城内には入らず、鉄道線路を越えて元の航空隊兵舎へ行った。まったく暗くなった。疲れ切って物言うものなく、ただ前のものに続行していくのが精一杯である。それでも営門を入るときには抜刀して速歩(はやあし)行進をやり、堂々最後の張り切りを見せた。営門を入ってからどこをどう歩いたか知らぬ。ひとつの兵舎の前に隊列は止まった。入院していた野見山准尉と横山候補生が迎えてくれた。黄塵と汗にまみれ、やつれ果てた我々に比べ、野見山准尉や横山候補生の血色の良い健康そうな顔を見て、自分は別世界の人間を見るような奇異の感にうたれた。

4　運城にて

中隊は解散し、野見山准尉や横山候補生、それに安邑から設営のため先発していたものに案内されて兵舎に入った。先発していた給与係の金谷軍曹が出てきて「サア、早く中に入れ。ここは日本酒もビールも葡萄酒もたくさんあるぞ。砂糖も各小隊一袋ずつ当るぞ、元気を出せ」と言う。

彼はいつでも兵が疲労困憊、口もきけないくらい弱り果てたとき、皆に元気をつける術を知っている。彼の福々しい朗らかな顔を見ると、誰でも救われたように朗らかになり嬉しくなってくるのである。

兵はホッとして救われたような気がしたに違いない。酒と聞いて目を輝かせたものもあるだろう。砂糖と聞いて舌なめずりしたものもあるだろう。幾日かの間、苦しい行軍をしてきた皆の心はまことに単純なものである。何と言っても今夜は屋根の下で電燈の光に照らされた寝られる。銃声に飛び起きることもないのだ。

煌々たる電燈の光が眩しい。久し振りで二六〇〇年式の制式兵舎に入ったが、何だかすごくガランとした感じである。兵はすぐに装具を解いて食事の準備に立ち働いた。

皆が一応落ち着いたのを見届けてから伊東隊長や皆がいる所へ行ってみた。もう精魂尽き果てて自分の装具を取る元気もなかった。早く清冽な水で黄塵にまみれた顔が洗いたい。冷たい水が飲みたいと思ったが、情けないことに兵舎給水ポンプの故障で、昼間一時間ぐらいしか水が出ないという。これにはがっかりした。支那集落に宿営した方がよほど落ち着きもするし便利なのである。

中隊事務室らしい大きな部屋に伊東隊長以下、野見山准尉と話していた。何の話をしているのか知らないが、自分はもうどんな話も聞きたくないぐらい疲れていた。しかし先に休んでしまうのも良くないと思って話を聞いていた。机の上に葡萄酒の壜がだいぶたくさん乗っている。自分が行く前から相当飲んでいたらしい。

野見山准尉が壜をとりあげて「どうも入れ物がまずいですが」と言いながら飯食器になみなみと注いでくれた。この際、酒なんか少しも飲みたくなかったのだが、喉がカラカラに渇いているので、ちょっと口をつけてみたら甘くて美味かった。こいつは美味いと自分は水を飲むようにゴクンゴクンとひと息に飲んでしまったのである。甘くて冷たい葡萄酒が気持ちよく喉を通っていった。

じっと椅子に座っているのも辛いほど疲れているので、話の調子を合わせていくのも大儀である。早く眠りたい。ぐっすり眠りたい。

ところが疲労困憊の極み、水の代わりに飲んだ食器一杯の葡萄酒が、俄然、体中を駆け廻り出したのである。頭がどうもおかしいなと思ううち、あれよあれよという暇もなく、自分は椅子もろ共ひっくり返って伸びてしまった。チラッと気がついたら自分は寝台の上に寝ていて、中津山が革脚絆と靴を脱がしているところだった。それから後はまた何にも知らぬ。

翌朝、眠りから覚めたら自分の両側に高木少尉と西田見習士官が寝ていた。高木少尉は大隊連絡将校として本部へ出て行った。起きてみると、どうも頭がフラフラする。食欲がまったくなくなってしまった。これはえらいことになったと少し辺りを歩きまわってみたら、なお更気分が悪くなった。自分たちが寝た部屋は将校室であったらしい。棚の上に軍刀手入具が入っていた小さな桐の小箱があったので、それに高橋　進の遺骨を入れることにした。

今日（八月十九日）もすごい暑さである。兵舎の周囲には少し樹林があるが、他には何も遮るものがない開闊地だから、室内まで猛烈な熱風と砂が吹き込んでくる。ここで二、三日待機して指示を待つことになった。日直士官も決めて点呼をとった。水が出ないのは何としても辛かった。中津山はどこからか水筒を手に入れてきた。これで今後の行軍はかなり助かる。砂糖水を作ってくれる。兵舎は非常に大きく、他の大隊もだいぶ入っている。糧秣運搬、炊事の水汲みなどの使役が続々とられ、兵は暑い炎天下を出て行く。もっとゆっくりと休ませてやりたいが、仕方がない。

その日の夕方、有り余る酒で大会食をやることになった。なぜまたこんなに酒や砂糖、煙草があふれたかというと、運城の兵站が後方に退るので兵站倉庫を開放してしまったのであった。あるところにはあるものだ。いかに中条山脈、黄河という補給線上の大障碍があるとはいえ、橋頭堡の最前線に殆どこれらのものが運んでもらえなかったことは、いかにも残念であった。

野見山准尉の話などから推して、日本の敗退はどうも事実らしいのである。城内は居留民の引き揚げなどで大混雑しているという。自分は馬鹿のようになった頭を振り振り考えてみたが、まったく冷静にものを考える能力を失ってしまったようである。変にめまいがする。終日、部屋の外の木に繋がれた驢馬が身も世もあらぬ哀しい声で鳴き叫ぶのにはまったく恐れ入った。

夕方、各小隊には一〇数本の清酒一升壜がズラリと並んでいた。葡萄酒やビールも数知れず配給された。自分はこれを見ただけで酔っ払いそうであった。班内の一隅には大きな白砂糖の馬袋がひとつ、ゴロリと横たわり、舐めるのも砂糖水を作るのも自由であった。兵隊は嬉しそうに会食の御馳走作りに一生懸命だ。

自分は心配であった。あまり嬉しくなかった。こんなところで酒を浴びるほど飲んで騒ぎ、兵の体をこわしたらどうするのだろう。今後の行軍に支障を来たしたら、一体誰が責任を負うのだろう。況して日本は敗れたというではないか。こんなことをしていても良いのだろうか。大隊本部がこれだけの酒を配給して会食を許した真意が自分には理解できなかった。自分としては、この数日の休養で十分体力を回復して次の行軍の準備をし、また敗戦ということなら、そのことについて考えもし、有意義に過ごしたかったのである。

自分は部下の一人を昨日、失ったばかりである。どうして酒を飲んで騒ぐ気になれるものか。ズラリと並んだ一升壜を見て情けない気持ちになった。

運城を出発したが最後、どこまで行軍するのか、あるいは戦闘するのか、何もわからぬ。ゆっくり一人で瞑想に耽るような暇はありそうにもない。自分たちの行く末はまったく暗黒である。蒙疆への転進も今やすでに夢となってしまった。西田見習士官はあちこち走り廻って、怪しげな話を聞いて得意になっていたが、自分はもうどんな話を聞くのも嫌だった。もうどの話も信用できなくなってしまったのである。

やがて中津山が会食の準備ができましたから来てくださいと告げに来た。飲みたくもないが、まだフラフラする脚を踏みしめて行った。中隊長、西田見習士官、野見山准尉、中村曹長、神馬軍曹ら、指揮班の下士官もいた。まずここで飲んでから兵室へ行って皆で飲もうということである。兵室の方ではもうすでに会食が始まっていて大変な騒ぎである。

酒は旨くなかった。ひと口飲むごとに胸がやけるような気がした。昨夜の葡萄酒がよほど悪く効いたらしいのである。皆は面白そうに話しながら飲んでいた。自分はますます頭が混乱した。神馬軍曹が差す盃を受けたりしたが、実のところ自分でも何をやっているのかわからなかった。そしていよいよ皆で兵室へ行くことにし、盃を持って兵隊のいる部屋へ行った。

すごい乱痴気騒ぎである。唄っている奴がある。踊っている奴がある。上半身裸体の奴もある。すでに轟沈してしまっている奴もある。自分も飲んだ。兵にも飲ませた。箸で飯盒を叩いている和村正夫の口の中へ酒を注ぎ込んでやった。自分はもはや何をしているのかもわからず、何を考えているのかもわからない。否応なしにこの混乱の中に捲き込まれ、いつの間にか兵と肩を組んで唄っていたのである。

しかし時折ハッとして我にかえり、一瞬の間、ちぎれちぎれた思い出が電光のように頭をよぎり、悪鬼の踊りを見るような周囲の光景に慄然とするのであった。何とも言えぬ胸を圧するもの哀しさ。中隊長も西田見習士官も村上曹長も兵の姿も、グルグルと頭の中を回転し、渦を捲き、砕け散る中に高橋 進の顔がありありと目に浮かぶ。高橋、高橋、貴様は今どこにいるのか。

泣いているのか怒っているのか、自分自身でもわからぬ。ただ、わけもわからず酒の力で踊り狂ったのであった。中村曹長がドロンとした目つきで傍へ来た。自分の頭に腕を捲きつけて何だか喋（しゃべ）っていたのだが、そのうち酔っている自分にも聞き捨てならぬことを口走り始めた。昨日の下段村の戦闘で、自分が重要書類を焼却したので、人事係が非常な苦労をしなければならなくなったというのだ。自分もこれを聞いて何だか胸が煮えくり返るほど癪にさわったので言い返した。

その途端、中村曹長が飛びかかって組みついてきたので、我れ知らずものすごい組み打ちを始めてしまった。床の上を無茶苦茶に転げ回っているのを兵隊が寄ってたかって引き摺り離し、自分を部屋へ運んで行った。自分は無闇に腹が立ってだいぶ暴れたらしい。部屋へ帰った途端、すごく気分が悪くなり、寝台の上にぶっ倒れると、そのまま唸り続けた。翌朝まで頭の中を火の車が走り廻った。

翌朝、眠りから覚めたら、猛烈に喉が渇いていた。その日も灼けつくような炎熱である。昨日にも増して頭はグラグラし、少しでも食事をすると嘔吐しそうになった。これは大変なことになったと思った。一日中、室内で過ごした。他のものはその日の夕方も飲んでいたらしい。よくもこれだけ飲めるものだ。

次の日(八月二一日)、儀式の軍装で集合を命ぜられた。重大な発表があるらしい。ついに来るべきものが来たのかと思い、まだフラフラした体を気にしながら集合した。暑い暑い日であった。伊東隊長から譲りうけた私物の夏服に階級章をつけて出た。さてここで刀を吊ろうとしたら、どこにも見当らない。大変だと大いに慌てて探したがどこにもない。自分だけではない。西田の刀もないのである。大いに弱ってついに二人で隊長のところへ届けに行ったら叱り飛ばされた。そして伊東隊長当番・伊藤伝治がどこからか二人の刀を持って来たので無事に集合した(この刀の紛失について、伊東隊長も他の誰も、何も説明してくれなかった。またうっかり聞きに行くと、途端に叱りつけられるかも知れないので、自分たちも黙っていた。察するところ、二日間にわたる会食、下士官兵の心理状態は異常なものになり、普通では考えられない不測の事故が起こるかも知れない雰気になったのではないか。現に一回目の会食のとき、中村曹長が自分に挑戦してきたのである。下士官兵同士、あるいは伊藤伝治辺りの機転によるのか、我々の刀を隠したのではないかと思う)。

広い営庭に各中隊も集合していた。ここに自分たちは初めて終戦の詔書に接したのであった。炎天下、汗を流して竝(なら)んでいる皆の顔には何とも言えぬ沈痛な色が漲った。来るべきものがついに来たのである。聖戦四年の苦闘も空しかったのだ。幾多の戦友が流した血も報いられなかったのであった。

　陸軍大臣、第一軍司令官の訓示もあった。何れも神州の不滅を信じ、堪え難きを堪え、忍び難きを忍び、祖国復興の礎石たるべしということを強調したものであった。また、軍人に賜りたる勅諭の中で、「我国の稜威振るわさることあらば、汝ら能く朕とその憂を共にせよ」とのお言葉は、今こそ日本軍人にとり最も拳拳服膺さるべき聖諭であるとも示された。

　何れにしても日本の敗戦は今や動かすべからざる事実となって現れたのだ。我々は太原地区へ集結して武装解除されるか、更に他の指示が与えられることになるらしい。当然、捕虜の待遇である。およそ軍人としてこれほどの恥辱がまたとあるだろうか。

　しかしこれだけ堂々たる装備を有する北支派遣軍が無傷のまま、そう簡単に武装解除されるとはとても考えられない。決して我々は負けてはいないのである。太平洋や内地では敗れたかも知れぬ。大陸では、少なくとも北支においてはまだまだ負けていないのだ。そんなに簡単に武器を敵の手に渡すことはあるまい。兵器を持っている限り、こちらが強いのである。そのうちに反撃の命令も下ることがあるのではないか。

　これが自分たちの内心唯一の望みであったと思う。だから実際は案外、楽天的であり、敗戦の実感が湧かなかった。ただ、これから先は今まで以上に鞏固な団結が必要であろう。和平地区といわれていた地方の住民も、もはや日本軍に服従も協力もしないであろう。むしろ迫害を加えようとするに相違ない。

　その夜、明早朝出発の命令が下った。俄かに兵舎の裏庭などで火を起こして携行食を準備した。兵の態度は終戦の詔書に接した後も別に変化を認めなかった。また誰もお互いに敗戦のことには触れたくなかったというのが本当であろう。ただ、何か前途に希望を見つけて前進するばかりだ。自分も何も難しい理屈をもてあそびたくなかった。体の調子がもうひとつはっきりしないのには弱った。

　太原地区に集結と言うが、途中の鉄道は殆ど八路軍のためにズタズタに破壊されているという。山西軍（重慶政府第二戦区軍）とは今や軍事協定が成立し友軍となったが、共産軍とは何ら停戦協定が成立したわけではない。あくまで彼らは自分たちの敵であり、これに攻撃されたら当然、戦闘行為に出てもよいのである。この炎熱の候、しかも山嶽地帯多く山西八路が跳梁する地区の行軍は相当の困難に違いない。また、太原へ行ってからどうなるのかという見通しはまったくない。

何ということだ。

しかし、明朝の出発準備のために忙しく立ち働く兵の姿を見たら、勃然と勇気が湧いてきた。兵を指揮して所定の地点まで無事に引率するのが今の自分の任務なのだ。それ以外は何も考える必要はない。自分には四〇名の部下さえあれば他に何も要らぬ。小隊が唯一の心を許し得る家庭なのだ。

その夜、建国軍に勤務していた村岡伍長が中隊に復帰し、自分の小隊の第三分隊長になった。大いに有り難い。秋川は元通り第三分隊に籍を置くが、純然たる連絡係下士官として使える。またどう言う都合か知らないが、高木小隊にいた飯島博美候補生が自分の小隊に編入され、第三分隊に入れた。

5　運城より聞喜まで

八月二二日未明、星空の下に集合して営門を出た。我が中隊は運城の兵団司令部を出発する兵団長閣下の一行を城外の駅まで護衛する任務を負っている。まだ人通りの少ない街を歩いて城門のところへ来た。ここで約五〇〇メートルの間にわたり道路上の要点に兵を配置して警戒するのである。小隊を五、六名ずつの小組に分けて配置を終わり、城門の下に位置した。城門の上にも辻上等兵ほか一名を上げた。

夜が明けてきた。清々しい朝である。じっと座っていると寒くなるくらいであった。城門の下に山西軍の分哨と日本軍の分哨とがあって通行人の検索をしていた。山西軍というのはどう見ても垢抜けがせぬ汚らしい軍隊である。装備は相当優秀だが、やはり支那の軍隊である。

時々、各哨所を巡察した。自分の横には直轄組として連下士・秋川兵長ほか数名を置いた。運城の下士官候補者教育隊の一部も出てきて警戒に当たった。中隊出身の連中もいるかと探してみたが見当らない。さすがは兵団司令部所在地だけあって、軍用トラックが絶え間なく往来する。小部隊もしきりに移動する。

久し振りに整然たる皇軍の威容に接した。これを見る限りでは敗戦の事実がまったく馬鹿らしいのである。こんな堂々たる軍隊が敗戦国の軍隊と見えるだろうか。

城門の通行をまったく遮断してしまった。城門から中に入ろうとする物売りや他の支那人も止められて道路際に集められた。兵団長の出発の時刻が近づいたのであろう。

やがて門内に整列している隊列に号令がかかり、自動車のエンジンの音が近づいてきた。一一年式軽機を運転台の屋根に載せたトラックを先頭に、武装した兵を乗せたトラックが続く。次に兵団長らが乗っていると思われる乗用車の一群、その後にまたトラックの列。何というたくさんの自動車だろう。

内地でもこれだけの自動車の列を見たことがない。兵団司令部直轄自動車隊の主力らしい。目の前を通過するトラックを六〇台以上数えたが、面倒になってやめてしまった。おそらく百数十台はあったと思う。自動車の隊列は朦々たる砂塵を上げ、長蛇の列をなして進んでいった。

次に山砲が出てきた。新式の九四式山砲である。これも何門あったか知らぬ。とにかく大した数であった。見上げるばかりに大きく逞しい日本馬が、大きな砲架箭材（せんざい）〔編者註：砲架の脚のことか〕を背負って歩いていた。次に一五糎（センチ）榴弾砲が地響きを立てて目の前を過ぎて行った。すばらしい装備だ。大した兵力だ。これだけのものが揃っていれば、まだまだ大反攻ができる。兵団長はどういうつもりなのだろう。まさか、この立派な装備をむざむざ敵の手に渡すような馬鹿なことはしないだろうとは思うが。

長らくまともな日本馬に接しなかった自分には、まるで前世紀の怪物を見るような、見上げるばかりの馬であった。輜重車の列、徒歩部隊、駄馬の群れ。いつ果てるとも知れぬ人馬の列を見ていたら頭が変になってきた。

大きな駄馬を牽いている兵隊が自分に敬礼した。見れば中隊の芦 信夫である。下士官候補者の一部は司令部の駄馬部隊に使われているという。彼らは元気であった。鎌田 信も馬を牽いていた。

一時間以上も続いた司令部直轄部隊の通過はやっと終わった。足音や轍音（てつおん）、蹄音が消えると俄かにひっそりした。今まで止められていた支那人がドッと門に押し寄せた。

我々の任務は終わったので集合して安邑の方に向かった。陽はもう空高く昇り、今日もすごい暑さになりそうだ。南同蒲（どうほ）線は各所で共産軍のため破壊されているが、工兵隊はこれを修理しつつ、物資、兵員の輸送をおこなうという。安邑の駅に装甲列車が二本停まっていた。兵団司令部はこれに乗ったらしい。自分たちはずっと鉄道線路に沿う道路を行軍し、いくつかの梯団に分かれて行進しつつ鉄道を共産軍の襲撃から防禦し、装甲列車はできるだけ活動して軍需物資や病人の輸送にあたるのである。

装甲列車は黒煙を吐きつつ走り出した。同蒲線は狭軌なので車輌も小さい。迷彩を施した玩具のような機関車が前後にくっついてカタカタと走る。

　自分たちも行軍を開始した。安邑の野戦貨物廠の横を通ったら、ここにはもう山西軍が警備していた。貨物廠はもう山西軍に接収されたらしい。安邑の壁に沿って歩く。安邑縣城の古塔は真ん中辺りから大きくひび割れて二つに裂けそうになっている。まだ暑さはそれほどでもないので、兵は好きなことを喋りながら歩いている。

「オイ、あの塔を見な。真ん中から割れそうになってるぞ。しかし左半分の方が大きくて右の方を先に突き倒しそうだな。どうだい、今にも倒れようとしていても、右側のやつを押し倒すまでがんばっているところは、まるで日本のようだな」

　鈴木敬治兵長の声である。奴、なかなか面白いことを言う。

　しかし日本は最後の土壇場で相手を突き倒し損ねて土俵を割ってしまったのだ。安邑の古塔も遠からず地響きを立てて崩壊するであろう。

　だんだん暑くなってきた。今日も空は晴れてカンカン照りである。落伍者が出てもよほど体の調子でも悪くない限り汽車には乗せられない。鉄道が傍を通っているからと思って気を緩めてはならないのだ。

　暑い。運城で体をこわしてから殊に暑さが身にこたえる。灰のような黄塵（こうじん）が朦々と上る。こんな行軍がいつまで続くだろう。行く手の道路に数え切れぬ灰色の一群が走り出して隣の集落に移動した。敵か、山西軍か。隊長が眼鏡でじっと見ていたが、どうもはっきりわからないらしい。しかしあの物々しい駈歩の状況を見ると山西軍ではあるまい。絶えず我々をつけ狙っている八路軍の一隊に違いない。奴らは自分たちがガッチリ隊列を整えて堂々進んで行けば絶対、攻撃してこない。こちらが疲れ果てて隊列を乱してバラバラになったり、小部隊であったり防禦力のない部隊だと知ると猛然、牙をむいて襲いかかってくる。まるで送り狼のような残忍な奴なのである。

　八路地区では絶対に落伍者を出してはならぬ。落伍したのを知らずに行ってしまったら、気がついて引き返しても、もう手おくれである。死体がないことが多い。またあったとしても、それこそ目も当てられぬような惨死体として発見されるのだ。彼らは血に飢えたるものの如く、ただ殺すのみでは飽き足らず、首を切り眼球を抉（えぐ）り出し、なますのように死体を切り刻むことも敢えてするのである。

自分たちは前進した。部隊一丸となって猛進した。行軍速度はかなり速かったが落伍するものはなかった。伊東中隊長は先日来の酒ですっかり体を害し、下痢がひどいという。馬上の中隊長の姿もだいぶやつれて見えた。目の届く限り白く灼けた道路上を朦々たる砂塵を上げて部隊は進んで行く。しかしまだ平坦地のこともあり、特に注意されてもいたので隊列は割に整然としている。

安邑の次の駅に給水塔があり、道路そばに水栓があった。この前では隊列が乱れて、兵隊は走って行っては水を汲んだ。この辺は低い丘陵が連なっていて集落も比較的多い。だが状況は最も悪い所である。八路軍のほかに三級部軍、安邑縣偽縣政府軍、三友軍、滅共軍などなど、種々雑多な匪軍がウヨウヨしている地区である。

正午頃、丘陵上の松や楊の林の下で大休止。近くの集落へ水補給に行った。中津山も相当疲れているが、行軍にはだいぶ慣れてきたようである。遠く来し方を望み見ると、黄土の丘の上に紫色に霞んだ中条山脈が見えた。あの山を越えるときにはまったく恨めしい残酷な地形に悩まされたが、ここから見れば幻のように青空の下に佇むその山は、夢のように美しかった。高橋 進の霊よ安らかに眠れ。きっと彼は自分たちの前途を守護してくれるであろう。颯々と鳴る松風の音を聞きつつ昼食。

伊東隊長はさっぱり食欲がなくなったそうである。遠く山かげに見える白い集落を指さして「おい、あれがこの前、敵の謀略にかかって中隊長以下が全滅したという氷解鎮の集落だ。この辺はまったく油断ならぬ所だから、夜行軍や宿営の時は気をつけろ」と言われた。鉄道は山間の比較的幅広い平野を北へ北へと走っている。山の裾には点々と集落が見える。緩やかな黄土の丘を道は上ったり下ったりしながら進む。運城から出発した他の部隊や砲兵と一緒になったりして進んだ。

聞くところによると蒲州にいた二九大隊は敵に急追されて大損害を被り、全滅した中隊もあったという。我々の部隊はどこまでも幸運であった。道は再び鉄道線路に近くなる。自分がかつて一度勤務した水頭鎮もよく見えた。東鎮には野戦倉庫がある。野戦倉庫は鉄道のすぐ傍にあり、今は糧秣や被服の積み出しで大変らしい。野戦倉庫の前に中隊から勤務に出ている川島吉郎がいた。

大隊内の行軍序列は毎日変更されて、各中隊が交代で尖兵中隊となる。中隊内でも両小隊が交代で尖兵になるのである。そろそろ夕方近くなり涼しくなってきた。こんな状況でなかったら、附近の景色は実に美しいものとして見られたに違いない。

小さな集落に入って大休止。夕食を炊く。各小隊ごとに民家に入り、競争で炊事である。高橋敬治兵長が大活躍する。豚、鶏と大変な御馳走だ。集落に大休止中、高橋分隊から一部、集落外の廟に分哨を出す。自分は舎営日直を命ぜられ集落内を巡察した。五中隊の高橋隊長が日直司令であった。

中津山は村岡分隊にいるから、自分はいつも村岡分隊の宿舎に入る。中隊内でも指揮班と各小隊とは集落内に宿営したり大休止したりすると、何かにつけて競争である。また実際、競争でやらせなければ何事も迅速にできない。しかし、指揮班の一般兵は可哀想だと思う。中隊長、野見山准尉、中村曹長その他下士官が多く、兵も当番が多い。どうしても当番以外の兵はコキ使われる割に楽しみがない。豊山らが小隊に来たがるのも無理はないと思う。

また、こういう状況になると指揮班幹部も競争意識ばかり旺盛になって、小隊のことはあまり考えてくれなくなる。だが、そんなことは自分たちには大した苦痛でも何でもない。小隊は小隊でよろしくやっている。自分の小隊は絶対、第一小隊や指揮班にひけをとらなかった。高木小隊には狡猾(こうかつ)な奴はいるが、古年次兵でよく働くものがいない。指揮班内の空気は自分たちから見れば何だか冷たいものであり、寄せ集めの弱味があった。その点、我小隊は実に居心地が良かった。無論、小隊内でも各分隊は何でも競争でやっているが、小隊としての団結は実に見事だった。

静岡の補充兵と幹部候補生はだいぶ弱っていた。自分たちとしてもこれらの兵にはまったく困るのである。体力はないし、働かせても何もできず、むしろ手がかかる。無為徒食の居候を養っているようなものだ。飯島候補生はひどく下痢しているらしい。村岡がこぼしている。どうも昨夜、いきなり高木小隊から自分の小隊へ移されてきたのには神馬軍曹辺りの策謀があるらしいと兵の中に言うものがある。あるいはそんなこともあったかも知れない。可哀想な兵隊だが、自分の小隊へ来た以上、できるだけのことはしてやらねばならぬ。

日没後、出発準備をしていたら、集落外に手榴弾らしい炸裂音が轟(とどろ)き、なかなか絶えない。敵が来たらしい。道路上に集合する。高橋春治分隊長の分哨を撤収した。自分たちのところへも少し弾が来た。

さっきの爆音は山砲隊の砲撃であった。集落後方の丘陵地上に敵集団が移動中である。他の部隊はだいぶ戦闘しているらしい。しきりに銃声がする。その敵をどこからか山砲が射撃している。黄色い丘の上に爆煙がパッパッと吹き上がり、敵はあっちへ行ったり、こっちへ出たり、なかなか執拗である。

中隊は尖兵中隊となり高木小隊が先兵となる。各中隊の集結を待って出撃。今夜は徹夜の行軍だ。この辺は実に敵情が悪いため、夜はうっかり集落に宿営できない。夜歩いて昼泊まるようにしている。また、その方が暑熱に悩まされることも少ない。

陽は西山に隠れた。月が上がった。こんな激しい気温の変化は今まで経験したことがない。昼間は頭が狂いそうな暑さに悩まされるのに、夜は寒さに震えるくらい冷えるのである。空気が乾燥しているから星が無闇に光る。あまり眠くはなかった。皆行軍には相当慣れてきたのだ。

暗い集落や凹道（おうどう）の中を通る時はよほど警戒を厳重にせねばならぬ。静粛にすることが第一だ。後方の大隊本部から「歩度伸ばせ」「歩度緩めよ」「小休止」などと逓伝（ていでん）が来る。あまり度重なるうちに兵は静粛行進の禁制を忘れて大きな声を出すようになった。多くの兵が口々にわめきたてたのだ。

ついに伊東隊長が馬を止めて、恐ろしい顔をして叱りつけた。

「ウルサイデァ。各分隊一人だけ言えばよい。何だガヤガヤと騒いで」

大喝一声、皆ピタリと静かになった。自分は今にも笑い出しそうになるのをグッとこらえた。隊長が兵を叱りつけておられるのに自分が笑い出すとは不謹慎極まる話だが、「ウルサイデァ」とは東北弁である。隊長が真剣に思っておられるだけに、なお更、可笑しかったのである。生粋の江戸っ子をもって自他共に許す伊東隊長も、やっぱり長年、東北人と暮らせば、思わず東北弁が口を衝いて出るらしい。隊長は今の四年兵が初年兵の頃から小隊長として山西を駆け回っていたのだから、古い話だ。

夏縣（か）の縣城の傍を通った。山西軍の兵営があり、彼ら特有の物悲しいラッパの音が星空に響き渡っていた。土壁の上には山西軍の歩哨が立っていた。自分たちが傍を通ると土壁の上によじ登って物珍しそうに見ているものもあった。しかし彼らは安邑の山西軍のように我々を嘲笑したりせず、中には親しげに声をかけたり敬礼したりするものもあった。この辺りは今の四年兵、特に高橋敬治兵長らが「勝」部隊にいたとき活躍した土地であり、彼らは相当懐かしいような顔つきであった。

深夜、聞喜（もんき）縣城に着いた。立派な高い城壁である。二七大隊が集結中であった。城壁の直下を通る。ここでは一度、城壁下の道傍（どうぼう）に小休止したのみである。ここで、聞喜に工兵的訓練を受けに来ていたものが中隊復帰した。彼らはもう完全軍装で道路上に待機して部隊の到着を待っていたのだ。

自分の小隊へは森元上等兵と角掛忠次郎一等兵が編入された。森元は村岡分隊へ、角掛は蓬田分隊で鈴木兵長の弾薬手にした。実は運城からここに来るまで、彼の弾薬手がないので、五年兵ではあるが佐々木久治上等兵を臨時に附けていたのである。ところが水頭鎮を過ぎた頃から、佐々木は腹痛で歩けなくなり、医務室に収容されてしまったのだ（これは自分の勝手な憶測であるが、この佐々木の腹痛は仮病であった疑いが濃厚である。佐々木は田沢湖近くの山の製材所で働いていた男で、いささか世をすねて見たがる傾向があり、ヤクザ気質を持つ、その点では良い兵隊である。しかし、一面、古年次兵、兄貴分としての名誉を傷つけられることに対しては何を措いても反抗的になるのであった。

鈴木茂次郎は優秀な下士官勤務兵ではあるが、三年兵である。弾薬手はいわばその助手としての存在であり、それにならされることは、五年兵である佐々木の誇りが許さないわけである。後にも鈴木と佐々木はことごとに反目し合うことになったが、この辺りに階級と年次というものの扱い方に注意を要する点がある。仮にずっと後まで、佐々木を鈴木の弾薬手としていたとすれば、第一分隊の軽機は分隊戦力の根幹たる威力を発揮できず、小隊にとっても大きな危機を招いたと思う）。

不思議と鈴木の弾薬手には皆、何かと故障が起こる。これでもう三人である（大営当時の佐藤喜一を入れると四人）。鈴木の軽機には何か「呪い」がかかっているのではないかとさえ思う。角掛はまったく牛のような立派な体格の初年兵だから、そんなに簡単に参ってしまうことはあるまいと思うが、何だか心配だ。

聞喜には小休止しただけで、すぐ出発した。五中隊が尖兵になった。月はますます中央に冴えわたり非常に明るい。道路も広くて割に平坦なので行軍速度も速く、大いに道がはかどる。涼しい。まったく行軍には快適な天候である。しかし、そろそろ眠くなりだした。安邑出発後、もうすでに一〇里近くを踏破したのである。

道路で小休止する時は必ず中隊ごとに一名ずつ警戒兵を立てる。ひっそりとして銃声一発聞こえない。実に不気味だ。しかし敵はいないのではない。きっとどこからか我々の行動を覗っているのである。落伍するものはないか。防御力なき車輌部隊や駄馬部隊は通らぬかと待ち伏せしているのだ。

道の右側を鉄道線路が走っている。装甲列車が通るのは一度も見えない。どこか爆破されたところの修理で止まってしまったらしい。運城を出る時、蓬田分隊の千葉候補生が靴傷で歩けなくなったので、汽車に乗せてしまった。補充兵もだいぶ乗せた。

道路上に橋がある。傍へ行ってみると橋板が全部とり外してある。車輌部隊や駄馬部隊を困らせようとする八路の仕業に違いない。人間はすぐに渡れる。後へ報告が行くと江連中尉が馬で駆けてきた。五中隊が応急材料で修理し、一中隊が警戒掩護にあたることになった。

五中隊は附近の畑から高粱殻（こうりゃんがら）を運んできて橋桁の上へ並べ、円匙で土を載せる。見ていると実にまだるっこい仕事なので、こちらがイライラした。五中隊は関西人が多い。ペチャペチャと早口で理屈ばかり言うものは多いが、手を動かして仕事をするものは少ない。これを自分の小隊にやらせたら、ものの一〇分もかからぬうちにやってのけるのに。

自分たちは鉄道線路の土堤にピッタリくっついて警戒した。鉄道線路の向こう側には真っ暗な集落が無気味に静まり返っていた。後方、高木小隊が出ている林の方で数発銃声がしたが静かになった。

やっと修理が完成した。また道路上に集まった。ところが江連中尉の馬がどうしても橋の上を渡るのを嫌がり、後ろのほうへ退ろうとする。手綱を握って無理に渡らせてやった。

江連中尉の馬は独眼竜である。江連中尉自身もずっと前、どこかの戦闘で負傷して片目が不自由である。つまり馬と、それに乗るオヤジが協力して初めて一人前の目になるわけだ（あとから考えると、半ば破壊したこの橋の横木に地雷か手榴弾が設置されていたのではないかと思う。八路兵の常套手段である。大した威力はないが修理作業を妨害するためのものだ。しかし、幸い修理作業中は発火せず、土をかけてしまったが、馬は我々人間には理解できぬ本能によってその危険を感じ、橋を渡るのを嫌がったし、一旦、渡り始めると橋の上に一刻も止まりたくないように慌てて駆け抜けてしまったのだと思う）。

いよいよ皆、疲れてきた。休憩すると眠り込んでしまうようになった。自分はやっと酒による不快さから救われて、割に元気であった。感心に靴傷もできぬ。

月はだいぶ傾いた。道傍で小休止。兵は皆、路傍に寝てなるべく脚の方を高くして膨れた脚を揉んだ。初めのうち少し話をするものもあったが、やがて静かになってしまった。自分も刀を抱いてウトウトと眠りかけた。

「出発準備ーっ」

ああ、こん畜生。せっかく良い気持ちで夢を見かけたら出発準備だ。ヤッコラサと立ち上がる。道路から少し離れたところで「ブスーン」と妙な銃声がして、月光の中で、土堤にパッと土煙があがるのが見えた。誰か暴発をやったな。

「前進～ん」

先頭から前進を始めた。

「第一分隊異常ないか」

「異常ありません」

「第二分隊異常ないか」

「第三分隊異常ないか」

「…………」

「三分隊、オーイ村岡」

後ろを向いて怒鳴る。

「隊長殿ーっ」とずいぶん遠くで声がする。村岡の奴、一体何をしているんだろう。誰か気分でも悪くなったのだろうか。小隊は前へ続行させておいて自分だけが引き返そうとしたら、村岡が駈けてきた。

「隊長殿、飯島が自決しました」

「エッ、何だって」

自分は肝っ玉がでんぐり返るほど驚いた。

「飯島が自決してしまいました。あそこの溝の中で小銃で頭を撃って」

「そりゃ大変だ」

自分は村岡を現場へ帰して、すぐさま中隊長のあとを追って走った。

「隊長殿、村岡分隊の飯島候補生が自決しました」

「何っ」と伊東隊長もびっくりしたらしい。しかし部隊はもう行進を起こしている。

「仕方がない。お前残って収容して来い」

自分はまた後方へ走った。部隊は続々行進しつつある。まったく何のために今頃自決なんかするのだろう。走りながらも脚が動かなくなるような疲労が一度にドッと出てきた。

現場に行ってみたら村岡分隊と佐々木衛生兵が残っていた。飯島は本当に溝の中に横たわってこと切れていた。彼は銃口を口に銜えて、足指で引鉄（ひきがね）を圧して自決してしまったのである。どうしてこんなことをしてくれたのか。なぜやったのだ。自分には彼の自決の動機がわからない。彼は昨夜初めて運城で高木小隊から移ってきたのだ。まだ彼がどんな人間であるかもわかっていなかったのである。村岡にもそれはわからない。

彼もやはり昨夜、中隊に復帰して分隊長になったばかりだ。しかし自決するからにはよほど苦しいことがあったに違いない。彼は体がひどく衰弱していたから行軍に耐えられなかったのであろう。可哀想であった。実は今日の昼も集落を出発する時、彼はあまりにも元気がないので、自分も一度言葉を荒げて叱ったのであった。

たった一日だけ自分に接しただけで、彼は人情味のない小隊長と思って死んで行ったことであろう。後悔しても仕方のないことだが、せめて一度でも優しい言葉をかけてやれば良かった。

部隊はどんどん行ってしまう。状況は高橋進が死んだ時ほど悪くはないが、敵はいつ飛び出してくるかも知れぬ。ぐずぐずできない。結局、刀で腕を切断するより他、手段はなさそうである。もう二度と再びこんな辛い思いはしたくないと思っていたのに、またもや今、ここで二人目の腕を切らねばならぬとは。

刀を抜いた。月光にキラキラ光る白刃を振り上げたら、傍にいたものは皆バラバラと逃げてしまった。無理もない。彼らだって戦友が腕を切られるのを見るに忍びないのであろう。では自分はどうしてくれるのか。気丈な森元上等兵だけが一人、傍に残ってくれた。自分はもう今さら何も考えずにサッと切りつけた。月光の中に黒い血がパッと飛んだ。

国旗に包みたくても生憎、国旗がなかった。新しい手拭に包んで持つ。大急ぎで鉄帽で穴を掘って遺体を埋葬する。敬礼して別れを告げ、直ちに部隊のあとを追った。道がわからなくなればそれこそ大変である。しかし俺は何という不幸な人間なのだろう。自分の小隊からはもう絶対犠牲者は一人も出さぬと決心したのはつい二、三日前のことである。

これほど肝胆を砕き、兵と苦楽を共にしてきた自分の心は天に通じないのか。また、飯島が自分の小隊に来て死んだのはやむを得ないとしても、彼がどんな気持ちで死んで行ったかと思うと、まったくやり切れない。

かなり急いでいるのに部隊はずいぶん遠くに行ってしまっていた。やっと追いついた時にはひとつの集落に入りかけていた。その集落は街道からかなり奥深く入った山裾にあったから、追いつくのがおくれたら探すのに骨が折れたことだろう。五中隊の尖兵は道に迷い、予定と違う集落に入り、また出直しては他の集落に入るなど、宿営地に到着するまでにはだいぶ時間がかかり、皆はなお更疲れた。

しかし宿営地はもうそれほど遠くはないはずだ。飯島も、もう少し辛抱してくれたら自決などという大それたことをやらずに済んだかも知れないのに。

東天がほんのりと明るくなった頃、ひとつの集落に着いた。自分はイライラして指揮班からの割り当てを待たずに一軒の民家に小隊を入れてしまった。

伊東隊長へ報告に行った。隊長はだいぶ自分に説教された。二人を死なせ、一人を負傷させた自分には、伊東隊長から何と言われようと仕方がない。自分以外に責任者はいない。しかし自分の苦衷を察してくれる人はいない。

自分は何から何までも癪にさわり、持って行き所のない怒りがこみ上げてきて、手当たり次第、刀で叩き切ってやりたいような、破れかぶれの気持ちになった。自分としては誠心尽して事に当たっているつもりだが、やはり能力には限度がある。自分だって普通の人間だ。それでもやっぱり俺には二人の部下を死に至らしめ、一人を負傷させたという烙印を押されなければならないのだ。

清々しい朝である。熱をもって狂いまわる頭に涼風が快く吹いた。兵は焚火して朝食を炊いていた。森元上等兵に火葬するように命じ、自分は大隊本部へ報告に行った。複雑な街を曲り曲って大隊本部が入っている家を訪ねあてた。中に入ったら部隊長は眠っておられるとのことなので、羽田副官に報告した。副官は自分の報告を聞いて記録し、あまり心配するなと慰めてくれた。

宿舎へ帰ってきたら、中津山が洗面水を準備して待っていた。ここで午後まで休めることになった。

「火葬はやっているか」と聞いたら、「やっています。もうすぐできます」と言う。どこでやっているのかと思ったら、目の前の飯盒がかかっている焚火がそれだと言う。ひどい奴だ。火葬も飯を炊くのも一緒なのである。まあ薪が殆ど手に入らないので仕方がないけれど。

自分の小隊から分哨を出した。細かい雨がシトシトと降ってきた。自分は変なにおいがする房子（家）の中へ入って前後不覚に眠った。

6　候馬鎮（こうばちん）より臨汾（りんふん）まで

昨夜宿営した集落を出発し、夜通しで行軍している。道は運城盆地から平陽（へいよう）（臨汾）盆地を隔てる山嶽地帯をうねりながら続いている。しかし今は中条山越えの時のようなひどい暑さではなく、空は秋を思わせるような雲がかかり、透き通るような青空であった。山には草や潅木も多く、秋の草花が咲き乱れていた。河南から北へ、約八〇キロを歩いただけで世は秋となったのである。

清澄な朝の空気は気持ちが良い。兵は疲れも見せず、話をしながら、煙草を吸いながら歩いている。自分の頸には高橋 進と飯島の遺骨が入った箱が白布に包まれて掛かっている。もっと早くからこうしてやるべきであったが、白布が手に入らなかったのである。

自分たちはどこまで行軍するのか知れぬ。どこで戦闘が起こるかも知れぬ。いつまでも自分が行くところまでは二人を連れて行ってやろう。しかし正直なところ、初めのうち自分は白い遺骨箱を胸に掛けるのが恥ずかしかった。他中隊や他部隊のものに見られるのが嫌であった。

北村見習士官はもうすでに二人までも部下を殺したのだと後ろ指をさされるような気がして、とても人前に出るのが辛かったのだ。しかし、この自分の考えは間違っていた。他中隊のものも他部隊の将兵も自分の胸に遺骨箱を認めると、敬虔（けいけん）な目礼をするのであった。やはりこうしてやるのが一番良いのである。二人は立派に死んだのだ。高橋 進は、あるいは戦病死になるかも知れないが、あのひどい状況下で最後まで自分の任務を忘れず、弾嚢を握りしめたまま散華したのは、壮烈な戦死に劣らぬ。

飯島が自決したのも、おそらく体が不自由なため、軍の行動に支障を来たすのを恐れたためであろう。自分は二人の死を悲しむけれども、一方この二人の部下

遺骨を奉じて

を持ったことに対しては十分誇りを持ってよいと思う。自分の荒んだ気持ちは次第に平静を取り戻した。

兵と愉快に話しながら、辺りの景色を楽しみながら歩くことができるようになった。山の間から見下ろす平野はキラキラと黄色や緑色に輝き、遠くの山山には霞がかかり、何とも言えぬ雄大な眺めであった。畑の間を細い鉄道線路がひと筋走っていた。

侯馬鎮の城壁が見えてきた。第三分隊の成田上等兵、高橋敬治兵長らは、かって勤務したときの思い出話に耽っている。白い薄（すすき）の穂が風に揺れる。淹木の葉は黄色や鮮やかな紅色であった。

村岡伍長は陝縣の建国軍で勤務した時から世話している小孩を今でも連れ歩いている。彼の当番のようなものだ。荷物を持たせたりしていた。また自分たちは各分隊に一、二名ずつ苦力を傭って弱い補充兵の荷物を担がせたりしていた。

伊東隊長の小孩、原福児は可愛い少年である。隊長が少尉時代、今の四年兵が初年兵の頃、もっと北の介休（かいきゅう）・平遙（へいよう）附近で活躍していた頃、捕虜になった山西軍の小孩であった。ある良家の小孩で、山西軍の人質にとられているのを伊東隊長に引き取られたのである。それ以来、隊長は弟のように世話をして育ててきたのであった。今はもう一七歳になっている。四年近くも東北人部隊にいたのだから、彼が習い覚えた日本語はまったくの東北弁だ。

原福児は河南にいた時からも治安維持会との交渉に活躍し、新店攻撃にも参加した。彼は相当裕福な家庭に生まれたはずであるが、日本軍に拾われたために、ずいぶん開放的になっていた。今度の撤退行軍にはどこまでも伊東隊長と共に行動をしようという決心でついてきたのである。もう間もなく彼の生まれ故郷が見えてくるはずだ。

山道を下ると荒廃し切った集落が見えた。その対岸に青空と、それに浮かぶ白雲を映した汾河（ふんが）が光っていた。河の向こう岸には広々とした平野が拡がっていた。集落にはすでに他部隊が入って炊事の準備などで大混雑している。

自分たちは大隊本部の設営先発者に先導されて更に山の方へ上がり、小さな城壁に囲まれた一郭に入れられた。まるで河南の程村小塞（ていそんしょうさい）のように、城壁の入口は小さな門が一ヵ所しかない。中は狭い道路を挟んで両側に小さい家が群がっている。それにすでに他部隊も入ってこの狭い城壁の中に休んでいるのである。我々もここで大休止して、その間に昼食し、携行食を作って直ちに出発なのだ。二時間くらいしかない。大人しくしていたら、いつまで経っても出発準備はできそうもない。

狭い門を出入りする他部隊の兵を怒鳴りつけ、強引に突破して中に入ると、今度は指揮班、高木小隊と宿舎の争奪戦である。汚い民家の一軒に小隊全部が入り、直ちに鍋釜を借りて飯を炊いた。兵はすごく活躍する。水がまた城壁外に汲みに行かなければならぬので大変であった。

すごく寒くなってきた。焚火にあたって暖を取る。雲が出て雨がシトシト降ってきた。秋の時雨を思わせる淋しい雨であった。家の中は家族がいて狭いし、不潔なので入るのはやめておいた。携帯天幕を張って中に入り休んだ。天幕の継ぎ目から雨が漏り出して点々と体に降りかかった。

午後出発。雨は止んだが暗澹たる空模様である。山山には低く雲がかかり、陰鬱な影をつくる。荒廃した集落の道路上に疲れた兵、馬、車輌が集合して出発を待っている。道は再び鉄道線路に沿い、曲沃の灰色の城壁を右に見つつ進む。涼しくはあるが、嫌な天気である。

何里歩いたか。そろそろ日が暮れかけてきた。暮れかけた空はねずみ色に曇り、ついにまた雨がシトシト降り出した。日はとっぷり暮れた。雨に濡れて進む兵の背嚢が重そうである。誰もものを言わぬ。黙々と進む。雨はますますひどくなってきた。まったく真の闇である。三歩も離れたら絶対前のものの姿が見えない。隊列をうんと縮めて前のものに触れ合いそうにして歩かせる。自分の中隊は最後尾であった。自分の小隊の中隊内の最後尾で、その後に相当離れて行李班の輜重車の列が続いた。

雨はザーザーと降り、冷たい雫が頸筋から背中へ、腰へと流れ落ちる。へその中へ入る。ブルブルッと思わず震え上がるほど冷たさが身に沁みた。中津山が外被(雨外套)を出してくれた。外被を着ても何の効果もなく、雨はどんどん隙間から侵入して襦袢(じゅばん)から褌までスッポリ濡れてしまった。

道は平坦な自動車道路である。しかし真っ暗で足元に何があるのか皆目わからない。自分は中隊の最後尾を歩いた。村岡伍長も一緒に最後尾を歩いた。自分より後には絶対、兵隊を落してしまってはならぬ。この真の闇では、ひとたび見失ったが最後、もう見つからぬと覚悟をせねばならぬ。絶えず各分隊の人員を点検させた。兵はまったく意気消沈し返事もできないほど疲れ果てている。

時々、後方からトラックが走ってくるので、道路の右側を空けてやらねばならない。

「左へ寄れーっ」

パーッと道を照らす眩しいヘッドライトの光芒が、濡れそぼった兵の列と銀色の雨滴を照らす。自動車が行き過ぎると、前にも増して真の暗闇。ライトの光で目が眩んでしまうのである。自動車が前を通るときには目を瞑ることにした。

こんな雨の中で、時々部隊は行進を止めてしまう。「小休止」と逓伝が来る。こんな雨の中で何が小休止だ、馬鹿々々しい。座ることもできず立ったままである。煙草を出してみても散々雨にたたかれて火が点かない。果ては紙が破れて分解してしまう。左側に深い溝があるらしい。その中に落ち込んだら大変である。

自分がちょっと立ち止まっているうちに、もう村岡の姿が闇の中に吸い込まれてしまった。ずっと前方に幽かに剣鞘のカタカタ鳴る音が聞こえる。

「オーイ、村岡、どこだ」

「こっちですよ」と案外近くで声がする。少しやみくもに走ったら、幽かに幽かに防暑帽を被った村岡の黒い影が見えた。三歩と離れぬ所でこんな状態なのである。眼鏡に雨がかかっても何もかもが朦朧と見える。と言って眼鏡を外してしまえばまったく見えないのである。

中条山脈を越えるときも汗に濡れた眼鏡に黄塵が降りかかって苦労したものである。近視のものの弱点はここにある。時々手を伸ばして村岡の背嚢を探った。彼は歩きながら何だかゴソゴソやっていたが、「隊長殿、これで良くなったでしょう」と言う。見れば暗黒の中に白いものがひと筋見える。背嚢に白い手拭をぶら提げたのである。これは良い着眼だ。

さっそく前にも伝達して兵にも同じようにやらせる。またブルブルと空気を震わせてトラックが通り過ぎた。真の闇。

「アーッ、やられた。畜生。俺は目が見えない」と絶叫する声。

ガヤガヤと前の方が騒がしくなる。何だ何だと飛んで行ってみたら、鈴木茂次郎兵長が道の上に座り込んでいる。

「鈴木、しっかりしろ、どうした」

「你公に殴られた、畜生」

第一分隊にも苦力を傭って糧秣など重いものを担がせていた。次の宿営地まで行ったら解雇するという約束だったのだが、苦力はこの雨で行くのを嫌がり、やにわに天秤棒を握ってブンブン振り廻しながら逃走したのである。それがまた運悪く鈴木に命中した。重ね重ねの不幸である。

このドサクサまぎれに第二分隊にいた苦力も糧秣を担いだまま逃げてしまった。まったく泣き面に蜂というところだ。鈴木は何とか元気を出して歩いたが、左の目が膨れ上がり、触ってみると頭の左半分もだいぶ熱を持っていた。更にあとでわかったのだが、二分隊の苦力には擲弾筒榴弾八発を持たせてあったので、これも亡失ということになった。

自分はまたもや伊東隊長に大目玉を喰った。これは何とも申し開きする余地がない。糧秣はともかく、兵器である榴弾八発の亡失は何とも申しわけがない。

歩いても歩いても灯ひとつ見えぬ。暗闇は続く。小休止がかかると兵はドッカリと道路に腰を下ろしてしまうようになった。少し辺りが見えるようになった。何里歩いたか知らぬ。あまりの寒さに体が冷え切って下痢をするものが出てきた。行軍中に下痢をするものにはどうしても二人くらい掩護の兵を附けてやる必要がある。道路は今や脛を没する泥濘(でいねい)となってきた。トラックや車輛に捏(こ)ね返された泥は、脚を捉え、靴に吸い附き、俄かに脚の疲れを感じる。

行く手は漠々たる暗黒。雨は降りかかる。重い脚を泥の中から抜き出して一歩進めば、またズボズボと泥に喰われる。どこまで続くぬかるみぞ。いつまでも、死ぬまでも暗闇の中で、泥の中にもがきながら歩き続けねばならぬのか。

行軍は遅々として捗(はかど)らず、隊列は乱れ始めた。あごを出す兵を叱る自分自身も、もはや泥の中にぶっ倒れそうになっている。静岡の補充兵多数を擁する自分の小隊は、ここにまったく進退窮まったという形で、これを叱りつけ引き摺って行く古年次兵も、もう疲労困憊し切っているのである。

雨はますますザーザーと叩きつける。一度粘土のように粘りついた泥が、今度は濃厚な泥水になって道路上を流れ始めた。歩くのは少し楽になったが、靴の中は泥が侵入して足がふやけてしまった。「小休止」。兵は路傍の草の上に座り込んで篠つく雨の中で飯盒の飯を喰い始めた。こうでもしなければとても体が続かなくなったのである。

このひどい雨の中では飯はたちまち水漬けになってしまう。中津山が乾パンを取り出したが、彼の背嚢も水が通り、乾パンは水を吸ってすごく膨れあがり、布の袋がはち切れそうになっていた。まるで豆腐のようになった冷たい乾パンを呑み込んで食べたが、それでも幾らか人心地がついた。

どこまでも泥濘の悪路は続く。その泥の中に、前の部隊が棄てて行ったらしい馬が斃(たお)れて死んでいた。その馬の死体の上を雨が激しく叩いている。可哀想に。しかし自分たちもいつこんなになるか知れない。兵は進む。黙々と進む。

何時間歩いたか、何里歩いたか、豪雨の中にほのぼのと夜は明けかけてきた。灰色の楊柳(ようりゅう)林。集落はひとつも見えぬ。やがて行く手に黒々と廟らしいものが見えてきた。

「あっ、廟があるぞ。臨汾の飛行場が近いぞ」と兵の中に言うものがある。果してその兵の言うことが本当かどうか知らないが、何だか救われたような気がする。

歩き歩いて右側に飛行場らしい広い野原が見えてきた。左に兵舎らしい建物も見えてきた。それはやはり航空隊兵舎であった。助かった。何とか今日も無事に生きてきた。営門に入る。他の大隊がたくさん入っていた。ここにはもう友軍はいないらしい。自分たちは衛兵所の中でドンドン火を焚いた。皆の体から水蒸気と汗と垢の匂いがたちのぼり、ムッと息が詰まりそうに蒸し暑い。外はなおも雨が降り続いている。

だいぶ明るくなってから我々の部隊はここを出発した。雨は小降りになり、そろそろ晴れそうである。設営に出た先発者が遥か遠くにある集落で、設営完了の信号に焚く火が見える。飛行場を横切って進む。コールタールで畑の畝のように迷彩を施したアスファルトの広い滑走路が目の届く限り続いている。飛行場の中には大きな水溜りができていた。遠くに土壁のある集落が見えた。相当大きな集落だが、中には不潔な水溜りがあちこちにできている。

自分たちが入った民家は指揮班の宿舎からだいぶ離れていた。まったく疲れ果てたが今日一日は十分休養できそうだ。空はまったく晴れた。燦々たる陽光が木の葉から滴る露を照らす。服を着替え、顔を洗って暖かい日光を楽しんだ。靴も革脚絆も服も何もかも泥だらけである。

力を抜いてみてアレッと驚いた。鯉口から侵入した雨水が鞘の中に溜まって、あの閃々(せんせん)たる白刃が赤錆びになってしまっていたのである。すぐにスピンドル油で拭いたら錆は取れたが、最初、高橋 進の腕を切ったときには水もなく、すぐに洗うことができなかったので、その時の血痕は腐蝕してついに取れなかった。兵の銃や剣も一夜のうちに赤錆びになったので、徹底的に手入れさせた。

兵は実によく働いた。襦袢袴下（こした）を洗濯してしまうと、編上靴（へんじょうか）を水洗いして干した。さつまいもがたくさんあった。鶏も手に入った。村岡が陝縣でカレー粉を手に入れて持ってきていたのでライスカレーができた。これは大変便利であった。家の裏に出てみたら広い畑になっていて棗（なつめ）ができていた。

午後、中隊集合を命ぜられ、単独の軍装で集合した。終戦に際し、陸海軍人に賜った勅語の奉読式があった。また自分たちの今後の任務は、おそらく京津（けいしん）線沿線の警備を担当することになるだろうと伝えられた。つまり武装解除はされるが、それは名目上のことであり、なおも兵器を持って警備にあたるということなのである。

皆の気持ちは割に落ち着いてきた。こうして行軍しているうちは辛いかもしれないが、兵器・弾薬はあるし、糧秣も何とかなる。戦闘もできる。捕虜待遇を受けるくらいなら、いつまでも行軍している方が良いとさえ思う。

次の日もこの集落に宿営して休養できることになった。高木少尉は部隊から出される食料徴発隊長になり、隊長の馬に乗って出て行った。自分は一度も指揮班に顔を出さない。異常の有無を報告するのも連下士・秋川兵長に行かせる。幹部だけが豪勢な生活をしている指揮班の空気が自分には堪らなく嫌だったからである。

その日の夕方、蓬田、高橋春治伍長の分隊から自分と村岡を呼びに来た。何かと思って行ってみたら白酒（バイジュウ）を手に入れましたと言う。南瓜（かぼちゃ）の天ぷらを肴に少し飲んだ。酒では運城にいるとき失敗したから、警戒して少し控えて飲んだ。高木少尉にも御馳走した。一小隊からも御馳走を持ってきてくれた。

高木少尉は工兵出身である。中支・南支の各地を転戦した勇士であったが、橋頭堡へ転属してきて、八月一四日、撤退する晩に中隊に着任した。沼津の人で朗らかな大人しい人だが、なかなか押しの強いところもあるらしい。年は自分よりも一つ二つ上の二四歳であった。

二日間の休養ですっかり元気を回復した。何よりも嬉しかったのは兵の発案で風呂を沸かしたことである。風呂にするのには恰好な甕（かめ）が見つかったので、家の裏の陽当たりの良いところへ据えつけ、別に釜に湯を沸かして入れた。

「隊長殿、まあひとつ入ってみてください。ちょうど良い加減ですよ」と言われて裸になった。連日の行軍で、さすがに肉が少し落ちたようだ。白い湯気の立ち昇る甕風呂に入って幾日振りかの垢を流した。良い気持ちだ。

ジッと目をつぶって湯に浸る。半月近くにわたる苦しい思い出が、河南での楽しい思い出が次々に頭に浮かんできた。空は洗ったような美しい青空である。湯の上に白い雲の影が映ってユラユラ揺れる。どこからか柳の葉がヒラヒラ飛んできて湯の上に落ちた。「隊長殿、背中を流します」と言う中津山の声に我に返って暖かい日光の中に背を曝して座った。

石鹸のにおいが何とも言えぬ良い匂いのように思えた。小隊の兵は代わるがわる入りに来た。編上靴の修理ができるから要修理品を集めろと伝達があった。その夜、各隊の見習士官は大隊本部に集合と伝令が来た。暗い道を本部に行った。集合を終えて部隊長に報告したら、皆室内に呼び入れられ、色々行軍中の所見事項や注意を言われた。今まで河南では各中隊が分散していたので、各中隊の見習士官が一所に集合するということは一度もなかったのである。

部隊長の話が済んでから、江連中尉がまた自分たちを呼んで星空の下、砂の上に円く座らせ、大隊将校団の結束につき、ひとしきり話し、先任将校たるところを見せた。翌朝、出発の命令が下った。携行食の準備。装具の準備。明日の行軍に備えて早く寝る。

7 臨汾より洪洞まで

八月二九日朝、宿営地出発、尖兵となる。また雨の降りそうな空模様である。街道を北進。臨汾に近づく。壮大な城壁が前方に横たわっている。城門に入る。城門には友軍の分哨が出ていた。自分たちの無精髭や戦陣灼けした顔を見て、「ご苦労様です。どこの部隊ですか」と聞いてきた。

城内を突っ切って駅のある方に抜け、また城壁に沿って北へ北へと進む。自分は石門士官学校を卒業し、河原田兵団司令部のある蒙疆の厚和に集合して教育を受け、山西にある中隊に赴任の途中、臨汾に途中下車して城内を見物したことがあった。当時の自分たちはまだ駈け出しの見習士官で無所属なので、まったく自由な体であった。

今はもう日本は負けてしまった。自分も変わった。すでに部下を持っている。しかし臨汾の古城壁は変わらない。おそらくいつまでも変わらないであろう。

城壁を離れる頃からまた雨が降り出した。この前ほどひどくはないが、なかなか止みそうもない。外被を着ても行動が不自由になるだけなので着ない。道路は足の踏み場もないくらい、グチャグチャの泥である。辿りつつ足を泥に取られながら歩く。正午頃、道傍の小集落で大休止昼食。どんどん焚火した。自分も少し腹の調子が変になりだした。

道はだいぶ良くなってきた。雨も降ったり止んだりする。行く手に幅約五〇メートルばかりの河が現れた。街道に架かっていた橋は破壊されて原形を留めず、汽車の鉄橋を渡る。馬は河の中を渡る。

また雨が降り出した。小休止。集落は附近にたくさんあるが、道路からはかなり離れている。裏の木の下で立ったまま雨宿りする。大きな棗の果実が枝もたわわにぶら下がっている。まだすっかり色づかず、食べるには早いのだが、兵は石をぶっつけて落しては食べている。あんまり青い奴を食うと腹をこわすぞと言いながら、自分も比較的よく熟しているのを食べてみたら甘くて美味かった。苹果（へいか）（リンゴ）のような味だ。

雨が止んだ。こじんまりした集落が多くある。棗の林が多い。この辺の集落はすべて立派な土壁を巡らし、その四隅には望楼が立っている。土匪の活躍が激しい所だから、各集落で自衛団を組織し、兵器を蓄えて非常に備えているのであろう。どこを見ても、一見しただけでは平和な農村のようであった。畑には高粱がもう茎が黄色くなり、赤褐色の穂が重そうに傾いている。自分はこの農村風景が堪らなく好きになった。

内地での防風林に囲まれた藁屋根や鎮守の森も悪くないが、午後の明るい陽に照らされた支那農村にも捨て難い味がある。黄土で造った家もあるが、多くは河南ではあまり見られなかった硬質煉瓦でできた堂々たる家である。一般に陝縣や安邑附近の農村に比べると非常に裕福そうであった。

ある集落の出口で、本部通信班が支隊本部と連絡をとるため通信所を開設し、中隊はこれを掩護するため少しおくれた。我々は小沢支隊の梯団（ていだん）に属する。各梯団は鉄道線路に沿う地区を前進し、支隊本部の通信隊は常に兵団司令部の装甲列車と連絡を保っているのである。

二七大隊と久し振りで顔を合わせた。河南で会った時以来、今まで会う機会はなかったのだ。同じ梯団に属しているのだが、行軍序列の都合でいつも離れていた。渡辺隊にも行き会った。彼らが休止している近くで部隊も休止したのである。渡辺隊長は居られなかったが島田伍長が軍曹になっていた。

彼と話をしてみて驚いた。岔官（ふんかん）作戦が終わって山西に帰還してから収麦作戦があり、金子少尉殿戦死。また、終戦後の撤退作戦開始当時、長店鎮附近で軍用列車が共産軍に襲撃され、西里少尉殿、副島（そえじま）曹長戦死。

沖村軍曹、船津軍曹重傷など、殆ど幹部全滅の大打撃を受けていたのである。

渡辺隊長は今、支隊副官になっているという。当時、西里少尉は中隊長代理をしていたそうである。戦死新しい見習士官が着任しているようであった。しかし自分がいた頃の中隊附将校は全滅してしまったのである。自分と共に橋頭堡へ転属した内田少尉は、自分が黄村陣地にいるとき、内地防備要員として転属、内地帰還になったが、彼も山海関附近で列車が敵戦闘機の銃撃を受け、戦死したらしいということであった。

自分が転属しなければ、やはり戦死したに違いない。現にもう一時間ばかり転属命令が出るのがおくれていたら、自分は氷地村、龍家城、五龍廟各陣地の交代兵を連れて水頭鎮を出発して山の中に入り、山西軍と八路の挟撃を被ったはずであった。ところが自分の突然の転属で藤本軍曹が交代し、たちまち胸部貫通の重傷を負ってしまったのであった。自分は運の良かったことを喜ぶとともに、死んだ人たちの不運を悲しく思った。まったく感慨無量である。あんな橋頭堡の最前線にいながら自分はかすり傷も負わずに脱出してきたのだ。

平坦な快適な道は続く。道傍にて昼食。遥か右方、平地の尽きる所から金緑色に霞んだドッシリとした山が中天にそびえている。日本には見られぬ偉大な形をした山だ。こんな大きな山が麓から頂上までひと目に見上げられる支那の景色がまた何と雄大ではないか。

点々と散在する集落は棗の林に囲まれて白く輝く。廟や塔も見える。鉄道線路上を時々ガソリンカーがすばらしいスピードで飛んで行く。この辺は相当状況の悪い所である。道はますます良くなる。

あまり調子に乗って歩いたら、後方から「歩度緩めよ」と逓伝が来た。左に楊曲鎮の美しい城壁を見ながら進む。鉄道の右側に出る。この辺は村岡や辻や佐々木久治ら五年兵が初年兵の頃過ごした思い出の地である張蘭という村がある。前方に大きな洋館が三つかたまって見えてきた。左には汾河の清流が流れている。汾河は相当大きな河だが、水は美しく澄んでいる。汾陽白酒はこの水で造るのかも知れない。

大きな建物はキリスト教会であった。内地でもあまり見ぬドッシリとした灰色の煉瓦建てで、大きな窓のガラスも磨かれてキラキラ光っていた。屋根の上には十字架がのっている。おそらく白人が建てたものであろう。こんな山西の山奥にまで根強く布教を企てる彼らの熱心さには感心するが、日本軍に対しては、おそらく相当不利な宣伝や謀略の根源になったものと思われる。見たところそれほど荒廃していない。この大陸の荒涼とした景色には不似合いなものだ。

緩い坂を降りると洪洞縣城だ。大きな街らしく立派な城壁がある。道は城壁外に沿うて通っているので、中の様子を見ることはできないが、煉瓦建ての立派な家が櫛比し、街も大いに活気を呈しているらしい。

鉄路の踏切りのところまで来たら、前に他の梯団がズラリと道路に休止していた。部隊も止まった。物売りの小孩がたくさん群がってきた。自分たちは城外には泊まらず、更に一里ばかり先の廟村という集落に泊まることになっている。もう今日の行程も殆ど終わりに近い。尖兵の任務も無事終わりそうだ。

前の梯団が進み出した。自分たちも前進した。しばらく行くと道は下り坂になり、目の前に幅約五〇〇メートルもあるかと思われる大きな河が現れた。自分たちの前の梯団はもう半分くらい渡河していた。この河には橋があったが半分くらい破壊されて、肝心の水の流れているところには橋がなかった。皆、渡渉しているのである。

水は相当濁っていて流れも部分的には急激な所もある。さあいよいよ尖兵長の張り切りどころである。自分は小隊を水際に止めておいてザンブと河に入り、橋があるところまで渡ってみた。深さは股まであった。

「後ろへ逓伝。河の深さは股まで。渡渉できる」と伝える。部隊は続々渡り出した。車輌部隊は橋の上へ上がることができないので、別に渡河点を見つけてやらねばならない。

一度渡ってからまた戻り、今度は行李班の渡れるところを探し始めたら、意外に早く行李班が来てしまって、もはや二輌ばかりの輜重車が渡り出した。馭兵が馬鹿な奴で、馬の取扱いを誤ったため、もう少しで流されかけた。そこへまた運悪く部隊長が来た。

「その輜重車が渡っている所はお前が渡ってみたか」

「まだ渡っていません」

「駄目だ、なぜ渡ってみないか」と睨みつけられた。せっかく無事に終わりそうだった尖兵にミソをつけてしまった。

渡河が終わってからまた前進した。ここでまたまた大失敗をやってしまったのである。自分は尖兵長だから地図を渡されている。十分注意して地図を見ていたのだが、地図と現地が合っていなかったのだ。廟村の集落は鉄道の左を進む片点線路に沿って行けば自然に到着するようになっている。

今しばらくは前の梯団に続行し、鉄道線路に沿う道がない。高橋春治伍長が先頭まで追いついてきて、「隊長殿、道が違っていませんか。この苦力は、ここからは庙村へは行けないと言っていますよ」と言うが、支那人の言うことが信用できるものか。地図には真っ直ぐに前進すれば良いようになっているのだからと、意地を張ってどんどん進み続けた。これがいけなかったのだ。自分としては、どう見てもこうするより他、仕方がないと思った。

しかし残念なことに、この地図は航空写真から作ったものではなくて、支那の地図を基本にして作ったものらしかった。運悪くこの部分が現地と違っていたのだ。行っても行っても自分の求める道は現れない。おかしいぞと気がついた時にはもう遅かった。

「北村、道が違っとるぞ、さあどうする。お前、自分で処置しろ。部隊長は怒るぞ」

伊東隊長が馬を止めて中隊の行進をおさえてしまった。明らかに道を間違えたのだ。さあ困った。あれだけ左右の地形に気を附けてきたが、庙村に入るらしい片点線路のような道は見当らなかった。尖兵長は部隊の進路を確実に維持するに全責任を負わなければならぬ。尖兵が道を間違うということは、正に切腹にも値する恥辱なのである。

自分だけではない。隊長にまでも恥をかかせてしまったのだ。部隊は自分たちの後方に延々と続いて停止した。兵は疲れて道傍に腰を下ろしてしまっていた。日は暮れかかる。あゝ、俺一人の不注意が部隊全体を疲れさせることになってしまう。

自分はまったく途方に暮れた。伊東隊長はもう自分の無能に愛想をつかしたという顔つきで、見向きもせずに怒っている。まったく穴があれば入ってしまいたい気持ちだ。しかし何とか処置を講じなければ部隊は動かない。仕方がない。とりあえずもう一度一人で今来た道を引き返した。だが自分がいくらも走らないうちに副官と江連中尉が馬で走り廻って庙村への道を探し出してくれた。

その道は山の裾を廻り込む細い道であった。どう考えても片点線路で表わすには、あまりにも細い道であった。それにまるで地図とは似ても似つかぬ方向にグッと曲り込んでいたのであった。日はトップリ暮れた。山の裾に庙村の集落があった。部隊は解散した。自分の小隊から分哨を出さねばならない。兵はまったく疲れ果ててものも言わなくなっている。中隊が解散するとき、伊東隊長は「北村見習士官は分哨配置が終わったら、ちょっと俺のところへ来い」と言って宿舎に入った。きっと今日の尖兵長の無能を責めるのに違いない。この際、叱られても仕方がない。覚悟した。

兵は先に宿舎にやり、自分は一人で分哨位置の選定に集落外に出た。

真っ暗な道を歩きながら涙が出そうになるのをこらえた。せっかく今朝出発するとき張り切って出てきたのに、もう少しで尖兵の任務が終わろうとするところで取り返しのつかぬ失敗をやってしまったのである。地図が悪いと言えば悪いが、それは文句であって弁解にはならない。道を間違った無能の尖兵長。これが今後自分に浴びせられる嘲笑であろう。

この辺りは山西省でも水田が多くて日本の田舎のようであった。田には蛙が鳴いていた。今日あんまり調子に乗って歩いたので、ついに足に靴傷を作ってしまった。それに洪洞縣に着く前、自分だけ三度も河を渡ったので靴が変形してしまった。痛い足を踏みしめてトボトボ歩いた。集落からだいぶ離れた小さな廟を分哨の位置と決めて、また泥に辷(すべ)りながら帰った。

解散後すぐに出てきたから小隊の宿舎がどこになったのかも知らぬ。散々探しまわった末、小隊のいる所を見つけた。兵はドンドン焚火して夕食の準備をしていた。秋川兵長を呼んで長以下六名の分哨を編成させる。こんなに疲れ果てた兵の中から、またまた激しい分哨勤務者を出すのは心苦しい限りだが、宿営するごとに両小隊交代で出ることになっていたのである。今日はちょっと分哨長のなり手がなかった。秋川もこの勤務割り当てには閉口していた。

その時、自ら進んで決然、分哨長の役を買って出たものがあった。高橋敬治兵長である。彼は古年次兵の誰もが出たがらないのを見ると、「よし、俺が行く」と言って装具を着け始めた。神、平山、伊藤陸夫候補生らがこれに続いた。自分はまったく救われたような気持ちがした。これでこそ俺の小隊だ。

小隊長は間抜けでも、兵はこの通り張り切っている。疲れた体をものともせず、甲斐々々しく準備する高橋兵長の姿を見て自分は元気百倍した。また有り難かった。夕食を携行した彼らを連れて、自分は再び分哨予定位置まで出て行った。中津山が心配してついてきた。分哨位置に決めた廟の中で焚火をすると彼らは直ちに服務した。

「ただ今から服務します」と敬礼する高橋の目は、「隊長殿心配しないでください。高橋はどんなに疲れていても任務は果します」と言っているようであった。彼は黄村にいる時からこのような頼もしい兵であった。疲れれば疲れるほど彼は勇猛心を奮い起こして率先事に当たるのであった。彼らは今夜、疲労をものともせず、分哨に勤務しながらこの狭い廟の中で一夜を過ごすのである。

自分はまた闇の中を歩き始めた。星もない晩である。僅かに空の明るみを透かしてみて、足で探りながら歩く。たびたび他の畦を踏み外し泥田の中に落ち込んだりした。中津山が「隊長殿、自分が先に行きます」と言って自分の前をグングン歩き出した。近視でない彼の目には割によく足下が見えるらしい。黄村で演練を重ねた夜間行動の経験も、ここではまるで役に立たなかった。

やっと集落に帰り着いた。さて、これから伊東隊長のところへ行って叱られなければならない。中津山を先に帰し、指揮班の宿舎へ行った。隊長の部屋へ入る。やっぱり説教である。

「オイ、俺はもうお前には愛想が尽きるよ。今日出発する時、アレだけ十分注意してやったのに、これでもまだ完全に任務が果たせないなら俺はもう知らん。部隊長には俺が詫びてきたが、少しは俺の身にもなってみろ。俺はお前が十分支障なく任務を果たせるだけの手は尽しておいたはずだ。もうあれ以上、打つ手はない。あとはお前の努力次第だよ」

とうとう伊東隊長は自分を見放してしまったのだ。弁解の余地があるようにも思うが、それはしてはならないことである。更に深刻に自ら反省してみるべきだ。自分はガッカリして重い足を引き摺りながら小隊に帰ってきた。兵はもう宿舎に入り、あすの携行食もできていた。自分の部屋は別に一つ造ってあった。ここで初めて装具をとった。靴傷は相当ひどかった。靴が変形してしまったのには困った。明日の行軍にはとても足が続きそうもないと思われる。自分はもう半ばヤブレカブレの気持ちで夕食をかき込むと眠ってしまった。

8 洪洞より霍（かく）縣まで

明くれば八月三〇日。陽光燦々と朝露を照らし、風清々しい出発前のひと時。

集落を出た中隊は道路上に集結した。他の大隊ももう続々行進を開始している。自分は厳重に出発準備を点検して遺失物はないかと調べた。

「弾（倉）底鈑あるか。搠杖（さくじょう）あるか。剣鞘あるか」

兵は一夜の宿営で何とか元気を回復したようである。昨日の急行軍で補充兵は相当アゴを出し、今日の行軍は大いに危ぶまれたので苦力も多く傭い、特に脚の弱い飯田美男には佐々木衛生兵ほか一名がついて支隊本部の馬に綱で引っ張らせるように交渉したのである。

自分は靴傷が心配であった。しかし昨日以来の出来事は自分をまったくヤケクソの状態に追い込んでしまった。今度また何か事故を起こしたら、自分は何をやりだすかわかったものではない。自決くらいしかねない悲壮な決心をしていたのである。

部隊は整列を終えていよいよ行進を開始した。もう一度念のため人員を点検してみた。異常はなかった。飯田はいるだろうか。今日は自分もよほど神経過敏になっていて、徹底的に人員を掌握しなければ気が済まなかった。指揮班の隊列を見ると佐々木衛生兵がいる。オヤ、佐々木は飯田について行ったはずなのに。飯田のことを聞いてみたら、他のものがついて行ったと言う。

どうもはっきりしない。自分はイライラし始め業を煮やして「前へ逓伝。伊東隊の飯田一等兵はいるかー」逓伝は次第に前へ伝わって行く。部隊はドンドン進む。雨上がりの道は車輌部隊に踏み荒らされて、またもや靴を没する泥濘である。

逓伝は行ったきり返ってこない。大隊内では比較的、整然と伝わるのであるが、違う部隊に移る部分では上手く行かないのである。途中で行き止まりになったに違いない。更にもう一度繰り返す。実際自分でそこまで行ってみるのが最も確実なのだが、支隊本部はずっと前方にあるので、行進中の部隊を追い抜いて行くのは容易ではない。時間は刻々過ぎる。気が気でない。

「伊東隊の飯田一等兵はいない」と返ってきた。飯田はいない。本当だろうか。体が疲れてくると叱ってもどうしても道に座り込んでしまう彼らである。昨日から馬鹿のようになっていたから、一人でフラフラ列外に飛び出して昼寝するくらいのことはやりかねない。念のため秋川兵長を前の方にやってみさせることにした。

秋川は歩度を伸ばして前の方へ急いで行った。部隊は進む。もし飯田がいなかったら自分は見つけ出すまで中隊に帰らぬつもりである。それにしても度重なる不運は不思議と自分の小隊ばかりを見舞う。これも自分の不徳のいたすところか。

何百メートルか行進したら秋川が帰ってきた。飯田はいないと言う。自分は覚悟を決めた。いても何の役にも立たない兵だが、部下を無事に目的地まで引率する任務を有する自分は一人でも失ってはならないのだ。これで更に事故を起こしたら、自分はもう生きているわけにはいかない。

「村岡、飯田を探しに行くからお前も来い」

小隊の指揮を蓬田軍曹に任せ、

「北村見習士官以下二名、飯田一等兵捜索のため後に残る」と前の方へ逓伝させて列外に出た。部隊は急進しているから瞬く間に通り過ぎ、他の大隊が続々通過した。急いで後方へ取って返した。道路一杯に広がって行進する部隊に逆らって歩くのは大変な苦労である。道路外の草の上を急いだ。

二七大隊の隊列の中に渡辺隈男隊長の姿を見つけた。

「北村どうした」

「兵隊を一人失いましたので探しに帰ります」

更に二七大隊に転属した原山少尉にも会った。後方で飯田らしい落伍兵を見なかったかと聞いてみたが知らないとのことだった。我々は道を急いだ。

早く集落を捜索しなければ追及はできない。こんな所で部隊からはぐれてしまったら、まず絶対助からないのだ。逓伝を待ったりしたのでずいぶん時間を喰い、集落からはもう相当遠くまで来てしまっていた。村岡は飯田の分隊長である。二人とも黙々とものを言わずに急ぐ。またもや強雨が降り出した。

部隊はまったく見えなくなった。自分はまた何とも言いようのない情けない気持ちになった。おそらく飯田はただ、体の苦痛から隊列を抜け出したのに違いない。そして道傍にボンヤリとしているだろう。彼らは年寄りだから苦しくなるとすぐに死ぬことを考えるのである。しかし飯田は死ぬこともできぬような奴だ。うっかりすると平気で捕虜になるような男だ。おそらく彼は見つからぬであろう。しかしそれでは自分も生きているわけにはいかない。

集落に着いた。部隊が出発したあとの集落は妙に森閑として、もうすでに我々を絶えず附け狙う便衣の一隊が山上にチラチラ見えた。自分は拳銃の安全装置を外した。村岡も銃を構えた。

「飯田ーっ。飯田ーっ。……」

大声で呼んでみたが返事はない。

「飯田ーっ。飯田ーっ」

声は山に反響して空しくやまびこが返ってくるばかり。辺りは森閑としている。あぁ、どうしてくれよう。飯田の馬鹿野郎め。自分だけでは飽き足らず、俺たちまでも道連れにするつもりか。

自分たちが目の色変えて探しているときに、一個分隊の兵が下士官に引率されて集落に入ってきた。他部隊のもので、やはり兵を一人なくして探しに来たというのである。彼らは軽機を持っていたので、これは好都合だと一緒に捜索することにした。また「オーイ、オーイ」と呼んでみた。集落の中へも深く入ってみた。飯田の姿も見えず返事もない。またまた雨が降り出してきた。

一個分隊の兵は、ひと通り適当に捜索を終えると、そそくさと部隊を追って行ってしまった。しかし自分たちは諦めきれない。中隊へ帰ることはできない。飯田が殺されているなら死体なりとも確認し、遺骨はどうしても持って帰ってやらねばならないのである。

怪しい便衣はなおもその数を増し、チラチラと見え隠れする。ヒタヒタと身辺に迫る敵を感じる。

「飯田ーっ、飯田ーっ」

声を限りに呼んでも返事はない。雨はますます降りかかる。

「隊長殿、もう駄目です。危険です。帰りましょう」

「俺がこのまま帰って生きていられると思うか」

「それはそうですが、とにかく駄目ですよ。敵が来ます」

「責任は村岡が負いますから、早く帰りましょう」

「馬鹿言え、お前が責任を負っても駄目だよ。俺は帰ってとても中隊長に顔を合わせられない」

「ヤア、隊長殿はやっぱりまだ子どもだな。駄目ですよ。これだけ村岡が言ってもわからねえんですか。飯田は失っても、あとのものをどうするのですか。小隊長と分隊長を二人とも失ったら誰が小隊の指揮をするのですか。帰りましょう。飯田のことは仕方ありません。帰って中隊長に報告しましょう。村岡は決して悪いようにはしませんから」

彼は諄々（じゅんじゅん）と説く。自分の決心は鈍ってきた。村岡の言う理屈には首肯し難いが、あとに残った小隊、村岡の分隊、それにそうだ、自分の胸には先に死んだ二人の遺骨もかかっている。ここで死んではならない。飯田は可哀想だが、状況はとてもこれ以上の捜索続行を許さない。

村岡は自分の腕を摑んで引っ張りながらグングン歩き出した。自分ももう仕方がないと思った。帰って潔く罰を受けよう。結局、中隊まで帰ってこのことを報告しなければ、自分は勝手に死んだりできないのだ。

雨はシトシト降ったり止んだりする。道はなおも泥濘の悪路である。あまり急いだため足のまめが潰れたらしい。ひと足ごとにズキン、ズキンと骨身にこたえる痛さに思わず足を引き摺る。

捜索のため三〇分ほど集落内にいたから、おそらく部隊はずっと遠くに行ってしまったであろう。二人だけでトボトボ歩く心細い速度では部隊の追及など思いもよらぬ。今日中に追及できなければどうなるか。部隊を探すことすら不可能である。それのみならず、この辺りは最も状況の悪いところだ。昨日も山砲隊が襲撃された。二名ではとても無事に帰れそうにない。

雨が止んでカッと陽が照りつけてきた。ますます道は悪く、蒸し暑さに目も眩みそうである。村岡は後ろから自分を追い立てるようにして歩いている。今は彼一人が頼りである。しかし一人といえども村岡を連れていることは、一個分隊を連れ歩くにもまして心強い。

道はどこまでも続く。高粱畑から出て高粱畑に隠れる。道路の両側に迫って一面の高粱畑である。どこから、いつ敵に飛び出されるかも知れない。今出られたらまず助かる見込みはない。我々の武器は小銃一挺と拳銃と刀一振り。それに二発の手榴弾だけだ。

少し道が良くなってきた。さっきの一個分隊が道傍に休んでいた。自分たちはこれを追い越してドンドン進んだ。うっかり休憩していてはとても今日中に部隊に追いつくことはできぬ。休憩なしの強行軍だ。村岡もだいぶ疲れ、苦しそうに背嚢を揺すり上げながら歩いている。眼鏡に汗がたまって曇ってしまう。

高粱畑の向こう側に集落があるらしい。集落の横を通過するときはまったく油断がならぬ。いつ、どこから狙撃されるかも知れないのである。高粱畑がカサリと音を立てるのも、敵の出現かとギクリとした。空はまったく晴れた。暑い。

「パパパパパーン、キュキュキュキュキュキューン」

来た。二人は一瞬覚悟を決めて顔を見合わせたが、ソーッと頭を出してみると、高粱畑の近くに集落の土壁がズーッと見える。人影は見えぬが、そこから我々を撃ったことは確かである。残念だ。こんな高粱畑の中で包囲して殺されるくらいなら、ひと思いに自決してやろうかとさえ思う。

しばらくじっとしていたが、その後、何の変化もない。また歩き出した。後の方からさっきの銃声に驚いた一個小隊が追いついてきた。物騒なので一緒に行くことにした。

行く手の道の両側に迫って集落がある。あやしい数名の支那人が道路上にかたまってしゃがみこみ、何かコソコソやっていたが、我々の姿を認めると、サッと家に隠れた。おかしいぞ。何かきっと謀略がある。皆に射撃準備をさせ、自分も拳銃を握った。この集落を避けて通れぬことはないが、道路外の行動はなお更危険である。強行突破あるのみだ。各々道路の両側を警戒させ、どんな状況にも応じ得る態勢を整え、いよいよ集落通過にかかる。まったく薄氷を踏む思いであった。早駈けで駈け抜けることはかえって危険だ。四囲に目を配りつつ歩いて通った。

あれほどたくさん見えた人影がひとつも見えぬ。不気味に静まり返った家が続く。今にも一斉射撃を受けるかと心配したが、幸い何も来なかった。集落を通過してホッとしていると、また銃声が聞こえた。他のものは高粱畑の中に座り込んで飯を食い出した。自分たちはあくまで前進を続けた。何としても今日中に追及、昼食も抜きである。もっとも自分の昼食は中津山が先に持って行ってしまっているのだ。いかに影が形に沿う如く自分についていた中津山も、自分があまり急に引き返したため、ついてこなかったらしい。

しかし、彼を連れてこなくて良かったと思う。こんな急迫した状況下で「隊長殿ちょっと待ってください、靴を脱ぎますから」などと座り込まれたりしたら大変である。

陽はカンカンと照りつける。前を歩いていた村岡が、何だかゴソゴソ物入れをさぐっていたと思ったら、ヌッと自分の方へ手を伸ばした。乾パンを五つ六つ握っている。自分はそれを受け取って歩きながら食った。村岡も食った。乾パンで飢えを凌いでの強行軍である。彼はまた手を出した。今度は乾パンと一緒に入っている金平糖（こんぺいとう）を握っていた。自分も何も言わぬ。黙々と乾パンを齧（かじ）りつつ水筒をラッパ飲みしながら歩き続けた。しかし本当に村岡を連れてきて良かった。もし無鉄砲に自分一人で飛び出してきたりしたら、到底助からなかったに違いない。

三時間ばかり歩き続けて、さすがに村岡もだいぶ弱ってきた。自分は靴傷こそできているが、荷物は殆どない。ついに路傍でひと休みした。煙草に火を点けて、少し生き返ったような気がした。

後方から馬蹄（ばてい）の音と兵隊の足音が近づいてきた。見れば今頃どこかの大隊が後方からやってきたのである。助かった。後についた一個分隊も一緒についてくる。二七大隊の一部らしい。先頭に便衣を着た将校が馬に乗っている。念のため飯田のことを聞いてみたがやはり知らぬとのことだった。

「さっきの銃声はあんたたちだったのか。そりゃこの辺は八路の巣だから時には撃つさ。もう大丈夫だよ、一緒に行こう」と言うこの将校の言葉を聞いて、自分は救われたような気がした。これで元気が出て歩き続けた。集落もたくさん通り過ぎたが、今度は絶対安全である。

道は大きな山の裾を廻って山の奥に入って行く。何里くらい歩いたか。とにかく長い長い道であった。また左の方に汾河が見え出した。そして行く手に相当大きな街が見えてきた。趙城(ちょうじょう)である。そしてその城壁の下に多くの部隊が休止しているのが見えた。どうやら我々は部隊に追いついたらしい。

しかし果して自分たちの部隊もここに止っているかどうかはわからない。近いように見えてなかなか遠い。やっと山砲部隊の最後尾まで到達した。ここに休んで昼食をしたらしい。附近にいる部隊を全部見たが二六大隊はいない。二九大隊の車輌部隊のところへ来たら、休んでいた下士官が我々を呼び止めた。

「あんたたちは二六大隊ではありませんか」

「そうだよ」

「二六大隊の兵隊が一人落伍して倒れていたので収容しています。連れて行ってやってください」

自分は天にも昇る心持ちがした。飯田だ。きっと飯田に違いない。

「村岡、きっと飯田だよ。助かったな」

その下士官に案内されて、その兵がいるところへ駈けて行った。あぁ、しかしそれは飯田ではなかった。がっかりした。だが同じ大隊の兵ならやはり連れて行ってやらねばならない。

その兵は飯田とはまったく似ていない若い兵であった。ひどい腹痛で落伍してしまい、中隊は知らずにそのまま行ってしまったと言う。どこの兵隊だと聞いたら四中隊ですとのことである。兵隊が落伍しているのに知らずに行ってしまうとは、まったく無責任な話である。さあ、連れて行ってやるから立てと言っても苦しくて立てないらしい。ぐずぐずしていれば、また部隊は先の方へ行ってしまう。

「苦しくても辛抱して立て。このままではいつまで経っても部隊には追いつけないぞ」と立たせ、二九大隊の下士官に厚く礼を言って歩き出した。しかし、その兵は一〇〇メートルも歩かないうちにまた顔をしかめ、腹を押さえて地上に座り込んでしまった。自分は気が気でない。早く追及しなければ、いつ部隊へ帰れるかわからない。しかし収容した以上、連れて行かねばならぬ。飯田は失っても、せめてこの兵を救ってやれば、少しは心も軽くなるというものである。

村岡は急いで先へ歩いて行った。先に部隊に追いついて、少しでも待ってもらうらしい。どうやら一番遠くに休んでいる一団が自分たちの部隊らしい。さあ、もうひと息だ。元気を出せと自分はその兵の銃を担いで背中を押して歩いて行った。趙城の城壁は延々と続いている。兵の足は遅々として進まない。もうひと息だ。

その時、前方から馬に乗った兵が四名駈けてきた。自分たちの姿を認めると近寄ってきて敬礼した。四中隊から今頃になって迎えにきたのである。彼らはその兵を馬に乗せると礼を言って走り去った。自分は俄かにガックリと力が抜けてしまった。部隊はもう、すぐそこにいる。もう立ち上がって出発準備しているらしい。しかし自分の脚はもはや思うようには動いてくれない。飯田は可哀想なことをした。これから帰って報告しなければならんと思うと、まったく嫌になる。伊東隊長が自分を睨む顔が目に浮かぶ。

やっとのことで部隊に到着。もう整列を終えて出発しようとしている。まったく情けない気持ちであった。村岡を連れてまず渡辺部隊長の前へ行った。

「北村見習士官ほか一名、ただ今帰りました。三〇分ばかり捜索しましたが……」

「イヤ、居ったよ。お前が捜索に行くという逓伝をよこしてから、すぐ前の方からいると伝えてきたので、お前に伝えるように、すぐ後方へ言ってやったのだが伝わらなかったらしい。ご苦労だった」

なーんだ、散々苦労してきたのに飯田はいたのか。馬鹿を見た。しかしいて良かった。自分は危なく命を取り止めたのである。部隊は直ちに行進を起こす。中隊長のところへ報告に行ったら、「アア、ご苦労」と言っただけで、あまり機嫌は良くなかったようだ。小隊の兵は口々にご苦労様でしたと迎えてくれた。

「飯田はいるか、顔を見せろ」

列の中がざわめき、古年次兵に押し出された飯田の薄汚い髭面が見えた。やれやれこんな汚い奴のために半日苦労したのか。しかもこの髭面の名前は飯田美男という。何たる皮肉だ。まあ、これで何も言うことはない。苦労は報いられた。本当に村岡が言うように、あそこで死んでしまっていたら元も子もなくなっていたところだった。

休憩なしで直ちに出発。昼食をする暇もなかった。中津山が悲しそうな顔をして「隊長殿、すみませんでした」と言う。自分から離れて先に行ってしまったので、当番としての責任を果たせなかったというわけである。まったく可愛い奴だ。半日以上にわたる苦闘は辛かったが、得たところのものは大きかった。自分はまた元気を取り戻して歩き続ける。

道は山に入った。山を一つ越える頃からまた空が曇りだし、冷雨が降り注ぎ始めた。今度はなかなか止みそうもない。山道は泥でグチャグチャになり、所々陥没して大穴があき、山砲隊や車輌部隊の通過が非常に困難になり出した。我々一般徒歩部隊が手伝い、応急材料で道路を修理することになった。その辺の柳の木を銃剣で叩き切り、泥濘の中に敷き込み、山砲や車輌を通すのである。山道に車輌や馬が大混雑した。駄兵も馬も一生懸命になり掛け声かけて勢いをつけて修理箇所を突破する。勇ましくはあるが悲壮な光景である。何車輌かが通過するとまたもや崩れ落ちて通れなくなる。また修理する。とうとう泥濘の中にはまり込んで動けなくなる馬ができる。雨は降りかかる。人も馬も泥人形のようになって泥と戦う。車輌部隊を通してから我々が通る。

山を越えて降りたら、そこは鉄道路線である。その下は道路があり、その下に汾河が流れている。汾河は俄かに水量を増し、濁流が轟々と音を立てて流れている。見渡す限り陰鬱な灰色と黄色の世界である。山は黒ずんで灰色の雨雲が蔽い被さり、道路は真っ黄色の泥の川をなし、汾河は水煙を上げて渦巻き流れる。雨はザーザーと降り注ぐ。小さな駅の近くで小休止。

道路はとても通れぬので鉄道線路上を歩く。確かに泥濘に悩まされることは少ないが、靴傷のできた足には大いにこたえる。鉄道線路の枕木というものは人間がその上を歩くためのものではないから、一歩七五センチよりは幅が狭いし、一歩で枕木三本を歩もうとすれば跳んで歩かねばならぬ。枕木の間には小石がガラガラとあるから、うっかり間違って枕木を踏み外すと、靴傷がズキンと骨身にこたえ、思わず竦（すく）みあがってしまう。体も疲れたが、これで神経もだいぶ疲れた。

車輌部隊はなお更大変だ。車輌がガタンガタンと枕木の上を渡るので、馬がアゴを出してしまう。谷底を覗くと敵襲を受けた機関車と貨車が転落して赤錆びた車輌がひっくり返った姿を空に向けていた。まるで敗戦のみじめさをマザマザと見せ付けられるような周囲の状況であった。

また道路上に下りた。雨はますます強く降る。「隊形を整えろ」と逓伝が来た。もういよいよ目的地が近いのかと思ったのだが、とんでもない。実はこれから後がなお更大変だったのだ。岩山の下で小休止。集落ひとつ見えぬ暗澹たる豪雨の中を我々は雫を垂らしつつ進む。

日が暮れかかる。集落はまったく見えぬ。左に汾河、右の黒い山が続くのみ。道路は今やまったく川と化した、臑まで没する濁流が滔々（とうとう）と流れる。とても無事で行軍できそうもないので各分隊長に、特に兵を十分掌握するように命じ、自分は最後尾を歩いて兵を落さぬようにする。飯田美男には斉藤市太郎を専属にして附け、できるだけ今のうちに前進しておけと先に行かせた。

　日が暮れる。まったくの豪雨。道路表面を流れる水音でよほど大声を出さなければ話ができぬくらいである。霍縣は遠い。途中に小集落はあるが休まず前進。苦力が非常に弱り出した。古年次兵もさすがに疲労の色が見える。岡田、藤村、伊藤の三候補生が三人とも互いに申し合わせたように交代で大便をしたがる。下痢が続いているのだ。部隊は急進中だ。仕方なく援護兵を附けてやり、用便が終わったらすぐに追及させる。下痢の援護には平山兵長が専任のようにして附けられた。平山こそいい面の皮だ。

　とうとう隊列がバラバラになりだした。一人一人名前を呼んでは全員を調べる。小隊の隊列中に指揮班の兵がいるかと思えば、高木隊の兵もいる。果ては他中隊の兵まで落伍してくる。自分は気が気でない。道傍に立ち止まっている兵には一人一人、口うるさく誰だ誰だと聞いてみた。

　日はまったく暮れた。山と河のみ見え、灯はひとつも見えぬ。どこまで続くのだろうこの道は。休止がかかると兵は立ったまま飯盒飯（はんごうめし）を食べだした。道路が川と化したため、座ることは到底できないのである。

　道は河に沿い、山裾をウネウネと続く。山の突角（とっかく）を曲るごとに今度は灯が見えるだろうと楽しみだが、曲ってみると何も見えない。辺りはますます暗く、道路は河の崖っ縁を通っているから危険千万である。時々、崖崩れの跡があり、河沿いの道路が半分くらい崩れ落ちていた。下を覗けば夜眼にも白く泡立つ濁流が岸を咬んで轟々と渦巻き流れている。

「前へ逓伝、イトウが河に落ちたーっ」

　アッ、イトウとは俺の小隊の伊藤候補生か、それとも隊長当番の伊藤伝治か。前へ逓伝すると自分は急いで声のする方へ引き返した。平山が崖の縁から下を覗いて呼んでいた。伊藤候補生が落ちたのだ。またもや不運は我が小隊を襲う。伊藤が下痢で用便するため平山が援護して中隊を追及中、伊藤は崖を踏み外してしまったのだ。下は轟々渦捲く汾河の濁流。ああ、伊藤はもはや流されてしまったか。

「伊藤ーっ、伊藤ーっ」

　声を限りに呼んだら、下の方から微かに「オーイ」と声がした。有り難い。まだ流されてはいないのだ。中隊は行進を止めて中隊長や他のものが戻ってきてくれた。伊藤は生きている。負傷も大してしていないし、兵器も手離さず持っているらしい。早く救わねばならぬ。どうして救うか。指揮班でまずロウソクを点けた。

雨に叩かれてブツブツ消えかかる灯を崖縁に差し出し、

「伊藤、火が見えるかーっ」

「見えまーす」

「今助けてやるぞ、しっかりしろーっ」

さあ、どうして救う。兵が持っている捕縄を繋ぎ合わせようと言うものもあったが、そんな細いものでは、もし途中で切れたら、なお更大変なことになる。ちょうどそこへ大隊の行李班が来かかったので、野見山准尉が革紐を貸してくれと交渉したが、こんな状況では行李班もすげなく断って行ってしまった。この際、他人の力を頼んではいられないのである。

「帯革はどうだ」と誰かが言い出した。そうだ、それが良い。兵は皆、大急ぎで帯革を外して繋ぎ合わせた。

「伊藤ーっ、今、帯革を下ろすぞーっ。受け取れーっ」

「ハーイ」

「届いたか」

「届きました」

「静かに上がってこい」

上では数人が帯革の端を握り、伊藤は銃剣で崖に足場を刻みつつ上がってきた。助かった。良かった。彼は兵器も装具も何ひとつなくしていなかった。正に賞賛に値する。彼は運良く少しばかりの砂地の上に落ちたので、軽い打撲傷を受けただけで奇蹟的に無事であった。不幸中の幸いである。

中隊は単独で進み出した。雨はますます降りしきり、闇はひたひたと迫る。今は皆の疲労がその極に達し、暗中殆ど手探りで歩いているのだ。ロウソクもついに消えてしまった。しかし、山角をひとつ曲ったら遠くに灯が二つ三つ輝くのが見えた。

さあ、元気を出せと互いに励まし合い、手を引き合ってなおも進んだが、藤村、岡田候補生、飯田美男はもう泥濘の中に倒れ伏して立ち上がることもできない。指揮班の補充兵も動けなくなっていた。古年次兵が叱りつけ、引き摺るようにして連れて行く。飯田はいよいよ動けなくなり、伊東隊長の馬の背に縛りつけて運ばれた。

指揮班でロウソクを二本点けた。大隊本部から連絡兵が来てくれた。もう前方の灯が見える所が霍縣だと言う。最後の奮闘。

高橋敬治兵長は軽機を担ぎ、もう一方の肩には藤村候補生を引っ担いで突き進む。伊藤候補生も急に元気がなくなり、二、三度倒れた。どこをどのように歩いたのか自分にもわからない。目の前に城門が現れ、それをくぐり抜けた。道路は両側の家々の灯で相当明るかった。街路も川をなしていた。道路両側の家は他部隊の兵が入っていて、大混雑を呈している。ザブザブと水を蹴りながら歩く。大隊本部から来た連絡兵はどんどん先に行ってしまう。ただ、自分でも無意識に兵に声をかけながら遮二無二歩き続けた。

歩きながら、オヤッ、変だぞと思った。街を突っ切るとまた反対側の城門を出てしまったのである。そして汾河にかかる橋を渡った。一体、どこまで連れて行かれるのかさっぱりわからない。隊列は一列縦隊のバラバラになり、前後にいる兵の名を一人一人呼んで、何とか小隊の人員を掌握する。雨は轟々と凄まじく水しぶきを上げている。ついに自分も精根尽き果て、刀を杖について歩いた。

藤村候補生はもうすでに川のようになった道路に倒れて「兵長殿、藤村はもう駄目ですから先に行ってください」と言うが早いか、手榴弾を握って危うく信管を叩きつけそうになったので、高橋兵長はびっくり仰天して無理矢理に手榴弾をひったくり、「俺がこれほどまでして連れて行ってやろうとしているのに、貴様はわからんのかっ」と叱りつけ、二つ三つ殴りつけた。藤村は泣いていた。高橋は再び藤村を肩に担ぐと、よろめきながら歩き出した（轟々と水しぶきを上げて叩きつける豪雨の中を、軽機と藤村を担ぎながら水を蹴って突き進む高橋兵長の後ろ姿は、今から思えば神の如き姿であったと思う。いくら古年次兵だって、すでに疲労は極限に達していて、自分の体を運ぶだけでも大変であったはずなのだ）。

自分たちに割り当てられた宿舎は城外の兵舎であった。門を入ったら灯がたくさん見えた。何とか助かったらしい。正に死の一歩手前で命を取り止めたと思う。疲労というにはあまりにも程度が過ぎたのである。薪が配給され、ドンドン火を焚いた。おくれていた兵も何とか到着した。

何はともあれ、まず現状の報告である。狭い通路を通り抜け、伊東隊長のいる指揮班の部屋へ行った。

「第二小隊、人員、兵器その他異常ありません」

途端にすごい怒声が雷鳴のように落ちかかってきた。

「何が異常なしだっ、馬鹿者っ。お前の小隊だけじゃないか、今までこんなに犠牲者を出し、今度もあんなことをする。お前の小隊の兵隊はヘトヘトに疲れているぞ。一体誰の罪だ。帰ってよく考えろ」

自分の血はカッと燃え上がった。伊東隊長の赤い顔が、怒った顔が眼底に灼きつけられた。

一礼して兵の間を通り抜け、小隊の部屋に来ると、装具も取らずに寝台の上へバッタリ伏せると動けなくなった。ここまで我慢してきた悔し涙がドッと流れ出して頬を伝わり、アンペラの上に音を立てて落ちた。あまりにも大きな打撃であった。正に自分の最も痛い傷痕をグサリと突き刺したも同然である。隊長が怒れる気持ちは痛いほどよくわかる。確かに俺は二人を死なせ、一人を負傷させた。おまけに今夜は今夜で、すんでのところでまたもや一人を失いかけた。確かに自分は小隊長としての能力に欠けている。しかし、誰が部下を失ったり傷つけたりして平気でいられるものか。自分の肉体の一部を失ったも同じである。

伊東隊長の言葉はもっとものことであり、悪く解釈したくないし、素直に受け取れるつもりだが、ただ、あまりにも不意打ちであった。自分だって言いたいことは山ほどあるぞ。大営出発以来、自分の小隊ばかり散々コキ使ったのは誰だ。補充兵を大部分自分の小隊に入れたのは誰だ。飯島博美をどんな理由があってのことか知らないが、自決の前日、自分の小隊に移したのは誰だ。

しかしもう何も言うまい。それは自分の無能さを弁護することにはならないから。兵隊は確かに皆、立派なんだ。しかし同じ叱るのなら、適当な時機を考えて欲しかった。こちらは一刻でも早く異常の有無を報告しようと出向いた途端に怒鳴りつけられたのでびっくりしたのである。まして西田見習士官や野見山准尉、中村曹長その他、指揮班の下士官兵環視の中で怒鳴りつけられればたくさんである。おそらく隊長の怒声はこの小隊の部屋まで聞こえたに違いない。たとえ無能であろうとも、小隊長たる自分の体面をどうしてくれるのか。

自分は立ち上がる気力もなかった。中津山が自分の体から拳銃や革脚絆や靴を取り外しにかかった。自分は顔を上げて兵隊に見られるのも恥ずかしく、中津山のするがままに任せて伏せたまま俯いていた。もう一人、傍へ来て肩を摑んだ。村岡だ。「隊長殿、隊長殿、元気を出してくださいよ。オヤジに叱られたぐらいコマイですよ。さあ、火に当たってください。皆は隊長の心持はよく知っています。村岡が附いているんだ、何もけつむく(クヨクヨする)ことはありませんよ」と慰めてくれた。

「アーッ」と自分は思わず飛び上がった。中津山が編上靴を脱がせようと引っ張ったら靴傷がズキーンと痛んだのである。自分で靴をソーッと脱ぎ、靴下を取ってみて、ヒャーと驚いた。よくもこの足で歩いてこられたものだ。両足とも所きらわず靴ずれができ、水ぶくれになり、更にそれが破れて赤い肉が出てしまっている。特に左足踵の外側にできたのは大きくて、まるでソーセージの切り口を見るようなものである。裸足で歩くのも痛い。今夜の行軍のことを思うとゾッとする。

そこへ斉藤市太郎が飯田を引き摺って入ってきた。

「この野郎、まったく大した苦労をさせやがった。俺も本当にブッ倒れるかと思ったよ。コラ、何とか挨拶しやがれ」と言うが早いか、ポカリと一つ殴り附けた。

「やめろ、市太郎」

彼はもう一度振り上げた拳骨を惜しそうに下ろしたが、髭を振り立てて怒っている。いつも朗らかな市太郎が、こんなに烈火の如く怒った顔は見たことがなかった。引き摺られてきた飯田は頭の先から足の先まで泥を被り、薄汚い無精髭に目をショボショボさせ、まったく見る影もない。

隣の部屋でどうしたはずみか知らないが、高橋春治伍長と辻上等兵が口喧嘩を始めた。誰もが疲労の極、気が荒んでいるのだ。

「やめろ、小隊内で何をつまらん喧嘩をやるのか。やるなら指揮班や一小隊の奴らとやれ」と叫んで、しまったと思った。自分も思わず小隊長として許すべからざる不穏な言葉を口にしてしまったのだ（確かにこの晩は、ある意味で中隊の危機であったと思う。豪雨と泥濘と暗黒と戦った長途の行軍、それにこれは自分が撒いた種であろうが、飯田が脱落したと勘違いして、半日ほど自分と村岡が小隊を離れてうろつき、しかもその混乱振りが大隊長まで知れてしまった。おまけに暗黒の中で伊藤が崖から落ちるという事故まで続いた。自分が疲れていたのは当然だが、伊東中隊長もさすがに心身ともに限界に来ていたらしい。そしてこの騒ぎの元凶のような自分がシャアシャアと異常なしと報告に来たのだから、隠忍自重もここまでと、烈火の如く怒られたのである。しかも兵隊すべてが体力気力の限界に達していた時であるから、この雰囲気がたちまち皆を刺激してしまったのは言うまでもない。しかし正直なところ自分もその時は中隊長や指揮班に反抗したい妙な気持ちに駆られたことは事実である。村岡は甚だ冷静に小隊の雰囲気を良い方向に導くように尽力してくれたようだ）。

足を雨水で洗ってからヨーチンを塗ったら、足全体がピリピリ震えるほど沁み渡って何とも辛抱できなかった。

外はなおも豪雨が降りしきっている。火をドンドン焚いた。濡れたものを着替えたが、中津山の背嚢の中もすっかり雨水が浸透して湿っていた。この兵舎はまったくひどいもので、我々が入った部屋には窓にも入口にも扉も何もなかった。一つの部屋は非常に狭く、やっと一個分隊が入れるにすぎない。焚火が赤々と壁と兵を照らす。外の暗闇では雨の音、中では焚火がパチパチ燃える以外、音はせぬ。もう真夜中頃であろう。

「サア、美味い紅茶を飲ませるぞ」と村岡は背嚢の中を探して紅茶の罐を出した。だいたい、この村岡という男は五年兵である。軍隊生活の裏表のことは大抵呑み込んでいる。この行軍間も宿営すれば大活躍をして小隊の兵隊を何とかして楽にし、十分休養させ、更に次の行軍までに元気を回復させようと努力するのであった。分隊長として彼自身の分隊のことはまったく抜け目なくキチキチやるが、小隊のためにもなくてはならぬ人間であって、高橋春治伍長と共に五年兵、四年兵の先頭を切って活躍するのだった。

自分が中隊配属直後、初めて大営分遣隊に出された時からの部下であり、自分の気心もよく知っていた。彼は岔官作戦の頃、陝縣の建国軍で勤務したことがあり、その時、石原中尉にずいぶん世話になっていたが、そのためカレー粉とか紅茶とか、今の状態ではとても手に入りそうもないものを持っていたのだ。彼の背嚢は村岡分隊の玉手箱のようなものだ。

兵が飯盒に雨だれ水を汲んできて焚火の上にかけた。自分は暖かい火で足を暖めて少し元気を回復した。村岡はなおも自分を慰め元気をつけてくれた。兵隊も口にこそ出さないが色々自分に気を遣い、労わってくれた。自分はその慰めを素直に受け取り、小隊の温かい家庭的雰囲気にぬくぬくと浸りながら快い焚火の熱を楽しんだ。

湯が沸いた。村岡は紅茶を入れて蓋をし、しばらく置いてから今度は背嚢から靴下に入った砂糖を取り出した。これには皆、目を丸くして驚いた。運城で皆が手に入れて持ってきた砂糖は、もう大概舐め尽してしまっていたのに、村岡は今まで非常用に保存していたのであった。

飯盒の蓋になみなみと注がれた紅茶はホカホカと湯気を立てた。各分隊の古年次兵も集まった。ああ、こんな美味い紅茶は今まで飲んだことがない。冷え切った体の中へジーンと温か味が沁み渡った。焚火は赤々と兵の笑顔を照らす。アンペラの上に外套を引っ被ってゴロ寝する。死のような熟睡であった。

翌朝、雨は止み、晴れ間が見えた。窓から外を覗くと、ここはまったく四方を山で囲まれた谷の中にある街らしい。珍しく緑の樹々に蔽われた美しい山山が朝日に照らされていた。ここで二日間休養できることになった。この兵舎の中では炊事ができないので、近くの集落まで行ってやらなければならない。指揮班の下士官が引率して三度三度炊きに行った。中隊長以下は城内の支那風呂へ行くということで、自分にも行かないかと言ってきたが、やめることにした。このひどい靴傷ではとても歩けない。行軍ならばたとえ這ってでも行くが、この際、無駄な歩行は一切したくなかったのだ。

補充兵の中で殆ど歩けなくなったものは、佐々木衛生兵が連れて診断を受けに行った。何とかしてこの連中を入院させてしまってくれと言ってやった。飯田美男、鈴木光治、柘植梅吉らが入院と決定した。これで今後の行軍は比較的楽になり、古年次兵の負担も軽減されたというものだ。

皆、背嚢の中身を出して陽に乾かした。煙草も殆ど駄目になっていた。乾パンは完全に水を吸って袋一杯に膨れあがり、大きな塊になってしまった。また兵器がすっかり赤錆びになり、泥が入って遊底の運動が円滑にいかなくなったので、スピンドル油を受領して徹底的に分解手入れさせた。自分の刀はひどいことになった。何度拭いてもスピンドル油を塗っても、濁流の中に刀を杖について歩いたので、鞘の中に水が浸入し、木の部分が湿っているので、すぐに錆が出る。

ここで編上靴の新品がだいぶたくさん支給された。自分も一足もらったが、一一文(一文＝二・五センチ)のしかなかったので、靴傷の足にはどんな無理をしても痛くて履けない。残念だったが村岡に譲り、自分は少し古い一一文三分で我慢した。それでも踵の横にできた靴傷は何を履いても触れる所である。今後の行軍のことを考えるとまったく身の竦む思いであった。

その夜、大隊本部へ将校集合。種々の指示を受けた。明日以後の行軍では夜間行動はやらない。行軍序列、警戒配置も少し変わった。また現在地出発以後、介休までは山嶽地帯である。途中の山地では宿営するにしても水・薪の入手は困難が予想されるから、できるだけ携行せよと言う。また自衛戦闘以外はする必要がなくなったので弾薬携行数を減じ、小銃弾各人六〇発、軽機一二〇発、重擲榴弾各筒一二発に定められた。解散後、二村隊長が自分のところへ来て「昨日、うちの兵を収容してきてくれたのは貴官だろう、どうも有り難う」と頭を下げたのには恐れ入った。飯田がいなくなったというのは自分の勘違いであり、四中隊の兵を連れて帰ったのはまったくの偶然の出来事で、いわば怪我の功名だったからである。

翌日も良い天気であった。一日中、ゆっくり休養する。辺りの山は実に美しかった。空は洗ったような晴天で、白い雲が悠々と流れていた。久し振りでのんびりした気持ちになり、手帳に辺りの山を写生してみたりした。佐々木衛生兵に靴傷の治療をしてもらったが、以後、連日の行軍をするのではとても治癒しないであろうと言う。足一面にリバノールとマーキュロを塗られて困ったことになったと嘆息した。飯田は大変な置き土産をしたものだ（この靴傷は後々まで自分を苦しめ、歩く度にぶり返し、年末まで実に三ヵ月以上も自分の行動を妨げた）。

補助食糧として各小隊に白麺(パイメン)（うどん粉）一袋が支給された。だが今後の行軍中、炊事の困難を予想して城内で饅頭と交換させた。兵の背嚢には薪が数本ずつ結着されている。山嶽地帯の行軍、果してどんな困難な状況に遭遇するだろうか。

9　霍縣より介休まで

九月二日。部隊は今日も進み行く。道は山腹をうねりながらどこまでも続く。相当峻険な山ではあるが天候は快適。周囲の景色は初秋の色彩が絢爛(けんらん)たる錦を飾る。数日前の悪戦苦闘は今すでに思い出となり、愉快に談笑しながら行軍ができる。敵情もそれほど悪くないので一時間ほど歩けば必ず小休止がある。

二旬にわたる行軍に、皆の体も放浪生活に慣れ、そのうちに楽しみすらも見つけることを覚えたのであった。

山の中にも時々集落があった。仁義鎮(じんぎちん)、高壁鎮(こうへきちん)などの集落を通過した。途中の集落ひとつない荒れ果てた黄土と岩の山陰にも、支那人は泥の一軒家で細々(こまごま)とした生活を営んでいた。こんな所にと驚くほど山奥の崖の間の陽だまりに小孩が遊んでいる。見れば崖の中腹、猫の額大の空き地に山腹を穿った横穴があり、老翁が煙管を銜(くわ)えて日光を楽しんでいる。

附近の貧しい黄土の上には畑が耕されており、いくらもない高粱が植えられていた。貧しいだろうが、しかし楽しそうな生活である。彼らは一生この山の中で大自然の恩恵に浴しつつ暮らすのに違いない。支那の物語にある神仙の生活もこんなものかも知れない。彼らは世界の大動乱も知らぬ。日本という強国の没落も知らぬ。おそらく彼ら自身の祖国の動きにも超然としているのである。まったく羨ましき限りである。

それにしても、この平和境を脅かす兵馬の音は、いかに彼らの耳目を驚かせたことか。我々はこんな物騒な扮装でここを通る以外、二度と再びこの仙境に足を踏み入れることはあるまい。情けないことだと思う。

部隊は進む。見上げるばかりの懸崖の下を小さい人馬が進む。遠く望めば果てしなき山並が燦々たる陽光の下に、紺碧の空の下に連なり渡る。

荒廃した集落に大休止。こんな山の上にも道傍には柳の大木が青々と茂っていた。かつては相当雄大な建築であったと思われる廟がある。立派な家もある。しかし人はまったくいない。いたずらに草茫々と生い茂り、狐狸の棲家となり果ててしまっている。一体、住民はどこへ行ってしまっているのだろう。もうずいぶん長い間、人が住んでいないらしい。あるいは、かってここで激しい戦闘がおこなわれて廃村となってしまったのか。

確かに自分たちも、ある時には支那民衆の生活を破壊したかも知れぬ。しかし仕方がない。任務遂行のため、あるいは生活の危険に曝されて、やむを得ずおこなった破壊であった。廟の廃墟に入ってみると、散乱する瓦にも見上げる軒下の彫刻や彩色にも、支那人の非凡な藝術的才能が発揮されているのがありありと見える。どこからこんなすばらしいものを運び上げたのか、この荒れ果てた山中に。


「出発準備ーっ」

薄暗がりの廃墟に立って、頭の中に描いていた支那四〇〇〇年の歴史絵巻は一瞬にして破られ、我に返って廟を出る。山道は続く。果てしもなく続く。上がっては下がり、曲り曲って進む。陽は西山に傾いた。西の空に五彩の雲。金色の光芒。山山は絢爛たる色彩に輝き、陽は正に暮れなんとする。浅黄色の空に暮の明星ただひとつキラキラ輝く。

山の中の小さな集落に到着した。山腹に造った穴倉家屋の一群だ。今夜はここに一泊する。宿舎の割り当てを受けて入る。集落が小さいので今夜は小隊と指揮班同居である。伊東中隊長らと共に夕食。各小隊や指揮班の御馳走を持ち寄り、どこから手に入れたのか少しばかり白酒が出た。久し振りにくつろいだ気持ちの会食であった。小隊へ帰り、兵の間にもぐり込んで寝る。靴傷が痛むのには困った。


未明出発。赤々と照らす焚火の光に兵は出発準備を急ぐ。部隊は朝霧を衝いて行進を起こす。今日は指揮班が尖兵だ。

「地雷があるぞー、気をつけろー」と、逓伝が来た。見れば道路の真ん中に三ヵ所、薄い土の下に踏板が見える。その一つは板が落ちて紐がぶら下がっていた。その周囲に標識が立ててある。まったく油断がならぬ。先頭の指揮班が進んでいるうちに神馬軍曹が踏んでしまったのだ。幸運にも不発であった。この一見、平和に見える一寒村にも山西八路の魔手は延びていたのだ。おそらく昨夜部隊が宿営したのを知ると、出発する時に引っかかるように、夜のうちにここへ埋設したのに違いない。これが八路民兵のやり方である。

その後の行軍には特に道路上に注意し、必ず前のものが通った足跡を辿って歩くように指示があった。行進は道路の両側に別れ、一列になって歩くことになった。しかし、最初の地雷が事前に発見されたことは何と言っても幸運であった。

道は次第に下り坂になって行く。空はきれいに晴れて秋日和である。行軍は非常に捗る。自分は靴傷の痛さも忘れて歩いた。それでも休憩してから次に歩き始める時には実に痛い。他の大隊ともよく一緒になった。二七大隊には、自分が転属したばかりに交代して胸部貫通の傷を受けた藤本軍曹が曹長になっていた。二五大隊には石門から一緒に安邑まで行った鹿野見習士官がいた。

行軍はどんどん捗り、道はいよいよ山を下る。再び汾河が見え出した。この辺の山からは石炭が出るという。山の岩肌は内地ではちょっと信じられないような紫、紅黄、橙色などのパステルカラーであった。山全体が松の緑とともに目の醒めるように彩られているのである。こんな美しい色の岩は日本では見たことがない。時々、小集落があり、小さいが手の込んだ装飾を施した廟がある。

三蔵法師の西遊記を思い出す。こんな夢のように美しいところを三人や四人で歩いたら、確かに妖怪魔物の類が出るかも知れない。その辺の山陰に行ってみると「椀子山波月洞」とか「號山枯松澗火雲洞」とか、いかめしい看板のかかった洞窟があり、紅孩児（こうがいじ）とか青面魔王というような怪物がいるのではないか。そういえば村岡伍長の性格はちょっと孫悟空のようなところがある。白豚のような高橋春治伍長は天蓬元帥猪八戒、大入道の沙悟浄は中津山かな。

つまらない空想に耽っていると、青空を映す汾河は目の前に迫る。山を下りてゴロゴロ石のある河原を通り対岸を渡る。馬も兵隊も自分も一緒に首を突っ込んで清冽な水を飲む。川の両岸は緑滴る樹々が生い茂り、遥か彼方、樹々の梢の上に見えるのが霊石（れいせき）の城門である。ここも汾河の両岸に山山が峡谷を作り、そこに囲まれた縣城である。

　街の中に入ったら山西軍の兵士もたくさん歩いていた。街は不潔だが相当活気があるようだ。ここではまったく休憩せず、河に沿ってなおも北へ北へと進む。城壁からだいぶ離れた河の畔に休憩する。大休止昼食。さすがに正午頃になると暑くなってきた。街へ果物を売りに行く支那人から苹果をドッサリ買う。何とも言えず美味かった。

　出発。道はなおも河沿いを北へ北へと進む。河の畔には集落もある。一見何の不自由のない平和な農村のように見えるが、それは外来者の目から見てのことであり、この村の村民にも彼らなりに、自分たちには想像もつかぬ悩みや苦しみがあるのかも知れない。道は汾河から離れて西の方に入り、高粱畑や集落を縫いつつ進む。暑い。しかしこの辺には山の方から流れてくる美しい小川が多く、内地の山つき農村のような感じだ。

　水には不自由しない。小休止すれば小川で頭を洗い、体を拭き、水筒に補給する。河の対岸を他の梯団が進んでいるのが望まれる。まったく北支にもこんな良い所があるのかと思われるほど、山と河と緑の樹蔭の連続である。集落には牛や鶏や家鴨(あひる)が遊んでいる。

　そろそろ日が暮れかかる。今日は何里を歩いたか。だいぶ疲れてきた。そろそろ靴傷が痛み出す。足を引き摺らないように努めて堂々、大手を振って歩いているのだが時々、石に躓(つまず)いたり穴にはまり込んだりすると、アッと飛び上がる。大隊内の行軍序列は毎日変わるから、自分たちの後に大隊本部が来ることもある。中隊が建制順で歩けば、自分の小隊は中隊の最後尾であり、自分は列の最後尾を歩かねばならぬ。すると自分のすぐ後に部隊長が馬に乗ってついてくる。靴傷で足を引き摺っているのを見られるのは嫌だから、張り切って歩いていたのだが、今日はとうとう見つかってしまったらしい。

　まったくこの靴傷という奴にはホトホト困ってしまった。もっと活発に飛び廻りたくても足が言うことを聞かないのだ。

　だいぶ辺りが暮れかけてきた頃、一集落に到着。相当大きな集落なので、こいつは有り難いと思ったら、ここは二七大隊が泊まるので、自分たちはなおも前進を続けねばならぬ。もうこれ以上は歩きたくないと思った頃、柳の木が青々と茂った集落に到着。宿営することになった。宿営のための先発を出していたので宿舎の割り当てはもうできていた。

　立派な家だった。佐々木久治上等兵が迎えに出てきた。

「隊長殿、ここの家です。隊長殿の部屋はあそこに取ってあります」と言う。相当裕福そうな家である。中庭には棚を作って美しい菊や芍薬や他の自分の知らない花が芳香を放って咲き乱れていた。

自分の小隊から分哨を出すことになり、佐々木上等兵以下六名を連れ、集落外れの小高い丘にある崩れかかった門の上に分哨位置を置いた。この辺も敵情は悪いとのことであったが、夕陽に照らされた高粱畑がズーッと連なり、戦場とも思えぬ長閑な景色であった。

ここには鶏や野菜が豊富にあった。玉蜀黍の盛りである。ここでまた村岡がすばらしいライスカレーをどっさり作った。今夜ひと晩しか泊まらないから、大急ぎで風呂を沸かす。どうも風呂にするような、上手い形の甕が見つからない。やっとひとつ見つけたが、背が高くて割に細い甕であった。これでも汗を流せば良いだろうというわけである。

さて入ろうとすると、どうも自分の足が長過ぎて甕の中に座れないのである。膝と尻がつかえてしまい、肝心の体が湯の中には入れない。仕方がない。まず脚だけ洗い、今度は脚を空中に上げて尻の方から入ってみる。タコツボから出かかったタコとでもいうか、コップのうえにカニを乗せたとでもいうか、まったく珍無類な恰好なので兵は笑い転げる。湯は熱く、外は夕方の冷気が身にしみる。とうとう芯から温まることはできなかったが気持ちは良かった。皆は何とか無事に入っていたようだ。

拳銃と刀を抱いて外套を被って寝る。夜は深々と更けて犬の遠吠えが幽かに聞こえる。黄村出発以来、何里を踏破したか。正に危機一髪のところで助かったこともあったが、何とか無事にここまで生き延びてきた。今日一日も暮れた。運を天に任せて寝る。

暁闇をついて出発。今日も絶好の行軍日和。道はまた山に入り、そこを抜けると両方から崖の迫った峡谷を進む。道の左側には細い川が岩を咬んで奔流している。両方の崖は非常に高く屹立している。典型的な黄土地帯の景観である。今日も行軍は大いに捗る。行っても行っても地溝は尽きない。崖の上には集落も少しはあるらしい。道路は白く硬く固まっているから埃も立たない。あまりにも地形の変化に乏しく、同じ河と崖ばかり見ていたら疲れてきた。

今日は中隊間の連絡を完全にするため二名ひと組の連絡兵が出されている。

「パーン。パパーン。パーン」

崖に反響して敵の狙撃弾が飛んできた。

「キューン、キューン、パンパーン、ゴゴゴーッ」

耳がガンガンするような音である。直ちに各中隊から一〇名ずつくらいの警戒兵が崖の上に出される。第一分隊の辻上等兵以下を出す。部隊はそのまま行進を続ける。

敵の兵力もたいしたことはないらしく、ただ小銃のみ撃ってくるにすぎない。警戒兵が出たら撃ってこなくなった。フト気がついてみたら、自分はいつの間にか歩度を伸ばしグングン歩いていた。銃声を聞いたら靴傷の痛さも忘れてしまっていたのである。

ついに峡谷は通り抜けた。山地を出ると一望千里の平原がずーっと拡がっている。ここからはもう太原まで平地続きである。困難な山嶽地帯はすべて突破してしまったのだ。峡谷の出口にも相当大きな集落があった。見渡す限りの高粱畑、野菜畑。そして遠くに介休の城壁と街が見える。停車場も見える。本当に砂漠の中のオアシスのように、黄色い平原の中に一塊の街を見るのは自分には珍しかった。久し振りで電線が通っているのも見た。介休城内に大きな高い煙突が三本ばかり青空にスッと立って黒煙を吐いているのも何か人里に出てきたという感じである。

停車場には給水塔もある。戦乱を忘れた平和な景色だ。道は坦々と走る。自分たちの心も何か浮き浮きとしてきた。なぜだろう。近くに停車場を望む畑の中で大休止昼食。停車場の方から物売りの小孩がドッと駈けてきて、籠を提げて饅頭や焼餅、苹果、桃、葡萄などを売りに来る。こんなことも久し振りである。自分たちが敗戦国の軍隊であることを知ってか知らずにか、物売りの小孩は高く呼びかける。自分たちも何だか希望を見い出したかのように陽気になり、小孩相手に冗談を言いながら買い物をした。

オヤ、あの音は、「………」。飛行機だ。自分たちが今越えてきた山の上に二つの機影。見る見るうちに轟々と我々の頭上低く舞い降りる。アッ、敵機だ。双翼にくっきりと青地に白い星のマークも鮮やかに我々の頭上を飛び過ぎた。

ウッ、畜生。一発でもよい。ぶっ放してやりたい。しかし自分たちにはもうそれができない。日本は負けたのだ。誇らし気にグーッと翼を傾けて旋回し飛び去る敵機。皆の目は爛々と輝いて遠ざかりゆく敵機を追っている。またもや我々は敗戦という冷厳なる事実を見せ付けられたのである。皆はものを言わなくなってしまった。

出発準備の声に奮起。自分たちはここから約二里のところにある西荘遷という集落に宿営することになった。実に広い平野である。右の方には雄大な太行山脈が雲表にそびえている。左の方にはまったく山は見えぬ。後ろには今、越えてきた黄土の山が高原状に連なっている。左側の畑の中を鉄道が走っている。壊れた鉄橋がある。中隊の兵でこの附近に勤務したことがあるものも多い。当時の「勝」部隊は山西地区の有力部隊であったのだ。装備も優秀であった。

　遠くに見える太行山脈も昭和一九年春の太行作戦の古戦場である。我々は幾多の戦友が奮戦し、あるいは尊い血を流した戦跡を望みつつ進む。遠く遠く北西の方に、薄紫の霞の上に、すーっと薄墨で描いたように見えるのは蒙疆に近い雁門関辺りの山と思われる。

　鉄道線路の向かい側に高粱畑の間からチラチラと棗の木に囲まれた集落が見える。これが西荘遷の集落である。部隊は細い道を曲り、鉄道線路を渡って集落に向かう。今日の行程も終わった。

　鉄道線路に平行して立っている電柱と電線が完全に破壊され、折れ残った電柱から電線が髪の毛のように垂れ下がっている。八路が破壊をほしいままにしたのである。奴らは必ず鉄道と、それに平行する電線とを同時に破壊するのだ。つまり交通通信線を同時に破壊するわけである。鉄道は工兵や地元部隊の努力で復旧しつつあるが軍用通信線は全然駄目で、今は無線通信以外、通信手段がないのだ。

　小川を渡って集落に着く。今日はまだ相当日が高い。かなり大きな集落である。部隊は解散、宿舎の割り当てを受けて入る。どうもあまりきれいな家でなく南京虫ぐらいいそうなので、表にあった新しい板を中に持ち込んで、レンガで少し炕(床下からの暖房装置)の上に高くして寝る場所を作る。

　宿舎に入り、少し落ち着いたと思ったら指揮班から伝令が来て、自分に大隊連絡将校として大隊本部へ行けと伝えてきた。ヤレヤレまったく、これで今日もゆっくり休めると思っていたら、またこれだ。仕方なく渋々装具を着けて出る。兵を一人連れてこいとのことだが、中津山を連れて行って途中でアゴを出されては困る。

　工藤兵長に行くか、と言ったら、すぐ準備をして出来た。彼も疲れてはいるががんばりの利く男だ。他の大隊との連絡に出されることと思うが、どこまで歩かねばならぬかわからぬ。上手く探し当てられれば良いが、もう夕方近い。これは大変なことになるぞと思った。

　大隊本部へ行って副官に到着を報告したら、江連中尉も出てきて地図を出して説明してくれた。鉄道線路の反対側にある二つの集落のうちの、どちらかに支隊本部があるから、そこへ行って所用の連絡をおこなえと言う。大隊通信班の無線機に故障を起こして駄目になったのであった。

警戒兵は各中隊から何名ずつか出てきて全部で一〇名ばかり、やはり疲れ切って本部の入口に集まっている。皆初年兵らしいので工藤兵長に指揮させる。副官が「俺の馬を貸してやるよ、もう準備ができているはずだから乗って行け」と言う。それなら大丈夫だ。やがて馬の準備ができたというので出発する。工藤が一中隊の張り切りどころを見せてくれるのも嬉しい。

大きな日本馬にゆらりと打ち乗り、ポカポカと街を行く。正に得意の絶頂である。集落入口にいた三中隊の分哨が「整列っ」と叫んで並ぶ。部隊長気取りで答礼して悠々と集落を出る。畑道を辿って東へ東へと進む。兵は皆疲れているので可哀想だ。

副官の馬は良い馬なのだが、やはり連日の行軍で疲れ切っているらしい。今日もやっと行軍が終わって、やれやれとひと安心と思ったところを、また引っ張り出されて副官とはまったく違う重い人物に乗られるのだから可哀想だ。ヨコ腹を蹴っても走ろうともしない。

ポッカ、ポッカと焦れったくなるほどゆっくりと歩く。もっとも下手に駆け出されたりしたら、日本馬に慣れぬ自分は見事に抛り出されて赤恥をかくかも知れぬ。

夕焼け雲が美しい。こんな所でまた何かの関わりがあってか、セルバンテスの『ドン・キホーテ』を思い出す。そうか、自分のことか。モダン・ドン・キホーテは疲れ果てたロシナンテ（編者註：ドン・キホーテの愛馬）の腹を蹴りつつ、ポカポカと進む。そうだ、ドン・キホーテのことを一名、「憂い顔の騎士」という。自分もそれほど朗らかな顔はしていない。

鉄道線路を渡り、地図を頼りに道を進む。前方に土壁のある大きな集落が現れた。緑の樹々の間に兵隊の姿がチラチラ動くのが見える。ここが支隊本部のある集落らしい。支那人に聞いてみると集落名も合っている。細い道を入り、城壁の間を通って中に入る。兵隊に支隊本部の位置を尋ねつつ進む。

大きな槐（えんじゅ）の木の下に卓子を出して二、三人の将校がいる。見れば渡辺隊長、今の支隊長副官だ。

「ホウ、北村どうした」馬から下りて敬礼し、

「二六大隊連絡将校北村見習士官参りました」

「ウン、そうかそうか。ご苦労。さあ、支隊長殿のところへ連れて行ってやろう」と案内してくれる。

支隊本部は大きな廟の中に泊まっていた。支隊長小沢少佐は小さな部屋にいた。渡辺隊長が取り次いでくれて中に入った。支隊長は今、ひと寝入りしていたところを起こされたらしい。

「二六大隊連絡将校参りました。二六大隊異常ありません」

「ウン、ご苦労」

「大隊は現在地、西方三キロ西荏遷に宿営して居ります。本日、霊石出発後、地溝通過中、若干射撃を被ったほか敵情を認めません。通信班の無線機の真空管故障のために通信できなくなりました。真空管は今、受領して帰ります」

「ご苦労じゃった。これからも無線機が故障しなくても時々は連絡将校を派遣してくれるように伝えてくれ。やはり直接会って話すのが一番だからな。今後の行軍は更に各大隊との連絡を密にするつもりだ。明朝の出発は七時。後に来ている梯団と前後して出発するからそのつもりでいてくれ。その他詳細な事項は副官とよく連絡して行け」

「帰ります」

「ウム」

渡辺隊長から色々命令会報を受け取り出発する。夕闇迫る中、またポカポカと帰る。大隊本部へ行き、副官に報告した。工藤を連れて帰る。もうキラキラと星が輝いている。中隊指揮班へ帰隊の報告をしに行ったら、伊東隊長、西田見習士官、野見山准尉、中村曹長の面々が真っ赤な顔をして一杯やっている。報告を終えるとすぐに帰ってきた。もう酒に酔った顔を見るのは嫌だった。気がついてみたら指揮班の宿舎はなんと酒屋なのである。道理で豪勢に飲んでいると思った。

小隊に帰ってきたらもう暗かった。焚火が赤々と燃えていて、兵はもう食事を終え、明日の携行食を作っている。焚火の横に座っていると鈴木茂次郎兵長が「隊長殿、一杯やらんですか」と飯盒をぶら提げてやってきた。卵酒を作ったのだと言う。

「実は夕食の時、皆で飲んだのです。隊長殿がいなかったのは残念でした。ご馳走はちゃんと残してありますよ。隊長殿一人ではつまらないでしょう。鈴木がお相手しましょう」と、なかなか良いことを言ってくれる。自分も疲れているときにあまり飲むのは危険だから、大半、彼の方へ注ぎ込んでやった。しかし、今日の行軍は割に楽なのでよかった。明日の出発も七時だから、それほど急ぐこともない。卵酒でポカポカ温まった体で寝る。

10　介休より平遙まで

鉄道線路の右側、自動車道路を北進。空はますます冴え渡り、晩秋のような爽やかさである。

見渡す限りの畑、緑の樹々に包まれて隠顕（いんけん）する集落。道傍には時々きれいな色瓦で葺いた廟や古い石碑がある。だいたい支那には忠臣、孝子、節婦（せっぷ）などを讃え、これを記念するための廟や、その一代記を誌した碑がどこにでもある。廟の入口の上に「忠烈祠」などと看板が出ているのがそれで、集落は汚くとも廟は堂々としており、青や赤や金泥で彩色し、彫刻を施し、壁にはその廟の由来記などが墨で精巧に描かれている。その方面の専門家が見ればずいぶん面白いものであろう。

かなり荒廃したものもあるが、修繕はあまりやっていないらしいので、造った時そのままにいつまでも保存されるのである。中には大概、漆塗りの怖い赤い顔をした偶像、石灰や赤や青でベタベタ塗った気味の悪い人形がある。「関帝七聖廟」というのをどこでも見るが、赤い顔をして人間の毛を植えつけた髭面の人形が置いてある。大きな青銅や青磁の香炉の中に線香が燻（くすぶ）っているところを見ると、今でも附近の住民には参詣する人が絶えないものと思われる。

右の方に見える太行山脈はいよいよ高く立派になり、裾長く平野に連なるところは緩斜面になり、その中腹までも集落が点々と白く輝いている。その中で最も高く、群峰を抜いて雲を衝くのは天頂山（てんちょうざん）で、その山巓に尖塔が立っているのが見える。その麓には大きな廟がドッシリと建っている。ここは今の四年兵、五年兵と共に伊東中隊長が少尉時代に大活躍した所だ。敵を追ってどんどん山を駈け下り、天頂山には何度も上がったのだそうである。

部隊は進む。馬上の中隊長も少尉時代の活躍を思い出しておられるのか、じっと天頂山の頂を見ながら馬背に揺られて行く。畑の中を鉄道線路の土堤がずーっと一直線に走っている。時々列車が走った。単行の機関車も走った。全力を挙げて軍事物資の後送（こうそう）をやっているのだ。

やがて行く手の地平線上、平遙の城壁が霞の中に朦朧と見えてきた。立派な城壁だ。城壁は見えてもなかなか近づかぬ。道は真っ直ぐに城門に通じる。鈴木茂次郎兵長らが初年兵時代、この城門の衛兵に出され大失敗をやった話が出る。

城外、鉄道線路の横、楊柳の並木の下で大休止昼食。また物売りの小孩が苹果などを売りに来た。頭にポマードをつけてピカピカに光らせたモダンボーイが鈴木兵長と面白そうに話している。彼がここに勤務していた頃、警備隊で使っていた小孩だったそうで、毎日ここへ出てきて部隊が来るのを待っていたのであった。

部隊は平遙城外の集落に宿営する。今日の行軍も難なく終わった。城壁に沿い右に廻って行く。見れば見るほど立派な城壁である。城壁外には簡単な陣地を造って山西軍が警備についていた。棗の林と野菜畑に包まれた明るい集落に宿泊する。

集落入口の楼門の上へ、平山兵長以下の分哨を出した。ここも裕福そうな集落である。野菜も豊富にあった。新鮮なトマトや橄欖(かんらん)（中国のオリーブの実?）が目を奪った。

空が曇ってきて雨が降り出した。村岡や神馬軍曹、四年兵らは城内に懇意の支那人がいるので外出させてくれと言う。伊東隊長の許可を得て出してやった。高木少尉の宿舎へも遊びに行った。外出したものは夕方帰ってきた。村岡はお土産に支那の菓子を持って帰ってきた。今のところだいたい、一日行程の七里か八里歩けば立派な宿営地があるので大変楽である。敵情も悪くない。

11 平遙より祁(き)縣まで

早朝出発。昨夜来の雨で地面はしっとり濡れて気持ちが良い。平遙の城壁を廻って行く。平遙攻略当時、某少尉が平遙一番乗りでよじ登ったという城壁の一角には白ペンキで標識がつけてあった。城壁の北側にも街があり、朝の取り引きが盛んにおこなわれていた。奇妙な売り声、路傍に店を張る饅頭屋の蒸籠(せいろ)から吹き出す白い湯気、纏足(てんそく)の女など、支那街の朝は活気に満ちている。

城門のところに山西軍一個小隊が整列していた。この辺の山西軍は軍紀も厳正で装備も優秀である。軽機も自分たちよりも多く持っている。軽擲(けいてき)も持っている。

若い小隊長は拳銃を帯革に挿し、赤い房がついた鞭を持っている。兵隊は柳条と網でできた背嚢を背負っていて、衣服を詰め、細長い布袋に入れた白麺をその周囲に巻きつけている。一五、六歳の少年兵もたくさんいた。やはり我々は外来者である。支那の街はやはり支那靴を履き、赤い房がついた鞭を振る小隊長に指揮された支那人部隊に守られるのが最もふさわしい。ここで見れば兵士が手洟(てばな)をかむのも決して不自然には見えないのである。

我々はいよいよ城壁を離れて自動車道路に出る。昨夜の雨でだいぶ道は悪く、水溜りもできているが、それほど行軍を妨げることもない。相変わらず道は高粱畑や楊柳並木の間をどこまでも続いて行く。

ポカポカするような陽に照らされて気も浮き浮きとする。道路は白く乾いてきて行軍には快適。途中、石の橋あり、古塔あり、今日も愉快な行軍。何なく祁縣の城壁が見え始める。ここも立派な縣城で、城内は殷賑を極めているらしい。城壁のすぐ横についた立派な街に宿営する。

今日も日没までには、まだまだ間があり、空は紺碧。高い煉瓦の間の道を入り、一軒の民家に到着。立派な家である。だいたいこの辺は山西でも大金持ちが多い所である。山西商人の多くは河北の北京、天津地区あるいは遠く新疆（しんきょう）省方面にまで進出して、その特異なる粘り強さにものを言わせてコツコツと巨利を獲得してひと財産を築き上げる。祁縣城内にはこのような大金持の大邸宅が櫛比していることであろう。

自分たちの泊まった家などはおそらく中産階級に属するのだろうが、それでも硬質煉瓦の堂々たる構えである。その家の主人も夫人も上品な人であった。兵にも不謹慎な行動に出ないように注意した。

案内された部屋へ一歩踏み込んで、アッと驚いた。午後の明るい陽の射し込むその部屋は、卵色の壁、落ち着いた色の漆塗りの卓子、椅子、金具のキラキラ光る箪笥、豪華な敷物。壁には何だかわからないが、おめでたい文句を書いた対簾（ついれん）が下がっている。棚の上に置いてある茶器、花瓶、置物などの美しい色彩。自分は目も眩むばかりであった。

老婦人が案内に来て壁間に懸かる家族の写真の説明を始めた。この家の息子は山西軍の将校であったが、それほど遠くない前に八路との戦闘で戦死してしまったらしいのである。その額の中には他の家族と共に、若い山西軍の将校が子どもを抱いている写真があった。この家は日本でならば当然、戦死者遺族の家として最高の名誉を与えられるべきであった。だがまだ国内統一を望むべくもない支那においては無理なことだ。

ところで途中でハッと気がついたのだが、我々はいつも民家に宿営するが、大概、家族は他の棟に引っ越すか、まったく別の家へ泊り込みに行くかするので、その家に泊めてもらっているのに、そこの家族と接触することはまずない。まして老人であろうとも婦人が先方から一人で出てきて、自分の家族の話をするなど、いまだかつてなかったことである。一応軍人の母であるこの老婦人は、ほぼ息子と同じ年齢である自分に親しみを感じたのかも知れない。

何れにしても言葉がもうひとつ上手く通じないのは不幸なことである。この老婦人を何とか慰めようとし、紙を出して鉛筆で考え得る限り哀悼の意を表したつもりだが、果して自分の言おうとすることがわかってもらえたかどうかはわからない。

何はともあれ、まず頸（くび）にかけていた遺骨箱を下ろして、赤黒い漆塗りの立派な卓子の上に安置した。兵が外でトマトや梨を買ってきたので皿に盛って供えた。小隊から分哨を出さねばならないので位置選定に出かけたが、家の裏は広い墓地で、石棺がずらりと並んでいる。さすがにこの辺は金持ちの多い所だけあって、ただの土饅頭でなく、石や煉瓦で固めた石棺である。

分哨位置の選定に出たものの、どうも良い地形が見当たらず、しばらく草の生えた小山の上で煙草を出してひと休みした。見渡す限りの畑である。紺碧の空の下に紫紺の山山が霞み、白い集落が点在する。後ろを振り向くとコソリとも音のせぬ墓地。その後ろには静かな街。そのまた後ろに祁縣の城壁と楊柳の大木が見える。ひっそりとした、しかも明るくて暖かい景色である。

もうここから動きたくないものだと思った。何もかも忘れ、軍服も刀も階級章も投げ棄てて、ここで支那人になり切って一生暮らしてやろうかなどと、とんでもない考えが頭に浮かんでくる。それほど周囲の雰囲気は自分の心身をトロトロと眠りに誘い込むようであった。あるいは少し疲れた体にニコチンが効いたのかも知れない。

分哨は結局、泊まった家の隣にある空き家に入れ、屋根の上に立哨させることにした。帰ってきて戸外で装具を取り、洗面し、塵を払って室内に入った。どうも今の自分のように無精髭を生やし、泥にまみれ、刀や拳銃で身を固めた物騒な姿で入るには、あまりにもこの部屋は上品過ぎる。絢爛たる色彩に輝く調度品に自分はいささか閉口した。やはりスピンドル油臭い野戦小隊長には、煤（すす）の落ちそうな穴倉の中で、アンペラの上にゴロ寝するのが身分相応というものである。

村岡が何だか嬉しそうな顔をすると思ったら、この家に美しい姑娘（クーニャン）がいるのだ。

「どうです隊長殿、ちょっと話してみませんか。なかなか頭の良い娘さんですよ」

「嫌だよ」

「何もそう恥ずかしがることはありませんよ」

嫌なことを言う奴だ。幸い姑娘は奥の部屋へ飛び込んでしまった。

伊東隊長当番・伊藤伝治が入ってきた。

いつも叱られてばかりいる自分は隊長当番が現れただけでもギクリとする、まことにお粗末な小隊長である。

「何だ、何かあったのか」

「隊長殿からのお裾分けです」と言って皿の上に苹果や梨、葡萄、トマトなどを山盛りにして持ってきたのだ。やっぱりオヤジはオヤジか。叱る時はまことに厳しいが、部下の労をねぎらう時には優しい心遣いをしてくれる。英霊の前にお供えした。今日はまたどうしたことか、遺骨箱の前は新鮮な果物の山である。

各分隊長や古年次兵を呼んで、久し振りでゆっくり話した。こんな楽な愉快な行軍ができるとは、少なくとも撤退開始当時は考えてもいなかったことだ。何と言っても中条山越え、豪雨に悩まされた臨汾、霍縣が最大の難所であった。最初予定された太原地区までの行軍は、今やもうその大半を終えたのである。これ以後は次の大谷(だいこく)、楡次(ゆじ)を過ぎれば太原だ。それ以後どうなるのかは、まだ我々にはわからない。

色々話をしていたら、そこへひょっこり中隊長が入ってこられたのでびっくりした。確かにどういう風の吹き廻しかと思うほど意外だった。伊東隊長は河南にいた時も、あまり兵室や下士官室へ自分から顔を出すことはなかったからだ。だいぶ長い間、苹果や梨を食べながら皆と話して帰られた。

しかし自分はこれで良いんだと自信ができた。隊長は小隊の雰囲気に触れてみて、決して悪い気持ちにはならなかったはずである。何だか隊長と自分の間に渦巻いていた心のわだかまりが、何もかも雲散霧消してしまったように思った。兵室で夕食を済ませて部屋へ入ろうとしたら、プーンとこの上品な家にふさわしくない、あまり上品ならぬ臭いがどこからともなく流れてくる。厠(かわや)の臭いとも違うようだ。薄暗がりの中を部屋に入ろうとして、ふと上を見た途端、自分はギョッとして背筋に冷や水を浴びせられたように竦み上がった。

ヒャーッ。紛れもなき猫の生皮。戸口の上に、こちらを見下ろしてぶら下がっている。臭いの正体はこれか。目をカッと見開き、口をアングリ開けた気味悪さ。今まで何も気附かずに平気でその下を通りぬけていたのだが、見てしまった以上、脚が進まない。血が滴りそうな大きな虎猫の皮である。

「村岡ーっ。むらおかーっ」

「何ですか」

「お前の分隊の宿舎が狭かったら俺の所へ来い」

「良いんですか」
「良いよ良いよ、早く来い」
村岡の奴、こちらがどんなつもりで呼んでいるのか知らないので、さっそく二、三人連れて引っ越してきた。皆を先に通らせてから勇気を出して飛び込んだ。寝てからもどうも気味が悪い。大変なものを見てしまったものだ。しかし、なぜ入口にあんなものをぶら提げるのだろう。こんな上品な裕福そうな家に、何の必要あって猫の生皮など恭しく入口の上に飾るのだろう。何かのまじないか、あるいはただ肉を取ったあと皮を干してあるだけなのか。

それにしても入口の上に干さなくてもよさそうなものだ。支那人が猫を食うことは自分も知っている。蒙疆の厚和で食物屋に鶏や豚の肉とともに皮を剥いだ猫がぶら下がっているのは見たことがあるが、実際、食べているところは見たことがない。しかしこんな何不自由なく暮らす家庭においても猫肉を食うのだろうか。あるいは猫のキン玉から不老長寿の霊薬や美顔水でもできるのかも知れない。

他のものは何も知らずに大鼾で眠っている。何だか鬼気迫るような感じで、さっぱり眠れなかったが、いつの間にか夢の中に引き摺り込まれていた。

翌朝、またすばらしい天気である。ゆっくりした出発である。村岡にはとうとう猫の皮のことは話さずじまいであった。話さぬうちが華である。あの見目良き姑娘が猫の肉を貪り食う光景など想像しただけでも怪談だ。村岡はガッカリするだろう。主人や老夫人に厚く礼を言って出発した。姑娘も見送っていたが、見れば見るほど、猫のキン玉で作った美顔水ぐらいつけそうな怪しげな顔である。あぶない、あぶない。兵隊の生血を吸われたりしなかったのは幸運だった。

12　祁縣より大谷まで

天候はますますよく暑いくらいである。太行山脈いよいよ高く、行く手は何遮るものなき大平原。空は曇り。天高く馬肥ゆる秋というところだ。支那に来てこの言葉が初めて実感となる。畑に働く農夫も牛も驢馬も悠々と土を耕している。日本の五反百姓などという言葉は彼らには想像もつくまい。

広い平原を思いのままに耕し、畑の境界などおよそそれほど気にすることもなさそうだ。彼らが使う農耕用の器具はおそろしく原始的なものだが、この土地には最も適したものに相違ない。ここへ俄かガソリンエンジン附きのトラクターを持ってきて、大農式に機械犂（すき）を牽かせたところで、畑全部の収穫物をもってしても農用器具の費用を補償することはできまい。

彼らは畑こそたくさん持っているが決して富裕なわけではない。ただ祖先から受け継いだ土地を耕し、種子を播き、育て、収穫して生活必需品と交換して生活するだけで、一向それ以上には進歩せぬ。のみならず近ごろの戦乱で軍閥や土匪から莫大な徴税、徴糧を被り、次第に疲弊しつつさえある。

行く手に大谷の城壁が現れる。平遙や祁縣には劣るが、やはり整然とした立派な城壁だ。四隅にはそれぞれ三層の楼があり、その屋根がすべて壁色の色瓦で葺いてある。それが日光にキラキラ光っている。道は城壁の傍を通って行く。今日の宿営地も城外遠く離れた集落である。城の北側に緑の樹々に包まれた閑静な寺院があった。中が見られなかったのは残念だ。

部隊はドンドン進む。大谷という所はかつて相当殷賑を極めた街であったようだが、今はそれほど重要な都会ではないらしい。静かな街のようである。城外の街も非常に静かであった。

街を抜けると豊富な水を湛えた運河があり、木の橋が架かっている。兵は相当疲れてきた。もう目的の集落は近い。急行軍の連続。しかし落伍するものはない。中隊は最後尾である。やがて棗の木に包まれた小さな集落が現れた。今夜はここへ泊まるのだ。

相当大きな美しい廟があった。精巧な彫刻と金色、青、赤の彩色の美しい廟だ。その前に休憩しているうちに宿舎の割り当てができて分進する。

部隊は今日も進み行く

自分たちが入った家は相当大きな家であった。老人夫婦が住んでいた。よほどの旧家らしく入口正面には孔子の大きな木像を置き、その他、種々さまざまの木像を置いて祀っているらしい。老主人が長い煙管を吹かせつつ読んでいる本を見たら、孫文の『三民主義』であった。

自分は今まで書くのを忘れていたが、自分の小隊には犬を一匹連れている。これは秋川兵長の愛犬であると共に小隊の一員でもある。部隊が黄河を渡河して平陸の集落へ入りかけた時、他部隊が大混雑する中にこの犬がウロウロと主人を探し回っていたのである。だが彼の主人はもうその附近にはすでにいないようであった。途方に暮れた顔つきで、右往左往する兵の顔を一人一人見上げながら鼻を鳴らしていた。

秋川はこの犬を連れてきて平陸の集落に入り、大休止中、飯盒の飯を分け与えて可愛がった。もう犬は離れない。秋川から離れたら生きる道がないと思ったか、必死になってついてくる。追っ払っても、追っ払ってもついてくる。もう秋川の方も手離し難くなり、どこまでも連れて行った。あの苦難に満ちた中条山越えで水不足に苦しむ時、舌を長く垂らして走る犬に秋川は貴重な水筒の水を掌に受けて飲ませた。犬はピチャピチャと舌を鳴らして飲んでいた。

以後、犬は影の形に沿うごとく、秋川のあとをついて何百キロかの行軍をしてきたのである。途中、支那人が我々に犬をけしかけると、秋川の犬は猛烈に支那犬を攻撃して敗走させるのであった。戦いに敗れた我々の鬱憤を犬が晴らしてくれたわけである。彼はシェパードの血を受けているらしい。黒褐色の背、狐色の毛が全身を蔽い、耳は竹を削いだようにピンと立っている。

まだ指揮班にも他の小隊にも犬を持っている所はなかった。夜行軍をする時などは彼の嗅覚に頼ることもできたし、将来どんな任務につくか知らないが、この犬は立派に我々を助けてくれるであろう。

それはそうと自分はこの犬のことを「彼」と書いてきたのだが、これは間違いであって姑娘犬であったので近いうちに花婿を迎えてやらねばならぬと、養父の秋川は頭を悩ましていた。行軍中、行き合う犬はどうも良家の犬とは思われないので、何れ落ち着いたら立派なのを探してやろうということになっていた。

13　大谷より源渦鎮まで

翌朝出発。自分の小隊が尖兵である。おそらくこれで最後の尖兵長勤務となるだろう。部隊は太原までは行かずに楡次附近に駐留し、正太鉄路の警備につくらしい。

伊東中隊長は自分に尖兵長をやらせるのが、まことに不安のような顔つきである。まあ無理もない。またもや道を間違えたりすれば、中隊長の面子まで丸潰れなのだから。自分も何とかして無事に任務を果たすため、地図を十分研究した。道案内の苦力も傭った。十分の準備はしたが、もしこれで失敗したら俺はもう知らんぞと、半ば破れかぶれの気持ちであった。

まだ薄暗いうちに出発。とにかく自動車道路が目標だ。血眼になって広い軍用自動車道路と、それに平行する鉄道線路を探した。この辺には集落が多い。まだ自動車道路が見えぬ見えぬとイライラしながら幾つも集落を抜けた。今日も良い天気で辺りは実に美しく、長閑な集落の小川に鵞鳥（がちょう）が泳いでいたりするのだが、今はそんなものを見て楽しむところの騒ぎではなく、一生懸命に地図を見ながら歩き続けた。

時々、馬に乗った中隊長や部隊長が下馬しなければ通れそうもない小さな門をくぐり抜けたり、車輌部隊が困る細い木橋を通過したりしたので、後ろの方でだいぶ怒っていたらしいが、今日はそんなことはどうでも良かった。中隊長がどんな顔をしているかと思うと気の毒でもあり、また何だかいたずらをして知らぬ顔で口を拭っているような愉快な気がした。

ある集落を抜けたら鉄道線路が目の前に現れた。それを越えたら自動車道路に出た。もうしめたものである。まだどこへ宿営するのかわからないので、とにかく楡次まで歩けばよいのだ。やっとひと安心というところである。今日も暑いくらいの晴天。空が突き抜けたように奥底知れず澄み渡り、雲は悠々と流れる。秋川の犬はワンワンと嬉しそうに吠えながら小隊の隊列の周りを飛び歩き、時々集落から顔を出す支那犬に猛烈に吠えかかって追いかける。奴が尻尾を巻いて退却すると、尾を振りながら帰ってくる。自分たちの鬱憤を晴らしてくれるのだ。これが雌犬だから凄まじい。

時々列車が通る。ガソリンカーも通る。今しばらくは自動車道路を真っ直ぐに行けば、自然に行こうとする軌道に乗っていることになる。

閑静な集落の傍に大休止。集落には人がいるのかいないのか、ひっそりと静まり返っている。スラリとした楊の木が空高く枝を伸ばし、涼風に吹かれている。奇麗な小川に沿って進む。遙か彼方に煙突が林立するのは楡次縣城か。兵団司令部、輜重隊、その他の大隊とも追いつ追われつの行軍。司令部の駄馬部隊を見ると、中隊出身の芦 信夫や鎌田 信は背嚢その他の装具を馬に附けたり、自分も馬に乗って悠々と揺られて行く。こちらがあごを出して歩いているのに何ということだ。

徐溝（じょこう）という集落へ来たら、また大きな河がある。自分が尖兵長の時に限ってまた大きな河だ。この前も河を渡ったところで失敗した。今度もザブザブ歩いて渡るのかとガッカリしたが、見れば他の大隊もずっと右の方に見える鉄橋を渡っている。自分たちも鉄橋を渡ることにした。長い長い鉄橋だった。

枕木の上に乗せてある板の上を渡るのだが、下を見るとズーッと下の方に青い水が流れている。目がチラチラして踏み外しそうだ。自分が兵に向かって「足元に気をつけろ、落ちるな」と注意するのはもちろん、兵の注意を喚起するためだが、同時に自分にも言い聞かせているのだ。

だいたい橋頭堡出発以来、ここまで幾多の危険に曝されてきたり困難な状況に遭遇したりしたが、とにかく無事にここまで来られたのは、決して自分一個人の力ではない。もし仮に自分一人で、あるいは数人でこれだけの旅をしたとしたら、たとえ敵情がなくとも途中で参ったに違いない。

また自分が一兵卒として行軍していたとしたら、とてもここまでは体が続かなかったに違いない。少なくはあるが四〇名の部下がいるということ、これが何かしら偉大な力を自分に与えて、ここまでの行軍に耐えさせたのである。自分たちの行動は四六時中、兵の環視の中でおこなわれる。自分たちの行動は直ちに兵の上に反映する。自分たちの態度は兵の士気に影響する。

兵だけでは軍隊は成立しない。将校と下士官だけでも戦闘はできる。将校と下士官と兵がガッチリと手を組んで団結し、三位一体の実を挙げてこそ、初めて軍隊としての機能を発揮するのである。内地部隊や外地の後方部隊で頻発するといわれる上官暴行や階級相互の私的制裁などということは、およそ今の自分たちには縁遠いことであり、生死の境を越えてきた我々に、内部分裂など求める方が無理というものである。

鉄橋の下に小さな掩蓋陣地があり、友軍一個分隊と河北交通の警務団がいた。道傍にいた警務団の人は自分の胸にかかる白い遺骨箱を認めると丁寧に拝礼した。自分は何と言ってお礼してよいかわからぬくらい嬉しく、遺骨の二人に代わって答礼した。

左側にズーッと電流鉄条網を巡らしたコンクリート塀が続いている。楡次の野戦倉庫である。野戦倉庫には大きな迷彩を施した煙突が黒煙を吐いている。右には大きな楡次縣城の城壁が四辺を圧してそびえていた。楡次は大きな都会だ。太原のすぐ近くで正太鉄路が分岐する交通の要点である。野戦倉庫の前で大休止。ここで自分たちの任務を確認するため、渡辺部隊長、江連中尉、副官らは前方へ馬を走らせて行った。ここの駅に今、兵団司令部の装甲列車が着いているのである。しばらくしたら渡辺部隊長以下、帰還。

部隊は楡次東方約四キロの源渦鎮という町に宿営、新任務に就くまで、尖兵の任務は終わらない。ここまで連れてきた支那人は源渦鎮を知らないと言う。新規に附近を通る支那人を道案内に傭ったり、その辺にいる兵隊に聞いたりした。源渦鎮は楡次縣城の西門を入り真っ直ぐに城内を突っ切り、東側に出て広い一本道路を進めば電燈廠（発電所）の煙突があるからすぐにわかると言う。

部隊は行進を開始した。渡辺部隊長が道を聞くように本部の通訳を貸してくれた。久し振りで電線が縦横無尽に空に張り渡されたアスファルト舗装の道路を行く。街頭行進だから整然たる四列縦隊で歩く。兵は疲れも忘れて歩く。これが敗戦でなくて内地の大都会を行進するのだったら、どんなに良いだろう。北支育ちの自分には内地の都会を軍服姿で行進したのは、静岡の兵営を駅まで歩いた、ただの一回にすぎないのだ。それも真夜中で自分たちはまだ軍服もろくに身につかぬ駈け出しの初年兵であった。

部隊長は、また自分が道を間違うと大変だと心配されたか、自から馬に乗って先頭を歩いて行く。渡辺部隊長の心遣いはまことに有り難いがこれでは尖兵長たる自分は立つ瀬がない。

城内から出ると白い道路が坦々と低い丘を上り下りしつつ進む。行く手に太行山脈。左右からもやや低い山が迫っている。この辺の太行山脈は大きな山はなく低い山が起伏するにすぎない。四キロといってもなかなか長かった。右の方に東方の山から流れ出してくる相当大きな河が、広い白砂の河原を作って蛇のようにうねって流れている。さっき渡った鉄橋はこの河にかかっていたのだ。

地図を見ると瀟河（しょうが）と名が出ている。河原の低湿地には水田が作ってあり、だいぶ黄色くなった稲が穂を垂れている。美しい所だ。緩い丘を登りつめたら、緑の樹々に包まれた町と、その真ん中に黒煙を吐く煙突が見えた。源渦鎮だ。渡辺部隊長や江連中尉、副官は先に馬を飛ばして行ってしまった。尖兵はこれについて行けばよいのだから、まことに楽なものである。

町に入った。汚い小さな町だ。電燈廠でもっているような町である。広場に集合。部隊は解散し、各中隊に分かれて宿舎に入った。指揮班、各小隊ごとに相当大きな家を一軒ずつ割り当てられて入った。ここの町には野菜が少なくて部隊本部から支給された少しばかりで辛抱せねばならなかったが、果物はたくさん売りに来た。とくに葡萄の盛りで、紫色のみずみずしいのをたくさん買った。梨も苹果もあった。

14 源渦鎮にて

ついに思い出多き行軍は終わった。部隊はここで次の命令を受けるまで、撤退行軍による疲労を回復し、また兵器被服の手入れ更新を実施することになった。大営出発以来、約一ヵ月、今は九月の中旬である。

何回も将校集合で伊東隊長の部屋へ呼ばれた。部隊長命令で向こう一週間の予定で、下士官兵の精神教育や鍛錬の計画を作成提出せよと言う。これは高木少尉が殆ど全部やってくれた。次の日から日直将校が輪番制となる。その日の日直が当日の教育にあたるので、精神訓話は伊東中隊長、銃剣術、敬礼演習、体操、運動競技などは自分たちが指導する。捕虜待遇を受ける者が銃剣術とは妙な話だが、自分たちは共産軍とまだ交戦状態にあるから戦闘教練も必要なのだ。

自分たちの任務は正太鉄路（河北省正定と山西省太原を結ぶ鉄路）の警備で、現在の装備はそのまま、編成も各法規もそのままである。我々の受降官は重慶政府第二戦区軍（山西省）長官、閻錫山である。どうも受降官という言葉が気に喰わぬ。我々は何も自ら進んで降伏したわけではない。とんでもないことだ。

しかし何と言っても、今まで通りの編成のままで兵器を持って警備状態に入るということは、我々を大いに安心させた。種々の情報によれば河北地区その他では、日本の軍人は捕虜として過酷な取扱いを受け、さまざまな労役に服しているなど悲惨な情報が伝わってくるので、皆、大変心配したのである。

閻錫山は我々の立場に非常に同情しているということである。彼は日本軍の兵器を従来通り保持せしめ、山西省にある日本軍および居留民の生活を保証すると言明したそうである。というのは、日本軍がいなくなれば、それでなくても省内いたるところに蟠居している山西八路が、いよいよ猛威を振るって山西省内は大混乱に陥るおそれがあるので、日本軍の威力を借りてこれを制圧しようという考えらしい。

毎朝点呼後、銃剣術基本動作や敬礼演習、体操、競技などをやった。静岡の補充兵が敬礼などすっかり忘れてしまっているのには驚くと同時に癪にさわった。

のんきな生活が続いた。毎日、兵器、被服の手入れなどをして過ごした。二日目、見習士官全員大隊本部集合と伝令が来た。自分は二日ほど前に何かすごく腹を立て、あごの髭を引き抜いたら、そこから菌が入ったらしく、ズキンズキンと痛み出して膨れ上がり、中が化膿しているようなので、大きな絆創膏を貼りつけている。どうもあまり他人に見られたくない顔である。

大隊本部に集合した。各中隊の連中も来た。おそらくまた何か注意事項が達せられるのかと思い、通信紙を携行した。一一期の見習士官は自分と四中隊の松村で、あとは一二期と一三期である。自分は一応、先任だから集合終わりを確かめて渡辺部隊長に報告した。部隊長は何か書類を持って出てきた。敬礼を終えたら、その紙を拡げて「……陸軍兵科見習士官北村北洋三郎（ほくようさぶろう）以下一三名、昭和二〇年八月二〇日附をもって陸軍少尉に任ぜられる」

オヤー、今頃任官か。八月二〇日付といえば、終戦の六日後。負けてから任官ではどうもパッとしない。それでも仕方がない。部隊長が入られると直ちに申告の準備をして現在地に集合し、申告することとして解散した。急いで中隊へ帰って準備した。ところが自分も西田も私物は全部なくしているので新しい階級章もない。早速、高木少尉のところへ走って借りることにした。

「ホウ、任官ですか、それはおめでとう。階級章はお祝いにひと組ずつあげましょう」と、新しいのを出してくれた。さっそく中津山にオヤジからもらった私物軍衣に附けさせた。

やはり少尉の階級章はすばらしいものである。官給品の曹長のと違って見るからに燦然たる金モールと星。グッと平行四辺形に曲った工合が大いに気に入った。星の数はひとつに減ったが、真ん中の筋以外に縁には金色の土堤がくっついているのだから大したものである。もう正刀帯（せいとうたい）も要らなくなった。直接吊り革を略刀帯につける。派手な将校勤務袖章もない。落ち着いた感じである。

急いで大隊本部へ行く。まだ各中隊の連中が集まっていなかった。そのうちに渡辺部隊長はまた兵団司令部へ行ってしまったので申告はできなくなり、夕方、部隊長が帰られ次第、すぐにすることにして解散した。俄かに金色燦然たる新品少尉が町の中をゾロゾロ歩くので、兵が目を丸くしている。

夕方本部へ行ってみたら部隊長が帰られたとのことなので、各中隊に伝令を走らせて集合させた。皆、思い思いの服装で集合した。多くのものは私物をなくしていて官物の軍衣袴か、あるいは上半分私物というものもあれば胸にただ一つ、新制の大型階級章をギラリと光らせてくるものもある。中にはオヤジから中尉の階級章をもらい、星を一つもぎ取った跡が歴然と見えるものもある。何れにしても甚だ慌ただしい、変態途中のオタマジャクシのように、まだ尾がすっかり取れていないといった状態だ。

やっと渡辺部隊長が出てこられた。

「敬礼っ、申告いたします。陸軍兵科見習士官、北村北洋三郎以下一三名、昭和二〇年八月二〇日付をもって陸軍少尉に任ぜられました。ここに謹んで申告いたします。敬礼」

新品少尉

部隊長は祝詞を述べてだいぶ長い訓示をされた。江連中尉、副官にも挨拶した。副官は忙しい忙しいと言って正式の挨拶を受けようとしなかった。中隊へ帰って伊東中隊長に申告。その後、会う人ごとに挨拶しては祝いの言葉を受けた。確かに悪い気持ちではない。下士官兵からも「おめでとうございます」と言われて嬉しいような少し恥ずかしいような気がした。

とうとう昨年一二月二〇日以来、八ヵ月の見習士官という愉快な、しかし中途半端な階級とはお別れになってしまったのだ。もうこれからは見習いではない。今まで多少の失敗があっても責任を問われなかったことも、今日からは容赦なく罰も科せられる。もう今までのような軽々しい行動は取れないのである。

そのうちに高木少尉の進級も発令された。高木少尉だけでなく江連中尉、二村少尉、常川少尉、羽田少尉、橋口主計少尉、高橋少尉など、皆進級である。そして全部八月二〇日付だ。江連中尉が進級してなぜ同期のうちのオヤジや国田中尉が進級しないのかと思ったら、江連中尉は河南にいたとき現役志願をしたからだそうである。

翌日、今度はまた兵の進級が多数発令された。辻、佐々木成造、鎌田健龍、成田、栗原、斉藤市太郎各上等兵が兵長に、神、斉藤亀一、菊地元一郎、今野謙次郎、加藤督、各一等兵は上等兵に進級。佐藤、千葉、大野候補生は伍長に任官。岡田、藤村、伊藤、井村各候補生は、それぞれ幹部候補生を免ぜられ、同時に兵長に進級。何れも八月二〇日附である。八月二〇日は全軍隊一斉に進級があったらしい。

一説によると極東方面連合軍司令官マックァーサーの許可を得ての処置であるとのことで「マックァーサー進級」なる言葉が流行した。どうもこの調子でいけば、自分たちも「マックァーサー少尉（内地でいうポツダム少尉）」らしいのである。まったく一二期や一三期のものは決まった期間よりもだいぶ早く任官したのだから、マックァーサー少尉でもよいだろうが、自分たちは一一期で、もうすでに八ヵ月も見習士官をやっているのだから、当然任官してもよい頃なのである。河南でも一度、話が出たくらいだから任官は目の前に迫っていたのだ。

それが運悪く終戦の時期と重なったため、一二期、一三期の連中と一緒に「マックァーサー少尉」にされてしまったわけである。

兵の申告も皆同時に受けたのだが、このように大量的に一斉進級ではどうも有り難味が少ないようだ。また、どうせ遠からず階級年次などは消滅するのだから、皆それほど嬉しそうな顔もしない。

一方、大陸で現地召集を受けたもののうち、希望者は現地除隊が許されることになり、大隊内でもだいぶたくさん希望者があった。中隊からは篠木伍長、菊地銀三郎兵長らである。銃砲隊の大内少尉も希望者の一人であった。閻錫山は日本軍人の現地除隊を大いに歓迎し、生活を保証すると宣伝している。現地除隊者は自分たちの中で武装解除の先頭を切って丸腰になり、一ヵ月分の食糧と官給品全部を支給されて、それぞれ自己の目指す地方へ旅立った。

身寄りのあるものはともかく、まったく裸一貫で第一歩を踏み出すものも多いだろう。彼らの前途は多難であると思われる。今までの日本居留民とはまったく違う。今までは日本という強大な国家的背景があった。日本民族の優越感もあった。何よりも日本軍隊の絶対完全な援護があった。これからはこんな保護を受けることはできないのだ。

野戦病院が大縮小されて、半分くらい治ったものがどんどん退院してきた。伴上等兵、候補生若干、補充兵がだいぶ退院してきた。驚いたことに河南時代から入院していた眞田一郎、原田健作などという最も有り難くない連中が退院してきたのである。霍縣で入院したものも退院してきてしまった。困ったものだ。

眞田は病院生活で肥ってきた。馬面がますます長くなり、狡そうな目がますますよく動くようになった。

太原造兵廠に勤務した横山銀三郎も中隊復帰した。候補生の中には中隊配属になる前から入院していて、今初めて中隊に来たものもある。自分の小隊へは柳沢清明という大阪出身の候補生が来た。この兵隊の大阪弁は割にハキハキしていて気持ちが良かった。蓬田分隊に入れる。

自分たちが泊った家は結構汚い家だが、庭は相当広かった。裏は畑になり棗の木があった。日直で夜、人員移動を副官に報告しに行ったら、大隊本部がある家は電燈が煌々とついていた。電燈廠関係の建物らしく、一〇〇燭光〔編者註：かつて使用されていた光度の単位。一燭光は蝋燭一本の明るさ〕くらいのをふんだんに使っている。眩しいくらいに明るい。我々のところは相も変わらず濛々と煤が出る麻油である。果物が豊富なのは何と言っても嬉しい。

ある日、大隊本部から伝令が来て、各中隊の英霊は大隊本部に於いて一括携行するから、本部に持参せよと言ってきた。今のところ中隊にある英霊は自分の小隊の二柱のみである。どこまでも自分の行くところまで連れて行ってやろうと思ったが、本部へ行き、係下士官に手交した。これでやっと重荷を下ろしたような気がする。それでも高橋 進は惜しい奴だった。どうしても諦めきれない。

終戦後、初めてたった一枚だけ自分の安否を報せ、家庭の状況を照合するための簡単な家庭通信が許された。まったく決まりきった特定の文章しか書けないのだが、それでも留守宅では行方不明になっている自分たちの生きていることがわかり安心するだろう。葉書などまったくないので適当な厚紙に書いて集めた（後に聞けば、これは米軍によってどこかで焼却されてしまったということである）。

家庭通信を出すことになって、皆、今まで忘れていた家のことを思い出した。大営出発以来、苦闘の連続で家のことなんか考える暇はなかったのだ。こうして行軍を終わり、駐留状態になったら、俄然、家のことが心配になりだした。終戦前途は家のことを心配するといっても、正直なところどうなっても構わなかったのだ。生きて帰れる見込みはまずなかったからである。死ぬこと、そのことについては十分の覚悟はできていたし、死んでも靖国神社で対面することができたのである。

　戦争が終わってしまったのではもう日本陸軍の一員であるという立派な条件が喪失されてしまい、これはうっかり死ねないと思うようになった。ここで死ぬことは、ただ留守家族を悲しませるにすぎないからだ。決して名誉の戦死にはならないからである。これからは絶対、犠牲者は出せない。それはただ捕虜として死ぬにすぎない。

　それにしても自分の二人の部下は、やはり終戦後死んだものとして名誉は与えられないのであろうか。あれだけ自己の任務を果たして立派に死んでいったものでも、殉国の英霊として内地では迎えてくれないのであろうか。

　あご髭を抜いた後の傷はますます腫れ上がり、膿(うみ)を持ち、ザクザクと痛み出した。困ったことになった。自分は入営する前の年の夏、母の顔にできた面疔(めんちょう)、軍隊でいう穿孔性蜂窩織炎(せんこうせいほうかしきえん)を思い出した。きっとあれだ。大変だ。悪くすれば命取りである。ここでは十分な治療もできぬ。こんなもので死んではつまらない。

　佐々木衛生兵に見せたら、「もう少し待って、口を開いてから治療します。それに今は衛生材料を全部使い果たして、新規に受領しなければ治療はできません」と言う。困ったことになった。夜寝てもズキンズキンと痛むのである。本部へ行くと、渡辺部隊長や江連大尉が「北村、どうしたんだその顔は」と言う。仕方がない。「髭を抜いたあとが化膿しました」と答えると、「ヘエ、髭を抜いたのか」と大して同情もしてくれない。あごの髭なんか引き抜く人はあまりないと見える。

　ついにある朝、孔が開いて膿が出てきた。リンゴのジャムのようないやな膿である。佐々木衛生兵を呼びにやらせたら、さっそく受領した衛生材料を持ってやってきた。棗の木の根元にアンペラを敷き、その上に自分を寝かせると彼はいきなり自分の腹の上に馬乗りになった。佐々木衛生兵はすごい目つきをしていて、自分はギクリとしたくらいだ。いよいよ手荒な手術をやることになる。

　どんなに痛くてもよいから、とにかく早くこの顔を癒(なお)してくれと言ったら、彼は両手を自分のあごに当てると、ウーンと腫れ物をしぼり出した。すごく痛くて自分は木の根元に脚を踏ん張って我慢した。

　しかし早くこの顔を元通りにして欲しい。ウーンと圧(おさ)えるごとにニョロニョロと膿と血の混合物が出るらしい。手術立会人の形でそばに控えている村岡や鈴木茂次郎が顔をしかめて覗いている。あまりの痛さに涙が流れる。

大半しぼり出すと、マーキュロクロームをベタベタと塗り、リバノールガーゼを当て、更に大きなガーゼを貼って絆創膏で止める。前にも増してザクザク痛み出したようである。しかし少し腫れたところが引いたらしい。次の朝またしぼった。佐々木はこれで腫れ物の根をしぼり出したと言う。こうしておけば自然に肉が盛り上がってくるそうだ。佐々木は同年兵からはよく藪医者と呼ばれているが、なかなか時宜に適した治療をする衛生兵である。

その後いくばくもなくして傷はすっかり癒った。傷痕も殆ど残っていない。うっかり軍医なんかに見せたりすると、このところ割に暇な軍医は、すぐにメスを振り回したがるから、この大事な顔をメチャメチャにされるかも知れないところだ。少々乱暴でもしぼり出した方が後の経過は良いらしい。

行軍で消耗したため、新品被服多数が支給された。軍衣袴、外套、毛布、防寒外套、その他の防寒被服などである。野戦倉庫は近く山西軍に接収されるので、早く冬物を抛出(ほうしゅつ)するという方針らしい。これで兵の荷物がまた増えた。

ある晩、加給品の酒、煙草、かりんとう(とは言っても甘味がまったくないやつであった)が相当来たので、各小隊で会食がおこなわれた。自分は伊東中隊長の会食に呼ばれていたので、小隊で飲むことはできなかった。隊長室へ行ったら準備していた。高木中尉、西田少尉も来た。酒は大して多くなかったが、かなり遅くまで飲んだ。外は久し振りの雷雨であった。

野見山准尉ら人事係は楡次の兵站へ出張して業務整理に忙殺された。どうやら下段村の戦闘で人事関係の書類を焼却したことで事務がだいぶ面倒になったらしい。あれには自分にもだいぶ責任がある。元来あの時、指揮班と各小隊に携行していた重要書類は各々異なる三種のものを分けて持っていたのであった。自分の小隊のは下士官兵の身上明細書であった。これは実のところそれほど重要な書類ではなくて焼却しても後に必要とあれば再製できるのである。ところが高木小隊長が携行していたのは戦時名簿であった。

自分の小隊が焼いたのを見て高木小隊長も焼いてしまったのだが、各小隊に持たされた書類の内容は野見山准尉と伊東中隊長しか知らなかったらしい。むしろ自分たちには知らせなかったのだろうと思う。中隊長としては、それほど重要でない方を自分に焼かせたのだが、高木少尉もこれを見て焼いてしまったのだ。

戦時名簿の作成は、年次の若いもののは簡単だが、五年兵、四年兵になると彼ら自身も戦闘参加や移動の経歴などの正確な記憶が失われてしまっている。大変なことをしたものである。

兵は引率されて電燈廠の入浴場へ入浴に行った。自分も体中が気味悪く、行きたかったが、あごの傷痕が癒り切らないので我慢した。町に駐留したために肉や野菜には不自由した。調味料が不足し、粉味噌、粉醤油、乾燥野菜ばかりたくさん来た。家の中が狭いので食事は戸外にアンペラを敷いてその上でした。

駐留してみるとやはり行軍している方が変化が多くて面白いように思えた。敵情もなければ終夜行軍の苦労もないのだが、何だか物足りないのだ。やっぱり我々は歩兵である。歩き歩いて毎日を過ごしたい。

五日目頃、自分たちの任務が明らかになった。二六大隊は源渦鎮以東、蘆家荘（ろかしょう）までの正太鉄路を警備することになった。一中隊は北合流より李瑪村（りばそん）間の約三キロを警備する。今、そこは他部隊が一部残って警備している。この附近の地図は中隊には一枚しかないので、薄い紙に複写した。ここでいつまで駐屯するのだろう。正太鉄路は山西地区の日本軍および居留民が京津地区へ脱出する唯一の動脈になっている。隴海（ろうかい）線の方へはもちろん戻れない。

北方の蒙疆地区から京包（けいほう）線を利用しようとすれば、すでに張家口附近には赤色ソ連の魔手が伸びていて、絶対、日本人の引き揚げは許されず、抑留されてしまう。このため、大同方面の居留民も北同蒲線を続々南下して太原地区に集結中である。正太鉄路はこれだけの日本軍隊および居留民の山西省外への脱出に残された唯一の鉄道であった。

これ以外、太行山脈の峻険を突破する道は他にないのだ。終戦後、北支那各地に蜂起した八路軍は、あらゆる交通通信施設を破壊して日本人の引き揚げを妨害し、山西軍を襲い、一挙に北支、特に山西全省をその勢力下に収めんと大兵力を動員して迫りつつある。

正太鉄路は正にこの八路大挙襲来の第一目標になっているのだ。聞けば頻々と鉄橋爆破、列車顛覆（てんぷく）、通信線の破壊、列車襲撃の事故が続出しているという。

我々は移動準備をやった。自分にとって鉄道警備は殆ど初めてといえる。伊東隊長から色々その方法を教えられた。毎夜、鉄路巡察を出して列車事故を防がねばならぬ。自分の警備区域内で事故を起こしたら、それこそ切腹である。いくらもない機関車、貴重な資材、多くの人命を一瞬にして失うのだから。

〔Ⅵ〕

北合流警備

1　北合流（きたごうりゅう）へ

九月中旬、ある朝。大隊は各中隊に分かれて、それぞれの警備地区へ分離した。一中隊は行軍で北合流へ。二、三、四中隊は列車で更に前方へ。五中隊は列車警乗中隊として楡次に駐留。大隊本部は東方約一二キロの、ある集落に移動する。だいたい各中隊へ等分に鉄道線路を割り当てられているが、一中隊の管内は最も楡次に近く、地形も敵情も最も良い所である。隊長の話によると、河南では終始、最前線に勤務した中隊だから、今度は多少、楽をさせようとの含みもあって、このようになったらしい。三中隊と二中隊の管内が最も状況が悪いのである。

　その日も良い天気で暑いくらいであった。被服を受領して荷物が増したので、かなり兵にはこたえるらしい。弾薬も元通りの定数携行になった。瀟河はますます道路に近くなり、実に良い景色である。その河岸を道は東へ東へと走っている。白砂の河原がずーっと見渡される。道の左を正太鉄路が走っている。正太鉄路は同蒲線と違って広軌である。堂々とした見るからにドッシリとしたレールが連なっている。時々列車が走る。大きな機関車である。何だか久し振りで汽車らしい汽車を見たような気がした。

　行く手に赤瓦で葺いた小さな駅が見えた。これが北合流線である。集落は少し鉄道線路から北の方へ入ったところにあるらしい。道傍の小山の下で小休止して先発者が設営を終えるのを待った。駅から今、警備を担当している部隊の将校が来て隊長に色々敵情などの説明をしていた。

　設営ができたので集落に入る。棗の樹が鬱葱（うっそう）と茂る閑静な集落である。高木小隊はここから分かれて更に東方の尚村（しょうそん）まで前進した。ここに何時までいるか知らないが、指揮班と同居ではやり切れないと思った。どうも自分が伊東隊長と相接して近くにいるということは、相互に欠点ばかり目について摩擦が生じやすい。

　自分と隊長とは常に一定の距離を置いて連絡を取っている方が、互いに感じよく仕事ができるようだ。黄

瀟河

村に勤務した当時の事実がそれを証明している。遠くにいれば伊東隊長も自分の長所ばかり目について、悪いところ（というより隊長の気に喰わない性質）は見えぬから、ご苦労、ご苦労と親心のこもった手紙をくれる。自分も怒鳴りつけられたりして気を悪くすることもないから、思う存分の能力を発揮して働ける。どうやら自分は、どこまでも分遣隊勤務に適しているらしい。

自分より上級者がいるのなら、何もかも皆、その人に任せて口出しもしないが、一旦、敵地に放り出されて部下を与えられ、仕事を全部任せられれば、ひと肌脱いで張り切りもする。これが自分の欠点といえばいえるだろう。これほど自分の欠点をよく知りながら、改められないのは困ったものだ。自分には西田少尉のように、上手く隊長に酒をすすめてご機嫌をとるような藝当は、とてもできそうにない。

自分のように思っていることもロクに口に出して言えないのも困ったものだが、西田少尉のように何から何まで喋り散らすのも困ったものだ。まして種々の小細工をやって決して自分を不利な立場に置かないようにする世渡りの上手さはとても真似ができない。

同じ関西人でありながら、これだけ極端と極端、正反対を呈する性格を伊東隊長はどんな気持ちで観察していただろう。後々までも隊長、自分、西田少尉という三つの相異なる性格が三つ巴を描いて乱闘するのであった。

あごを出した候補生を励ましつつ着いたところは集落外れの一軒の民家。同じ所へ入っても、どうも指揮班と小隊はウマが合わず大いにごった返す。自分はしばらくの間、何もせずに状況を静観することにした。

宿舎はとにかくできて兵は入った。新しい大釜が三つ持ち込まれて炊事の設備もできた。自分は入口正面の左の横穴へ西田と一緒に入ることになった。とうとうこの男と一緒に暮らすのかと嫌になった。右の穴には伊東隊長が入る。

村長を呼んで野菜や薪の交渉をしているが、なかなか言うことを聞かないようである。指揮班の空気というものは何だかガサガサとして落ち着きがない。大村曹長が源渦鎮で中隊復帰してきた。その大村曹長や中村曹長、同じく中隊復帰した加賀谷軍曹、神馬軍曹ら、口うるさい連中がそれぞれ自分で勝手に好きなことをしようとするものだから、兵隊はコキ使われるばかりで浮かばれない。

うっかりすると小隊の兵隊までコキ使おうとする。

これは小隊長として見過ごすわけにはいかない。

　そのうちにどういう計画の変更か知らないが、指揮班も尚村に前進し、高木小隊は更にその向こうの李瑪村にまで移動することになった。やれやれ、これで助かった。伊東隊長以下はまたひとしきりガタガタやって尚村へ向かった。どんな理由か知らないが確かに好運である。

　敬礼して隊長を送り出してしまうと、ホッと一息ついた。なぜまた指揮班とはあんなにやかましいのだろうと皆と顔を見合わせて言ったものだ。自分は伊東中隊長が入っていた部屋へ入り、兵室の方も十分アンペラや藁を使って居心地良くした。

　その晩は屋上に銃前哨を立哨させて警戒した。そのうちに集落外に分哨を出さねばならぬ。

　翌日、隊長から図上でだいたいの位置を指定されていた集落北方高地へ分哨要員を連れて上がった。北の方はヤマの方へ上がれば上がるほど、どこまでも登り斜面で階段状の段々畑である。とても分哨陣地を置けるような所ではない。やっとひとつの稜線に達したが、そこは集落から一〇〇〇メートルも離れていて連絡が甚だ不便である。

　だいたい一〇〇〇メートルも小隊から離れているのは、分哨として非常識である。良い場所が見つかるまでと、とりあえずそこを分哨の位置として、そこにある一本松の下に掩体を掘らせた。敵が来る可能性最も大なるならば、北方山地である。南方は浅いけれども灤河が流れているために何とか守られている。北方約三キロの蘇家荘（そかしょう）、更にその向こうにある山庄頭（さんしょうとう）の集落には絶えず敵が来るそうである。

　北合流の集落はそれほど大きくない。また、それほど豊かな集落でもない。集落があるから駅ができたのか、駅があるから集落ができたのか判断に苦しむ。やはり辺りは複雑な地形である。

　集落の背後は断崖をなし、それから上は粟とじゃがいも畑がずーっと行けば行くほど高くなって連なっている。その高原の更に上に低い山が起伏し、稜線上に小さく蘇家荘の集落が見える。集落の西側に、山の方から河に向かう広い地溝がある。その向こうにも山があり、その山の南側に北合流の駅がある。駅の防禦設備としては、その裏山に円筒形のトーチカがひとつあるだけで、まったく心細い。南を望めば広い灤河の河原の対岸にも突兀（とっこつ）たる黄土と岩の山があり、緑に包まれた山も見える。そして南方から灤河に注ぎ込む支流がここで合流している。小さな集落も見える。南合流（みなみごうりゅう）

の集落である。

　集落の南側のすぐ下を正太鉄路が走り、その下を街道が通っている。太行山脈を突っ切って河北省へ抜ける街道である。自分たちの宿舎の位置はどう見ても防禦するのに不便であったが、今さら大騒ぎして移転する必要もあるまいと、そのままにした。ただ、分哨の位置はどうしてもあまり宿舎から離れ過ぎるので、集落背後の崖のすぐ上に場所を選定して分哨陣地を造らせた。差し当たり泊まる場所もないので、昼間、他の兵も応援させて崖下に横穴を掘り、乏しい材料を集めて屋根を造った。炎熱の河南から何百キロか北に移動してきたので、この辺はもう秋も深く、夜は相当冷え込む。

　分哨から見下ろした集落は小じんまりして、人が住んでいるのかいないのかわからぬくらい、ひっそりとしている。しかし住んでいないのではない。各家からは炊煙が立ち昇っているし、畑に働く農夫の姿も見える。何の変哲もない平凡な景色だが、やはりどこを見廻しても雄大というより仕方がない。魂の底まで染み込むほど静かである。

　どこで鳴くのか知らないが、微かな驢馬の声はなお更、その静寂を助長し、何とも言えぬもの寂しさを誘う。

　秋川兵長にはここでも勤務割りを担当させた。中津山は炊事である。各分隊長、古年次兵に交代で分哨をやらせた。何日か経つうちに曇り出し、終日霏霏（ひひ）として冷雨が降り注ぎ、分哨の貧弱な横穴がすっかり水浸しになってしまった。また高粱殻や板を運んで何とか住めるようにした。

2　編成替え

　中隊の警備区域の延長約三キロ。その各一キロごとに一個小隊を置くことになったため、三個小隊編成になった。指揮班は北合流駅に来て、尚村に西田小隊ができることになったのである。指揮班から連絡が来て高木小隊から石山分隊、自分の小隊から高橋春治分隊が引き抜かれることになったと伝えた。自分はまたなんとも言えず癪にさわり、淋しく思った。今の小隊の各分隊、蓬田分隊、高橋春治分隊、村岡分隊はそれぞれ独特の性格を持った分隊長に指揮され、長所短所はあるがどれを取り、どれを捨てるというのは困るくらい、自分としては三つとも大切なのである。

　先任分隊たる蓬田分隊は分隊長・蓬田軍曹が最初の期待を裏切って行軍中、召集下士官の欠点をさらけ出してしまったが、分隊員は辻兵長、佐々木兵長、工藤兵長など、すばらしい精鋭揃いなのだ。

　高橋分隊は分隊長高橋春治伍長が四年兵で若いが、しっかりしており、また黄村で自分と共に勤務した関係もあり、捨て難い男である。まして軽機射手たる高橋敬治兵長、平山兵長、神上等兵、鎌田兵長、松橋一等兵ら、何にも代え難い大切な部下であり分隊としては最もよくまとまっている。

　村岡分隊は村岡分隊で、分隊長は孫悟空にも比すべき村岡伍長という秘蔵の部下がいる。時に駄々をこねて自分を困らせるが、小隊になくてはならぬ人物である。成田兵長という君子もいれば、斉藤市太郎という髭の兵長もいる。

　どれも取られたくない。それでも高橋分隊を出せと指令は来てしまったのだ。この編成は駐留中の一時的のことで、移動が始まれば、また元の編成になるということだが、この駐留がいつまで続くかもわからないので、今の状況では果して自分の小隊に復帰する時が来るのであろうか。

　自分は高橋伍長以下に、絶対の信頼を置いているが、おそらく西田小隊へ行ったら編成以来、苦しい中で培ってきた北村小隊の気風は忘れ去られ、およそ自分とは相容れない性格を持つ西田少尉の影響を受けてしまうであろう。

　これは考えてみれば実に辛いことであった。自分はもはや絶望、もう再び元の姿の高橋分隊では自分の下に帰ってくることはあるまいと、切ない気持ちで彼らを見送ったのであった。

　以後、数日間というもの、まったくクソ面白くなかった。それに、気がついてみれば中隊に四筒しかない重擲が、各小隊の第二分隊を引き抜いた関係上、二筒まで西田小隊に持ち去られたのである（行軍中の編成は北村、高木小隊とも三個分隊編成、各分隊軽機一、更に第一、第二分隊のみ重擲一で、第三分隊は軽機のみであった）。

　蓬田分隊の重擲は八九式の新筒で（他は北支一九式）、こいつは金輪際、離さないつもりだが、新任小隊が重擲を二筒持っているのはまったく癪の種であった。おそらく西田の油をたらすような弁舌に乗ってしまって、伊東隊長は唯々諾々と今回の編成表に印を押してしまったに違いない。

　指揮班は北合流駅に来た。またオヤジと近くなったわけだ。そして小隊に浅利上等兵が配属された。騒がしい話しぶりをする二年兵だが、他のロートルをくれるよりは気が利いている。彼に炊事の責任者をやらせた。青森縣出身の相撲取りである。歌を唄うのが好きで、炊事をやりながら自分にはわからぬ津軽地方の民謡をうたっていた。

彼の両腕に小さく「梅の花」と青く入れ墨がしてある。その意味はどうも聞き漏らしたが、色々話題がありそうな、女に好かれそうな男だ。話はなかなか面白い。

3　食糧問題

このところ、糧秣がさっぱり来なくなってしまった。楡次の野戦倉庫が山西軍に接収されてしまったのである。元来、日本軍が白米の飯を食べているということが、この辺りの支那人にしてみれば一大驚異なのだ。水田が殆どない北支では、白米は高貴な人間しか食べられない貴重品であったはずだ。

少量の白米さえあれば物々交換で大概のものを買い入れるのに不自由しないのである。苦力を傭うのでも残飯をやれば喜んで働く。有無相通じて日本軍と支那人とは相互協力ができたのである。ところが山西軍はこの白米に目をつけた。彼らにしてみれば長らく垂涎の的であった白米が手に入るのだから飛びつくのも無理はない。そして自分たちの所へは粟と大豆が支給されたのである。

これは大いに憤慨を禁じ得なかったが、腹が減っては戦ができぬ。以後、一ヵ月半ばかり粟粥で暮らす始末となったのである。また、その粟もそれほど多くは来なかった。他に大豆と砕米、これで主食を賄っていかねばならぬ。

集落には野菜が少ない。しばしば村長を呼んで交渉したが、此奴はまったく自分たちに協力する誠意がなく、毎日、それも極く少量ずつ持ってくるにすぎなかった。肉類とても鶏が一日一羽あるかなしである。二五、六名の小隊の栄養を保持するには、あまりにも少ないと思わねばならぬ。

いよいよ冬を迎えようとする我々にとり、この給与の悪化は正に寒心に値するものであった。時々指揮班や西田小隊に連絡者を出したが、指揮班では伊東隊長や野見山准尉は駅長とともに毎日白酒を飲んで真っ赤になっている。また、指揮班の古年次兵も駅の警務団のものと飲んでいるということだし、尚村では村長が全面的に協力を惜しまず、野菜には困らないという。また、酒も時々あるそうだ。自分はこの話を聞く兵が淋しそうな顔をするたびに胸の塞がる思いがした。

冬は来る。食糧は困難になる。有力な一個分隊は引き抜かれる。指揮班や他の小隊は各々よろしくやっているらしい。自分の小隊だけが悪条件下に苦しむことは小隊長として黙過することはできぬ。もはや他人の力に頼っていることはできないのだ。

尚村から風呂にするのに適当な甕を取り寄せて風呂を沸かしたが、裸になった兵の体がだんだん骨張ってくるのを見るごとに、これは困ったことになったと首を傾げた。正に八方塞がりである。その頃から隊長の指示があった方式に従って前後半夜に各一回ずつ尚村までの間に鉄路巡察を派遣することになった。自分も毎夜出た。まだ靴傷が治りきらず、鉄路沿いに歩くのは非常な苦痛であった。

今、唯一の智恵袋は村岡伍長である。まず食糧問題の解決である。村岡とも色々相談したが、どうも良い考えが浮かばぬ。粟はできるだけ炊き方を工夫して量の増える粟粥にした。大豆は初め豆腐と交換したが、どうも交換条件が良くないので一部だけ豆腐にし、他は尚村のやり方を見習って、一度煮た大豆を石臼で磨り潰して豆乳にし、粥に入れた。これは大成功であった。油脂分の補給と満腹感を与えるのにだいぶ効果があった。

尚村の西田小隊は食糧にはひとつも困っていないという。それはおかしいと思う。自分たちは今、二食主義を励行しているのに、それでも喰い込むくらいなのだ。尚村では三度三度、粥ではなく粟飯にしているという。どうやらかなり不法な手段を弄しているらしい節が見える。だが自分の小隊の方針としては、住民に迷惑をかけてまで満腹する必要もあるまいということに決まった。

また、住民の中にも比較的自分たちの立場を理解して玉蜀黍をたくさんくれるものができた。殆どその畑を開放してくれたと言ってもよい。正に天来の福音であった。兵隊は喜んでその畑へ天幕を担いで取りに行った。玉蜀黍の蒸したのをよく食べたが、これは多くの場合、下痢の原因となった。体の弱い岡田や柳沢がまず下痢をし始めた。

次に困ったのは肉である。毎日一羽くらいの鶏ではとても兵の体は続かない。ついにこれは強硬手段で解決した。それは分哨勤務者がやり始めたのである。毎夜、分哨勤務していると集落の野犬が分哨地附近をうろつく。待ち伏せしてやにわに殴り殺す。これを翌日小隊へ持ち帰るのである。犬を食べた人はあると思う。決して不味くはない。どうも初めのうち犬だと思うと気味が悪かったが、後には何でもなくなった。日本内地でも日本海側のある地方では冬季、赤犬の肉を賞味するということだから、我々が犬を食って悪い理由はない。それに自分たちの先輩がちゃんといるのだ。

山西の占領初期、聞喜縣城を守備していた一個大隊が山西軍大部隊に包囲され、糧道を断たれてついに玉砕したことがあったのである。当時は新聞だって玉砕などという言葉は使わなかったし、こんな報道は内地の新聞に出るはずもない。彼らは弾薬食糧尽きて瓦石を投じ、銃剣を振って最後の一兵に至るまで勇戦奮闘、ついに全滅してしまったのだ。

救援部隊が城を包囲する山西軍を突破して城内に入ってみたら、すでに守備隊は全滅、城壁各所に白ペンキで遺書が認めてあった。部隊長某少佐の遺書には、

「……弾薬尽きれど銃剣瓦石あり、食尽きたれども犬なお多ければ……」

彼らは城内にいる犬を食って奮戦したのであった。

今、西田小隊に行っている高橋春治分隊の高橋敬治兵長は、この時の救援部隊の一員として参加し(このこと実は未確認)、この遺書も実際見ているし、またその写真も持っていた。彼はその戦闘参加の思い出話をする時には顔を紅潮させ興奮して語るのであった。

遺書にもある通り、聞喜死守の部隊は犬を食っていた。自分たちも必要に迫られて犬を食う。しかし小隊の犬は例外である。おそらくこの犬を殺しても箸をとって食べる勇気のあるものは誰もいないであろう。彼はまったく小隊の一員になっていて、一人前の給与を受け、兵の良い遊び相手になった。自分たちが鉄路巡察に行くときには、言わなくとも駆け出して一緒についてきた。

鉄路巡察は前半夜と後半夜に一回ずつ、毎日時間を変えて出る。雨の晩は実に辛かった。北合流駅東方の踏切から東方へ、尚村南方の鉄橋までである。それほど距離も長くないし、地形もそれほど複雑ではないし、敵が目をつけそうな所もなかったが、三つばかりの鉄橋とカーブには気をつけた。敵の交通妨害の手段は大概決まっている。爆破するのはたいがい鉄橋、カーブなど、復旧に困難な場所を選ぶのである。

また、自分たちの中隊の警備区域内には殆ど事故はなかった。第二、第三中隊の方は実にひどかった。また、大隊本部附近もよくやられるらしい。その辺りでは部隊長以下、かなり神経過敏になっていて一晩中に五回も六回も巡察に出てヘトヘトに疲れているという。確かによく夜中に東方に当たってドシーンと自分たちの足下までも地響がするくらい爆破音が聞こえることがあった。時には真っ赤な火光が見えることもあった。

今度こそきっとうちの中隊管内でやられたのだと思っていても、やはりそれはずっと遠く三中隊の方で

あった。その少し前、敵は友軍の貨物列車を襲撃して、工兵隊が使う粉末黄色火薬を三箱も手に入れていたのである。八路軍が山中の秘密工場で作るくらいの火薬なら、その威力もそれほど大したことはないのだが、黄色薬となると凄まじい。鉄橋の鉄製橋桁が一度に木っ端微塵に吹き飛ばされてしまうのだ。

自分たちの管内は何度巡察に出てみても何ら異常なかった。あまりにも変化がなかった。だが敵が絶対来ないとは決して言えないのだ。音無しで忍び寄り、予期せざる所を衝くのが八路軍の戦法なのだ。油断はできない。

秋はいよいよ深くなり、空は紺碧に澄み渡る。集落全体を蔽う棗の木は葉が浅黄色になり、今や棗の果実の盛りである。赤褐色に熟したのが枝も折れよと鈴生りになっている。誰構うものもない無所属の木が至るところにあるから、兵はよく天幕や水嚢（すいのう）を提げて棗取りに出かけた。初めは敵情が悪いだろうと心配したのだが何ら心配なこともないし、危険はないようなので目的と状況が許す限り出してやった。まったく宿舎の中にいても、本もなければすることもない。兵はまったく可哀想であった。せめて食べるものだけでも満足に与えてやりたいが、今はそれもできないのである。

彼らはよく棗や玉蜀黍を採ってきては食った。生の棗はリンゴのような味がして美味いと言えば美味いが、その果実は相当固くて食べるとすぐ下痢をおこす。しかしこれだけたくさんあるものを、何とか良い食べ方はないものかと思って考えた。

ある日、千葉伍長は持って帰った棗の果皮をナイフで丹念にむき、飯盒に少しばかりの水を入れて煮てみた。食べられないこともなかった。汁が甘くなり果実も甘かった。だが何しろ皮をむくのにすごく手間がかかる。次には皮をむかずにそのまま煮てみた。すると赤褐色の皮の上に白い砂糖を吹き出し、皮に皺が寄る。そして皮は指先でクルクルときれいに剥けてしまう。中身は皮があるため糖分が内部に保存されて実に甘い。

これだ、これだ。更にたくさん採ってきて皆で食べたら、俄然これが流行し始め、毎日毎日、間食は棗の煮たのと玉蜀黍と決まってしまった。

分隊長や兵は退屈なものだから、色々理由をつけて指揮班や尚村へ連絡に出してくれと言った。宿舎にいても仕方ないのだからよく出してやった。自分はどこへも出かけなかった。指揮班へも一度も顔を出さない。歩きたくないのだ。

今のうちに靴傷を完全に治してしまわなければ今後

何もできない。この辺は集落が少ない。北合流はあまりにも貧弱な村で、野菜や薪も少ないし、第一、村長がまったく我々に好意を示さないので動きが取れない。村民に交渉しても村長が承諾しなければ何もできないのである。

とても現状のままでは困るので、他の集落に渡りをつけて物資を購入しようと思っても、近くに集落がない。最も近い現在地の西北方約一キロ半の山腹にある百草坡（パイツォーボー）は北合流の分村で、今の北合流の村長の縄張りだからまったく駄目だ。

それに集落も小さくて頼みにならぬ。次に近いのは尚村だが、ここはもう西田小隊ががんばっていて村長を握っているから、我々が行っても何も手に入らぬことは言うまでもない。

その次に近いのは北方山上約三キロの蘇家荘だ。ここへは一度、西田少尉が指揮班にいるとき一緒に指揮班と小隊の兵を連れて行ったことがあるが、指揮班と合同では思い切った仕事もできず、また狡い西田が相手だから、結局自分たちが損をしてしまった。

蘇家荘は相当大きな集落で、物資もあるのにはあるが、その更に東北方にある山庄頭の集落からはときどき敵が来ることがあり、敵からも種々物資の徴発を受けている。また山西軍もここから糧秣徴収をやっているらしい。とてもここに頼ることはできそうにない。おまけに西田少尉は時々無断出撃をやって蘇家荘にはたびたび出向いているらしい。だいたい西田少尉という男は、その部下の兵隊を満腹させるためには、いかなる手段も選ばぬ男である。

相当危険を冒してまでも食糧獲得の出撃をやっている。おそらく彼の初年兵時代を過ごした部隊が、そんなことをよくやる所だったに違いない。もし、ただ兵隊というものが、食物さえ満足に与えてやればよいというだけのものならば、自分も何ら臆するところなく食糧徴発の出撃をやるつもりになるだろう。しかし、自分が心配したのは、もし万一、食糧獲得の出撃中、敵の奇襲を受けて犠牲者を出したらどうするか。自分が責任を負うのは言うまでもないが、責任を負うだけで済むことではないのだ。

今は自衛戦闘以外、無用の戦闘をすることは固く禁じられている。今の我々の目標はただ、自己の任務たる鉄道警備に邁進し、無事祖国に帰還して祖国復興の礎石となるにある。最終の目標は全員が無事に復員することなのだ。おそらく敵との戦闘など起こることはないであろう。また、犠牲者を出すということも、そういつも起こるものでもない。だが万一あれば……。自分はこの万一を恐れたのである。

自分はすでに二人までも部下を失い、一人を傷つけた。行軍は何とか終わったが、以後、小隊を引率して目的地に行き着くまで、もう絶対に犠牲者は出すまいと心に誓ったのである。しかしそればかりではない。他にも意味がある。元来、指揮班には下士官や事務関係のものが多く、兵は当番の者が大部分で、実際、戦闘行動できる兵は少ない。食糧獲得のため出撃するなど思いもよらぬことだ。

彼らは主としてその外交的手腕にものを言わせて各小隊から、あるいは大隊本部から所要の援助を得て生活しているのだ。だから小隊が出撃するとわかれば、半ば税を徴収するように戦果を分譲せよと来る。自分たちとしては指揮班には中隊長もおられることであるし、下士官も多いのだから言われなくても多少は譲ることも辞せぬつもりだが、このように高圧的に出られるとグッと癪にさわる。兵は汗を流して獲得した戦果を労せずして喰う指揮班へやるのは嫌だと駄々をこねる。だが無断出撃はどうしてもするわけにはいかなかった。

ある日、蘇家荘へ出撃すると言ってやったら案の定、和泉、佐野などという腕利きの兵を数名寄越して一緒に連れて行けと言う。一緒に行って戦果を半分やった。

これでは無断出撃をしたくなるのが当たり前だ。西田小隊は指揮班から離れているので好きなことができるが、自分の所では目と鼻の先のところに指揮班がいるので思い切った行動ができないのである。自分はまったく今の状態が情けなかった。兵や分隊長のうち、いったい何人が自分の心中を察してくれたであろうか。おそらく多くのものは話せない小隊長だと思っていたに違いない。指揮班と小隊の兵との板ばさみになる自分の立場はまったくつまらないものであった。

4 鉄路巡察

鉄路巡察は、毎夜前半夜、後半夜に各一回出て中隊警備管内には常時どこかの小隊の巡察が動いているという仕組みにしてあった。何しろ第二、第三中隊の方では毎夜のように鉄路が爆破されているのだから、一見、何の異常もないと思われるこの附近でも絶対油断はできなかった。

前半夜か後半夜どちらか一回は自分が長として行動することにしたが、あまりにも靴傷が痛むときは見合わせることもあった。靴傷は前にもまして工合が悪くなり、膿を持っているのである。支那靴をはいてさえ触れても痛むところだ。鈴木茂次郎兵長も靴傷に悩んでいる。佐々木衛生兵も少し遠くなったので出てきてくれない。衛生材料をもらってこさせて自分でやってみたが少しも良くならなかった。

それでも毎晩、真夜中に巡察に皆を出して、自分だけ安閑と寝ているわけにはいかない。もし自分が行かない時でも、兵が出発するときと帰ってくるときには、ちゃんと服装を整えて出迎えてやるのが小隊長としては当然である。

前半夜はだいたい二〇時から二四時まで、後半夜は一時から五時頃までの間に一回出る。六名ひと組にしていた。この頃は真っ暗な晩が多く、またよく雨が降った。着剣した銃を持った兵を連れて門を出る。家の前の坂を下りて鉄路の踏切に達する道を行く。実に暗い。二、三軒ある民家の犬が猛烈に吠える。まったく癪にさわる。棗の木が茂った下を通り抜けると踏切へ出る。

右の方を見れば駅に通じる山間のカーヴで、信号燈が唯一ギラギラ光っている。鉄路に沿って東の方へ歩く。線路とこれに平行する電線の両方を監視せねばならぬ。二名を少し先に歩かせる。時々線路の継ぎ目の犬釘にさわってみて異常ないかと確かめる。夜は実に寒い。瀟河の河音がサラサラと聞こえる。遠くの集落に犬が鳴く。

自分たちがガラガラと道床の石ころを踏む音と、我々について走る犬の荒い息の音がするだけである。不思議と虫の声を聞かなかった。時々立ち止まってジーッと耳を澄ませて、怪しい音はせぬかと聞く。鉄橋の下を覗いてみる。そうするうちに尚村の鉄橋に達する。ここまでで自分たちの警備区域は終わりである。

反転してまたそろそろ帰る。何もないと知ると、安心であると同時に馬鹿らしい。敵もいないところで何を苦労して血眼になって巡察などせねばならぬのかと思う。しかし、そこが中央軍相手の戦闘と違うところなのだ。

中央軍は、いざ来る時は大兵力でドッと押し寄せる。装備はこちらよりはるかに良くて、自分たちはもし反攻があれば玉砕と覚悟していたものだ。八路の戦法はいわゆるゲリラ戦、遊撃戦なのである。こちらの弱点、警戒の間隙、油断を見澄ましてコッソリ近づき、やることをやればサッと引き揚げるというやり方である。彼らの装備はお話にならぬほど悪く、小銃も少なく、弾薬も至って少ない。その主要兵器は手榴弾と地雷である。石門士官学校でも共産軍の組織、戦術などをだいぶ教育されたが、彼らはどんな山の中でも、こんなところにと思う一軒のあばら家や馬小屋の中に手榴弾工場や火薬工場を持っているのだという。八路軍の組織などは研究すればするほど面白いらしい。

以後、何回も村長を呼んで散々、野菜、薪補給の交渉をしたが、まったく誠意ある回答もせず、持ってこようともしない。自分たちが来る前、ここにいた部隊がよほど暴虐の限りを尽して村民を困らせたらしく、自分たちをも信用しないのである。

村長は野菜はないと言うが、鉄路巡察に出てみると辺りの畑には相当ある。ある日、村長を呼んだとき、

「俺たちはお前の村に野菜があることを実際見て知っているのだ。それでもないと言うのか」

「没有、没有（ありません、ありません）」

「それなら俺たちは勝手に持ってくるから、そのつもりでいろ。それでもよいか」

「北合流青菜没有。称的説話行。（北合流に野菜はありません）」と言ったから、もうこうなったら止むを得ない。無断でドシドシ畑から菜っ葉や大根を牽き抜いてきた。二五、六名分の野菜など、それほど大した量でもないのに、この村長の態度は残念だった。それでもさすがに白昼堂々と野菜泥棒をやるのは気がひけるし、また集落の中であまり大っぴらにやるのも考えものだから、鉄路巡察の帰途、ちょうど北合流と尚村の村境と思われる畑から引き抜くことにした。

考えてみればまことに罪な話だが、これも生きんがための戦いである。巡察者は毎夜、天幕を携行しては大根や馬鈴薯、菜っ葉などを持ち帰った。皆かなり気を遣ってあちこちの畑から目立たぬように抜いてきたので、住民はついに最後まで気がつかなかったようである。

必要に迫られてやるとは言いながら、野菜泥棒を働かねばならぬとは、これも敗戦のみじめさか。まったく内地の親たちにも合わせる顔がない。

一旦やりだすと止められないのがこの道の恐ろしさである。食糧事情は引き続き悪く、一度、味をしめた夜間出撃をやめるわけにはいかない。おかげで寒い夜中、巡察から帰ってくる兵に温かい蒸し芋を食わせることができるようになった。

指揮班は相変わらず伊東中隊長以下、殆ど毎夜の会食だという。それでも指揮班の兵が連絡に来るたびに、指揮班は兵隊にとってはまったく地獄だと言っていた。そうかも知れない。小隊の飯を御馳走してやると、小

隊は気分だけでも楽でよいと喜ぶ。

指揮班といえば体裁は良いが、兵隊はやはり小隊へ来たがっているし、また実際、彼らは可哀想であった。とても現在の正規の給与では兵の体が続くはずがないのだ。指揮班で真に兵の面倒を見てやる人間が、今のところいなくなってしまったのではないか。

よく和村正夫が隊長の馬に食わせる乾草(かんそう)を何とかしてほしいと頼みに来た。村公所の支那人に交渉してやったが、二、三日するともう持ってこなくなるという。そこでまた自分が拳銃一つを腰にぶら提げて村長の家を訪ね、談判の末、五、六束持ってこさせるなど、殆どその日暮らしの状態である。和村という初年兵も河南にいた当時は丸々肥った可愛い奴だったのに、だいぶ痩せてきた。伊東隊長の馬もだいぶ痩せて毛の色艶が悪くなったようだ。

淋しい秋を迎えて皆、次第に痩せ衰えていくのは何とも情けないことであった。村岡が和村をつかまえて、「お前たちは指揮班にいたら、だんだん痩せてしまう一方だから時々、馬をダシに使って小隊へ来い。芋ぐらいは食わしてやるから」と言う。和村を初め指揮班の浮かばれない兵は、時々メシ時を狙って小隊へ来ては腹を満たして帰るのであった。


ある日の連絡で、大村曹長が自分の小隊に来て給与を受けることになるという話があった。それでなくても兵隊は疲れているのに、無為徒食する曹長に来られて兵をコキ使われてたまるものかと、自分は野見山准尉に手紙を書いて断乎拒否してしまった。野見山准尉はだいぶ気を悪くしたらしい。かなり激越な調子の返書が届いた。自分の手紙を持って指揮班へ行った村岡も帰ってきて、「隊長殿、准尉殿がだいぶ怒っていましたよ。自分も手紙を見ましたが、あれは少しどうかと思いますね」と言う。准尉が怒ったって自分の知ったことではない。大村曹長に今来られたら、それでなくとも少し不安定な小隊の空気がメチャメチャに破壊されてしまうのである。それでも自分の手紙は効果があったらしく、大村曹長は李瑪村の高木小隊へやられてしまった。

もうひとつ自分が困ったのは蓬田軍曹がさっぱり働かなくなってしまったことだ。年寄りの招集下士官ではあるが、まだそんなに体が動かなくなるほどの老人でもない。彼は何かと理由をつけて体の具合が悪いと言い、部屋にゴロゴロしている。分哨にも出ない。巡察にもあまり出たがらない。先任分隊長がこれでは何とも処置なしである。

今のところ、中隊全部の中での分隊長の中では彼が最も不出来であろう。体が悪いのなら暇をやるから診断に行けと言っても行かない。どうせ診断なんか受けたとしても病気でないことはわかっている。今では蓬田分隊の古年次兵、辻、鈴木茂次郎兵長らはカンカンに怒ってしまっていた。

蓬田軍曹はいよいよ自分一人で楽をして、部下の面倒を見なくなってしまったのである。ついにある日、朝、自分は彼を呼んでこっぴどくやっつけた。それからは分哨にも巡察にも出るようにはなったが、不平タラタラである。とんでもない奴だ。河南当時、偏口（へんこう）や上官（じょうかん）陣地にいた頃の彼は、こんな人間とは思われなかったのだが、自分の期待は裏切られたのであった。

第一分隊は今や辻、鈴木兵長が先頭に立って何もかもやっている。分隊長と兵との間の関係はますます工合の悪いものとなった。これはただ分隊内のことと見逃すことはできない。正に小隊の危機なのである。

村岡分隊の方は分隊長がなかなか腕利きだから心配なかった。時々腕が利き過ぎて困ったくらいである。

5　秋田杉・三縣人・東北ことば

周囲の状況と相俟って、どうも皆の気持ちが湿っぽくなってきた。指揮班で無闇に酒を飲みたがるのも、おそらくやり場のない物悲しさを忘れるために、半ば破れかぶれになってやっているのかも知れない。

残念だが北合流には酒屋がない。駅にいる指揮班の連中は警務団の支那人や駅長に渡りをつけて、楡次や源渦鎮から仕入れているらしいのである。何とかして酒を手に入れたいものだ。まったくこんな時には酒でも飲まなくては淋しくてやり切れない。

そのうちに炊事と入浴用の薪がなくなりだした。村公所に交渉すると少しばかり木の根っ子を持ってくるが、これではとても足らぬ。飯が炊けなくなるのは何としても困る。

ある日、駅の指揮班へ連絡に来た西田少尉が小隊に立ち寄り、伊東中隊長が鉄路沿いに立っている今は使用していない電柱を燃料として使っても良いと言ったと伝えた。どうも心配だ。西田の言うことを真に受けて過早に切り倒したりして叱られるのもつまらないから、次の連絡のとき、村岡にもう一度確かめさせた。

確かに隊長が許可したということがわかったので、早速、集落から斧を借りさせ、兵を五、六名派遣した。彼らは間もなく太くて立派な電柱を担いで汗だくで帰ってきた。家の前の広場で小さく割る。久し振りで愉快そうに働く兵の姿を見た。少し痩せはしたが筋骨隆々たる上半身裸体が交代で斧を振ってバリバリ薪に割る。驚いたことにこの電柱は日本の秋田杉だったのだ。雨にたたかれて不明瞭ではあるが、木材の一部に烙印が押してあるのが見つかったのである。秋田縣出身の兵は懐かしそうだ。それはそうだろう。こんな山西の片田舎に故郷の香りも懐かしい杉丸太がズラリと並んでいたのだから。

割ってみれば木目の見事に通った立派な杉材であった。節も少なかった。プーンと内地の杉林に踏み込んだような強い木の香がした。皆は切れ端を鼻に当ててスーッと胸一杯息を吸ってみた。

佐々木久治兵長は斧を振って見事に叩き割る。誰も彼には敵わない。彼は内地では山の製材所で働いていた男なのである。

「どうだい、やっぱり秋田杉は質(たち)が良いだろう」

彼は自慢そうに言う。発止と打ち込むと、端から端までパリーッと乾燥した音を立てて割れる。そういえば秋田縣人、特に能代(のしろ)附近の人間はこの杉のようにパリッとした気性を持っている。能代男児だと気焔を上げる神馬軍曹、鈴木茂次郎兵長、あるいは佐々木衛生兵がその例である。

秋田縣人は東北人の中でもかなりすばしこい方で、多少、江戸っ子と相通じるところがある。能代男児は特にそうである。岩手縣人は一般に温厚である。オットリとした顔をしている。人が良くて多少鈍重である。非常に親切だ。現役の初年兵の中に、その例を多く見る。青森縣人は温厚だが、一般に少し暗い感じがする。言葉は最も訛りがひどい。

もちろん、以上は一般的な傾向で例外はたくさんある。どこの人間が一番よいということは難しい。自分は皆好きだ。自分は近ごろ、東北弁というものに言うに言われぬ愛着を感じるようになってきた。浅利上等兵の早口の津軽弁には閉口するが、他のものが言うことならわからぬ所はひとつもない。かえって自分まで思わず口をついて「ンダ、ンダ」とやるくらいである。よく彼らが使うのは、

・**ベロベロと出る。ベロッと出る**（ニョキニョキと出る。ニュッと出る）。
・**ケツムク**（くよくよする）
・**イタマシイ**（惜しい、あるいは更に深刻な意味に用いる）
・**ネバル**（座る。地上に座る）

等々である。また、何によらず名詞の語尾に「……こ」というのをつける。支那語の小孩児、鶏子児、銅子児、

老爹児などの児にあたると思われる。茶碗こ、皿っこ、ヘラっこ（飯べら）、べコっこ（牛）、馬っこ（別に仔馬を意味するのではない）など、何でも「こ」をつける。「この野郎っ、面っこ洗わずに飯食ったな」という調子だ。

更に面倒なのは仔馬、仔牛を「うまっこのこっこ」「べこっこのこっこ」と言うことだ。馬この三乗と言えばよいのに。また、「し」と「す」がどうもはっきりしない。梨と茄子、寿司と獅子等々、その場合、場合により判断するからわかるので、出し抜けに言われるとちょっとわかりそうもない。

それでも彼らに言わせると立派に使い分けているのだという。「……するのは嫌だ」と言えばよいのに、「いやーんだ」と言うのもなかなか愛嬌があって良いものである。自動車は「ズンドウシャ」だ。また自分が初めて中隊に着任した頃、原店陣地の電話交換所に「ツンジ上等兵」という兵隊がいるというので、一体どんな字を書くのだろうと頭をひねっていたのだが、何のことはない。今の蓬田分隊にいる辻 豊兵長のことだった。

静岡の補充兵を教育した頃、平山 信に軍歌演習を指導させたことがある。山西派遣軍をやったのはよいが、その第一句を平山が「火（シ）の雲走る大陸に……」とやったのを、補充兵が真面目な顔つきで「シの雲はしる大陸に」とやったのには横にいておかしくて堪らなかった。

この東北弁の中にあって柳沢一等兵の大阪弁丸出しが飛び込んだのだから、何とも複雑なことになってしまった。西田少尉のベラベラ然たる関西弁を聞いてまったく嫌になってしまった自分も、柳沢のハキハキした大阪弁は気持ちよく聞くことができた。彼は大阪のボンボン（お坊っちゃん）育ちで、学校途中で入隊した純真そのもののような奴だった。

彼は真っ向からペラペラと大阪弁を振りかざして、東北人に当たったのである。さあわからない。

鈴木茂次郎兵長のように工員をやりながら、あちこちまわり、漫才の本でも読んでいるものには何とかわかるらしいが、他のものにはよほど変に聞こえるらしく、柳沢に話しかけられて戸惑ったような顔をしていた。自分はよく彼と他の兵の珍問答を聞いて腹を抱えて笑ったものだ。

この東西両極端方言二大勢力が珍問答をやる中に、美しい標準語を使うのは工藤兵長である。北海道の石炭山で働いていた立派な男。年齢は自分と同じだが、自分よりはるかにしっかりした立派な男だ。皆がだいぶ意気消沈しているこのごろ、彼は一人で朗らかに歌っている。何という歌か知らないが。

「轟沈だ、轟沈だ、凱歌は上がる……」と言った勇ましい歌であった。彼は標準語を使うし歌も決して下手ではないが、惜しいかな声が悪かった（工藤が歌っていたこの歌は印度洋で活躍したペナン基地の潜水艦の歌だったらしい。自分は入隊前にはこの歌を聞いたことがなく、むしろ終戦後、本によって知ったのであった）。

その他、秋川兵長がよくうたった歌に、

「敵盲爆野の跡に　……月見る親子　憎い米英討たねばならぬ　同じ東亜の民じゃもの　民じゃもの」

というのがある。おそらく北支軍辺りで募集した良民愛護の歌で、北支軍司令部発行の新聞『神兵』に出ていたものである。秋川は行軍中もよくこの歌をうたった。愉快な男である。

6　部下の横顔

現役の初年兵は今のところ、角掛忠次郎、馬場竹蔵、皆川豊、中津山の四人である。

皆川は今度の撤退行軍で初めて自分の小隊に入った。自分が黄村にいる頃、クルップ性肺炎で入院し、行軍開始少し前に退院してきたのである。彼は偏口陣地にいて、あの重迫撃砲、野戦重砲の乱射にさらされ、血みどろの死闘を経験してきたのだ。それにもかかわらず、元来、まったく大人しく内気な兵であった。中津山と仲が良くて何でも一緒に助け合っている。彼は村岡分隊の軽機射手、佐々木六郎の弾薬手であった。

退院直後でもあるし、見た限りでは他の初年兵に比べて弱そうな体なので心配したのだが結局、初年兵の弾薬手で行軍の最後まで自分の装具と共にアゴを出さずにここまで来たのは、見渡してみると中隊の中で彼一人だったのだ。体は細いが、なかなかがんばりの効く兵である。自分は頼もしいと思った。将来よい兵になるだろう。村岡伍長もよく可愛がっている。

角掛忠次郎は体の大きい頑丈な男である。これなら軽機弾薬手としては申し分がない。その苗字と牛のように凄い力があるので、兄貴分の鈴木茂次郎は「べコーッ」と呼ぶ（ベコとは牛である）。

馬場竹蔵は縦と横と厚さが同じ長さ、即ち立方体のように見える短躯堂々たる兵隊である。第一分隊の擲弾筒手、工藤兵長の弾薬手だが、行軍ではどんな辛い時でもアゴを出さない。彼の家は農家で、馬車牽きもやったことがある。彼の欠点は、すばらしく大きな鼾をかくことで、蓬田分隊の兵が毎夜眠れないとこぼしている。

兵隊を一人一人見渡せば、それぞれ特有の性格を持ち、どれを見ても立派なものである。

蓬田分隊の辻兵長は、河南の原店では電話交換所に勤務していた。五年兵だが品行方正、誠実なることこのうえなしである。非常に親切で自分より下級のものの面倒を良く見てやる。これ以上、立派な兵を望むことはちょっとできまい。彼は三年間も上等兵を続け、いつも進級の選にもれる不運な男で、伊東隊長も辻についてては大変気の毒がっていた。これは進級制度にも関係があるので止むを得ないことなのである。

進級は各年次のものの中で一定の割合に従ってやるのだが、五年兵が極めて少ない中隊では、一人もその割合に入らないのである。だからこんなに良い兵がいるのに進級させたくてもできなかったのだ。その代わり辻は精勤章を四本もつけていた。今回のマックァーサー進級でやっと兵長になったのである。

鈴木茂次郎兵長は自分が最初、大営陣地で勤務した時からの部下で、秋田杉のようにパリッとした三年兵である。一選抜の下士官勤務兵長で、蓬田分隊の原動力だ。彼は地方にいた時は旋盤工で、大阪附近や東京で、あちこちの工場を渡り歩いてきたのだが、ひとつも悪ずれしていない。純情の熱血漢である。彼の愛唱する歌は「男の純情」。酒を飲めば少し厄介だということだが、まだ自分はそこまで知らない。下級のものにも実に親切だ。大切な兵隊である。

佐々木久治兵長も五年兵。やはり今回進級した。田沢湖の畔から出てきた男で、ちょっとやくざ気のある、すぐに体面とか面子がどうだとか言って喧嘩をしたがるところがある。だいぶ家庭の事情は面白くないらしくて僻(ひが)んだところがあり、殊に酒を飲むと常からの不満を爆発させてクダを巻くので注意を要する。しかし一面、このような生活状態に置かれると、彼のやくざ気質も決して捨て去るべきものではない。操縦は困難だが、いれば役に立つ男だった。

齋藤長助は四年兵の上等兵。秋田縣人に似合わぬ鈍重なお百姓だが、ムッツリとしているくせにユーモラスなところがある。

村岡伍長はトタン屋。小さい時から苦労していて世の辛酸を舐めてきているから他人に対して実に親切だ。彼の人生哲学はまことに傾聴すべきものがあった。「勝」部隊当時には当番もしたことがあり、その時の彼のオヤジが何と、石門予備士官学校の歩兵砲中隊長、赤星少佐であったのだ。石門では「鬼星」と呼ばれ、中隊の候補生全員を処罰するというので鬼のように怖れられた厳格なること秋霜烈日(しゅうそうれつじつ)の如き恐ろしい中隊長であったが、村岡に聞く限りでは非常に礼儀正しい、また優しい人であったという。村岡はやはり自分の大営以来の部下で、自分にはなくてはならぬ男である。

成田喜一郎兵長。原店では中隊炊事場の重鎮であった。糧秣などを管理させると絶対間違いのない男。補充の四年兵である。体が少し弱いが温厚誠実なること、正に君子の風格を備えている。大人し過ぎて表立った仕事には不向きだが、何も言わずにコツコツと働いて身をもって範を垂れるところが貴い。中津山はこの成田を非常に尊敬している。

佐々木六郎一等兵。村岡分隊の軽機射手。一見、無愛想なムッツリした男だが、本当は実に良い人間だ。彼はずっと偏口陣地にいて活躍した。グリグリ目の恐ろしいくらいの顔をした三年兵だが、体の弱い皆川を弾薬手に附けられても立派に協同の実を上げ、ついに完全に二人の力でここまで来たのは称賛に値する。

斉藤市太郎兵長。補充の三年兵中、一選抜の兵長。山形出身でデタラメの大将だが小隊になくてはならぬ男。なかなか男っぷりが良くて、その立派な八字髭が自慢である。どこまでも愉快な髭の兵長。青年団の幹部で農村のインテリ。農業雑誌を読んで品種改良をしてみたり、小説を読んだりしている。

森元重一上等兵。補充の二年兵中、一選抜の上等兵。妻も子どももある四〇近いオヤジだが、農に鍛えた立派な体。まことに自然の恩恵を受け、土に生きて悟りを開いた模範農夫である。補充の二年兵ではあるが、初年兵の彼に対する尊敬の念はまことに厚いものである。ただ、働く人にのみ幸福は与えられるというのが彼の到達した悟りの境地。まったく頭の下がる人物であった。初年兵の良き指導者である。若いものも馬鹿にせずに教えてやり、共に働いて汗を流す。年齢からいえば自分が教育した静岡の補充兵と同じくらいだが、同じ日本人で、しかも同じくらいの年齢のものに、これだけ格段の差があるとは驚くほかはない。

今更ながら健全な農村生活と、利益を追うに汲々たる都会人の生活との相違が、あまりにもひどいことを見せつけられ、他人事ならずとも考えさせられたものである。ある意味で森元は小隊の至宝であった。

他の静岡の補充兵に至っては、小隊編成表に載っているというだけで、我々としてはあまり有り難くない存在である。

秋川兵長のことを書くのを忘れていた。

彼は補充の四年兵で妻も子もある男だが、連絡係下士官（略称・連下士）という特別の地位であることもあずかって万事に超然としたところがある。朗らかなことは小隊一かも知れぬ。勤務割当をやらせると絶対公平確実である。黄村陣地以来の仲だから連下士として彼を得たことは好運と言わねばならぬ。また彼は自分が中津山という女房役を見つける仲人となった男でもある。彼も歌うのが好きであった。黄村で、箒の柄で尺八を作っていたのも彼である。

　自分はここに旧部下、高橋春治分隊の各兵につき、述べられないことを悲しく思う。西田小隊には中村曹長が居候を決めこんでいる。あるいは西田とどこかウマが合うのかも知れない。また、斉藤米雄という兵長が中隊復帰して西田小隊に配属され、連下士となった。ある日、自分のところへ挨拶に来た。

　ついに腹に据えかねて蘇家荘に無断出撃を試みた。村岡以下、約一個分隊と軽機一を携行した。だんだん山を上って行くと、辺りの眺望は実にすばらしく、紫(し)金(きん)(赤銅(しゃく))の山山、瀟河の白砂、緑の集落が紺碧の空と相映じて美しく、黄、赤、褐色と秋の木の葉が全山に錦を飾る。行くほどに蘇家荘の村はずれにある小さい廟が次第に近づき、そこにチラチラと便衣の歩哨らしいのが見える。

　我々が近づくにつれて集落の中は騒がしくなり、オーイ、オーイと互いに呼び合い注意する声が聞こえる。敵がいるのか、あるいは村民が徴糧をおそれて物資隠匿に狂奔しているのかも知れぬ。この辺は何しろ八路、山西軍、それに日本軍の三つから物資の徴発を受けるのだから、住民も戦々競々(きょうきょう)として、集落に近づく軍隊を見れば大騒ぎするのであろう。

　警戒を厳にしながら集落に入り、村公所へ行った。自分たちは楡次縣の某市鎮の役人を二人連れで来ている。彼らのいた瀟河対岸は、今やまったく八路の勢力下に曝され、命からがら北合流に逃げてきて、村公所に居候しているのである。今、彼らの管下にあるのは、ただ北合流、蘇家荘のほか小さな二、三個村だけで、しかももう彼ら役人なんか住民が馬鹿にしているので、やはり食うに困っているのだ。蘇家荘に行くなら連れて行ってくれというので連れてきたのだった。

　村長がいなくて副村長が出てきた。徴発に来る色々の軍隊と困難な折衝をやらねばならぬので、だいぶ困っているらしい。近く満州方面へ転進する中央軍がこの辺りを通るので、その給与までも背負わされているらしい。またその日も少しあとから山西軍も徴糧に来るということなので、山西軍と衝突してもつまらぬと思い、果物と鴨を若干手に入れただけで帰ってきた。

鉄道下の街道を楡次に行く梨売りの商人がよく通ったので、梨はよく買って食べた。二、三度、蘇家荘へ村民に手紙を持たせてやり葡萄や梨を買った。ここで意外に自分の支那語の知識が役立った。喋るのは苦手だが、時文（現代文）の手紙なら何とか書けたのである。

いつも末尾には「大日本帝国陸軍北合流警備隊司令官」と長ったらしい肩書をつけ、村公所にあったわけのわからぬ字の印鑑を同じ所に二度重ねてベタベタ押してやった。支那という国はさすがに文字の国だけあって、溲紙のような粗末な紙でも墨で字を書いて印鑑を押せば、頗（すこぶ）る有り難い効き目を持った紙になるのである。蘇家荘からはこの方法を使って情報を持ってこさせた。

ところが蘇家荘から街道に下りる主要な道は、北合流でなくて尚村へ下りているので、せっかく自分が北合流警備隊司令官と銘打って情報蒐集をしているのに、連絡に出される蘇家荘の苦力は、間違って尚村の西田小隊へ持って行ってしまう。すると西田少尉は得々とそれに尾ひれをつけて駅の伊東中隊長に届けるというわけである。

支那人にしてみれば、どちらへ持って行っても同じ日本軍だから構わないと思うのかもしれないが、こちらは情報蒐集でも競争でやっているので、これはまったく口惜しかった。更に冬物の被服がだいぶ来た。また下士官兵の多数に官給品の革脚絆が支給されることになった。

今のところ他に何の楽しみもない兵に、新しい被服の支給はまた何となく嬉しいらしい。布団も毛布も来た。今までは行軍を終えて直後だから殆ど夏装束であり寝具も各人毛布一枚くらいしか携行していなかった。最近、夜はグッと冷えて寒いほどになっている。薪が欠乏して部屋の暖房など思いもよらぬ。この家は隣家の支那人所有の空き家だが、入口には扉すらもなかった。

だんだん寒くなってくるので窓口や入口にはアンペラやむしろを吊り下げたが、みすぼらしくてまったく見る影もない。燈火燃料も石油がなくなって小隊には重油が支給されたが、不潔で使えない。すごく煤が出るし、燈のまわり一面に真っ黒な油滴が飛び散る。

村岡が奔走して指揮班から保革油一鑵（かん）を手に入れてきたので、大いに助かった。こんな時は村岡がいないと万事解決がつかないのである。そのうちに百方手段を尽して何とか白酒が手に入るようになった。指揮班のを分けてもらったり、支那人を源渦鎮までやって買ってこさせたのだ。

時々、夜、アンペラの上で、心細い燈を囲んで飲んだ。自分が本当に酒を飲もうと思って飲み出したのはこの頃であった。何とかして憂鬱な気分から抜け出したかったからである。糧秣が少し多く来るようになった。また、夜間出撃の戦果もあるし、時に犬肉もある。時々、数日間節約したご馳走をいっぺんに作って飲んだ。

佐々木久治兵長が指揮班糧秣係助手に取られたが、彼は指揮班の空気が嫌だと言ってよく小隊へ遊びに来たが、その時よく酒や白米を土産に持ってきた。

どうも佐々木の話を聞けば、指揮班は今、三つくらいのグループに分裂しているという。困ったことである。伊東中隊長がまさかそんな小さいことでガミガミ叱ることもできないだろうし、指揮班長たる野見山准尉は、准尉としては大隊中で最も優秀な男なのだが、酒を飲むと目がくらむのである。指揮班をしっかり握って指導していくような人間がおらず、群雄割拠のごとき形になってしまった。

それでも指揮班の兵隊たちは駅の歩哨と山上トーチカ分哨の勤務に追われているのだ。伊東中隊長の中隊統率方針「清く、直く、明るく」ということがだいぶ乱れてきたのである。指揮班がこれなのだから困ったものだ。指揮班各小隊ごとにそれぞれ言い分があるらしいが、大きな目で見てかつて団結鞏固をもって誇った建制第一中隊もその面影を喪失し、目前の楽しみを追うに汲々たる烏合の衆に成り果ててしまったのである。

自分はまず何よりも自分の小隊の家族的結合を回復しなければならない。蓬田軍曹も以後、何とか体面を保持し続けているらしい。辻兵長、鈴木兵長はよく村岡分隊へ来て遊びもしたし、兵隊同士の間には何も摩擦はない。

西田小隊は相変わらず豪勢な生活をしているという。自分はよく言った。

「村岡どうだ。お前の見たところ、うちの小隊と西田小隊ではどちらが団結が固いと思う。他のことはともかく、団結が弱くなるのは困るからな。俺は心配だよ」

「隊長殿、心配することはありませんよ。彼らはあんなに派手にはやっていますが、決して内部に問題がないというのじゃありません。あそこの小隊では西田少尉殿と分隊長の間は上手くいっているらしいのですが、幹部と兵との間はそれほど円満じゃないのです。村岡の見たところではそう団結が鞏固だとは思いません。うちの小隊もそれほど良いとは思われませんが、隊長殿にしてみれば、どうしてもよその方がよく見えるんです。このくらいが普通です」と言う。

自分を一時的に安心させようと言ったのか、実際そうなのか知らないが、確かに一理ある解釈の仕方である。自分はもう小隊の団結ということで頭を悩ませることはやめて、ただ兵を面白く愉快に働かせるようにしようと思った。

二、三回、まだ夜の明けぬ暗いうちに指揮班から兵が来て、東趙駅(とうしょう)との電話が通じなくなったから切断されたのかも知れぬ、それにきっと鉄道も破壊されているに違いないから、直ちに出撃捜索せよと言ってきたことがあったが、出撃してみると、いつも中隊管内ではなかった。

それでももし敵襲があるとすれば、今の分哨の位置は崖っ縁にあって、とても防げるような所ではないし、宿舎の位置も集落の一番下の方にあって何の陣地設備もなく、民家の屋根伝いに来て手榴弾を投げ込まれるおそれがあるので、とても現在地で戦闘はできぬ。

そこで家と道を隔てた小山の上に陣地を造ることにした。一度、江連大尉が馬でやってきて、中隊の配備状況を見に来たことがある。北合流へも来たが、小山の上の陣地を作りかけていた時なので、別に何も文句を言わなかった。少なくとも軽迫榴弾に抗堪(こうたん)し得る掩体と避難所を作れということだが、いかに河南の陣地構築で腕を振った自分も、ここでの資材不足と労力不足には弱った。煉瓦など一枚も手に入れる手段はない。村長があの調子だから交渉しても言うことを聞かないし、またこの貧乏村ではどこを探しても余分な煉瓦は見当らぬ。

佐々木久治に陣地構築を担当させたところ、地下退避所を設計し、苦力も何とか一〇人くらい集めて、一五名くらい入れるのを二ヵ所掘り始めた。地下壕の側壁と天蓋は例の電柱の材木を縦に半分に割って使う計画なのである。

だが途中で佐々木久治を指揮班給与係助手に取られてしまい、また苦力が殆ど来なくなった。兵隊だけでやらせようにも今の給与ではとても体が続かない。また、河南でのように目の前に敵を見ていると、言われなくとも陣地構築に熱が入るのだが、ここのように一見、何らの敵情もない所では、それほど熱心にもなれないのだ。それでも掩体は七個ばかり造った。

毎日晴天つづきで小春日和である。時々自分も陣地を造りかけた小山や分哨陣地や井戸端に出てみた。井戸は宿舎からだいぶ離れた下の方に、井戸というより深い泉があり、そこから湧き出した水は小川になって流れている。村民もここへ来て水を汲んだり洗濯したりしている。我々の水もここから汲み上げている。

家の屋根へは大きな梯子で上るようにしてあり、夜は銃前哨を上げる。洗濯物も屋根の上に干す。屋根はセメントで塗り固めて中庭の方に向かって傾斜をなし、外縁には煉瓦を色々な形に積み上げた手すりがある。

午後、この上へあがって暖かい日光を楽しむのも気持ちが良い。家は道の上に切り立った崖の上に建っているので、集落の民家や棗の木や前の小山がひと目に見渡され、遠く河北境の山山と灤河の河原が見渡される。

めっきり秋らしくなり、棗の木の葉がハラハラと散り、村民は棗の果実を収穫して屋根の上一面に干す。集落中の屋根の上が真っ赤に見えるくらいである。彼らはそれを乾燥させて貯蔵し、煮てジャムにしたり饅頭に入れたり、棗酒を造ったりする。

ここへ来た時は満目緑に包まれた集落であったのに、棗の木の葉が全部黄色くなって散ってしまったので、鬱蒼たる樹蔭はなくなり、パッとその辺が明るくなった感じだ。今まで見えなかったところまでが木の間を通して望まれる。コトリとも音がせぬ、気味の悪い静けさである。

椋鳥の群れが早口に囀(さえず)りながら、羽音も高く飛びまわっている。椋鳥は内地でも見たことはあるが、彼らの団体行動は見事である。無定形の乱雑な群れだが、一羽だけが勝手な行動をするようなのはなく、すばらしい速度でひと塊になって飛び回る。家の横にある塵捨て場の日溜りには鵲(かささぎ)がものも言わずにゴソゴソと餌を探している。黒い背中が時々瑠璃色に輝く。

中庭を鶏が二、三羽、餌を探しながら歩いている。数日後には羽をむしられて我々の腹中に納まってしまうことを知らないようである。集落からは雌鳥は絶対持って来ない。卵を産む雌鳥を肉にしてしまうのが惜しいからである。陽当たりの良い村岡分隊の部屋の軒下に、秋川の犬がゴロリと横になって眠っている。腹が出たり凹んだりして、蝿がその周りを飛び廻る。眠くなるような午後の陽射しである。

ある晩、部屋にいたら歩哨が中隊長が来られたと言う。今頃何だろうと出てみたら、もう門を入ってくるところだった。

「服務中、異常ありません」

「ウム」

プーンと酒の臭い。ハハー、そうか酔っ払って駅から飛び出してきたのである。中庭にアンペラを敷いてドッカリ座ると、いい気になって喋っている。ちょうど手に入れていた果物を出してお相手していると、当番の伊藤伝治が迎えに来た。駅からここまで来る途中、だいぶ銃をぶっ放したそうである。自分と話をしている間にも拳銃をひねくりまわしていた。まったく危険千万だ。いよいよ伊東隊長の悪いクセが現れ出したようである。

隊長が帰ったと思ったら今度は野見山准尉が酔っ払ってやってきた。まったく癪にさわった。兵がこの状態を見てどう思うか考えてみるがよい。酒が飲みたければ大人しく自分たちだけで勝手に飲めばいいんだ。小隊にまでわざわざ暴れ込んで醜態を暴露しなくてもよさそうなものだ。

時々、連絡に出した秋川や佐々木久治が指揮班で酒を飲んで酔っ払って帰ってきた。これだけ酒を見せつけられ、迷惑をかけられればもうたくさんである。自分も村岡と相談して百方手段を尽して酒をどんどん買い込みよく飲んだ。酒を飲み出して味を覚えたら、やはり捨て難いものであった。

しかし小隊には指揮班のような無軌道な飲み方をするものはいない。また、そこまで酔っ払うほどの酒がなかったことも確かである。

7　ついに鉄路破壊さる

ある朝のこと、指揮班から和村正夫が自分の寝ているうちからやってきて、鉄路が破壊されたらしいから出撃して捜索せよと伝えてきた。五、六名連れて出た。指揮班からも上原一等兵以下、五名くらいが来たので一緒に連れて行く。

線路に沿って東進する。どうせまた他中隊の管内だろうとタカをくくって歩いて行ったのであった。尚村の辺りも通り抜け、李瑪村の連中が来ている。高木中尉が自分を見て「とうとうやられたよ」と言う。見ればなるほど線路が一〇〇メートルばかりすっかり取り外されて影も形も見えない。犬釘もなくてただ枕木だけが残っている。何とも鮮やかなやり口という他はない。電線もバラバラに切断されていた。

中隊長も現場に到着された。何とその箇所は一中隊と四中隊の警備区域の境界になっている、踏切から二〇メートルくらい四中隊の方へ寄ったところであった。危ないところで一中隊は体面を潰さずに済んだのであったが、その代わり電話線の切断は一中隊の方でやられていた。

その日の未明、李瑪村から出た鉄路巡察の金谷軍曹の一行が発見したのであった。敵はこちらの心理状態をちゃんと見抜いていて、どうしても監視不行き届きになりやすい両中隊の境界線附近を狙ったのである。辺りの土の上に相当たくさんの足跡があり、かなり多数の敵が来たことは確かであろう。

自分の兵は現場から少し北へ上がった丘の稜線へ上げて警戒させた。そのうち四中隊もやってきた。なまず髭の二村隊長と大野少尉。二村隊長はだいぶ大野小隊の下士官兵に当たり散らしていた。巡察不行き届きの責任はどうしても追及されねばならぬ。しかも四中隊の巡察区域内の事故を一中隊の巡察が発見したのだから、四中隊にとってはいいところがなかったわけである。

伝令が北合流の駅へ走った。列車の運行を止め、修理材料を早く持ってこなければならないからである。とうとうそこへ東趙の方から列車が来てしまったが、これはまた東趙の方へ引き返して行った。

ところが敵はただ線路を持って行っただけではなかった。古びた枕木を取り除けようとすると、その下に地雷が埋めてあり、引き紐が枕木に結びつけてあったのである。粗末な小さい地雷だが二個あった。もしこの事故を夜間に発見して、不完全な燈火の下で夜間修理していたら、きっとこの地雷で負傷するものが出たことだろう。

やがて北合流の方から救援列車と工務団がやってきた。我々も皆手伝った。修理は二〇分くらいで完了する簡単なものであった。高木中尉以下は敵の足跡とレールの行方を尋ねて捜索に行ったが間もなく帰ってきた。この辺は大丈夫だろうと安心していたところを、まんまと一杯喰わされたのであった。まったく油断がならぬ。

修理が終わってから救援列車に乗って北合流に帰った。


ある晩、指揮班の野見山准尉から伝令が来た。今日、大隊本部で中隊長会同があって、伊東隊長は本部へ行かれたが今になってもまだ帰られない。他中隊長とともに本部を出発し、二村隊長はもうすでに東趙に帰っている。心配だから尚村へ連絡を出し、更に李瑪村にも伝えて出迎えに行って欲しいと言う。

中隊長が行方不明とは、これは大変だと大いに驚き、直ちに何名かを連れて出撃しようと準備しているところへ伊東隊長は寒い寒いと言いながら入ってきた。帰る途中、李瑪村、尚村の小隊に立ち寄ってきたのだぞうである。

隊長の話によれば、近く満州へ進駐する中央軍の大部隊がこの附近を通過するから、特にこれらとの間で無益な摩擦を惹起(じゃっき)せぬよう注意せよということであった。その他、国際情勢についても少し聞いた。

8 寒中渡河作戦

ある日、伊東隊長から手紙が来た。灕河対岸南合流へ物資獲得の遠征をやるから、小隊から一〇名ほど連れてこいというのである。小隊のみならず指揮班でも最近の慢性的食糧不足は相当深刻なものらしい。

河のこちら側は一応、和平地区でもあり集落も少なく、敗戦後の今日、食糧獲得のため、そう無闇に思いきった手段を取ることもできないので、一挙に太原へ押し渡り、八路地区たる南合流からゴッソリ戦果を獲得しようとの計画である。尚村の西田小隊では無断で対岸へ渡ったところを魚釣りをしていた隊長に見つかったということである。

指揮班からはどんな奴らが来るのか知らないが、小隊からも精鋭を引き連れて行って、うんと戦果を上げてやろうと小隊中の精鋭を選りすぐって指揮班へ出かけた。


生憎とその日は少し薄曇で、寒い東風が河原の砂を飛ばして吹き荒(すさ)んでいた。この中で水に浸かったらとてもやり切れないであろう。河を渡るためにできるだけ袴下を履かずに来ている。

中隊長の所へ行って色々注意を受ける。何しろ対岸は完全に敵地区である。もし無事に南合流の集落に入り、戦果を得たとしても帰るとき河中でまごまごしているうちに対岸から猛射を受けるかも知れぬ。現に自分たちの前にここにいた部隊の連中はこれをやって大失敗し、せっかく獲得した戦果をおっぽり出し、ほうほうの態で退却してきたという前例があるのだ。

隊長からも特に警戒を厳にするように注意されて出発した。

渡河点としては駅の少し西方が最も浅くて好都合だということを知っている。身を切るような冷たい風だ。水面にサーッと漣(さざなみ)が走るくらいの風である。

「渡れーっ」

各々軍袴と靴を脱ぎ、弾入れや銃を肩にかけるとバチャバチャと水の中に踏み込んだ。冷たい。脚がたちまち感覚を失ってしまう。痛い!

対岸を警戒しつつ渡る。案外深い所もあって、ヘソまで水に浸かる。軍衣の裾もまくり上げて歩く。対岸へたどり着くと、もうグズグズしていられない。畑に働いていた支那人が大声で叫びながら鍬を放り出して集落へ駆け込んだ。村民に報せるとともに敵にも通報するのに違いない。

集落は河岸から五〇〇メートルばかり山裾の方へ入った所にある。

「そのままで早く突入しろ」

皆、着剣した銃を持って、下は褌一本のままワーッと喊声(かんせい)を上げて集落まで走った。何とも奇妙な恰好である。寒風は濡れた下半身に吹きつけピリピリと刺すように痛い。中には走っているうちに越中褌が外れてしまい、とんでもない源氏の白旗のようなのをヒラヒラとなびかせながら走るものもある。

今は一刻も油断できないので、直ちに右の山上へ軽機を持った警戒兵を上げて射撃準備をさせる。村公所の前へ来たら中から五、六名が出てきた。鶏や豚がギャーギャー騒ぎながら逃げまわる。直ちに物資の蒐集にかかる。一部の村民は村からずっと奥の方へ駆けて行ったから、敵も間もなく出撃してくるだろう。兵は鶏を追いかけてできるだけ集めた。粟も少しあった。

ふと一軒の家の壁を見ると、何か紙切れが二、三枚見える。

「日本軍兵士たちよ、お前たちの祖国は敗れた。一刻も早く銃を棄てて我々のもとへ来たれ。我々は双手を上げて歓迎する」

「お前たちは閻錫山のために命を捨てるのか。無益な抗争をやめて我々のもとに来たれ

日本人解放連盟大谷支部」

畜生め！　何を言いやがる。八路の宣伝文なのである。粗末な謄写版(とうしゃばん)刷りだが明らかに日本人の筆跡だ。兵隊かあるいは居留民で八路に拉致され、または逃亡したものが苦しまぎれに書かされたものだろう。

国を売り、戦友を危地に陥し入れる非国民。見つけたらなぶり殺しにしてやりたい売国奴。こんな奴がいるためにどれだけ軍が犠牲を払ったことか。ビリビリと紙を引き破る。

羊が一頭手に入った。長居は無用。直ちに引き揚げ。村長は指揮班に連行して金を払うことにする。帰りかけた時、村長が村公所に戻り「大人、渡すものがある」と持ってきたのはひと束の手紙。何れも日本人の手で書かれた立派な八路の宣伝文と印刷した降伏勧告の伝単。参考品として持って帰った。

後方を警戒しつつ河を渡る。来る時にも増して冷た

い風。幸い後方から射撃を受けることもなく渡ることができた。北岸に渡り着いてホッとひと安心。そのまま駅へ帰る。下半身が紫色になってしまった。駅に着いて戦果をひと所に集めて伊東隊長に報告した。まだ下半分は裸のままである。隊長殿どこに居られるかと聞いたら、「オーイ、こっちだぞ」と声がする。どうしたことだ、隊長は小さな炊事場で当番伊藤伝治と一緒にせっせと鶏を料理しているところだった。

「異常なし、帰りました」

「オウ、ご苦労。寒かっただろう早く体を拭いてこい。兵隊は先に帰らせよう」

村岡以下に戦果を持たせて先に帰した。体を拭いて隊長の部屋で休んだ。小さな部屋だが畳を敷いてあって床の間がある。襖も障子もある。久し振りで見る日本間だ。野見山准尉も出てきた。

伊藤伝治が熱いうどんを持って来た。伊東隊長自ら鶏をつぶして入れたのだそうである。冷えた体に熱いうどんが滑り込んで行った。やはり時々はオヤジの所へ来るべきだなと思った。

この隊長室には『新生』という内地の新聞と、『朝日新聞』の綴じ込みがあった。終戦後のもので、自分は貪るように読み耽った。見れば見るほど内地の状況が容易ならぬものがあることを感じる。大都市は殆どめちゃめちゃにやられているらしいし、食糧がまったくなくて、何一〇万か餓死者が出ているとか、各地に剽盗（ひょうとう）（追剥ぎ）が横行して物情騒然たるものらしい。もしこれが本当なら、内地へ帰るなど、まったく嫌なことだ。

京都は無事だということだが、どんなものだろう。アメリカの進駐軍がうんと入っているというから、おそらく自分たちが帰っても住める所ではなくなっているだろう。

第一面を見れば、ただ自由主義とか民主主義の字がやたらに多く目につき、歯の浮くような米国礼讃の記事である。これが内地の真相なら帰るのも考えものだ。河北地区の日本軍は続々、米軍の船で内地へ向けて帰還しつつあるという。

山西省以外の地区の日本軍はすべて武装解除されて強制労働をやらされているらしい。蒙疆地区の日本軍および居留民はまったく消息不明。満州在留の軍隊も日本人も生死不明という。何たる悲惨なことだ。しかしこれが取りもなおさず将来、自分たちに降りかかってくる運命なのだ。

保定（ほてい）予備士官学校の一個中隊が中隊長以下、全員行方不明になったとも聞いた。南太平洋のラバウルだけは降伏勧告を受けてもこれに応ぜず、孤軍奮闘しているらしい。

　大兵力を有する北支派遣軍が唯々諾々と敵の軍門に降ったことは何といっても残念至極である。日本陸海軍首脳部が戦犯として捕えられたことも、近衛公が自決したことも読んだ。読めば読むほどに、聞けば聞くほどに、ただ無闇に癪に障り血が逆流するように感じるだけである。

　我々は決して敗れたのではない。ここに見るような売国の輩が勝手に我々を敗者の地位に立たせたのだ。今にして思えば、河南黄村で営々と汗を流して陣地構築に邁進していた頃、すでに内地では敗戦が決定的なものになっていたらしい。あの当時、新店の敵が毎日昼寝して演習もやらずに遊んでいたわけも、今にして思い当たるというものである。

　こんなつまらない目に遭うくらいなら、あのとき華々しく玉砕してしまったほうがどれだけ良かったか知れない。当時は敗戦など思いもよらぬ。たとえ死んでも将来の勝利を夢見ながら喜んで死ぬことができたはずだ。今は馬鹿らしくて死ぬ気にもなれないのである。

9　大会食

　何かひとつ底抜けの大騒ぎをして日頃の鬱憤を晴らしたいというのが、皆の希望である。皆と相談して大会食をしようということになった。

　この前、南合流から持ち帰った戦果がある。指揮班にはまだあの時に持ち帰った羊が預けてあって、あとで各小隊にも分配してやるということだが、うっかりしていると、いつの間にか指揮班に食われてしまうおそれがある。

　村岡はそれが心配なので、こちらから機先を制して会食を提案し、自分たちのところで羊を処理させてもらおうというのだ。それもよかろう。うんとご馳走をつくって指揮班や各中隊のものも招待しようという計画だ。

　午後から全員総がかりで準備した。白酒が小隊に一升ある。指揮班に交渉して更に一升手に入れる。尚村にも交渉して一升もらう。村岡が指揮班へ行って、どういう風に話をつけたのか、白菜をどっさり手に入れ、羊を連れて帰ってきた。とても小隊の手で羊を殺させるなど隊長のお許しが出ないだろうと思っていたのだが、そこは話の上手い村岡のことである。

　材料は揃った。羊も処理させて肉にした。兵は大活躍してご馳走作りに忙殺される。村岡分隊の部屋を手入れして寝台の前に床を作りつけて広くする。やがて尚村から高橋春治伍長、石山伍長を初め古年次兵が来る。

斎藤市太郎は隊長を招待しに行った。伊東隊長は拳銃ひとつ持って魚釣りの真っ最中だったが、そのまますぐに小隊へ来られ、自分の部屋で休まれるうちに準備が出来上がった。

久し振りで中隊の古年次兵が一堂に集まった。飲むうちに中津山以下が腕によりをかけたご馳走が運ばれる。伊東中隊長は至極満足そうである。まったく今日の会食は時機、当を得たものであると称讃された。自分はそれよりも中隊長が暴れ出しはしないかと心配していたのだが、幸い今日は無事だった。

暗くなってから西田少尉がまた一本持ってやってきた。野見山准尉もやってきた。村岡の提案になる今日の会食は正に大成功であった。日頃の行きがかりも憂鬱も難なく消し飛ばされてしまった。中隊長は満足して帰られた。西田少尉も是非、近いうちに尚村でも大会食をやりましょうと言っていたが、こちらが先鞭（せんべん）をつけて大々的にやってしまったあとだから、よほどのご馳走が出ない限り意義がないだろう。

自分はまったく気持ちよく酔った。フラフラしながら床の中へ入った。村岡が赤い顔をしてやってきた。彼も大いに愉快そうである。しばらく話をしているうちに眠り込んだらしい。

10 魚釣り

指揮班へ連絡に行った兵隊が、指揮班では中隊長以下、幹部連中が殆ど毎日、魚釣りに出かけているということを聞いてきた。中隊長は殊に熱心で、毎日弁当を馬当番の和村に運ばせて昼中がんばっているという。伊東隊長の小孩、原福児や佐々木衛生兵や大友軍曹など、手並みもなかなか大したもので、いつも飯盒二、三杯くらいの釣果を上げるのだそうである。今日、肉類不足の最中に飯盒二、三杯の魚とはまことに耳寄りな話である。

集落の井戸端へ洗濯に行った兵が、井戸の中に魚がいるのを見つけた。齋藤長助が、「よし、俺が釣ってみよう」と張り切り出し、縫い針を携帯燃料の焔で焼いて曲げ、不細工な釣り針を作り、柳の枝を桿にして釣り始めた。

端に座り込んでがんばったが、夕方持って帰った飯盒を見ると、五、六匹の小魚がいたに過ぎなかった。これではとても肉類不足の打開の助けにはなりそうもない。聞けば指揮班の連中は瀟河へ進出して釣っているのである。ましてその漁場が我々の宿舎から程遠からぬ河岸だと聞いては捨てて置けない。

兵隊は大いに張り切って釣りに出して欲しいと頼みに来る。小隊には分哨勤務もあるし、いつどんな状況が起こるかも知れぬ。そう多くのものを出してしまうことはできないが、指揮班の奴らも出ていることだし、それに食糧獲得の一助にもなることだから、人数を限って出すことにした。

齋藤長助、秋川兵長、佐々木六郎、辻兵長らはそれぞれ思い思いの桿を作り、縫い針を曲げた釣り鈎をつけ、飯盒を五つも六つもぶら提げて勇躍出発した。最初の日から飯盒五つ六つも持って帰ろうとするのは少し虫が良過ぎるようだが、せめて飯盒に二つ三つくらいは釣れるかも知れないと、自分も大変な望みをかけていた。獲らぬ狸の皮算用という奴である。

夕方、一行は寒さに鼻を赤くして帰ってきた。

「どうだ、釣れたかい」

「駄目ですよ。さっぱりかかりません、これだけです」と見せたのは僅か四、五匹の小魚。飯盒一つにも足らぬ馬鹿らしい釣果である。

「しかし指揮班の奴らはよく釣るな。どうも俺たちの釣り針は少し大き過ぎるらしい。今度はもう少し小さいやつを作ってみよう。明日はきっと飯盒二、三杯は釣って帰るぞ」と脚絆をとりながら話している。

がっかりしたがまだ明日がある。指揮班に負けてたまるものか。その五、六匹の魚はその晩の粟粥の中に入れられた。二五、六名が食べる粟粥に入れる五、六匹の小魚。これではどこに消えてしまったのかわからない。しかし、自分たち自身の手で獲得したものを食べられるということは何だか将来に希望が持てる。その夜はまたまた釣り針製造に大わらわであった。

翌朝、彼らは今日こそ指揮班に負けぬぞと息巻いて勇躍出発した。自分も成功を祈った。ところが夕方またもや皆、意気消沈して戻ってきた。ガラガラと空の飯盒をぶら提げて入ってくると、彼らは再び釣り針改良に乗り出した。

指揮班はやっぱり大漁だそうである。釣り針だけではない。桿ももっと長くしなければならぬ。錘(おもり)も附けねばならぬ。釣り針も二つ付けた方が良い。河の流速と地形の関係も考慮せねばならぬ。実際、釣りの経験において一日の長ある指揮班を向こうにまわして対抗するには、よほどがんばらなくてはならぬ。一旦、上達したらこちらは精鋭が揃っているのだから決して指揮班におくれをとるはずがない。

指揮班では中隊長以下、幹部が皆出ているという。自分も京都の深泥池で釣もやったし、その面白さも知っている。行ってみたいが、やはりここを留守にして行くのには少し不安があった。

朝になったら補充兵は罐詰の空き缶や携帯燃料の缶を持ってミミズ掘りに出かけた。今や小隊の全力を挙げての出漁であり、指揮班との対抗意識の爆発である。補充兵は何をやらせてもロクなことはできないので、彼らに与えられた仕事はミミズ掘りである。

やがて秋川兵長、辻兵長、鈴木兵長、齋藤長助、斉藤市太郎、佐々木六郎ら錚々たる連中が打ち連れて出発した。秋も終わりになったこの頃、河原には冷たい風が吹き荒ぶので、彼らは外套を着込んで出かけた。

それにしてもいかに終戦後とはいえ、こんな山西の片田舎で魚釣りをやる機会があるとは意外であった。自分らは相変わらず村岡分隊で話し込んだり、村岡が指揮班から借りてきた三文小説に読み耽ったりしていた。何も今のところ緊急な任務もなく、毎日とりとめもない生活が続く。しかし皆の胸の奥底には言い知れぬうすら寒いものが潜んでいた。

冬が来る。寒い冷たい冬が来る。これが第一の心配であった。食糧事情は前より少し良くなったが、これ以上、良くなることは望めない。宿舎は不完全だ。修理しようにも材料がない。皆ゲッソリ痩せてきた。無闇に玉蜀黍を食べて下痢をするものが多い。

空はガラスのように磨きのかかった色になり、水っぽい白雲が西へ西へと飛んだ。

その夜の小隊は珍しく活気に満ちた顔が夕食の席に集まった。ついに一日に飯盒二、三杯が実現したのである。蓬田、村岡分隊がそれぞれ飯盒二杯ばかりにギッシリ詰まった魚を持ち帰ったのだ。兵の意気は大いに上がった。もう要領はわかったのだ。明日からは大挙出動して大戦果を挙げようと言っている。

夕食の粟粥に魚の焼いたものが入り、焼き魚も出た。久しく口にしなかった淡白な味の焼き魚は皆に喜ばれた。魚は概ね一五センチ内外で、鮒もいる。他に二種類、内地では見慣れぬ銀色の鱗を持った美しい魚がいた。辻兵長は一五センチほどのナマズを釣ってきた。

これで元気が出て、次の朝は蓬田軍曹、成田兵長、森元上等兵ら古年次兵殆ど全部が出撃した。自分は別に止めなかった。辺りはあまりにも静かである。

その次の日も、また次の日も、日を追って戦果は増大していった。佐々木久治が指揮班でだいぶ駄々をこね、また小隊に復帰して村岡分隊に入った。彼も優秀な釣師であった。村岡分隊では秋川と佐々木、蓬田分隊では辻と齋藤長助がズバ抜けていた。齋藤長助という男、常はあまりパッとしない存在だが、持ち前の粘り強さが釣りという技術に集中されて、誰も彼の根気の強さには兜を脱いだ。

彼らは朝出かけると、昼食になっても帰ってこない。釣りに夢中になると昼飯も忘れるらしい。午後二時頃帰ってくると昼食をかき込んでまた出かけて行く。何とも熱心なものである。お陰で思いがけぬ魚の氾濫だ。食事ごとに魚は粥に入れられたり焼かれたりする。炊事場の土間に飯を炊いたあとの残り火を熾（おこ）し、木の串に刺した魚がそのまわりに立てられると、ブツブツと油滴を飛ばし、青い焔を上げて焼ける。プーンと香ばしい匂いが辺りをこめる。

おそらく、これ以後、北合流を出発するまで、自分たちの食欲を満たした魚の量といえば大したものであったに違いない。これが動物質の栄養に恵まれぬ我々の体に良い影響を及ぼしたところもまた甚だ大なるものがあったと思われる。酒の肴にはこの上なしのご馳走であった。

その後、ある日、西田小隊から会食の招待をするので自分にも来るように言ってきたが、村岡以下、古年次兵を出してやった。彼らは夕方帰ってきて、大変なご馳走で伊東中隊長も来られ、なかなか盛会でしたと言っていた。

どうも一向に列車が走る音がせぬ。どうしたのだろう。どこかで鉄路を破壊されて止まってしまったのだろうかと考えていたのだが、思いがけなく北合流駅の少し西の方で犬釘を外されて貨車が脱線したのだそうである。目と鼻の先の近い所であるのにまったく知らなかった。

指揮班では会食のあとで酔いつぶれて寝ている最中に非常点呼がかかって出撃したのだそうである。ところがどうやらこの敵襲は、この前、自分たちが対岸に渡って南合流を荒らした報復のために灤河対岸から来たものらしいのである。幸い北合流以西は他部隊の警備区域である。よその部隊がやった仕事の報復を喰ったその部隊こそ大変な迷惑を被ったものである。

河北地区の部隊は続々内地へ帰還しつつあるという。内地の状況は、ただ容易ならぬものがあるというだけで、さっぱりわからぬ。自分たちはどうなるのだろう。内地へ帰れるのか、それとも永久に鉄道警備に使われて八路軍の宣伝にもあるように閻錫山のために働いて死ぬようなつまらぬ状態に置かれるのだろうか。

正太鉄路沿線に集中される八路の猛威はますます熾烈化する。まったく酒を飲むか魚釣りでもしてすべてを忘れるより他、日々の生活に潤いを与えるものは何もない。ゆっくり考えれば、出てくるのは限りない心配ばかりだ。

相変わらず魚を肴に暗い保革油の燈に集まって酒を飲んだ。鈴木茂次郎と佐々木久治が喧嘩したこともあった。酒も尽きてさあ寝ようと筵をぶら提げた戸口を一歩外に出れば、火照った顔にジーンと染み込む夜気の冷たさ。思わずブルブルッと震えて空を見上げると、ギラギラ、ギラギラと妖しげに光る大きな星が、気味悪いほどにたくさん輝いている。

美しいというにはあまりにも冴え返った星の光だ。スーッと流星が飛ぶ。サワサワと灕河の水音が、星の瞬く音かと思われるほど明滅する星だ。

「クワッ、クワッ、クワーッ」

遥か星空の奥底から聞こえるような叫び声。大空のあちこちに天から響く声がする。おそらく、寒空に連なり渡る雁の群れであろう。その声はすでに遠く彼方で叫んでいる。

星はギラギラと光る。ゾーッと肌に粟を生ずる寂寥感が酒の酔いを押しのけて、何とも言えぬ悲惨な気持ちになり、足も重く真っ暗な部屋に入る。中津山が点けておいた燈はもはや、油が尽きて消え、室内はただ僅かに窓から射し込む星明りのみ。手探りで床に潜り込む。

シンシンと骨の髄まで冷え込む寒さに脚を縮め、エビのように曲って寝る。

11　中隊長会同

ある朝の七時頃、和村正夫がやって来て、「今日、大隊本部で中隊長会同がありますが、伊東隊長殿は昨夜の酒で体が思わしくなく、少尉殿に代理で出席するように言われました」と言う。

聞けば昨夜、またまた駅長、野見山准尉らと散々飲んだ挙句、今朝は六時頃から出発して九時から始まる会同に出席するつもりでいた所、ものすごく下痢して起きられないのだと言う。まったく、いかに自分の中隊長とはいえ何というオヤジだ。他のことならともかく、酒を飲んで体を悪くしたのでは理由にならぬ。しかも昨夜、会食前に出席すると返事してしまったから、欠席はできないのである。会同が九時からだとすれば、あと一時間半くらいしかない。遅刻は免れぬところだ。

しかし考えてみれば自分もずいぶんとオヤジには迷惑をかけたことがあるから、大きなことは言えない。

朝食後、出かける準備をした。あとから栗原兵長以下、五名ほどが護衛の兵として来た。和村は伊東隊長の馬を連れてきている。

どうせ中隊長会同と言っても、朝岡部隊長と江連大尉が一方的に連絡をするだけで、各隊長はただ聞いているだけであろう。自分としてはただ会議に出席して傍聴し、適当に筆記してくればよいだろうと思った。中津山は連れて行かなかった。この前の被服支給で自分は一一文三分の大きな官給品長靴（ちょうか）をもらっている。初めて履いてみた。まあ、悪くはない。図嚢を下段村の戦闘で焼いてしまったので村岡のを借りた。

大隊本部がある集落まで約三里、馬があれば何の造作もない。瀟河に沿う道をパカパカと行く。尚村の前に松橋と石井が大隊本部兵器班へ七・九ミリのチェコ実包を交換に行くと言って、驢馬に弾薬箱をつけて待っていた。一緒に連れて行く。

中隊の警備区域を出て四中隊の管内に入ると、だいぶ地形が複雑になる。道の両側に崖山が屹立したり、鉄橋があったりする。良い景色だ。東進するに従い瀟河の両側に迫る山が美しく、河は深く幅は狭くなる。対岸にも小集落が点在し、廟などが見える。四中隊がいる東趙駅を過ぎ、道は河のすぐ横を通る。

瀟河は緩いカーヴを描いて曲り、水は浅瀬の山を映して実に美しい。行く手の山腹に大隊本部がある集落が見えてきた。中隊長の馬は速歩はやるが、いくら横腹を蹴っても駈歩をやらない。小刻みの速歩でカツカツ歩かれると、鞍の上で体がポンポン跳ね上げられ、これに調子を合わせるのに疲れてしまう。粟粥ばかり食べている自分は何だか腹の調子が変になりだした。馬で長途の行軍をした中隊長は、案外歩く我々より辛かったかも知れない。

大隊本部に着いた。貧弱な集落である。集落の中心になっている小さな台上に廟があり、その周囲に分哨陣地があって兵隊を上げていた。本部の衛兵所の前を通った時、中隊から本部勤務に出ている初年兵の前田良平が状況報告をした。副官に到着の挨拶をし、しばらくその部屋で待った。

聞けば昨夜もまた大隊本部の眼下で鉄路を爆破され、部隊長や江連大尉は朝から修理工事の現場監督に出ていてまだ帰らないという。各中隊からの集まりも悪く、今日予定通り会同を開けるかどうかわからないという甚だ頼りない話である。副官の部屋には高橋隊長、二村隊長も来ていた。

空しく正午頃まで待った。部隊長が帰ってきたので中隊の状況を報告した。とにかく会同を始めることになり、奥の方にある将校宿舎の方へ行った。橋口主計中尉、一度現地除隊になったが、今しばらく部隊と行動を共にせよと命ぜられた銃砲隊長・大内中尉。三中隊からはやはり代理で来た松本少尉、軍医さんらがいた。

やがて中に呼び入れられた。会食しながら話すという。どうやら中隊長会同というのは、いつもこんな風にご馳走を食う会合であるらしい。

色々警戒上の注意や国際情勢も聞かされた。各中隊の警備区域内巡察要領を説明することになって、自分は馬鹿正直に前半夜、後半夜、各小隊より一回ずつ出て、いつもどこかの小隊からひと組の巡察が出ていると言ったら、江連大尉が例の険のある目をキラッと光らせて「ナニ、ひと晩中に各小隊から二回か。そりゃ少な過ぎるぞ。各中隊はひと晩中に五回も六回も出ているんだ。一中隊はもっと警戒の方法を研究せにゃいかんな」と決めつけた。

実は中隊建制順に説明させせられたので、自分が先頭を切って不用意につまらぬことを口走ってしまったのである。他中隊の隊長はこの自分の失敗におそれをなして、各々適当なことを言っている。つまらぬところで尻尾をつかまれた形である。殊に二村隊長は例のなまず髭を振り立てて四中隊の綿密な警戒振りを長々と述べたが、自分にはどうも誇張としか思えなかった。

もし二村隊長の説明通り完璧な警戒をしているのなら、どうしてこの前その区域内でレールを一〇〇メートルも持って行かれてしまったのだろう。中隊長会同なんてまったくつまらぬ。狐と狸の化かし合いである。朝岡部隊長は昨夜の部隊本部から出た巡察が不注意だったため、まんまと敵に爆破された経緯を説明し、巡察要項、戦闘法などを細々と述べた。

どうもその話を聞いていると、昨夜、鉄路を爆破された時の本部巡察の指揮者は中隊から本部勤務に出ている横山伍長らしいのである。自分は面白くなかった。陣地構築の話になったので、ここぞとばかり大いに法螺を吹いてやった。

会同は終わったが、さして重要な事項はない。昨夜爆破されたので比較的話題は豊富になったのだが、要約すれば半紙一枚に書けるくらいの内容である。あるいは中隊長も、いつもの会同の状態を知っているからか、馬鹿らしくて自分を代理に出席させたのかも知れない。夕陽が沈む頃、本部を出発。二村隊長と一緒に帰った。

指揮班へ来たらもうすっかり暗く、電灯がまぶしかった。伊東中隊長の部屋へ行ったら隊長は布団を敷いて寝ていて、手拭で頭を冷やしていた。今朝、話を聞いた時は、とんでもないオヤジだと癪に障ったのだが、こうして寝ているオヤジを見たら気の毒になった。会議の内容を報告し、詳細は後に浄書して送りますと言って帰ってきた。

12 オヤジと自分

以後、魚釣りはいよいよ盛んで、戦果も莫大なものであった。昼は大概、分哨勤務と魚釣りに出ていて、他の若い兵は洗濯に井戸端へ行ったりしているので、宿舎内はガランとしたものである。各分隊に二、三名ずつが残っているにすぎない。

ある日、自分はあまりにも頭髪が伸びたので、指揮班で散髪しようと一人で出かけた。その日は村岡以下が分哨、蓬田軍曹らは魚釣りに出かけ、小隊内にはあまり兵がいなかった。真っ昼間、それほど心配することもあるまいと出発して、暖かい日光を楽しみながら樹の下の道を行くうち、曲り道の向こうの方から馬蹄の響きが聞こえてきた。

自分はハッと緊張し、脚を早めて曲がり角をまわったら、案の定、先方から来る馬上の中隊長とバッタリ鉢合わせになった。伊藤伝治もついてきている。しまった！ と思ったがもう手の施し様もない。敬礼する。

「北村、どこへ行く」

「指揮班へ散髪に行きます」

「一人でか」

「はい」

「駄目だよ。誰か連れて行かなきゃ」

今日はどうもだいぶ風当りが強い。中隊長がこんな道を来るのは小隊巡察以外、考えられない。ヤレヤレ困ったことになった。今、小隊に来られたら誰もいないのだ。こいつはだいぶ油を絞られるぞと覚悟を決めた。伊藤伝治が気を効かして先回りをするために、小隊へ急いで行ってくれた。

中へ案内する。案の定、誰もいない。各班に二、三名いるだけだ。しかも悪いことに蓬田分隊にいたボンヤリ者の千葉伍長が欠礼して中隊長にドヤされた。更に各班内には昨夜の夜間出撃の戦果である野菜がたくさん積み上げられていた。伊東隊長の顔がみるみる不機嫌になり、随行している自分は散々な目に遭った。

「何も俺は魚釣りに出てはいかんとは言わんよ。出るなら君以下、こぞって出ても良いんだ、ただ警戒の処置を講じてから出さなくちゃ駄目じゃないか。こんな状況下に敵に来られたらどうするんだ！」とすごい権幕である。自分は青息吐息で何とか話をつけて、やっと隊長を送り出すとホッとした。

運が悪いといえば言えるが、実につまらぬところへ隊長は来たものである。おそらく尚村、李瑪村を見てからまたここへ帰ってくるだろう。それまでには何とかこちらも態勢を整えねばならぬ。すぐに兵を走らせて魚釣り組を呼びにやらせた。皆、何事かと驚いて急いで帰ってきた。その日はもう魚釣りは中止である。こうして一応の態勢を整えて待っていたのだが、中隊長は李瑪村から帰るのに小隊の下の道を素通りして駅の方へ帰ってしまったのである。

自分はやけくそになった。エイッ、クソッ。俺一人が馬鹿正直にここに残っていたばっかりにオヤジに油を絞られる。あれが俺でなくてもっと要領の良い下士官なら上手く話をつけたに違いない。これなら真っ先に自分もここを飛び出して魚釣りに行った方が良いと横着なことを考えたのだ。

翌日、分哨を下番してきた村岡に「オイ、俺は今日から魚釣りをやるから、お前留守番してくれ」と言った。

「ヘエー、隊長殿、珍しいですね。しかし、ちょっとは外に出歩いた方が良いでしょう。ここにいればまったく憂鬱になりますからな」

昨日、隊長に叱られたことを話したら、もっと上手く話のつけ方があるのにと笑っていた。

とにかく、自分は一刻も早くここを逃げ出したかった。今まであんなに頑固にここを動かなかったのに、いざ外に出たいという一念に取りつかれると、もう一刻も早く飛び出したい気になり、村岡の釣桿を借り、ミミズが入った罐を持って、成田兵長と一緒に家を出た。寒い日である。冷たい東風がピューピューと吹きつける。

広い河原を歩いて水際に来たら、佐々木久治が先に来て釣っている。今日は波が立って駄目ですと言う。彼の飯盒の中を覗いてみると、もう五、六匹入っていた。さっそく釣り始めたが、ギラギラ光る太陽が水面に反射して眩しくて堪らない。

それでも二匹、小さいのがかかった。やっと釣りの勘が戻ってきたのだ。元気が出た。後ろに足音がしたので振り向くと西田少尉が大きなゴムの長靴を履き、拳銃をぶら提げ、黒い絹の支那帽子という、人を喰った恰好でやってきた。やっぱり魚釣りである。魚釣りはもはや、尚村の西田小隊にまでも拡がっていたのだ。西田に負けてたまるかと思わず桿を握る手に力が入る。

遠い北合流の村の方から兵隊が一人駈けてくる。さて何の連絡だろうか。息せき切って走ってきたのは中津山である。

「オイ、どうした。何かあったのか」

「中隊長殿が他部隊の中隊長殿と一緒に来られました」

「何だって」

聞けば中隊長が近くここの警備を引き継ぐことになっている「将」部隊の中隊長と陣地視察に来たらしいのである。よりによって自分のいない時に来なくてもよさそうなものである。

昨日、伊東隊長が言った言葉、「……釣りに出るのなら君以下、こぞって出ても良いんだ」をきっかけに、憤然として飛び出してきたら、たちまちこんなことになってしまったのだ。隊長は別に自分を呼んでこいとは言われなかったらしいが、中津山はこと重大と判断して駈けてきたのである。

我々の話を聞いていた西田はそそくさと糸をしまい込んで尚村へ帰って行った。隊長一行が尚村へ到着する頃には、何喰わぬ顔をして小隊全員を揃え、異常なしと報告するのだろう。実に要領よく立ち回る男だ。いや、彼は要領が良いばかりではない。自分と違って運が良い男である。

今更、別に走って帰ろうとも思わなかった。隊長の苦虫を噛み潰したような顔が浮かんで見える。愉快だ。ヒューヒューと吹きつける寒風に、中津山の顔や鼻が真っ赤になっている。小隊へ帰ってきて門の歩哨に「まだいるか」と聞いたら、もう帰りましたという返事だ。ヤレヤレ良かった。

中へ入ったら村岡が出てきた。

「オイ、オヤジは怒ったかい」

「いえ、別に怒っていませんよ。もう尚村へ行きました。別に隊長殿が帰ってこなくても良かったんです」と言う。しかし、もう今から寒い河原に出てみる気もしなかった。

（復員後、村岡はこの頃の思い出を書いた手紙をくれたことがあるが、やはり自分がいなくてオヤジは怒ったらしい。そこは村岡のことだから何とか上手く話をつけたらしい。

かくして支那大陸でただ一度の魚釣りは自分に関する限り終わりになってしまい、二度と出かけなかった。また、指揮班へ散髪に行きかけたところで隊長にぶつかり、その不用意さを叱られたので大いに気をくさらせて気勢を殺がれ、とうとう散髪の機を逸したので、後に陽泉（ようせん）に行くまで、まるで「百日かつら」（編者註：歌舞伎で使う盗賊や囚人役用のかつらの名。長い間月代（さかやき）を剃らないために毛が伸び放題になった形のもの）のような、むさ苦しい頭で押し通すことになってしまったのであった。

また、隊長が酔っ払って小隊にやってきた時、話し合っている自分の顔を隊長が雑巾で拭いたので、それでなくとも行軍中、汗や埃にまみれて弱っていた眼鏡のツルが折れてしまい、左側だけ糸で耳にかけることになってしまった。これも陽泉へ行ってから大金（四〇〇〇円くらい）を投じてやや太い黒の縁を買った）。

この前、中隊長会同で、近日中に兵器の菊の御紋章を抹殺すると伝えられた。北支軍は名義上、兵器は全部中央軍に渡してしまったことになっている。山西省以外の地区では事実、全部武装解除されているのである。

ある部隊はすでに楡次でもう武装解除されたとも言われている。鉄道警備に当たっている所は、一度接収された兵器を使用していることになる。我々の兵器は全部山西軍に申し送ることになっている。中隊指揮班から今野一等兵が大隊本部兵器班へヤスリによる御紋章抹殺の要領を教育されに行った。

ある日の午後、常川中尉以下、本部兵器班が来て、御紋章の抹殺と山西軍の刻印を圧（お）しにやってきた。直ちに分哨の兵器も降ろして排列した。兵器班の兵隊はヤスリを取り上げると、いとも無造作にガリガリと御紋章をすり潰してしまった。この御紋章がついているのだから、我々は命を捨てても兵器は手放すな、兵器を傷つけるなと教えもし、また教えられもした。

光輝ある菊花の御紋章はひとつ、またひとつ神経を抉るような音と共に抹殺されてしまったのである。そしてそのあとへ晋という字を丸く図案化した山西軍の刻印がカンカンと刻みつけられた。もはや、この兵器は自分たちのものではなくなってしまったのだ。自分たちの手に握られながら山西軍のものになってしまったのである。あの薄汚くだらしのない山西軍のものに。

私物兵器は論外だということで自分の拳銃はもちろん、刻印しない。これをやった後で、もう自分たちの兵器ではないからと兵器の手入れが粗略にならないように、特に注意された。山西軍に引き継ぐときには立派に手入れして磨きのかかったのを渡して、日本帝国陸軍有終の美を飾れといわれている。

隣の家には自分たちが住んでいる家の所有者である、まだ若い三人兄弟とその家族が生活している。長男は楡次で呉服屋、二人の兄弟は隣家に住んで農業をやっていた。この辺りではかなり教育を受けたものばかりのようだ。

彼らはよく牛車に乗って仕事に出かけ、夕方収穫物を積んで帰ってきた。あるとき、何か本があったら貸してくれと言ってみたら、さっそく持ってきてくれたのはいいが、『文藝春秋』の「支那事変特輯号」であった。どこからこんなものを手に入れたのだろう。見れば事変初期のもので、友軍が続々と戦果を拡張している頃のものである。今の自分たちに、よりによってこんな本を貸してくれるとは、どんなつもりであったのか。これはまた痛烈な皮肉である。

実は自分も何か読んで見たいと書物に飢えていたのだが、できれば『西遊記』でも読んで浩然の気を養いたかったのだ。さすがに戦争記録を読む気は起こらず、すぐに返してしまった。

自分たちがいる家と、細いダラダラ坂を隔てて向かい側が小さい廟になっていて村公所がある。中には赤黒くなった髭面の人形が座っている。その前の建物は村の小学校として使っているが、今は授業をやっていない。しかし、その貧弱なひと部屋の壁には人体解剖図がかけてあった。

井戸端へ行く途中にも小さな廟がある。割に新しく見えるが、光緒（こうちょ）年間（一八七五～一九〇八）にできたものらしい。金泥、朱、青などさまざまの色で精巧な彩色と彫刻が施されている。軒下に青地に金の浮き彫りで「忠烈祠」と記した額がかかっている。

金網の中に等身大の金泥で塗り固めた立派な像がある。人間の髪の毛を植え附けた髭を生やした誰か忠臣の像である。内側の白壁に墨でこの廟の由来記が書いてある。何れも逞しい馬に乗った髭面の豪傑が鉾（ほこ）や戦（せん）斧（ぶ）、青龍刀で打ち合っている図である。なかなかすばらしい迫力があり、躍動感がある。

黒い髭をなびかせ、鉾を振り上げているところもあれば、刀で敵の首を切り落としているところもある。斧で敵の頭を唐竹割りにしたところもある。どうも殺伐な絵である。血の色だけは毒々しい朱色を使っていて、斬られた首から真っ赤な血が飛び出しているところを、あんまり写実的に描かれるとギクッとするくらいだ。この辺りが我々日本人と支那人の感覚が違うところなのだろう。

その前を通って細い坂道を少し下ると、ちょうど廟の下にあたる崖の根元に真っ暗な洞窟があり、「洪龍洞」と刻んだ青石の額がはめ込んである。その中から清冽な水がチョロチョロ流れ出して小さな川になっている。どうやら支那という国は昔からこんな洞穴には何かと名前を附けたがるらしい。『西遊記』に出てくる妖怪変化は皆、こんな看板をかけた洞窟に住んでいたのだ。

ここにも昔は何か妖怪が住んでいたかも知れない。奥の方には何があるのかわからぬ真っ暗な気味の悪いところだ。その少し下の方に井戸があった。清冽な水がこんこんと湧き出していた。

自分たちの部隊は、近く現在地の警備を「将」部隊に申し送って、更に東方の陽泉附近に移駐するということである。陽泉へはいつ頃移るか知らぬが、同地附近は石炭の産出が多いから、冬になるまでには移りたいものだと思った。その代わり、陽泉附近では野菜の入手はおそらく今以上に絶望と思われるから、できるだけ乾燥野菜を携行せよということだ。

現在、日々の野菜にも事欠いているのに、乾燥野菜の準備などできるわけがない。指揮班からは少し白菜の配給があった。自分の小隊では差し当たり、ますます夜間出撃による戦果を蓄え、乾燥野菜を作ることにした。

毎晩、多量の大根が持ち帰られた。白菜も多く蓄えた。大根は根と葉を切り離し、葉はそのまま、根は薄く切って屋根の上に拡げて乾燥させた。東北農村出身の兵にとって、こんな仕事は手慣れたものである。おそらく都会出身者の多い部隊ではとてもこの食糧飢饉を乗り切ることはできなかったに違いない。

この仕事には特に森元上等兵が活躍した。その他、毎夜の戦果は各分隊で漬物にしている。小さな甕に塩漬けにした白菜は実に旨かった。

魚釣りは相変わらず大挙出動している。毎日魚が余って目刺しにして蓄えているくらいである。もし本当に陽泉附近に移るとすれば、他のことはともかく、魚釣りができなくなるのは残念だ。陽泉は兵団司令部の所在地で、野戦倉庫も今のところ山西軍に接収されていないから、食糧や衣服はまだ大丈夫だということである。

ある日の連絡で伊東隊長の小孩、原福児が太原にいる彼の父の元に帰ったとのことであった。神馬軍曹が隊長の命を受けて送り届けたのだそうである。彼の父は山西軍の相当な高官の職に就いていたのである。中隊長との別れは辛かったに違いない。伊東隊長も色々の品物をどっさり持たせて帰したということである。

四年にも亘る日本の軍隊生活であったのだから、隊長初め古年次兵との別れが辛いのも無理はない。

それから幾日か後、原福児は酒を土産に隊長を訪ねて来た。彼はやはり育ての親である隊長を忘れられなかったのである。彼の父は山西軍の有力者で、彼の生活もまったく安定したという。

13　中央軍来たる

一〇月も半ば、秋も深くなったが小春日和が続く。兵隊も魚釣りに行った。自分もあまり良い天気なので家に引きこもるのも嫌になり、尚村へ行く連絡者とともに尚村、李瑪村の訪問に出かけた。

暑いくらいの良い天気である。北合流の集落を抜けると山間いの凹道を通る。陽当りの良い黄土の崖をチョロチョロと走り回るものをよく見ると、可愛いシマリスであった。尚村は北合流より大きな集落である。ちょっと見ただけでもよほど裕福そうに見える。西田小隊はまったく良い所を持たされている。宿舎も高木小隊が一時入っていた廟から下へ降りて陽当たりの良い暖かい所へ入っていた。

西田少尉、中村曹長、高橋春治伍長、吉田上等兵が麻雀をやっている。しばらくここにいたが、およそ自分には麻雀なんか面白くないので、すぐ李瑪村へ行くことにした。李瑪村へは低い丘を一つ越えればすぐそこである。

ここへは初めて来た。ところが高木中尉は装具を附けてどこかへ行く準備をしている。

「どこかへ行かれるのですか」

「君はまだ聞いていないのか。今朝、指揮班から連絡が来て、自分は三中隊へやられるんだよ」

「どうして」

「赤川隊長が入院するし、二、三日前、中村少尉も肺炎で入院したらしい。中隊長代理をやれと言ってきたんだが、部隊長もひどいな。内命もなければ、前もって報せてもくれないんだ。まったく抜き打ち的だよ。指揮班へ行って、もう一度交渉して断わろうかと思っている。だいたい僕はこの中隊へ来る前は中支で作戦ばかりやっていて、ひとつも落ち着かなかったのだ。中隊へ配属されたのが例の撤退する晩だろう。ここへ来て少し愉快になり喜んでいたら、またこれだ。もう動きたくないと思ったんだがな」と、だいぶ憤慨している。

自分だって高木中尉に行かれては困る。西田と二人きりではロクなことはないからである。調停役の高木中尉がいなくなれば中隊は上手く動かない。

小島八郎が退院してきて高木中尉の当番をやっていた。もう荷物も梱包してあった。中で果物をご馳走になった。一緒に指揮班へ行くことにする。金谷軍曹ら全部整列してお別れしていた。今のところ小隊としては高木小隊が最も良くまとまっていたのであった。あとは大村曹長が小隊長になるだろうが、とても上手くいくとは思えない。

高木中尉と小島と三人で出発した。小隊から連れて行った連中は、しばらく李瑪村で遊んでいくと言う。小島は今でもあまり体の調子が良くなさそうであった。この頃には珍しい暑いくらいの天気である。

尚村まで来たら山西軍がたくさん来ている。何だろう。どうも山西軍にしてはすごく装備が良い。自分たちが通るとジロジロ変な目つきで見る。何と感じの悪い奴らだ。小島が話しかけてみたがさっぱり話が通じない様子である。尚村を通り抜けて出ようとしたら、またまた延々長蛇の列をなしてくる山西軍の大部隊と行き合った。オヤ、その辺りの小山の上、堆土の上一面に軽機を持った分哨が出ている。何だろう。更にやってくる部隊の中に、自分が河南黄村陣地にいるとき、大隊本部から送ってきた参考書類で見た英国ヴィッカース社製の対戦車機関砲を担いでいるのが見える。変だ。山西軍ではない。

小島がまた話しかけてみた。言葉が良く通じないのももっともだ。彼らは湖南方面から満州に向かって進駐する中央軍なのである。

とうとう来た。中隊長会同の時、大谷まで来ていると聞いたが、今ここを通過するのである。見たところ装備はすごく優秀だ。だが兵隊の素質はだいぶ悪そうである。道端に歩哨に立っているあばた面の大きな奴が、銃の安全装置を外しながら高木中尉に時計を出せと目を光らせたときはギクリとした。

高木中尉がきつく叱りつけたら諦めたが、辺り一面、こんな獰猛な顔つきの奴が群がっているのだ。自分たちが三人と見たら、どんないたずらを始めるか知れたものではない。この調子では北合流にもたくさん入り込んでいるかも知れない。早く帰らねばならぬ。

それにしても、とうとう中央軍の奴がやってきた。何かしらグッと緊張を覚える。これに比べると山西軍は程度こそ落ちるが、やはり地方の軍隊であり、我々と繋がりもあり親しみが持てる。中央軍と我々とは陝縣橋頭堡で戦闘をやっている。こちらも犠牲者を出したが、敵にも相当の損害を与えたであろう。我々の部隊が河南にいたことを知ったら、あの附近にいた中央軍は我々に向かって報復を始めることも考えられなくはない。

急いで帰った。幸い北合流の村の中には中央軍はいなかった。一度小隊へ帰り、もし中央軍が来ても絶対摩擦を起こすな、なるべく外に出るなと注意した。

また指揮班へ行く。鉄道下の街道をいつ果てるとも知れぬ中央軍の大部隊が歩いていた。そこへちょうど東の方へ行く列車が来たので、高木中尉はすぐ乗り込まねばならなかった。この中央軍通過という異常事態で、果して中隊長代理着任という有り難くない命令に関し、もう一度交渉という余裕があったかどうか自分は知らない。

慌ただしく高木中尉の出発を見送ってから、伊東中隊長としばらく話し、中央軍がこの附近にうんと宿営するから問題を起こさぬように、また自分たちが陝縣にいたことはあまり話すなと言われた。しかし今は一応、友軍になったのだから、何も卑屈になることはない。捕虜ではなくてこちらも立派な規律ある軍隊としての体面を保ち、友好的に接触すること。色々中央軍から協力を求めて来たら便宜も図ってやれということであった。

小隊へ帰ってきたら、今度は北合流にもたくさん入っている。村岡が自分の帰りを待ちかねていた。中央軍の将校が来て、我々の家へ泊めてくれと言ってきたのである。これは困ったことになったと思ったが、間もなくその部隊は更に尚村の方へ前進して行ったので助かった。一つの部隊が出て行ったかと思うとすぐに次の部隊が来る。屋根の上から下の道を見ていると、粗末な服を着た中央軍の兵隊が疲れ果てた姿で、果てしもなくゾロゾロと続く。

装備は確かに良い。小銃はドイツ製。チェコ製、ベルギー製が混じって雑然としているが、重機はマキシム重機に統一され、軽擲もたくさん持っている。軽擲の中には普通の小銃の先に装着して撃てる擲弾銃もある。弾薬携行数が多いことは驚くばかりだ。各兵が弾帯を両肩から十文字にかけているし、腹にも巻きつけている。そして馬車にどっさり積んでいる上に、更に弾薬運搬専門の兵(苦力か)が天秤棒で相当数の弾薬を担いで数限りなく歩いている。

殆ど一個小隊につき半個小隊くらいの弾薬運搬兵がいるのだから大したものである。彼らが弾を惜しまずポンポン撃つのもなるほどと思われる。また天秤棒による運搬は、およそ人間の行ける所ならどんな険阻な山路でも部隊と行動を共にし得るという利点があるだろう。

彼らは続々、集落内へ入ってきた。無用の摩擦を避けるため兵は一切、外に出さなかった。隣の家には軍司令部くらいに相当する団体本部が入ったらしく、入口にはモーゼル一号拳銃に床尾(しょうび)を着けたのを持った憲兵が二名立哨している。

彼らが拳銃を多く持っていることも驚くべきものであった。中には大きな木製容器(これが床尾として銃把に着けられる)に入ったモーゼル一号を二つもぶら提げているものも多い。

しばらくしたら隣家から、おそらく北合流駅附近や尚村と連絡するのであろう携帯電話機の電話線を縦横に張り巡らした。さすがは中央軍である。かなりの早業であった。自分たちの家の前の広場にも中央軍の下士官がたくさん群がって話したり煙草を喫ったりしている。彼らはどこで手に入れたのか、ヒラ兵士までがすばらしい銀紙包装の「チェンメン」(前門)を喫っている。おそらく友軍の野戦倉庫を接収した戦果であろう。自分たちは現在、極度に煙草に不自由していて、本部からほんの少し支給される劣悪煙草「厚生」を唇が焦げるくらいになるまで喫って我慢しているので、これには癪に障った。彼らの糧秣も大したもので、馬車がドッサリ白麵袋を山積みにして運んできた。

我々の見たところ、彼らは確かに戦勝国の軍隊としての誇りを持っている。また、確かにその通りである。だがやっぱり支那の軍隊であり、悪く言えば烏合の衆である。形は一応整っている。兵力も大したものだ。しかし結局、質よりも量を重んずる傾向があり、個々の兵隊を観察してみると一人として満足なのはいない。良い鉄は釘にはならぬ。良い人間は兵士にはならぬとはよく言ったものだ。

見渡したところ、中央軍の兵士はどれも人相が悪くて前科者のような目つきをしたものが多い。ゾッとするような獰猛な顔つきが多いが、よく見ればどこか間抜けたところがある。そうでなければ、ひどく猫背であったり、片目が小さかったりする。これが蒋介石直系軍の精鋭かと意外であった。

これに比べると自分の兵は、敗れたりとはいえ、やはり日本軍である。静岡の補充兵のようなみすぼらしいのもいるが、多くはまだ若々しいピリッとした兵ばかりだ。こんな中央軍の二人や三人ぐらい対手にしても引けをとらぬ荒武者ばかりである。

指揮班から、北合流にいる中央軍最高指揮官と種々の協定をやれと言って菅原上等兵をよこした。菅原は現地招集で入隊前、蒙疆自治政府に勤めて張家口にいた。流暢な北京官話を話す。彼を連れて隣の家へ行った。

　中央軍の兵士たちがたくさん自分たちの周りに集まってきた。門前に立哨している憲兵が中に入って自分たちの来意を告げた。若い副官らしいのが出てきた。目が細くて吊り上り、狐のような顔をした男だ。さっそく菅原を通じて話を進める。

「自分たちは正太鉄路の警備を担当しているものである。集落北方台上に長以下六名の分哨を出しているほか、夜間、前半夜と後半夜に一回ずつ鉄路巡察を出す。貴官のほうも集落内外に分哨を出したり歩哨を立てるだろうが、夜間これらの日本軍を敵と誤認せざるよう、特に処置を講ぜられたい」。菅原が通訳する。

　中央軍の副官は快諾した。そして中央軍の歩哨に誰何（すいか）されたら「日本軍（リーベンチン）」と答えるように定めた。彼は直ちに司令官に報告すると言って中へ入った。

　実際のところ彼らは八路軍がよほど恐ろしいらしく、集落北方高地の稜線上、ベタ一面に分哨を配置した。いくら兵力が多いといっても、これには我々も驚いたくらいだ。これならいくら八路軍だって、ちょっと寄りつけないだろう。お陰で我々は大いに楽になるわけだ。その代わり中央軍は今、正太鉄路で大部隊の輸送をやっているから、もしここで鉄道事故を起こしでもしたら大変である。

　その夜、巡察を出してみたが、果して彼らと協定したことが末梢部隊まで徹底しているかどうか怪しいものである。そこは相手が中央軍であるだけに、ちょっと信用する気になれなかった。果たせるかな実際、鉄路巡察に出たものは、とても危険でうっかり歩けないとプリプリして帰ってきた。

　宿舎から踏切りまで行かぬうちに三度くらいも誰何される。中央軍の兵隊はビクビクもので立哨しているから、いきなり「誰何（シュイヤー）」と言うと同時に銃の安全装置を外して撃とうとするのである。「三回呼ぶも答えなければ殺すかまたは捕獲すべし」などということは、臆病な彼らには望めない。こんな奴らに撃ち殺されたりしてはまったく犬死である（これは日本陸軍の『作戦要務令』第二部「陣中要務令」に示されている。歩哨の一般守則である。おそらく中央軍は日本陸軍の作戦要務令を直訳して使用しているのだろうが、どうも徹底していないらしい）。

　しかし、さすがは中央軍である。臆病とも見られぬこともないが、宿営すればこれだけ厳重に警戒の処置を講じ、貧弱ながら一夜造りの掩体も掘る。自分たちの行軍の時のことを思い合わせると反省させられることが多い。我々はいくら宿営しても小数の分哨は出したが、こんなに徹底した警戒はしなかった。

　中央軍は兵器弾薬こそ多く持っているが、被服は至ってお粗末なものであった。彼らは湖南方面から来たのだから、もちろん夏服を着ている。それも一般兵のものはまるで蚊帳地のような目の粗い薄い服である。近ごろの寒さにはだいぶ弱っているらしい。編上靴などもちろん履いていない。大概は支那靴で中には草鞋（わらじ）のようなのを履いているものも相当ある。彼らは日本軍の被服が欲しくて堪らないのだ。

　自分たちが入口に出ていると、中央軍の将校や下士官が来て、被服を売らぬかとしつこく付きまとう。特に自分たちの防寒襦袢や編上靴が羨望の的なのである。また、彼らがよく最初に聞くのは「日本軍は今でも米の飯を食っているか」ということである。湖南方面なら彼らだって米の飯ぐらい食っていそうなものだが、彼らの糧秣はすべて行き当たりバッタリに現地住民から徴発するのだから、今は白麺ばかりなのである。

　こちらだって、まさか毎日粟粥ばかり啜（すす）っているなどというと軍の威信にもかかわるから、俺たちは毎日、白米の飯を食っている。しかし終戦後は、量は少なくなったと言ってやった。兵にも粟粥なんか食っているような情けない顔をするなと言ったが、苦しいところである。

　一般に中央軍の連中はどれも友好的であり、つまらぬ摩擦は起こらなかった。兵にも中央軍の兵隊にはあまり話をするな、するなら将校と話をしろ言った。中央軍の将校は皆、かなり高い教育を受けていて話しても感じが良かった。兵となると土匪上がりだか苦力だか知らないが、おそろしく程度が悪いのだ。

　中央軍では将校も下士官も兵も服装上、大した相違がない。将校でもよほどの上級者でなければ、やはり粗末な服を着て拳銃を持っているくらいである。この心構えは自分たちも大いに手本とすべきだ。彼らの階級はただ胸に付けた氏名札にある星の数と色で見分けられるだけだ。

　下士官兵は星の数と色で見分けられるだけだ。下士官兵は星の色が黒く、将校は赤であった。将校は皆、頭髪を伸ばし、きれいに分けてポマードでピカピカ光らせていた。そして靴なんかは多少程度の良いのを履いているようだ。

ある日の朝、自分が寝ていたら、中津山が中央軍の将校が一人、隊長殿に会いたいと言って来ていますと言う。しぶしぶ起き出してみたら、みすぼらしい服装をしたオヤジが来ていた。この男は日本語を話した。話してみると半島人なのである。どういう経緯で中央軍へ入ったか知らないが、意気地のない男だ。

小山の裏に宿営している中央軍衛生大隊の副官だという。何を言いに来たのかと思ったが、今は中央軍と日本軍は友軍になったのだから、同じ地区に宿営すれば、やはり双方儀礼は尽すべきだから、あなたの中隊長も隣家に泊まっている司令官に一応挨拶された方が良いでしょうと、気の利いたことをヌケヌケと言う。

どうも感じの悪い奴だが、話の内容からすれば自分独断でうっかりしたことはできない。これはひとつ、直接、中隊長のところへ持ち込んでみようと自分も服装を整えて、この男を連れて指揮班へ行った。

伊東隊長が出てきてこの男と話されたが、隊長もしぶしぶ承諾して上装被服に革長靴で出てきた。どこへ連れて行くのかと思ったら、まずその衛生大隊へ連れて行って大隊長に会わせた。その間に隣家の司令部へ話をつけたらしく、準備できたと言うので行った。

自分は中に入れずに中隊長だけ一人を連れて入ってしまった。心配だったが中隊長はすぐ出てこられた。だいぶ面白くなかったような顔つきである。夜間の相互確認のための協定などもしたらしい。

衛生大隊長というのが相当、面白そうな男なので、夕方訪問してみた。どこかの大学の薬学部の出身らしく、ドイツ語も知っているらしい。歓待してくれた。他の将校とも筆談で話したが、彼らは異口同音に、

「日本と中国は不幸にして戦争状態に入り、今まで敵であったが終戦になった今日、もう無二の親友である。中国は戦争に勝った。しかし今後の中国の発展には日本の協力が絶対に必要である。日本は戦敗国とはいうものの、やはり先進国である。蒋主席も特にこのことを強調し、『日本軍人は終戦後も特に鄭重に取り扱うよう』伝えられた」と言う。

実際この頃、蒋介石は中央軍全軍に対し、かかる要旨の訓令を発したらしいのである。これらの言葉の中にはもちろん支那人特有の外交辞令もあって、多分にお世辞もあることと思うが、一般に中央軍の将校は皆、終戦後の日支関係に対し、このような見解を持っているらしかった。非常に友好的であり、自分たちは最初、彼らに対して抱いた疑惑の念を取り消さねばならなかった。

その翌日、隣家に泊まった中央軍の司令官は北合流駅から列車で出発した。儀礼上、中隊長と共に見送った。一つの集団が出発して集落内は急にヒッソリとした。自分たちはその間に中央軍がいる間、できなかった野菜や薪の補給をおこなった。中央軍の通過はこれからまだまだ続くので、今後の分も貯えておく必要があった。

村民の大部分は逃げてしまったらしい。自国の軍隊が来たのだから喜んで歓迎しそうなものだが、そこがやはり支那であって我々、日本人とはだいぶ考え方が違う。好人不当兵（＝良い人は兵士にならぬ）というわけで、兵隊に泊まられると集落の目ぼしい物資や牛、馬、車は根こそぎ徴発されてしまうのだから堪ったものではない。

隣の若主人に向かって「どうだ、お前の国の軍隊がたくさん来て頂好（最高）だろう」と聞いてみたら、顔をしかめて手を振り、「どうして、どうして、中国兵多々的不好、甚麽、甚麽ショートル（どろぼう）幹話。日本兵頂好」と言う。中央軍より日本軍の方が良いのだそうだ。そして家に置いてある車が徴発されては大変だから預かってくれと言って、自分たちの宿舎へ持ち込んできたのには恐れ入った。

これでは一体どちらが彼らの軍隊なのだかわからない。そうかと思うと畑に野菜ができているが、いくらできていても中央軍に取られてしまうから大人方（あなたがた）で自由に取って使ってくださいという村人もある。妙な話だが中央軍が来たお陰で自分たちは大いに面目をほどこし、村人の信頼を受けることになった。

村長は中央軍が来ると、さっそく分村の百草抜の集落へ逃げてしまった。村公所を覗いてみたら、ここにも中央軍の兵隊が泊まったらしく、目ぼしい調度品はすっかりなくなり、村公所の書類が保管されていた箪笥、長持が全部メチャメチャに引っ掻き回され、ふた目と見られぬ惨状である。

正面に安置されていた例の怖い顔をした大きな人形（廟の本尊）が髭を引き抜かれて雨曝しになって戸外に抛り出され、ところ嫌わず大小便を垂れ散らしている。なるほど我々は呆れた。これでは良民が嫌がるのも無理はない。我々の家から二軒おいた隣の家も空き家であったが、ここにも焚火の跡と、足の踏み場もない汚物の散乱である。

さて、この機に乗じて、ついでに自分たちの宿舎もここで改善してやろうと、この家の格子・扉などを取り外して自分たちの家の窓や入口に嵌め込み、村公所の床に散乱していた支那の紙で貼ったら、今までのみすぼらしい宿舎とは見違えるほど立派になり、部屋の中も明るくなった。兵もまたさっそく魚釣りに出かけた。

下の街道を、相変わらず中央軍大部隊が行軍している。

夕方、またまた集落内に大部隊が宿営した。今度はなかなか出発しそうにもない。やはり隣家には高級指揮官が泊まる。集落中、どこを見回しても中央軍の兵士ばかりである。住民も仕方なく笑顔を作って接待している。だが多くはどこかへ避難したらしい。

自分たちが高地に出している分哨の左右にも、更にその上の方にもベタ一面に中央軍の分哨が出た。尾根に上がってみると、分哨へも中央軍の兵士や将校が集まって皆と話しているらしい。分哨を下番してきた鈴木敬治兵長が、中央軍の将校はなかなか話せると感心していた。

今度は別に隣家の指揮官と協定しもしなかったが、下の村公所に泊まった中央軍の中隊長が自分を訪ねて来た。まだ若い張り切った男であった。彼は日本語が達者である。中央軍の軍官学校では語学として日本語も教えるらしい。片仮名も平仮名も書けるし、また読めるのにはこちらが敬服してしまった。自分と同じ二三歳の青年将校で中尉だった。重慶の軍官学校出身の楊占伍（ようせんご）中尉だ。

日本軍と戦闘した経験も相当あり、彼自身負傷もしたと言う。彼も今後の日支提携を熱心に説いた。軍官学校の精神教育・軍紀教育は相当程度の高いものらしい。蒋介石の信望も大したものである。楊占伍に限らず他の将校も談話中、蒋委員長の名を口にするときには、パッと姿勢を正す。これには感心した（あたかも我々が大元帥陛下の名を口にするときに姿勢を正すのと同じ作法なのである）。

自分はこの楊占伍と大いに意気投合し、彼が泊まっている村公所にも話をしに行った。彼を通じて鉄路巡察に関する中央軍との協定もおこなった。

次の日、彼は鶏を一羽土産に持って、また話をしにきた。また、師団の参謀であるという若い将校を連れてきたが、これは冷徹な感じのする無口な男であった。

この部隊は三、四日は駐留するらしく、毎朝・夕点呼をとったり、銃剣術の稽古をやったり、ラッパ演習をしたり、軍歌演習や密集教練などをやった。なかなか軍紀厳正な程度の良い部隊であり、自分には中央軍の立派な一面も観察し得る機会を与えられて大いに参考になった。

結局、彼らは質よりも量を重んずる軍隊であり、中には立派な軍人もあるが、総じて無智蒙昧な兵の集団であった。

彼らのラッパ演習は正に壮観というほかない。一個団のラッパ手が全部集まって自分たちが陣地を造りかけた小丘の上に並び、一人の将校の指揮下に長い複雑な譜を吹奏するのであった。彼らのラッパは河南黄村陣地で朝夕聞いていたように、震えを帯びた軽い音である。一つだけ吹いている時には非常に物淋しい、あるいは悲壮な感じがする音を含んでいるが、ひとたび合奏となると、まったくひとつの軍楽隊のようになる。

彼らのラッパは形は同じでも高音のものと低音のものとがあり、それを混用してひとつの立派な楽譜を吹奏するのである。よく夕方、日没後、小山の上でラッパ演習があった。ズラリと円形に集まったラッパ兵が、中央に立つ将校の指揮で、体で拍子をとりつつ空に向かって一生懸命吹くのだ。

自分たちは屋根に上がってよくこれを聞いた。勇壮な行進曲である。新生中国の息吹を聞くようであった。

自分たちは決して中国人に対して恨みを持つ気持ちにはなれなかった。最初、彼らに対して抱いた疑惑の念も解消した。むしろ彼らは敗戦後の今日、唯一の我々の友であり、まことに東亜民族の一方の旗頭たるに恥じぬ民族であると思った。

我々は戦いに敗れた。今はこうして中国のために鉄道の警備をしている。しかしそれが決して無意義な仕事とは思えなくなった。彼らは言う。「今後の中国と日本とは一体不離だ」と。彼らが言ったことはただ、口先のお世辞と思われぬ点が多い。彼らは身をもってその実を示すことも多かったからである。

毎日毎日、我々と中央軍との交歓は続いた。中央軍の兵士の中にはあまり程度の良くないものも多いけれど、一般に思ったより気軽につきあい、人種的な差別とか誤解にもとづく事故の発生を心配する必要はなかったのである。

佐々木久治が指揮班からラッパを借りてきた。こちらも負けずにラッパを吹いて、日本軍の心意気を示してやろうというわけである。朝や夕方、中央軍のラッパ演習があり、それが一段落すると今度は佐々木久治が力いっぱいラッパを吹き鳴らすのだ。彼は確かに上手かった。

そして日本軍のラッパは音は低いが力強く、辺りに響き渡るのである。非常に男性的な音であった。中央軍のラッパ兵がこれを借りて吹いてみたが、スウスウというばかりで、どうしても鳴らなかった。中央軍のラッパは、それほどたやすく、ちょっと吹けば鳴る、おもちゃのようなものであった。

中央軍の部隊は入れ代わり立ち代わり集落に泊まった。一つの部隊が出発すると直ちに次の部隊が入ってくる。巡察にも出たが、どうも中央軍歩哨線の通過が大いに危険である。聞けばいくら八路だってちょっと出てこないだろうと、自分たちも鉄路巡察はやめてしまった。分哨は出した。

毎日暢気な日が続いた。中央軍と話したり、あんまりうるさいと門を閉めて中で昼寝したり、時に白酒を飲んで騒いだりした。中隊指揮班からもあまりやってこなくなったので、のんびりしたものである。魚釣りは相変わらずやっている。釣りに行った連中がどっさり戦果の詰まっている飯盒をぶら提げて帰ってくると、中央軍の兵士が群らがり集まって珍しそうに魚をつまみあげたりしていた。

皆が釣っている河原へもたくさん見に来て面白そうにいつまでも座り込んで見物しているという。中央軍の兵士もやはり退屈し切っていて話相手が欲しいらしく、彼らの方から進んで話かけたり、気前良く煙草を勧めたりするのである。

そのうちに中央軍の方でも魚釣りの真似事をやりだした。自分たちがミミズで釣っているのに、彼らの餌は何と豚の切り身という豪勢なものである。それなのにその釣り針がただの真っ直ぐな針なので釣れるはずがない。豚肉はただ徒に魚の腹を肥やすにすぎない。これには自分たちも呆れてしまった。

いくら中央軍の兵士がものを知らないといっても、魚釣りに曲った釣り針を用いることを知らないとは困ったことである。あるいは誰かが言っていたように、魚は釣るのではなくて突き刺して捕るのだと思っているのだろうか。湖南方面ならこの辺りと違って湖沼や河川が多く、釣りを知らないはずはないと思うのだが。

宿営する中央軍には、やはり部隊によって程度の良いのと悪いのとがある。出身地方の差にもよるかも知れないし、指揮官の部隊統率能力の差もあるだろう。ある部隊が出発したあとで見たら、自分たちの宿舎の外壁に大きな石灰の字で「抗戦勝利、国民奮起」と書いて赤ペンキで縁取りがしてある。これはおそらく中央軍がどこでもやる宣伝なのだろうが、自分たちの宿舎の壁に書いたのは癪に障った。ここばかりでなく集落のあちこちの土壁や家の煉瓦壁に「擁護蒋委員長」「中央軍是国民的軍隊」などの語が見える。中央軍は国民の軍隊だと言うのだが、住民の目には果していかに映ったであろうか。

もうひとつ、我々は中央軍のおかげで大損害を被った。秋川兵長の犬が盗み去られてしまったのである。犬は中央軍の兵士の姿を見ると怒って吠えつくので(やはりこの犬には大和撫子(やまとなでしこ)の血がながれていたらしい)、なるべく外に出さなかったのだが、近ごろ集落内に懇意の犬ができたと見えて、しばしば家を空けることがあった。

ある部隊が出発したあと、夜になっても犬は姿を見せなかった。もうすぐ帰ってくるだろうと門を開けて待っていたが帰らぬ。秋川が心配して分哨に行っているのではないかと探しに行った。また集落の中を探してみたが見当らなかった。それでもまだ、そのうちに帰ってくるだろうと夕食のときには彼女の食器にはちゃんと飯が入れて壁際に置かれたのであった。

「中央軍に盗られたに違いない」と秋川はすごく憤慨していた。そういえばその部隊の兵士は行軍しながら大小美醜さまざまの犬に紐をつけて引き回していた。果して何に使うのか。ただ可愛がっているのか、自衛のためか、あるいはまことに肉類に不足を来たしたときに殺して食うためか知らぬが、相当の数の犬であった。あるいはあんな風にして頸に縄をつけて引っ張って行かれたのかも知れない。

不幸にして自分たちの心配は事実となった。その後、二、三日の間はまだ諦めきれず、今にもひょっこり帰ってきて尻尾を振るだろうと心待ちにしていた。炊事の兵隊は三度三度、彼女の食事を準備してやっていたのである。それでも犬は帰ってこなかった。

ある日、小隊に来た村公所の支那人が、とうとう犬が中央軍に連れ去られたことを報せてくれたのであった。犬は分哨へ遊びに行く途中で中央軍の兵士にからかわれ、肉片をもらって戯れるうちに、とうとう無理矢理家の中へ押し込められて紐で繋がれてしまい、クンクンと鳴き続けていたそうだ。秋川は分哨へ探しに行く途中、何も知らずにその家の前を通っていたのだ。その次の朝、彼らは犬を引っ張って行ってしまったという。

これを聞いた秋川は子どもを亡くした父親のようにガッカリして力を落とした。自分たちも淋しかった。まだ名前も附けてやっていない犬ではあったが、黄河河畔で秋川に拾われて以来、何百キロの間、自分たちと苦労を共にしてきた犬だったのである。あの苦しい中条山越えも、豪雨に悩んだ夜行軍にも、彼女は小隊の隊列の周りを走り回ってついてきたのであった。

そして時には支那犬に吠えかかって自分たちの鬱憤を晴らしてくれた。これから先もどんな活躍をするかと楽しみでもあり、おそらく河南で戦死した軍犬「那珂(なか)」にも劣らぬ働きを示すだろうと期待していたのである。その犬はとうとう中央軍に盗み去られた。自分たちは再び中央軍に対する限りない憎しみをムラムラと沸き立たせたのであった。

ある中央軍の部隊が泊まったとき、彼らに冬被服の支給がおこなわれた。見ていると何台もの馬車が大きな梱包を運んでくる。そして各家で冬服の分配をおこなっている。例の木綿の綿入れである。軍衣も軍袴も帽も綿入れのブクブクしたものだ。紺色と言いたいところだが、ドス黒い青灰色と言った方が当たっている。

集落内にはさっそくネズミ色の中央軍が氾濫した。彼らは防寒外套も受領したが、これもやはり綿入れである。ところがどうしたわけか、この外套は、まだ染めていない真っ白なものであった(中央軍の被服廠で手を抜いたのか。まさか雪中偽装用ではあるまい)。

彼らは仕方なく住民から染料を徴発して各人で勝手に染めていたが、染まり過ぎたり、逆に薄過ぎたり、まだらになったりひどいものである。バケツに防寒外套を浸して染め、木の枝に引っかけて干している彼らの姿を見て、少し可哀想になったくらいだ。苦労して満州の酷寒の地へ向かって行軍している部隊に、まだ染めていない衣服を支給して各人で染めさせるなど、まったくひどいやり方というほかはない。

これに比べると、我々の被服はどこから見ても立派であり恵まれている。終戦なるがために、常には支給されない革脚絆までが兵にも支給されているし、防寒具もある。特に防寒帽や防寒襦袢、防寒外套などは兎や羊の毛皮もフカフカとして立派である。中央軍が羨ましがるのも無理はない。

彼らの中には楡次辺りで街に売っていた軍の払い下げ品を買って着ているものもあったが、綿入れのダブダブした服装に、びっくりするような日本の編上靴を履いているなど、かえって釣り合いが取れなくて滑稽であった。将校などで、日本軍でなら初年兵だって履かぬようなひどく古ぼけた編上靴を履いているのもあった。

敗戦とはいえ、自分たちは日本軍に籍を置くことをつくづく有り難いと思うようになった。兵も同感らしかった。小隊内の空気はまた元の温かさを取り戻したようである。淋しくはあるが、自分たちは小隊を離れては生きて行けぬ自分の姿を見出したのである。

ある晩、宿舎の西方、地溝の方にあたり、轟然たる手榴弾の炸裂音がしたので夢を破られて飛び出してみた。地溝の中にある小山の上に、中央軍の分哨が出ていたが、その方向であった。手榴弾音は更に一発聞こえ、小銃も二発ばかり鳴った。

しばらく集落の中は騒がしくなり、隣家も話し声が絶えなかったが、そのうちに静かになった。翌朝、附近の中央軍に聞いてみたが何も知らないと言う。ところが分哨に来た中央軍将校が話したところによれば、小山の上に出ていた中央軍の分哨が、ご丁寧にも敵方に通じる山道に手榴弾を設置したのであった。そこへ来かかった中央軍の巡察が引っかかって炸裂したのだそうだが、歩哨は八路の襲撃かと慌てふためき、手榴弾を投げつけ小銃を撃ったのだ。中央軍の臆病さを暴露する始末となってしまったのだった。

何日間か我々の生活にも新鮮な波瀾を巻き起こした中央軍の通過も、何とか終わったようである。集落も再び昔日の平和を取り戻したが、グッと寂れたという感じである。会う住民は皆、中央軍の横暴を我々に訴えた。ある民家では中央軍に徴発されることを畏れるあまり、畑の中の秘密の穴倉に一頭しかいない驢馬を隠したら、運悪く穴倉が崩壊して驢馬が圧死してしまった。

中央軍に気を取られているうちにすっかり寒くなった。宿舎が上手く出来上がっていたのでよかった。

自分の部屋は陽当たりも悪く、割に広い部屋にたった一人なのだから、寒くて堪らず、殆ど夜、寝るときの他は村岡分隊の部屋にいた。佐々木久治が鉄製の小さなかまどを改造して中を泥で固めて暖炉を造った。家の中にコークスがだいぶあったが、これは炊事には使えずに困っていたのだ。

この暖炉はコークスを用いるのには理想的であり、夜などこれを囲んで寄せ鍋をつつくのはまったく楽しかった。深々と更ける寒い夜、この暖炉を囲んで河南の思い出話が出た。こんなとき村岡伍長の本当の人間の良さがわかった。

佐々木久治も話してみれば愉快な男である。彼が参加した河南作戦嶮山廟(けんざん)の戦闘の話は我々の血を沸き立たせた。秋川や斎藤市太郎のノロケ話もよく聞いた。市太郎は奥さんの話が出るとまったく塩をかけられたナメクジのようにグニャグニャとなる困った男である。彼はこの純真で穢(けが)れを知らぬ自分に向かって、「隊長殿は地方(一般社会)ではだいぶ女にモテた方でしょう」などという、とんでもない奴だった。

しばらく倹約したので鶏が二、三羽貯まった。中庭で放し飼いにしている。夜はめっきり寒くなってきたので、鶏は入って寝る所をだいぶ探したらしい。今のところ扉がなくてすぐ入れるのは自分の部屋だけである。自分が一人で寝ている温か味を慕って、二、三羽の鶏が自分の部屋で眠った。

それだけならまだ良かったのだが、夜、明るい月が出るようになったら、真夜中に眠りを覚まして大きな声で鳴き叫び、自分は夢を破られ飛び起きた。大騒ぎして外に追い出して、これで安心と眠り込むと、しばらくしたら、また入っている。うるさくて眠れない。朝起きてみたら部屋の中一面鶏の糞だらけである。さすがの自分もこれには癪に障った。

「中津山ーっ」

「ハーイッ」

「コラ、ちょっと俺の部屋の中を見ろ、鶏の糞だらけだぞ。なぜ夜中に鶏なんか追っ放しとくのか。貴様は俺を鶏と同居させるつもりかっ」

中津山は大いに恐縮して鶏を追って出て行った。その夜から中庭の片隅に粗末な囲いができた。

中央軍は今でも鉄道を使ってドンドン軍隊物資の輸送をやっている。これが終わらなければ我々の陽泉移駐はおこなわれないのである。北合流駅には我々と交替するはずの「将」部隊の先発将校が来ているという。もうここにいるのも長くないからと、毎日のんびり暮らした。分哨は出したが巡察は出したり出さなかったりである。ここへ来たときに比べると、今ではここもよほど住みよくなった。住めば都というところか。

14 雁撃ち

寒い寒い夜、星空に鳴き渡る雁の淋しい声に、堪らない郷愁に誘われることもあった。

朝起きてみると、霧の立ちこめた空を点々と連なる雁の群れが、棹になり鍵になりしながら渡って行く。終日、空に満ちる雁の声である。立派な編隊だ。

瀟河の河原を見れば、黒く点々と群がる雁の大群が翼を休めている。ズーッと白い砂の上に居並ぶ数え切れぬ群れである。今、上空に旋回して降りようとしている群れもある。ひと休みして正に出発しようとして飛び上がるのもある。

瀟河の上空にはこれらの雁が入り乱れて飛んでいる。内地では一度も見たこともなかった壮観だ。

ある日、秋川兵長と佐々木兵長が銃を担いで出て行った。雁を撃つつもりらしい。自分は大した期待もかけなかった。火に当たっていたら、遠くに二発銃声がした。やがて秋川と佐々木が帰ってきた。見事に二羽の雁をぶら提げてきたのである。大した戦果だ。拡げてみると翼長一メートル半もあるかと思われる大きな雁だ。その晩は雁鍋に舌鼓をうった。

翌朝、この大戦果に奮起した齋藤長助が、「よし、俺もやる」と銃を担いで出て行った。自分もこれは面白いと見物に行き、小山の上から長助の手並を見ることにした。

河原には、今日も昨晩降りて休んだ雁の群れがズラリと並んで翼を休めている。水の中へ入って魚を獲っているものもある。相変わらず出発するもの、降りるものが入り乱れて飛んでいる。

長助は道路から河原に降りて、草の間を分けて慎重に匍匐して行く。ジリジリと距離は縮まる。三〇〇、二五〇。彼はなおも進む。二〇〇、一五〇。なかなか熱心なものだ。やり出したら何でもやり通すまで、全力をあげて熱中するのが齋藤長助という男の良いところである。

彼はなおもムクムクと這い続ける。約一〇〇メートルのところで停止して、彼は銃の安全装置を外したらしい。雁の群れは相変わらず餌をあさっている。彼は据銃(きょじゅう)した。

「クワッ」

雁の歩哨のひと声。群れは一斉にサッと頸を上げて彼の方を見た。長助は据銃したまま動かない。きっと照準しながらジリジリと引鉄を圧しているのだろう。こちらも固唾を飲んで見守る。

「クワーッ」

第二の警告。

「ズドーン」

銃声は辺りの山山に反響して、ゴゴゴーッと遠くに消えて行く。

「ザザザーッ、バタバタバタ」と嵐のような凄まじい羽音を立てて雁の群れは一斉に空へ舞い上がった。あとには一羽も残らなかった。雁の群れはずっと遠くの河岸に降りて、また餌を漁り始めた。長助は草の中にボンヤリと立ちあがって雁の行方を見つめている。チェッと舌打ちでもしているのだろう。こちらを向いたら彼の服は泥だらけであった。

やがて寒風に鼻を赤くした長助がブツブツ言いながら帰ってきた。彼は魚釣りでは小隊のなかで誰も敵う者がない名人であったが、雁撃ちでは駄目だったのである。後にまた佐々木は一羽撃ち獲ってきた。

　魚釣りは相変わらずやっているが、非常に寒くなってきたので、よほど熱心なもの以外、あまり行かなくなりだした。しかし戦果は少なくない。伊東中隊長は今でもずっと続けているらしく、よく和村正夫が馬の運動もかねてミミズ掘りに来た。集落の井戸の辺りが最もよくミミズが採れるのである。


　どうやら自分たちの陽泉移駐が近づいたようである。近日中に交代部隊たる「将」部隊が来るという。ここへ来た時はまったくやり切れぬ所だと思ったが、いざ一ヵ月半を過ごした北合流を出発するとなると、また捨て難いものである。話に聞けば陽泉に行ったあと、兵団司令部直轄部隊になるらしい。

　司令部直轄といえば体裁は良いが、言ってみれば兵団長の護衛ではないか。兵団長原田新一閣下は実にやかましい厳格な人であるとの噂もある。我々のような自由奔放な生活をしてきた木曾義仲みたいなものが市街地に押し込められるとすると、何とも窮屈なことである。そのことを考えると大して嬉しくもない。

　我々の望みは陽泉に近くても良いからあまり偉い人も近くに居らず、敵情も相当活発な山中の分遣隊に出して欲しいということであった。同じ分遣隊でも今の北合流のようでは何の刺激もなく、近くにオヤジががんばっているから、けむたくてしようがないのである。敵情もある程度悪い方が小隊の団結も鞏固になるし兵も緊張する。今のように敵情がなさそうで、しかもあるというのは、うっかりすると大失敗のもとになるものである。

　まあ、陽泉へ行ける楽しみと言っては、少しは街の空気に接しられることと、石炭が豊富で燃料に困らないこと、まだ野戦倉庫も接収されていないので糧秣、被服などの物資が何とか十分にあるということであった。

　我々の復員の話は一向に出なかった。しかし、自分はそれほど急いで帰りたいとも思わなかった。京都は爆撃は被っていないということだが、当てにならない。また、たとえ爆撃を受けていなくとも、新聞で見る内地の状況では女ばかりが残っている自分の家が、とても安全に生活しているとは思われぬ。おそらくはバラバラになってしまったか、京都には住んでいないのではないかと思う。

　こんな遠いところから家のことを心配するだけ無駄なことだ。それよりもさし当たって現在、自分の家族である小隊のことに頭を使うのが小隊長としての道であろう。兵隊は早く家へ帰ってまた百姓がしたいと言う。彼らの出身地たる東北農村は何も被害を受けていないらしいし、第一、日本の穀倉地帯なのだから食糧不足に悩むことはまずないだろうと思われる。

晩になって手造りの暖炉を囲むと、出る話は村祭や正月のことである。そういえばもう二ヵ月もすれば正月が来る。彼らは正月までには帰って餅を腹の皮が張り裂けるほど食いたいらしい。また秋田地方は濁酒（どぶろく）の本場である。寄るとさわるとドブロクの話だ。

元来が正月までに帰ろうなんて虫の良過ぎる話だ。一度そんな話も出たことがあるが、いつしか立ち消えになってしまった。自分は帰りたくない。今ごろ京都に帰ったところで餅ひとつ食えるわけはなく、第一、何一〇万かの餓死者が出ているという日本へ帰って飯を食うなど思いもよらぬことだ。なるべく正月は陽泉辺りで済ませ、ゆっくり大陸の正月気分を満喫してから帰ろうというのが自分の意見である。

何れにしても相手があることで我々がいくら帰ると か帰らぬと言ったところで、しかるべき時機が来なければ帰れない。

我々は移動準備に着手した。あまり使わないもので村民から借りたものは帰してしまった。その一方、乾燥野菜を作るのに精出した。これは今のところ自分の小隊が最も順調にいっているようである。魚釣りもあと何日できるかわからぬというので、皆、なかなか熱心に出て行った。多くの戦果があるときには、目刺しにして蚤取り粉の罐に蓄えた。

兵の携行被服がだいぶ増したので、もし行軍で行くとすれば大ごとである。今のところまだ列車輸送によるのか、行軍でいくのかわからない。荷物さえなければ行軍の方が良いとも思う。

背嚢を支給されていないものは背負い袋を改造して、四角い背嚢を作った。中津山はまたもや欲張って、大きなやつを作った。また、これを背負ってあごを出されたりしては困る。

最後を飾る意味でよく飲んだ。指揮班でもだいぶやっているらしい。よく栗原兵長が酔っ払ってやってきた。この男の髭も立派である。

ある日、とうとう一〇月三〇日早朝出発という話が決まり、また列車輸送で行くらしいとのことであった。その日の夕方、「将」部隊の地曳曹長以下、一個小隊が来て、自分たちと二軒隔たった空屋に入った。「将」部隊は臨汾の附近にいた部隊で、終戦後も何ら苦しい行軍も経験していず、装備も被服も完備しているようであった。

地曳曹長に警備上の申し送りをする。列車輸送が決定したので防寒被服その他の大荷物を梱包して駅に送り、小隊からは浅利上等兵と補充兵一名を荷物監視につけてやった。寝具も送り出してしまったので、その晩からは寝具なしである。自分の部屋は寒くて堪らないので、村岡分隊に潜り込み、火をどんどん焚いてゴロ寝した。

まだ二、三日あるので熱心なものは魚釣りに行った。今更ながら部屋の中を見回して、行きたくないものだと話し合った。やっと近ごろになって皆の体は少し持ち直したようだ。

15 陽泉へ

一〇月三〇日早朝、小隊を率いて街道に集合した。まだ明けやらぬ東天に紫の雲がかかり、瀟河の河原には朝靄(もや)が棚引き、今日も雁の群れが降りて休んでいる。楡次縣城に市の立つ日であろうか、色々と着飾った支那人や穀物、果物、布その他の商品を、驢馬や馬車に積んで続々楡次縣目指して歩いている。

まだ指揮班は来る様子がないので、装具を下ろして休憩。梨売りの商人から梨を買う。中隊は東趙駅から列車に乗ることになっている。

やっと遠くから指揮班の隊列が来るのが見えた。小隊も道路上に整列する。伊東中隊長に敬礼し、報告しようとしたが、指揮班の隊列の中に隊長の姿が見えぬ。指揮班の連中に聞いてみたら、後から来られますと言い捨てて先に行ってしまった。大して急ぐ必要もないのでしばらく待つ。

だいぶおくれて伊東隊長が馬でやってきた。伊藤伝治と和村が二人だけ附いている。敬礼して報告する。ところがどうも変だ。こちらが大いに張り切って報告しているのに何だか話の辻褄が合わないのである。おかしい、おかしいと思いながら、ハッと気が付いたら、隊長はまたもやベロベロに酔っ払っているのだった。

とんでもないオヤジだ。この中隊移動の大切なときに、正体もなく酔い潰れてどうするつもりなんだ。今は高木中尉がいない。中隊長があんな調子では、うっかりすると大変な責任が自分にかかってくる。

小隊も急いで東趙へ向けて出発した。非常に寒い朝であったが、陽が登ったらすごく暑くなってきた。尚村の前には西田小隊が整列していた。それはそうと移動が始まれば高橋分隊が小隊に復帰するという約束は実行されるであろうか。

野見山准尉は業務連絡と設営のため陽泉へ先発していたが、新しい中隊編成表は残して行ってくれていた。やはりその約束は実行されて高橋分隊は自分の下に復帰した。一時は金谷分隊が自分の小隊に入るという噂もあったが、これは種々の事情で実行されなかった。しかし、一ヵ月半の駐留中、高橋分隊が西田少尉から受けた感化がどのようなものであるか疑問であり、自分はおそらく元の通りの高橋分隊ではなくなっているだろうと思った。西田小隊は結局、金谷、石山、田中分隊をもって編成されたのである。

久し振りの行軍で、しかも前より荷物が増したので、だいぶ顎を出すものも出てきた。中隊長は先方からやってくる支那人の牛と乗馬を喧嘩させるのだと言って聞かない。一緒に附いている伊藤伝治が弱り果てている。我々は先を急いだ。

東趙へはこの前、馬で来たとき以来、歩いて来たことはないから更に遠い。意地悪く近来稀に見る暖かい上天気になったため、汗だくになってしまった。

やっと東趙に着いた。他の中隊はどこも来ていない。だいぶ待ってからウンとおくれて伊東中隊長が到着した。聞けばここまで来る途中、一〇数回も落馬をしたのだそうである。一体、なぜこんな時に酒なんか飲んだのだ。中隊のものだけいる所なら、いかにオヤジが酔っ払ったとしても笑って済ませるが、大隊長や他中隊のものに見られたら、中隊の名誉は地に堕ちることだろう。

大隊の人員搭載係は二村隊長だということなので、連絡に行った。まだ自分たちが乗り込む貨車も来ていなければ、ここを出発する時刻もわかっていないという。どれだけ待たねばならぬのかわからない。自分は何もかもが嫌になり、腹立たしかった。

おまけに、ここで二村隊長から聞いて初めて知ったのだが、陽泉までの移動途中の大隊日直司令がうちのオヤジだというではないか。まさかと思ったのだが、大隊日々命令を見せられて、ヤレヤレえらいことになったと思う。酒というものは良いものだ。しかし飲むには適当な時機を見る必要がある。自分もかなり酒を飲むようになったが、これはよほど慎重に飲む時機を考えなければ、他に迷惑がかかるぞと思った。

大隊本部からまず、江連大尉がやってきた。部隊長もあとから来られた。ところがオヤジはまだ酔いが醒めぬ。よせばよいのに部隊長や江連大尉を相手に良い機嫌で話しかけている。厄介なことになったものだ。江連大尉が例の鋭い目をキラリと光らせた。部隊長は何とも複雑な顔つきであった。自分たちとしてはまったく為すすべもなく、肩身の狭い思いであった。

さっそく江連大尉は自分と西田を片隅に呼んで、厳しい目つきで伊東中隊長に当てられている日直司令の任務は酔ったが故に断るなどはできない。君たちが代行してでもやり遂げるべきものだと一本釘を刺した。

実にひどいことになったものだ。日直司令の資格はともかく、列車輸送中の日直司令の任務とはどんなものだろう。人員、資材搭載の確認、輸送途中沿線の対敵警戒などでもあろうか。まったく嫌になる。

どれくらい待ったたか、北合流の方から貨物列車が見えた。行李班は馬の搭載でだいぶ苦労していた。自分たちも乗り込んだ。とにかく乗ってしまえば陽泉へ着くまでは安心なのである。しかし警戒は厳重にしなければならない。沿線の敵情は非常に悪いのだ。

貨車は無蓋(むがい)車であった。無蓋車であろうがなんであろうが、やはり列車輸送になって良かった。汽車に乗るのも久し振りである。見習士官になって赴任途中、二等車に納まって安邑、運城まで汽車旅行をして以来、今までまともに乗ったことはなかった。

乗車完了して列車は動き出した。これでひとまず安心、またいくらか日本の方へ近づいて行く。段廷(だんてい)駅で三中隊が乗り込んだ。高木中尉が颯爽たる姿で中隊を指揮して部隊長に敬礼している。やはり中隊長代理になると、見たところも立派になるもんだと感心した。

列車は進む。兵は買ってきた梨を食べたり雑談したりしている。伊東中隊長は防寒外套を被って正体もなく眠っている。暴れ出されるよりこの方がどれだけ良いか知れない。

この附近はすごく状況の悪い所であり、頻々として鉄道爆破がおこなわれた所である。左右から岩山が線路の両側に迫り、列車はまったく谷底を走っているのだ。上から手榴弾攻撃を受けたらひとたまりもない。三中隊の警備管内には俗に「魔のカーヴ」と呼ばれていた所がある。ちょっと見通しがきかないので、敵はいつもここを狙って鉄道爆破を決行したのであった。

進むに従い、山はますます嶮しくなる。見上げるような奇怪な岩山がそそり立つ。鉄道は蛇のように山の間をうねうねと曲り曲って走っている。確かにこの地形は鉄路を守るに難く、攻めるにたやすい地形なのだ。そこに、ほんのバラバラと分遣隊が出されているにすぎないのだから、まったくこの辺りを受け持った中隊は苦労したことだろう。瀟河はほんの山間の渓流になってしまった。

トンネルがたくさんある。無蓋車に乗っているのだから炭塵がバラバラ降ってきて堪ったものではない。蘆家荘に着いた。ここは今まで部隊警備管内の最東端であり、また小さい分水嶺になっているので、灞河の源はこの附近から出ているのであろう。山間の小さな駅であった。

陽が西に傾き出した。陽泉に着くのは真夜中頃と思われる。壽陽（じゅよう）に着いた。ここは少し大きな街だ。山西軍がたくさん駐留している。物売りの小孩が色々のものを売りに来る。もう鉄路の横を流れている河は西ではなく東の方へ流れている。太行山脈も高原状になっていて、今自分たちは海抜一〇〇〇メートル近いところを走っているはずである。

鉄路に近い山の上や川縁に山西軍独特の円筒形や、あるいは砲弾形のトーチカが夕陽を浴びてポツポツと立っている。数を数えてみると大した数である。これほどまでして守らねばならないほど八路の猛威は凄まじいものであり、また正太鉄路は山西河北をつなぐ唯一の動脈なのである。

ところどころ自分たちの列車が通る以外に、今の線路からあまり遠くなく鉄橋やトンネルの作りかけたものがある。殆ど完成しているものもある。元来、正太鉄路というのはフランス人の設計にかかるもので、経営も外国人によって為されてきた。営利本位に造られたものだけあって、どちらかといえばカーヴが多い。そのため終戦前までは日本軍の手によって、これに平行する直線的な一線が計画され、かなり工事も進んでいたのである。今見えるトンネルや鉄橋の未完成のものは、その直線鉄道のもので、我々、素人が見ただけでも相当な大工事だったに違いないと思う。そのトンネルの数も大したものである。

ところどころ河の縁や鉄橋で爆破されたところがあり、今は危うげな仮修理がしてある。その上を列車が通るときは我々も肝を冷やす。重い列車が乗りかかると、木の補強材がメリメリと音を立てて今にも崩れ落ちるかと思う。そこだけ列車がグーッと沈みこむので、無蓋車に乗って前後を見渡すと長い列車が縦に波を打って走っているのがわかる。また、あまり早く走ると修理した所が崩れる恐れがあるので、列車は牛のようにノロノロと走り、今にも止まりそうになる。

陽は西の山に隠れ、残光が空を彩っている。またも昼の暑さに比べてびっくりするほどの寒風がピューピューと吹きつける。皆、防寒外套を着た。中津山はやっぱり彼の大きな背嚢に、自分の防寒外套をつけて持ってきてくれたのであった。

列車はいよいよ太行山脈上の高原に出たらしく、右に黒い山を見ながら平野を走り出した。星が光り始める。すごく寒い。陽泉とはどんな街だろう。北合流は良いところだった。もう二度とあの村を訪れることはあるまい。一時は嫌なこともあったが楽しいことも多かった。野良犬をブチ殺して食ったことは忘れられぬ。陽泉は兵団司令部がある大きな街だ。おそらくそんな野暮なことはできまい。兵団司令部といえば馬鹿に良く聞こえるが、要するに兵団長の護衛じゃつまらない。

——ああ分遣隊、分遣隊。自分はやはり分遣隊へ出して欲しい。直接現地の住民と話したい。支那の風俗に接したい。偉い人の鼻息を伺うようなケチな役目は真っ平だ。どうも予想できる陽泉での生活は、あまり愉快なものとは思えない。高橋分隊は再び自分の下に帰ってきた。十分喜んでよいはずなのに自分は素直に喜べなかった。そして自分の腹の底には何だかわからないが不平不満に似たものが渦巻いていた。

いきなり右の方、線路のすぐ傍に、まぶしい白熱した電燈と、大きなトタン張りの楼がキラキラ光って通り過ぎた。炭坑らしい。陽泉が近い。

列車は陽泉駅の構内にすべり込んだ。目も眩む電燈の光。機関車のライト。白い蒸気の噴出。汽笛。給水塔の水音。列車のブレーキの音。あらゆる都会らしい騒音。ああ、やっぱり大都会は違う。「下車っ」プラットホームに飛び降りた。まだ何だか列車に乗っているように脚がガクガク震えている。

装具点検異常なし。部隊長に報告。伊東中隊長もここまで来たところで何とか酔いが醒めたようだ。先発していた野見山准尉が駅まで出迎えに来ていた。直ちに陽泉西兵舎に向かう。あまり寒いので防寒外套は着せたまま歩いた。明るい駅構内から真っ暗な街の中を曲り曲って、どこにあるのかわからぬ兵舎へと歩く。何とも慌ただしい気持ちである。

おそらく、ここ二、三日は、とてもゆっくりする暇はないだろう。今ここにいる部隊からの警備区域の引き継ぎその他でごった返すに違いない。中隊長の今の状態では体が思わしくないので、またもや自分たちに荷重がかかってくることだろう。

どこをどう歩いたか知らないが、大きな河の堤に来た。橋がないらしく河原に降り、粗末な板橋を渡って対岸に上がる。少し歩いたら営門があった。大きな兵舎である。電燈はあまり点いていない。

営庭に集合し、部隊が解散してからすぐ宿舎に引率する。暗闇の中を歩いて、ガランとした講堂に入れられた。アンペラも敷いていない。心細い石油の灯が猛烈な煤を上げて燃えている。今夜の宿はひとまずここである。三中隊、二中隊、銃砲隊などと同居なので、まただいぶ混雑し、広い講堂内の一画を割り当てられたが、自分の小隊は奥まった廊下の突き当たりへ引っ越してしまった。

そこの方がまとまりが良く風も入らず、他中隊と接触することもなかった。小隊の梱包は無事到着していた。中隊長に報告せねばならぬ。と言って、この馬鹿でかい兵舎のどこに隊長が居られるのか、さっぱりわからぬ。

ちょうどそこへ連絡に来た野見山准尉の当番、斉藤亀一を案内にして兵舎へ行ってみたが一向にわからない。野見山准尉の姿も見えぬ。散々探し回ったあと、隣の兵舎に隊長を見つけて報告した。伊東隊長はまた体の調子が悪くて頭を冷やしていた。

薄暗い広い兵舎の寝台上に布団を敷いて寝て居られた。自分と西田少尉もここへ寝かせるつもりか、中津山と藤原貞四郎が準備している。その心遣いは有り難いが、こんな寒々としたところよりも兵の間へ潜り込んで寝る方が、どれだけ温かく眠れるかわからない。

それに今日小隊に復帰した高橋分隊とはロクに話をする暇もないうちに来てしまったのであった。しかし中津山は、どこからか布団と毛布を持ってきて床を作った。一度講堂へ帰って様子を見てから床の中へ入った。各小隊の兵は集まって北合流、尚村や李瑪村の思い出話に花をさかせていた。

北合流の思い出

野良犬をぶち殺してぞ喰らいける
　北合流の秋の夜寒に

雁鍋や目刺しは焼けてぶつぶつと
　白酒飲んで顔赤くする

村岡がまあ一杯と差しいだす
　杯受けて我も朦朧

さわさわと灤河の川瀬音立てて
　雁の音渡る秋の星夜に

〔Ⅶ〕

陽泉駐留

1 陽泉にて

翌一〇月三一日、部隊は現地警備中の「固」部隊から陽泉地区の警備を引き継ぐことになった。

朝、中隊長の命を受け、中隊からその警備区域を引き継ぐはずの「固」部隊第四中隊を訪ねた。中隊長は高島大尉という人である。「固」部隊は全部九州人だ。話していると、こちらが焦れったくなるくらい、悠揚迫らざる鈍重さに思わずあくびが出そうになって困った。

午後、伊東中隊長、西田少尉と共に高島隊に赴き、引き継ぎをおこなう。協定の結果、責任転換の時期は一一月二日正午と決まった。自分たちは高島隊から兵舎およびその警備地区全部を引き継ぐ。

話を聞いているうちに、しめたっ、と思った。その警備管内にはすごく状況の悪いところがあるのだ。それは下白泉分遣隊であった。陽泉を北に隔てること約一二キロ、まったく山の中の孤城である。昔はそれより前方にも分遣隊があり、状況のよいところだったのだが今はその前方にいた友軍も、その左右に出ていた陣地も撤収したので、その下白泉がただ一つ敵中に突出した索敵陣地なのだという。

敵情は猛烈で、連絡のためには三個中隊くらいが援護に出なければならぬし、途中の山道はまったく地雷原になっているという。これだ。これこそ我が望む所だ。

一体、誰が出されるだろう。その他に陽泉北方約三キロの鬼武山分遣隊、陽泉北方約四キロの第一七号トーチカ。帰る途中、中隊長は「下白泉へは北村に行ってもらう。当分の間、慣れるまで一ヵ月交代だ」と言われた。これなるかな。正に思うツボである。さっそく講堂へ走って皆に伝える。

「オイ、北村小隊は分遣隊勤務。状況はだいぶ悪いぞ。しかもここからはだいぶ離れた山の中だ」

皆出てきて自分の周りに集まってきた。また小隊がひとつにまとまって出られるのである。今度は今までのように生やさしい勤務ではない。敵情は極めて活発であるという。皆は大いに気を良くした。陽泉へ行けば衛兵勤務や厳格な内務規定で身動きもならぬくらい縛られるものと覚悟していたのだが、来た早々、分遣隊勤務とは有り難い話である。明朝は直ちに出発し、分遣引き継ぎを受けねばならぬ。忙しい。糧秣、燃料の受領、通信班との連絡（下白泉分遣隊へは六号無線機と通信班三名が配属される）。

援護中隊、行李班、高島隊の案内者との連絡など、自分は一日中飛び回った。西田少尉は最初の分遣隊勤務を自分に先取りされたことにへそを曲げて、あまり手伝ってくれなかった。虫の好かない男だが、しかし、この忙しい警備引き継ぎの時に部隊から逃げ出して山の中へ行く自分と比べて、慌ただしい兵舎に残って種々の面倒な引き継ぎ事務に忙殺される彼の立場も可哀想である。

もし、これが逆に自分が部隊に残されて、西田が下白泉に行くことになったとすれば、やっぱり自分だってヘソを曲げたに違いない。

夕方もう一度、高島隊へ行って最近まで下白泉に勤務していた曹長に会って現地の状況を聞いた。聞けば聞くほど敵情は悪いらしい。もっとも「固」部隊は陣地の中に牡蠣（かき）のようにへばりついて殆ど出撃していなかったため、少し敵に見くびられた感がないでもなかったが、陣地の眼下まで敵が来て、近距離より狙撃したり、地雷を敷設（ふせつ）しに来るという。陣地そのものは完全であるらしい。

引き継ぎの当日は伊東中隊長も来られるし、西田小隊も来る。三中隊から援護に出ることになった。自分は忙しさのあまり多少、頭が混乱して糧秣事務のことで間違いをやり、隊長殿から大目玉を喰った。何れにしても今が辛抱のしどころである。分遣隊へ出てしまえばこっちのものである。

糧秣は一〇日分携行である。小隊の装備は軽機二、重擲二という優良装備。それに敵情監視のため銃砲隊から眼鏡一個を借用した。更に下白泉には軽迫撃砲一門が配属される。但し、銃砲隊の兵が来るのではなく、小隊の中から軽迫要員を出して、銃砲隊で二日間速成教育してもらうことになったのである。

小隊から村岡伍長、佐々木兵長、浅利上等兵、斉藤市太郎を残留させる。小隊内でもあまり程度の悪い補充兵は残留させた。編成も多少変更され、斉藤米雄伍長が連下士として自分の小隊に配属され、秋川は村岡分隊の一番になった。

何しろ陽泉到着後、中一日を置いて直ちに分遣隊に出されたため、目の回るように慌ただしく出てしまった。あとは中隊がどんなになってたのか自分はよく知らない。

2　下白泉へ

一一月一日八時、中隊は援護部隊、行李班、高島隊連絡者と共に出発した。何一〇頭かの駄馬には糧秣その他を積み、西田小隊を尖兵として進む。自分の小隊は一ヵ月の孤城生活に必要な装具を山のように背負っている。特に防寒外套は大きな荷物である。

兵舎を出て河に沿い東進。ここに陽泉鉄廠（鉄精錬所）の大きな熔鉱炉、林立する煙突などがある。何れも今は操業を止めて赤錆びになり、青天白日満地紅旗が翻っている。鉄廠の横から北に折れて入り、いよいよ山道にかかる。

鉄廠と陽泉大橋

陽泉はこの附近の要衝であり、日本軍の兵団司令部があり、他に山西軍の大部隊も駐留している。山道にかかり、眼下に街を見下ろす。陽泉の街には城壁がない。大きな古い建築物もない。ここは石炭山と鉄廠のために発達した新興都市なのだ。街を囲む山山には、それこそベタ一面に円筒形のトーチカが立っている。今、造りつつあるものもある。我々の辿る山道の傍にも三つばかりあり、山西軍が一五、六名もいるらしい。

援護部隊は軽装だが、自分の小隊は完全軍装である。暑くてやりきれない。最初の山の頂に鬼武山分遣隊がある。ここはまったくの山頂、吹きさらしである。ここへは西田小隊の金谷分隊が来ることになっている。鬼武山を越えて山を下る。小さな集落があり清流がある。北方を望めば、ただ起伏する黄土の山山と点在する集落のみ。まったく荒寥たる風景である。

さすがは石炭と鉄の産地だけあって、行く途中の山道にも真っ黒な炭層が露出したり、通過する村々のあちこちに、俗にナマコと称する粗製銑鉄の塊がところ嫌わずゴロゴロ転がっている。ある所にはあるものだ。バケツまで木製のものが出始めていた内地のことを思い、まったく感慨無量である。

我々が行く下白泉の附近も鉄や石炭の産出が多いらしい。途中で驢馬の背に大きな石炭の塊を積んで陽泉の方に行く支那人によく行き会った。陽泉附近では大規模に横穴を掘って掘り出している所もあるが、山間の住民はそれぞれ適当に附近の山から自分で掘り出しては自家用に使ったり、あるいは街へ売りに出るのである。それほど無造作に内地では想像もつかぬくらい簡単に石炭が手に入るのである。行く途中、丘の上の畑の中に井戸らしいものがありロクロの釣瓶（つるべ）があったが、これは水を汲む井戸ではなく、石炭を汲み上げる井戸なのである。

初めての道でもあり、非常に遠いように思った。なるほど我々が辿っている山の細道のところどころに地雷がたくさん敷設されていた。上に乗せた土が風に吹き払われて踏板が露出しているのや、支那人が踏んだらしく踏板が落ちて、四角い穴が開いているのが数え切れぬほどある。地雷原とは言えぬまでも正に地雷の道である。

あんまり多くあるので皆、足が進まなくなりだした。加えて山道はますます険阻になる。敵はいつ出現するかも知れぬ。なるほど、これは大変な所だと思った。岩がガラガラとある道では行李班の駄馬が滑ったり躓いたりして転倒する。隊列は非常に延長した。

「パーン、キューン。パパーン、ゴゴゴーッ」

あっ、出た出た。西田小隊の方で銃声がする。弾音が頭上高くピューンと過ぎる。低い山を廻る細道を辿っているときであった。西田小隊は散開して射撃を開始した。見れば左前方、黄土の丘の上に見える枯木の生えた集落から弾が来るのである。

しかし、それほど激しい弾でもない。自分たちは反対側を警戒した。西田小隊の一部が山上に警戒し、自分たちは山を降りて進み出した。下白泉はまだ三キロばかり先だという。山上から「オーイ、衛生兵ーっ、田名部ーっ」と呼んでいる。自分の小隊に配属されることになっている田名部衛生兵が山を上がって行った。誰かやられたのだろうか。

聞けば射撃してきた相手は八路軍ではなかった。この辺りに糧秣徴収に来ていた山西軍だった。山西軍がこちらを八路軍と誤認して射撃してきたのだ。幸いこちらに怪我はなかったのだが、山西軍側にこちらの射撃で大腿部貫通銃創を受けたものが出てしまったのであった。

この小丘の上に西田少尉以下が残って警戒し、伊東中隊長と自分の小隊は下白泉に向かった。山を下ると山間に集落があり、河床道が通っていた。集落の民家の壁にはベタ一面に八路の宣伝文が書かれている。白ペンキで立派な日本字が並んでいる。よくもよくもこれだけ書いたものだ。この集落の通過は最も警戒を要するという。隊長も下馬して歩かれた。

3　中隊長負傷

岩だらけの下り坂で、大荷物を積んだ行李班の馬が滑って転倒し、山道を塞いでしまった。仕方なく馬が起き上がるのを待ったが、そのうちに中隊長は先に行かれた。隊列がここで切れてしまった。中津山も先に行った。やっと駄馬が立ち上がって、また行李班も進み出した。自分は急いで伊東隊長のあとを追った。

もうそろそろ集落も通過してしまう頃、前方に「ドカーン」と凄まじい炸裂音がした。あっ、手榴弾か地雷か。一目散に駈けつけて、集落の門を抜け、凹道を見たら灰色の爆煙が朦々と立ち昇り、火薬の臭いがプーンと鼻をつく。

「オイ、誰かやられたか」と聞いたら、兵が無言で指さす。

「あっ、隊長殿」

伊東隊長は道端に座ってハンカチで目を押さえていた。左目と頬から真っ赤な血がポトポト滴り落ちて白い手袋を染めている。その横に隊長当番の伊藤伝治も座って戦友の看護を受けていた。彼は両目をやられてまったく失明。他に玉川上等兵、水上八十五郎一等兵も軽傷。思いがけない災厄である。

西田少尉と田名部衛生兵を呼びに行く伝令が飛んで行った。中隊長と伊藤伝治を道端の岩の上に連れて行き、しばらく停止することにした。高島隊の案内者に聞けば、下白泉陣地まであと一キロという。

しかし、中隊長も伊藤伝治も動かすのは危険である。通信班から第一回の交信時間が近いと報せてきたので、大隊本部に向け中隊長以下、負傷の状況を打電しようとしたが、どうも上手く交信ができない（陽泉との間に大きな山がある）。

「北村、お前は西田と一緒に陣地へ行って申し受けを確実にやれ。俺はここで待っているから」と言われる。伊東隊長は苦痛が激しいらしく、煙草を吸って紛らわせているらしい。自分は非常に申しわけなく、自責の念に駆られた。もしも自分がもっと有能な小隊長であったならば、何もわざわざ隊長に来てもらわなくても自分だけで十分、引き継ぎもできたはずだ。自分一人では上手く引き継ぎができぬだろうと隊長は心配であったに違いない。そして今日は自ら中隊主力を率いて出てこられたのである。

運が悪かった。地雷は隊長が踏まれたのではなかった。伊東隊長や伊藤伝治の前を歩いていた玉川上等兵が少し道路の中心から外れた砂利の中へ踏み込んだとき、とうとう踏板の上に乗ってしまったのである。

彼が二、三歩行き過ぎたところで轟然炸裂、ちょうど後から来た隊長以下が真正面から爆風と破片を被ってしまったのであった。しかし目をやられたとは、他の所ならともかく、目が見えなくなったら中隊長はどうされるだろう。もし、入院されることになったら自分たちはどうなる。自分はこれから一ヵ月、山中の分遣隊に勤務せねばならぬ。しかし陽泉に中隊長ががんばって居てくれなければ、あとのことは誰がやるのか。建制第一中隊の羽振りをきかせるのも中隊長あればこそである。

伊藤伝治が苦しそうに呻き声を上げた。

「伊藤、伊藤、お前、目は見えるか」

「駄目です。両方とも見えません。隊長殿、隊長殿はどうですか」

「俺は左目を少しやられただけだよ。すぐ見えるようになるだろう」

「まったく申しわけありませんでした。自分がもう少し早く気がつけば隊長殿に負傷させることはなかったのですが。隊長殿、隊長殿」と伊藤伝治は、おそらく自分自身の身体が粉砕されても隊長の体をかばうつもりであったに違いない。オヤジとその当番は、いわば「死なば諸共」の関係なのである。中津山が青ざめた顔をして自分の横にくっついていた。彼もきっと、いつかは来るであろう、これとよく似た恐ろしい事件の幻想に取りつかれていたに違いない。

隊長は自分に向かって小声で「北村、伊藤をよく見ていてくれ。あいつ、うっかりすると自決するかも知れぬ」と囁く。伊藤伝治は一本気で、それほどの誠意を持って隊長に仕えていたのであった。

西田少尉と田名部が走ってきた。田名部はさっそく治療にかかった。河南にいた頃はまだ駆け出しの衛生兵で、誰も当てにしなかったのだが、今では彼も立派に一人前の衛生兵なのだ。

「伊藤を先にやってやれ」との隊長の命令で、伊藤伝

衛生兵

治の目から応急手当が施された。田名部の腕前はなかなか見事であった。伊藤は顔中、全部白い包帯で蔽われた。隊長は左目は殆ど駄目。右目は何とか見える程度である。

山西軍と衝突したり、隊長以下が負傷したりして意外に時間がかかり、もう日没が近い。自分の小隊は西田と共に急ぎ下白泉に向かった。中隊長は一部の兵と共に小山の上まで退って待たれることになった。

しばらく進むと少し山の開けた所へ出た。そこからは広い道が続いていた。そして集落があり、その上に横たわる丘の上に、夕陽に照らされたドッシリとした石造トーチカが厳然と建っていた。これが下白泉のトーチカである。実に立派なものだ。まるでヨーロッパ中世時代の騎士城のようである。地雷の危険を皆、身に沁みて感じたので前のものの足跡を辿ってそろそろ歩く。

3階建ての下白泉トーチカ

陣地下の大きな柵門のところまで来たら、ここの陣地の警戒兵が一個分隊ほど出ていた。今も有刺鉄線扉の下に地雷が敷設されているから、それを処理してしまわなければ入れないという。なるほど凄い所である。そして道路上に群がっていてまごまごすると敵に狙撃されるから民家の陰に入れと言う。

結局、地雷の処理は「固」部隊の兵が扉の下にある地雷の引き紐に長い綱を付けて、鉄帽を被って地上に伏せ爆発させた。自分たちは三〇メートルほど離れて見ていた。紐を引いたら「シュー、シュー」と発火し、真っ赤な火と煙をブスーンと噴出しただけでおしまいであった。粗末な地雷だから火薬が湿っていたのかも知れぬ。

門を開けて入る。アーッと自分たちは驚いた。地雷原！　なるほど本当だ。門から陣地のほうへ上がる細道までの間、それこそ足の踏み場もない地雷である。踏板が露出しているのもあり、落ちてしまっているのもあるが、ズラリと並んだところは凄まじい光景である。

その地雷の間についた細い道を辿って陣地に入る。糧秣その他は直ちに脚下（しゃか）して運び上げる。ここの分遣隊長黒川中尉が出てこられたので挨拶する。もう日没なので西田少尉はすぐに帰ることにした。明日の正午をもって責任転換の時間としてはいるのだが、自分の小隊の三〇数名を入れる所がないので、やむなく高橋分隊だけここへ残し、他は一度陽泉に帰し、明日改めて来させることにした。蓬田、村岡分隊は西田と共に帰り、自分と高橋分隊はここに残り、今夜ひと晩で陣地警戒要領、兵器弾薬、分哨勤務の申し受けをおこなうのである。

西田少尉以下は直ちに帰還の途についた。黒川中尉と共に皆を見送り、陣地を見せてもらった。歩きながら色々説明してくれる。

「とにかく陣地を一歩出たら一つの石ころ、枯れ草の葉っぱにも気をつけて歩かなければいけません。バネ地雷と言ってちょっと触ると爆発するやつがあるし、石地雷といって道の真ん中に石があるのを邪魔だと思って取り除けると、その中に火薬が入っていて炸裂し、大怪我をすることがあります」とのことである。内側の拒馬（きょば）のところにその石地雷の一つが転がしてあるのを見せられたが、一見、何の変哲もない手頃な石塊である。しかし裏返してみると、ちゃんと引き抜き式の信管が附いている。

石を真っ二つに割って中を刳（く）り抜き、普通の地雷を入れてまたセメントで元通りにくっつけたものである。正に新兵器の一つというほかはない。また硫酸地雷というのがあって、これは爆発力は大したことはないが、これを被ると大火傷をするという。名のごとく炸裂と同時に濃硫酸を飛散するのであろう。

陣地は実に立派なものであった。下白泉と上白泉（かみはくせん）の集落の間にある丘の上にドッシリとしたトーチカがあり、四隅に袖トーチカがある。そのうち三つの袖トーチカから地下道を通って行ける三つの独立トーチカがあり、これは遮弾壕の交点にあるので、壕の中は全部縦射することができる。遮断壕も大きくて十分の深さと幅がある。隊長室に伴われて夕食をとった後、色々警備上の引き継ぎを受けた。

敵は戦意旺盛で夜間は殆ど毎晩やってきて陣地下に地雷を敷設する。あまりうるさい時は楼上から重擲で

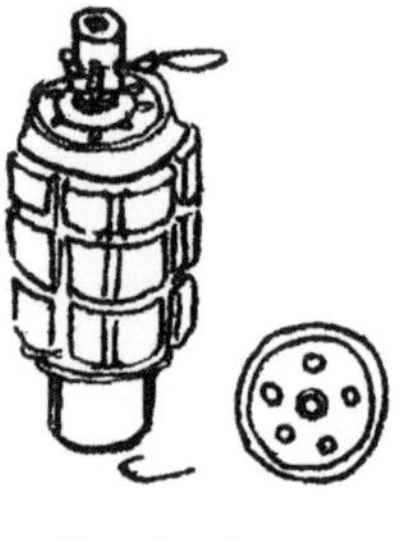

九一式手榴弾

九一式手榴弾を撃って制圧するという。陣地の下に陽泉鉄廠の下白泉事務所があり、終戦前までは鉄廠の日本人と警務団がいたが、今は荒れ果てて誰もいない。そこに元の警務団の石造トーチカがあり、これに敵が侵入して至近距離から狙撃され、つい最近、望楼の立哨者が二名も戦死傷をしているのである。

しかし考えてみれば、なぜまた敵がそんなに近接するまで知らぬ顔をしていたかということは疑問である。聞けば「固」部隊は陣内に蟄居してまったく出撃していないのだ。集落へ水汲みに出る以外、まったく手も足も出さなかったので、おそらく敵になめられてしまったのだろう。これは大いに考えものである。

終戦後の今日、むやみに出撃して怪我をするのも困るが、敵に甘く見られては面白くない。

弾薬はたくさんあった。手榴弾も山ほどある。軽迫榴弾も地雷もある。陣地は申し分なし。早く「固」部隊が帰って小隊全部が揃って暮らしてみたい。夜、衛兵所に下りて暖炉の周りに集まって話す。石炭はやはり無煙炭のすばらしいやつだ。狭い隊長室で黒川中尉と寝る。

4　山中孤城の生活

翌朝正午少し前、ふたたび援護部隊とともに蓬田・村岡分隊到着。八センチ軽迫撃砲も到着した。村岡以下の迫撃砲要員はたった一日で速成教育を受けてきたらしい。斎藤光雄伍長も田名部衛生兵も来た。

伊東中隊長は陽泉赤十字病院に入院されたそうである。西田少尉は忙しいと言って大いにこぼす。これは無理もないところで気の毒ではある。直ちに弾薬その他の引き継ぎ書類を作成して責任転換も終わった。兵が陣地の広場に群がっているところを、遥か遠くの山からピューンと狙撃してきたので中に入れた。

ここの陣地の広場には井戸が一つあるが、小さくて殆ど水がないので、水は集落の井戸から苦力を使って汲み上げるのである。「固」部隊は連絡者が多数来ていて敵襲の顧慮なき場合のみ水汲みを行っているということなので、高橋分隊にやらせてみた。

水甕は炊事場の前に大きなのが十本あまりもあるのだから、よほどのことがなければ一週間の籠城も可能である。入浴場もある。黒川中尉は、水は極度に節約して無駄遣いは一切せず、隊長が自ら範を垂れて食事のときも湯呑一杯の白湯で我慢するという。確かにそれくらいの心構えは大切だ。

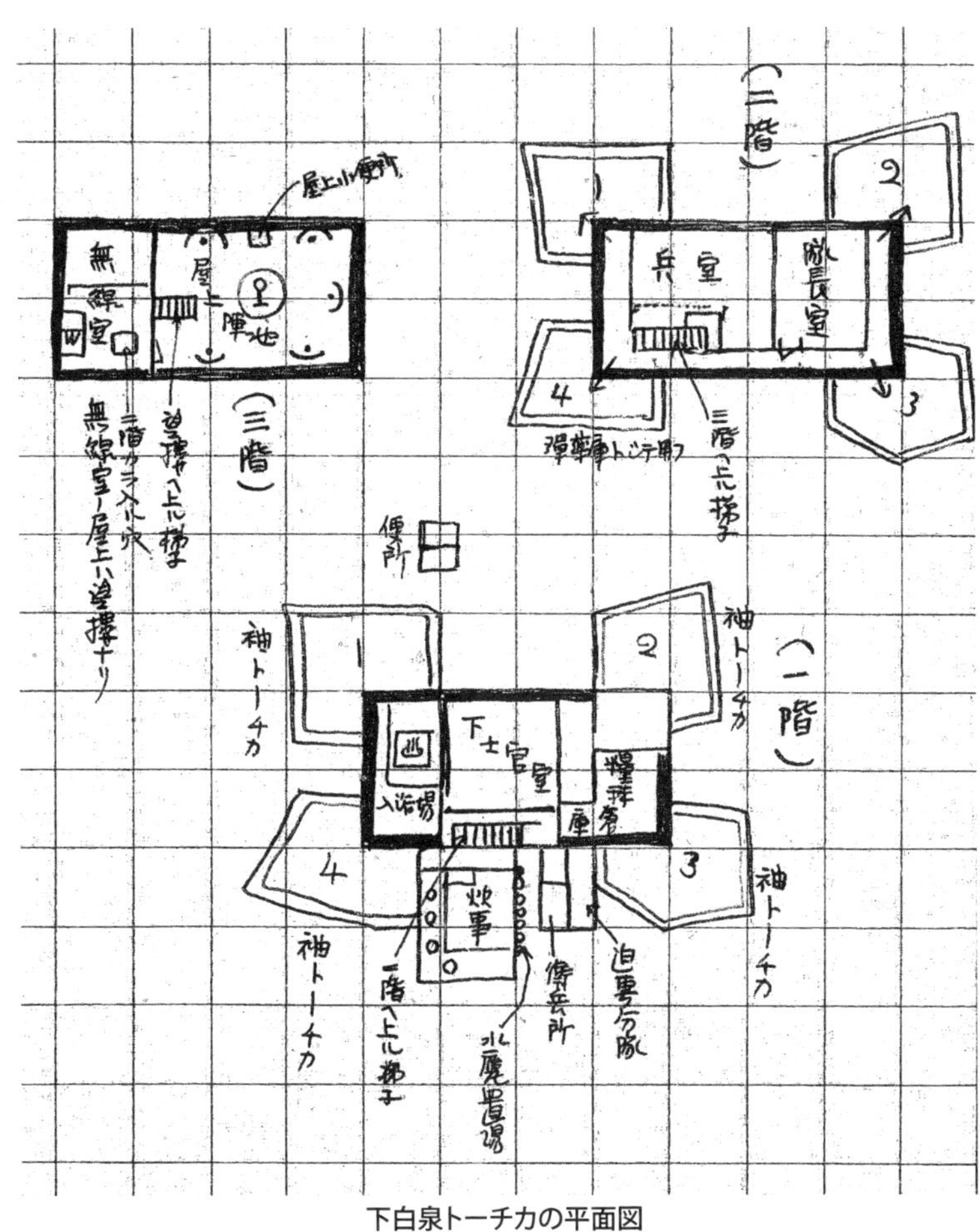

下白泉トーチカの平面図

糧秣もだいぶたくさん申し受けた。食器や他の陣営具も完全である。炊事設備も整っている。

自分は初めて物資購入前渡金というものを隊長から渡されている。これだけの金で半ヵ月を何とかしてやり繰りしなければならない。確か「聯銀券」（中国聯合準備銀行券）五〇〇〇円で半月であったと思う〔編者註：中国中国聯合準備銀行。一九三八年三月一日に中華民国臨時政府の発券銀行として北京に成立。ポツダム宣言受諾により閉鎖〕。

炊事は成田兵長、中津山の他に田名部衛生兵にやらせることにした。衛生兵が炊事とは妙な話だが、彼は銃も持っていないし、またこの頃、彼の世話になるものもあまり出てこないという予想なので炊事係にしたのである。

やがて引き継ぎも終わったので黒川中尉以下「固」部隊および西田小隊は帰っていった。さあ、もう俺たちだけだ。敵情は悪いぞ。久し振りで小隊全部が集まったのでまったく心強い。高橋分隊もやはり帰ってくれば元のままの高橋分隊である。

昼夜間とも長以下六名の分哨を置く。炊事場の向かい側が分哨勤務者待機所である。入口の真正面にある小さい部屋を下士官室とし、二階には大きな兵室があり、隊長室が一隅にあり三階は無線室である。その上に出ると屋上は陣地になっていて、更に無線室の上へ上がると望楼になっている。いわば軍艦の橋楼を石で築きあげたと思えば間違いない。内部は暗くて窓というものは殆どなく、銃眼即ち窓であるから、おそろしく暗く、昼より夜になって灯などをつけたときの方が明るい。

無線班として配属されたのがまた、泉谷兵長以下四名である。自分は泉谷兵長とはよほど縁が深いらしく、河南黄村陣地以来の知り合いで、彼の他に中隊から無線暗号士として勤務に出ている伊藤尚一、更に神一等兵（中隊の神 定夫とは別人）と初年兵一人であった。

〔宿舎の改造〕

一一月だから、もう夜はすごく寒い。このトーチカはまったく山頂に独立して立っているから吹きさらしである。全部が石造で三階建の完全なものだが、見れば越冬の設備は何もしていない。夜、寝てもトーチカ入口や銃眼から吹き込む寒風は、階下から三階まで吹き抜けてとてもたまったものではない。暖炉は衛兵所に一つあるきりで、兵室にも隊長室にも無線室にもない。特に下士官室には入口を出入りするたびに風が吹き込んで大変なのだ。

衛兵所の奥も兵室にはなるが、ただ、割に広いばかりで仕切りがない。これは何とか対策を講じなければ皆、風邪をひいてしまう。兵団司令部よりの命令で在陽泉部隊は一二月にならなければ暖炉の使用はできないことになっているが、ここではそんなことを言ってはいられない。

さっそく下士官たちに諮（はか）ってみた。高橋春治伍長がこの前、水汲みに行ったとき見たら、陣地下にある陽泉鉄廠の出張所には畳や襖、障子、椅子、机、暖炉などが塵を被って荒れ果てたまま残っているという。差し当たって今のところ、それを利用するしか方法がなさそうである。午後から全員、総がかりで宿舎の改造に取りかかった。

「固」部隊に聞いたような敵情は何ひとつ現れない。昼間は危険だからあまり広場に立たぬ方が良いというものも馬鹿げている。弾一発来ないのである。兵を陣地下に降ろすのにはだいぶ用心したが何ら異状は無かった。自分も下へ降りてみた。

元警務団の宿舎であった家の中は、支那人のために散々引っ掻き回されていた。皆が下から運び上げたものは、襖、障子、椅子、暖炉七つばかりなどで薪になるような木材も全部運んだ。皆は大活躍して働いた。下士官室は障子をつけたため完全に独立した立派な部屋になった。衛生所とその奥の兵室との間にも襖をつけた。敷居も取り外して持ってきて取り付けた。二階の兵室にも障子を附けた。暖炉も各室に入れた。

何れも立派な陽泉鉄廠の大きな暖炉であった。

（この宿舎改造は、自分独断でやったことであり、寒いトーチカ生活の改善には大いに効果があったのだが、大隊本部の方では後に問題になったようだ。トーチカは軍のものだが、陽泉鉄廠関連の建物は民間人の所有物であり、今は誰もいないので当然、日本軍がその保管の責を負うはずなのであった。ところが、この建物は一応、陣地の敷地内にあり、しかも住民に荒らされてひどい状態であったので、放置するのももったいないと利用したのである。後に陽泉へ帰ってから、ある夜、自分は江連大尉の部屋に呼ばれた。そこにおそらく鉄廠の社員らしい日本人が一人来ていた。江連大尉は宿舎改造の経緯を細かく聞きただした。どうも自分には、なぜ叱られるのか、さっぱりわからなかったし、江連大尉もあまりきつい追及はしなかった。むしろその鉄廠の社員は、どうせ荒れ果てている施設は軍が大いに利用してくれた方が良いという態度を表明してくれたので、助かったのだと思う。しかし民間財産の保護ということについて、自分が無知であったことを思い知らされた）

さてここで、暖炉を取り付ける段になってハタと当惑することになった。暖炉は立派なのが手に入ったのに、これに使う煙突が少ししかなかったのである。大いに弱ったが、これにはその道の専門家がいて難なく解決してしまったのだ。村岡伍長が糧秣倉庫でゴソゴソ探し物をしていたと思ったら、乾パンの空罐を三つほど見つけてきた。そして、トーチカの目の前の陽当りの良い所で、彼はさっそくトタン屋を開業し始めたのである。彼の入営前の職業はトタン屋なのだ。

自分は彼の仕事を見るのは初めてなので、じっとそこに立ってその仕事ぶりを見ていたのだが、これはすばらしいとまったく感心してしまった。道具もまったくあり合わせの大きな古ぼけた鋏と、手頃な太さの丸太ん棒と四角な棒と机だけである。

彼は古い煙突を一本分解し、乾パンの空罐を広げた上にクルクルッと型をとると鋏で切り抜き、パンパンとやかましい音を立てて平らに伸ばし、それを丸太に当てて叩いている中に、一枚のトタンは見る見るうちに円筒形に曲る。

その縁のところを細かく折り曲げ、両方の縁を折り込んでカンカンと叩くと、これで立派な煙突が出来上がるのである。真っ直ぐなものばかりではない。煙突には曲りの部分が要る。これも鋏を使ってたちまち作り上げてしまった。自分はまったく舌を巻いて驚いた。

彼は一時間とたたぬ間に各室の暖炉に当てる煙突を全部作り上げてしまったのである。そして暖炉の位置の関係も考えて所要の本数を繋ぎ合わせ、曲りを附け、吸い込みまで作って取りつけた。吸い込みとは煙突の先端にあるT字型の部分である。

道具さえあれば、あのクルクル回る風車のついた吸い込みも作れるということである。今はハンダもなければ完全な道具は何ひとつない。しかし彼の特殊技能は十分にその威力を発揮したのである。

しかし何という愉快なことであろう。晩秋というより初冬の澄んだ空気に鮮やかに見える四周の山山。敵が絶えず見守っている盆地中央の小山にある我が陣地の一角から、真昼の静寂を破って、この山村にはかつて響いたこともない奇妙な音が鳴り渡ったのである。タンタンタンタン、パンパンパンパン。

音は四囲の山山に反響して、何一〇倍の数になって再び音源がある我々のところへ帰ってくる。我々を取り巻いている山山から監視していた民兵どもは度胆を抜かれたに違いない。彼らにとって正体不明のやかましい音を発する怪物が現れたのである。彼らはとんでもない新兵器の出現かとびっくりしたに違いない。

パンパン、トントンとおよそ山西省の片隅、八路民兵に取り囲まれた山村には不似合な、日本内地の街角で耳にするトタン屋の騒音が、しばらく周囲の静寂を圧倒したのであった。

彼は中津山に手伝わせて自分が入る小さな隊長室にも小型の暖炉を取り附けてくれた。たった乾パンの空罐三個くらいでこれだけのストーブを生かすことができたのである。無から有を生み出すというか、廃物を更生させるというか、村岡の早業には皆、感心した。更に彼は余っている空罐の切れ端を使って塵取り、石炭投入用の小型シャベル、灰皿を作った。灰皿と灯皿は丸く切ったトタン鈑の縁を細かくひだを付けて波を附け盃状にしただけのものだが、表が金色、裏が銀色の乾パンの空罐で作った皿は、それだけでも結構美しく、このような荒々しい環境の中では藝術品のように光り輝いていた。今更ながら村岡という人間を部下に持った幸福をつくづく感じた。

宿舎は立派に出来上がった。あまり重要でない銃眼には下から持って上がったガラス窓をはめ込んだので、風も入らなくなった。もし敵襲があった場合にはガラスを叩き破って遮二無二撃ちまくるだけである。

衛兵所の奥には村岡分隊の一部と迫撃砲要員を入れ、迫撃分隊と名附けた。二階は他の兵が雑居して気心の合ったもの同士で寝ている。もう分隊という区別は事実上、消滅したも同然だ。小隊の団結をはかるという意味ではこれが一番である。無線班の四名も今は小隊の兵として取り扱う。彼らは三階の無線室に寝起きしているが小隊の兵とはよく往来していた。

糧秣は比較的豊富でもあり、「固」部隊から引き継いだのもたくさんある。中津山や成田兵長の活躍も目覚ましい。いつものように、日課時限表、陣地見取図、地形要図、歩哨守則を作り上げると、ひとまず休む。蓬田軍曹は兵器係、高橋春治伍長には被服と情報係、村岡伍長には糧秣給与係をやらせる。糧秣は割に多量にあるといっても、今度は小隊全部三六名で来ているし、野菜も豊富ではないので村岡の意見具申を採用して二食主義とした。

5　陣地と地形

見れば見るほど立派なトーチカである。これに比べたら河南時代、自分たちが造った黄村陣地などは、まるで子どもの遊びのようなものだ。全部石材で築きあげた三階建のビルディングで、小さい銃眼があるだけだから、平射弾道の野砲弾にも相当に耐えられるのではないだろうか。入口の前にある石塊バリケードの中に混じって、このトーチカ構築の記念碑が転がっていた。それによればこの陣地は昭和一六年、工兵隊の手に成ったらしい。やはり工兵でなければこんな完全なものはできまい。そしてこの陣地の構築にあたっては下白泉、上白泉の村民も大いに協力したらしく、当時の集落の有力者の姓名も刻んであった。

暖炉を入れ、畳を敷き、障子、襖を入れたため居住設備はすごく良くなった。ただ困るのは昼のうちで、中では銃眼から漏れてくる明かりが唯一の照明なのだが、これがまためっぽう暗いのである。夜になって灯を点けて少し明るくなる程度だ。

黒川中尉も言っていたが、確かに一日中、陽の目を拝まずトーチカ内にばかりいたら、体をこわすこと必定である。運動をするのに十分な広場があるのだから、時に体操もやらねばならぬ。幸い敵がいそうな山は何れも陣地から一〇〇〇メートルくらいも離れているので、さほど心配はないが、このトーチカは河の合流点の突角にあるから、実に良い射撃目標である。

交代の少し前も敵の軽迫の射撃を受けたとかで、遮断壕に挟まれたところに破裂孔があった。二階から三階へ梯子を上ると無線室へ出る。扉を開けると二階の屋上に出る。中央に擲弾筒座があり、周囲は肩まで隠れる石の墻壁(しょうへき)があるから実に安全である。更に梯子で無線室の屋上にあがると望楼になっている。

地上から一五メートルくらいあるから敵情監視には絶好で、しかもやはり石の壁で囲まれているから安全である。屋根もついている。その代わり寒風の吹きさらしで、昼間でも立哨者は防寒具全部を着けてまるで雪だるまのような恰好をしている。

眼鏡でひとわたり見廻す。荒寂たる風景だが割に変化に富んでいる。北の方は眼下に上白泉の集落があり、河を隔てて上白泉の分村がある。それより向こうは段々になった黄土の丘で、その稜線上に古い廟の壊れたのと細い楊柳の枯木が二、三本見える。丘の上はどうなっているかわからぬ。

地図で見れば、ずっと高台になっていて多くの集落が点在する。この辺は北合流附近と違って集落が割に多い。また大きな集落も少なくない。だが陣地の遙か西北方には八路の大部隊がいるのだ。これは便衣の民兵ではなくて正規の共産軍である。正太鉄路の奪取を企てているのもこれらの共産軍である。陣地から一本木の台を見通した方向の丘の裏には東梨庄(りしょう)、西梨庄という二つの集落があり、ここには共産軍民兵連(連隊)があり、現在、盛んに新兵教育をやっているとのことである。

東の方を望めば、陣地の少し東で合流した河(今はまったく水はない)が山の間をうねって消えている。この方は河の両岸へ左右から険阻な山が迫って急な崖になっている。その両側の山も高く、黒褐色の岩山である。そのゴツゴツした岩山の、更に遠方に青い空気を通して紫金色に霞む山なみが連なっている。その最も遠くの一番高い山脈の稜線上を萬里の長城が延々と連なり渡っている。山際の美しい澄んだ浅黄色の空の下を走る萬里の長城の美しさはまったく自分の目を楽しませた。

　今まで自分たちは幾度か長城を見たり、その下を列車で通ったりはしたが、毎日その雄大な姿を望み得るところに住んだことはなかったのである。それを眼鏡で仔細に観察し始めると、時間の経つのも忘れるくらいに興味津々たるものがある。

　長城はどんな険阻な急坂も、吹きさらしの山巓も、切れたり省略したりせずにウネウネと連なり渡っている。見ようによっては実に馬鹿らしい工事かも知れぬが、我々日本人にはちょっと真似のできない大事業であったろう。自分たちは河南にいたときよりはよほど、日本に近くはなったけれども、まだ長城線の外にいるのだ。

　まだまだ日本は遠い。娘子関(じょうしかん)を越えてもまだ河北の大平野がある。東支那海がある。いつになったら帰れるのかわかったものではない。ここで呑気に暮らしした方が良さそうだ。

　南の方は陣地のある丘のすぐ下から、下白泉の集落である。比較的大きな富裕そうな集落だ。集落の真ん中を河床が東西に貫いている。これは立派な街道になっていて、支那人や石炭を積んだ驢馬の群れや商人がひっきりなしに通っている。河の南も集落で、その後すぐに比較的急な山が迫っている。

　地図で見ればこの山の南の方も複雑な山地帯で集落は割に少ない。集落からは物売りの声、驢馬の声、鶏の声、子どもの声が静かな空気を震わせて伝わってくる。この附近の住民の原始的な方法で作られる粗製銑鉄は、まずここの下白泉にある陽泉鉄廠の出張所で収買されるのである。

　今でも集落内の広場に四角に積み上げられた銑鉄の山がズラリと並んでいる。また陣地の少し東方には鉄鉱石の集積場があり、何れも鉄錆色の山を作っている。来る途中、各所で見た露出した炭層といい、この豊富な鉄鉱石の山といい、明らかにこの辺は山西省の鉱業中心地であることを思わせる。

　これだけの鉄、石炭が設備の貧弱と輸送力の不備のために利用もされずに眠っているのである。石炭は燃料としてわざわざ陽泉から駄馬に積んで運んできたのだが、ちょっと下の街道へ降りてみると、キラキラ輝く石炭の大塊を積んだ驢馬がいくらでも通るので、好きなだけ買える。陽泉で買うよりよほど安価である。

　西の方は、この陣地が建っている丘がずっと連なっている。黒川中尉はこの方向からの敵襲が最も注意を要すると言ったが、何遮るものなき平坦な麦畑だから、敵だってちょっと寄りつけないと思われる。但し下白泉から上白泉へ抜ける凹道がこの丘を横切っているので、これに遮蔽して近接する敵には警戒を要する。こちらの方も山並みが重なり、来る途中、越えた割に高い黄土山があるのでもちろん、陽泉の方は見えない。鬼武山も見えない。ただ陽泉南方に連なる高い山脈だけが見える。

どちらを向いても山並みに取り囲まれた細長い盆地の真ん中に我々はいるのだ。これこそ本当の敵中である。ここと陽泉との間の集落にはいつも敵がウヨウヨいる。我々が通過したり、中隊長以下が負傷した集落などは最も危険な所であったのだ。陽泉を離れること三里、今から考えると黄村と大営の距離など、お話にならぬくらい近いものであった。

それでも陣地がこれだけ完備しているから、それほど心配することもないのだ。自分はこのトーチカを軍艦の檣楼に例えたが、正にその通りだと思う。割に薄暗く、換気の悪いトーチカ内での生活は軍艦生活である。

上下の交通は急な梯子でおこなう。水は航海中の船と同じくらい大切にしなければならない。四つの袖トーチカと三個の独立したトーチカは軍艦の砲廊や砲塔である。三つの独立トーチカの間を連ねる、幅広く深い遮断壕に区切られた三角形の広場は甲板だ。望楼には監視兵を立てているし、無線アンテナが二本立っているのはマストである。

陣外との交通は撥ね釣瓶式の吊橋でおこなうが、これは軍艦の舷梯にも当たるであろう。衛兵所の前、正面入口の横には八センチ軽迫が天幕を被ってドッシリと座っている。河南にいたときでも、こんなに優良装備を持ったことはない。正に軍艦の艦長だ。

自分の部屋は二階の東北隅にあった。畳四畳敷くらいの小さな部屋で、小さな明かり取りの窓が三つあった。自分の部屋の三方が袖トーチカへ入るための通路になっているため、石の壁は二重になっている。だからその通路を斜めに貫いて木製の四角い筒が通り、それが窓の役目をする。内側にガラスがはめてあって開閉できる。

何れにしても煙突の底から外を眺めるようなものだから、東西に向いた二つの窓から午前と午後のごく短時間、直射日光が入るだけで、真っ昼間といえども夕方の暗さである。外から入ってくると足下や部屋の隅にあるものがしばらく見えないくらいだ。

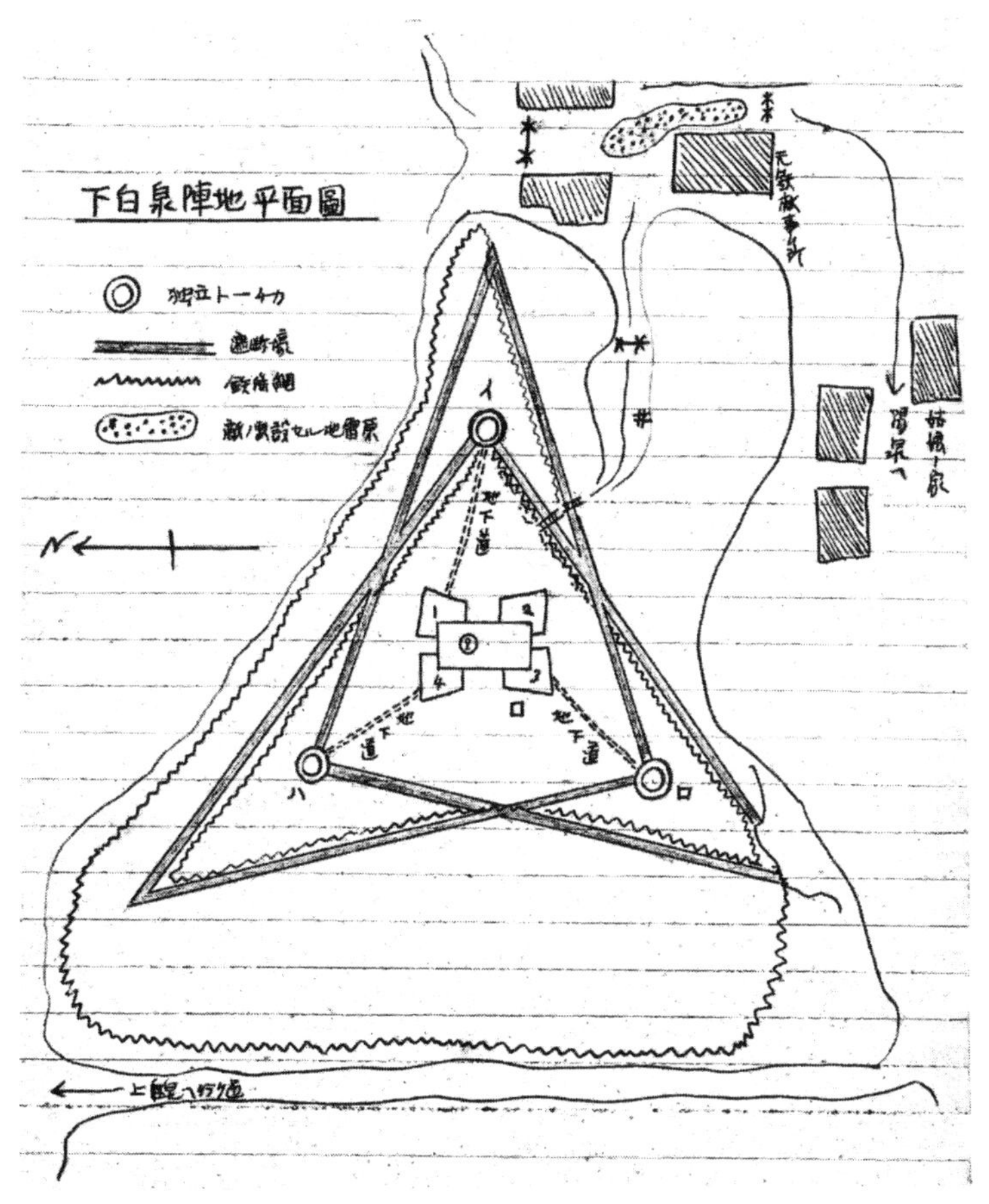

下白泉陣地平面図

中学一年生の時、父に連れられて大阪湾でおこなわれた海軍大演習観艦式を見に行き、連合艦隊旗艦「長門」で司令長官高橋三吉大将の寝室を覗いたことがある。それが自分の部屋と似ていた。悪く言えば監獄の独房である。黒川中尉は殆ど何も残して行かなかったが、漆塗りの机、椅子各一脚、本立て、大きな鏡、刀立て、そして地図があった。

自分はまだ私物というものを持ったことがない。行軍当時そのままである。何もなければないで結構、暮らせるものだ。官給品で十分である。図嚢すらなくしてしまったが、それほど不便も感じない。ここに入れた暖炉はごく小型のものであったが、優秀な極上無煙炭が真っ赤に灼熱してくると暑くてやりきれなかった。外は寒風が轟々と吹き荒んでいるのに、中では上半身裸体になって汗をかくことが多かった。

燈用として石油をたくさん受領してきたのだが、肝心のランプがないので、これも村岡伍長が工夫して携帯燃料の空罐を利用して何とか使えるランプを作ってくれた。しかしホヤがないので、かなりの煤が出るのは仕方なかった。

自分は北合流にいたときから、北合流駅の小荷物事務用紙を厚く綴じたものを使って、毎日克明に日記を附けている。毎日、暇を持て余していたので、河南当時や行軍のときの思い出を丹念に書き留めていた。ここでも他に楽しみがないものだから、夜になって皆が寝静まってから心細い石油の灯を頼りにコツコツととりとめもないことを書き連ねた。

これが唯一の楽しみであった。北合流時代から行軍途中や河南時代には思いもよらなかった自然観察ということにも着手した。自分が今まで見てきた動植物の名前を思い出して書き連ねてみたりした。また、下の鉄廠事務所あとの埃の中から拾ってきたノートに、「自然科学随筆」というのを書き始めた。これは我ながら面白いと思った。学校を出てから今に至るまで忘れていたことどもを頭の隅の方から引っ張り出しては、自分の周囲に起こる自然現象を科学的に説明してみようとしたのである。

また小隊の下士官兵一人一人について、人物評論も試みた。壁ひと重隔てた隣は兵室である。兵が話していることは手に取るように聞こえる。皆が起きている時も面白いが眠っている時の方がなお更、面白かった。すごい鼾をかくもの、寝言を言うものもある。中には聞いている自分の方が赤面するような、怪しげな寝言をいう奴もいた。

6 冬の夜話

夜は大概、衛兵所へ行って話し込んだ。この頃は皆が進級したので衛兵司令要員ばかりが多くなり、歩哨にできるものが少なくなってきたので斉藤伍長の勤務割りも苦心することが多い。高橋、秋川、鈴木、佐々木、斉藤、平山、工藤の各兵長、伴上等兵が司令である。衛兵所には大型暖炉がものすごい勢いで燃えている。

衛兵は徹夜で起きているのだから、話し相手としては適当である。ここで自分は、今まであまりゆっくり話す機会のなかった兵と心ゆくまで話したのであった。丘の頂に孤立するトーチカを揺するように唸りを生じて吹き荒ぶ風の音を聞きながら、熱い茶をすすって話す時の楽しさはまた格別である。

高橋敬治兵長とは河南黄村陣地でよく一緒に出撃したものだが、それほど打ち解けて話し合ったことはなかった。彼は話せば話すほど立派な男であった。四年兵であるが、ひとつも軍隊生活による悪ずれをしていない。生まれながらのお百姓である。

彼が初年兵の頃はおそらく死んだ高橋　進のような兵であったに違いない。高橋　進が四年兵になれば、おそらく高橋兵長のような、あるいはもっと立派な兵になったであろう。彼は殊のほか河南黄村の生活を懐かしがっていた。そういえば本当にあの当時、最初から最後まで自分と共に出撃したり陣地構築をやったりして活躍したのは、今、小隊に残っているものの中では彼一人なのだから。

鈴木兵長と話すのは愉快である。彼は旋盤工だから工作機械や工場生活の面白さを聞かせてくれた。銃の遊底を分解して、最初鋳型から出された鉄片が完全な部品になる過程を教えてくれたりした。この部分はフライス盤、ここは中ぐり盤、ここはターレット旋盤といった調子である。

平山兵長は鋳物工であった。複雑な形の鋳物がどうして作られるかなどということは初めて彼に教えられた。熔接に関することも彼の専門である。

工藤兵長は北海道空知（そらち）炭坑の保安員であった。彼の話が最も興味があったと思う。保安員という役目は炭坑での花形役者である。彼らは理研ガス爆破探知機という精密な器械を使って坑内各所のメタンガス濃度を測定し、作業員の窒息、ガス爆発の危険を防止するのが任務である。保安員は皆、彼ぐらいの青少年がやるのだそうである。

ちょうど海底に潜る海女のように長い間、呼吸を止めてガス内に活躍しなければならないので、肺と心臓の強い若者でなくては務まらないのだ。その他、石炭掘りの方法や、恐ろしいガス噴出、炭坑作業員の生活などの話も聞いた。

彼の話によると、世の中で炭坑作業員ほど安楽で整然とした生活を享楽している人間はないということになりそうだ。彼は独学で専検（専門学校入学資格検定試験）を受けたことがあるほどの努力家である。内地へ帰っても炭坑などで働かせるのには惜しいような男だ。結局、彼の話によれば炭坑作業員といえば、世間では無秩序な荒くれ男を想像してしまうが、それはまったく昔の話で今の炭坑作業員というのは最も知識の優れた、また最も進歩した生活を営んでいる人たちであるということになる。

完備した組合組織も注目すべきものである。また、石炭山といえば、すぐにガス爆発とか落盤などの大事故を連想するものだが、これも現代最新の科学知識を応用した今の炭坑では、殆ど懼(おそ)るるに足りぬと言う。工藤が物心づいてから、空知炭坑ではガス爆発、落盤などの不祥事は聞いたことがないそうである。

平山と工藤は、よく補充兵教育中の思い出話をした。平山が牛の脚の骨をガタガタ言わせた子犬を敵襲と勘違いして、折から大便中であったため、軍袴も袴下も褌もそのままで青くなって衛兵所へ飛び込んできたことはいつまでも愉快な思い出であり、平山はその話が出るたびに鼻の頭に汗をかいて弁解しなければならなかった。

伴上等兵は最初大営で一時、自分の部下になったことがある。女性関係のことで失敗があり入倉した経験のある困った男だが、話してみればやはり面白い男だ。彼は東京で温室草花栽培をやっていたのだった。

自分はここで再び復帰した高橋分隊の兵について語らねばならぬ。高橋分隊は今のところ分隊として最もよくまとまっている。兵長ばかり、あまり多くなったので鎌田健龍兵長が西田小隊に取られてしまったのは、いかにも残念であった。

分隊長高橋春治伍長。秋田縣出身。裕福な農家の息子。二六歳で白豚のように丸々と肥っている。黄村陣地で前半大活躍したが、途中で大営北門に移った。四年兵では最も優秀な男である。分隊長としての統率能力も、あるいは村岡よりも優れているかも知れぬ。やることは地味だが確実である。

伴 資光上等兵。補充の五年兵。表立ったことはあまりやらせられないような兵である。五年兵といえば軍隊ではすでに神様である。だが彼は五年兵としての覇気もなく体も弱く、お話にならない。人間としてはそれほど悪くはない。茨城縣の出身。

高橋敬治兵長。現役四年兵。秋田縣出身。農村の模範青年。彼についてはしばしば述べたから省略する。ただ、自分の最も大切な部下であり、高橋分隊の原動力であることだけ付け加えておく。

神 定雄上等兵。青森縣出身の二年兵。パッとしない存在だが、高橋分隊における彼の地位は重要だ。初年兵のよき指導者であるとともに、自らも骨身を惜しまずに働いてくれる。高橋兵長の弾薬手。この高橋・神の組み合わせは、河南黄村以来のものだから、よくも続いたものである。

伊藤陸夫兵長。幹部候補生であったが、八月二〇日附で幹候を免ぜられ、兵長になった。兵長としての実力は元よりないが、彼はその同年兵の中では体力が優れ、一般兵と共に働けた。彼は入営前、軍属として中支方面にいたことがあるので支那語が達者で、時には通訳もできた。撤退行軍途中、例の豪雨の晩、汾河に転落して自分たちの肝を冷やし、萬死に一生を得て今まで生きている男である。島根縣出身。

平山 信兵長。二年兵の下士官候補者。自分が補充兵教育をやった時の助手。美声の持ち主。彼の頭の頂には中折帽のようにタテ溝があるのは奇観である。二一歳の少年。小隊内でも彼が最もいたずら盛りであると共に、またよく働いてくれる。平山は二年兵の中では序列第一であるが、一見、大人しい兵であった。兵隊としては最も理想的な人間であったと思う。

松橋幸一一等兵。岩手縣出身。彼の家庭ではすでに父は亡く、母も体が弱く、弟妹が多く困難な状況にある。彼はそのことを非常に心配している。大人しくよく働いてくれる兵だが、いつも心配そうな顔をしているので可哀想であった。長男なるものの悩みとはこんなところにあるのかも知れない。どこにいても気のつくことだが、自分より年下のものでも長男というものは、やはりどこか違ったところがあるようだ。自分のような三男坊のしかも末っ子は、どんな立派な地位に就こうが、偉そうな顔をしようが、どこか一本抜けているように見える。松橋が朗らかな顔をしていなければ自分も憂鬱であった。

石井久四郎一等兵。補充の二年兵で秋田縣出身。秋田縣人に似合わぬ鈍重な男。礼儀正しく威厳があって、古武士の風格を具えている。彼の職業は巡査。道理で威厳があると思った。しかしどうも彼の巡査では泥棒を捕えることはできまい。犯人逮捕の話を聞いた覚えがまったくないところを見ると、一度もその経験がないのかも知れない。しかし彼の人間の良さは誰にでも親しみを感じさせる。東北の片田舎の派出所に勤務する警官には適しているであろう。最も民衆に近づきやすい、子どもに好かれそうなお巡りさんである。

粟野久栄上等兵。補充の三年兵。彼は転進行軍まではずっと事務室勤務ばかりやらされ、小隊に入ったことはなかった兵である。分隊で勤務する兵としては決して優秀ではないが、彼は小隊へ来たことを非常に喜んでいたから、自分にとってもこれに越したことはないわけである。

「固」部隊は我々に犬を一匹残して行った。「固」部隊がここに来た時、やはりその前にいた部隊から引き継がれたもので、ここの陣地には何年住んでいるのかわからない大先輩である。大きな真っ黒な毛がビロードのように輝く美しい犬だ。

長らく兵隊と一緒に警戒勤務に就いていたのだから、自分の任務をちゃんと弁(わきま)えている。夜は望楼に歩哨がいるほかにトーチカの周囲を銃前哨が一人、動哨することになっている。犬はいつも衛兵所の中にいるか、またはその附近に待機していて、銃前哨が立つ頃になると外に出て歩哨の傍にすわって四方八方に目を配り、耳をピクピクさせながら警戒する。夜間、銃声がしたり陣地附近に何か近づく気配があるとすぐに唸り出す。歩哨は実に心強いのである。

一ヵ月の生活だから、やはり副食物の入手には相当頭を使わねばならぬ。「固」部隊は、主食はだいぶ残して行ったが副食は海藻や調味料、干物若干のほか、野菜は少なかった。南瓜は相当蓄えてあった。

村岡が一度、糧秣倉庫をみてくださいと言うので、灯を点けて入ってみた。米も白麺もたくさんあったが、小隊の人員も元通り多くなったので糧秣の消費も大したものである。何れにしても野菜、特に新鮮な青物の入手が目下の急務であった。ただ主食もそれほど豊富なわけではないから、何とか手段を講じる必要がある。

もちろん出撃だ。だが、ここでは出撃もよほど慎重にやらなければならない。地形は非常に複雑であり敵はたえず身辺にいる。また復員も近いと思われる我々の中から一人たりとも犠牲者を出してはならぬ。これが最も大切である。

出撃するとしても下白泉、上白泉の二村は直接、我々との関係も深く、将来も密接に協力せねばならぬ村である。これらの村の住民は代々日本軍に協力しているし、日本軍に守られてもいる。いわばここの城の城下町である。どんな場合でもこの二村は我々の味方にしておかねばならぬ。これらの集落からは絶対反感を買ってはならないのだ。

これ以外の集落はすべて八路集落と見て差し支えない。事実、この附近の村民は、一度は共産軍民兵として教育を受けたはずであり、今もなお、共産軍と気脈を通じているのだ。物資の徴発をやるならまずこのような集落からおこなうべきである。もちろん金は十分支払ってやる。どこまでも掠奪であってはならない。

小手調べに上白泉の集落に出てみた。それほど豊かな集落ではなかった。廟が村公所になっていた。やはり廟の柱や壁にところ嫌わず八路の宣伝文が書いてある。これに心を惑わされるものがあるのだろうか。もしあるとすれば、よほど馬鹿な奴に違いない。南瓜、粟、白菜、鶏などを若干買い込んで帰った。

ここは山間の盆地だが、もうまったく冬景色である。木の葉は全部落ちてしまい、集落を囲む林も寒々と枯枝を露出している。日中でも日陰に入るとゾクゾクするほど寒い。

陣地から集落を見下ろすと、あらゆる騒音が澄んだ空気を通して聞こえてくる。魂に染み通るほど静かである。集落から伝わってくる声のなかでは驢馬の鳴き声、子どもの声とともに女の叫び声が最もやかましい。

銃声は常に四方八方で聞こえる。どこで何が何を撃っているのか知らぬが、とにかくあるものが銃を撃っていることは確かである。北合流にいる時には、あまりにも銃声一発聞こえないので刺激がなくて困ったが、ここではちょうどよい程度に神経を擽(くすぐ)ってくれる。

時々、手榴弾音もした。また夜は一晩中、四方の山で「オーイ、オーイ」と叫ぶ声がする。自分たちの陣地周囲を取り囲む山山の稜線上、いたるところに我々の行動を四六時中監視する共産軍の分哨が数限りなくあるのだ。そのうちのあるものは望楼から眼鏡で観察することができる。

北方一本木の台上と廟の台上、南方山頂を越える山道には、粗末な高粱殻の風除けを作って、常に五、六名の民兵が屯(たむ)ろしている。銃を持っているのもよく見える。夜は焚火を赤々と燃やしている。あんな山頂の吹きさらしでは、とてもやりきれないだろう。

我々を監視する敵ではあるが、まったくご苦労千万で、可哀想にさえ思った。なぜ彼らは寒い思いをして自分たちを見張らねばならぬのだろう。我々だってそれほど無闇に彼らを攻撃することはないのである。今は自衛以外、戦闘する必要はないのだから。彼らは共産軍の宣伝に踊らされて我々に刃向かう敵愾(てきがい)心を燃やしているのに違いない。共産軍の背後にある赤色ソ連の魔手に気付かず、無闇矢鱈に日本軍を攻撃するのである。そうすることが最も彼ら自身の幸福を増す手段と思い込んでいるのかも知れぬ。

昼の間はそれらの分哨は四ヵ所くらいしか見えないが、夜間は更に増加されるらしい。そして絶えず互いに呼び合って連絡している。その声が「オーイ、オーイ」と泣くような喚(わめ)くような悲しい声になって聞こえてくるのだ。
敵分哨がいる山と自分たちの陣地とは一〇〇〇メートルくらいも離れているし、小銃で狙撃したところで命中弾を得ることは難しい。撃つだけ無駄である。それでも時々、弾が来た。こちらからも一本木の敵分哨を狙撃させた。売られた喧嘩は買わなければ馬鹿にされるからである。

眼鏡で見ると敵も油断して掩体から出て日向に向かって座っている。煙草を喫(の)んでいるらしい。

「オイ、撃ってみろ」というと、歩哨は狙い定めて「パーン」とぶっ放す。痛いような銃声が凍った空気を破って山に反響する。黒犬が躍り上がって吠え立てる。眼鏡で見ると弾着は見えないが、座って陽の暖かさを楽しんでいた敵の一人が、びっくりして掩体に飛び込んだ。他の奴と話している。

眼鏡で見ると話し声も聞こえそうなくらいまで近く見えるのだが、パクパクと口が動くばかりで、まるでサイレント映画の一コマを見るようである。

遠くに望む万里の長城の美しさだけは何と形容してよいか自分は知らぬ。また、それと共に輝く山と空の美しさも今まで経験しなかったものである。ただ、その山の彼方に祖国日本があるという儚(はかな)い憧れのためではない。まことに自分の存在も忘れて見つめるほど清浄無垢な山と空の色であった。

我々は敗戦国の軍隊である。今は囚われの身である。だが自分たちにはその悲惨な事実がどうもピンと来ないのである。我々は以前と変わりなく、むしろ前よりも更に強大な装備を持ってこの山中の孤城を守っている。そのくせ、いつかは憧れの復員船に乗り込んで、緑滴(したた)る日本へ帰れるような気もするのである。

兵は意外に朗らかである。自分も何だか知らぬが憂鬱な気持ちから抜け出してしまって、復員というようなことを頭に描くようになっていた。

7　復員の夢

外は轟々と唸りを生ずる寒風が吹き荒び、凄惨な落日の残光が空を彩るとき、衛兵所の中には大型暖炉が横腹を灼熱して燃え盛っていた。熱い茶を啜りながら復員の話。

誰も彼も復員船に乗り込むときの話をするが、そこに至るまでに遭遇するであろうと思われる種々の危険や苦難については考えてみようともしないのである。河北地区に入れば、もう我々を保護してくれる閻錫山の治下ではない。強制労働、掠奪など、我々に加えられるであろう精神的肉体的の苦痛のほどは想像もつかない。だが兵隊の考え方はまことに単純なものだ。まあ復員船が大陸を離れ、あるいは祖国日本の島影が水平線上に現れる瞬間を夢に描いてはしゃぎまわっているのである。

自分は何だか空恐ろしくなった。彼らはもう当然、楽々と日本へ帰れるものと思い込んでいるのだ。途中の危険など話しても耳を籍さない。もしこれで何かの都合で帰れなくなってしまったり、一部のもののみ大陸に残留を命ぜられたりしたらどうなるのだろう。

絶対自分は彼らの中から犠牲者を出してはならない。一人といえども傷つけてはならない。兵隊は何も知らずに楽しい夢を見ているが、自分には身を切られるような辛さがあった。すでに当時、一部の技術者が山西に残留を命ぜられるであろうという風説があったからである。

陽泉に来てからどこから流行してきたのか、「祖国一路」という歌がはやりだした。復員船を夢見る兵隊にはすばらしく受けが良くて、どこでも唄われたものである(復員後、村岡伍長に聞いて初めてわかったのだが、これは中隊から通信班に暗号手として勤務に出ている伊藤尚一の作詞作曲になるもので、更に本人に手紙で確かめ、そのことを確認した。当時、下白泉陣地に伊藤は来ていたのだから、自分はその流行の源にいたのである。通信班はもとより、一中隊でも大流行し、しまいには他中隊や他部隊の将兵までも唄ったようである。無名の作詞者・伊藤尚一の歌が陽泉にある軍人、民間人のあいだで大きな反響を巻き起こした)。

彼らはよくこの歌を唄った。夕食後、隣の兵室では兵が暖炉を囲んでよくこの歌を合唱した。平山の声が特に美しかった。自分はじっと目を瞑って聞いていた。繰り返し、繰り返し彼らはこの歌を唄った。すでに心は東支那海の上を走っているのであろう。自分もいつの間にかつり込まれて小声で唄っていた。

煙草を持って兵室に行ってみると、彼らは肩を組んで赤々と燃える暖炉に顔を火照らせて一生懸命、唄っていた。自分もその群に入った。

「隊長殿、いつ帰れるでしょう」

また出るのは復員の話だ。これにはいつも返答に困った。自分のような新品少尉に軍上層部の復員計画がわかるものか。

「まあ、ここでのんびり正月をしてから帰ろうじゃないか」と言うと、彼らは機嫌が悪いのである。

しかし自分にもわからぬことをうっかり軽々しく言えたものではない。彼らがこれほどまでに、ただ家に帰ることのみを楽しみにしているということは、この際、自分にとっては有り難かった。

「お前たち、そんなに帰りたいのなら、絶対つまらぬことで死んだり負傷したりするなよ。今死んでも誰も有り難がってくれるものはないんだぜ」と言うと、素直に頷くのだった。

他中隊ではどうも最近、軍紀が紊乱しがちで、種々の事故を起こしているらしいが、少なくともここにおいては皆、つまらぬことで死んだり事故を起こしたりせぬよう、各自で自重してくれたのであった。日々の生活が多少不便でも、危険と思われる出撃や陣外行動はやらなかった。ただ全員が無事に復員すること。これだけが目下最大の目標であり、我々の究極の任務でもある。

8　孤城の一日

まったくここでの生活は単調である。朝は七時頃でなければ夜が明けない。夜が空けてもトーチカのなかは真っ暗である。二食主義だから一〇時頃の朝食だ。それまでは炊事勤務者以外、起きる必要はないから朝食準備が完了するまで皆、寝かせている。

九時頃起きる。朝食する。三日に一度は水汲みをやる。これは兵を集落に下ろして村公所に交渉し、苦力に水を運ばせるのだが、もし謀略にかかって水の中に毒物などを投げ込まれては大変だから十分に監視する。水汲み中は南方山地の中腹に警戒兵を上げる。

「固」部隊がいた頃は水汲み中、よく一本木の台上から敵が妨害したそうだが、自分たちが来てからは一度も妨害されたことはない。水汲みをやった翌日は風呂を沸かす。風呂場もトーチカ内の一隅に造った立派なものであった。

相も変わらず中津山は今でも背中を流してくれる。彼はこれで河南以来、半年以上も自分の背を流し続けているから背中に手を触れただけで自分の健康状態がわかるらしいのである。

「隊長殿、肥りましたね」と言う。そういえば行軍途中と北合流でゲッソリ痩せた体も、近ごろの良好な給与でだいぶ肉がついてきたらしい。

洗いたての襦袢、袴下に着替えて寒風に吹かれるのは、実に良い気持ちである。部屋へ帰ると先回りした中津山が暖炉の灰を落として石炭を入れている。ゴーゴーと凄まじい勢いで燃え出した。実に良い気持ちだ。西側に向いた小窓から、細い日光の束が真っ直ぐに差し込んで、そこだけ埃がキラキラ光りながら舞っている。

　窓から見える空は瑞々しい青さである。狭い部屋の中では中津山の偉大な体格は活動に不便だ。時々とんでもない失敗をやることもあるが、最初、原店で自分の当番になって以来、変わらざる彼の誠心はまったく有り難いものである。これから先、自分たちの運命はどうなるのか知らないが、中津山だけは離したくない。こんな立派な当番を持った将校はあまりないだろうと思う。

　伊東隊長の当番、伊藤伝治もついに両目を失明してしまった。良い当番だったが後送は免れないだろう。

　中津山という人間は、どこまでも広い畑の中で活躍するようにできているのだと思う。すべての動作が広漠たる原野に適しているのである。狭い部屋で敏活に立ち回る彼の肘や尻がゴツンゴツンと机や棚にぶつかり、今にもランプや鏡がひっくり返りはせぬかと思われる。梯子などを踏み折られると大損害である。来年は彼も二〇歳になる。今は殊勝にも煙草も酒も飲むのを控えているのだ。

　一七時頃夕食。一八時、分哨交代。二〇時から銃前哨が立つ。村岡の活躍で毎晩小夜食が給与される。二食主義と言っているが事実上、三食なのである。しかし思いがけぬ夜中に、小夜食が出てくるということは自分だって思わず「しめたっ」と思うくらいだから、兵隊が喜ぶのは当然である。以後は寝るも話すも勝手なのだが、まだ時間はやっと二一時頃である。もう陽はとっぷり暮れている。長い長い夜である。

　二重になった遮断壕にかけた吊り橋も上げてしまってあるし、銃前哨や分哨も警戒しているのだから絶対心配はない。だが眠れない。朝九時頃まで朝寝するからとても眠れないのである。といって、この山中の孤城で毎日同じ顔ばかり見て、同じような話をしていて何の楽しみがある。如何ともし難い退屈が皆を苦しめた。

　少しばかり読んだ本もたちまち読み尽した。三六名が代わる代わる、それこそボロボロになるまで読んだのであった。

　一部のものはボール紙と板で将棋盤と碁盤を作った。これはだいぶ慰みになった。五目並べと将棋が大流行りである。自分もやってみたがあまり勝ち目はなかった。工藤兵長は強かった。またやり方も正々堂々として見事である。自分がいくらがんばってもたちまち飛車角金銀が奪い取られ、反対に自分を攻撃してくるので連戦連敗である。

無線の伊藤尚一も強かった。工藤と五分五分くらいかも知れぬ。その他、佐々木兵長、鈴木茂次郎兵長、高橋敬治兵長、伴上等兵、石井一等兵もよくやっていた。工藤は衛兵服務中、退屈しのぎに板を切って立派な駒を作り、灼け火箸で字を掘りつけた。二階では毎晩、高橋兵長と伴上等兵が遅くまで暗い灯を中にしてやっていた。

高橋兵長のやり方は馬鹿にそそっかしいように見えるが、駒の動かし方は案外正確で、疾風迅雷のように勝負をつけるようである。他の楽しみといっては歌を唄うくらいのものである。その歌も同じものばかりで、一向、新しいのが出てこない。

下士官室へ行ったら、村岡が小さい手帳に流行歌をたくさん書いたのを持っていた。その手帳から出た歌がしばらくよく唄われた。自分は元来、流行歌は嫌いだったのだが、ここでは何だか知らないが流行歌というものを見直すようになった。それも一度の流行歌手が身振りよろしく喉を震わせて唄うのと違って、兵隊が肩を組んで暖炉の周りで合唱する歌が堪らなく好きになったのである。

最もよく唄われたのは何といっても「祖国一路」である。その他、「ラバウル小唄」「軍事郵便」「月下の歩哨線」「梅と兵隊」「上海航路」等々であった。唄うことが最も上手いのは無線暗号手の伊藤尚一である。これは殆ど本職だ。一般的に言ってただの歩兵と違い、無線の兵隊は音感が発達しているとでもいうのか、皆歌が上手かった。三階の無線室からは常に嫋々(じょうじょう)たる歌謡曲が流れ出していた。

だが惜しいことに、どれもこれもズーズー弁なのである。しかし自分は長らく彼らの中で生活し、彼らの歌を聴いているうちに、これが普通なのだと思うようになってしまった。

東北人は他の地方のものに比べてよほど歌が好きであるように見える。また、実際上手でもある。こんなに民謡が数多く発達している地方も少ないのではないか。よく聞くのは「秋田おばこ」を筆頭に、「追分け」「たんと節」などで、ひとつひとつ覚えてはいない。

津軽地方に最も多く民謡があるらしい。そしてまた最もわかりにくい言葉であって、自分たちが聞いてもその内容はさっぱりわからないのである。

9 軽迫

今ここにある軽迫撃砲は、銃砲隊のものだが、村岡が陽泉を出発するとき、銃砲隊の近藤准尉は二、三発試験射撃をやれと言ったそうだ。村岡が「隊長殿、三発くらい撃ってみましょう」というので試射することにした。

この軽迫はどうも日本製ではない。フランス製かあるいは脚の辺りの金属があまり良質でないところからみて支那製かとも思われる。口径は八センチ、砲身長は一・五メートルくらいである。弾薬には太原造兵廠で造った日本製の四枚翅(ばね)のものと、支那製六枚翅のものとがあり、装薬も違うので実際、撃ってみなければどれくらい飛ぶものかわからない。また村岡以下、迫撃砲要員の腕前も見たい。

この迫撃砲には本来、砲身の上に高低分割盤がつくはずで、そのための金具もついているのだが、どうしたわけかそれを貰ってきていないので、村岡がボール紙を切り抜いて目盛を入れ、垂球をつけて実にインチキな分割盤を作ってつけたのである。これで目標に当たるだろうか。

装薬にしても日本製のは楕円形の青と赤の紙包に入っているが、支那製のは白い絹袋に入った黒色薬のものと、赤い絹袋に入った粒状黄色薬のもの二種類があり、果して村岡など装薬の使用区分を確実に知っているのかどうか甚だ危ないものである。

迫撃分隊の連中は大いに張り切って砲を担ぎ出した。砲床準備が終わって砲を据える。目標は例の一本木。これを飛び越えれば東梨庄か西梨庄へ落ちるだろうというわけである。村岡は得意になって垂球を見ながら照準線を決定する。榴弾に信管が装着された。自分には何もわからないが、適当に装薬を着けている。

まず一発発射。村岡は慎重に弾体を握り、砲口に嵌(は)め込み、スポンと押し込んで体を屈めた。「ズバーン」。耳がガーンと鳴るようなすばらしい音と共に、尻尾のある弾はシューッと青空を截(き)って飛んで行く。河南では敵から散々、迫を浴びせられて胆を冷やしたが、今度は敵の奴が首を縮めているだろう。

眼鏡で弾着点を探す。何秒くらい待ったか「ズズズズズシーン」と重苦しい着弾音が空気を揺すって聞こえてきた。どうやら山の向こう側へ飛んでしまったらしい。これでは方向修正すらできぬ。今度は装薬を減らして撃つ。

「ズバーン、シュルシュルシュル……。ダーン、ザザーッ」

いや、今度は近過ぎた。どうしたはずみか、弾は僅かしか飛ばず、あまり遠くない河原の中へ落ちてしまった。あまり近いので自分たちも胆をつぶした。

もう一発。今度はまた装薬を増す。

「ガーン」

耳を引っ叩(はた)かれるような音がして、黒い弾はみるみるうちに青空の彼方に消えていった。

「ゴゴゴゴーッ」

どこだどこだ。あちこち見廻したが弾着は見えぬ。また山を越えてしまったのだ。

どうも村岡の手並みはあまり感心ができない。迫の威力は大したものだが、これではいささか宝の持ち腐れである。まあ、僅か一日だけの促成教育では無理もないと言ってしまえばそれまでだが、自分たち一般歩兵が迫撃砲を撃つのは身分不相応だというものだろう。まるで案山子(かかし)のようなものだ。しかし、やみくもにしろ迫撃砲榴弾が飛んだのだから敵の奴は驚いたことだろう。宣伝的効果は相当あったと思う。

やはり自分たちには八九式重擲が手頃である。最高六七〇メートルしか飛ばぬけれども、重擲榴弾の威力は軽迫弾に匹敵する。我々の単純な頭には四五度の定射角射撃がよい。装薬の改装などという、うるさいことは駄目なのだ。結局この軽迫は威嚇用にはなるが、実際はあまり頼みにならぬ代物だということがわかったのである。もっと何発も撃ってみて弾着を調べたら、照準の要領もわかるかも知れないが、今のところそれほど弾も多くないのでそれもできない。

彼らは射撃後の手入れをおこなった。大きな手入棒に布をつけて腔中を磨く。見るからに簡単な兵器で、まるで花火筒のようである。砲口を覗いてみても腔桟(こうせん)もなくてのっぺらぼうであり、底部に撃針が固定されているだけである。しかし、この簡単な兵器も長い年月を費やして射撃教育を受ければ百発百中の成果が得られるのだ。迫撃砲兵になるのも面白いだろうと思った。

10 連絡者

一〇日目頃、部隊から糧秣補給を兼ねて部隊長の巡視があると電報が来た。下白泉陣地は部隊警備管内で最も状況が悪く、かつ孤立した陣地なので糧秣補給その他の連絡には部隊主力をあげてこれに当たるのである。

その日、朝早くからトーチカ内外を清掃して、部隊長一行を待った。一一時頃、西田小隊を尖兵にして、一〇数頭の駄馬が糧秣や加給品、被服などを積んできた。後の方から部隊長、江連大尉、軍医さんが馬に乗ってくる。

兵を整列させて敬礼し報告する。西田少尉がコソコソと小賢しく駈け回るのが何とも気障(きざ)であった。連絡者が来てくれるのは確かに有り難い。また、来てくれなければ困る。だが何だか自分にはこの仙境を冒瀆(ぼうとく)されるようで、あまりよい気持ちではなかった。

部隊長以下は自分の狭い薄暗い部屋の中で昼食された。望楼へ上って地形を展望しながら敵情を説明した。これだけ部隊長以下が関心を持って視察に来るところなのだし、敵情も他の所よりうんと悪いということになっているのだから、ここでひとつ敵がこっぴどく射撃でも浴びせてくれると実感が出て、部隊長も感心するのだろうが、意地の悪いことに一本木の台上から一発撃ってきたばかりで、森閑としたものである。

部隊長らも何だ、案外状況は良いじゃないかという顔つきをする。自分はイライラした。舞台装置は完全で幕が開いているのに、出るべき役者が出てこないように気まずい気持ちだ。敵よ出てこいと念じたが、ついに駄目だった。

近く、陽泉西兵舎では各中隊対抗の運動競技会をやるので、下白泉陣地から辻兵長、秋川兵長、斉藤市太郎、鈴木茂次郎、神 定雄を選手として出せということである。今、彼らを陽泉にやるのは嫌だが、中隊対抗というのだから重要な選手であるし、またそれの交代兵も連れてきているので、辻兵長以下を陽泉に帰すことにした。

交代として来たのは西田小隊へ行っていた鎌田兵長、指揮班から上原一等兵、遠藤武治、鎌田 信が来た(下士官候補者は北合流で中隊復帰)。一五時頃、部隊長一行を送り出した。

その後、一二月中旬、陽泉へ帰るまで三回ばかり連絡者が来て糧秣その他を補給した。下白泉陣地の勤務は激しいと思ったか、その後の連絡で近藤武治、小島八郎その他、有り難くもない補充兵がだいぶ増員された。

伊東中隊長は赤十字病院に入ったきり、だいぶ元気を落とされたらしく、何よりも酒が飲めないのが苦痛の種だそうだ。中隊からは野見山准尉以下、よく病院へ出向いて隊長と連絡を保ち、また隊長に淋しい思いをさせないよう色々手を尽しているという。

ある連絡のとき、隊長が不自由を忍んで書いたらしい手紙が届けられた。それを見てもオヤジの元気がだいぶ喪失されたことがわかり、常には見られぬ弱々しさが現れていて自分の胸を痛めたものである。自分も手紙を書いた。ちょうど集落から手に入れた鶏と共に連絡者に托した。

ある日、大隊本部から来た電報を見れば、発信者が高木中尉になっている。どうやら高木中尉が中隊に復帰してきたらしいのである。これで後顧(こうこ)の憂いはなくなった。

　新しく来たものから陽泉の状況を聞くことができた。自分たちは陽泉に来て二日目にここへ来てしまったので、街の状況は何ひとつわからない。陽泉西兵舎に入ってから、兵は色々の使役にばかり駆り出されて、とても助からないと言う。彼らは下白泉に来て、やっと人心地がついたと言っている。日曜日には何とか外出が許されるが、街はとても物価が高くてつまらないそうだ。

　我々は終戦後、俸給というものをまったく貰っていないのだから、街へ出ても面白くないのが当然である。また兵舎に入ってからは部隊長初め、偉い人たちがたくさんいて窮屈で堪らないらしい。確かにそうだろうと思う。今までは部隊がまとまって制式兵舎へ入ったことがないので、堅苦しい内務もあまり厳しく要求されていなかったのである。この調子では陽泉へ帰るのはまったく有り難くない。どんなに辛くてもよいから、のんびりした山の中で暮らした方が気楽で良さそうだ。

　特に新しく来たものは給与が良いので大喜びである。給与係村岡伍長の大活躍で、栄養価大なるものを飽食させているのだから。陽泉西兵舎の炊事係はとてもひどいものを食わせるそうだ。ここでは鶏や山羊もあるし、時には皆であんこの入った粟餅まで作っているのである。

　もちろん、この良い給与が何も労することなしに天から降ってきたわけではない。自分以下が大挙出動して敵性集落を奇襲した戦果なのである。

　何といってもこの陣地は敵中孤立の山塞である。じっとしていては敵の状況もわからず、危険な敵の謀略にも気附かず、陣地諸共そっくりしてやられることもあるかも知れない。

　敵情の把握と食糧獲得、また体力増強も兼ねて五、六回あちこち出撃した。何しろ終戦後、「固」部隊はトーチカ内に閉じこもって陣外行動をひとつもやっていないから、附近の敵情は支那人から聞くだけしかわかっていない。下白泉集落の住民だって、おそらくは八路と気脈を通じているに違いない。実際、自分たちが目で見ないことには本当のことはわからないのだ。この前、部隊長巡視のとき、部隊長から時々は出撃して敵情を捜索せよと言われたのである。

　一見、何も敵情は見えなくとも、そこは八路地区のことだから陣外へ一歩出れば会う支那人は皆、敵と思って間違いはない。ここでは河南で出撃したとき以上に厳重な警戒をしながら歩かねばならない。単独行動は絶対できぬ。出撃は必ず一個分隊以上でやった。

軽機、擲弾筒は必ず携行した。

陣地から吊り橋を渡って出ると、もう山の方で「オーイ、オーイ」と声がする。例の敵の分哨が次々と大声で逓伝して我々の出撃を敵部隊に報告しているのである。いつも敵とは遭遇するつもりで行ったし、また大概、敵から射撃を受け、小戦闘を繰り返した。地雷には十分注意した。思いがけぬところに地雷の踏み板を見つけて胆を冷やすことが多い。

敵集落へ近づくと、集落入口附近にいた歩哨は殆ど抵抗せず、村民に我々の来襲を報せて逃げてしまう。村民は村から逃げ出して避難してしまう。集落内はもぬけの殻になってしまい、我々は徹底的に集落内を捜索掃蕩(そうとう)し、戦果があれば持ち帰るのである。

それにしても村民が我々を敵視して逃げてしまうのは困ったものだ。物資を獲得しても金を払うことができないのである。逃げおくれた奴に、後で村長に金を渡すから警備隊へ来いと伝えさせ、村長を呼んで支払を済ませたこともある。但しその時、陣地へ来た奴が本当の村長であるかどうかは自分たちの知ったことではない。

山羊をよく食べた。山羊肉は臭いということだが、結構旨いものであった。

11　城下町

下白泉の集落はここの城の城下町である。決して油断はできないが、ここの住民とは協力していかねばならぬ。村長を呼んで敵情を聞いたり、薪や野菜購入の交渉をしているうち、集落の状況もある程度わかり、それほど危険とも思われなかった。

山中孤城と城下町下白泉

炊事用具や大工道具を借りに兵を集落へやったが、別に異常も認めないので必ず銃を持ち、三人以上の団体行動で用足しに出してやった。自分も下士官兵とともに拳銃ひとつ物入れに忍ばせてよく集落へ行った。

陣地のすぐ下の家は以前、村長をしていたという家であったが、主人は八路のために拉致されているということであった（これは怪しい。むしろ主人は八路民兵そのものであった可能性が強い）。そこの家の姑娘に、皆は被服の修理や洗濯を頼んだようである。また、持って帰ってきた戦果の糯粟（もちあわ）で餡が入った餅を作るときには、陣地の炊事場では少し狭いので村岡以下の炊事係がここへ出張して、この家の台所を借用して作ったものである。

　こんな時、兵隊は馬鹿にはしゃいで、張り切って餡餅作りに大わらわであった。姑娘も楽しそうにキャッキャッと騒ぎながら手伝っていた。村岡の奴、餅を食わせて姑娘を手なずけるとは、上手いことを考えたものである。兵隊の方も彼女が作った餅を特に有り難がって食べていたようだ。

　集落の中を流れる河床が、今は水がないためにそのまま立派な街道になっている。大きな店はこの道に面して並んでいる。薬屋がたくさんあるのが目立つ。陣地には散髪用のバリカンがないので困っていたのだが、一番大きな薬屋にバリカンがあることを聞いたので、皆そこへ行って借りて散髪した。

　山の中の集落にしては、なかなか大きな店であった。無論、扱っているのは漢方薬ばかりだが、昔は日本製の薬も売っていたらしく、「ロート目薬」「中将湯」「仁丹」などの広告が壁にかかっている。主人はなかなか愛想の良い男で、赤々と燃える暖炉の傍で茉莉花（ジャスミン）の入った香り高いお茶を出してくれた。

　店の中は漢方薬の匂いがプンプンしている。青いダブダブの服を着た小僧が、何だかわからぬ木か草の根のようなものを裁断機で細かく薄く切っている。後ろの壁際には日本内地の薬屋にもあるような抽斗（ひきだし）がたくさんついた棚があり、そのひとつ一つの中に色々の薬が入れてある。店はかなり繁昌していた。

　中庭を見ると正体不明の草根木皮（そうこんもくひ）や種子、果実など、およそ薬とも思えないものがアンペラの上に拡げて乾燥させてあった。街道には割に人通りが多い。東方、更に山奥から驢馬の背に大きな石炭の塊を乗せて陽泉へ売りに行く商人がたくさん通る。この辺は山嶽地帯だから馬車はまず見たことがない。驢馬が主要な交通機関である。

　この街道に面して、小さくて汚い店、饅頭や焼餅、飴、うどんを食わせる店が並んでいた。陽泉へ行って帰る商人や農夫がこんな店へ入って煙草を喫んだり話したり笑ったりしていた。自分たちは時々、こんな店に座り込んで村民と話した。無論、情報蒐集という目的もあってのことである。

山羊の毛皮を縫い合わせて作った上着をきて、仙人みたいにのんびりと間延びした顔つきの彼らと話していると時間の経つのも忘れるが、しかしうっかり油断はできない。いつその毛皮の上着の間から拳銃の銃口が覗くかも知れないのだ。

おそらく八路の密偵は数限りなくこの村に忍び込んでいるであろう。集落から陣地へ帰る途中で見上げるトーチカはとても立派だ。大阪城を見上げるようだ。そして自分はここの城の殿様なのである。

12　煙草とパイプ

ここへ来てから煙草にだいぶ不自由している。太原の野戦倉庫が山西軍に接収されてから、さっぱり煙草が来なくなってしまったのだ。中隊から連絡があるときに、「老刀牌」(Pirate＝パイレート)や「厚生」という劣悪煙草が少々来たが、それも喫み尽してしまえばもう何もない。皆、これには困って何とか一本を有効に喫もうと唇が焦げるくらいまで吸った。そのうちにパイプを作ることが流行し始めた。

他に何もすることがないので暇つぶしに皆、コツコツと作っていた。兵隊はこのような手仕事は殊に上手いものである。また、その好みもなかなか良い。棗の木で作ったのが最も美しい。適当な長さと太さの木片に針金を暖炉で真っ赤に焼いたのを使って孔をあける。その孔をだんだん太くして煙草をはめ込むのによい大きさにする。それから周囲を好きな形に削るのである。ガラスの小片で擦ると綺麗に削れる。それを更に布で美しく磨き上げるのである。

真っ直ぐな孔をあける技術においては、誰も石井巡査(石井久四郎一等兵)に敵うものはなかった。他のものがやるとどうしても途中で曲ってしまうのだ。「貴様は根性が曲っているから孔も曲るんだよ」とよくからかった。石井巡査は自分にも立派なパイプを作ってくれた。

木だけで作ったのでは焼けてしまうから、口のところには小銃弾薬莢(やっきょう)を切ってはめ込む。誰が考えたのか、上手いことを思いついたものだ。三八式小銃の薬莢の先のところは、巻きタバコをはめ込むのにちょうど適当な太さなのであった。

巻きタバコを喫み尽したものは支那人から、彼らが吸う、おそろしく臭い刻み煙草と煙管を買って喫み始めた。この刻み煙草は見たところ到底煙草とは見えない緑茶のようなものである。すごく臭い。

支那家屋に入ってまず、プンとくるのがこの匂いである。隣の兵室でこれを喫まれると自分の部屋まで支那人の家へ首を突っ込んだように悪臭が立ちこめる。いくら煙草に不自由しても、これだけは喫みたくないと思った。

小島八郎は棗の木の枝分かれした部分を繰り抜いて苦心惨憺マドロスパイプを作り上げた。

13　山と空

辺りの景色はまったく冬である。朝は一〇〇メートルくらいのところが見通せないほど、濃い霧が立ちこめる。その銀色の霧の奥から集落の騒音や驢馬の声や鵲の声が聞こえてくる。陽が高く昇ると次第に霧は吹き払われて、毎日、凍りつくような透き通った青空であった。

空気は怖ろしいばかりに澄んでいて、触れれば切れるといったようなピリピリした感じである。遠くの山は美しい。何度見ても飽きることのない山の景色、空の色。さすがに日中は暖かい。しかし日陰に入るとゾーッとする寒さである。

トーチカの中で鉄廠の人が作ったらしい附近の精巧な地図が見つかった。陣地下の鉄廠事務所を中心として、周囲の山の主要な地形地物に至る直距離が記入してあるので、射距離決定には大変便利だ。これで見ると我々は海抜一〇〇〇メートルくらいの高原上にいることになる。

陽泉の街もやはり同じ高度の所にあることになっている。内地では想像もしなかった高原の雄大な景色は完全に自分の目を奪った。やはり支那は広い。河南から何百キロ歩いてきたか知らないが、我々はまだ海というものにぶつからないし、また海洋性気候の片鱗にも接しないのだ。

目の届く限り黄土である。支那の代表的色彩である。黄土というものの色は、内地ではちょっと想像がつかぬ。決して汚い色ではない。柔らかい感じの色だ。黄土の山は澄んだ空気の層を通してみると、遠くなるに従い黄緑色、紫金色に輝く。そして複雑な山の襞(ひだ)の陰になったところは濃藍(こあい)色に眠っている。

今は常緑樹以外の草木は枯れてしまい、眼鏡で見る遠い山の斜面は一面に褐色の枯れ草で蔽われている。所々の山の頂に近く、ゴツゴツした岩が露出している。そしてその遠い金緑色の山肌に、点々と白い塊があちこち見えるのは何だろう。それは白くもない黄色味がかった無定形のカビのように見える。眼鏡でこの塊を見ると牧童に守られた羊の群れなのだ。あの冬枯れの草原を、餌を求めて移動する羊群なのだ。

その群れはノロノロと時計の針の進むようなノロさで山から山へ、谷から谷へ動いていく。長い杖を持ち、ブクブクと毛皮の外套を着込んだ牧童の姿が見える。犬も見える。そして白い群れの中に点点と黒や褐色の斑点が見える。これは一緒に飼われている山羊である。

陣地のすぐ下や下白泉の集落の中へもときどき羊群が来た。集落へ下りて道を歩いているときに、この羊群に行き遭うと、見る見るうちに自分たちの周囲は白い羊が川のように流れ、辺りはそのコツコツという微かな蹄(ひづめ)の音で満たされる。まるで白い道路がそのまま動くように見える。

大きな牡羊を先頭に牝羊が行く。生まれたばかりの仔羊はさながら白い毛糸で作ったおもちゃのようにコロコロとよろめきながら歩いている。「メー、メー」と鳴き声がやかましい。黄色い埃を立てながら羊の群れは進む。長い杖を振って「タラララ……ラッ、イイイッ」と独特の掛け声で羊を追う牧童。褐色の山羊が敏捷(びんしょう)に駈け回る。この山羊は羊の先導役なのである。

この辺の羊は蒙古形で脂肪尾種といって、尾がたいへん幅広くまた厚くて、中に脂肪を多量に蓄積している。大人しいが頗る動作の鈍い低脳な動物なのだ。そのために動作敏捷で餌を見つけたりするのが上手い山羊が羊と共に飼われて、その先導役になるのである。

長閑な景色だ。羊群は道傍でひと休みする。牧童は長い煙管で一服やる。午後の暖かい陽が燦々と輝き、頭上の枯木に鵲が尻尾を振っている。ここにこのままいたらどんなに長生きするだろう。殺伐な戦争もやめて、不安に充ちた日本内地へも帰らずに、ここで羊でも飼って一生を終えたらどんなに良いだろう。

ある日、衛兵所で皆と話しているとき、ふと見たら衛兵司令の机の前の壁に面白いものを発見した。誰がやったのか知らないが、ボール紙を切り抜いた汽船の絵が押しピンで貼り附けてあるのだ。その船の横腹に「祖国一路」と書かれている。

黒煙を吐いて進む復員船がこんな所にも現れたのである。深々と更ける夜、立哨控えのものが眠気覚ましにやったいたずらに違いない。ああ、復員船、復員船。それほど兵の心の奥底深く喰い入っている復員船が、心細いランプの光に照らされて壁に貼りついていた。

「隊長殿は内地へ帰ったら何をやるつもりですか」

「さあ、何をやろうかな。入隊する前は木原生物学研究所へ行っていたが、今度帰っても、それがあるかどうかわからないな。お前たち、ひとつ考えてみてくれ」

「東北へ来てくださいよ。自分たちの村へ、よく馬に乗って農会の指導員が来ますが、隊長殿はあんな仕事がよいのではありませんか。冬は寒いけれど良いところですよ。ドブロクは飲めるし」

結局、最後はドブロクの話に落ち着いてしまうのだった。

「アーッ、おい、浅利。貴様の襦袢にシラミがたかっているぞ。アッ、ここにもいる」

襖を隔てた迫撃砲分隊の部屋で声がする。

「早く外へ行って払ってこい。こんな奴が増えたら大変だ」

トーチカ内は薄暗くて今まで気がつかなかった。家具の日光消毒など、だいぶやっていたのだが、外は寒くても中では気合をかけて暖炉を焚くので、まだ蝿や蚤はいるし、果てはシラミまで出てきたのである。

浅利上等兵は素っ裸になり、衛兵所へ出てきて、シラミ取りを始めた。他のものまで面白がって手伝っている。浅利は相撲取りである。肉付きの良い立派な体つきをしている。両腕に小さく彫りつけた「梅の花」という入れ墨の意味については、あまりはっきりとした説明は聞いたことがない。

彼らは次々と気味悪い米粒のような千手観音様をつかみ出しては灼熱した暖炉の上に乗せた。パチーンとすごい音がしてシラミが爆発した（多分、この時のことだと思う。だれの発案だったか忘れたが、しらみ撲滅作戦をやったことがある。大釜に湯をグラグラと沸かし、この中へ襦袢、袴下、枕や布団の皮を剥いで煮たのである。見る見るうちに白い米粒のようなしらみがポカポカと浮かび上がる。その数が多いことは実に気味が悪かった。その頃、自分は特に支給された官給品のネルの腰巻を愛用していたのだが、これがかなりシラミの巣になっていたようだ。また日記を書いていたらノートの上にポタリとシラミが落ちたこともあった。だが吹きさらしのトーチカにいて、しかも酷寒の下白泉で、なおかつ室内に蝿やノミやシラミがいたという事実は、終戦後のこの頃でも我々が寒さにも耐え、更にこれらの虫を養えるだけの良い状態にあったことを証明することにもなるだろう）。

14　雪

ある日の夕方近くから曇り出し、ゾクゾクと寒くなってきたと思ったら、思いがけなく雪がチラチラ降り出した。初雪である。山もその他もすっかり見えなくなってしまった。各部屋では暖炉をドンドン燃やして、皆その周りに集まり、また、ひとしきり故郷の話に花が咲く。今頃はもう東北地方でも雪が降っているだろう。

彼らの家の方では稲刈りをしているときに雪が降り出すことがあるという。稲扱(いねこ)きも家の中でやらなければならぬそうだ。犬が雪の中で転げ回っている。衛兵所へ行く。立哨者は大変だ。立哨交代してきたものの防寒帽や肩の上には白く雪が積っている。まったくご苦労だ。夜中起き出してみると、まだ雪は降り続いていた。音もなく降り注いでいた。

その雪の中で銃前哨が防寒具を全部つけて銃を握り、闇の中を睨んで立っている。黒犬もいつもの通り、歩哨の横について勤務中だ。

外では吹雪が荒れ狂っているのに、自分の部屋の中では暖炉がゴーゴーと凄まじく燃えていて暑いくらいだ。この冬のさなか、蝿が飛び歩いているのをみても、その暖かさがわかる。

壁ひと重向こうの兵室から、ものすごい鼾が聞こえてくる。自分は山羊脂の灯を頼りに日記を書いている。山羊を殺したとき、その脂肪を煮詰めて白いロウのような脂肪の固まりをだいぶたくさん取った。燃料にも使っている。あまりきれいだから灯用にしてみたら、石油のように煤も出ず、非常に明るい焔であった。工夫すればロウソクも作れるかも知れない。

夜は深々と更ける。自分は今一体、どこにいるのだろうと変な気持ちになった。何だか二年間も家を留守にして、大陸をあちこち歩き回ってきたことが、とても現実とは思えないのだ。そして今でも日本から何百キロも離れた山西の山奥に、たった三〇名くらいの部下と共に敵中にいるということが何だか信じられない。まるで夢を見ているような楽しい気持ちであった。

ゴーッと石造トーチカの角に唸りを生ずる風の音。どこからか入る隙間風に灯がゆらゆらと揺れる。

翌朝、起き出してみたら辺りは目も眩むような銀世界であった。いや、銀世界という言葉も表現不足だ。金・銀・青・藍・紫。とにかくあらゆる色がキラキラ輝く眩しい世界である。空はきれいに晴れ上がっていた。集落も枯木の林もすっかり雪を被っている。しかし決して淋しい景色ではない。集落はいつもの通り活気に満ちている。

炊事場から上る湯気が朦々と青空へ立ち上がっていく。炊事場の水甕の水面にも厚い氷が張った。ここの雪は内地の雪と違って水気が少なく、溶けるのも早かった。三日目くらいにはもうすっかり溶けてしまった。

この辺の気候もだいたい正確に三寒四温を繰り返す

ようである。風のない暖かい日もある。水汲みをやって翌日入浴したあと洗濯して広場に干す。あるとき誰かが禁制を破って入浴中に洗濯をしたので中津山が憤慨して入口に制札を貼り出した。見れば半紙に炭で黒々と「フロノミジデセンタクシルナ」と書かれていた。

外壕と内壕との間に前から鉄棒があったので、これを中の広場に移して皆はよくやっていた。高橋敬治兵長はなかなか運動家でもある。柱を二本立てて走り高跳びをやる設備も造ったし、地面を掘り出して幅跳びの砂場も作った。北合流で弱り果てた皆の体力も再び河南時代の筋骨隆々を取り戻した。

このままでいれば適度を超えて贅肉が附きそうなので運動を奨励した。

朝や夕方、静かなときは遙か一本木の台の上の方向に「イー、アール、サン、ス」と大声で体操をする声が聞こえる。山の向こう側にある東梨庄、西梨庄の集落で共産軍の民兵連隊が新兵教育をやっているのだ。敵は毎晩のように下白泉や上白泉にやってきた。終夜、犬が吠え続けることもある。遠くの集落から始まり、次第に近くの集落に来る敵の行動が、犬の声により明瞭に推察できる。その声の範囲により敵の兵力も略々わかる。

集落内が非常に騒がしくなり、灯があちらこちらに動き回る。別に地雷を埋めに来たことはなかったが掠奪に来ているらしい。よく望楼から小銃で灯を目標に狙撃させた。

「パーン」と静寂を破って一発撃つと、集落内で動いていた灯がスーッと消えてしまい、騒ぎはピタリと止んでしまう。あまりにうるさい時は河南擲弾筒で制圧した。

夜間、重擲榴弾を撃つ爽快さは河南時代の時代からしばしば経験したが、今になってもこの味は変わらない。ピカッと閃く紫の火光。しばらくして凍りついた空気を引き裂く力強い炸裂音はゾクゾクするほど嬉しく、何発撃っても飽きないものである。

15　嫁入り行列

ある日、上白泉の集落で「ブーブー、ドンドン、ガンガン」と威勢のよい支那音楽が聞こえる。大声で唄っているような声も聞こえる。望楼に上ってみると枯木や土壁の間から、たくさんの人が行列を作って歩いているのがチラチラ見える。集落内の人間が上白泉の村公所へ集まっていくらしい。どうやら嫁入りのようだ。

ポカポカした小春日和に嫁入り行列とは、これはまたなかなかよい景色である。

誰かが階下で唄い出した。

〝金の前髪　月の眉　お嫁に行く日がもう近い
柳に燕が来るように　その日が来るのを待ってるの〟

歩哨が敵情監視をそっちのけにして眼鏡で嫁入り行列ばかり見たがるのも困ったものである。

「隊長殿、自分、ちょっと花嫁の顔が見たいのですが、集落へ行ってはいけませんか。五人くらいで」

斉藤伍長が羞かしそうな顔をして頼みに来る。彼は内地に待っている和田道子さんという人を思い出しているらしい。いつもお守り袋に入れた小さな写真を取り出してみては、一人で悦に入っていたから。

退屈なトーチカ生活で、毎日同じ男の顔ばかり見ているのでは、確かに面白くないであろう。時には目の保養もさせてやらねばならぬ。自分もそれほどものわからぬオヤジではない。

「いいよ、行ってこい。銃はきっと忘れずに持って行けよ」

彼らはさっそくめかしこんで出て行った。斉藤伍長の他、斉藤市太郎、高橋春治伍長ら血の気の多い連中だ。何もすぐ眼下の上白泉へ行くのに、防寒外套を着たり、卵の白味をつけてピカピカに光らせた革脚絆などつけなくてもよさそうなものだが、花嫁に失礼になってはいけないと最高の礼装を整えたつもりなのだろう。

下の集落ではなおも「ブーブー、ドンドン」と陽気な音楽である。斉藤伍長らはどんな顔をして見物しているだろう。衛兵所ではまたもや将棋が始まった。

斉藤伍長の一行は案外早く帰ってきた。

「何だ、オイ、馬鹿に早いじゃないか」

「ヤア、馬鹿を見た。隊長殿、アレは葬式ですよ」

「なんだ、そうか」

支那は困った国である。葬式でもブーブー、ドンドンと陽気にやるものだから、こちらは嫁入りと思い込んでしまったのだ。しかし、あのキャーキャーというのは専門の泣き女が声を張り上げて泣く声だったのだそうである。

村岡や斉藤伍長が集落から黄色い粉末の染料を見つけてきて、白のハンカチや襦袢を黄色に染めて得意になっている。それはいいとしても、どうやら見たところ、その染料というのが粉末黄色薬、即ちピクリン酸らしいのである。

確かにピクリン酸は動物性繊維を黄色く染める染料として使われるのだが、しかし場所が場所だけにどうも気味が悪い。その入手経路が問題で、どこか八路軍の火薬工場で作られたのではないか。

　下の姑娘の家から豚を一頭買った。これはすぐには殺さず、できるだけ大きく育ててから食うつもりである。河南黄村で三頭いた仔豚を思いがけない敵の来襲のため、辛くも一頭食っただけで後退してきたことは、今でも残念に思っているが、この豚はよほど時機を考えて有効に使いたいものである。

　二、三度南方山嶽地帯を乗り越えて討伐をやったため、鶏、山羊がだいぶ手に入った。遮断壕の中に山羊が三頭ばかり繋がれている。鶏は一〇数羽もいる。トーチカの外側に接して立派な鶏舎ができている。高橋伍長が造ったのだ。

　村岡はまた、村の大工に交渉して、うどんを作る器械を作らせた。なかなか便利なものである。この器械を汁鍋が煮え立っている上に置いて、白麺を捏ねたものを入れてギューッとハンドルを圧すると、多数の孔から紐になったうどんが出てきて、自然に鍋の中に落ちるという装置である。つまり内地の寒天やこんにゃくを押し出す器械をもっと大型にし、かまどの上へ置けるようにしたものだ。しかし、これで作ったうどんはブツブツと切れやすくて、しかも細い。やっぱり手数はかかるが、中津山が手で作ったうどんの方が弾力があって旨いのである。

　今はこの分遣隊も四〇名近くになったので炊事も大変だ。成田兵長以下が殆ど一日中、炊事場でがんばっているが、それでも追いつかぬ。

　炊事場では一日中、火を燃やしているし、また地面は湿っていて冷えるので、体には良くないらしい。とうとう中津山が風邪をひいてしまった。ある朝から大変な熱が出て起きられなくなった。再び浅利上等兵に炊事をやらせることにした。

　中津山の熱は何とか下がったが、今までの疲労が一度に出てきたらしい。腰が痛い、神経痛だと言う。「馬鹿を言え、まだ二〇歳にもならなぬ小孩兵（ショウハイピン）（少年兵）に神経痛なんて年寄りくさい病気があるもんか」と言ったけれども、彼の体は一週間くらいの間、はっきりしなかった。彼はすぐに床から飛び出して働こうとするので皆で押し止めて寝かせる。

　中津山は頭痛がひどくて飯が食えぬと言って、ねじり鉢巻をしていた。そういえばあの偉大な彼の体が少し痩せたようだ。しかも堂々たる体躯を共に誇った大飯喰いの彼が、飯が食えないというのだから、これはもうただ事ではない。大いに心配であった。

事によったら連絡のある時、陽泉に帰らせようかとも考えた。彼を今、手放せば、無論、自分は困るが、病気では如何ともし難い。彼は毎日つまらなそうに薄暗い二階の兵室の片隅に寝ていた。

彼は動けないと知ると自分の当番代理の仕事を戦友の皆川 登に頼んだのであった。皆川は中津山の無二の戦友なのだ。皆川はいつも病気になった中津山を看護してやっていた。また中津山と同じように自分の身の回りの世話一切を引き受けてくれた。

同年兵の戦友というものは、それほど互いに助け合う良いものなのだ。自分は大いに羨ましいと思った。彼らには同年兵の戦友というものがある。何でも遠慮なく相談できる同年兵がいる。彼らは内地で入隊したとき以来、ずっと今まで同じ釜の飯を食って育ってきたのだ。

一方、自分はどうか。初年兵時代五ヵ月の教育を終えると、石門へ派遣され、各部隊から募った候補生のなかで激しい競争のうちに八ヵ月の予備士官学校教育を終わってしまったのである。同期の見習士官や将校はもちろん互いに助け合いもし、親しい間柄ではあるけれど、出身地方も違うし交際した期間も短い。

今、大隊内で一一期の少尉といえば、四中隊に大野少尉、五中隊に松村少尉がいるが、滅多に顔を合わせる機会はなく、また特に自分と気が合うというわけでもなかった。中隊での同僚、西田少尉とはまったくソリが合わないし、高木中尉は伊東中隊長代理であってとても対等の交際はできはしない。

しかし自分は戦友にはあまり恵まれてはいないが、部下には大いに恵まれていると言わねばならぬ。部下というと何となく堅苦しいが、むしろ戦友ともいえる部下である。彼らと話したりしていると、階級とか年次を超越した親しさを感じる。自分の部下には若者が多い。働き盛りであるとともに悪戯盛りでもある。

ところが自分は彼ら以上に年齢的に若いので時々、彼らにとんでもない悪戯をやるので、皆の方がびっくりすることがあった。

一週間くらいしたら中津山はまた働き出した。心配したほどのこともなく、体は回復したらしい。やっぱり中津山でなければならない。彼が病気をすると自分はますます彼の有り難さがわかる。

三回目の連絡のとき、将校用私物被服や日用品が到着した。各軍衣袴や図嚢、刀蔽い、階級章、マント、夏服生地(きじ)などなど、盛りだくさんである。これで何とか自分も将校らしい身なりができるであろう。こんな山の中では何とも仕方がないが今度、陽泉へ帰ったら、もう最後の軍隊生活なのだから、できるだけそれらしい服装をしてやろうと思う。開襟の夏軍衣があるが、これを着るまでに復員してしまえば永久に着る機会はないであろう。

刀手入具が来たのでよく手入れはしたが、自分の刀もひどくなったものだ。物打ちの部分が点々と、かすりのような腐蝕である。

時々、山西軍の大部隊が附近へ糧秣徴収に来た。その時は大隊本部から電報が来て、山西軍が徴糧に行くから誤認するなと言ってくる。まだ山西軍が山の向こうで見えないうちから共産軍の歩哨は「オーイ、オーイ」と叫び始める。時々は手榴弾で緊急信号することもある。

間もなく西の方で激しい銃声や手榴弾音がする。山山の稜線上に山西軍が続々姿を現す。延々たる隊列が下白泉にも入ってくる。住民にしてみれば八路軍も山西軍も同じことであって、どちらもひどい掠奪をやる。

我々の陣地へも山西軍の将校が来て、望楼から敵情を見させてくれと言う。自分たちに対しては彼らの態度は極めて鄭重である。というのは、もし共産軍の大反攻を被った場合は助太刀して欲しいという下心からである。

しかし自分たちとしては、いくら友軍だといっても山西軍の掠奪掩護に出て、巻き添えを喰い、大怪我をしてはつまらないから山西軍と一緒に行動したことはなかった。

だいたい、この辺の共産軍は間もなく復員するであろう日本軍とは極力戦闘を避けようとしているらしい節が見える。我々が出撃しても民兵が多少射撃してくることはあっても、大兵力を繰り出して攻撃してくることはない。ところが山西軍がこの附近を行動するときには、どこからともなく共産軍の大部隊が現れて戦闘が始まる。山西省を我が物にしようとする共産軍には、まず山西軍を撃破することが絶対必要なのだ。

終戦前まで日本軍は山西軍、共産軍の両者を敵としていたのだが、今は山西軍とは友軍になってしまい、相互に協定して警備に当たったり共産軍と戦闘したりする。共産軍としては今まで日本軍と戦闘はしていたが、山西軍という一方の敵が日本軍に叩かれているので、ずいぶん都合が良かった。ところがこの両者が軍事協定を結んでしまったので、地盤争いにはかなり分が悪くなってきたのであった。

だから何とかして山西軍と日本軍とを離間させようとして百方手段を尽して宣伝につとめている。また、そのためもあってか日本軍に対しては積極的に攻撃してこないのだ。

山西軍は兵力は大変多い。装備もかなり良い。しかし兵の質はそれほど良くないので烏合の衆である。例の共産軍の游撃戦法で喰いつかれると悲鳴をあげて潰走（かいそう）する情けない軍隊なのだ。今、陽泉西兵舎にいる大隊へは、よく山西軍から糧秣徴収の援護兵力を出してくれと拝むようにして頼んでくるという。一個中隊くらい、よく出してやるらしい。

中隊からも西田少尉以下、一個小隊が出たことがある。山西軍一個連くらいに、たった一個中隊くらいの日本軍がつくと、共産軍はあまり攻撃してこないそうだ。たとえ攻撃してきたとしても、山西軍の集団ばかりを目がけて攻撃してくるという。

すると山西軍の兵隊は泣きながら丸くなって逃げるそうである。これでは一体、どちらが敗戦国の軍隊なのだかわかりはしない。自分たちも無駄な戦闘は避けるため、山西軍の援護には出なかった。出るとすれば単独行動だ。

16 危機一髪

一二月中旬、とうとう部隊から西田小隊と交代すべしとの電報が来た。約一ヵ月半勤務したから西田小隊も同じだけ勤務するとすれば、二月初めにはまた来られるわけである。当分、街で暮らさねばならぬから、最後を愉快にやろうと毎日うんとご馳走を食った。中隊長や中隊残留者へお土産も準備した。

交代実施の二日前、最後の討伐をやった。だがこれは思いがけない敵の出撃に遭い、もう少しで大失敗をやるところであった。

この日は朝から準備して軽機を含む一個分隊を率い、陣地の西北方遠くにある東脳（とうのう）という集落を奇襲したのである。高橋春治伍長と斉藤伍長を連れて行った。また、念のため眼鏡を携行したが、つまるところ眼鏡を持っていたために運良く助かったのである。

陣地を出て上白泉集落を抜け、広い街道沿いに西進した。こちらの方には大きな集落が多い。街道から小高い山に上り、荒廃した廟に遮蔽して敵情を見た。眼下に大きな東脳の集落が見える。集落の背後から見渡す限りの高原になっていて、ずっと遠くには千畝坪、桃坡村、蔭営などものすごい共産軍集落がある。この廟に進出するまでは隠密行動によったので、周囲の敵の分哨にも気附かれず、まことに具合よくいったのである。

眼鏡で観察しても別に敵らしいものは見えなかったが、念のためにこの台上に高橋伍長と佐々木六郎の軽機を置いて、他のものを連れて集落掃討をやろうとした。眼鏡を高橋伍長に渡した。

山を降りて集落に近づいたら、もはや敵の歩哨が我々を発見し、集落は大混乱となった。別に射撃は受けなかったから警戒しながら集落に入り、三人ずつに組み分けして掃討を開始した。兵は皆、着剣して八路の密偵や工作員を索めてしらみつぶしに民家を捜索した。この集落は非常に大きいので、一旦、分散してしまうと集合が大変だから、二〇分後には機を失せず引き揚げて来いと命じた。

自分は中津山他二名と行動を共にした。兵は集落内に入って行き、自分たちの組もそろそろ集落の中へ入りかけた。まだ何分も経っていなかった。高橋伍長を残した台上から、突如けたたましい軽機射撃の音が山に響き渡った。

変だぞ、何かあったのか。急いで集落の外れまで引き返してみた。

「オーイ、オーイ」と高橋春治伍長が叫んでいる。

「オーイ、高橋伍長、何だ」

「敵です。敵の大兵力が散開して駈歩で前進してきます。二〇〇名以上です。まだ後ろの方からも来ます。早く台上に引き揚げねば危険です」

そいつは大変だ。軽機はなおもバリバリと撃ち続けている。兵はバラバラに別れて集落内にいる。複雑な曲折した街路のため、すぐに引き揚げ命令を徹底させることも難しい。とにかく集落の中へ飛び込んで手分けして大声で皆を呼んだ。自分は気が気でなかった。

果して彼らは声の届くところにいるだろうか。後方の台上から敵の急襲を受けたら防ぐこともできぬ。集落の中へ敵に入られて、分散している兵が各個撃破されたらどうなる。

「オーイ、オーイ、石井、松橋、鎌田」

まったく自分は見る陰もない情けない顔をしたに違いない。兵はなかなか帰ってこない。軽機はなおも激しく撃ち続けている。敵はもう間近に迫っているであろう。バラバラと少しずつ兵は帰ってきた。

帰ってきたものから順に台上へ引き揚げさせた。まだ帰らないものがある。またも声を限りに叫ぶ。もうあとひと組だ。やっと全部帰った。我々も大急ぎで山へ駈け上がる。

「パキーン、キューン、ドドーン」と、いよいよ敵も撃ちかけてきた。人員点検する。全部いる。これで安心だ。

高橋伍長から眼鏡を受け取って向かい側の台上を見渡す。おお、共産軍の大部隊だ。青灰色制服を着て白い弾帯を両肩から十文字に掛けた共産軍正規部隊が見事な横散開で駈けてくる。その一部はもう集落の道上、崖の縁まで進出して我々を撃っているのだ。

更に後方からも黄色い平原上を散開して、続々前進してくる敵集団だ。二〇〇どころか五〇〇以上かも知れぬ。危なかった。本当に危なかった。もし眼鏡を持った高橋伍長を台上に残して行かなかったら、何も気が附かずに集落内に分散している所を、これだけの敵に包囲されたら防戦の手段もなく各個撃破されてしまったであろう。

敵の一部は向かい側の高地を横に移動して、我々が陣地へ帰る道を遮断しようとする。それを佐々木六郎の軽機でうんと撃たせた。

しかし今日の出撃は失敗である。長居は無用だ。直ちに周囲を警戒しつつ稜線上を陣地へ向けて帰る。陣地へ帰りついてホッとした。正に今日は危機一髪のところであった。もう交代も二日後に迫っているときに、今ここで犠牲者を出したらどうするのだ。今までさえも自分の小隊からばかり犠牲者を出したのに、ここでまた兵を失ったらまったく死んでも死に切れぬ。

それにしても高橋伍長には何といって感謝すればよいかわからぬ。彼が眼鏡で細心に集落背後を警戒していたこと。そして敵部隊を発見すると機を失せず軽機を急射して我々に敵襲を報せたこと。そのために割に早く台上に引き揚げることができて全員無事だったのだ。もしあのまま何も知らずにいたら、群がり囲む敵の重囲に陥って兵が惨殺される、その光景を想像しただけでもうたくさんだ。

兵は皆無事だ。それでよい。他に何を求めようとするのか。考えてみれば自分は今回、あまりにも軽はずみな行動をしたものである。東脳の方面の各集落は情報によっても最も敵の多い地区だったのだ。そこへたった一個分隊くらいで討伐を決行しようとしたのだから、確かに無謀であった。

ここしばらく、八路の民兵とばかり接触していて、まともな敵兵力にぶつからなかったら、たちまち油断が生じたのだ。こんなことでは、うっかりするとまたもや兵を死なせたり傷つけたりする。

　復員も近い。正月も近い。絶対に兵を死なせてはならない。皆が復員船に乗って無事に日本へ上陸の第一歩を印すまで、自分は絶対心を緩めてはならないのだ。

17　陽泉へ

　ついに一二月一五日頃、予定より一日早く西田小隊が来た。兵器弾薬の引き継ぎも終わる。

　結局、自分たちは中隊が陽泉の生活に慣れるまでの間、最も忙しい時期を山の中でのんびり暮らせたのだから有り難いと思わねばならぬ。しかし陽泉の兵舎では今でもよく兵は使役に駆り出されるし給与も悪く、厳格な内務規定で締め上げられるという。自分はまたもや週番士官である。殊に兵舎へ帰れば自分は小隊から離れて将校宿舎へ泊まらなければならないのだ。

　中津山も小隊から別れて将校宿舎の当番室に入らねばならぬ。そうなればもう自由自在な「お山の大将」ではなく、部隊長や江連大尉らに睨まれる籠の鳥である。西田小隊とともに昼食を終わり、いよいよ出発する。行李班長になった松本少尉が立派な馬に跨って来ていた。行李班は西田小隊の糧秣や陣営具を山のように積んできたのだが、帰りにはまた自分たちの小隊の荷物がなお更たくさんあるので、しぶい顔をしていた。

　また、西田小隊のうち、第一七号トーチカにいる田中分隊に対しては、中隊残留者の中からその交代要員を出す余地がないので、我々が帰るまで交代ができないため、今度来た西田小隊は金谷、石山の二個分隊だけなのである。そのため村岡分隊を暫時連続勤務させることになった。慣れぬ陽泉生活が始まろうとするとき、村岡がいないのは大いに不便だが仕方がない。

「それじゃ村岡、後のことは頼んだぞ。くどいようだが慎重に行動してくれ」と言って別れた。何といっても自分の兵を西田少尉に委ねるのは大いに不安であった。

　我々は出発した。途中の鬼武山で蓬田分隊を置いて行かねばならない。今日は三中隊の中村少尉の一個小隊と銃砲隊の一部が援護に来ているということだ。陣地の出口まで村岡以下に見送られて広い道に出た。河床道を進む。トーチカが次第に見えなくなる。やっぱり山中孤城の生活は楽しかった。

　これから陽泉へ帰ってどうしようというのか。多少、街らしい所へ行っても仕方がないではないか。正月を山の中でした方が面白かったであろう。うるさい内務規定、週番勤務、点呼、消灯。ああ、嫌だ嫌だ。

　伊東中隊長以下が負傷した現場まで来た。まだあの時の破裂した地雷の破裂孔がそのまま擂鉢（すりばち）型に残っている。特に地雷には注意して歩いた。中隊長は病院でどうしておられるだろう。帰ったらさっそく報告に行かねばならぬ。

実に良い天気であった。大いに汗が出る。ゴツゴツの岩山や黄土の山を幾つも幾つも越える。しかし初めて来たときは何だか不安であった。山西軍と衝突したり、中隊長以下が負傷したりしたので、ずいぶん悪く思ったが、今はそれほどにも感じなかった。

明るい吹きさらしの小山の上に中村少尉が座っていて、自分が顔を見るとニヤリと笑い、「ご苦労さん」と言う。彼は一二期である。新品少尉の中では最も張り切っているであろう。自分たちは先頭を進み、中村小隊には行李班の援護を頼んだ。

またまた山道に地雷がたくさんある。あまりたくさんあるので、それに注意ばかりしていると、道程は一向に捗らぬ。おや、ここにあるなと思ってよけて通ろうとすると、その足下にもう一つある。八路民兵の奴らはなかなかよく地雷の敷設法を研究していて、自分たちの避けて通りそうな所にちゃんともう一つ埋めてあるのだ。

もうしまいには面倒になって、踏んだら踏んだ時のことだとグングン大股に歩いた。そして各兵の距離を五、六歩に開けて、もし一人が踏んでもその前後のものが飛びのいて伏せるだけの空間を作った。八路軍の地雷は瞬発信管ではなくて、引き抜き式信管に紐と踏み板をつけたもので、大概、四角い穴の両側に向かい合って二個埋めてあり、踏み板に紐が繋がっている。

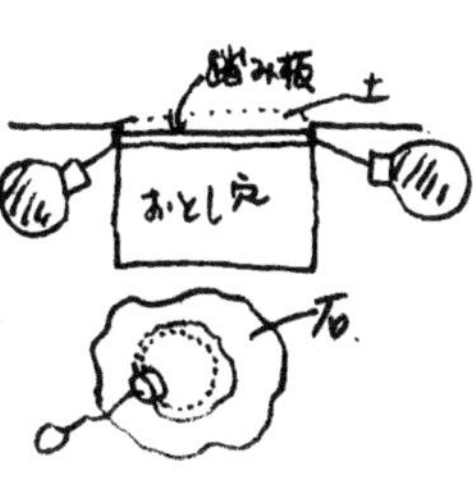

八路軍の地雷

だから踏んでも発火してから二、三秒経過してからでないと炸裂しない。素早く伏せてしまえば安全である。また、八路軍の地雷も手榴弾も不思議に地面と四五度くらいの安全界をもって炸裂するので、それほど危険はない。

人間はともかく駄馬は四本脚で、しかも大きな荷物を積んであるのだから、一頭くらいはきっと爆死するに違いないと思っていたのだが、案外、踏まないものである。

無事に鬼武山トーチカを望み得る稜線上に達した。陽泉周囲にある山西軍のトーチカも見え出した。やっと人里に出てきた感じがする。河を渡って鬼武山へ上る。ここで自分はまたもや危なく命拾いした。思いがけなくこんなところに地雷があったのである。

もう鬼武山へ来たのだからと、多少の油断も手伝って各兵の距離も詰めて山道を上った。細い道だから一列縦隊である。もう鬼武山陣地はすぐ頭の上だ。自分は列の中ほどを歩いていたので、先頭に出ようとして兵の横をすり抜けながら前の方へ急いだ。五、六歩いたところでズボッと右脚が膝の辺りまで穴の中に踏み込んだ。

アッ、地雷だ。

「伏せっ」

自分の前後に歩いていた兵はバラバラッと二、三歩跳びのいて伏せた。自分も何とか穴から飛び出したいのだが、何だか体が竦み上ってしまって脚が動かない。今、炸裂するか、今するか。今、爆発すれば自分の体は木っ端微塵。体中の血が逆流する思いが突っ走る。もう駄目だ。自分は観念して蒼白な顔で自分を見ている平山の顔を見つめるばかり。

死の沈黙の中に五、六秒が過ぎた。ハッと気がついて足下を見直す。別に異常はない。伝火薬の燃える音もしない。幸運にも不発であったらしい。俄かに怖ろしくなって穴から飛び出した。踏み板が穴の中に紐でぶら下がっていた。自分たちは再び何も言わずに歩き出した。

自分たちは常に死の危険に曝されている。終戦後の今になっても我々の身辺には絶えず死の影が附きまとっているのだ。そして今回は助かったのである。

貴重な体験だったと思う。死ぬということがあんなに簡単なものなのだろうか。あの時、地雷がまともに発火していたら自分の体は蜂の巣のように穴だらけになって、それでおしまいである。それでなくても右脚一本くらいは吹き飛ばされていたかも知れない。

今から考えるとあの瞬間、別に何も考えてはいなかったようだ。あの時、自分がどんな顔つきをしたかと思うといささか心配でもある。事実、その瞬間、辺りは不気味なほどの静寂であったし、自分ももはや何にも目に見えなかった。ただ、血の気が引いてしまった平山の顔が大きな目をカッと刳り開けて自分を見つめていたのだけが眼底に焼きつけられている。

鬼武山陣地に来た。鉄条網二線を巡らした、まとまりの良い小陣地である。居住設備もなかなか良く、兵室もたいへん陽当たりが良くて明るかった。競技大会選手として先に陽泉へ戻っていた秋川兵長、鈴木兵長、辻兵長らがすでに引き継ぎを終わって勤務についていた。

競技会は残念ながら三中隊に優勝を奪われたそうだ。直ちに蓬田分隊をここに残して勤務に就かせた。ここにはフランス製のホッチキス重機一がある。ただ水が大変不便で、約二〇〇〇メートル離れた下の集落から苦力が天秤で担ぎあげるのである。また、電話があって兵団司令部にも大隊本部にも連絡できる。

ここでも犬を飼っていた。淡褐色のムク犬で、まだほんの仔犬である。金谷分隊から申し送られたもので、金谷分隊ではゴンジ(金谷権治)と呼んでいたそうだ。試みに「ゴンジ」と呼んでみたら、ミミズのような尻尾をピンピンと振るのだった。

ここは山頂にあるから眺望絶佳である。これからは実に寒いだろうが、陽泉の街とその附近をひと目で見渡せる要衝である。眼下に陽泉鉄廠の大煙突五、六本と、赤錆びの熔鉱炉、熱風炉、鉄錆色の鉱石の山が見下ろされる。西兵舎も山の突角の外れに少し見える。夏は暑さ知らずの塵外境であろう。冬はあまり有り難くない所である。入浴場もあった。風邪だけは引かぬようにしてくれと言って出発することにする。

山を下る。鉄廠の裏を通り、河の堤に出て街道を進む。こうして見ると陽泉もなかなか良いところらしい。初めて来た時はロクに辺りを見ないうちに山の中に入ってしまったので何も知らなかった。

営門を入る。もう自由奔放な山の生活に慣れた頭を切り換えねばならぬ。抜刀する。

「列を整えよ。速歩進めっ」

ザッザッザッザッ……。兵の顔も緊張する。

「整列」

衛兵がバラバラと走り出して整列して敬礼した。こんなことも久し振りだ。

兵舎内

営門正面にある本部建物玄関の上に金色燦然たる菊の御紋章が輝いている。そのまま将校宿舎の前に部隊を引率する。部隊長、江連大尉が出てきたので帰還を報告。そこへ高木中尉が出てこられたので敬礼して報告。連絡掩護部隊も解散、小隊を中隊兵舎に引率する。野見山准尉ら中隊指揮班勤務者や小隊残留者に迎えられて整列して解散した。

　中隊の空気はやっぱり悪くなかった。すべてが上手くいっている様子であった。ただ、伊東中隊長が居られないということが、やはり淋しかった。怒ると怖いオヤジだけれど、いなければ何となく心細いのだ。

　兵は各班に別れて入った。完全な制式兵舎である。事務室に入ってお茶を飲んだ。野見山准尉は色々中隊の現状を話してくれた。中村曹長が五中隊に転属になったそうだ。やはり高木中尉は中隊に復帰し、中隊長代理である。しばらくして将校宿舎へ行く。西田少尉が入っていた部屋に入る。

〔**街の生活**〕

18　新しい部屋

　将校宿舎は営内広場の正面、煉瓦塀に囲まれた一部である。入口真正面にあるひと棟に部隊長と江連大尉が入っている。それと直角に四棟の長屋が建っている。向かって一番左が当番室、炊事場、入浴場、食堂。正面通路を挟む二棟は各中隊長、常川中尉、副官、橋口主計ら。一番右の裏通りが軍医さんと我々新品少尉のねぐらである。

　また、門のすぐ右にある小さなひと棟には高木中尉と三中隊の中村・松本少尉がいる。今、二中隊と四中隊は分遣に出ている。五中隊は列車警乗中隊である。

　自分の部屋は畳二畳敷きのほかに板の間が少し付いた小さな部屋である。押入れが半間ある。中津山は荷物を運び入れた。小さな机と本箱、寝具、ランプのほか何もなかった。電灯はあるが途中でコードが切れていて点かぬ。しかし何とかまた自分の部屋ができたのである。

　当番室が遠いので不便であった。また小隊の兵とは完全に離れてしまった。何分か歩かなければ兵舎へは行けない。自分の部屋と入口の道路を隔てた向かい側の部屋には五中隊の神垣少尉が入っている。ちょうど列車警乗に出て留守らしい。

　西兵舎では日課時限を報せるのにラッパを用いていた。当たり前のことだが自分は見習士官になって以来、こんな制式兵舎に入って暮らしたことはなかったのである。考えようによってはつまらないことのように思う。ここはいわば後方部隊だ。偉い人や事務屋の暮らす所である。身動きならぬような諸規定の手枷足枷（てかせあしかせ）である。兵隊もつまらなく思っているであろう。さすがのお山の殿様も目まぐるしい都会生活にはちょっと馴染めなかった。

食事ラッパが鳴った。日課時限の号音の前に、部隊本部を示す号音も定められていた。辺りはもう暗い。中津山が来た。高木中尉から一緒に食事しようと招待があったそうである。

高木中尉の部屋は割に広くて明るい電灯が点いていた。再び小島八郎が当番になっていた。彼は一時、山にいたが高木中尉の中隊復帰と共に山を降りて当番になったのである。

食事しながら色々話した。高木中尉はもう今度は中隊から動きたくないと繰り返した。この前、三中隊長代理をやらされたのがよほど辛かったらしい。特に第三中隊が段廷駅に駐留していたとき、連日敵に鉄道爆破をやられて部隊長に叱られたりして散々だったそうである。

何といっても二四歳の中隊長代理では辛かったに違いない。自分は今まで殆ど高木中尉とゆっくり話す機会がなかったのだが、話してみれば親しさを感じる兄貴とでも呼びたい人であった。

まだ西兵舎では暖炉の使用が許されていない。暖かいトーチカ生活に慣れた自分にはすごく寒かった。そぞろに山の生活を思い出される。これから一ヵ月半、どうして暮らしてやろう。間もなく正月が来る。ここでできるだけ面白く正月を済ませ、二月初めに下白泉へ行けば、そうだ、ちょうど旧正月に間に合う。そうすれば集落では旧正月であるから、またご馳走を作って正月のやり直しだ。

今、陽泉に帰ってきた方が良かったかも知れない。シンシンと寒い夜空に星が光っていた。部屋に帰ったら中津山が床をとりに来た。

「お前、どこに寝るんだ」

「坂本兵長のところへ入りました」

坂本喜助は羽田副官の当番で一中隊の兵なのだ。日記を書く。微かに消灯ラッパの音が哀調を帯びて聞こえてきた。

19 病院

下白泉から帰って直ちに病院へ中隊長を見舞うつもりでいたところ、帰った翌日、部隊から山西軍の徴糧援護部隊が出ることになり、高木中尉が一個小隊を連れて参加することになったので中隊で留守番することにした。高橋分隊の一部も出された。こうして援護に出てやると、その時の戦果の三分の一を分譲してくれるのだそうである。これも給与改善の苦肉策なのだ。

　出撃部隊は夜になっても帰ってこなかった。だいぶ夜遅くなってから下白泉から無電で出撃部隊は下白泉集落に明朝まで大休止すると言ってきた。出撃部隊の指揮は江連大尉がとっていた。

　翌朝、皆帰ってきた。暗くなってしまい、地雷がある山道が大いに危険なので休止することにしたのであった。高木中尉が下白泉陣地を見てきて「あそこはまったく天国だ。この次は俺が行きたい」と言い出した。

　そんなことをされたら大変だ。自分は大反対である。第一、高木中尉には今のところ小隊がないのだから、もし行くとすれば自分の小隊を連れて行くつもりなのだろう。それなら自分は一体どうなるのか。小隊を奪われた小隊長なんか惨めなものである。

　それに、もし伊東隊長が退院されたとしても目が不自由だろうし、中隊に自分と西田と二人きりでは喧嘩するに決まっているから、我々二人はいつも離れていたいのだ。まあ、ご苦労でも高木中尉は中隊に居ついてもらうほうが何かにつけて都合が良い。

　その日の午前中、中隊長を見舞うことにした。自分も中津山も昨日、山から下りてきたばかりの田舎者だから道がさっぱりわからない。野見山准尉の当番、斉藤亀一に案内してもらうことにした。

　初めて私物の冬軍衣袴を着て長靴をはいた。少尉にはなっても今までこんな服装をして歩けるような状況の良い所にはいなかったのだ。自分の姿を見て、いよいよ俺も少尉らしくなったなと思う。初年兵当時や石門時代、みすぼらしい服装をした自分たちの敬礼を受けて悠々闊歩する将校を見て羨ましく感じたものだが、今こそ自分もその身分になったのである。

　ただ、敗戦という事実が甚だ気がかりだが、ここにいる限りでは負けたのだか勝ったのだかわからない、従前通りの日本軍である。現に営門には、「独立警備歩兵第二六大隊」の標札が墨痕鮮やかにかかっているし、本部正面には金色燦然たる菊花の御紋章が輝いている。

　また、敗戦軍であるべきはずの我々が捕虜の待遇も受けずに武器を持って警備に当たり、戦勝国たる中国の治安維持に協力し、山西軍の方で頭を下げて援護を頼みに来るというのだから愉快である。

　中津山は山からお土産に持ってきた大きな鶏を一羽ぶら提げている。二人を連れて営門を出る。実に良い天気だ。こんなに開放されたような気持ちになったのは任官以来、いや軍隊に入って以来初めてかも知れぬ。

河に沿う道を行けば、左側に鉄廠日本人宿舎の煉瓦塀。次いで鉄廠がある。鉄廠の外れで陽泉大橋を渡る。コールタールを塗った粗末な木橋だが、大変な人出で混雑している。野菜の籠を抱えた小孩、纏足の女、石炭の大塊を積んだ馬車の列。

橋を渡り詰めると山西軍の白塗りのトーチカがある。兵団司令部の前から左に折れ、細い街路をあちこち曲ったので、どう行ったのかわからなくなる。やはり陽泉は大きな街である。都会は良い。賑やかな通りもある。病院は陽泉の街でもやや南の、山の手寄りの割に閑静なところにあった。

鉄道の踏み切りを越えたら静かな通りへ出た。陽泉駅の前を通った。閉鎖されているらしいが、灰色煉瓦建ての大きなキリスト教会もある。陽泉赤十字病院の門前に来た。ここはもう山西軍に接収されたので、山西軍の衛兵も警戒していた。割に大きいがだいぶ古い病院であった。

斉藤はグングンと薄暗い廊下を進んで行く。病院の空気とは嫌なものだ。やはり我々の来るべき所ではない。斉藤はある大きな病室の前に立ち止まって、ここですと言う。

そんなはずはない。将校であり、しかも中隊長なら当然、個室へ入るべきである。間違いじゃないかと聞いてみたら、入院した時は確かに個室だったが、山西軍の将校が入院するようになってから、日本軍将校は大部屋に移されたという。なるほど、ここではもう差別待遇をするのか。

それにしても伊東隊長は腹を立てられたに違いない。横の部屋から今、隊長当番になっている田口朝吉が顔を出した。自分だけ中に入った。ムッとする暖炉の熱気と強烈な消毒薬の匂い。入口近くに隊長が寝台の上に座って本を読んでいるのを見つけた。これが中隊長であろうか。顔も手もおそろしく青白くて弱々しく見えた。

「隊長殿。北村少尉以下三六名、下白泉分遣隊勤務交代異常なく終わって帰って参りました」

「オウ、ご苦労だった。どうだ、皆元気か。山は面白かったたか」

やはりオヤジは有り難いものである。色々山の話を聞かせる。

顔の破片は全部きれいに取り去られて痕も残らないが、左目がとても工合が悪いそうである。軍医はもうこれ以上良くも悪くもならぬと言うそうだ。今はただ毎日洗眼をしているだけだが、なかなか退院させてくれない。それにしても、この病院には眼科がなくて、今入っている病室も内科病棟なのである。

そういえば辺りにいる連中を見ると将校や准尉ばかりらしいが、どれもこれも軍人精神なんか、どこかへ置き忘れてきたような顔をした奴ばかりだ。ゴロンと寝転んだり、二人向かい合って将棋を指したりしている。

「俺も駄目になったな、こんな生活をしていると、だんだん気が弱くなって家のことなんか考えるようになる。本も読んでいるが目が疲れて困る」と言う隊長の言葉を聞いて、本当に隊長も弱くなったなと思った。

あの河南の前線で弾雨を浴びながら兵を叱咤激励した伊東隊長。行軍途中、悠々ウマにまたがって中隊の先頭を進んだ隊長。ある時は自分を目の玉が飛び出るほど叱りつけた隊長。それらの勇ましい姿と比べて、今、目の前に見える白衣の隊長がいかに弱々しく見えたことか。

叱られた時には自分の無能に気が付かず、一途に隊長を恨んだこともある。褒められたことはあまりない。それでもやはり居てくれなければ困るのがオヤジである。

それにしても何とか早く退院させてくれないものかな。ここにいれば腐敗堕落した環境に慣れてしまって、隊長はますます弱くなるに違いない。自分も石門の病院に一ヵ月入院したことがあるが、二度と入るべきではないと思った。ゴロゴロしている連中の光を失った目を見ると、まったく自分の健康を誇りたい気持ちになった。健康も健康 だった一昨日、山から爽快な高原の空気を、火薬の臭いを体に染み込ませて帰ってきたばかりだ。

話している途中、野見山准尉が人事関係の連絡に来た。中隊長は入院していても決して高木中尉に何もかも任せてしまったのではない。中隊事務に関する決裁は必ず伊東隊長に求めているし、書類も重要なものは見せに持ってきている。そのために野見山准尉や命令受領者が毎日連絡に来ている。

高木中尉がまだ復帰したばかりで、中隊の実状がまだよくわからないからでもある。

しばらく話すうち、小隊の高橋春治伍長と高橋敬治兵長が見舞いに来た。高橋伍長が図嚢の中から街で買ってきた飴を出して、恥ずかしそうに差し出した。オヤジは嬉しそうであった。おそらくこんなに部下に慕われている中隊長は、今、部隊の中にはいないであろう。部隊長や江連大尉が入院したってこれほど皆が騒ぐことはあるまい。その点、伊東隊長は幸福である。またこれほど敬愛することができるオヤジを持って、我々も幸福である。

正午近くになったので帰ることにする。また来ますと言って出てきた。帰りは高橋伍長、高橋兵長と野見山准尉も加えて一緒に帰る。来る時にもまして大した人混みだ。年末だからでもあろう。街には何でも売っている。煙草も日用品も食物も溢れるほど出ている。野見山准尉は近日中におこなう幹部会食の会場を交渉するために別れたので、我々は先に帰る。

橋の上に出た。寒風が顔を打つ。正面に鉄廠の赤錆の熔鉱炉、その後方にある黄色い山の上に点々と立つ白い山西軍トーチカ。頂には鬼武山陣地が小さく見える。まったく瑞々しい鮮やかな色である。

20　正月準備

正月が近い。我々は思いもかけず、こんな所で正月を迎えることになった。昭和二〇年という年は日本にとって、また日本の陸海軍にとって、いかに悪い年であったか。来年は昭和二一年である。敗れた戦いを取り返すことはできぬとしても、せめて祖国復興の希望に充ちた良い正月を迎えたい。

（年末使役）

今年の働き納め。越冬準備や正月準備でよく使役が取られた。炊事場の井戸掘り、野菜の貯蔵庫作り、野菜運搬、石炭運搬など、仕事はいくらでもある。朝岡部隊長の方針で使役には将校も率先垂範（そっせんすいはん）で指揮にあたれとのことで、我々新品少尉はいつも使役の長となって活躍した。

週番士官要員は自分、野見山准尉、大村曹長、加賀谷曹長だが、准尉、曹長は皆、係の仕事が忙しいというので、実際に活躍できるのは今のところ自分だけだ。また、若さを誇る新品少尉の体面にかけても張り切るのが当然だ。

自分も任官してからこのかた、こんな整然たる兵舎に大隊が集合して入った経験はないから、自ずから緊張するし兵も緊張する。やはり人間生活に環境というものは大きな影響を与えるものである。自分でもおかしいほどバリバリと兵隊に気合をかけるようになった。また兵も注意されるとピリッと引き締まった。

炊事の水汲み作業も現地に出かけて兵を指揮した。野戦倉庫へ入った野菜を貨車から卸下（しゃが）する作業も部隊の各中隊から出た使役兵を指揮してやり遂げた。石炭車からの石炭卸下も運搬もやった。この間に野戦倉庫長の菅井准尉とも知り合った。

他中隊の兵を併せ指揮することは自分には初めての経験である。数からすれば約一個中隊もの寄せ集めの下士官兵を前にして、果して上手く自分の意思通りに動いてくれるだろうかと心配したが、実際やってみれば何のことはなかった。無論、多くの中には不平タラタラの奴もいるし、下士官で態度不遜なものもいるが、大部分は他中隊の将校である自分にもよく服従して働いてくれた。

下士官もよくその兵を掌握して自分の指揮に従った。殊に伊東隊の連中は自分の小隊のものが多く、他中隊に率先して働き、自分の威信を保持してくれるので大助かりである。自分の中隊の兵というものが、こんなに有り難いものであるということは、使役に出ればよくわかる。こんなとき村岡がいてくれると、どれだけ助かるだろうと思うが、彼は今、下白泉に残って西田の指揮下にいる。

ときに兵団司令部からの指令による使役に出ることがあるが、できもしない無理な仕事を押しつけるのには、まったく癪に障った。司令部の将校は皆、傲慢であった。准尉や下士官も尊大に構えている。どれだけ煮え湯を飲まされたかわからない。しかし、こちらはたくさん他中隊の兵を預かっているのだから、下手に喧嘩もできない。

しかしこの期間中、どんな気難しい連中も、ことを分けて話し合えば、喧嘩せずに円満に話がつくものだということを覚えた。また兵は自分たちがちょっと軍衣を脱ぎ、刀を外して一緒に仕事をすると、すごく張り切って働いてくれるものであるということも知った。自分にとって使役は兵の指揮法について良い勉強になった。

（農耕隊）

年末も近いある日、兵団農耕隊へ使役に行った。ずっと前から在・陽泉部隊では、軍の野菜自給のため、西兵舎の西隣に大きな農場を作り、各大隊から集めた要員をもって農耕隊を組織している。それを今度、至隆（しりゅう）兵団でやることになったのである。ここでは野菜の栽培、貯蔵、牛、豚、鶏の飼育などをやっている。

自分たちは野菜の貯蔵庫作りと、運搬されてきた野菜の地下倉庫への搬入を手伝った。幹部候補生出身の兵長で、鳥取高農農学科の卒業生が全般の指導をやっているという。その兵長に片桐 宏という男を知っているかと聞いてみたら、知っています、一年上の人でしたということである。

仕事をしていたら、少し年をとった少尉が出てきたので挨拶した。この人が農耕隊長である。

「どうもご苦労様です。どうかこちらに入ってひと休みしてください」と隊長室へ案内される。大変に丁寧な人だと思ったら、この人は乙幹出身で最近任官したばかりであるという。幡田少尉といった。話してみたらこの人は宮崎高農の農学科出身とのことである。それから大いに話が弾んだ。

こんな所で同学の士に会えるとは意外だった。さすが農耕隊長だけあって室内の本棚には吉川祐輝の『食用作物各論』や小野寺伊勢之助の『肥料学』なんかが並べてある。こんな専門書に接するのも懐かしい。

農場でできたものなど、ご馳走になる。隊長室は農場の中にポツンと建った一軒家で非常に閑静である。蓄音機もありますから時々遊びに来てくださいと言われたが、本当に羨ましい所であった。ここへはその後も二、三度使役に来た。

(下白泉連絡)

糧秣や正月用品補給のため下白泉連絡に出された。このときは自分の小隊だけで行李班を援護して行った。何だか不安であったが幸い敵の妨害も被らず、無事に任務を果たした。この連絡には江連大尉は一人で馬に乗ってやってきて、部隊の正月用のご馳走を仕入れた。江連大尉は部隊の経理委員主査もやっているので、こんなご馳走の心配もしなければならないのである。

下白泉陣地では立派な門松をたて、トーチカ入口には支那人の家のように赤や青や黄の紙に、めでたい文句を書いたものを貼りつけていた。この連絡で西田小隊の残留者を連れて行き、村岡分隊を連れて帰った。これで自分の小隊も全部揃って正月ができる。どうも村岡や斉藤市太郎がいないと自分の小隊は恰好がつかないのである。

帰りには、前に自分たちが手に入れていた牛一頭と、江連大尉が買い込んだ羊三頭を引っ張って帰った。これが正月のご馳走になる。

帰ってから「村岡、西田小隊で暮らしてみてどうだった」と聞いたら、「やっぱり落ち着きませんよ」ということだった。西田小隊は編成後まだ日は浅いが、もう両小隊には独特の雰囲気というものができてしまったらしい。

（火災・非常演習）

　年末は火災を起こしやすい。年末の軍隊に火災演習はつきものである。これも年中行事のひとつだ。週番士官は副官室に集合というので、各隊の週番士官が集まった。部隊でも火災、非常の時の応急派兵、消防隊の編成などが決められ、いつ演習をやるかも知れぬと言う。やれやれ厄介な時に週番に当たったものだと思いながら、その夜の点呼で所要事項を達した。

　その日の消灯後、たちまち寝込みを襲われ、火災呼集のラッパが鳴り響き、布団を蹴って飛び起きた。中隊へ駈けつけると、兵も消火器やバケツ、洗面器などをぶら提げて整列していたので、直ちに火が見えるところまで早駈けをやった。炊事場の前でも莚の山が燃えている。部隊長や江連大尉、各中隊長がかたまって我々の到着状況を見ている。残念ながら一番は、比較的炊事場に近い銃砲隊にとられたが、決して悪い成績ではなかった。

　正月も本当に近づいた。炊事場では各隊から使役兵をとって餅搗きに大わらわだ。正月用の酒保品や加給品がドッサリ来た。ある日、部屋にいたら高木中尉がやってきて、「北村少尉、僕の部屋へ来ないか、酒保品と加給品がドッサリ来たから野見山准尉も呼んで分けよう」と言う。

　行ってみると、あるある。酒、煙草、パイ罐、羊羹、団子、石鹸、手拭い、歯磨き粉、ちり紙、その他さまざまである。野見山准尉もやってきて、ますます福々しい顔をした。伊東中隊長の分は誰かに病院に届けさせることにする。正月が来るのにオヤジがいないのは淋しい。中津山を呼んで部屋へ持って帰らせた。日本酒一升壜はこの次、下白泉へ行って正月のやり直しをするとき、皆で飲むことにしよう。

　将校宿舎の各室入口の上に小さいながら注連縄（しめなわ）がかけられた。中隊へ行ってみたら野見山准尉が兵隊を指揮して中隊玄関の上にも注連縄をつけようとしている。ところがどこを探しても新しい稲藁というものが見つからないので、あり合わせの縄や莚をほぐして作ったのだが、下に垂れる藁が電髪のように波打っているのは面白い。それでも白い紙を切ってぶら提げるとしめ縄のように見える。

　自分は週番士官だったから、毎日正月準備の班内整頓や兵舎内外の清掃をやらされた。年末から年始にかけて週番士官も日直士官とすることになったが、同時に部隊と兵団の陽泉舎営地区巡察将校も日直になり、この方は中隊では自分一人しか出られないから結局、正月中は殆ど休みなしに日直と巡察将校を押し附けられることになってしまった。

どうせ休みになっても、どこと言って出かける所もないのだから構わない。また大いに働き甲斐もあるのだから勤め上げてやろう。年末だから部隊長や週番司令の要望事項も火災予防とか事故防止というのが多い。

週番士官は河南の原店と大営でやって以来、長い間やらなかったが、支那家屋の改造兵舎と違って堂々たる制式兵舎では何もかもが週番勤務者にとって便利にできているように思う。それに部隊長や週番司令という怖い目附役がいるのだから兵も緊張している。その代わり我々が失敗すれば、すぐ噛みつかれるのも必定だ。

原店では週番士官をやっているとき寝過ごして失敗したことがあったが、今では週番も慣れたもので、週番勤務中は別に起こされなくても起床ラッパが鳴る前に一人で目が覚めるのだから大したものだ。兵隊に訓示するのも上手くなった。

それだけの度胸ができてきたのだ。知らず識らずのうちに週番をやっていた初年兵時代の松下教官や石門士官学校の区隊長の身振りや言葉つきが自分に乗り移っていた。

日夕（にっせき）点呼のラッパが鳴って、中隊玄関から長靴の音をカツカツとさせながら大股で入って行くと、「気をつけーっ」というすばらしい号令が聞こえる。ガタンと扉を開けて入ると、週番下士官が敬礼して点呼人員、事故者の報告をする。

班内には電灯の光に照らされて直立不動の兵がズラリと並んでいる。触れれば切れるような緊張の一瞬。自分はこの雰囲気がたまらなく好きであった。たった一、二年前までは、今、点呼をとりつつある自分が、不動の姿勢で点呼を取られる初年兵や候補生であったのだ。

21 街

ある日、隣の部屋にいる三中隊の中村少尉と松本少尉と三人で街へ遊びに行った。年末で大した人混みである。露店もたくさん出ている。身動きならぬ雑踏。山の方から買い出しに来たおかみさんや老人や子ども、山西軍の兵士もたくさん歩いている。日本の兵隊も外出しているが割に少ない。

煙草、南京豆、飴、焼餅、石焼芋、鶏の蒸し焼き、饅頭など何でも売っている。惜しいかな、どれもこれも値が高い。我々はもう日本軍から給与を受けているのではなくて閻錫山給与なのである。懐の中は実に寒い。

そのすごい人混みの中を石炭の大塊を山積みにした馬車がガタガタと揺れていく。車の上に乗った車夫は炭粉で真っ黒な顔をして革の鞭をパチン、パチンと鳴らしながら「タララ……ラッ、イイイッ」と異様な掛け声をかける。まったく活気に充ちた年末風景だ。我々の気持ちもなぜか浮き浮きとする。

埃だらけの露店饅頭屋の蒸籠から真っ白な湯気がビューッと吹き上がり、天ぷら鍋の中から油滴が飛び散り、街路一面にすばらしい匂いがプンプンと立ち込める。

ついに空腹に耐えかねて映画館（休館中）横の小さな饅頭屋に飛び込んだ。将校がこんなみすぼらしい饅頭屋へ立ち入るなどもってのほかだが、うっかり飯店などへ入って飯でも食おうものならたちまち財布が空っぽになってしまう。揃いも揃った貧乏少尉。困ったものである。

茶を飲みながらあんこの入った饅頭を鱈腹食った。我々の旺盛な食欲はこれでなくては満足しない。この饅頭屋の親父は面白い奴だし、店もちょっと目立たぬ小さい所なので、ここなら日曜日など偉い人の目を掠（かす）めて息抜きに来るのによい所だと思った（結局、陽泉を出発するまでの何ヵ月間、自分が最もよく行ったのはここであった）。

さすが鉄と石炭の街だけあって、街のどこにでも俗にナマコという粗製銑鉄の塊や石炭がゴロゴロしている。〇〇煤機という看板がよく目に附くが、皆、石炭屋だ。また、寒風に吹かれながら橋を渡って帰る。営門を入ると衛兵が「敬礼っ」と叫ぶ。もうここからは饅頭屋へ入った話なんかできない。

ある日、夕方から司令部の横にある「御楯（みたて）寮」という陸軍専用の料理屋で下士官以上の会食をやった。野見山准尉が全般の準備をした。我々は後から行った。元、原店にいたとき特攻桜部隊に転属した鎌田喜美太郎伍長が、ここの司令部に勤務していて、一升ぶら提げてやってきた。久し振りの会食で自分はベロベロに酔っ払い、高橋春治伍長に送られて部屋へ帰った。

一二月三〇日に部隊内中隊対抗の大演藝会をやることになっているので、各中隊の名誉を上げんものと、昼間の勤務の疲れも忘れて猛練習している。長沢兵長がこんな藝人だとは知らなかった。その長沢と加藤亀松が主役で漫才なんかをやるのだが、自分たちはもうすでに練習を見るだけで毎晩涙を流して笑い転げている。

長沢なんて、いつもはコツコツと事務室で人事係の仕事をしている真面目な男なのに、どうしてこんな馬鹿げたことができるのだろう。それに彼は入営前までは村役場の吏員というような極めて地味な仕事をしていたのだ。自分は今まで分遣隊勤務ばかりしていて知らなかったのだが、長沢は昔から中隊演藝会のホープであったのだそうである。

そう言われてみると、なるほど、多少、青白い花王石鹸の三日月のような顔といい、太い黒のロイド眼鏡といい、人を喰ったような鼻の下のチョビ髭といい、漫才屋の具備すべき要件はすべて持っているようだ。当日の彼の活躍ぶりが期待される。その日には入院中の中隊長にも来てもらうつもりなのだから、なお更、他中隊には負けられないのである。

22 非常呼集、応急派兵

ある凍りつくような寒い晩。遅くまでやった漫才の猛練習も終わったので、宿舎に帰って布団の中へ潜り込みウトウトとしかけたら、突如、本部屋上で非常呼集の号音が鳴り出した。寝ぼけ眼をこすりながら飛び起きて服を着る。ゾクゾクとするほど寒い。

「エイ、クソイマイマしい。今ごろ非常演習をやるなんて、今日の週番司令はどこのどいつだ」

防寒帽を被り、防寒長靴をつっかけ、刀と拳銃をつかんで中隊へ走る。

「パーン、キューン。パパパパーン、キュキュキュキュキュキューン。パキーン」

「ドーン、ドドドッドーン、ゴゴゴーッ。ダッダッダッダッ……」

アレッ、演習じゃない、本物だ。眠気も吹っ飛び走った走った。兵舎の北方山上に、あるいは鬼武山の方向に辺り一面の銃声、手榴弾音だ。

「パキーン、ヒューン」と星空を截って流弾が飛ぶ。本部屋上ではなおも非常呼集の号音が鳴り続け、山山に反響する銃声と相応じて一入凄愴の気を漲らせる。

中隊に駈けつけると、兵も続々武装して舎前に整列し始めていた。すでに非常の場合の編成はできていた。命令受領者、井村兵長が本部から駈け戻ってきた。直ちに予定通り派兵である。自分は二〇名を率いて鉄廠へ。大村曹長はやはり二〇名を連れて平潭路の炭坑宿舎へ。すごく寒いので防寒外套を着せた。直ちに駈歩で鉄廠に向かう。営門には部隊長ががんばっていた。

銃声がだいぶ緩慢になってきた。星が気味の悪いほどギラギラ輝く。防寒外套を着て走ったらたちまち汗ダクになってしまった。鉄廠の周囲には高圧の電流鉄条網が張り巡らされていて、夜間は碍子のところからいる。
ポツポツと青白い光を出して空中放電している。鉄廠にも支那人を主とする自衛団がいて、門の横の望楼に銃を持って立っているし、三中隊から鉄廠衛兵も出ている。

これに誤認されないよう、遠くから声をかけて連絡をとった。門の前へ来て、すぐ入ろうとしたら、頭上の望楼から「小心、小心、有電(注意しろ、注意しろ、電線があるぞ)」と呼ぶ。ハッとして足下を見ると、門のところにはないと思っていた電線が二、三本地上に横たわっていた。危ない危ない。うっかり足が引っかかれば黒焦げになってしまう。中から三中隊の衛兵が出てきて、衛兵所で電流を切ったので中に入る。

鉄廠の日本人が出てきて「ご苦労様です、どうかこちらへ」と事務室へ案内した。煌々と電灯が輝き暖炉が赤々と燃えていた。鉄廠には日本人ばかりの自衛団もあり、すでに非常召集をかけて配置についていた。ここにも支那服は着ているが何れも若い日本人が五、六名いた。自衛団長が来て挨拶した。おそらく陸軍の将校上がりであろう。日本刀をぶら提げていた。

我々は応急派兵で来たのだからグズグズしていられない。直ちに鉄廠全部の見取図を見せてもらい、警戒兵を配置することにした。鉄廠は山の斜面一帯に広い面積を占めていて、とりとめもなく大きく、自衛団と我々だけではとても手薄な感じがするが、周囲全部に強力な電流鉄条網が張り巡らされているので、割に安全に守られている。山の方に向かった重要と思われる哨所に村岡と成田兵長にそれぞれ一個分哨を持たせることにした。

銃声は殆どしなくなり、ただ犬が猛烈に吠えているのが山山に反響して聞こえる。鉄廠の人の話では。平潭路の山西軍兵舎が襲撃されたのだろうということだった。鉄廠構内はすごく広い。怪物のような熔鉱炉、熱風炉が星空に突っ立っている。地上にはトロッコの軌道が縦横に走り、足元が危ない。電灯は明るいのが所々に点いているが、あまり広いからその辺だけしか照らさない。

山の方の分哨には支那人の自衛団が銃を持っていたし、お手のものの極上無煙炭が赤々と燃えていたから寒さの心配はなかった。作業用の照明灯が外に向けてある。山道が照らし出されている。鬼武山へ上る道である。山西軍のトーチカが青白く立っている。鬼武山の連中はどうしているだろう。自分は直轄組を数名連れて事務所に位置することにした。どうせ明朝まで非常呼集は解かれないであろう。今夜は無論、徹夜である。兵には交代で仮眠させた。本部へ連絡しようとしたが電話が上手く通じないので駄目であった。

鉄廠の人たちと話す。大概は隣の宿舎に家族を持っている人だが、中には河南作戦に参加して現地除隊した軍人あがりもある。しかし、初めて日本人居留民というものに接したわけだが、自分はあまり良い感じは受けなかった。非常にだらしがなく、かつ無気力であった。

今、山西にいる邦人は非常に困っていて、生活に苦しむあまり着るものも売ってしまっているということだが、この連中の話を聞いている限りでは、それほどでもなさそうである。

困っているのは事実だが、生活に困っているのではなくて、今まで通りの贅沢ができなくて困っているにすぎない。これらの人の中にも真に日本産業の大陸向け発展に尽すために身を挺して奥地に乗り込んできた人ももちろんいるであろうが、多くは一攫千金、濡れ手で粟を摑む金儲けを当て込んで渡ってきた連中が多いようである。

技術的には相当優秀な人もいるだろうが、人間としては決して優れた人物がいるわけでもなさそうだ。こんな連中が終戦と共に以前の繁栄を失い、それでも昔の華やかな生活が忘れられず、財物を売り払ってまで酒色に溺れているにすぎないのではないか。

よく将校の中にも鉄廠や炭坑の日本人のところへ遊びに行く人もあるらしいが、元来、質実剛健であるべき軍人が、求めて接触するのはどうかと思う。まして下士官兵にはなるべく接触させるべきではないであろう。

鉄廠自衛団の装備が良いのには感心した。我々の装備よりも良いかも知れぬ。鹵獲(ろかく)小銃は三八式小銃もたくさんあるし手榴弾もある。殊に今、自分がいる事務所に、まったく新品のチェコ機銃が二挺もあるのは大いに羨ましかった。

鬼武山にあるホッチキス重機も、以前ここにあったのを譲り受けたのであるという。長い間、ここに勤めている人は何度も敵襲を受けた経験を持っている。ある時は表門の間近まで敵が押し寄せたこともあったという。今は電流鉄条網があるため、最近はあまり近接しない。時々知らずに触れる支那人がやられるそうだ。雀や烏は電線に止まっても大丈夫だが、これを狙う狐がよく黒焦げになるそうである。製鉄の専門技術に関しては相当面白い話を聞かせてくれた。今ではこの鉄廠も支那人所有になり、この人たちはその支那人社長に雇われているらしい。

熔鉱炉は三基あるが一つは壊れ、他の二つも終戦以来、火を落としてしまったので、熔鉱炉のなかで処理中であった鉱石の溶融物がそのまま固まりついてしまったので、これを再び元通りにするには何年かかるかわからないそうである。また、鉄鉱石が出る山奥の方は下白泉以外、全部陣地を撤収してしまったので鉱石の補給もつかぬ。この人たちの中には下白泉の出張所にいた人もあり、治安の良い頃のあの辺りの状況を話してくれた。

夜は深々と更ける。外に出ると暖炉に火照った顔を突き刺すような冷たい空気である。星がギラギラと異様に光る。事務室にいた人たちは一人二人と次第に眠りこけてしまった。不寝番に附けられたはずの人まで眠ってしまっている。さすがは地方人だ。

「隊長さん、あなたも少し眠られたらどうですか」と、自分まで勧誘する。

チェッ、馬鹿にするな。敗れたりとはいえ我々は日本の軍人だ。応急派兵の出撃先で惰眠を貪る軍人があるとでも思っているのか。とうとうがんばって夜明けまで一睡もせずに押し通した。まだまだこれくらいの軍人精神は持っているつもりだ。

夜がほのぼのと明けてきた。萌黄(もえぎ)色の空に何もかも濃藍色の影絵になって浮かび出している。星の光が薄れ始める。どこからともなく白い蒸気が立ち上がり、ほの明るい空に消えて行く。すがすがしい夜明けのひと時。兵舎の方で、状況終わり、集合ラッパが鳴り、ついで起床ラッパが鳴った。

とうとうひと晩の任務を果たした。分哨へ撤収の連絡を出す。金色の朝日がパッと照らす朝靄を衝いて、我々は兵営に向かって帰途についた。

23　大演藝会

正月準備もひと段落ついた頃、いよいよ三〇日の中隊対抗大演藝会が迫ってきた。夜の練習も次第に白熱化し、延燈（消燈後、一定時間、特定の部屋だけ消燈時間を延長することで、週番士官の許可を要する）までしてやっている。野見山准尉が大いに熱を入れている。ここで中隊の出し物の説明をしなければならない。我が中隊では人気役者、長沢兵長以下の荒鷲隊ならぬ「わらわし隊」八名が「演藝慰問袋」と称して漫才、物まね、奇術、寸劇、あほだら経、民謡、尺八、二人藝などを盛りだくさん一度にやろうというのである。

他中隊のを密かに探偵したところ、劇や歌や、ありふれたものばかりなので、ひとつ中隊の名誉のためにも、すごい奴を出そうということになったのである。

「演藝慰問袋」第一中隊　長沢兵長他八名

出演者：長沢源一兵長、加藤亀松兵長、菅原庄一上等兵、浅利久栄上等兵、斉藤亀一上等兵、工藤岩雄上等兵、近藤健治一等兵、藤原貞四郎一等兵

1. わらわし隊の歌　出演者全員
2. 漫才　長沢兵長、加藤兵長
3. 物まね、あほだら経　長沢兵長
4. 寸劇　長沢兵長、加藤兵長、近藤一等兵
5. 民謡と尺八　浅利上等兵、斉藤上等兵、藤原一等兵
6. 二人藝　長沢兵長、加藤兵長、菅原上等兵
7. 歌謡曲「興国の賦」　菅原上等兵
8. 奇術・空中人間　長沢兵長、加藤兵長、菅原上等兵
9. 無言劇「ろうあ者の魚釣り」　長沢兵長
10. 歌謡曲「若き日の旅」　出演者全員

これだけ盛りだくさんのものを一時間くらいでやろうというのだから、忙しいことはお話にならない。無論幕は開けっ放しで、ひとつが終わればすぐに次のが現れなければならぬので、連続出演の長沢、加藤は汗だくになる。野見山准尉や下士官は知り合った居留民の家を駈け回って衣裳を借り歩いた。

もう衣装を着けて練習している。絶対、他中隊に負けぬだけの自信がある。

講堂には各中隊から集めた寝台を積み上げて立派な舞台が出来上がり、居留民団から借用の幔幕（まんまく）が張り巡らされ、照明装置やスピーカーの取り附けも終わっている。

中隊の出し物の説明役、工藤上等兵が顔一面に白粉（おしろい）を塗り立て、ピエロともサンタクロースともつかぬ扮装で敷布を縫い合わせた大きな袋を担いで出てくる。舞台の真ん中で立ち止まり、やっこらさと袋を降ろし、さて汗を拭き拭き中から紙を取り出して題目を読み上げるという寸法。

まず全員出てきて「わらわし隊の歌」を合唱。これは「隣組の歌」の曲で菅原が作詞した。次に漫才。長沢が思い設けぬ藝人であることは前に書いたが、加藤亀松も背広を着れば、どこの坊ちゃんかと思うモダン・ボーイ。とても染物屋の職人とは思われない。面白さを表現することは難しいが、本職の漫才屋のような嫌

味がなくて良い。おそらくこれが今日の演藝会では傑作の一つになるだろう。

次は物まねとあほだら経。長沢の一人舞台だ。彼の藝人ぶりが遺憾なく発揮される。寸劇。これは秋田縣から東京へ出てきた百姓おやじと娘が上野駅で不良青年に引っかけられる所をやるのだが、長沢がその百姓爺、加藤が不良青年になる。劇団唯一の女役、秋田娘になる適任者がいない。現役の初年兵の中には都会の女を欺く美少年はいくらでもいるが、皆、恥ずかしがって逃げてしまう。仕方なく近藤健治という髭面の三〇男を起用することになったのだが、結果からいえば却って大成功であった。

民謡と尺八。これは言わば途中の埋め合わせで、連続出演の長沢と加藤が息抜きするためである。民謡の本場、青森縣津軽地方出身の斉藤亀一と浅利が、「たんと節」か何かを掛け合いでやる。次に髭ダルマのような小男の藤原が尺八を吹く。

二人藝。これも長沢と加藤が女の羽織の中へ二人で潜り込み、加藤が頭、長沢が両手を出して一人の動作をやり、茶を飲んだり、ハーモニカを吹いたり、扇子で頭を叩きながら歌を唄ったり、煙草を喫んだり飴を食ったりする。

歌謡曲「興国の賦」。これは菅原が唄う。彼は入隊前、蒙古自治政府に勤めていて、張家口にいたとき居留民団のコーラスに入っていた。他の連中のズーズー弁の歌とはわけが違う。譜も無論読める。この「興国の賦」というのもドヴォールザーク作曲の「新世界より」の譜で、菅原が作詞したものだ。

祖国を遠く離れて戦いに敗れ、囚われの身で故郷の山河を思う軍人の心境をうたった立派なものである。

奇術「空中人間」。奇術でも何でもない。長沢が棒の先に防寒靴を履かせたのを持ち、腕の上に毛布を被せて舞台の上を練り歩くだけだが、そこは長沢だけに効果一〇〇パーセントである。最後に種を明かす。

無言劇「ろうあ者の魚釣り」。これも長沢の大活躍だ。最後に全員仮装のまま歌謡曲「若き日の旅」を合唱する。

三〇日当日。いよいよ今年の笑い納め、厄払いの日が来た。各中隊ともアンペラ持参で続々講堂に集まってくる。かねての計画通り、今日は入院中の伊東隊長殿に来てもらって、大いに中隊活躍の状況を見てもらうことになった。

和村正夫は隊長の馬を牽き、数名の護衛兵と共に病院へ迎えに行った。

それに今日は、陽泉の居留民団も招待しているので、ゾロゾロと数知れぬ居留民が繰り込んでくる。子どもも多い。本当にこんなことでもなければ敗戦後の日本居留民には何の楽しみもないのである。営庭には常に見られぬ和やかな雰囲気が漲る。

いつかどこかで、これとよく似た感じを受けたことがある。そうだ。昭和一八年一一月、静岡の部隊へ入隊して大陸へ出発する日も近いある日曜日、最初にして最後の楽しい面会日を思い出したのであった。さすがに華やかに着飾った和服姿はないが、モンペをはいた女の人は多い。講堂の中は大入り満員だ。子どもや女の声が異様に聞こえる。

四中隊の黒田准尉が進行係で、マイクに向かって喋り出した。賑やかに幕が開く。拍手が起こる。

うちの中隊の出演はずっと終わりの方になった。順番はくじ引きで決めたのである。あまり遅くなって時間が足りなくなるのでは困るが、最後に近く、ドッと笑わせるのも良いだろう。

一度人混みを潜って宿舎へ帰ってみたら、ちょうど伊東隊長が馬で来られたところだ。さすがに今日は嬉しそうである。無論、今日は軍服だ。しかし青白い顔と消毒薬の匂いをさせているのは何となく痛々しい。

すぐに会場へ行かれる。部隊長や江連大尉に挨拶している。

もう舞台では他中隊が何かやっているが、一中隊の兵隊は舞台のほうは見向きもしないで隊長の方ばかり見ている。やっぱりオヤジには早く帰ってきてもらわねばならぬ。

他中隊の出演は大して感心するほどのことはなかった。二中隊も大したことはなく、三中隊は中村少尉が大いに張り切って劇を二つほどと歌謡曲を出したが、無理に笑わせようとする嫌味が多くて観衆はあまり笑わない。四中隊はすごく大掛かりな劇を出した。背景や舞台装置は立派だったが、物語の筋がさっぱりわからなかった。五中隊のも大したことはない。

感心したのは本部通信班の劇である。どうしても通信班となると一般歩兵と違って藝達者のものや音感が発達した人間が多いのか、劇も歌謡曲もズバ抜けている。泉谷兵長の演技は大いに賞賛のまとになった。

昼食休憩。居留民が皆帰ってしまって午後はいなくなるだろうと思ったが、とんでもない。皆、弁当持ちで来ているのだった。それぞれ衣裳を貸した中隊の応援に来ているのであろう。その中には鉄廠の連中もいて、「やあ、この前はご苦労様でした」と言う。

その日の将校食堂には久し振りで伊東隊長の姿も見える。なぜか知らぬが我々もいささか肩身が広い。

　午後もまた見に行く。兵団司令部の高橋中佐も来た。居留民団からの飛び入り出演もある。中でも陽泉では桜井兄弟の名で通っている炭坑重役の息子の剣舞と踊りは大変上手かった。一二歳、九歳くらいの男の子だ。手品をやった人もあった。

　そろそろ陽が暮れかけてきた。あまり同じようなのばかりやるので観客席もざわめき出した。次はいよいよ一中隊の出演である。最初を上手くやらねば居留民は帰ってしまう。

　幕開く。工藤が袋を担いで出て口上を読み上げる。わらわし隊の歌合唱。長沢がもはや活躍を始めて皆を笑わせる。いよいよ漫才。大成功。長沢と加藤が大いに張り切って活躍したので観客席は拍手と爆笑が渦巻く。帰りかけていた居留民も再び座り直す。

　次に長沢が一人で物まねとあほだら経をやる。ワーワーと拍手喝采。ひとまず舞台がカラになり、長椅子一個と上野駅の札がかけられる。やがて顔に墨を塗りたくった長沢が下駄を履き、風呂敷包みを頸につけ、尻からげして娘の手を引きながら出てくる。娘は例の近藤健治だ。

　どこから借りてきたか一応、娘の服を着ているが、スカートの下からすごい毛脛が出ている。身振りは娘らしくてなかなかよろしい。ハンドバッグの代わりに野見山准尉の図嚢を抱えている。親爺がキップを買う間にベンチに腰掛けてお化粧をするが、ハンドバッグから靴刷毛を取り出し、鼻の頭に歯磨き粉をゴシゴシとこすりつけるところがミソである。

　観衆は身動きもせず舞台を見つめている。まことに演藝会らしくなってきた。一中隊大成功である。民謡と尺八で長沢・加藤も息を抜き、観衆もホッと息をつく。二人藝、奇術空中人間でまた爆笑。歌謡曲「興国の賦」でまたしんみり。まったくこの排列は誰がやったのか知らないが、よく見物人の心理を捉えている。最後に「ろうあ者の魚釣り」で泣くまで笑わせ、全員唄って拍手と歓声のうちに幕が下りた。

　辺りはもうすっかり暗くなった。居留民はもうこれで一中隊が最後を飾ったとでも思ったのか続々帰り始めたが、まだ舞台の上では本部や銃砲隊がやっている。一中隊熱演のあとではあまり見栄えがしない。ついに盛会のうちに今年の笑い納めの大会も幕が下りた。


　外に出てみると、いつの間にか大雪になっていて、辺り一面銀世界だ。中隊に帰ったら、野見山准尉がぬかりなく奔走して、大急ぎで会食の準備をして待っていた。伊東隊長と共に出演者の慰労も兼ねて大成功祝賀会をやろうというのである。事務室の向かい側、将校事務室に準備が出来上がっていた。隊長は部隊長や江連大尉に挨拶を済ませるとすぐに中隊へ来られた。

出演者の他に下士官も集まり、久しぶりに伊東隊長を囲んでの会食である。何といっても今回、最大の功労者は長沢兵長であった。皆大いに気焔を上げた。隊長は嬉しそうだが酒はあまり飲まれなかった。飲めば左目が痛み出すのだ。終わりに近く、立って挨拶されたが、いつもに似合わず何だかシンミリしてしまってだいぶ調子が違う。これはヒョッとすると伊東隊長はもう中隊へは帰れぬものと覚悟を決めているのではないかと、心細くなってきた。

会食も終わり、隊長は再び馬に乗り、数名の兵に送られて雪の中を帰って行かれた。我々は営門まで見送った。

24　正　月

夜暗（やあん）を衝いて鳴る起床ラッパ。床を蹴って飛び起きる。刀を吊って営庭に出れば、点呼場に集合した兵が、ワッショ、ワッショと天衝き運動をしている。

昭和二一年一月一日。カラリと晴れた冷たい正月の朝であった。点呼を終わる。九時から宮城遥拝（きゅうじょうようはい）式がある。

朝食には我々も中隊へ行って、高木中尉に倣ってコップ酒を乾杯。いよいよ自分も二四歳になった。中隊長が居られなくて淋しいが、こうして中隊全部揃って雑煮を祝えるのは有り難い。

兵は昨夜中に散髪や髭剃りも終わり、新品被服を着けている。他のものはともかく、階級章だけは取っておきのピカピカしたのを着けているのだ。しばらく雑談しているうちに、もう本部屋上で遥拝式整列準備のラッパが鳴り出したので準備する。今日は儀式の軍装である。すぐに舎前に整列。駈歩で式場へ引率する。

式が始まった。部隊長訓示。君が代斉唱。着剣して宮城遥拝。次いで「海ゆかば」合唱。これが勝ち戦であったなら、どんなに良かっただろう。式が済めば三日までは完全休養だ。外出は許可されなかったから、あっちでもこっちでも毎日会食である。

部隊の炊事場からも年末より準備していたご馳走がうんと上がる。中隊会食にも大変なご馳走が出た。自分には軍隊に入って以来、初めての正月らしい正月であった。昭和一九年の正月は蒙疆厚和の初年兵当時なので、まったく惨めなものであった。

昭和二〇年の正月はすでに見習士官にはなっていたが、所属部隊が決まらず、石門の学校で待機していた。大変なご馳走であったが皮肉にも正月の二日に第一二野戦補充隊附の命令が出て会食半ばで急遽出発せねばならなかった。

今年は大陸で三度目の正月を迎えたわけだが、敗戦にもかかわらず、最も落ち着けた正月である。それでも毎日、日直将校と巡察将校をやらされ、体はゆっくり落ち着くことはできなかった。

将校食堂の会食ではすばらしいご馳走が出た。伊東中隊長のところへも高木中尉と共に挨拶に行った。高木中尉の部屋で野見山准尉も来て会食した。二日にまた講堂で民謡大会があったが大して面白くはなかった。正月も三日になるともう退屈だ。誰もかも、そろそろ遊び疲れてくる。部屋にポツンと座って本を読む。

隣近所の連中もそれぞれ中隊の会食なんかに行っているのか、ひっそり閑としている。眠くなるような正月の午後。中津山でも来ないかな。誰でもよい、話し相手が欲しい。

ある日の昼の会食のとき、我々日本軍人に対する閻錫山からの慰問品が分配された。正月にあたって山西省の警備に当たっている全日本軍将兵に対する贈り物だとのことである。汾陽白酒という激烈な山西の銘酒と、「順風」という煙草であった。

25　兵営風景

正月も過ぎると、すぐにまた使役である。辺りの景色も何だか落ち着いて新しい年の生活を始める準備をしたという形だ。兵舎周辺の樹木はまったく丸裸になり、寒々とした梢をスックと立てている。

朝は青白い靄が立ち籠め、日中はカラリと晴れ渡る。だいたいきっちりと三寒四温を繰り返す。行李班の駄馬も長毛に蔽われ、白い息を雲のように吐いている。眠くなるような兵舎の午さがり。広い営庭には一人の人影も見えず。時に営門を将校が出入りするらしく、「敬礼っ～」と叫ぶ衛兵の声が響くばかり。

中隊へ出勤する往き帰り、行李班の兵舎を覗くと、暖炉が赤々と燃え、中隊から勤務に出ている千葉伍長や佐々木富弥が雑談している。立ち寄って少し話す。

中隊事務室。陽当たりがよくて眠くなりそうだ。野見山准尉は外出したのか、長沢兵長が煙草の吸い殻を溜めておいてはまた丹念に巻き直している。こんな大人しい真面目な人事係の助手が、よくも多数の観衆を前にして奇抜な漫才ができるものである。

今度、中隊復帰して事務室勤務になった館岡信之助上等兵は、元来、中学校の数学の先生である。やはり口数の少ない学者肌の、しかも謹直な男だ。

本部屋上でラッパが鳴る。最初は部隊号音。さて次は何が鳴るか。週番下士官集合だ。神馬軍曹が通信紙綴を片手に出て行く。

班内に入ってみる。使役に出ているので少ししか残っていない。多くは病人か衛兵下番だ。洗濯したり午睡したりしている。ブラリと部隊炊事場から医務室の前を通り、物品販売所のところまで来る。物品販売所とは名ばかりで、時に講堂として使ったり、准士官、下士官集会所になったりする。今は中隊の大友曹長（加賀谷軍曹と共に陽泉へ来てから進級）がここの取り締まりにあたり、一室に寝起きしている。

最近ここに理髪所と図書室ができた。静岡の補充兵の中から本職の散髪屋を選び出してやらせている。自分も時々来る。図書室には貧弱な書棚の上に一〇〇冊ばかりの本がならんでいるが目ぼしいものはない。『官話急就篇』があるのを見つけて借りる。

大友曹長を訪ねる。多少病身でもあるし、年寄りでもあり、且つこんな中隊からも大隊本部からも離れた小高い所にある脱俗超凡の世界にいるものだから、彼はまるで仙人か禅坊主の言いそうなことを言う。将校に対する個人的批判など、なかなか鋭いものだ。何か教えられるところがあるように思ったので、よく行ったものである。

厩の方へ行く。馬と馬糞の臭いが鼻をつく。中隊長の馬が淋しそうに繋がれていた。今では日に一度、馬当番の和村正夫が運動させているにすぎない。この馬も河南からはるばると黄河を渡ってここまで伊東隊長を乗せてきた功労者であった。今は乗る人もなく、隊長の退院を待っている。

厩の近くには蹄鉄工場があり、よく馬に蹄鉄を打っていた。日本馬は大人しく打たせるが、行李班の駄馬は皆、支那馬で暴れるので、特別に造ってある横木の間へ、幅広い布で縛り上げて打つのであった。

この兵舎はいつ頃できたものか知らないが、元は相当多数の煉瓦建ての建物があったらしいが、だいぶ破壊して見る影もなく、残骸を曝している部分もあるのはどうしたわけだろう。あるいは戦時中に敵機の空襲を受けたことがあるのかも知れない。

正月以来、各中隊の兵が少し横着になり、兵舎の北と東側の外柵に屯ろする支那人の物売りから飴や煙草を買う不届きものが出始めた。また、支那人という奴は、退屈している兵の気持ちをちゃんと見抜いていて、外柵に座り込むのだから、まったくたちが悪く、追えども追えどもまた寄ってくる、しつこい連中である。

26　週番士官

年末から正月にかけて連日、日直将校と巡察将校に勤務。正月が過ぎればまた週番士官だ。

週番士官は確かに体が疲れる。また精神的に疲労もする。しかし、こんな駐留状態に入れば、将校のおもな仕事といえば週番勤務ではないだろうか。殊に終戦後の今、ともすれば紊れがちの軍紀を維持し、国軍有終の美を発揮するには、優秀なる将校、殊に軍紀風紀の源泉をもって自ら任じる週番勤務者がなくてはかなわぬ。

正月ではあるし、また他部隊や他中隊で数回事故があったので部隊長が俄かに厳格になり、軍紀犯、風紀犯は厳罰をもって臨まれるようになったので、週番勤務者の責任はなお更重大になってきたのであった。無論、週番司令や週番副官も辛いであろう。

しかし常時、各中隊にあっていつも兵と共にある週番士官の苦労は更にそうとうなものである。週番司令や週番副官は部隊長に対して責任がある。週番士官は部隊長や週番司令に対してはもちろん、中隊長に対しても責任がある。もし中隊内で事故を起こしたらと思うと、戦々兢々とならざるを得ない。

ところが兵隊の方はそこまで考えてくれるわけではないので、暢気なものである。いくらこちらがハラハラして見ていても平気なものだ。大きな声をはりあげて叱ることはたやすいものである。しかしそれをせずに、直ちに間違いを改めさせる方法を見つけ、大きくなる前に未然に事故を防止することがなかなか難しい。週番士官勤務は辛いけれども働き甲斐はある。

一個中隊の兵力に対し、よく部隊長以下、上司の命令意図を徹底し、その方針の下に一糸紊れぬ統一を成就し得たとき。寒風を衝いて早朝の点呼場に佇むとき。凍る大地を踏みしめて夜間巡察に服務するとき。日曜の外出日、街を巡察して中隊の兵に行き遭うとき。一週間の勤務中、何の事故もなく無事に勤め上げて上番者と共に申告するとき。ああ、楽しきものは週番士官なるかなと、ひとりで会心の笑いを洩らす。

初年兵時代や石門時代、俺も一度はあのようになってみたいと、儚い希望を胸に描いて眺めた週番士官の颯爽たること。自分は今こそ、その職務をおこないつつある。

まだ明けやらぬ冬の朝。ふと目を覚ますともう中津山が来て暖炉を燃やしつけている。

「中津山、今、何時頃だ」

「六時半頃です」

朦々と立ち込める煙。ゴホンゴホンとむせ返る。かくして週番士官勤務中は否応なしに燻(いぶ)し起こされるのであった。非常に粗暴なやり方だが、暖炉も一緒に火が点くのだから、中津山にとっては一挙両得である。ムクリと起き上がって服を着ると、もう入口のたたきの上に、熱い湯の入った洗面器が台の上に乗っている。

ゆっくりと顔を洗い、服装を正し、刀を吊って外に出る。将校宿舎の門にはまだ不寝番が立っていて敬礼する。中津山は感心に、いつも起床時限前に起きていた。

広々とした点呼場に出る。凍てついた大地。東天は萌黄色になり、暁の明星が輝いている。乳色の靄が兵舎や木立ちの下半分をうっすらと蔽っている。後ろを振り返れば、炊事場の煙突や風窓の隙間から真っ白な湯気が屋根にもつれながら空に立ち昇って行く。兵舎の裏にある民家から鶏の声が聞こえる。

夜明け前のすばらしい一瞬。大きく深呼吸する。本部屋上にチラリとラッパ手の影が動いた。さあ鳴るぞ。嚠喨(りゅうりょう)たるラッパの響き。静寂を破って鳴り渡る起床の号音。折から東天の横雲を破って昇る金色の朝日。光芒が矢のようにほとばしる。

各中隊兵舎に響き渡る「起床」の声。見よ。早くも各中隊からは脱兎の如く飛び出してくる兵の姿が、我れおくれじと点呼場に殺到する。点呼場に来た兵は、中隊ごとに整列すると、たちまち「エッサ、エッサ」と天衝き運動、舟漕ぎ運動を始める。週番士官は通信紙を拡げながら各班の点呼人員を調べる。

この頃になると将校宿舎から各中隊の週番士官が現れてくる。最近は部隊長や江連大尉、各中隊長までが中隊の点呼状況を見に出てくるので油断がならない。点呼整列は各中隊競争だ。目下、最大の競争相手は三中隊だ、中村少尉だ。決して負けられない。また負けてもいない。

もう自分たちは中隊の中央前方に位置して、兵の服装や動作を克明に見ている。週番士官の目つきが悪くなるのは、この時だ。まだどんなに寒くても、兵がどんなに寒そうな顔をしていても、週番士官たるものは一瞬も寒そうな動作をしてはならぬ。ここはグッとやせ我慢をして寒風なんかどこに吹いているんだという顔をするのである。週番士官こそ中隊の軍紀、風紀、また士気の源泉ではないか。寒風の中に颯爽と立つ週番士官の姿こそ、兵にとっては一日の初めに与えられる活模範なのだ。

やがて週番下士官の「点呼」の号令につれて、各班一斉に週番士官に敬礼する。そして第一内務班から順に兵の人員、服装、顔色などを見ながら点検する。どういうわけか近ごろ、服装を乱すものが出てきたので、こっぴどく気合を入れる。一人一人の兵の顔色を見て体の調子の悪いものがすぐ見つけ出せるようにならなければ、週番士官も本物とは言えない。

人員点検が終わると、いよいよ中隊の正面中央に戻り、東方を向く。

「宮城遥拝、頭(かしら)ー、中っ。直れ。勅諭五ヵ条、奉唱始めっ。ひとつ、軍人は……。頭ー、中っ。直れ」

達すべき注意事項があれば、このとき達する。なければ解散して直ちに神馬軍曹の指揮で体操実施。

最近、一部の週番士官の中に宮城遥拝と勅諭の奉唱を省略する向きもあるが、今日、軍人であるという自覚を失わせたら、たちまち軍紀が紊乱することは火を見るよりも明らかなので、いよいよ上司から全面的にやめよとの命令でもない限り、どこまでも押し通してやろうというのが自分の方針である。

点呼が終われば兵は中隊へ走って帰り、我々は週番司令と中隊長へ点呼報告に行く。ここにいよいよ兵舎の一日の幕は切って落とされたわけである。部屋へ帰って朝食。週番になって中隊兵舎へ泊まる時もあったが、その時は兵室で兵と一緒に寝起きし、兵食をとって内務班の実状を身をもって体験する(ところが、数回これをやってみたが、自分ではそんなつもりはなくとも、下士官兵にとっては週番士官が泊まり込んでいると何かと緊張してしまって負担を感じるものらしく、甚だ不評判であったのでやめることにした)。

朝食後は直ちに中隊へ出勤。九時になると「課業始め」のラッパが鳴る。将校宿舎の前へ所命の使役兵を整列させねばならぬ。これを出してしまうまでは週番士官の責任で、時には週番士官のまま使役兵を指揮せねばならぬこともある。

軍隊内務令でも週番勤務のところに示されているが、週番司令、週番副官、週番下士官、週番上等兵は演習出場を免ぜられるが、週番士官は勤務期間中も毎日の演習に出場しなければならないことになっている。今の作業も演習と見なされるわけである。

一応、使役兵を選り出してしまうと、各班内の整頓状況や兵舎内外の清掃状況を見廻って、週番上等兵や班の兵に注意する。暖炉が入っているので、どうしても班内が汚れやすく、また火災の危険も多い。兵にはうるさがられるが仕方がない。

事務室に座って命令・会報綴に目を通していると、週番下士官が食需伝票の点検を受けに来る。ところがこの食需伝票という奴が、なかなかの曲者で、よほど気をつけて確実に中隊の人員を知悉（ちしつ）していないと不正がおこなわれやすい。

衛生兵が患者名簿の点検を受けに来る。食い過ぎというのはあまり見当らないが、静岡の補充兵はよく風邪をひいたりする。

だいたい以上のことをやってしまうと、別に仕事はないようなものだが、何と言っても週番士官は常に中隊にいて中隊長や他の将校の不在中、中隊のあらゆることを指導せねばならぬのだから責任は重い。事務関係ばかりではない。極く小さなことまで親身になって兵の面倒をみてやるのが週番士官である。ガミガミと叱りつけ、欠点ばかり暴き出すようでは有り難がられない。

病人が発熱していれば時には班内に行って頭を冷やしてやるのもよいし、兵が炭団（たどん）を作っているなら、炭粉をこねる手伝いくらいはしてやるべきである。それもなければ事務室で野見山准尉と話したり、長沢のおどけ話を聞いたり、おもに現役の初年兵から出されている事務室当番をからかってみるのも面白い。

実は高木中尉殿があまり中隊に関心がないのか、中隊には時々しか現れないのである。そういえば伊東中隊長が入院してからというもの、一中隊はどうも他中隊の中隊長からいじめられがちである。

高木中尉はまだ九期の新任中尉で年も若いので、どうしても江連大尉や赤川隊長、亀井隊長など老巧な隊長に押されてしまう。残念だが仕方がない。いくら若くて張り切っていても年の功には敵わないのだ。時々、高木中尉は他の連中に煮え湯を飲まされて憤慨していた。

そのようなことが原因でもあるまいが、一中隊はよく使役の時、嫌な仕事を割り当てられたり、不当な圧迫を被ったりした。しかし、中隊長が留守だからといって他の中隊に負けてよいはずはない。いや、伊東中隊長が入院中であるからこそ、なお更、中隊の名誉を上げねばならないのである。

事実、兵はまったくよく働いた。他中隊にいじめられようが、不当な仕事の割り当てを受けようが、なにくそと盛り上がる伊東隊魂は、いつも兵隊を鞭打って奮起させたのであった。点呼の時に与える注意にも、しばしば隊長の留守番中は一層、張り切らねばならんと強調したものである。

そのため馬鹿を見たことも多い。確かに一中隊は大隊の中でも第一等の馬鹿正直中隊であった。

一〇時には衛兵の交代がある。中隊から衛兵を出すときには舎前に集めて厳格な軍装、服装の検査をして送り出さねばならぬ。防寒具を全部つけて丸丸とふくれた兵隊の姿は可愛いものである。また一〇時からは医務室で診察があるので、佐々木衛生兵が患者を連れて出て行く。

陽泉に来て以来、兵団司令部から『祖国の動き』という謄写版刷りの新聞が、各中隊に一枚ずつ配布されるようになった。どうやらこの記事の内容は米軍か中央軍の検閲を受けるらしく、戦時中の新聞とはおよそ似ても似つかぬものであった。読んでいて嬉しくなるような記事は一つもない。帝国議会の記事や国際情勢の記事も、大陸の奥深くにいる今の我々の境遇とは何だかそぐわないものばかりだし、国内情勢だって国民に餓死者が出ているとか、食糧不足だとか強盗殺人犯の横行とか、ひと目見て嫌になってしまうものばかりである。

ただ、皆が比較的熱心に見るのは「復員便り」という一画で、ここには大陸や南方各地からの軍隊や居留民の引き揚げ状況が毎日出ている。連雲(れんうん)港だとか、塘(とう)沽(こ)とか仙崎とか宇品などという引き揚げ船の発着地が我々の目を引いた。しかし、我々の復員の話など、薬にしたくとも出てこなかった。

一一時半に課業終わりのラッパが鳴る。使役に出ていた連中が寒がって帰ってくる。暖炉の周りに集まって話が弾む。やがて「メシアゲーッ」と週番上等兵が蛮声をはりあげる。

「ハーイ」と、待っていましたとばかりに飛び出す初年兵。彼らには「飯上げ」という言葉が何よりも楽しみなのに違いない。自分も宿舎へ帰らねばならぬ。

西兵舎へ来て以来、昼食には将校宿舎の食堂で全将校が集まって会食することになったのである。どこの部隊でもやっていることだが、うちの部隊では今まで各中隊がバラバラに分散していたので、こんなこともできなかったのだ。

（昼の会食）

部屋へ帰って刀を置き、すぐに食堂へ行く。食堂というと立派そうに聞こえるが、今ここにいる二〇名あまりの将校がやっと入れるくらいの小さな細長い部屋である。最近、四中隊も復帰したので二村隊長以下四名が加わり、大いに狭苦しい。

暖炉は部隊長が座る端の方に小さいのが一個ある限

りだ。窓が多くて明るいのはよいが、最近の寒さでは隙間から風が入ってゾクゾクするほど寒く、日課の中ではこの会食が最も嫌であった。我々が先に行っていると、オヤジさんたちが続々と来て座る。最後に江連大尉と朝岡部隊長が入ってきて上席に座る。部隊長の横に江連大尉と亀井隊長（伊東隊長がいれば、当然、伊東隊長の方が先任である）。以下は階級序列の順に座り、我々新品少尉は末席の方に小さくなる。いよいよこれから部隊長に倣って食事を始めるわけだが、ここでひとつ、部隊の将校一人一人について見渡すのも面白いだろう。

部隊長　陸軍大尉　朝岡正夫（大隊本部）

良い部隊長だ。厳格だが人情味もタップリある。河南の陜縣橋頭堡時代から我々の大隊長である。すばらしい体格だ。後で聞いたことだが朝岡部隊長は慶応大学出身の陸上短距離選手で、ひと昔前には短距離の朝岡といえば誰知らぬものなき堂々たる選手であったそうだ。ベルリンのオリンピックにも出ることになっていたという。

そういわれてみれば、なるほど普通の体じゃない。走り出したら我々だって敵わないであろう。特に休めの姿勢をした時、出した方の脚の膝がガクンと前に曲って見えるのは奇観であった。あれが短距離選手の脚なのかも知れない。山形縣の出身。

陸軍大尉　江連貞夫（大隊本部）

部隊の先任将校である。うちのオヤジと同期だが、河南にいる時、現役志願していたので進級が早くなった。オヤジとは大変仲が良い。大隊の作戦係主任、教育係、兵器委員首座、経理委員会首座など、重要な仕事を一人で引き受けている大した精力家である。きつい近眼眼鏡をかけ、人を射竦めるような険のある目をしている。

我々若いものはなるべく敬遠することにしている。何となく怖ろしいのだ。しかし、実際はそんな人ではなく役目柄、仕方なくこんな態度をとられていたのだろう。茨城縣出身。

陸軍中尉　羽田文一（大隊本部）

部隊長副官。この人は伊東隊出身で、従って自分の先輩である。また江戸っ子である。まだ中隊が山西にいて「勝」部隊に属していた頃、作戦に出て山西軍に対し、突撃を敢行。左大腿部に敵弾を受けて骨折。長い間入院していた。「至隆」部隊編成の少し前に退院して本部附になった。今でも多少、足が不自由である。高木中尉と同じく九期の新任中尉。大いに張り切っている。気持ちの良い人だ。碁に凝っている。高木中尉、常川中尉、二村中尉のグループである。

陸軍中尉　常川信郎（大隊本部）

大隊本部通信班長。若くて押しが強くてサバサバした人である。事あるごとに副官に食ってかかるのもこの人である。口も早いが手も早い。非常に実行力に富んでいる。高木中尉、副官らのグループ。やはり今回進級した。愛知縣出身。

陸軍主計中尉　橋口正一（大隊本部）

自分と同じく「至隆」部隊編成の時、山西の河原田部隊から転属してきたお爺さん。全然やる気がなく、朝岡部隊長や江連大尉がカンカンに怒って、食ってかかっても馬耳東風。困った爺さんである。この人が活躍しないから部隊の給与がなかなか良くならぬ。宮崎縣出身。

陸軍中尉　元場　眞（大隊本部）

河南にいる時、高木中尉と共に中支から転属してきた人。今、大隊の農耕隊長をやっている。あまりパッとしない存在である。また、髭を生やしているので、若いのか年寄りなのかちょっとわからない。自分にとっては謎の人物である。高木中尉のところへ時々遊びに来るが、いつも黙って本ばかり読んでいる。静岡縣出身。

陸軍軍医少尉　松本　和（大隊本部）

大人しいこと女のような軍医さん。あんまり若く見えるので、まだ二〇歳代だと思っていたのに、三一歳とは驚いた。大人し過ぎて時にこちらがイライラしてしまい、もう少し元気を出してくれたらよいのにと思う。しかし、ひとたび口を開けば、職務上のことに関しては、なかなか骨のあるところを示すこともある。眼科出身だから内患となると手に負えなくなって、すぐ入院させてしまうが、眼疾患者に対しては常に見られぬ勇猛心を発揮して、実に手荒な手術を施すそうである。しかし話してみれば感じの良い人だ。兵庫縣出身。

陸軍中尉　伊東壽一（第一中隊）

我々のオヤジ。実に怖いオヤジだけれど、いてくれなければ中隊は動かぬ。目下、先日の地雷爆創で入院中。生粋の江戸っ子で早稲田大学法学部出身。我々のオヤジとしては申し分なく、威厳があり実力もあり、今の大隊の中では最先任である。江連大尉や国田中尉と同期。酒を飲めばいささか癖が悪いのが玉に瑕（きず）。

しかし、そんなことは何でもない。我々の誇りであり中隊団結の核心だ。早く帰ってきて欲しい。

陸軍中尉　高木克博（第一中隊）

九期の新任中尉。例の昨年八月一四日、橋頭堡撤退の晩に中隊配属になった人である。年齢は自分より一つ上の二五歳で、目下、伊東中隊長代理。温厚篤実の好人物で、何か人を惹きつける力を持っている。ここへ来るまでは第三中隊長代理もしていたので、まだ中隊へ来てから日も浅く、中隊の事情もよくわからぬらしい。今でもむしろ三中隊の下士官兵に知り合いが多いようである。

しかしこの人がいてくれなければ自分は困る。羽田副官や二村、常川中尉らと仲が良く、よく碁をしたり習字をしたり、印鑑彫りをやったり、ハーモニカを吹いたり、果ては印度哲学の本を読んで面壁（めんぺき）座禅するなど多藝多才の人。静岡縣出身。

陸軍少尉　北村北洋三郎（第一中隊）

省略（いくら何でも自分のことを書くわけにはいかない。この『大陸征記』全部を通読して判定を下して欲しい。本当は当時の上司や同僚がこの空白を埋めてくれることが最も望まれる。しかし、これは到底望み得ないことであろう）。

陸軍少尉　西田壽瀏（第一中隊）

高木中尉と同じ時に中隊配属になった一三期の少尉。京都帝大文学部出身というのだから学士さんであり、学歴は見事なものである。しかし、この西田によって京都帝大に対する自分の印象は甚だ悪くなったことは否定できない。彼は商人にでもなった方が出世が早かったに違いない。神戸の出身だが京都で散々放蕩していたらしい。関西人だけに商才に長け、ベラベラした嫌な関西弁で喋るが、腹の中では何を考えているのか知れたものではない。

上官のご機嫌をとる術においては誰も彼に敵わぬ。いかなる高官も彼の弁舌にかかればナメクジ同然。まったく彼に関する限り雄弁は金、沈黙は銀。実はこの男に初めて会った時から、自分が関西人であることがつくづく嫌になりだしたのだ。目下、自分とは犬猿の間柄。

どちらが犬でどちらが猿だか知らないが、とにかく一緒にいればロクなことはない。今は自分と交代して下白泉にいるから喧嘩もおあずけ。酒を飲めば癖が悪く、非常にしつこく絡みついてくるので癪に障る。年は高木中尉よりも上で二六歳。

陸軍中尉　国田義雄（第二中隊）

第二中隊長。うちのオヤジと同期で仲が良い。今、二中隊は陽泉東方の白羊墅（はくようや）地区に分遣されているので、この会食の席には顔は見えない。すごくムッツリした人で、ちょっと近づき難い。オヤジは面白い人だと言うが、自分には何だか感じが悪かった。茨城縣出身。

陸軍少尉　内田重蔵（第二中隊）

一二期の少尉。大変頑丈な体格の持ち主だ。話し合う機会が殆どないのでわからないが、中隊長の影響でもあろうか無口な男だ。従って優秀な軍人かどうか何もわからぬ。九州男児だが自分はよく知らぬ。

陸軍少尉　栗田芳彦（第二中隊）

やはり一二期である。見た限りでは体格もそれほど良くない。あまり知らない。愛知縣出身。

陸軍少尉　若林栄昭（第二中隊）

一三期。三重縣一志郡の出身で高田専門学校（真宗高田派本山経営）を出ている。お坊さんの学校だし、それに名前から見てお寺の息子ではないかと思う。伊勢言葉がなつかしい。お嬢さんのように大人しい、また弱々しい少尉である。いつも寒そうな顔をしている（なぜ若林少尉のことだけ割に知っているかといえば、昨年八月、河南省温塘の大隊本部へ射撃競技大会に行った時、初めて大隊配属になった一三期の連中に会ったのであった。自己紹介をし合っているうちに自分が三重高農出身で松阪にいたし、彼が三重高農のすぐ近くにある高田専門の出身であることがわかり、親しくなったのである。しかし、二中隊は陽泉へ来てからもずっと分遣されていて、滅多に会うことはなかった）。

陸軍中尉　赤川健一郎（第三中隊）

三中隊の髭オヤジ。いつもその八の字髭を自慢そうにひねっている。ズーズー弁丸出し。今、部隊の後方係だ。ご隠居にはうってつけの仕事であろう。会食の時、最もよく発言するが、この人の話は聞いていて面白いから退屈はしない。しかし、うちの中隊が三中隊の最も大きな競争相手であり、またオヤジが留守中だから、よくこの人にいじめられる。秋田縣出身。

陸軍少尉　中村奎二（第三中隊）

一二期のハリキリボーイ。自分の最も大なる競争相手。なかなかよく活躍するし要領も良い。頭も良いのだろう。大変な野心家である。しかし三中隊では赤川隊長が老爹兒（ロートル＝年寄り）で、おそらく若い兵隊には受けがよくないだろうから、中村少尉のように張り切ったのがいなくては中隊がまとまらない。

その点、中村少尉の存在価値は大したもので、一中隊における自分のごとき中途半端なものとは違う。確かに三中隊の原動力であるし団結の絆でもある。そして、彼もその重責に応える活躍をしているのは立派だ。しかし彼と我が中隊の将校を比較してみても、そこにはまったく共通点を見い出し難い。これ即ち両中隊が同じ東北人を主力としていながら、その気風が根本的に異なる原因であろう。彼は長野縣出身。

陸軍少尉　松本金次（第三中隊）

一二期の少尉だが、自分は彼の少しオットリとした性格が好きである。今は大隊の行李班長をしている。中村少尉とはまったく違ったタイプである。見たところあまりパッとしない男だが、やることはキチキチとやるし、押しも強い。何しろ悪気のある男ではないので、自分はよく往来する。岡山縣出身。

陸軍中尉　二村了一（第四中隊）

第四中隊長。ナマズ髭の大人。痩身から出るすばらしく大きな声。非常に面白い話をする人であって洒々落々（しゃしゃらくらく）というところ。その話も決して嫌味がなくて淡白なものだ。豪傑笑いが上手い。高木中尉や副官・常川中尉のグループ。高木中尉のところへよく遊びに来る。岐阜縣高山市出身。

陸軍少尉　大野 彰（第四中隊）

五中隊の松村と自分と共に部隊でたった三人の一一期である。大野は石門士官学校第六中隊（機関銃中隊）出身だ。横浜高商卒業で頭が良く、快活で兵隊をよく可愛がる。そしてちょいちょい悪戯をやるのが好きな、ユーモラスな人間である。

自分は大野が好きだ。二村隊長がどちらかというと、中隊のことに無関心で超然としているし、また田中隊は兵の質があまり良くなくて事故が絶えないので、大野の苦労は大きい。

よく事故を起こした兵隊を呼んでは説教していたが、彼の訓戒を受けると荒んでいた兵の気持ちが和み、果ては泣いて帰ってくるのだから、彼の説得力と、何よりも誠意は見上げたものである。自分も大いに彼を見習おうとしたけれど、とても自分にできることではなかった。

一一期の中で、いや新品少尉すべての中では大野が一番の人格者であろう。彼は横浜市の出身である。

陸軍少尉　岡田豊平（第四中隊）

一二期で高木中尉と同じく静岡縣沼津市出身。一中隊における自分と同じで、大野という立派な兄貴がいるから何も心配はないし、勝手なことをして楽しんでいる。しかし彼の純真さは愛すべきだ。きっと地方では何不自由のない結構な家庭で、苦労も知らずに育てられた坊っちゃんであったのかも知れない。

また大野少尉も彼の多少、軽はずみな行動に対し、暖かい目を注いで自由にしてやっているらしい。同じ中隊の将校が本当に仲良く兄弟みたいに暮らしているのは、まあ大隊の中でもこの二人くらいのものかも知れない。

陸軍少尉　平田〇〇（第四中隊）

田中隊にいた一二期の少尉である。どうしたきっかけか知らないが、後に居留民と親しくなり、脱柵のような強硬手段で部隊を脱出し、閻錫山の下に投じたらしい。色んな経緯があるらしいが、部隊でも二村隊でも平田少尉のことについては話題にしたがらなかったし、大野少尉などに対しては自分も（平田少尉のことを）話題にすることを遠慮した。

陸軍中尉　高橋俊宏（第五中隊）

第五中隊長。温厚で落ち着いた人である。女学校の先生をしておられたと聞いたように思う。兵隊の教育にも心を傾けている。そのために以前あまり良くなかった五中隊が最近、大いに面目を一新したのだとの評判だ。静岡縣出身（復員後、部隊の将校たちのところへも手紙を出した。自分は静岡縣庁酪農課へ勤務することになったが、高橋隊長は逆に大阪に就職した。しかし静岡へ帰った時、わざわざ縣庁へ訪ねてくれ、色々便宜を図ってくれたのである。人間的には部隊の将校のなかで高橋隊長が一番りっぱであったかも知れない）。

陸軍少尉　松村　一（第五中隊）

大野と自分と共に一一期。しかも松村と自分は石門の士官学校で、同じ中隊、同じ区隊の同じ班にいたのだから面白い。彼も「至隆」部隊編成と共に山西省潞安にある部隊から橋頭堡へ転属したのだった。

松村も自分も石門で体が弱かった。自分の方は何とか今では普通以上の体力があるが、彼は今でもそれほど体がよくない。二人とも辻井区隊長には頗る見覚えが悪く、よく殴られた劣等候補生であった。今では石門の思い出話ができるのは松村だけである。神奈川縣出身。

陸軍少尉　中尾正夫（第五中隊）

一二期。石門士官学校歩兵砲中隊出身の優等生である。今は兵団司令部直轄山砲隊の隊長という要職につき、二七大隊に配属されているので、ここにはいない。まだ少年みたいな顔をしているが大変活躍しているらしい。時々帰ってくることがあるが、自分に会うたびに昨年、橋頭堡撤退の時、原店で危機一髪のところで自分の小隊に収容されたことを思い出して礼を言うので、こちらが赤面してしまう。自分だってこんな優秀な将校を救うことができたのだから大いに嬉しい。

陸軍中尉　亀井道雄（銃砲隊）

銃砲隊長である。うちのオヤジを除けば中隊のなかでは最も古い。面白い人らしいが常はムッツリしている。退屈しのぎに印鑑彫りを始めたのがこの人で、高木中尉も手ほどきを受けた。自分にはどういう人だかよくわからない。名古屋市出身である。

陸軍少尉　神垣治美（銃砲隊）

一二期。現地入隊（確か上海）だけあって我々といささか違ったものの考え方をする鋭い男。現在の部隊の年寄りに対しては、かなりの不満を抱いているらしく、時に話している最中、その彼の鬱憤が口を衝いて爆発しそうになるので、こちらがハラハラするくらいだ。しかし面白い男で、さっぱりしているから割によく話した。

陸軍少尉　緒方　勝（銃砲隊）

一二期。九州男児。豪傑肌の押しが強そうな男だが、あまり話したことがない。

食堂には以上の連中がズラリと並ぶ。他に自分が下白泉にいるうちに、山西省北端、大同にいた「恵」部隊の一個小隊が終戦で連絡が取れなくなり、仕方なく部隊で給与を受けていて、その隊長、松本中尉という人がいたが、小男でいつもムッツリとしていて誰とも打ち解けようとしなかった。「恵」部隊なら厚和にもいたことがあるだろうと、入浴の時に話しかけてみたことがあるが、あまり話したがらなかった(おそらく本隊から切り離されてしまった松本小隊には終戦後、幾多の困難が降りかかったに違いない。そしてまったく別の部隊に配属というより居候みたいな形になってしまったのだ。それならそれで、もっと交際の範囲を拡げたり、相談に行ったりすれば、朝岡部隊長だってもっと世話をやいたに違いない。どんな事情かよく知らないが、松本中尉は殆ど誰とも交際しようとしなかったらしい。そしてその部下の小隊の兵も、次第に部隊内での鼻つまみ者になってしまったのである)。

食事が終わると部隊長、江連大尉、副官らが所要事項を伝達したり、各中隊に相談したりして、各中隊も意見具申の機会を与えられるわけだが、どうもこのような話は我々には直接関係がなく迷惑千万であった。先に出て行くことは無論できないし、話は面白くない。煙草を喫んだり小声で話したり、向かい側の奴と睨み合ったりして、早く会食が終わらないかなと部隊長の方を窺うとまだなんだか話している。

通常、一時間くらいここへ縛りつけられるのである。一日のうちでこれが一番辛い。陽の当たる方に座ると、背中がポカポカして居眠りしそうになるし、陰の方に座るとゾクゾクするほど寒い。時に部隊長に電話がかかったり、居留民の来客があったりすると途中で切り上げになり、さっそく部屋に飛んで帰って暖かい暖炉に抱きついて馬鹿話をしたり、将棋をしたりするのであった。

午後一時になれば午後の課業初めのラッパが鳴り、また中隊へ出勤する。夕方の食事ラッパで部屋に帰る。夕闇迫る頃の兵営とは、また何となく良いものである。夕靄が立ち籠める中を、作業から帰ってきた行李班の駄馬が列をなして厩へ帰って行く。兵舎には電灯が点き始める。飯上げに行った兵が週番上等兵に引率されて、炊事場から食罐をぶら提げて帰ってくる。部隊の炊事場の方からは何だか知らないがプーンと食欲をそそるような匂いが流れてくる。

宿舎に帰ってくると、自分の部屋にも電灯が点いている。自分は軍隊ではもちろん、地方でもこんな気持ちの良い生活をしたことはなかった。おそらく地方でする下宿生活だって、もっと無味乾燥なものであろう。とにかく帰ってくれば小さいながら、北村少尉と標札がかかった部屋があり、暖炉が赤々と燃えている。小さな机もあり、本も少しある。ここは事務室でもなく、また下白泉や黄村の隊長室のように事務室兼居室でもない。純然たる居室なのだ。

まったく公務を離れて私的生活もできるのである。しばらくここに住んでいるうちに、次第にその有り難さがわかってきて、外から帰ってくると、まず畳の上に大の字になって寝転んだものだ。

中津山が夕食を運んでくる。それから二一時の日夕点呼までは比較的自由な時間だった。兵にも時々遊びに来いと言うのだが、どうしても朝岡部隊長や江連大尉のような怖い人がいるものだから、あまりやってこない。それでも斎藤伍長や鈴木兵長が遊びに来て将棋をやったことがある。

斉藤伍長は少し前まで西田小隊にいて、今度の下白泉勤務で初めて自分の小隊へ連下士として入ったのである。まだあまり小隊の気風が呑み込めないらしいが彼自身、早く慣れようとしているし、殊に外交的手腕があるから将来、有用な部下になるだろう。鈴木は自分の大切な部下で、中隊配属後、大営分遣隊へ出された時以来、離れ難くなってしまった男である。純情の熱血漢だ。

本を読んだりしているとすぐ九時になる。また北合流以来、書いている日記もずっと続けている。日夕点呼のラッパが鳴る。また中隊へ行く。長靴の音をカツカツと響かせながら大股で玄関を入る。

「点呼ーっ」

「気をつけーっ」

各班長の声がガラス窓を震わせてピーンと響く。ガタンと扉を押して入ると、兵は微動だにせず整列している。

「第一内務班、総員二〇名、事故三名、現在一七名。番号っ」

「一、二、三、四……一五」

「列外二、事故の三名は衛兵。異常なし」

まことに胸のすくような刃切れのよい報告だ。各班の兵の顔と、班内の整頓、火災予防設備を見て歩く。終わって入口扉のところまで行き、宮城遥拝、勅諭五ヵ条を奉唱する。そして一場の説教をすることもある。上司の要望事項も達する。また下番の前日ならば週間の所見事項を伝えて注意する。週番下士官は命令会報を伝達する。これで点呼は終わる。中隊へ泊まる時は、しばらく事務室で話したり、消灯の遅い班を怒鳴りつけたりする。

これで週番士官の一日は終わったわけだが、それならもう夜は安閑と眠れるかといえば、とんでもない。そういうわけにはいかないようにできている。週番勤務中は毎日、週番司令から巡察の勤務割の紙が回って来て、何時から何時まで巡察せよと命ぜられる。昼間回ることもないことはないが、大概夜の巡察である。それも二四時から一時までとか、二時から三時までということになると、もうそれ以後は朝まで寝つかれないものと覚悟をせねばならぬ。

巡察がある晩は将校宿舎の不寝番に、中隊に泊まる時は中隊の不審番に起床依頼しておく。寒い寒い晩、

夜間巡察

ヌクヌクと布団を被って寝ているとき、起こしに来る不寝番の靴音を聞くとまったく癪に障る。まあこれも勤めだから仕方がない。兵隊だってこの凍てつく深夜に銃を握って不寝番に立っているのだ。将校ともあろうものが寒さに負けて出渋るなどのことがあったら、それこそ幹部たるものの面汚しだ。

パッと床を蹴って飛び起きる。ゾクゾクするほど寒い。すぐに服を着て、どこから見られても一分の隙もないように自分で服装を点検する。巡察将校は営内の軍紀・風紀の源泉である。身をもって活模範を示さなければならないのだから、服装に少しでも落ち度があってはならぬ。寒風吹き荒ぶ冬の夜も、わざと防寒帽も防寒外套も防寒長靴も履かず、普通の行動軽快な長靴で闊歩して張り切ったところを見せたものである。つまらないことだと言ってしまえばそれまでだが、寒い夜に勤務する兵の士気をどれだけ鼓舞するか知れない。

大小さまざまの星が光り、鉄板のように凍てついた大地に、カツカツと長靴の音を響かせながら広い営内を一人で歩くのはまったく爽快であった。

まず各中隊兵舎を襲って不寝番の服務状況を見て廻る。自分の中隊を廻るのはもちろんだが、他中隊へも侵入して不寝番に色々質問を浴びせかける。週番士官

の巡察となると、不寝番は大いに張り切って活躍する。色々状況を与えて動作させることもある。中にはウロウロしてまったくでたらめな動作をする奴もある。

やはりどこの中隊でも現役の初年兵は、若くて張り切っているので気持ちが良い。実に頼もしい奴もいる。きっと誰の部下だと聞いてみたものだ。しかし、他中隊の週番士官も巡察の時にうちの中隊へ廻ってくるのだから、よほど不寝番教育をよくやっておかないと、変なところで仇討ちされることがある。

次は衛兵の勤務状況を見る。衛兵には表門と裏門と東北角トーチカに哨所があり、表門には衛兵所があって司令がいる。何といっても表門は部隊の大玄関であり、衛兵所を見ればその部隊の軍紀・風紀の状態がわかるといわれるくらいだから、各中隊とも選り抜きの精兵をもってこれに充てる。何しろ軍紀風紀を取り締まるのが衛兵の役目だから、それ自身、軍紀の権化でなければならぬ。その服装状況を監督する巡察将校は、正に軍紀の生き神であらねばならぬ。だから服装態度など最も模範的な典範令通りの制式法則を守らねばならない。神経が疲れるわけだ。

まず裏門へ忍び寄る。足音をさせないように静粛行進の要領で歩く。歩哨が銃を握って立っている。キラリと銃剣が光る。カツカツと凍った大地を踏む軍靴の音。一分の隙もない見事な警戒要領だ。どこの奴だろう。ヌッと立ち上がる。

「誰かっ」

ガチャリと銃を構えると腹から搾り出す誰何の声。

「巡察将校」

「立哨異常ありません」

「ご苦労」

守則を言わせてみるとスラスラと答える。こちらまで気持ちが良い。寒い夜に起きて巡察する甲斐がある。外柵に沿って表門に向かう。サッと衛兵所へ入る。

「敬礼ーっ」

司令がバネのように立ち上がって敬礼する。ひとわたり中を見廻す。ここではうんと難題を吹きかけてもよい。喧(やかま)しく言えば言うほど衛兵は良くなるのだ。営門出入者名簿や衛兵勤務録その他の書類を点検し、銃の手入れ状況などを見る。

衛兵所には巡察簿があって、巡察者が来た時刻と官等級氏名を記入し、印鑑を押すようになっていて、これは衛兵が下番するとき、週番司令に提出して点検を受けるから、その夜の巡察将校が確実に巡察しているかどうかはすぐわかるわけである。

営門

ところが将校の中にも横着な奴がいて、起き出して将校宿舎を出ると真っ直ぐに衛兵所へ行って印鑑を押し、そのまま真っ直ぐに宿舎へ帰って寝てしまったり、もっとひどいのになると、自分の中隊から出ている衛兵に印鑑を預けて巡察簿に押させるという言語道断なのもいる。こんなのは将校の風上にも置けぬとんでもない奴だ。兵隊だって不平を言わずに激しい勤務に就いているではないか。恥を知れ。

ある晩、例の通り衛兵所へ入って書類を点検したり、守則を言わせたりしてから、さて出て行こうとしたら、三中隊の衛兵司令が「週番士官殿」と、呼び止める。

「何だ」と振り返ったら、

「失礼でありますが、軍衣の第二ボタンが外れております」

しまった、と見るとなるほど本当に外れている。この時ばかりはまったく冷や汗が出る思いであった。ほうほうの態で衛兵所を飛び出したものだ。軍紀風紀の生き神でなければならぬ巡察将校が服装を乱して衛兵所へ入ったというのだからまったく始末が悪い。正に将校の面汚しである。この時以降、なお更、服装には注意することにした。

部屋へ帰る頃にはすっかり体も冷え切っている。一時間以上も外套を着ずに歩き廻ったのだから当たり前だ。しかし、もう暖炉の火も消えてしまっているし、床は冷え切っている。もう寝附くことはできない。朝まで震えながら服も脱がずに布団を被っているより仕方がない。

その他、日曜に外出があるときには、舎前に外出者を集めて注意を与えなければならないし、街へ巡察にも出なければならない。やはり巡察将校として街へ出るのは一向に面白くない。兵隊に敬遠されがちだ。かくして一週間の勤務を終えると、次週上番者に種々の申し送りをやり、週番士官勤務録を記入し、週番下士官、週番上等兵の上番者と共に中隊長に申告に行く。何の事故もなく、無事に勤め上げて申告を済ませた時の気持ちは、まことにさっぱりとしたものである。

27 街の巡察

正月は陽泉舎営地区巡察将校が日直になり、自分はよくやらされた。陽泉地区の舎営司令官は司令部の高橋中佐である。その日の正午から翌日の正午まで一日勤務する。司令部へ申告に行き、そのまま街を巡察し、翌日また申告前に巡察する。

正月はどうしても飲酒に基づく軍紀犯・風紀犯が多くなるので、巡察将校の責任も重い。うちの部隊では正月には外出させなかったので、幸い事故はなかった。また街では正月だから、こちらが騒いでいるときでも商家は表戸を閉めて、街はひっそりしている。兵隊もあまり出たがらない。

「巡察将校」と墨書した白い腕章を着けているから目立ちやすく、兵は遠くから自分の姿を見つけると、さっさと隠れてしまう。しかし隠れるような奴は公用証や外出証を悪用したりしている連中が多いのだから、こちらも油断がならぬ。よく山にいる分遣隊の兵らが直接、中隊へは行かずに街へ無断外出しているのがある。

最近では兵団の各大隊で将校以下、左胸に大隊番号の入った氏名札をつけるようになったので、我々はだいぶ助かる。ところが中にはこの札を外して他兵団の兵に化ける奴もある。

とにかく巡察将校というのは兵には恨まれる役である。寒いめをして街をうろつき回り、しかも兵にも恨まれるのではまったく立つ瀬がない。あるとき、あんまり寒いので、辺りに兵隊の姿が見えぬのを幸い、例の饅頭屋へ飛び込んだ。大変な巡察将校があったものである。ところが中には先にどこかの兵隊が入っていたのだ。運悪くガラスが曇っているのでわからなかった。しまった、と思ったが兵隊の方にしてみれば巡察将校の腕章を附けた将校に踏み込まれたのだから大いにびっくりしたらしい。饅頭を口の中いっぱいに頬張りながら竦みあがって敬礼した。

こちらもハッと役目を思い出し、威厳を取り戻した。

「お前はどこの部隊だ。外出証を持っているか」

兵隊はビクビクしながら外出証を出す。

「よろしい、用事が終わったら早く帰れよ」と言い捨てて、長居は無用と外へ飛び出す。この時、よせば良いのに饅頭屋の親父が後ろから首を出して「大人、今天メシ没有麼?（今日は食べないのですか）」とぬかす。

馬鹿野郎、要らぬことを言うな。後も見ずに大通りへ出る。

どうも罪なことをしたものだと思いながら渡る陽泉大橋の寒さ。

ある日曜日、外出があったので自分も街を巡察して帰ってくる途中、鉄廠の横町で露店商人から饅頭を買っている兵の姿が見えた。自分は少しゆっくり歩いていたので、その兵は知らずに前を歩いていく。小さな奴で官給品の外套がダブダブとしていて大き過ぎるくらいだ。

何だか見たような奴だが誰だろう。初年兵らしいが日曜の外出は最近、単独行動を許さず、古年次兵と初年兵を組み合わせて三人以上で出しているのである。ヨーシ、ひとつ注意してやろうとあとをつけて行く。営門だって一人では入れないことになっているのだ。

門のところまで来たら、彼は中に入らずに外柵の土堤に腰かけようとする。変な奴だ。ふと顔を見たら、アッ、柳沢だ。自分の小隊の柳沢一等兵である。自分を見つけて立ち上がると、泣き出しそうな顔をして敬礼した。

「何だ、どうしたんだ一人で」と聞いたら、同じ班の高橋敬治兵長他一名と一緒に出たのだが、高橋は途中から病院へ行くから先に帰って営門で待っていろと言ったそうだ。ひどいことをする奴だ。よし、今日、帰ってきたらとっちめてやろう。

柳沢の外套の物入れがすごく膨らんでいるのを見つけたので、「何だそれは」と言って出させてみると、饅頭、飴、やきいも、干し柿などがゴロゴロと出た。

「オヤ、こんなものどこで買った。駄目じゃないか」と決めつけると、「ハイ」と俯いて涙を流す。彼ら幹候上がりの兵隊は、まだ地方の学校を出たばかりで体も弱々しく、しかも古年次兵にこき使われるばかりだから腹が減って仕方がないのだ。

支那人からは衛生上また風紀上、食物を買うなと部隊長初め上司からのきついお達しなので、可哀想だけれど叱らなければならない。しかし自分が初年兵の頃、やはりひもじくて仕方がなかったことを思い出すと、涙を流す柳沢を叱る元気も鈍ってしまう。

結局、物入れから出たものはまた元のところへおさめて、「こんな所に待っていても皆はまだ帰ってこないぞ。さあ中隊へ帰ろう」と言うと、「兵長殿が待っていろと言いましたから待ちます」となかなか頑固だ。実のところ衛兵所の前を通るのが恐いらしい。さすがは初年兵である。

「大丈夫だよ。高橋兵長には俺が話してやる。こんな所に一人でいたら、なお更怪しまれるばかりだ。俺と一緒なら営門も通れるから」と言って連れ込んでしまった。それでも彼はビクビクもので、自分の影の方へ廻りながら衛兵所の前を通った。

今度は「隊長殿、高橋兵長殿が帰ってきても叱らないでください」と言う。何と可愛いことを言う奴だ。高橋兵長も、なぜこんな奴を放り出して病院なんかへ行ってしまったのだろう。

「よしよし、叱らないよ」と言いながら中隊兵舎へ入ってきたら、村岡が飛び出してきて、「隊長殿、柳沢が何か間違いでも起こしましたか」と心配そうに聞く。村岡は柳沢の班長である。窓の中から自分たちが営門を入るところを見ていたらしい。

「いや、何もないんだ」と柳沢を班に帰して村岡と話す。ここで自分はまた、村岡という人物の部下思いをしみじみ見せつけられて、まったく嬉しかった。

「柳沢が何か間違いでも起こしましたか」と言った時の彼の心配そうな顔。この気持ちが、ますます自分の小隊の家族的団結を固め、まことに兄弟のように労わり合い助け合っているのだ。本当に兵を相手にすることの中隊生活は面白く、自分もまた幸福である。

あとで班内へ行ってみたら村岡も来ていて、柳沢は村岡としきりに話していた。

28　二つの民族

陽泉に来て以来、何もかも我々にとって都合よく事が運び、給与も良くなり、正月も済ませて敗戦の惨めさも忘れ、皆、満足して朗らかに働いているうち、ここに我々はひとつの悲しむべき問題に遭遇せねばならなかった。

日本の敗退と同時に蜂起した朝鮮独立運動が、北支各地に散在する朝鮮人居留民の間に拡がり、それが日本軍に対して大なる脅威となってきたのである。元来、北支各地の日本居留民の中には朝鮮人が大変多かった。今までは互いに助け合い、日本産業の北支向け進出にも大いに尽力したであろう。

ところが終戦と同時に起こった朝鮮独立運動は、早くも北支に飛び火して、もはや彼らは日本居留民の中から離脱して単独行動を取るようになってしまったのだ。共産党の宣伝活動が大いに功を奏したことは言うまでもない。

それればかりではない。今の日本軍には半島特別志願兵や、あるいは現役兵出身の多くの若い兵隊がいたのである。共産党は、また宣伝の波に乗った居留民は、たちまち軍隊内の半島出身兵に働きかけて、これを抱き込もうと謀略を逞しくした。北支を我が物にしようとする共産軍にはまず、日本軍を内部的に崩壊させることが必要なのだ。半島出身兵はその道具に使われようとしている。

我々が陽泉に到着した頃は、すでに他の大隊では半島出身兵が一団となって、部隊長や兵団長に対して即時、半島出身者の解放を要求していたらしい。我々の大隊はよほど遅れてここへ来たために、この影響を被るのも遅かったわけである。

日曜の外出に、また公用外出に街へ出ると、やはり兵隊は世界の情勢を知りたさに、また、地方人に接したくて居留民の家を訪ねる。自然と半島出身兵は半島出身居留民の家へ足を向けることになり、宣伝抱き込み工作は着々として進み出した。

一中隊には、田村応順、玉川斗元、豊山龍渕（りゅうえん）、上原勇の四人がいる。彼らの一年上の平田勝正上等兵は昨年五月、新店攻撃で壮烈な戦死を遂げ、二階級特進伍長になった。残る四人も半島特別志願兵出身の精鋭揃いである。

特別志願兵は、何しろ志願してくるのだから優秀なものが多いし、それに軍隊に入る前に苛烈な基礎教育を施すので、内地の現役兵に体力・知力において決して劣るものではない。

中隊にいる四人も、他の東北の連中の中にあって毫（ちっと）も遜色なく、今まで我々と共に苦労を重ねてご奉公してきたのであった。それでも朝鮮は独立してしまった。彼らも、いつまでも日本人であってはならない。しかし数年間も日本軍隊の飯を食い、精神教育を受けてきた彼らが、そんなにたやすく元の朝鮮人に戻れるであろうか。

宣伝は巧妙を極めたらしい。彼らは動揺し始めた。しばしば平日でも他部隊の半島出身兵や居留民と連絡を取るため外出させてくれと言ってくる。若い純真な彼ら、しかも終戦以来、自身の運命に不安を感じていたであろう彼らが動揺したのも無理からぬことであったかも知れない。自分たちにはわからぬ、摑みどころのない心配が彼らを襲ったことと思われる。

十分に同情に値することなのだ。自分たちは十分彼らを信頼していた。無論、いつかは別れなければならぬ時が来る。しかしその時は互いにさっぱりと笑顔で別れたらよいではないか。何も今さら俄かに反目し合って独立などと騒がずに、落ち着いて手段を考えればよさそうなものである。

それでも彼らを躍らせる影の手は宣伝工作を止めようとはしない。日本軍の内部的崩壊へ。目指すところはただ一つだ。他兵団ではもう匙を投げて半島兵に自由行動を取らせているところもあるという。

その頃、司令部でもいよいよ駄目だと判断したらしく、我々が復員するとき、彼らにも同じように被服、食糧などを支給し、共に河北省まで出て、我々は乗船、彼らは汽車で北鮮へ復員することを提案した。だがもうそんな案には見向きもしない。早く解放しろと騒ぎ立てる。

この波瀾はいよいよ我が部隊へも押し寄せてきた。部隊中の半島出身兵が互いにコソコソ連絡し合って不穏な行動を取るようになった。朝岡部隊長が大いに心配して色々の手を打たれたが駄目。

自分たちは中隊の四人を絶対信頼していた。我々は河南で共に弾雨の下に戦ってきたのだ。どこに内地の兵と区別するところがあろう。だいたいこんな問題が起こることからして、自分たちには不可解なことのように思えたのである。また、実際四人は他中隊の兵のように過激な態度には出なかった。冷静沈着に考えて行動しているようであった。外出を願いに来ても軍紀上支障のない限り出してやった。彼らも帰ってくれれば居留民との会見の模様などを報告したのであった。半島出身兵は三中隊と五中隊に最も多かったようである。

そのうちついに、五中隊の半島出身兵が一名脱走してしまった。さあ、大変だ。いよいよ普通の手段ではいけないことになり、外出禁止なんかしてみたが、相次いで三中隊、四中隊にも脱走事件が頻発。こうなると内地の兵だって彼らに対して変な目で見ることになってしまう。

そしてとうとう我が中隊でも田村上等兵が石炭監視の使役に出ているうちに逃亡してしまったのだ。中隊では大いに騒いで下士官を捜索にやったり、野見山准尉が、田村が乗り込んだと思われる列車に乗って白羊墅の駅まで乗って車内点検したりしたが、ついに見つからない。

中隊長代理の高木中尉は、譴責（けんせき）処分を喰うし、まったく散々である。野見山准尉も気の毒だった。ちょうど週番もしていたし、しかも中隊人事係なのだから責任も重い。

この田村の逃亡は他の三人も知らなかったらしい。

半島出身兵は実に団結が固くて、互いの秘密は絶対守るので、彼らがどんなことを考えているのか、さっぱりわからなかったが、田村は同胞にすら告げずに出発してしまったのだ。

こんなことでは彼らがいくら団結を固持しても内実は案外、脆いものかも知れない。この混乱に満ちた外国で、彼らだけで協力一致して朝鮮へ帰ることが果してできるものかどうか。残った三人のなかでは上原が最も急進的思想の持ち主であるようだ。玉川は冷静に行動している。豊山は実のところ我々から離れたくないらしいところが見えるが、やはり民族の血の濃さには抵抗しきれなくなり、仕方なく引き摺られているといったところが見える。

豊山と自分は河南の黄村陣地なんかでは、まったく肝胆相照らす仲となり、自分にもよく仕えてくれた大切な兵だったのに、こうなってしまうと近づきようがない。できれば豊山とは一度ゆっくり話してみたいと思ったのだが、他の二人が離さないらしい。

彼は以前にもましてムッツリとしてものを言わなくなってしまった。おそらく心の中では他のものと行動を共にすべきか否か思い悩んでいたに違いない。何も急に慌てて現地除隊にしなくとも、我々が復員する時、規定通りのものを支給されて、また我々もできれば盛大な送別会でも開いて快く別れたらよさそうなものだが、もう宣伝に目がくらんでしまったのかも知れない。

いよいよ残った三人もいささか不穏な行動を取るようになった。自分たちが誠意を持って話し合い、便宜を図ってやろうとしても、それすら受け附けないほど、妙な雰囲気になってしまったのだ。今までこれほど信頼し、密かにその優秀さを讃嘆していただけに惜しくもあるし、一方、癪に障った。何だか裏切られたような気持ちなのだ。

豊山はますます顔に苦悩の色を表わす。可哀想だが手の施しようがない。もし豊山がずっと自分の小隊にいたのなら、同じ別れるにしても、きっと気持ちよく笑顔で送ってやれたであろう。指揮班にいたということがまずかった。北合流にいたとき指揮班の連中の、どちらかと言えば乱脈ともいえる生活態度が、彼にどんな気持ちを起こさせたか想像に難くない。

ついに兵団でも彼らの現地除隊を許し、先に復員させることになった。彼らは丸腰になって申告に来た。別れるとなるとやはり懐かしく、彼らも感慨無量の面持ちであった。豊山は何か言いたそうな顔つきであったが、やはり何も言わずじまいであった。

ある寒い日の夜明け方、彼らは大きな荷物を背負って出発した。将校の有志は皆、暗いうちから起きて営門で見送った。最後の思いやりである。ここ当分の間、兵舎内に暗い影を印した半島出身兵問題も、これでやっと幕が下りたのである。

それにしても明治四〇年以来、何一〇年間か共に天皇陛下の赤子であった二つの民族が、敗戦なるがために引き裂かれねばならぬとは、何と情けないことであろう。無論、中には不平満々たる連中もあっただろうが、大部分のものはとにかくこれまで協力してきたのである。日本と併合されたために都合の悪い点もあったかも知れないが、一方、彼らの得たところのものも大きかったのではないか。果して独立することがまことに彼らの解放となるであろうか。

独立するのは結構である。しかし最も親しかるべき隣国が互いに反目する必要はないと思う。彼らは韓国光復軍と称する半島の軍隊に入るために帰ったのである。その軍隊がいかなる組織の軍隊であるか知らないが、まことに朝鮮民族の自由を守るための軍隊ならば、自分らは大いに彼らの活躍を祈ってやりたい。

ただ気の毒なのは戦死した平田上等兵の英霊だ。果して彼の遺骨が国に帰ったとしても、日本軍人として死んだ彼の英霊を、郷里の人が誠意をもって受け入れてくれるであろうか。壮烈な戦死、二階級特進の名誉も、国に帰れば単なる無駄死にとして何の感激も呼び起こさないのではないか。優秀な模範兵でもあり、日本の敗戦を知らずに散った彼であるだけに、なお更憐れに思われる

（後で聞けば、彼らは数千名が帰ったけれども、途中で拉致されたり行方不明になったりして結局、数名しか帰らなかったとも言われている。真偽のほどは明らかではない。自分は彼らが何とかして無事に故郷へ着き、共に最前線で働いた時のように至純なる誠心をもって、彼らの祖国のために働くことを祈っている）。

29　当番　中津山

下白泉から帰ってきて寒い日が続いたのと、生活環境が変わったためか、中津山の持病が再発してとうとう寝込んでしまった。今度はどうも簡単には癒りそうもない。あまり無理をするなと言ったのに、彼はまたもや意地を張って将校宿舎全体の炊事まで一人で引き受けてしまったのだ。だから無理をするなと言っておいたのに、困った奴だ。

診断を受けさせてみたら入院だという。今、彼を入

院させるのは嫌だが病気では何とも仕方がない。また彼は大きな体で、坂本兵長の所へ居候しているので、彼が寝込んでしまうと部屋が狭くて坂本が困るのだ。入院した方が良いかも知れぬ。

中隊事務室にいたら入室の申告に来た。一見してやつれたなと思った。可哀想に。意地を張るところはなかなか勇ましいが、病気をされると大いに困るのは自分である。たちまち日常生活に支障を来たすのだ。「早く良くなって帰ってきてくれ」と言って送り出したが、佐々木衛生兵に連れられて行く大きな後姿も何だか淋し気である。当分、癒るまい。

野見山准尉は中津山の代わりに門前吉郎を附けてくれた。門前は以前は指揮班にいたが、今は自分の小隊に入っている。以前、中村曹長の当番をしていたし、最近、高木中尉が中隊復帰した直後、小島が下白泉から下りるまで当番を勤めたこともある。ちょっとキツネのような顔をした奴だが、あんまり賢こ過ぎ、要領が良過ぎて自分には操縦困難である。

中村曹長の影響もだいぶ受けているらしい。洗濯をやらせると上手いし、小廻りがきくし中津山のように朝、暖炉を焚きつける時、自分を煙で燻したり、四角い部屋を丸く掃いたりするような馬鹿なことはやらないが、どうも自分の性格には合わなかった。

彼は決して悪い兵ではない。当番の中では最優秀の部類である。分隊の兵としても使い途があるだろう。地方では街の料理屋で働いていたというから、要するに人ずれがしているのだ。山男のような中津山と比べたものだから、気障っぽく見えたのはやむを得ない。しかし、なかなかきちきちとやるべきことはやってくれた。

中隊へ行ったら野見山准尉が「少尉殿、中津山はどうやらすぐには癒りそうにもありませんから、この際、当番を辞めさせてやってはどうですか。もうおそらく一〇ヵ月近くになるでしょう。軍隊内務令では当番は三ヵ月くらいで交代させることになっているのですから、退室してきたら小隊で休ませてやればよいでしょう」と言う。

言われてみれば実際、野見山准尉の言う通りで、中津山はちょっと良くなりそうにもない。また、本当に一〇ヵ月という長い間、骨身惜しまず働いてくれた。いつまでも彼は離したくないと思ったが病気では如何ともし難い。残念だけれどこの際、当番は辞めさせて小隊へ入れてやろう。今は門前が何もかもやってくれるし、野見山准尉も門前をそのまま自分の当番にする心づもりでいるらしい。

　ある日、物品販売所の散髪屋で頭を刈った帰りに医務室へ中津山を見舞った。良い天気の日であった。薬臭い医務室へ入って病室の扉を開けると、ムーッとする暖炉の熱気と消毒薬の強烈な臭い。たちまち眼鏡が曇ってしまう。

「敬礼っ」

　起きているものが敬礼する。寝台に寝ているものもある。

「そのまま。そのまま」と答礼して辺りを見回す。大部分は魂が抜けたような顔をした静岡の補充兵だ。

　そして暖炉の傍に中津山が立っていた。少し痩せているようだが、いつものように頬のところだけポッと火照らせている。

「どうだ、少しは良くなったか」と聞いたら、「はい、もう良くなりました。すぐ退室します」と言う。

「そんなに早く癒るものか。ゆっくり休養して、良くなったら帰ってこい」と言って出てきた。当番交代の件はついに話さずじまいであった。何だか自分の口からは話したくなかったのである。

　その後、数日。部屋にいたら中津山がヒョッコリ帰ってきたのでびっくりした。

「何だ、貴様、まだ悪いんだろう」

「いいえ、もう良くなりました」

「そんなに早く癒るものか、無理しちゃ駄目だ」

　中津山はまたきっと意地を張って癒りきらぬうちに無理やり退室してしまったのに違いない。心配している自分の気持ちも知らないで、本当に困った奴だ。

　彼は帰ってくると勝手に門前を中隊に帰らせてしまって、その晩からまた自分の世話をしようとする。自分としてはまったくこの上なく有り難いことだが、彼の体を考えると放ってても置けない。心苦しく、言いにくかったが、彼の体がだいぶ弱っていること、もう三ヵ月の規定された期限を遙かに過ぎていること、当番を交代しても小隊にいて休めばよいこと、あとは門前が交代してくれることなどを言い聞かせたら、お盆を持ったままじっと俯いて聞いていた彼が、突然、「隊長殿、中津山はいつまでも隊長殿の当番にしておいてください」と言って、板の間の上に大きな涙をポツリと落としたのであった。

　やっぱりそうだったのか。それほど彼は自分の傍にいたがっていたのか。自分だって彼を離したくはない。体の調子が悪いのなら何も無理をして今のように働いてくれなくてもよい。ただ自分の傍にいてくれればよいのだ。自分ももうこれ以上、何も言いたくない。
そうだ。ぐずぐずしていると野見山准尉は門前を自分の当番に任命する、中隊日々命令を出してしまう。中隊長が決裁した命令が出てしまえば、それを取り消すことはまずできなくなる。さっそく中隊へ走り出した。

走りながら、どうしてまた自分で中津山を手放そうなどと、とんでもないことを考え出したのだろうと思う。一時の気の迷いかも知れない。

中隊事務室へ行って、出し抜けに野見山准尉に向かって当番交代の一件を取り消してくれと言ったら、彼もびっくりしたらしいが、それでもすぐに取り消してくれた(野見山准尉には何も詳しいことは言わなかったが、わかってくれた)。

これで安心。門前には一〇日あまりの当番代理の労をねぎらい中隊へ帰らせた。中津山は再び猛烈に働き出した。また当番を交代させるなどと言い出されたら大変だと思ったらしい。あんまり張り切り過ぎるから、また病気が再発しないかと心配したが、今度は幸い病気にもならず、日が経つうちにまた体が丸々と肥ってきた。不思議な体である。

しかしあの時、交代させなくて良かった。相変わらず小廻りがきかず、大きな体で活躍されると床が抜けそうになるが、自分には中津山でなければならないような気がする。山の狸のように暖炉の煙で燻し起こされても、中津山なればこそだと思う。

街で土産に買ってきた饅頭を頬張っている横顔を見て、まったく可愛い奴だと思った。

30　大隊一の当番

下白泉から帰ってきて以来、将校宿舎の住人になったわけだが、自分も中津山も都会生活には慣れないため、思わぬところでしばしば赤毛布(あかげっと)(=田舎者の意)を演じたものである。自分は一人で部屋にいるからまだしもよいが、中津山は多くの他の当番に伍して働くのだから慣れるまでは大変だろうし、当番には珍しい現役の初年兵だから、果して上手く他中隊の古狸どもの中に交じってやっていけるかと心配したのだが、中津山は案外平気であったようだ。

彼は副官当番、坂本兵長と一緒に寝起きしていて大いに活躍しているらしい。

ある日、坂本に「中津山はどうだ」と聞いたら、「なかなか良く働きますよ。ここの炊事も一人で引き受けてしまいました」とのことなので、あいつまた何を考え出したのだろう。俺の方は放っておくつもりなのかといささか腹を立てたのだが、そうではなかった。自分のことは抜け目なくキチキチとやりながら、まだその上に将校宿舎全体の炊事までやろうというのだ。体をこわすぞと言っている矢先、果して無理が祟って入室することになってしまった。それ見ろ、少しは懲りただろうと思っていたのだが退室したらまた始めたらしい。どうせ注意したってまた意地を張るに決まっていると、自分も放任することにした。

およそ将校当番というものは、一般兵から白い目で見られ勝ちのものである。

元来、人間一人の世話なんかそれほど大変なものではない。のみならずオヤジの威光を笠に着て威張ったり、中にはうっかりすると寄生虫のようにオヤジから旨い汁を吸おうという不届きものさえある。むしろこんなのが多いだろう。中津山なんかよほど異例というべきだ。

将校宿舎には二〇名あまりの将校がいて、それぞれ一人づつ当番を持っている。自分が見渡したところ、これならという当番は見当らない。朝岡部隊長当番・吉田兵長や江連大尉の高橋兵長などはここで大いに羽振りをきかせているが、何と言っても彼らは古年次兵である。他は補充兵が多く、現役の初年兵はごく僅かしかいない。その中でも中津山は断然光っている。オヤジとしての欲目で見るからではない。実際そうなのだ。

将校宿舎では皆、互いに往来して話すうちに兵隊の話も出る。互いに相手の中隊の兵の粗探しをやることもある。当番の話が出ることもある。皆、それぞれ自分の当番を自慢することになる。誰だって自分の気に入ったものを侍らせて得意になっているのだが、中にはいやいやながら中隊人事係から押し附けられた面白くない当番を持て余している人もある。

何しろ二〇何名かの将校の各人の好みが皆違うのだから、当番だって十人十色だ。中には盛んに自分の気に入るように当番を教育しようとして、反対に当番に喰われる人もある。

自分はまったく放任である。中津山の思うままにやらせている。また、それで十分なのだ。決して間違いも起こらなければ、自分の体面を汚すようなこともするはずがない。自分は別に他人に対して中津山のことを自慢したことはないが、どこへ行っても彼の評判は上々である。

実際、中津山は皆に可愛がられていた。また、それだけ活躍もしていた。時に思いがけぬ人から、実は中津山にこんなことをしてもらったと礼を言われることがある。自分が何も知らないのに礼を言われるのだから変な気もするが、中津山が皆に褒められていると思えば嬉しい。

ある晩、夕食を持ってきた中津山が、「隊長殿、自分は何とかして大隊一の当番になりたいと思います」と言う。オヤオヤ大変なことを言い出したぞと思った。言いながら彼は恥ずかしそうに頬を赤くして暖炉の灰をゴトゴト落としている。

「そうか。何でもよい、お前が正しいと思ったことは何でもやれ」と言ったが、実のところ、自分も何と答えてよいのかわからなかったのだ。さすがは中津山。中隊一の当番では満足しなかった。

中津山はいよいよ爽快とも言える働き振りを示す。今ではもはや将校宿舎当番室に中津山なくしては万事都合よく事が運ばなくなってしまったのである。殊に彼のご馳走作りの技術が大いに重宝がられた。正月の会食に出た料理も、兵団長や兵団司令部の高橋中佐がひょっとやってきて、朝岡部隊長と酒を飲んでいたときなどには彼が腕を振るったのである。部隊長や江連大尉もすでにその腕前を認めたようだ。

ある時、副官当番の坂本兵長がソッと自分に告げたところによると、兵団長閣下が部隊長の部屋で酒を飲んだ時、中津山が新しい銚子を持って入って行ったら、部隊長が「これは、ここで一番良く働く当番です」と言って盃をくれたそうである。すると閣下も彼に盃をくれながら、「誰の当番か」と聞かれたら、中津山は胸を張って「第一中隊、北村少尉殿の当番であります」とやったそうだ。どこまで本当か知らないが、自分は何だか尻がくすぐったいような気がした。

俺には少し勿体ないと思う。それでも中津山は頓着なく自分の尻についてくる。将校宿舎のドラム罐風呂に入っていると、寒い入口の外で自分が出るのを待っている。待っていなくてもよい、帰れと言っても待っている。しかし、このようなところで意地を張ってくれるのは嬉しい。他の当番ならオヤジを風呂に送り込むと、着替えを棚のうえに抛り出してサッサと行ってしまう。

朝岡部隊長が兵団司令部の部隊長会同へ行ったり、分遣中の二中隊を視察に行ったりする時、部隊長当番の吉田兵長が自分のところへ中津山を借りに来る。中津山が部隊長その他に接する機会があることは、彼のためにも勉強にもなるので必ず行かせてはいたが、時には少し不満だった。

かくして中津山は将校宿舎の人気者、名実ともに大隊一の当番になったのである。一方、吾が輩はどうか。相も変わらず、あまりパッとしない貧乏小隊長だ。中津山のお陰で多少、自分の存在が知られたかもしれない。情けないオヤジだ。

今では将校なら誰でも中津山を知っている。自分にとって、今や彼を連れて歩くということが何よりも誇りとなった。「君たちはまったく名コンビだよ。二人が歩いているところを見ると羨ましくなる」と言った人もあった。

それにしても中津山は、なぜまた自分の如き貧乏少尉をこれほどまでに見込んでくれたのであろう。こんなことを考えるのは、むしろ中津山の誠心に対する冒瀆かも知れないが、できることならもう少し世話のやり甲斐のあるオヤジに附かせてやりたいものだ。自分には彼の心からなる奉仕に対して十分に報いられるだけの能力もなければ自信もない。

しかしおそらく中津山は何も将来の栄達をはかるために、また自分から何かの報いを期待してこんなに努力するのではないであろう（こんなことを考えることすら彼に対する冒瀆だ）。ただ彼は軍人として最後の活躍をしてみたかったのである。誰に言いつけられるでもなく、誰に教えられるでもなく、ただ自己に与えられた当番という職務の範囲内において、大隊一たらんと努力したのである。

とにかく彼は普通の人にはできない超人的努力をもって働き続け、自ら選んで仕事を引き受け、多くの人に感銘を与え、大いに自分の面目を立ててくれたのである。ここにおいて河南黄村陣地に勤務中、誰も勉強するものなどない時、彼一人麻油の灯の下で不寝番をしながら勅諭謹書をやっていた気持ちがわかるように思う。

当番が大隊第一の名声を勝ち得たのに、オヤジがいつまでも貧乏小隊長でノラクラしていて良いはずはない。大隊一とはいかぬまでも、せめて与えられた中隊附将校の職務だけでも完全に果たしたいものだ。中津山が自分の顔を立ててくれたのに、自分が彼に恥をかかせてはならないのである。

かくして中津山は自分の生活に必要欠くべからざる人間であるのみならず、自分の怠惰を鞭打ち、元気づけてくれる唯一の人間になったのだ。

31 中隊長退院

一月もそろそろ終わりに近い頃、後送になるかと危ぶまれた伊東中隊長が退院されることになった。一時は隊長も後送は免れぬものと覚悟されたらしく、荷物は全部病院に運んであったのだが、その後、視力は減退も増進もせず、朝岡部隊長や江連大尉の助言もあったのだろう、ついに退院と決まったのである。

当日になると野見山准尉が迎えに行き、伊東隊長は馬に乗って帰ってこられた。中隊事務室でしばらく話してから宿舎へ行かれる。宿舎では、前から隊長の部屋として割り当てられていた一室を、小島や中津山が大掃除して暖炉も赤々と燃えている。また、新しい隊長当番として現役四年兵の丸田武三上等兵が附けられた。これでやっと適任者が見つかったわけである。

その日の昼の会食から食堂に伊東隊長の姿が現れる。別に隊長の威力を笠に着るわけではないが、じっと居眠るように目を瞑って他人の話を聞いている。しかし、それで十分なのだ。伊東隊長が朝岡部隊長の隣に座っているだけで、他中隊に無言の威圧を加えて毫も揺るがない。

自分は心中ひそかに快哉を叫んだ。今まで我々に加えられてきた暗黙裡の圧迫は、今こそ他中隊に加えられつつあるのだ。その日から江連大尉や赤川隊長の一中隊に対する態度がかなり鄭重になってきた。現金なものだ。眠れる獅子の威光には部隊長といえども一目おいているらしい。何と言っても先任中隊長なのだから。

一方、伊東隊長の留守中、しばしば他中隊から煮え湯を飲まされていた中隊の兵は、隊長帰隊と共にますます元気一杯に働き出した。やはり中隊長は中隊団結の核心であり、中隊精神の権化であった。しかし、伊東隊長も今度の二ヵ月にもわたる入院生活中に、改めて部下に対する感謝の気持ちを持たれたのではないかと思う。

およそ中隊兵力から離れてしまった中隊長というものは鳥が翼を失ったも同然なのだ。無論、伊東隊長はそんなことを口に出して言うような人ではない。また、中隊長としてそんなことを言うべきではない。しかし、自分はおそらく隊長が病院生活中に得られた最も大きなものは、この部下に対する感謝の気持ちではないかと思う。敢えて言うが自分のこの想像は間違っていないであろう。

隊長が退院してからも中隊会食をやった。また高木中尉の部屋でも会食した。伊東隊長は以前ほど酒を飲まれない。目が痛むからでもあろうが、そればかりではなさそうだ。それに人間もまったく変わってしまったように見える。以前に見られた豪傑肌というより、伊東隊長独特の蛮勇ぶりが影をひそめ、ずっと穏やかな相貌（そうぼう）が現れてきた。前なら完全に怒鳴りつけられるようなことも、丸くおさまってしまう。

　どうも少し薄気味悪くもあるが、これが隊長の本当の姿なのかも知れない。自分には以前の隊長より親しみが持てるように思う。中隊にもこれを機として何か新しい雰囲気が醸成されたと思う。第一中隊の新体制である。不撓不屈（ふとうふくつ）というか、決して他中隊には負けないという確信か。とにかくこの頃に醸し出された新しい中隊の精神をもって、我々はますます団結鞏固を誇り、後に伊東隊長を先に送り出してからも、他中隊に伍して勝るとも劣ることなく、建制〔編者註：最初に編成に着手、完結したこと〕第一中隊の名誉を守り通して復員を完成したのであった。

32 処罰

　ある日、ふと要らざることを口走ったため、あやうく処罰を喰らいそうになった。その日は日曜日である。朝食を終わった兵隊が外出証をもらって舎前に集合し、週番士官の服装点検と訓示を待っている。週番士官は野見山准尉であったが、俄かに部隊本部で人事係の会同があるため出席しなければならぬ。ちょうど事務室にいた自分のところに来て、「北村少尉殿、すみませんが兵に外出の注意を与えてやってくれませんか。野見山は会同に出なければなりませんから」と言う。外では兵が待ち遠しそうな顔をして遊んでいる。さっそく外に出て服装を点検してから、「今日は日曜日だ。許された範囲で十分愉快にやってこい。酒は飲むなとは言わぬ。しかし、決してだらしない行動は取るな。一人の不注意は中隊全体部の名誉にかかわるぞ。今言ったことを守って行け。別れ」

　兵は二人ずつ組になって大急ぎで出て行った。

　自分も午後からブラリと街に出た。今日は別に巡察ではないから、兵に対してこわい目をする必要もなく、あちこち歩いた。煙草を買ったり雑貨屋を覗いたりして結局、例の饅頭屋へ入って茶を飲みながらオヤジと話す。夕方帰ってきて、そのまま中隊兵舎へ行ってみたら、何だか騒がしく、異様に緊張した雰囲気が漲っているので事務室へ行って、何が起こったんだと聞いてみた。話を聞いて実に厄介な問題が起こったことがわかったのである。

　今日の外出で加藤督上等兵も街で酒を飲んで帰ってきた。帰ってすぐに飯上げに行った時、そこに居合わせた松本小隊配属の兵と些細なことで口喧嘩した。

それはその場で済んだかに見えたのだが、兵舎に帰ってから松本隊の連中が、加藤に呼び出しをかけて袋叩きにしようとした。松本隊は中隊と同じ兵舎内にあり、石廊下ひとつ隔てた隣にいたのだが、関西人部隊でひどく柄が悪く、部隊中から嫌がられていたのだ。

加藤は喧嘩を売られてカッとし、酒の勢いもあったので、まだ帯びていた銃剣を引き抜くと松本隊の兵を撲（なぐ）りつけた。運悪く頭に傷をつけたので、松本隊の兵が大勢でなだれをうって加藤に襲いかかろうとしたところを野見山准尉以下五、六名で割って入り、加藤を中隊廊下に引き摺ずり込んで、辛うじて事なきを得たというのである。

どうもこれは、かなり厄介なことになりそうだ。喧嘩だけならともかく、加藤が剣を抜いたので、ことは面倒になってしまったのである。加藤は今、中隊長の部屋へ呼ばれて取調べを受けているという。

宿舎へ帰って部屋で夕食を終わったら、伊東隊長の新当番の丸田上等兵が、「隊長殿が呼んでおられます」と告げに来た。隊長の部屋へ行ってみると高木中尉も野見山准尉も来ていた。加藤は沈痛な面持ちで隊長の前に端座している。それにどうしたのか、上がり口のところに初年兵の皆川 豊や芦 信夫、森元上等兵らが来て小さくなって座っていた。

隊長は自分に一応、事件の経緯を説明してから、「お前にも多少、責任がかかるぞ」と言われたのでギクリとした。

実はずっと前から外出先で酒を飲むことは原則として禁止されていたのである。無論、自分もそれを知らぬわけではなかったが正月以来、多少その禁制も破れて、外で飲んで来るものもあったし、別にそれが罰せられもしないので、つい兵隊に注意する時、「酒は飲むなとは言わぬ」と口をすべらせてしまったのだ。

もし加藤が外出先で酒を飲んでこなければ、今度の事件は起こらなかったであろう。正に自分に責任がある。

「北村、お前つまらんことを言っちゃ駄目だよ」と言って隊長は笑った。これが以前ならおそらく、いきなり頭ごなしに怒鳴りつけられたに違いない。こう優しく言われると、かえって自分も穴に入りたい気持ちがした。またもやオヤジに恥をかかせてしまったのだ。

中隊から事故者を出すこと、中隊長にとってこれほど不名誉なことはない。森元上等兵は加藤を中隊の方へ引き入れた時の状況などを聴取するために呼ばれたもので、すぐ帰された。

伊東隊長は加藤に、処罰は受けるかも知れぬが決して心配するなと言われた。加藤は皆に心配かけたことを詫びてから悄然（しょうぜん）として帰って行った。加藤は非常な一徹者だから、却ってこんな事件を起こしてしまったのに違いない。

常はよく働く模範兵なのだ。隊長も心苦しいに違いない。しかも加藤は昨年、河南の上官村にいる時も野月隊の兵を敵と誤認して射撃し、死亡させた不運な男で、そのことでも常日頃悩んでいたのだ。あとで皆としばらく話した。隊長が「北村、お前も謹慎ぐらいは喰らうかも知れないよ。しかし、何でもないんだ。部屋の中で本でも読んでいればいいんだよ」と言われた。

当然、処罰は喰うものと覚悟を決め、翌朝から部屋に引きこもって謹慎の意を表した。高木中尉は今度の事件の解決につき、松本隊長と色々交渉しているらしいが、松本中尉という人が案外煮え切らない、話せない人だと憤慨していた。

実は自分が室内に閉じこもって出て行かないので、様子を見に来てくれたのだが、自分は窓際の机で本を読んでいた。その窓には夏季の虫除けのための金網が張ってあるが、その網越しに話すのだから、何だか囚人が面会人と話しているような寒々とした気持ちだった。

別にまだ正式に謹慎を命ぜられたわけではないから、昼の会食には出たが、何となく落ち着かない。今回の事件は一中隊、松本隊と朝岡部隊長、江連大尉くらいしか知らないはずだが、会食に出ると皆が自分の顔をジロジロ見るような錯覚を起こしていけない。

会食中、オヤジと江連大尉がヒソヒソ話している言葉の中に、しばしば週番士官云々と言う言葉が交じり、そのたびに江連大尉の目がキラリと光るので、自分は気が気でない。またもや部屋に戻って謹慎する。ところが待っても待っても処罰の沙汰は来ない。

三日目にとうとうこちらがしびれを切らせて中隊へ行ってみたら、何ということだ。加藤は軽謹慎三日に処せられて今、謹慎中だという。自分はついに何の罰も喰わなかった。加藤にしたところが驚くほど軽い処分である。きっとオヤジが睨みをきかせて朝岡部隊長や江連大尉に談判して、これだけの軽い処分でケリをつけてくれたのであろう。もしこれが隊長の入院中の出来事なら、いかに高木中尉が努力してくれたとしても、加藤も自分も松本隊の言いなり放題の罰目を課せられて、ひどい目に遭ったに違いない。オヤジなればこそ、これだけの睨みをきかせてくれたのだ。

33　山は呼ぶ

陽泉の生活は自分たちが下白泉で考えていたほど悪いものではなかった。確かに忙しい。変化が多過ぎる。しかし、それだけに日の経つのも早い。もう今は二月の初め。おそろしく寒いが、また下白泉へ行ける日が近づいてきた。

陽泉で正月を済ませ、会食、会食で遊び疲れるとあとの単調な生活に耐え切れなくなり、皆そろそろ山が恋しくなりだした。やはり自分たちは山男である。もう街の雑踏も興味が薄れてきた。会食の酒の味も鼻についてきた。起床ラッパも嫌になった。我々の心はもう山に飛んでいる。

山。山。青空の下、遙かに連なる紫紺の山山。延々続く万里の長城。声なき羊群。銃声、手榴弾音。闇夜に響く敵の声。ああ、早く行きたい山の城。

中隊の班内へ行ってみると、「隊長殿、まだ山へは行かないんですか。早く行きましょう」と催促される。自分だって行きたくてウズウズしているのだ。もうこんな埃臭い兵舎なんか嫌である。しかし第一回の下白泉勤務は、陽泉へ来て二日目に出発という慌ただしさであったし、行く途中で中隊長が負傷するなど、初めから何だか良くなかった。

また、自分も黄村でやったように新生活を開始するにあたって、自分の方針、意図の徹底をはかるということもやらなかった。小隊の指揮統率上、大いに反省すべき点が多々あった。

自分があまり兵を直接使い過ぎて、分隊長の活躍の機会を奪ってしまった感がある。改めるべきはどしどし改め、この次は上手くやらねばならぬ。村岡伍長、高橋伍長、斉藤伍長や秋川兵長など古年次兵は各々彼ら自身の行動を反省し、互いに意見も発表し、自分にも打ち明け、彼らは彼らなりに今後の小隊運営につき、相当の見解を持っていたようである。今度行ったらこれもしよう、あれもしようと話は弾む。

小隊の工藤兵長が指揮班の兵器係助手に取られることになったので、また大いに憤慨したが、もう今更、小隊の兵とか指揮班の兵などと区別することはやめることにした。自分は単なる小隊長ではなく中隊長附将校なのだから。

結局、今まで兵器係助手であった加藤亀松兵長が小隊に配属された。加藤は秋田縣出身だが染物屋の職人で、愛知縣一宮に来て長いこと働いていた。田舎臭いことが嫌いで東北弁は使わない。モダンボーイを決め込んでいる気障な男だが、なかなか面白い奴だ。この前の演藝会で長沢と共に一躍、有名になった。

　また野戦病院が続々引き揚げるので、半分くらい癒った連中も退院してきた。柘植梅吉や飯田美男ら、甚だ有り難くない補充兵だ。この飯田が置土産にして行った自分の靴傷は、第一回の下白泉勤務中はまだ膿を持って痛んだが、陽泉へ帰ってきて以来、山道を歩くことが少ないのでやっと回復した。正に五ヵ月近くも苦しめられたわけである。

　河南にいた時、独立山砲兵中隊へ転属になった池田も中隊復帰になった。彼がどんな生活をしてきたか知らないが、なお更馬鹿のようになってきたところを見ると、あまり良い暮らしはしていなかったのであろう。


　二月初めのある寒い曇った日。その日は二中隊が分遣されている白羊墅地区で鉄道警備演習があるので自分も参加せねばならぬ。朝食後、準備していたら朝岡部隊長から伝令が来て、北村少尉は演習参加に及ばずと言う。変だぞ。なぜ自分だけ出なくともよくなったのかと少々薄気味悪く、高木中尉の部屋へ行ってみたが中尉も部屋にいない。

　そのうちに伊東中隊長の部屋から呼ばれたので行ってみたら高木中尉も来ていた。


「小坂上等兵が戦死した。下白泉は非常に敵情が悪いらしい。明朝出発して交代せよ。すぐ今から準備にかかれ」

　小坂戦死とは一体どうしたことだ。詳細はわからないが西田少尉は出撃したらしい。さっそく中隊へ走って皆に明日出発のことを告げると、ワーッと喜んだ。だが小坂上等兵戦死のことを話すとさすがにびっくりしたようである。

　何れにしても明日は山へ行けるのだから小隊は俄かに活気を呈し、出発準備に取りかかった。高木中尉も演習参加を免ぜられ、明日の援護部隊を指揮することになった。自分もまた出発準備に忙しい。

　糧秣の受領や援護部隊との連絡、行李班、通信班との連絡で一日中、駈け回る。今度からは無線機も六号ではなくて手廻し発電機がついた強力な五号無線機が配属される。そして今度も泉谷兵長の分隊が来ることになっている。

　それにしても小坂上等兵は惜しい兵隊であった。どんな状況で戦死したのか知らないが、終戦後の今日、八路の凶弾に斃れるとは、まったく彼も残念であっただろう。三年兵の優秀な軽機射手であった。将来は立派な下士官になるであろうと期待されてもいた。河南で一度、威力偵察で自分の指揮下に入っただけで、以来、自分の小隊へ来たことはなかったが、一度は部下にしてみたいと思っていた。

今回出発に際して急遽編成の一部を変更し、手足纏いになる補充兵や体の弱い幹候の連中を保育班として中隊に残し、保育班長は今、鬼武山にいる蓬田軍曹がなることになった。彼はまあ保育班長くらいのところが適役であろう。従って村岡が今度は先任分隊長、高橋分隊が第二分隊、元の蓬田分隊は斉藤伍長が分隊長となり第三分隊、秋川兵長は再び連下士となった。これで分隊長も若者揃いとなり、小隊も面目を一新した。


翌朝、中隊舎前に整列した小隊と援護部隊を引率して将校宿舎前へ行く。糧秣や被服、燈火燃料などを満載した行李班の駄馬も集合した。朝岡部隊長、伊東中隊長、江連大尉に出発の申告をして、いよいよ出発。空はカラリと晴れた上天気。何もかも凍りつくばかりの寒さだが、我々の闘志は火の如く燃え上がり、長刀一閃、小隊は再び下白泉に向かって進発したのであった。延々と続く駄馬の列。

自分はこんなに希望に充ちた、愉快な出発を経験したことはない。初めて黄村分遣隊へ前進した時も嬉しかったが、今度はあのとき以上に部下も多く敵情も悪い。小隊は軍靴の音をザクザクと響かせながら営門にさしかかる。

「整列っ」

衛兵がバラバラッと走り出して整列する。衛兵は将校の指揮する武装した部隊に対しては整列して、ラッパを奏して敬礼する。まことに決死的任務を帯びて出発する部隊を送るにふさわしき一瞬である。

「歩調とれーっ」

大地も踏み抜くばかりの軍靴の響き。思わず武者震いが全身を突っ走る。

「歩調止めーっ、みちあしーっ」

鉄廠の横から山道にかかる。もはやこの辺りから敵中行軍の体勢を取らねばならぬ。

鬼武山に到着。蓬田分隊を合同せしめる。もう全員、完全軍装で待機していた。直ちに出発する。上り下りの黄土山。露出せる炭層。岩石累々の山道。小隊は元気一杯、山も谷も、地雷の道も乗り越え踏み越え猛進する。今は第一回に来た時よりも、うんと寒くなっている。防寒帽の垂れを下ろしても耳は凍りつくばかりだ。歩けば汗が流れ、休憩すればおそろしく寒い。

何ら敵の妨害も被らず、目指す下白泉トーチカの見える谷間の出口に到着。青空に白く照り映えてドッシリとそびえる山の城。ああ、やはり山は良い。陽泉と比べて何という静けさ。山の方に鵲が鳴くほか何の物音もせぬ。集落に入れば道路の両側に顔馴染みの村民が笑顔で迎えてくれる。陽泉で体に沁み込んだ不浄の空気も清澄な山の霊気に洗われて蘇生の思いがする。

陣地下で駄馬から荷物を卸下。我々は上にあがる。西田少尉が出てきた。さすがに今日はしょげている。立派に作った門松も戦死者を出したのではめでたくもない。衛兵所へ入ったら、机の上に小坂上等兵の遺骨が白布に包まれて安置され、線香が静かに煙を上げている。拝礼する。まったく惜しい兵が死んだものである。

当時の状況を聞けば、やはり想像通り山西軍徴糧部隊の尻馬に乗って出撃してしまったのだ。食糧獲得のためには如何なる手段も選ばぬ西田少尉の癖が出てしまったのだろうが、これは申し開きの余地はないと思う。西田少尉と共に昼食、直ちに引き継ぎをおこない、彼らは出発、帰還の途につく。皆を送り出してホッとする。トーチカ内の整頓も終わり、ひとまず落ち着く。

やっぱり山でなければ駄目だ。望楼に上がって四周の山山を望めば、以前と変わらぬ静かな山のたたずまい。輝く長城。げに楽しきものは山の陣地生活である。

その夜は皆を集めて自分の方針を徹底し、更に団結を鞏固にし、新たなる敵情に対処することとなった。

小坂上等兵の戦死は意外に皆の心に強い衝撃を与えたらしい。何も今、急に戦死が怖ろしくなったわけではないが、終戦後の今日、八路と不要の戦闘をすることに馬鹿らしさ、不用意な出撃の危険さを自覚したらしい。村岡が感慨無量の面持ちで「隊長殿、今になって隊長殿の気持ちがよくわかりました。やっぱり無理な出撃は止めた方がよさそうですね」と述懐した。皆も食糧獲得のための出撃で命を失いたくはないとみえて、以後、出撃しようと駄々をこねることはしなくなった。

何れにしても皆が小隊の方針が間違っていなかったことを悟ってくれたことは、大きな収穫であった。また愉快な生活が始まった。通信班の三名も元気で張り切っている。

〔再び山の生活〕

34　二度目の正月

移転騒ぎも一段落ついたので、かねての計画通り正月やり直しの意味で大会食をやることにした。しかし、ここは何と言っても陽泉と違ってまったくの敵中である。絶対油断はできない。厳戒下の酒宴である。外部からは酒を飲んでいると気取られたくないから、比較的周囲がやかましい昼間を選んでやる。

朝から炊事場ではご馳走作りに大活躍だ。それにしても中津山の体が回復して良かった。此奴を手放して門前を連れてきたのなら、とてもこんな立派な会食ができるわけがない。白酒も集落から三升ばかり買い入れた。

二階の広い兵室に机をズラリと並べて、今回受領してきた大型ランプをあるだけ点ける。何しろトーチカの中は窓がなくて昼なお暗きありさまだからである。およそ昼間の会食というのは落ち着かないものだが、これなら結構、夜の感じがする。敵中での会食だから警戒を緩めるわけには行かず、分哨勤務中の六名は可哀想だが酒宴に列席させるわけにはいかない。また後でやらせることにしよう。

遮断壕にかかった二つの吊橋を上げてしまえば絶対安全だ。やがて机の上には、中津山以下が腕を振るったご馳走が盛りだくさん並べられる。油が豊富なものだから何でも天ぷらづくめである。豆腐も集落からドッサリ買える。

三〇数名の壮漢がズラリと並び、揺れるランプの炎に照らされたところは、さながら山賊の棲家か梁山泊を思わせる。無論、吾が輩は山賊の親分だ。

「サア、今日は正月のやり直しだ、うんと飲め」と、まず陽泉から持ってきた秘蔵の日本酒を注ぎまわる。互いに健康を祝い、健闘を誓って乾杯。いよいよ大会食の幕は切って落とされた。こんな大掛かりな、しかも小隊水入らずの大会食は、いまだかつてやったことはない。通信班の三名と、まず仲間入りの盃を酌み交わす。泉谷兵長の他に高谷一等兵と初年兵一名である。高谷という男は青森縣出身で、この前、正月におこなわれた民謡大会で入賞した兵隊だ。さっそくここでもタント節か何かを披露した。

酒宴は今や酣。めぐる盃、触れ合う徳利。ランプに照らされて揺れ動く人影は黒々と壁に映じ、蛮声張り上げて唄う声にトーチカも揺れんばかり。いよいよ梁山泊らしくなってきた。自分も大いに酔っ払い、よろめきながら部屋へ帰ったら、間もなく中津山が夕食を持ってきたから、どうやら昼から晩までブッ続けに飲んだらしい。

かくして正月やり直しの宴会は大成功であった。

編成も良くなって手足纏いの補充兵もいなくなった

し、糧秣もどっさり補給したし、敵情も実のところ大した変化も認められぬので毎日、愉快な日が続いた。もう誰も軽はずみな出撃をやろうと駄々をこねるものもなく、野菜も集落から買うだけで十分である。最近、村長になった田仁真(でんじんしん)という男はよく我々に協力してくれて物資の購入も円滑を極め、情報蒐集も容易である。黒犬も相変わらず。

我々がこの前帰る時、西田小隊に預けて行った豚は一ヵ月半で見違えるような大豚になっていた。

自分も今度は兵室へしばしば出向くのはもちろん、下士官室へ頻繁に出入りして大いに分隊長の意見を聞き、自分の意図を明確に伝え、ひたすらに小隊の明朗化と団結に力を注いだ。衛兵所もいつも自分の溜まり場である。昼食は下士官室で皆と一緒に取るようにする。ここには村岡、高橋、斉藤伍長と秋川兵長が寝起きしている。

鈴木茂次郎兵長や佐々木久治兵長、高橋敬治兵長もよく遊びに来る。小隊のものがこんなに仲良く暮らすのも今まで見られなかった現象だ。若いものが多くなったことは何より嬉しい。

第一回目の勤務で懲りたので、本もだいぶ持ってきたし日記もつけている。自然科学随筆も続けている。五号無線機は大変立派である。夜になると、おそらく内地の放送であろうと思われる音楽がよく入ったが、言葉はどうも不明瞭でよく聞き取れなかった。何れにしてもこんな山奥の山塞でラジオの音楽が聞けるとは、やはり電波兵器は有り難いものだ。泉谷兵長とはよくよく縁があるらしい。河南黄村でも彼が自分のところへ来ていた。第一回目にここへ来た時も今回も彼の分隊である。鈴木茂次郎とは年次も年齢も同じらしく、大変仲が良い。

35 無線機故障

こちらに来て五日目頃から無線機がさっぱり通じなくなってしまった。陽泉の大隊本部から発信するのは手に取るようによく聞こえるのだが、こちらから発信するのがさっぱり先方に受信されないらしいのである。こんな敵中に、三里も山また山を間に隔てて部隊から孤立して勤務する我々に、本部との通信手段がなくなってしまったら大ごとである。

連絡兵を派遣すると言っても三里の山道、しかも敵が十重二十重に取り囲むこの陣地からどうして脱出するかが問題である。この陣地から大きな兵力を割くことはとてもできぬ。

無線の三名は大いに驚いて、すぐに機材の点検に取りかかった。波長分割も間違っていない。機械の隅々までも調べたが何ら異常はない。アンテナ空中線を張り替えてみたが効果がない。とうとう泉谷兵長が「これだけ点検したのですから、絶対にこちらに落ち度はありません。おそらく本部の受信機に故障を起こしたものと思います」という。

それでも一応、更新時間が来ればこちらからも本部を呼ばせた。やはり先方では聞いてくれぬ。「下白泉、下白泉」と狂気のように叩く電鍵（でんけん）はこちらの受信機を響かせるのに、こちらからいくら発信しても反応がない。本部から二中隊を呼び出して、「下白泉との連絡がまったくなくなった。そちらに何か連絡はないか」と聞いているのまで、こちらには明瞭に入ってくる。まったく足摺りせんばかりの口惜しさだが何とも仕方がない。

集落に支那人に手紙を持たせて陽泉に行かせようとしたが、途中、八路の歩哨に見つかれば殺されると恐れて行こうとせぬ。

不安のうちに数日が過ぎる。朝岡部隊長や伊東中隊長がどんなに心配しておられるかと思うと、愉快であった山の生活も甚だ暗いものになってしまった。無駄と知りつつ本部を呼ぶための発電機の音が「ブルブル、シューシュー」とトーチカ内に響き渡る。陽泉の方を望めば幾重にも重なる山並み。敵は何重にも歩哨線を巡らし、地雷を埋めて待ち伏せしているであろう。

ついにある日、大隊本部の無電が「部隊長以下、連絡のため本日八時、下白泉へ出発」と報じてきた。いよいよ連絡部隊が来るのだ。望楼に上がって眼鏡で見る。早くも四囲の山上に屯する敵の歩哨は餓狼の如き警戒の呼び声を響かせる。やがて遙かな黄土山の稜線上に進み来たる部隊が小さく見え始め、また見えなくなる。

正午前頃、河床道のはずれから部隊は続々と姿を現し始めた。先頭に部隊長が馬上颯爽たる雄姿を見せている。通信班長の常川中尉も。ああ、それに中隊長殿も馬に乗ってこられるではないか。まったく皆に心配をかけた。

陣地下に到着すると、すぐに朝岡部隊長以下が上がってきた。整列して敬礼、報告する。状況報告が終わると常川中尉はさっそく機材を点検した。何ら異常はなかった。我々に落ち度はなかったのだ。

皆にうんと山のご馳走をして帰ってもらった。後で聞けば、これは本部側の受信機で波長分割を間違えていたらしく、責任者は処罰されたそうである。これだけ我々に不安な思いの日々を送らせ、部隊長以下を出撃させたのだから、大きな落ち度だと言わねばならぬ。無線機も確かになければ困る重要兵器だが、それを取り扱う人がよほど慎重でないと今回のような事件を起こす。

もしこの間に敵情が悪化したりすれば、更に重大な部隊長の責任問題にまで発展したかも知れないのだ。無線通信兵の責任も大きい。以後、通信は元通り回復し、また愉快な生活が始まった。

36　服務規定

今回はこちらに到着すると直ちに兵を集めて小隊の統率方針などを明らかにし、日々の内務や起居容儀に関しては、所要に応じてそのつど注意を与えているが、次々に起こってくる問題に対して毎日注意を与えるのも手数がかかり、永続的には効果がないので、できればここにいる間だけでも兵隊の生活行動を律する指針のようなものを作ってやろうと思い、一日中、暗い部屋で考えた。

陸軍では昭和一八年以来、軍隊内務令が公布施行されていて、非常に便利ではあったが、現地部隊ではそのまま適用することもできないので、現地に即したものとして、各部隊で独自の規定を作っている。無論その根本精神は内務令に基礎を置いている。今、陽泉駐留の部隊には、陽泉地区舎営規定が適用されているし、大隊には「内務の躾（しつけ）」がある。それも終戦後の今の情勢に対処するためのもので、ただ内務、起居容儀に関する規定だけしかない。

ところが自分たちは終戦後の今日も、こんな山の中で中共軍相手に対敵警戒にあたっている。戦時中の内務令でもまずいところがあるし、終戦後の「内務の躾」だけでも困るところがある。ここにまったくそれらとは性質を異にした、この陣地生活に即した規定、戦闘および起居容儀、その他この山の陣地における、あらゆる行動の拠りどころとなるべきものが必要なのだ。

ここには内務令もなければ他の典範令もない。参考書もない。全然、白紙の頭で考え出さねばならぬ。つまり我々の勤務は『作戦要務令』第一部に示された、敵の近傍にあるときの哨所の警戒要領により対敵動作をすることになるが、その他にかかる不健康な建物内における規則正しい生活、衛生、更に進んで兵器・弾薬その他の資材の節用などに至るまで言及する必要がある。

まず最初に強調したのは小隊の鞏固なる団結である。現在の我々は一意任務の達成に邁進するとともに、全員が無事に復員して祖国再建の礎石となるという更に重大な任務があるのだ。これは兵団長や部隊長の訓示にもしばしば出たところで、これが目下最大の生活目標と言ってよい。従って任務を最も重視するのは無論だが、絶対犠牲者を出してはならないのである。

そのためには色々の困難欠乏にも耐え忍ばねばならぬ。ゆえに全員無事復員という言葉の裏には鉄石のごとき団結がなければならぬ。自分が小隊の鞏固なる団結を強調する所以もここにある。規定の第一に「団結」の条項を掲げる。大いに頭をひねって戦陣訓ばりの名文を案出して得意になったものだ。

対敵警戒についてはすでに行動の準拠を与えられているので問題はない。非常警戒については別に一条文を設けた。また、今の状況では兵器弾薬その他各種資材の入手保存も重要である。中でも非常に大切なものに水の節約がある。山中の孤城では下の集落まで汲みに下りなければならぬので、もし敵が集落に入り、完全に陣地を包囲した時のことを考えると、少なくとも一週間分を常に確保していなければならない。

その他、日課時限、衛生、トーチカ内の掃除法、日直下士官制などにつき詳細に規定した。しかしおよそ規定というものは、いざこれを実生活に適用し、これに基づいて行動しようとすると、規則に縛られて身動きできなくなるか、あるいはあまり抽象的になり過ぎて実際の役に立たぬものになりやすい。その点はよく考慮して下士官兵や自分も十分行動を束縛されず、自由に各自の最大能力を発揮し得るように心がけた。

またこれを機会に改めて小隊に各係を置き、各種業務を分担することにした。

小隊の作戦行動に関する件、及び小隊内の一般事務指導　小隊長
糧秣、給与、前渡資金に関する件、村民との交渉、炊事指導　村岡伍長
被服及び情報蒐集　高橋春治伍長
兵器、陣営具、その他　斉藤伍長
勤務人員割当　秋川兵長
大隊本部との通信連絡及び時間の規正　泉谷兵長

時間の規正ということは、すべて生活行動を時間で区切る軍隊では非常に大切で、本部にいれば何もかも本部任せであまり関心がないが、こんな山奥にいるのでは、ちょっと時計を合わせに行こうという所がなく、我々自身で機会あるごとに本部と連絡を取って時計を規正しなければならぬ。これを怠ると時計が止まって

大騒ぎしたり、分哨の歩哨交代はもとより、本部との無線交信時間に食い違いを生じて交信にも支障を来たすのである。

書いたり消したり、一日中部屋に籠ってがんばった末、草稿を書き上げ、下士官室へ行って皆の意見も聞いて直すべきところは直し、事務室勤務をしていた粟野上等兵に清書させた。表紙をつけて「下白泉分隊服務規定」と墨書させたら、一五頁ばかりの堂々たるものになった。これさえ兵に徹底させれば小さいことでいちいち文句を言うことも要らぬわけである。

さっそく広場に皆を集合させ、規定を読み聞かせて註釈を加えた。常に兵に読ませなければ効果がないので、衛兵所の衛兵司令の机の前の壁にぶら提げた。果して、皆読んでいるかと思って夜中に行ってみたら、皆が寝静まってから司令や立哨控えのものが眠気醒ましに読んでいるのを発見した。

たとえ眠気醒ましにしても、とにかく読めば効果が表われるのだから有り難いことである。

業務の分担をしてから各分隊長はそれぞれの係業務に活躍するし、兵も規律正しい生活をし始めたので、服務規定の適用は大成功であった。

37 憐れな驢馬

珍しくポカポカした暖かい小春日和の昼下がり、村岡は野菜購入に、高橋春治伍長は情報蒐集に村へ降りて行った。無論、それもあるが、それは表向きの口実で、下の家へ姑娘のご機嫌伺いにでも行ったに違いない。自分も、あまり良い天気だから散歩してやろうと、防寒外套を着込み、拳銃をバンドに挿して集落に降りてみた。

すべて長閑な日で、老翁が軒端(のきば)で日向ぼっこして長い煙管で煙草を喫んだり、おかみさんが糸を紡ぎながらペチャクチャ喋ったりしている。村公所にある村の小学校では、まるで蝉が鳴くような音読の声がする。ちょっと入ってみたら、一六、七歳の若い先生が、二〇名くらいの大小さまざまの生徒に算術の二部、三部教育をやっていた。

熱心に分数の通分のやり方を聴きに行く生徒もある。先生も大変熱心であった。他の部屋では炕の上に粗末な長机を並べて、小さな子どもばかりが読み方を習っている。先生もアンペラの上に胡坐(あぐら)を組んで座っていた。

各人がまったく統制なしに黄色い声を張り上げて読むのだから、とても喧しく耳がガンガンする。また外へ出る。狭い土壁の間の石畳を下へ下へと降りて行く。

日溜りに、まだ生まれたばかりの真っ白な仔羊とその親が、静かに草を食べている。山には鵲が鳴く。眠くなるような陽の暖かさ。

　さっきから河床道の方に青白い煙が立ち上がり、青空へ真っ直ぐに上がって行く。焚火でもしているのか。何だか辺りが騒がしくなり始めた。ワーワーと騒ぐ声も聞こえる。バタバタと走る人の足音。何事が起こったんだと振り返ったら、さっきの煙がモウモウと濃くなって猛烈に吹き上がっている。その下からパッと真っ赤な焔が見えた。火事だ。自分も大急ぎでその方へ走った。

　ある家の土壁の狭い入口に村民の野次馬どもがワーワーと犇(ひしめ)き合っている。その連中の頭越しに覗いてみると、もう一応、下火になったらしくブスブスと白い煙を上げているにすぎない。その前へ行ったら皆が道を開けてくれたので中に入った。すでに秋川兵長や高橋春治伍長らは駆けつけて消火に活動したらしい。

　人だかりがしている一室を覗いてみると、火傷を負った女がいささか大げさとも思える大声を上げて泣いている。外にも一人、手にちょっと火傷したのがいる。陣地で走り使いをやらされている李という小孩（陣地下の姑娘の弟）が陣地へ走って行った。村岡が鈴木孝四郎上等兵を呼びにやらせたのだ。鈴木が衛生材料を抱えて降りてきた。彼は新潟の薬専を出ている。

　女はヒーヒーと叫びながらホウ酸軟膏か何かをつけてもらっていた。聞けばここの家の小孩が驢馬につける石臼で粉を挽いていた時、暖房用にしていた炭火が高粱殻に燃え移り、アッというちに粉挽き場の草葺屋根に燃え移ってしまった。小孩は機を失せず外に飛び出したが、驢馬は石臼に繋がれているから逃げることができない。

　駆けつけた主婦が勇敢に飛び込んで縄を解き、驢馬を引き摺り出そうとした瞬間、屋根が焼け落ちた。女も火傷を受けたが、驢馬は燃え盛る屋根の下から引き出されたので、全身黒こげになってしまった。外に出たら丸焼けの驢馬が木に繋がれていた。よくもよくもこれだけ完全に焼けてしまったものだ。まだ所々、方々からブスブス煙が上がっている。毛は一本も残っていない。

　目なんか完全に炭になっているのに、四足を踏ん張って立っている。生きている証拠に息をするたびに腹が出たりへこんだりする。正に半死半生というところだ。

　驢馬の丸焼きなどとは漫画の種にもならぬが、これにはあまりに残酷過ぎて可哀想である。辺り一面、焼肉の匂いがプンプンとする。食欲をそそられるような匂いでもあるが、黒こげになって息をついている驢馬を見れば可哀想でならぬ。それにしても身の危険も顧みず、焼ける家の中に身を挺して驢馬を救おうとした女も偉い。それほど驢馬という動物は、この辺の住民にとっては家族の一員であり、生活にはなくてはならぬものなのだ。

支那の集落には燃える部分というのはあまりないので、火事は決して大きくならない。またこの辺りは水が大変不便だから、水をかけて消火するというわけにも行かぬ。村岡の話では集まってきた男たちがすぐさま便所へ飛び込んで、ありあわせの甕で小便を掬ってぶっかけたそうである。

長閑な村の火事騒ぎは数日間の話題を賑わせたが、あの黒こげの驢馬は二、三日後、死んでしまったそうだ。

38 姑娘

陣地下の家の姑娘に皆、だいぶ参っているらしい。血の気の多い連中ばかりだから仕方がない。

彼らの言うところによると、前髪が烏の濡れ羽色、眉は三日月、目はパッチリと涼しくて、唇は珊瑚(さんご)、真っ白な歯は真珠のようだという。皆が言う通りだとすると、すごい美人だということになる。しかし自分はよく知らないが、彼らの話を聞いている限りでは秋田美人や山形美人が彼らの理想の女性であり、世界のどこの女性と比べても数段まさっていると言う。

もしそうであるとすれば、あまり陣地下の姑娘を褒め過ぎるのは、彼らの故郷に待っている東北美人には申しわけないことになってしまうだろう。自分にはまだ美人の品定めをする資格はないが、チラッと見たところではこの山の中に育った娘にしては美しい。皆がうつつを抜かすのも無理はない。この家は以前に村長もしたことがある旧家らしく、主人は今、八路に拉致されている(というが、主人自身八路である可能性が強い)。

この姑娘の兄は二〇歳くらいだが、青白いインテリ然とした顔だ。陽泉の学校で勉強したらしく、英語も多少、知っている。しかし目つきがいかにも鋭くて、我々の情報蒐集などを手伝ってくれるのはよいが、おそらくは彼自身八路の密偵と思われるので、そのつもりで警戒した。何もこの男に限らず、この辺の村の男は、一度は八路の民兵として教育を受けていて、今もなお敵と連絡を保っているのだから、別段、驚くこともないのだ。

この家の母親も下士官兵が行くのをひとつも嫌がらず、被服の修理を手伝ってくれるし、行けばお茶も出してくれる。また時には仕入れた糠粟で餡の入った餅を作るときは分遣隊の炊事場では狭いので、この家の台所を借用して、村岡以下が出張して作るのであった。

支那の姑娘というのはもっと家の中に引きこもって、一歩も外に出ないものかと思っていたのだが、そうでもないらしい。この娘は古風な纏足などしていなかった。

高橋春治伍長は情報蒐集という名目でよくこの家へ来たものだ。すると糧秣係の村岡や、兵器係の斉藤伍長までがお供をする。時とすると村岡は散歩と称して自分までもここへ連れ込むことがあった。どうも女との付き合いは困る。自分にとっては迷惑至極であった。

ある晩、下士官室で皆と話していたら、村岡が「隊長殿はもう少し女の人と付き合う練習をしなくちゃいけませんな。何も姑娘の家へ行って恥ずかしがることはないでしょう」と気に障ることを言う。

「馬鹿を言え、貴様があんまり面白そうに話しているから、こちらは遠慮してやったんだぜ」

「そうでもないでしょう。すぐに部屋から飛び出してしまうのだから、つまりませんよ」と、ますます追い討ちをかける。

今度は秋川が横から口を出す。

「村岡班長よ、うちの隊長は心臓が弱いんだから少し教育してやれよ」

「本当にもう少し心臓が強くなければいけません、これから、ちと教育しましょう」

まったくとんでもない奴らだ。

「オイ、みんな、あの姑娘の名前を知っているかい」

と、今度は斉藤伍長が乗り出してきた。

「知らないだろう。教えてやろうか」

彼は鉛筆を取り上げると紙の上に「李秀花」と書いた。

その斉藤伍長が一本喫もうと、ケースを開けて煙草を取り出そうとしたら、中から何だか小さな紙きれがヒラリと舞い落ちた。

「オヤ、これは何だ」と自分が目ざとく見つけて拾おうとすると、彼は大いに慌てて、

「ヤッ、そいつを見られちゃ大変だ」とひったくる。皆で力を合わせて彼の手からもぎ取ってランプの下に置いてみると、アレ、どこかで見たような顔。

「アッ、姑娘だ」

斉藤伍長は恥ずかしそうに笑っている。斉藤の奴、どうして手に入れたのか、姑娘の小さな写真を持っていたのだ。

「コラ、斉藤班長、貴様、内地に和田道子さんという人が待っているのに贅沢だぞ」

「そうだ、そうだ。さあ斉藤班長、和田道子さんの写真を見せろ」

今度は斉藤伍長が皆から、かなりいじめられることになった。彼はとうとう仕方なしに（と言っても内心、得意そうに）お守り袋の中からうやうやしく小さな写真を取り出した。

自分たちは机の上に置いて、ランプの明かりで拝ませてもらった。女学校のセーラー服を着た娘の写真だ。彼は内地へ帰ったら、この娘のところへ養子に行くことになっている。

村岡伍長も高橋春治伍長もまだチョンガー（ひとりもの）である。その点、秋川兵長は子どもが二人もある親父だから、このような話題に対しては超然としているようだ（チョンガーとは朝鮮語で独身のことである。別に朝鮮に駐留していた部隊出身でなくても、この言葉はさかんに使われた）。

39　村岡の冬の夜話

寒い風が吹き荒ぶ夜、下士官室では暖炉がゴーゴーと燃え、熱い茶をすすりながらの話は弾む。夕食が終わると自分はここに居座って、皆と話すのであった。一日の終わりには各自の係の帳簿を整理して自分に点検を求める。村岡伍長は前途資金帳簿、糧秣の在庫状況を整理しているし、高橋伍長は情報を蒐集して情報記録簿を作っている。

斉藤伍長は兵器係で今のところあまり忙しくないから、他の全般の指導に当たっている。秋川兵長は分哨や不寝番の勤務割に余念がない。小隊全部がこんなに愉快に全力をあげて働くことは、今までもあまりなかったことである。帳簿の整理も終わってしまえばまた話だ。河南の思い出話や、行軍途中の話も出る。自分はこんな時の村岡伍長に対し、限りない親しみを感じるのであった。

自分が初めて中隊へ配属された時、まだ西も東もわからないのに、突然、抛り出された大営分遣隊での最初の部下が村岡であった。敵襲に泡を喰って擲弾筒榴弾五発を闇雲に撃って、オヤジから大目玉を喰ったことも懐かしい思い出だ。以後、しばらく彼との縁は切れたが、撤退行軍中、運城で再び自分の小隊に来てから今に至るまで、影になり日向となって自分を補佐してくれた。

本当に孫悟空に比すべき秘蔵の部下なのだ。行軍中、見えなくなった飯田を探しに中隊を離れて彼と二人きりになり、半日の間、生死の間を彷徨したこともあれば、オヤジに叱りつけられた自分を慰め、元気づけてくれたこともある。時々、自分を困らせることもあるが、やはり自分にはいてくれなければならぬ男だ。

彼は五年兵である。小さい時から苦労してきているので、自分より下の兵隊に対しても非常に親切だ。昔は当番もしたことがある。また村岡はよく子ども時代の思い出話をした。家の近くを汽車が通っていたので毎日、線路脇の柵の間から頭を突き出して「ワム、トラ、トム、トキ……」と貨車に書いてある字を大声で読んで遊んだことなど。

また彼は小さい時からトタン屋に奉公に出て、トタン職人の見習いをしながら、煙突掃除をして街を歩いたという。その頃の彼は人並みはずれて小さい子どもだったそうだ。雪深い東北の町を、道具を担いで家から家へ歩き廻る小さな煙突掃除人の姿は考えただけでも憐れである。

時に意地の悪い女中にいじめられたり、そうかと思うとお邸の優しい奥さんが、お菓子をくれたこともあったという。おそらく村岡は、この頃から人の情けというものを感じ始めたのであろう。

ある時、煙突掃除に行ったお邸の子どもが、小学校の作文で、「小さな煙突掃除屋さん」という題で彼のことを書いたところ、これが県教育会の作文募集に当選し、それが新聞に発表されたときには、これほど恥ずかしい思いをしたことはなかったという。

こんな話をする村岡こそは、中隊の中の下士官の誰も及ばぬ慈愛心をもって兵を労わり、自分を補佐して小隊の繁栄をはかり、皆を楽しませてくれる福の神であった。自分は村岡の活躍振りを見るごとに、少年時代に愛読した『少年倶楽部』の「のらくろ伍長」を思い出すのであった。

40　酒造り、納豆造り

時々集落から酒を買ったが、下白泉には酒屋がないので、陽泉から取り寄せることになり、べらぼうな値段を吹っかける。我々が渡されている物資購入前渡資金だって、それほど豊富なわけでもないから、無闇に酒を買うのに使うことはできぬ。

ところが今度も村岡がある方法を思いついたのである。彼は背嚢の中に、どこで手に入れたのか、日本酒酵母菌の乾燥粉末を持っていたのだ。さすがはドブロクの本場、秋田縣の兵隊さんは心がけが違う。

実は中隊が河南省大営にいたときも、村岡は一度、ドブロクを醸造して伊東隊長に見つかり、叱言を喰ったことがある。今、いよいよこれを使って、ひとつドブロクを造ってやろうというわけである。自分も話には聞いていても、まだドブロクというものは知らないので急に飲んでみたくなり、「村岡早く造れ」と催促した。

糧秣として受領している白米はそれほど余分がないので、酒にしてしまうことはできぬ。だから一部だけ白米を用い、あとは粟でごまかすのである。いよいよ村岡の指導のもとでやることになった。

炊事場では白米と粟の粥を炊く。それを細い腰の高い水甕に入れ、酵母菌を植えつけて密封し、下士官室の暖炉の傍に置いた。一方だけ熱くならないように時々、クルクルまわす。時に封を切ってみると、泡がブツブツ立ち上がり、プーンと日本酒の匂いがする。

かくして数日後には芳醇なドブロクを甕一本に造りあげたのであった。兵隊は大喜びである。暖炉の熱気に火照った体で冷たいドブロクを啜る時の旨さは忘れられぬ。

糧秣の中には大豆がだいぶたくさんあった。大豆飯にしても皆、あまり喜ばないし、集落の豆腐屋で豆腐と交換させてみたが、あまり交換条件がよくない。さりとて上手い使用法も見つからず、大豆ばかり余ってくる。

「よし、今度は俺が納豆を造ってみよう」と斉藤伍長が立ち上がった。

彼は中津山に手伝わせ、大豆を煮て空き叺（かます）〔編者註：穀物・塩・石炭などを入れるための、わらむしろの袋〕に入れ、地中に埋めた上に幾重にも筵を被せた。数日後、開けてみるとポーッと白い湯気が立ち上り、立派に糸をひく納豆ができていた。これも大成功だ。納豆なら皆も喜ぶし、栄養価値も満点である。これで大豆の新しい使い道がひとつできたわけだ。

以後、続々大量生産し、陽泉へも少し持って帰った。

41　陣中閑あり

陽泉を恋しがるものは一人もいない。皆、もう都会の塵を払い落として、すっかり山の住人になり切ってしまったのだ。退屈には違いないが、何だか長生きするような気がする。

鉄棒をやったり幅跳びをしたり、時には遮断壕の周りでリレーをやったりして夕食後のひとときを過ごすのであった。今度、こちらに来る時、佐々木久治が中隊指揮班からラッパを借りてきた。これは河南で豊山が熱誠込めて吹いた思い出のラッパであり、北合流でも中央軍のラッパ演習に対抗して吹き鳴らしたものである。

ここでは食後の腹減らしに好きなものが吹いている。やはり佐々木が最も上手い。山の静寂を破って嚠喨と響き渡る。進軍ラッパはまったく嬉しいものである。朝など山の向こう側の東梨庄、西梨庄で敵が体操する声が聞こえる。これに対抗するようにこちらでもラッパを吹きたてるのだ。

山には鵲がたくさんいる。決して群れは作らない鳥だが、陣地では炊事の残り物を捨てるから、あちこちからたくさん集まってくる。頗る低脳な鳥だ。小銃弾の員数外がだいぶあるので、よく鵲撃ちをやった。この辺の鳥はあまり人から狙われたことがないのか、それとも馬鹿なのか、撃っても撃っても他の奴が逃げない。重なっているところを上手く狙えば一発で二羽獲れる。

さっそく皮を剥いて焼いて食べてみたが、それほど旨くなかった。色の黒い鳥は旨くないというが本当かも知れない。

三日ごとに水汲み作業をやり、その翌日は風呂を沸かし洗濯をする。天気の良い日には鉄条網に寝具をかけて日光消毒をやる。

煙草が不足がちであるのは、何も今から始まったことではない。パイプ作りにも飽きた。下士官兵は村の大工のところへ遊びに行き、木で箸箱を作ってもらっている。中津山がわざわざ注文してくれて、自分のもひとつ作らせた。兵隊はそれを油に浸し、暖炉の火の中へサッと突っ込み、すぐに引き出して布で磨き立てると、箸箱の表面に色々な雲形の燻し模様ができる。よくも面白いことを次々に考え出すものである。

そうかと思うと、各人ひとつくらいは持っている員数外の水筒や飯盒を鋳潰(いつぶ)して、アルミの箸を作ることも流行した。これは村の鋳掛け屋の仕事である。このアルミの箸を作るやり方は、支那人の手先の器用さを見せつけられ、まったく感心した。

軟らかくなったアルミの塊を金床の上に乗せて、鎚(かなづち)でコトコト叩くだけで同じ太さの同じ長さ、同じ形の二本の箸が作られるのである。あとでヤスリをかけたり磨いたりするようなことはしない。ただ叩きっぱなしで立派な箸なのだ。

この辺では冬の間、新鮮な野菜を買い入れるのに苦心する。キャベツなどは支那人の家へ行ってみると、一本ずつ植木鉢に植えて作っている。それほど貴重品である。南瓜だけは大きな奴がたくさんある。また旨くもある。野菜不足を補うためにモヤシをよく買った。

ある日、通信班の私物電報で（防諜上、また電池の浪費を避けるため、大隊長以上、あるいはそれと同等以上の権限を有するもの以外、私的に使用できない規則であるが、通信班の兵隊はよく私物電報を打つ）、「近いうちに非常に嬉しいことがある。楽しんで待て」と言ってきた。さっそく泉谷兵長が自分たちに知らせたのだ。皆、通信紙を囲んで頭をひねった。何だろう。近ごろ非常に嬉しいことといえば、アッそうだ復員だ。復員の近いのに違いない。その後は復員近しの私物電報がしばしば我々を喜ばせた。

そのうち朝岡部隊長の名前で「許可なく出撃することを禁ず」と電報が来た。いよいよ復員だなと直感した。それならここにいるのも、そんなに長くはあるまいと、またご馳走を作ったりした。

42　山西軍との重複勤務

ある日、部隊長の下白泉陣地視察があった。これは前から大隊行事予定表にも出ていたので、こちらでもぬかりなく準備を整えていた。トーチカ内外を清掃し、整頓もやり直し、書類もどこを見られてもよいように整理した。


だしぬけに非常の状況を与えられるかも知れないので、非常配備も決めてやってみた。また、部隊長や中隊長も来られるのだからご馳走も準備し、村岡は兵を指揮して姑娘の家へ餡餅作りに出張した。

当日、朝岡部隊長、江連大尉、伊東中隊長、軍医さんらが到着。望楼へ上がって敵情を説明し、昼食には山のご馳走で驚かせた。部隊長は例の服務規程を見つけて、なかなかよい着眼だと褒めてくれた。オヤジも満足そうであった。

自分たちの復員の話はまったくの噂にすぎず、どうも事実無根のようであった。近くこの陣地を山西軍に申し送ることは確実だという。そして某中尉以下、山西軍の将校下士官五名を同行してきていて、今日から重複勤務の形式で勤務要領を申し送れということである。

いよいよ自分たちの本陣地引き揚げの時期も迫ったのだ。部隊長一行は午後帰って行った。さあ、とりあえず今来たばかりの山西軍五名が入るところを造ってやらねばならぬ。実のところ今でも小隊三六名以上がいるので狭く感じているので、五名となると考えさせられる。

小隊の兵と一緒に入れるのはどうかと思うし、そうかといって今は友軍である彼らを吹き通しの袖トーチカへ入れてしまうわけにもいかぬ。分隊長と相談の結果、今の自分の部屋を明け渡してやることにした。五人では少し狭いが、多少の我慢はしてもらわねばならぬ。自分はその日から下士官室へ入り、分隊長と共に寝起きすることにした。

この山西軍の中尉というのが、年齢が無論自分より上だし、何といっても中尉だから少尉より偉いのだろうが、どうも戦勝国の中尉さんが自分に対してあまりペコペコするので、こちらがかえって嫌になってしまう。

彼らは戦勝国の軍人なのだし、将来は我々からこの陣地を引き継ぐことになるのだからもう少しハキハキと積極的に行動してほしかった。彼らはすぐに村公所へ色々の交渉に行かなければならないのだが、五人だけでは怖ろしくて陣外へ一歩も出られない。困った軍人である。仕方なくこちらからも五名ばかり銃を持った兵隊をつけてやると、喜び勇んで出て行く。

ついて行った村岡が帰ってきて話したところによると、彼らは村公所へ行って村長を呼びつけると、俄かに居丈高になって色々のことを命令したそうだが、村長も村公所の連中も長らく日本軍の治下にいたのだから、馬鹿にして相手にしなかったそうだ。彼ら五人の給与は村公所で負担することになっていたが、なかなか持ってこなかったり、持ってきてもすごくお粗末なもので、我々が見ていても気の毒になるくらいのものであった。これはあんまり可哀想だから、我々の給与をしてやった。

翌日には何だか山西軍の高級指揮官の大きな印を押した伝単を、何枚も集落へ貼りに行くのだが、やはり誰か附けてやらねばならぬ。まったく厄介な奴を背負い込んだものだ。

彼らが集落へ行くと皆、暴行掠奪をされるのを恐れて目ぼしいものを隠したり隠れたりする。自分たちが行っているだけではそんなことはしない。やはり今でも支那では自国の軍隊に向かって「好鉄不当釘、好人不当兵」(良い鉄は釘にはならず、良い人は兵隊にはならない)という考えを捨て切れないのだ。

また、山西軍の連中も、もう少し国民の軍隊らしく振る舞うべきであろう。今の状態ではどちらがまことに支那人の自由を守る軍隊だかわかりはしない。

陣地に帰ってくると、彼らは引っ込んだきり出てこない。まるで捕えられた兎みたいにビクビクしている。何も我々が噛みつくわけでもあるまいし、変な奴らだ。しかし考えてみれば彼らも空恐ろしいのに違いない。何といっても以前は敵同士であったものが、たった五名で我々の中へ入ってきたのだから、恐いのが当然かもしれぬ。

しかも、こちらはすごい精鋭揃いである。どことなく間の抜けた彼らに比べて、若くてピチピチした自分の部下は、見るからに引き締った顔つきをしている。実際、山西軍に対してなら一騎当千といえるつわものばかりだ。きっと怖ろしいのに違いない。

おまけに我々には弾薬糧秣もどっさりあるし、ピカピカに手入れした兵器もある。まるで五人は人質にされたようなものだ。あんまり可哀想だから、ある晩、少しご馳走を作り、下士官室へ中尉を招待して会食し、他の連中にもご馳走したら少し安心したようであった。

その翌日、今度は彼らが集落から白酒やご馳走を仕入れて自分や分隊長を招待した。それからは双方打ち解けて、彼らも時々、下士官室へ姿を見せることもあり、他の下士官は兵と往来するようになった。彼らのうち一人の下士官は軍隊に入ってから後、郷里が八路に席巻され、いまだに一度も帰郷していないということである。悪くすれば自分の親兄弟と干戈(かんか)の中に相まみえることも起こり得るだろう。

しかし我々の中にもこれに類する例がないわけでもない。居留民の脱落者や脱走兵で八路に趨(はし)ったりしたものが、苦し紛れに我々に歯向かうこともあるのだ。

43 誘惑

ある日、また例の通り村岡や高橋春治伍長と姑娘の家へ情報蒐集に行ったら、彼女の兄貴がいつになく厳粛な顔つきで「今日は是非、見てもらわなければならぬものがある」と言って我々を招じ入れた。

用心深く戸外を見廻してから入口を閉めると、懐中から大型封筒を三つ出して自分に渡した。見れば日本陸軍下白泉分遣隊長殿というのと、下士官兵に宛てたのと、各一通ずつある。差出人を見れば、日本人解放連盟大谷支部〇〇委員 長山千代吉とある。言わずと知れた敵の手紙だ。封筒はなかなか上等品で、縁を赤色に染めたもので、結婚式や出産祝いその他おめでたい時の招待状などに使うものである。

封を切って読んでみると、自分の金釘流の字よりも遙かに上手いペン字で次のように書いてある。

「貴方たちは不便な山の中に勤務され、まったくご苦労様です。今、食糧や被服に不自由していませんか。日本は無謀なる戦争の結果、負けました。貴方たちはいつまでも山西省に人質として拘留され、閻錫山のためにコキ使われて一生を終えるのです。皆さんはすぐ日本へ帰れると思っていますが、決して帰れません。間もなく正太鉄路は共産軍のために寸断されるはずです。共産軍大部隊は続々、正太鉄路沿線に集結中です。皆さんは閻錫山のために貴重な生命を捨て、精強なる人民解放軍に対し自暴自棄の戦いをするつもりですか。

まことに自由を求める人は、私たちの方へおいでなさい。大いに歓迎します。こちらでは日本人は、皆それぞれの職業を持ち、食糧も被服も豊富で、毎日心配なく愉快に暮らしております。それに私たちは三月には日本へ帰ります。早く祖国へ帰りたい人は、早く武器を持ってこちらへ来てください」


といった調子である。

そのほかに日本人解放連盟の新聞や宣伝文、入会規則のようなものもある。どきつい色彩の宣伝漫画のカードや、それに歌が書いてあるのもある。例えば子守が子どもを背負って「夕焼け小焼けで陽が暮れて……」と唄っているところや、「誰が故郷を思わざる」の歌や、年寄った母が遺骨の箱を抱いて泣いているところを描いたものもある。

また兵隊が使役で大きな荷物を背負わされて汗を流しているところを上官が撲っているところを描いたり、そうかと思うと日本軍の方では腹を減らせて痩せているのに、八路の方では大盛り飯に鼓腹撃壌(こふくげきじょう)しているところを描いたものなど意地汚いのもある。よく例の「仏様でもあるまいし、一膳飯とは情けない」という歌が書いてあるのを見る。

別の小さなカードには「これを持ってくれれば、兄弟が親切に迎えてくれる」という八路歩哨線の通行券か投降票のようなものまである。まったく至れり尽せりの親切さだ。また半島出身兵に見せるためか、朝鮮文字で印刷したきれいなカードがあり、例の日の丸を半分青く染めた国旗(太極旗)が描かれている。

日本を両断するという意味であろう。まったく癪に障る。

また手紙の中には、

「何も今すぐ来いとは申しません。ゆっくり考えてから来てください。我々は貴方たちの自由意志を尊重します。困っていることがあればいつでも相談に応じます。面会もいたします。この支那人に手紙を持たせて連絡してください」

と、ずいぶん親切なことだ。

馬鹿な奴ならちょっと行ってみようかなと、妙な気持ちになるかも知れない。試しに姑娘の兄貴に向かって「俺たちも何だか八路へ行ってみたくなってきた。

お前どう思う」と探りを入れてみたら、急に真面目な顔になって、「大人、絶対行ってはいけません。この近くの集落にも日本人はいるが、決してよい暮らしはしていない。皆バラバラに引き離されて山奥でこんな宣伝文を無理やり書かされたり、兵器の修理や手入れをやらされたり、雑役にこき使われたりしている。決して行ってはいけません」と言う。

やはりこの近くのどこかにも日本人がいるらしい。この手紙もおそらくその一人が書いたもので、八路民兵の手から手に渡り、今ここに自分たちの手に入ったのであろう。

自分たちは陣地へ帰って評定の末、一計を案じて村岡に次のような虫のよい手紙を書かせた。

「お手紙有り難く拝見いたしました。ご親切にありがとうございます。ご承知の通り、当方は食糧も少なく、被服も十分でなく、今すぐにでも行きたいのですが、監視が厳重なため行けません。そのうち状況を見て機会があれば決行します。ついてはそれまでの準備として、白麵一〇袋、粟五〇〇斤をすぐにお届けくださいませんか。面会手交の場所は後ほどお報せください」

できることなら反対に彼らをだまして食糧をふんだくってやろうと思ったのだ。顔を見合わせて抱腹絶倒。うやうやしく封筒に収めて姑娘の兄貴に、これを八路の日本人のところへ届けてくれと言ってやった。

果してこの結果がどうなったか。長山千代吉氏が我々の不遇に同情して白麵や粟を届けてくれたかどうかは、残念ながら確かめることはできなかった。我々の本陣地撤収が意外に早かったからである(実はこんな内容の手紙を敵側へ送ったことは、自分と分隊長、秋川兵長の五人だけの話し合いでしたことで、万一のことを考えて兵隊には話さなかった。また我々も半ば冗談半分でやったので忘れてしまっていたのだが、後に述べるように八路側ではすぐに敏感な反応を示したのであった。但し、一般隊員にこのことを話していなかったので、いわば交渉不成立の形になった。いかに冗談半分であり、終戦後であるとはいえ、敵側に投降を匂わせる手紙を送ったことは、もし上司に知れたら大問題になったに違いない。陸軍刑法が戦前通り適用されるとすれば、逃亡罪はもとより、反乱罪その他に問われたであろう。たとえ終戦後だからとの理由で、日本軍から罰せられなくとも、山西軍が圧力をかけたに違いない。日本の陸軍刑法でこれらの罪を犯したものは、敵前なれば死刑に処せられる)。

44　八路民兵

高橋春治伍長は情報係だから毎日、日本刀をぶら提げて集落へ情報蒐集に降りて行く。ある日、偶然、彼の第六感で八路民兵の歩哨を捕まえることに成功した。

高橋伍長は毎日集落へ降りて行くうち、村はずれの畑の中に、いつも農夫が仕事を休んで煙草を喫んでいるのに気がついた。いつ行ってみても鍬は投げ出されたままで一向に働いている様子がない。しかも毎日行くたびにその農夫の顔が違うのだ。とうとうその日は、彼らが立哨交代するところを見届けて、二、三名で忍び寄り、飛びかかって捕まえてしまった。

陣地へ連れてくるとワーワーと手放しで泣き出し、自分は八路の歩哨なんかではないと弁解する。ところが間もなく本当のことを話す人間が現れて、何もかもしゃべってしまった。

この若者が捕まったことは、すぐに村中に知れ渡った。この若者だって下白泉の住民なのだ。陣地へはその若者の母親と村長、田仁真が震えながら語るところを総合してみると、やはり下白泉や上白泉の住民も一度は八路軍の民兵連で教育を受けていて、表面、何食わぬ顔をしながら日本軍の動静を探っていたのである。

八路軍からはちゃんと立哨の勤務割を作ってきて、無理やり歩哨に立たせる。時に巡察も廻ってくる。勤務を怠ったり、嫌だと言えばたちどころに射殺されるという。まったく彼らは可哀想な立場に立たされているのであった。

田仁真はすっかりしょげて、命だけ助けてくれと言う。自分たちだって何も彼を殺す気は毛頭ない。もし、そんなことをやるとすれば集落の住民を皆殺しにせねばならなくなる。そんな馬鹿なことができるものか。

殺さぬとわかると彼は急に元気が出て、「大人、もうひとつお願いがあります。大人は今日、歩哨を捕まえましたが、まことに恐れ入りますが、歩哨は今後も表向きだけは立たせてくださいませんか。そうでないと我々は皆、殺されてしまいます」と言う。なるほど、それもそうだ。

ずいぶん、妙な話だけれど、別に彼らが我々の動静を探ろうと何らの痛痒も感じないのだから快く許してやった。田仁真と若者の母親は百万遍もお辞儀をして帰って行った。

このとき以後、田仁真はますます我々に協力を惜しまず、情報蒐集も物資購入も大変容易になった。これも高橋伍長の細心さと適切な行動が功を奏したためであった。

聞けばこのような哨所が我々の陣地周辺には数え切れぬほどあり、やはり民兵の歩哨が立っているのだ。そして我々が少しでも陣外行動に出ると、昼間は自ら走り、夜間は音声で次から次へ、すばらしい速さで伝達されるのである。このような通信網が文字通り網の目のように配置されていて、その伝達速度も電話に劣らぬくらいだといわれている。

45　共産軍というもの

我々が現在、敵として戦っているのが中国共産軍、またの名、八路軍である。正式の名称は第一八集団軍というのだそうだが、普通、八路、八路（パロ、パロ）と呼んでいる。こいつは元来、蔣介石の中央軍とはまったく系統が違うのだから、山西軍（重慶政府第二戦区軍）と軍事協定を結んだ今においても、やはり敵である。山西軍との共同の敵である。

共産軍は共産主義を振りかざす一党軍隊である。無論、赤色ソ連の息がかかっている。蔣介石の討伐と、支那事変以来の日本軍による討伐に遭い、殆ど表向きには一掃されてしまったのだが、蒙疆作戦で傅作義を討ちもらしたのが失敗で（註・この辺りは当時の自分の、大陸の情勢全般に対する無知を表している）、日本軍の戦線拡大と、彼らの最大の敵であった中央軍や山西軍が、日本軍に散々追い散らされたあとに、そろそろ頭を擡げてきたのであった。

彼らは戦闘と宣伝というものを同じくらいに重要視している。元来が堂々と表向きに活動できる軍隊ではなく、装備もすごく悪いのだから仕方がないのだろうが、相手になっている我々にとってはまったくうるさくて仕方がない。また彼らの游撃戦法なるものも、堂々進み来たる中央軍なんかと違い、コソコソと寝首をかくようなやり方だから油断がならぬし、また大いに攻撃精神を発揮したものだが、後にはかえってこれを逆用され、猪突猛進するところを翼包囲（陸戦の戦術の一種で、自軍の部隊のうち左右に展開した一部〈翼〉を、対峙する敵軍の側面から回り込むように機動させ、中央の部隊と協力して多方面から攻撃〈包囲〉すること）されたり、各個撃破されたりして犠牲者が多くなってきた。

またこちらが堂々と武者振り見事に進んで行くのに、奴らはすぐに便衣に着換えて良民に化けるという甚だ卑劣な、武士の風上にも置けぬようなやり方で来るのに閉口し、ついにこちらもやむなく、八路に対しては特別の戦法で対抗するより仕方がなくなってきた。

何よりも困るのは、彼らは一般住民、殊に農民を宣伝工作で抱き込み、民兵と称して日本軍に抵抗させるので、武士の情けに厚い日本軍がいくら共産軍を狩り立てても、てんで効果がなかったわけである。

通常、軍隊というものは弾薬、糧秣、資材の補給のため長大な兵站線を持つのが普通で、大抵このような兵站線の尻尾を摑めば、敵主力の所在地とか兵力配備の状況などが判明するのだが、彼らは行き当たりばったりに糧秣は徴発するし、また好んで友軍の兵站線を狙うなど、手のつけ所もなければ摑み所もない。

またソ連から供給される以外に彼ら自身、辺鄙な山奥などに兵器工場、火薬工場、宣伝用印刷工場などを設けるのであった。

散々、八路に裏をかかれたので、北支軍では盛んに対八路軍戦法を研究し、また八路の戦法も研究して立派な参考資料も作った。自分たちは石門の予備士官学校在学当時、新しい対米軍戦闘法と共に対八路軍戦法の講義も受けた。山西の部隊に配属されてみると、立派な対八路軍戦法の参考資料もあった。

要するに八路の戦法は「裏をかく」という一語に尽きる。奇襲といえばいえぬことはないが、もっと陰険で悪こすい戦法である。なかなか風流な名前がついていて、「東声撃西」とか「捲麻打旋」とか、また日本風に訳した「爆弾戦法」というのもある。また「分辨梅花」というすごく風雅な名前もあったが、これは『孫子』か『六踏三略』のような古い戦術書に出ている戦法らしい。

「東声撃西」というのは欺瞞動作のひとつで、東で声を張り上げて敵を牽制し、西方から攻撃するということだ。「捲麻打施」というのは翼包囲のことをいうらしい。「分辨梅花」は敵集団に対し、各方面からちょっとずつ攻撃し、敵をして東奔西走せしめ、疲労困憊したところを各個撃破するものではなかろうか。

「爆弾戦法」とは城壁に囲まれた市鎮や集落を襲う時に、まず便衣の密偵を潜入せしめ、時期を定めて内外呼応して攻め立てるというやり方だ。これらの裏をかくため、日本軍でも体力気力ともに旺盛なるものを選抜して八路討伐専門のゲリラ部隊を編成し、しばしば奇功を奏したようである。

彼らは日常生活もすべて支那人になりきって過ごし、支那語や情報蒐集法を研究し、対八路軍戦闘法に基づく猛烈な訓練を続けていた。「特攻桜部隊」というのが即ちこれである。自分が安邑にいた頃、よく桜部隊は縄梯子で城壁乗り越えの演習をやっていた。対八路軍戦法の骨子は一〇項目あり、今は大部分忘れてしまったが、次のようなのがあった。

「道を歩むべからず」

大道闊歩すれば、みすみす敵に裏をかかれることになり、また、敵に警戒させることになるから道を歩かず路外行動をせよということ。また「昼は寝て夜歩け」というのもあった。

「糧は敵に求め、弾薬尽れば銃剣によるべし」

対八路作戦は大部隊で行けば感づかれて、ひとつも敵を捕捉することはできない。糧秣や弾薬運搬の行李や駄馬部隊を連れているのでは軽快な行動の足手纏いになるので、なるべく少人数で弾薬も食糧もできるだけ少なく携行し、食糧尽れば敵のを奪い、弾薬尽れば突き殺せという意味だ。

その他、敵の密偵を発見する方法などもあった。例えばいくら便衣を着ていても、一度軍隊教育を受けたものなら、多少とも軍人精神を持っているから、怪しい奴が寝ているときに「気をつけ」の号令をかけてみたり、八路軍の起床ラッパを吹き鳴らして、その反応を見るなどの手がある。

八路軍の宣伝はなかなか手の込んだ精巧なものが多い。しかし、その内容に至っては頗る低級なもので、多少、常識のあるものならすぐ八路だなとわかる程度だから、日本軍に対してはあまり効果があったとは言えない。元来が何らの主義、思想を持たぬ無知蒙昧な農民相手の宣伝がおもであったのだから仕方がない。

彼らはよく日本軍、殊に兵隊や居留民、また半島出身兵に働きかけた。手紙や宣伝文のことはすでに書いた通りだが、他によくあるのが壁画や伝単だ。下白泉や上白泉の集落や、ここへ来る途中の集落の土壁には、ベタ一面に石灰や墨で宣伝文が書いてある。

よくあるのは「閻錫山のために死ぬな」「兵隊は突撃、将校は勲章」「将校を殺せ、そして武器を持って我々の許に来たれ」「遺骨を抱きて泣く母の姿を思え」の類である。あるいは「将校は兵隊さんを殴らないでください」というのがある。これは山道の峠にある廟や石柱に書いてあって、行軍であごを出した兵隊なんかを殴った時など、気の弱い兵が引っかかる効果を狙ったものである。何れにしても、それほど問題にするほどのものではないが、なかなかよく兵の心理状態の弱味につけ込んでくるところが怖ろしいといえば怖ろしい。

また始末の悪いことに、八路の中には確かに日本人や朝鮮人がかなりたくさんいて宣伝を担当しているらしい。どうせ脱走兵か居留民の脱落者だろうが、祖国に弓を引き、同胞を誘惑するとは、野坂参三の如き、正に天人共に赦さざる売国奴である。

戦争中は彼らもなかなか手の込んだ宣伝法を用いたもので、遠く本部を離れて勤務する分遣隊へは、正月になるとすばらしい慰問袋を送ってきたそうである。その頃、前線ではとても手に入りそうもない日本の雑誌や羊羹その他の菓子などが入り、年賀状が添えてあった。無論、宣伝文も入っていて、慰問袋もロクに届かぬ最前線の兵隊を引っかけようとしたものである。

その慰問袋の中身だって友軍の行李や駄馬部隊のような弱いところを襲って手に入れたものに違いない。しかし、こんな宣伝なら自分たちも一度やってもらいたいものだ。だが、いくら慰問袋をくれても、ドキツイ色の宣伝漫画を見せられても、八路というものの正体を知っているものには一向、効き目がない。

送り狼のように防御力のない部隊ばかりつけ狙ったり、落伍者を殺して目玉を抉り出したり、首を斬ったり、なますのように切り刻んだりするのでは、その残忍さが思いやられる。これが即ち八路軍、言い換えれば共産党の正体なのだ。

しかし彼らがあれだけ叩きつけられ瀕死の状態になったにもかかわらず、なぜこれほどまでに努力を繰り返し、山西軍や中央軍も歯が立たぬくらいの威力を持つようになったのかということも、一応は検討してみる必要がある。

実のところ、彼らは蒙疆の一隅に追い込まれてしまったが、決して絶滅したのではなかった。オルドスの北、豊饒な五原(ごげん)地方の要害が彼らの勢力挽回の温床となったのであった。また、確かにある地域においては、彼らはしっかりと住民を掌握し、信望を得ていたところもある。現に自分が初年兵教育を受けた蒙疆の厚和は進攻作戦がおこなわれる前には傅作義が威勢を振っていた所で、彼は綏遠(すいえん)城と帰化(きか)城の間に立派な道路と楊柳並木を造って民衆に喜ばれ、荒寥たる原野にある厚和をして青都と呼ばしむるに至った。当時、精強なる駐蒙軍がいた時でさえも住民は常に、いつかは彼が再び勢力を得て帰ってくるであろうと心待ちにしているということであった。

蔣介石の中央軍や閻錫山の山西軍と異なり、大金持ちから税金を取り立てたり人質をとったりするが、貧民に対しては努めて善政を施して心を収攬(しゅうらん)するという方法を取っていたのも事実である。

また、支那の国民性があのような大結社を長い間、裏面に隠しておくに適していたことも大きな原因であろう。とにかく支那人は本当に腹の中に考えていることを口に出さないのだから、都合が良いことがある代わりに、例えば八路密偵の捜索などの場合はまったく始末が悪い。そんな関係で実に忍耐強くもあるし、八路の訓練も猛烈で、四苦八苦に耐えることは驚くばかりである。

彼らはどんな遠いところへ移動するのにも汽車なんか利用しない。山であろうが谷であろうが乗り越えて、人の目に触れぬ夜のうちに歩き通してしまうのだ。よく八路が日本軍の討伐を被っている山東八路を応援するため、大群をなして行軍するということを聞いた。

無論、白昼堂々と行軍するのではなく、すばらしい脚力に任せて山越えで歩いてしまうのだ。山西から山東までといえば、距離にしても大変なものだが、数日にして到着するというから驚く。八路の中では山東八路と山西八路が殊に勇猛果敢で、山東八路は戦時中、日本陸海軍協同の討伐作戦に対して、飛行機や戦車を繰り出して抗戦したというからすごいものである。

とにかく、軍隊としては従来考えられてきたものとはまったく性格を異にしたもので、我々にも学ぶべきところは大いに学ぶ必要があると思う。

我々の本陣引き揚げの日が迫ってきた。日は決められないが、いつでも山西軍に申し送れるように準備せよと無電が入ったのだ。また、我々がここから撤退する時には今、持っている兵器弾薬全部を山西軍に引き継ぐことになっているという。つまり、丸腰で引き揚げることになるのだ。部隊最初の丸腰小隊となるのは甚だ面白くないが、命令だから仕方がない。引き揚げ当日は部隊全力をあげて援護するから心配無用とのことである。

いよいよもう駄目か。折角ここに来て何もかも上手くいき、小隊こぞって愉快に暮らしているのに、もう引き揚げとは情けない。ここをなくしたら他には分遣される山の陣地もないし、また埃っぽい陽泉の街の中に跼蹐(きょくせき)せねばならぬ。皆、不平タラタラだったが仕方なく引き揚げ準備に着手した。

申し送るものは兵器弾薬だけだから集落から借りたもので、陣地に不必要なものは皆、返してしまったし、我々が陽泉に持って帰っても仕方のないものは村民にくれてやった。今まで色々世話になったのだから、これくらいのお返しをするのは当たり前だ。しかしなるべく我々がここを引き揚げることは村民にも知られたくないので、そろそろと準備した。

皆は今まで通り情報蒐集したり、姑娘の家へ遊びに行ったりした。それにしても、この辺の村民は可哀想だ。自分たちの代わりに山西軍が来たら、またひどい掠奪をされたり暴行をされたりするだろう。彼らにしてみれば山西軍も八路軍も同じようなものだ。両方ともひどい徴税や徴糧をやるのだから。

部隊からは次々と詳細な注意や指示が来る。自分たちはそれに従って準備を進めた。

46　敵の声

引き揚げも近いある晩のこと、下士官室で皆と残務整理をしていた。前渡資金の総決算や、兵器弾薬の員数表作成、糧秣の在庫状況整理などであった。

突然、衛兵所の前にある警報機が「ガラン、ガラン、ガラン」と鳴り出した。これは屋上の歩哨が異常を認めた場合、衛兵所にいる司令に連絡するために設けたものである。さっそく衛兵司令の辻兵長が梯子をきしませて上がって行った。

何だか辺りが騒がしくなってきたので、外に出てみると、衛兵は皆、外へ出てバリケードについて銃を構えている。「何だ」と聞いたら「敵が近くへ来たようです」と言う。黒犬が「ウーッ」と唸りながら耳をピンと立てて陣地入口の方を睨んでいる。闇夜で空には星ひとつなく、しかも靄がかかっているらしく何もわからぬ。

「兵隊さん、兵隊さん」

闇の中からあやしい日本語が聞こえてくる。

「兵隊さん、兵隊さん」

屋上へ兵をやって、辻兵長に話してみろと伝える。

「兵隊さん、日本の兵隊さん」

「誰だ」

「私は日本人解放連盟の長山千代吉というものです」

あっ、長山千代吉。あの手紙の主が現れたのだ。

「何しに来た」

「ちょっとお話したいことがあります。皆さんは今、食糧や着物に困っていませんか」

「食物はどっさりあるよ」

「そんなことはないはずだ。何も嘘をいう必要はない。あんたたちが困っていることはチャーンと知っている。皆さんはいつか日本へ帰れるつもりでいるのですか」

「当たり前だよ。俺たちは四月には日本へ帰るんだ」

「駄目、駄目。絶対帰れませんよ。もう正太鉄路は八路軍に完全に遮断されますよ。あんたたちは閻錫山の使役にコキ使われるつもりですか」

「俺たちは日本の軍人だよ。貴様のような売国奴にだまされるもんか」

いいぞ辻兵長。なかなかがんばる。彼の啖呵は胸のすくばかりだ。ふと後ろを振り返ったら、例の山西軍の五名が真っ青になり、目を大きく見開いて息を詰まらせているのは笑止千万であった。闇の彼方から響く声はまだ続く。

「どうです、私たちの方へ来ませんか。食糧はどっさりあるし愉快ですよ。それに私たちは三月には日本へ帰ることになっています」

「どこの船で帰るつもりだ」

「ソ連の船で帰ります」

「馬鹿野郎、そんな船に乗るとそこが抜けるぞ」

皆、思わずワーッと笑い出した。

「帰れ、帰れ。ぐずぐずするとブッ殺すぞ」

「これでは話にならん、もう帰る」

声は絶えた。

「長山。オーイ、長山千代吉」

闇に向かって呼べども答えず、深々と更ける夜気に空しきこだまを繰り返すばかり。

「パキーン、ゴゴゴゴーッ」

辻兵長が一発ブッ放した。皆は俄かに我に返ってざわめきだした。何という馬鹿なことだ。日本人が、我々と同じ日本人が自分たちを誘惑に来たのだ。畜生め。見つけたら八つ裂きにしてやりたい売国奴。榴弾の一発も喰わせてやればよかった。惜しいことをした。辻兵長の胸がすくような応答を聞いているうちに、皆、思わずその雰囲気に呑まれて、折角配備についているのに相手をやっつけることを忘れてしまっていたのだ。

しかし、こんなところまで演説に来るくらいだから、よほど古い奴に違いない。おそらく脱走兵か居留民の古狸であろう。言葉つきから、どうも関西人らしいと思われる。どうせ八路へ趨るような奴は関西人だ。そうかと思うと朝鮮人かと思われるところもある。きっと陣地入口の拒馬のところで死角を利用していたのに違いない。八路もだいぶ連れてきていたに違いない。

話に夢中になっていて、やっつける手段を考えるのを忘れていたのは歯ぎしりするほど惜しい。重擲も軽迫撃砲もこんなときにこそ使うべきだったのに
（読者は気がつかれるであろう。自分たちは数日前、陣地下の姑娘の兄に、敵の宣伝文に対し、これに応ずるような意味の手紙を書いて渡したのであった。無論、本気であるはずがなく、悪戯半分でこの際、敵から食糧を奪ってやろうと企てたのである。陣地を引き揚げる準備が忙しくて、我々もいつの間にか忘れた形になってしまっていたのだが、敵としては強力な日本軍陣地と兵器を入手する絶好の機会だというわけで、極めて敏感に反応を示してきたのである。

辻兵長との会話の内容からして、これが我々の手紙を読んできたものであることを裏書している。但し、長山千代吉という人間が実在する人物かどうかはわからぬ。確か北合流にいたとき奇襲した南合流の集落の村長が持ってきた宣伝文にも、この名前があったように思う。もうひとつ、敵にこのような手紙を送ったことは、兵たちには打ち明けていなかった。自分と分隊長と連下士秋川兵長だけが知っていただけである。うっかりして、万が一にも兵隊に本当にその気になられては大変だからだ。従って辻兵長は敵に対して、そんな手紙が渡されていることを知らずに応答したために、胸のすくような啖呵を切ることができて、話がチグハグになってしまったのだ。しかし自分では却ってこれで良かったと思う。殊に古参の五年兵、辻兵長が敵をも呑むような態度で堂々とやってくれたので、八路恐るるに足らずという気概を示すこともできたし、兵はワッと笑い出すほどの心のゆとりを示していることがわかったからである。そして、日本人の裏切り行為というものに対するムラムラと湧き起こった怒りが、この時、日本軍人であるという自覚と、我々自身の団結の固さを再認識することになったのであった)。

47　豚を殺す

引き揚げの日時も決定したし準備も一応できたので、最後の大饗宴をやることにした。

さっそく例の豚を処分することにする。豚殺しには集落の人間を二人雇った。彼らのこの種の技術が世界に冠絶(かんぜつ)していることを知っていたから、やらせてみたのである。

彼らはやってくるとトーチカ横の陽当たりの良い所で、大釜に湯を沸かして準備した。用意が整うと豚は囲いの中から追い出される。間髪をいれずに銀色の肉切り庖丁が閃き、豚はギャーッとひと声叫んでぶっ倒れる。彼らは豚の上に乗ってグイグイと血を絞り出す。凄惨目を蔽う光景である。血だって決して無駄には捨てない。ちゃんと甕を準備して受けているのだ。

今度は後脚に庖丁を当てて切り口を作り、やにわに豚の脚に食いついたのである。なるほど、さすが支那人だ。一滴も残さずに生血を啜るのかと肌寒さすら感じて見ていると、彼はプーッと脚の中へ息を吹き込みだした。何というひどい悪戯をやるんだろう。

見る見るうちに豚の脚から股へ、股から腹へ、風船のように膨れ上がっていくではないか。彼は決して面白半分でやっているのではなさそうである。ついに豚はコロコロと膨れ上がり、その上に四つ脚がチョコンとくっついているという、まことに珍妙な恰好になってしまった。

　別の男は大釜の蓋をあけた。濛々たる湯気が立ち昇り、湯はグラグラと煮えたぎっている。二人かかって膨れ上がった豚を抱き上げると、沸き立つ大釜の中へ抛り込んだ。アッ、ひどい。ザザーッと煮え湯があふれ出す。豚の釜入り、焦熱地獄だ。

　今度はブリキの切れ端を取り上げて、ゴシゴシと豚の体をこすると、見る見るうちに黒い毛がスルスルと取れて丸裸になってしまった。三重高等農林学校在学中、畜産実習で豚を殺して、ハムやソーセージやヘッドチーズを作ったことがあった。畜産学の教授は穴釜雄三という神経質な先生で、豚は白いヨークシャー種であった。

　毛を取るには、やはり湯を沸かして豚を浸けるのだが、その湯浸しに使う桶からして、ややこしい寸法のアスナロ材の特製品でなければならなかったり、やれ湯の温度が高過ぎる、低すぎると温度計を見ながら大騒ぎしたものだ。

　毛を取るのにも首を切り、真っ二つにタテに断ち割った豚(これを半丸という)を天井から鎖でぶら提げ、庖丁を持った手を脂でズルズルにしながら取ったので、まことに気持ちが悪かった。毛を取ってしまうだけでも二時間くらいかかっただろう。

　ところが支那人はどうだ。温度計なんて面倒なものは使いはしない。至極あっさりと手加減で湯を沸かし、ザブリと浸けるとたちまちクリクリと裸にしてしまったのだ。豚は完全に丸裸にされて上がってきた。

　今度はどうするのだろうと固唾をのんで見守っていると、一人が庖丁を取り上げて腹の正中線（せいちゅう）にスーッと浅い切り傷を付けた。刀を捨てて、二人で豚を中にして向かい合うと、素手でメリメリと皮を剥きだしたのである。すごく乱暴なことをやるものだと思ってなおも見ていると、スルスルと、ちょうどシャツを脱がせるように剥がれてしまう。皮と肉との間に空気が侵入して、その結合を解き、脱皮を容易にするものらしい。正に穴釜教授クソ喰らえというところである。

　あとは簡単だ。瞬くうちに肉と皮と臓物と骨と頭に分けられて皿の上に乗っている。ウームと思わず讃嘆の声をあげた。所要時間は僅々（きんきん）一時間くらい。最も典型的な屠畜方と正式の解体のしかたを教えてくれたのかも知れないが、畜産実習で殆ど一日を費やした作業が、僅か一時間くらいである。

まあ、豚の屠畜の技術においては世界広しといえども、支那人に敵うものはあるまい。それもただ、息を吹き込むという簡単な操作が、これだけ仕事を迅速にするのである。思えば支那四〇〇〇年の歴史は豚と共に消長してきたのだから無理もあるまい。

雇った集落の二人は頭や骨や皮をもらって喜んで帰って行った。村長・田仁真が抜け目なく「内臓を少々いただきたい」とやってくる。

さあ、炊事場はまたもや大活躍だ。トンカツ、トンテキ、肉うどん、肉飯その他モリモリと作る。村岡はまた兵を指揮して姑娘の家へ餡餅作りに行った。彼女は二、三日後には皆と別れることも知らずに嬉々として餡餅作りを手伝っていた。その日から帰るまで、ぶっ続けの大饗宴である。

48　下白泉よさらば

ついに引き揚げの日は来た。

「援護部隊および山西軍、本朝八時出発す。兵器弾薬引き継ぎ準備完了せよ」と無電は伝える。トーチカ内外を清掃し、荷物をまとめ、分哨以外の兵器弾薬をトーチカ南側に配列する。いよいよ長らく我々の身を守ってくれた兵器とも別れねばならぬ。兵は感慨無量の面持ちで最後の手入れをしている。

鈴木兵長のチェコ機銃は、大営の戦闘で彼の身代りとなって敵弾を食い止めた銃だ。命の親と思ってまでいたこの機銃ももう手放さねばならぬ。

準備完了して待っていると、一一時頃、西田小隊を尖兵として部隊は続々と姿を現した。本当に、部隊の主力を挙げて来てくれたのだ。銃砲隊の軽迫やマキシム重機までもやってくる。駄馬もたくさん来た。更にそのあとから数え切れぬ山西軍部隊と驢馬の列が延々と続く。部隊長　江連（えづれ）大尉、伊東中隊長、常川中尉ら幹部連中も殆ど総出動である。

すぐに山西軍の連中に兵器弾薬を申し送る。中隊からは兵器係の神馬軍曹と新しく助手になった工藤兵長も来た。引き継ぎ書類もできた。申し送りは簡単だったが、山西軍の連中は弾薬の計算で大いにまごついた。計算能力が乏しいのである。

こんな連中に立派な軽迫や五号無線機を申し送ってやっても何になるものか。すぐ駄目にしてしまうだろう。日本人も少しいたが、意気地のなさそうな居留民からの志願者らしかった。だが八路へ趨るよりは感心だ。

ここへ泊まる山西軍は一個中隊ばかり来た。我々が三六名くらいでも狭くて困っているのに、こんなにたくさん来て、どうしてここへ入るつもりなのだろう。我々ならせいぜい七、八名しか入れぬあの砲弾型トーチカへ一五、六名も入る山西軍のことだから、また何とか入る方法があるのかも知れない。

彼らは石炭だけは立派な大塊をドッサリ驢馬に積んで持ってきていた。彼らが広場に群がっているところを狙って、一本木の台上から「パキーン」と一発、狙撃弾が飛んできたが、その時の彼らの慌て方といったらまったくひどいものであった。この調子では一個中隊が来ようが軽迫を持っていようが、おそろしくて陣外へは一歩も出られぬだろう。

兵器の引き継ぎも終わったので昼食にする。朝岡部隊長以下はすばらしいご馳走に目を丸くしてくれる。いよいよ出発準備。兵は帯革一本の丸腰になり、背嚢を背負って何だか浮き浮きとしたような顔をしている。あっ、なるほど。そうか。きっと復員船に乗る時のことを頭に描いているのに違いない。

自分の姿は今までと変わっていない。私物兵器は取られる心配はないから、刀も銃も持っているのだ。行李班の馬に荷物も積み終わった。

「北村小隊は部隊の前方、四〇〇メートルを前進すべし」

部隊長の命令で少し先に降りる。部隊も道路上に整列。四中隊の平田少尉の小隊が我々を援護してくれる。見ればあちこちの山の稜線上に友軍援護部隊が見える。実は丸腰の撤退というからには、いくら何でも敵の妨害は免れぬものと思い、なるべく行動軽快になるよう、脚ごしらえも厳重にさせたのだが、これだけ完全に守ってくれるなら心配はない。

前進の命令でいよいよ行進を起こす。延々たる駄馬の列が続く。

下白泉よさらば。振り返るとドッシリとした石造トーチカが青空に照り映えて白く輝いている。まったく一ヵ月の孤城生活は楽しかった。道路の両側には村民が並んで名残を惜しんでくれる。彼らも今後のことを考えると心配が多いだろう。我々はザクザク進む。

「隊長殿、姑娘が見送っていますよ」と村岡が自分の肘をつついた。見れば並んだ村民に混じって母親の横にくっついた姑娘の姿が見えた。彼女は泣いているようだ。アレ、姑娘は泣いている。我々はザクザクと河床道の砂を踏んで歩いて行く。姑娘はなぜ泣いたのか。振り返ってももう何も見えぬ。

河床道から地雷の道へ。兵は愉快そうに談笑しながら、煙草を吹かせながら歩く。自分もホッとしてなぜか肩の荷をおろしたような気持ちになる。カラリと晴れた小春日和。枯木の梢に鵲が鳴く。岩を踏み越え、上がる坂道。遙か彼方の小山の上にも友軍が見える。ああ、手を振っているのは三中隊の中村少尉だ。

部隊の総力をあげて援護してくれたおかげで、無事に引き揚げも完了した。朝岡部隊長、江連大尉、その他援護部隊の各中隊長に挨拶を済ませると部屋に入った。今度は狭い部屋に西田と二人で入らねばならぬ。そういつまでも喧嘩ばかりしているわけにもいかない。仲良くせねばならぬ。自分も新しい気持ちで働こう。小隊にも新しい空気を吹き込まねばならぬ。下白泉の孤城生活を偲ぶよすがにと、服務規定は記念に持って帰ってきた。

〔再び街の生活〕

49 陽泉にて

陽泉の生活もまた悪くない。下白泉陣地は、いつかは山西軍に引き継ぐことになっていたのだし、小隊も思う存分したい放題のことをしてきたのだから、思い残すことはさらさらない。

相変わらず使役には取られるが、もう本当に寒い冬の半ばは越えたし、冬の準備も完成していたから、至ってのんびりしたものである。

我々の復員の話はまったくない。下白泉で聞いた話は単なる噂に過ぎなかった。どうやら我々の兵団は、山西駐留日本軍のうち、最後まで踏み止まって、他兵団の復員を援護するらしいのである。中には失望するものもあったが、一般に「またか」といった調子で、それほど深刻な顔をするものもいない。

噂によれば山西省長官閻錫山は、なるべく多数の日本軍人を山西に残留させて、山西における八路の跳梁を抑制し、また彼自身の地位を確保しようとするつもりらしい。目下、あらゆる手段方法を用いて日本軍人の現地除隊を勧誘しつつある。兵団司令部、あるいは太原の第一軍司令部でも閻長官の依頼を受けて、希望者はなるべく多く残留するよう勧めている。

各兵団の大隊から一名ずつ将校を太原の司令部に集めて、精神教育という名目でこの趣旨の普及に努めたりした。大隊からは二村中尉が派遣されて、一週間ばかり後に帰隊。ある日、営庭に兵を集めてその趣旨を達せられたが、要するに今後の日支関係は、終戦後も更に親密なるを要し、殊に山西の富源は日本人の手を借りることなしに開発することは困難である。また、将来ふたたび日本と支那の交通が再開された場合、山西の残留者は日本の北支向け再発展の尖兵となり、日支提携の礎石となるものであるという。もちろん、あらゆる保護と便宜が与えられて優遇されるとのことである。

実のところ、ポツダム宣言受諾の今日、日本人をここに残留させることは、公式には許されていないのであるが、支那人の中に入り、支那人になりきって暮らすことになるのである。残留者はどんな職に就くことになるかというと、まず八路軍に対抗するための武装団体、あるいは直接、山西軍に入るもよい。

また炭坑、鉄厰関係などの技術者として、あるいは商業でも何でもよい。一見、非常に恵まれた条件だが、何といっても日本から何百キロ離れた異郷に、以前のような日本軍という絶大な国家的背景なくして生活するのだから、危険が伴うことは言うまでもない。しかし、内地へ帰還してみたところで必ずしも危険がなく、生活が保証されるとは断言できないのだ。おもに内地でも戦災を被った地方の兵や、家庭的に恵まれぬものは多少、心を動かされたようである。

それでも、まだまだ閻長官の希望する三〇〇〇人にはとても達しなかった。ついに第一軍司令 澄田睞四朗(らいしろう)閣下が自ら乗り出して、各兵団司令部において訓示したり、山西軍側からも高官を派して勧誘演説をやったりした。

閻錫山は我々に対し大いに同情し、自由を与え、生活を保証してくれることも事実だし、また現在も優遇してくれているが、将来の山西における彼の地位確保のための日本人を所要数獲得するまでは、在山西日本軍の河北向け輸送を許さぬという意向を洩らしたということだ。

これは大変である。結局、誰かが犠牲となって山西に残らねば兵団は山西に抑留されて復員できぬことになりかねないのである。大隊でも大いに熱を上げて残留者勧誘に乗り出した。

一方、太原の軍司令部では、「武装団体特務団」なるものの編成を計画し始めた。これは現地除隊の日本軍人をもって組織する軍隊で、日本軍から接収した兵器をもって完全に武装し、山西省の治安維持にあたるという計画で、砲兵や自動車隊まで編成されることになっていた。他の大隊でかなり希望者も出たようである。司令部辺りの高級将校で、帰国しようにも戦犯者となるおそれのあるものは、だいぶ残留希望をしたという。

もうひとつ山西各地区ごとに陽泉では在日本人居留民で、「陽泉鉄道護路総隊」なるものを作ろうとした。特務団は皆、現地除隊の軍人ばかりで編成した完全な軍隊だが、護路総隊は居留民および軍人により編成される。私設の軍隊だがやはり山西軍からも相当援助を受けるはずである。

同じ目的で作る武装団体が二つも同時にできるのは実際、思わしくないことだ。当然、人員獲得の競争が起こる。護路総隊の方が待遇は少し良くなるそうである。特務団は主として対八路軍の機動作戦に、護路総隊は主として鉄道警備にあたるつもりらしい。

部隊長以下もだいぶ熱心になりだしたが、やはり自分たちの大隊は東北人が多く、内地の家も戦災を被ったものも少なく、割に志願者は少なかった。また、今までの軍紀厳正な日本軍と異なり、俄か作りの寄せ集めの軍隊であるから、果してそう上手くやっていけるものかどうかわかったものではない。

自分たちは上司から、なるべく多く残留するように勧められ、また下士官兵にもできるだけ勧誘せよと言われたが、これは実に重大な一身上の問題であり、その人の将来の浮沈にも関わることだから、どうしても確信をもって下士官兵に残留を勧誘することはできなかった。むしろ、この二つの武装団体には疑惑を抱き、陰ではなるべく兵が寄りつかぬように仕向けたのである。あとから考えればその方が良かったと思う。

それでも中隊からも何人か護路総隊への入隊志望者があるようだ。また、そのうちにどうしても所要数の残留希望者がない場合は、おそらく命令をもって一部の兵力は強制的に残留させるのではないかとの噂が出たため、兵は大いに不安を感じて動揺し始めた。

確かに重大問題である。誰だって一度は内地へ帰りたいであろう。殊に家庭状況困難なものはまったく意気消沈して仕事が手につかぬ状態である。すでに太原方面のある部隊では、強制的に残留を命ぜられるくらいなら自発的に特務団入りをしようとするところも出てきているという。一個中隊挙げて残留を希望したところもあるらしいと、不安な噂は跡を絶たぬ。

大隊本部辺りでも、もう残留を命ずる人員の編成をおこなっているなどという噂が飛び、まったく収拾つかぬ状況になりそうだ。もちろん自分たちのような新任将校にこのような大隊本部内の重大計画が発表されるわけがないのだが、兵は自分たちに会えば心配そうな顔で、そんな事実があるのかどうか尋ねるのであった。

自分たちも大いに不安である。将校だって無論、残留を命ぜられることになるが、どうせ我々若いものが真っ先に槍玉にあがり、残留させられるであろうことは火を見るよりも明らかである。

ずっと不安な日が続いたが、どうやら大隊兵力の三分の一を残留させるという噂は根拠なきものの如くであった。

ちょうどこの頃、アメリカ、国府軍、中共軍各代表者が一名ずつをもって編成された「停戦実行確認委員」（三人小組という）は大陸各地の各種軍隊の停戦状況を視察しに来て、太原地区にも現れたために、閻錫山の日本軍人流用が発覚、警告を受けて実現が抑制されたことも我々にとって幸いであった。それでも護路総隊や特務団は少数の希望者をもって編成され、人員募集は引き続きおこなわれていた。

また比較的単調な、それでいて愉快な生活が始まった。兵は不安な噂さえなくなれば、たちまち朗らかになって、また復員船を夢見て楽しんでいた。

自分は部屋にいても西田と二人きりでは頗る面白くないから、毎日、殆ど兵舎で暮らした。西田少尉は予想以上にデタラメな男だった。毎晩、街に出て酒を飲み、酔っ払って帰ってきた。それだけならまだよいが、夜遅く、消灯後に兵舎へやってきて、眠っている兵を叩き起こしてくだをまくに至っては、正に言語道断である。

この頃もよく高木中尉の部屋で、伊東隊長と四人で会食をやった。高木中尉の当番小島はついに当番をやめて、元の隊長当番田口朝吉が当番になった。自分たちのいる通りのつき当りにも大きな当番室があり、そこに中隊の当番長丸田上等兵と田口朝吉、西田少尉の前田良平が居て、一中隊の当番はここに集合して入っていたのだが、中津山はなぜかここの当番室へ来たがらない。丸田上等兵も色々心配してくれて、何とかして中津山をここへ入れようと努力してみたが、彼はどうしてもここへ入るのを嫌がっている。自分が理由を聞いてみても言わないのだ。

おそらく何か理由があってのことだろうとは思うが、このようなことになると中津山は極めて頑固かつ一徹であった。丸田上等兵の体面を潰さないように、一応、話をつけてから中津山の思うままに振舞わせた。

鬼武山トーチカの勤務交代がおこなわれ、自分の小隊から斉藤分隊が出ることになり、ある日、彼らを連れて行って田中分隊と交代させた。斉藤分隊だけでは人員が足らず、高橋春治伍長の分隊から平山、高橋敬治兵長、粟野上等兵、鈴木孝四郎上等兵が増加されている。

斉藤伍長には自分の小隊に来てから初めての独立勤務だから少し不安であるが、部下には優秀なものが多いから大丈夫であろう。これからはそろそろ暖かくもなると思われる

今、野見山准尉、長沢兵長、館岡信之助、荻野一雄ら人事係の連中は、非常に忙しい仕事に追われている。昨年八月一八日、例の下段村の戦闘で焼却した下士官兵の戦時名簿再製をやっているのだ。年次の若いものは割に簡単だ。

四年兵や五年兵となると、彼ら自身でも戦闘参加や移動の経歴について記憶が薄れ、本人に聞いてもわからないので、仕方なく他中隊の人事係からその同年兵の名簿を借りてきて作らなければならない。それでも判明しない時には、小さな附箋を附けて「これより以前は昭和二〇年八月一八日、山西省安邑縣下段村の戦闘において書類焼却のため記載事項不明」と書いて、隊長の印鑑が捺されてあるのである。

これを見るたびに自分は嫌な気持ちになったものだ。終戦後の今日、もはや論功行賞などないと思うが、やはり戦闘参加の経歴がわかっていないと、何かにつけて困ることがあると思われる。あの戦闘の時、あまりにも書類の焼却を過早にしたため、今になって人事係にこんな無駄な仕事をやらせているのだ。

あの場合は自分が意見具申して、伊東隊長が焼却の断案を下されたことになるのだろうが、やはり自分には責任の大部分がかかってくるはずである。別にその後も隊長はこのことに関して自分を叱られたことはないし、人事係も自分に対して恨みがましい風を見せたことはなかったが、自分は大いに自責の念を禁じ得なかった。

ある日、またもや陽泉北方数キロの集落へ敵の大部隊が入ったとの情報がもたらされ、応急派兵がおこなわれた。自分はまた鉄廠へ派遣され、一夜警戒勤務についた。

自分は陽泉へ来てから中隊被服、陣営具係を命ぜられた。高木中尉は兵器・教育、西田少尉は糧秣給与係である。被服係下士官は加賀谷曹長、助手は栗原兵長、菅原上等兵である。兵室の一部を改造して天幕で仕切り、加賀谷曹長は在庫被服や糧秣を監視しながらそこに寝起きしている。

時々被服関係書類や在庫被服の点検などをやったが、自分にはこのような頭の疲れる仕事はまったく嫌であった。員数外という厄介なものがある。兵器ならば固形物だから、そんなになくなる心配はないが、被服

はすぐになくなりやすい。

加賀谷曹長は長く他隊勤務に出ていて、北合流駐留当時に帰隊したのだが、ちょっと変わった人物である。なかなか天真爛漫、無邪気なところもあるが、一度ひねくれると操縦困難である。こんなことを言っては悪いかも知れないが、彼の面相がすごい。目が小さく鼻があぐらをかき、鼻の下がべらぼうに長く、口がまた馬鹿に大きい。到底、筆に尽し難いが手っ取り早くいえばゴリラが軍服を着たと思えば間違いない。

腕力はものすごく、彼に殴られるとたいていのものはひっくり返ってのびてしまうということである。そのくせ、なかなかのお洒落である。しかし仕事には熱心であり、愛すべき男である。

兵室でも指揮班はまた小隊と異なった雰囲気がある。栗原兵長、長沢兵長が幅を利かせている。命令受領者の井村兵長も幹候出身の初年兵だが、なかなかしっかりしたところがあり、他の同僚よりはよほど上手く古年次兵と接触している。

強制的に山西残留を命ぜられることはなくなったらしいが、兵団ではなるべく速やかに復員を完成するため、弱兵や戦傷者を先に出発させることになるらしい。また、終戦後の内地ではすべての産業振興のため、石炭増産が急務となり、できるだけ多くの炭鉱労働者を必要とする。そのため未復員の軍隊の中から元炭坑作業員は優先的に早く復員させることになった。

いよいよ我々の間からも復員者が出ることになったのである。もうすでに大隊本部からは炭鉱労働者復員に関する書類が人事係のところへ来ている。

中隊で元炭鉱労働者といえば工藤　正兵長ただ一人である。彼はいよいよ復員することになった。惜しい兵である。今は指揮班兵器係助手をしているが、河南では自分の教育助手をしたし、以後、自分の小隊で擲弾筒手をやっていた優秀な男だった。

自分ばかりではない、中隊の鈴木茂次郎兵長が助手に取られることになった。彼はだいぶ駄々をこねて「隊長殿は俺を見捨ててしまうのですか」と憤慨して自分を困らせたが、指揮班へ行っても俺の兵隊であることに変わりはない。それよりも小隊と指揮班がもっと仲良くなるためにはお前が兵器係助手になって働かねばいかんと話したら、納得して助手になった。

事実、それ以後も鈴木は小隊の兵のように毎日、小隊に入り浸り、自分のところへも来るし、また兵器係助手としての職務も忠実に果たし、どれだけ小隊と指揮班の融和に貢献したか知れない。

工藤は毎日、鈴木兵長に兵器係助手としての申し送りをしていた。多くの書類を作り、今まで乱雑に放置されていた弾薬の員数外も立派に整理して、美しい字で員数表を作っていた。工藤は少しも復員することの喜びも顔に表わさず、冷静に自分の仕事のあと始末をつけていこうとしているのだ。これは立派な態度であり美しい心構えである。今さらながら彼を先に帰らせるのが惜しくもあり、また中隊を離れて一人淋しく帰って行く彼の前途に幸あれかしと祈った。

ある晩、伊東中隊長以下、将校と各係下士官、助手が集まって各係の慰労会を開いた。人事係事務室で会食をしたが、図らずも工藤兵長の送別会になった。しかし工藤は他中隊の炭坑作業員とともに、司令部の近くにある兵站に集結する時刻が迫っているので、会食半ばで出発せねばならなかった。

彼は立派に伊東隊長以下に別れの挨拶を終えると出発した。彼がどれほど惜しまれている兵であったかということが今、わかったと思う。しかし彼が会食半ばで出発したことはかえって幸いであった。つまらぬ酒の上のいざこざで、折角の会食が滅茶滅茶になってしまったのである。

会食も半ば以後、皆だいぶ酔いがまわって、唄ったり喋ったりしていたが、自分が厠に立って戻ってきたら、伊東隊長と西田少尉が何だか口論している。高木中尉はすでに酔っ払って宿舎に帰ってしまっていた。二人ともだいぶ酔っ払っているし、大したこともないだろうと思っていたのだが、何を言っているのか聞いたら、西田は例のネチネチした弁を振って、小坂上等兵戦死のことを掻き口説いているのだ。

何ということだ。だいたいこんな会食の席上で、いかに自分の部下のこととはいえ、戦死の話など持ち出すのは控えるべきなのに、西田は敢えてこれをやったのである。自分だって二人も部下を失っている。しかし伊東中隊長にしてみればなお更多くの部下を失っているのだ。そこは男である。たとえ腹の中ではいかに泣いていようと涙を隠して、常はそれを表に表さず、朗らかな顔をしているものなのである。

自分でさえ嫌になるような、ペラペラとした調子でやられては隊長もたまったものではない。自分もだいぶ長い間、隊長に接してきたから、隊長の顔にどんな表情が表れたら危険だというくらいは知っている。

駄目だ。これ以上、放置すれば危険だ。会食の席は俄かに重苦しく暗い雰囲気に包まれ、座はしらけてしまった。皆で西田を止めたが狂った彼は聞かず、なおもくどくど愚痴を並べたので、ついに伊東隊長の怒りは爆発して西田の顔に鉄拳を喰わせてしまった。

仕方がない。ついに腕力で西田を引き摺り出し、神馬軍曹に宿舎へ送らせ、あと少数残った下士官で隊長をなだめ、互いの気分も直さねばならぬ。つまらないことで愉快な会食は丸つぶれになってしまった。大いに奔走して今日のご馳走を準備してくれた加賀谷曹長は大憤慨し、その鬱憤のはけ口がなくて、自分に食ってかかるのには弱った。

中隊幹部同士の仲違いは、たとえ酒のうえでの口論にしろ、下士官兵にどんな不安を与えるかと思うと怖ろしいのである。考えれば馬鹿な話だ。なぜかこれ以後、また伊東隊長の酒量が増したように思う。西田のデタラメも昂じてきた。再び中隊団結は危機に直面したのである。

50　ある晩のこと

ある晩、衛兵勤務に出ていた中隊の兵が眠り込んでいた自分のところにやってきた。

「鬼武山が火災を起こしているらしい。兵団司令部の歩哨が発見し、部隊から救援部隊を出して状況を確認せよと電話がかかった」と伝えた。中隊長からも自分に、兵隊を連れて行けと命令が来た。高木中尉と一緒に本部屋上に上がってみると、なるほど鬼武山の方向にボーッと空を焦がす火災が認められる。

自分たちの位置からは一つの稜線を隔てて見るために、果して鬼武山陣地そのものが火災を起こしているのかどうかはわからない。あるいは敵襲を受けて火災を起こしたのか、不注意のための失火か、何れにしても一度出撃せねばならぬ。

中隊へ行ってみたら野見山准尉も起き出して出撃するものの編成をしていた。内山伍長以下、一〇名あまりが編成された。

真っ暗な晩である。自分は刀は持っていくのはやめ、拳銃だけバンドに挿して行った。こんな暗い晩に山へ行くには途中にある山西軍のトーチカの誤認射撃も覚悟せねばならぬ。ひっそり閑として何の音もせぬ。犬も鳴かない。ただボーッと空に映る火の色のみが非常に不気味だ。鉄廠の横を通る。大きな熔鉱炉の影が黒々と我々に蔽い被さる。

最初の山西軍のトーチカのところまで来た。内山伍長が「山西軍、山西軍、我們日本軍鬼武山連絡的来了。打槍不行ぞ。明白か?」何度叫んでも意味がわからないらしく、あいまいな返事をする。うっかりと前進して撃たれても困るので、またもや内山は声を枯らして叫ぶ。わかったのかわからないのか、まったく不安である。何回目かに「オーイ、わかったのか。どうだ」と怒鳴ったら「ワ・カ・リ・マ・シ・タ・ヨ」と、変な日本語で答えてきた。何だか馬鹿にしてやがる。

日本語を知っているなら、なにもまずい支那語で叫ぶ必要はなかったのだ。三つくらいある山西軍トーチカは何とか無事に通過した。小山の裾を廻り、いよいよ鬼武山陣地の見える稜線を越えた。目の前がパッと明るくなった。鬼武山陣地のある山から約二〇〇メートル離れた小山の斜面が炎々火を吐いて燃え盛っている。

チカチカと真紅の焔が動いて、煙にその火災が映り、真っ赤な空になっているのだ。西兵舎からは見えなくても司令部からなら真正面に見えるところである。果して鬼武山は無事か。道を進むに従い、火はまったく鬼武山陣地から離れた遠いところで燃えているにすぎないことがわかった。これで安心、急いで陣地に向かう。

真夜中に飛び起きてきたので、安心すると同時にすごく眠くなりだした。火はだいぶ衰えたようだ。兵は一列に並んで山道を辿っていく。自分は火を見ながら歩いていたので、他のところはまったく真っ暗に思えた。前を歩いている兵の姿がさっぱり見分けられない。ボンヤリ歩いていたら、とんでもない失敗をやってしまった。ここでは山道が崖っぷちに沿ってグーッと曲っていた。

ボンヤリしていたので道を踏み外してしまったのである。アッ、しまったと思った時はすでに左脚は空を踏んで体の平衡が取れなくなっていた。ザラザラザラザラと砂礫と共に滑り落ちていった。

もう駄目だ。どこまで落ちるのか。運よく少し斜面になっていたので、ゴロゴロ転げ落ちはしなかったが、だいぶ長い間、落ちてからやっと止まった。辺りを見回すと森閑としている。

遙か上の方で「オーイ」と兵が叫んでいる。ウーン畜生っ、と立ち上がってみたが、落ちる途中、拳銃の銃口で横腹を突いたらしく痛くて堪らぬ。手にも擦過傷を受けた。無茶苦茶に崖を這い上がる。頭上から「隊長殿、大丈夫ですか」と声がした。

「ウン、大丈夫だ」

鼻先に銃が降りてきた。それにつかまって道に上がった。また黙々と歩き出した。見れば火は衰え始めたようだ。

「オーイ、鬼武山ーっ」

「オーイ」

山の歩哨は案外、のんびりと返事した。陣地へ行ってみると斉藤伍長以下、意外そうな顔をして「どうしたんですか」と言う。なるほど、そう言えば火の燃えている斜面は、ここからは死角になっていてまったく見えず、煙に映る光も、背後に明るい陽泉の街の電灯があるため、ちょっとわからないのである。彼らはまったく山火事を知らずにいたのだ。

聞けば昼間、支那人がその辺の草を刈り、火を焚いていたのは知っていたが、まさかこんなに大きな山火事になるとは思わなかったという。まず、無事で何よりだった。陣地の宿舎には暖炉が入ってポカポカ暖かかった。さっそく報告するため帰ることにする。「隊長殿、暇を見てゆっくり遊びに来てください」と言う斉藤伍長の声をあとに、また暗闇の道を下りる。火はもうすっかり衰えてしまっていた。

山を廻ると、おお、眼下に開けた光の海。陽泉街の電灯が数知れぬ瞬きをみせている。地上の星群。そうだ。まったく星のように輝いている。駅附近には赤や青の信号灯が明滅している。今度は道を踏み外さないように用心して歩く。道を踏み外して墜死したのではお粗末過ぎて浮かばれない。

帰隊後、兵団司令部や部隊長に報告すると、疲れたのですぐ寝た。

51　陽泉国民学校へ

現在、在陽泉日本居留民は鉄廠、炭坑の日本人宿舎および陽泉日本人国民学校に集団生活をしている。山西に残留を決意している日本人以外は続々引き揚げ列車で河北へ向け出発しつつある。

陽泉国民学校にいた居留民もいよいよ出発することになり、その後、学校建物を確保するため一中隊はこへ分遣されることになった。あまりにもうるさい西兵舎の生活に、皆だいぶ嫌になっていた頃だから、中隊長以下、大喜びである。さっそく準備にとりかかる。

移転の前日、自分は小隊の兵五名を連れて、居留民団からの引き継ぎのため先発させられた。夕方、兵と共に寝具を輜重車に積んで行く。国民学校は陽泉駅から少し南の方に入った閑静なところに建っていた。

前の広場から見ると、煌々たる電灯が窓から見え、引き揚げ荷物を纏めるため大混雑しているらしく、大した騒ぎだ。一歩中へ足を踏み込んでみて、アッと目を瞠（みは）った。

何たる乱雑さ、不潔さ！　割に広い学校建物の床の上いっぱいに、多くの居留民がウジャウジャと群れ動いている。男も女も子どもも、何だか知らないが、各自喚きたて、争い、泣き喚き、これが日本人居留民なのかと眉をひそめたくなる汚らしさである。

以前は立派であったと思われる教室にも廊下にも校庭にも、ところ嫌わず煉瓦で竈を築き、各個バラバラに炊事をやっているらしい。こんな所にと思われる隅っこから、煙がボーッと上がっている。見れば小さな竈に鍋がかかっていて、暗い片隅に女が一人しゃがみこんでいる。いくつもある教室や裁縫室に別れて五家族くらいずつ入っているらしいが決して同室のもの同士、仲良くやっているのでもないらしい。

やはり居留民は地方人である。いかに終戦後とはいえ、これほどまでに、ただ自己の財産を手放すまいと必至になって、互いに反目し合わなければならないものだろうか。

居留民は居留民団をつくって、今までも互いに助け合ってきたはずなのに、このありさまは一体何だ。ここが軍隊と違う地方人の浅ましさなのだ。見たところ居留民の中にも現地で成功して財産を作り、ここまで多くの財物を持ち込んでいるものも多い。

そうかと思えば殆ど各人、背負い袋一つに着のみ着のままといった悲惨なものもある。中流どころがやはり最も多いようだ。そしてグループごとに分かれて部屋を占領し、貧乏人は金持ちを恨み、金持ち連中は他人がどんなに困っていようと見向きもせずに暖衣飽食をしているのである。

自分たちは建物その他を接収しに来たのだから何とかしなければならないのだが、これではまったく手のつけようがない。居留民は明朝、荷物の検査を受ければ直ちに列車に乗り込むというから、それまで待つより仕方がない。

一室では居留民団幹部が引き揚げ途中のことを種々相談していた。そこへ入って来意を告げ、引き継ぎをおこなおうとしたが、どうも皆、会食でだいぶ酔っているらしく、これもまともな話になりそうもないので明朝まで待たねばならぬ。

彼らの相談を横から聞いていて、つくづく馬鹿らしくなった。居留民団の幹部の多くは鉄廠や炭坑の重役連中らしいが、意見は一つも一致せず、さすが地方人だと思った。誰か一人が案を出せば、他の誰かが反対するのが決まっている。意見が一致するなどということを待つこと、そのことが間違いであろう。その点、軍隊は徹底したものだ。命令一下、何の議論もなく直ちに実行なのである。

その辺を歩いてみて、ますますその不潔さに驚いた。てんでんばらばらに炊事して、一定の塵芥(ごみ)捨て場など定めていないらしく、辺り一面、ところ嫌わず不潔物が捨ててある。水道栓がひとつしかなく、また水が流れるところがないので、汚い水溜りができている。よくもよくもこの中に住めたものだ。彼らには共同して炊事したり、力を合わせてその辺を掃除することなど思いもよらないのだろう。浅ましい奴らだ。

純真無垢な自分の兵は、鼻をつまんばかりに眉をひそめていた。塵が濛々と上がる腹の破れた畳の上に座っている人の群を見たとき、自分はまるで不潔な泥水の中に蠢く蛆虫を見るような肌寒いような感じに打たれた。

本当に日本は戦争に敗れたのだ。日本を祖国に持つ人間が、このありさまではもう将来に希望も何も持てない。

先発で来たのだから引き継ぐべきものは引き継ぎ、何とか中隊が住めるように準備しなければならないのだが、さてどこから手をつけたものか。たった五、六名の兵では何とも手の打ちようがない。また、居留民団幹部も引き継ぎより出発準備のために浮き足立っているので、やむなく明朝を待つことにし、ガランとした一室に暖炉をドンドン焚いて一夜を過ごした。煙突がない暖炉だから室内に煙が立ち込めてひどいものであった。

暖炉の煙にむせながら眠れぬ一夜を明かす。翌朝早く、居留民は暗いうちから起きて出発準備を始めた。国民学校の校庭に各自の荷物を配列して山西軍の検閲を受けなければならないのである。軍人でも居留民でも、中国から海外へ持ち出せる荷物の量には制限があり、それ以上は絶対、内地へは持って帰れない。

ここでおこなわれる検査は、乗船地の天津でする検査の形式に則り、予備的におこなわれるものだが、山西省内においては日本人居留民に対して極めて寛大な処置を取り、規定以上の荷物の携行も許してくれている。もちろん乗船地における検査では規定以上のものは一切、没収されてしまうのだ。どうせとられるものなら、ここで処分してしまえばよさそうなものだが、そこは人間の浅ましさで、万一の僥倖(ぎょうこう)を頼みにして、今まで稼ぎ貯えた家財を山のように積み上げて検査を受けているのだ。

学校の中は急にガランとしてしまった。居留民は所持品一切を持ち出して検査を受けると、二度と校内に立ち入ることを許されず、その足で陽泉駅の引き揚げ列車に乗り込むのである。

　午後には村岡以下、自分の小隊が移動を完了して、中隊がいつでも移れるように準備する。直ちに要所要所に兵を配置して空き巣を狙う附近の支那人の侵入を警戒した。何しろ国民学校と言っても立派なのは校舎だけで、外柵すらひとつもない。どこからでも自由に出入りできるのである。附近には民家もあるし、街は近いし、よほど軍紀厳正にしなければ事故が起こりやすいと思われる。

　居留民が出て行ったあとを見て、またまたその乱暴狼藉さに胆をつぶした。ここへは持ち込んだが乗船地までは持って行けない家財道具や衣類、畳、戸、障子、屏風（彼らは自分の一家族だけで一画を領するためにこんなものを使っていた）の類がひっくり返ったり引き散らかしたりしてある。廊下といわず軒下といわず、ところ嫌わず小さな煉瓦のかまどが作ってあり、昨夜来、携行食を作るのに用いた火がそのまま燃え続けている。火災防止の責任観念など露ほどもない。

　立つ鳥あとを濁さずどころか、あとへ入る日本軍の迷惑など見向きもせずに、ただ自分の家財を背負って、さっさと出発してしまったのである。こんな居留民なんかを今まで苦労して保護してやっていたのかと思うと、口惜しくもある。いくら日本が敗れたといっても、俄かにこんなに堕落しなくてもよさそうなものである。

　今ではむしろ支那人の方がよほど堂々たる大国らしい風眸（ふうぼう）を備えてきた。殊に終戦後、こんな都会地における支那人の知識階級の態度には決して侮るべからざる立派さがある。おそらく日本人ならば戦勝国民として敗戦国の軍隊や居留民を侮辱し、迫害までも加えるであろうが、彼らの中には殆どそんな気配は見られなかった。従来の行きがかりをサラリと忘れて将来における東洋人の団結を語り合うほどの大度量を持っていたのだ。

　何という情けないことだろう。自分たちは乱雑極まる辺りの光景を見て、再び日本敗れたりとの感を深くしたのであった。

　午後になって自分の小隊は完全軍装で、糧秣や寝具や陣営具を輜重車に積んでやってきた。さて、どこから手をつけたものか。一個小隊の全力をあげて清掃に従っても、いつになったらできるかわからぬ。大概、先発設営に出るということは、後の生活のことを考えると喜ぶべきことなのだが、今度はひとつも嬉しくなかった。

普通人が住むのならこれでもよいのだろうが、特に衛生を重んじ、規則正しい生活をしようとする軍隊が住むためには、根底からひっくり返して塵ひとつないように掃除せねばならぬ。まるで塵捨て場のなかに飛び込んだようなものだから、ここに住めるようにするのは大仕事だ。

しかし、いつまでも手を拱(こまね)いて見ていても埒があかず、命令一下、勇気を奮い起こして清掃を開始した。居留民の引き散らかした跡の尻拭いをやらされると思えば癪に障るが、自分たちの衛生のためにやると思えば不平も言えない。

一部を警戒勤務につかせ、小隊全力を挙げてばたばたと掃く。兵は「こん畜生、こん畜生」と叫びながら、雑然たる道具類を窓の外に投げ出し、蹴飛ばしている。西兵舎にいる頃、時に外出した兵が居留民にご馳走になったりして大いに有り難がっていたが、散々後を汚して行ってしまった彼らの没道義ぶりには今更ながら憤慨したらしい。軍人である我が身の有り難さというものを覚ったような顔つきをしている。

一日中かかかっても、二日かかっても汚物の山は運びきれなかった。中隊からも応援が来て、数日間の作業を続け、やっと何とか中隊全員が入れるだけの部屋を作り、部屋の割り当ても完了した。以後も糧秣、陣営具を連日、輜重車で運搬し、やっと中隊全部の移動を完了した。

根底から清掃してみれば、兵舎より立派な、まだ新しい学校なので、すごく居心地が良く、他中隊からも羨ましがられるくらいになった。二棟に並んだ教室のほか、事務室、講堂、便所も完備している。炊事場はあるが非常に小さいので、毎日使役を出して炊事場作りをやった。

居留民のいた後だから、畳がどっさりある。襖、箪笥、戸棚などがふんだんにある。絵が入った額縁や花瓶、テーブル、椅子などの家具、室内装飾品、書物などはいくらでもある。これらを各小隊に分配し、各部屋に備えつけたら、まるで地方人の家庭のように落ち着いたものになり、我々はテーブルを囲み、白壁に油絵がかかる部屋で談笑することができるようになったのである。

連日、寒風が吹いて寒かった。点呼は本館前の広場でおこない、起床、点呼などの号音には、学校で使っていたらしい手動サイレンを用いた。

さっそく週番士官につけられたが、大隊本部から独立して民家の多い街の中で、外柵もないところで生活するのだから、兵の起居容儀に対する注意もよほど厳重にしなければならなかった。ややもすれば地方人のようになりたがる兵に規則正しい生活をさせるために、毎日毎日一定の仕事を与え、また自分たちも兵と共に働いた。

　炊事場は講堂の横にあり、新しく本部から受領した大釜四個を据える竈を作った。伊東隊長もよほど気楽になられたらしく、自分たちと共に防寒長靴をはいて、鏝（こて）を握って煉瓦積みをされた。中隊が本当に一家族のように団結し、愉快に働くには、やはり大隊から独立して分遣され、新しい土地で建設的な仕事をやるのが第一である。

　入浴場もあった。大き過ぎてなかなか湯が沸かないので、真ん中から仕切って小さくした。自分が大隊本部へ行ったとき、セメント袋を五つほど貰ってきた。高木中尉は工兵出身だから全般の指導にあたり、隊長は煉瓦を積まれた。伊東隊長はなぜか煉瓦を積んだりセメントを捏ねるのが好きな人であった。

　自分はこの頃、何だか働きたくてムズムズしていたから、兵と共に三里の道を重い枕木を背負って歩いた。実はトロッコレールの枕木というから二、三本も担いで歩けるチャチなものかと思っていたら、とんでもない、東海道線並みの堂々たるレールで、従ってその枕木もすごく大きく重いものだった。

　兵の帯革を二本借りて背負ってみたが、今にも腰が砕けそうで目が眩んだ。しかし一旦、担いだ以上、今さら後にひけるものか。

　我々が重い枕木を背負って汗を流して街を歩くと、支那人も山西軍も明らかに侮蔑の薄笑いを浮かべて見ている。確かに癪に障る。しかし自分たちは自己の生活を維持するために働いているのであって、河北やソ連地区に抑留されている友軍のように、捕虜として労役に服しているのではない。支那人に言わせれば将校が兵と共に重い薪を担ぐなど、日本軍らしくないということだろう。

　また部隊の将校や下士官兵に会うと、変な顔つきで見ている。確かに変に見えるに違いない。しかし今の現状では将校が率先垂範で立ち働かなくては、兵も素直に働く気になれないであろう。また、自分も今までのオヤジ気質を振り捨ててまことに兵の中に融け込み、一緒に汗を流したいと思った。その方が遥かに気楽であり、兵も自分の気持ちをよく察してくれるようであった。

　中隊から独立して勤務しているから給与も良くなり、

精神的にも安定し、皆、何だかひと皮脱いだような、さっぱりとした気分である。だが決して軍紀が弛緩したのではなく、点呼などは西兵舎にいた時以上に厳正を極めたものだ。

　小学校は小高い丘の上にあり、本館と一棟の校舎とに分かれている。本館には受付、教員室、裁縫室、講堂、教材置き場のほかに教室が三つほど、他の一棟には教室が六つほどと入浴場、便所などが附属していた。

　水栓は二つの校舎の中間に一ヵ所と炊事場だけにしかなく、炊事以外は校舎中間の水栓から水を長いホースで大桶に導いたものを使っている。この大桶は居留民がいた頃、陽泉唯一の日本酒醸造家が水溜用に寄附したもので、直径約二メートル、高さ約二メートル半の大きなものだ。

　校舎の中には小学校の備品や、居留民の家具装飾品がドッサリある。これは現在、我々が利用しているが、決して自分たちのものになったのではなく、更に太原その他の奥地にいる部隊が漸次（ぜんじ）引き揚げてきてここに駐留する場合にも使用し、最後には現地に残留する日本人や、現地除隊した軍人が利用しなければならないのだから、鄭重に取り扱い、次に申し送らねばならぬ。

　居留民はただ帰還を急ぐあまり、何らの後始末もせず、申し送りもせずに出発してしまったのだが、後に残った居留民の財産は、一応、兵団司令部の連絡部で保管し、自分たちは一時それを借用していることになる。

　早急に物品の整理をして司令部に報告しなければならなくなった。陣営具係もやっているので忙しい。佐藤育雄伍長を助手にして毎日、備品の員数調べをやった。正確な員数表を作って司令部へ提出し、改めて指揮班と各小隊に分配した。百枚以上の畳、机、椅子、書棚から額縁、花瓶まであり、ここに地方人と軍人の生活を折衷したような特殊な生活様式が生まれた。

　団体生活の理想型かも知れない。自分たちは南を向いた窓のある教材置き場に寝台を造って畳を敷き、部屋の半分は丸テーブルとフカフカしたソファーや体がフワリと埋まるような肘かけ椅子を置き、本棚には居留民が置いて行った本や、平凡社の大百科事典などが並んでいるという豪勢な生活が始まったのである。

　この部屋を造る時には中津山が大いに活躍した。ここへは高木中尉、自分、西田少尉が入り、斜め向かいの元の宿直室には伊東中隊長が入られた。夕食のときはいつも自分たちの部屋へ来て会食された。こんなこともここへ分遣されたからこそできることであり、自分にはなお更オヤジがオヤジらしく見えてきた。当番室は自分たちの部屋の隣の教室を半分、襖で仕切って造り、それから向こうは教室一つ半が自分の小隊である。

指揮班は床の間つきの裁縫室に入り、西田小隊は別棟の教室に入っている。下士官室は表に面した、以前会議室か教員室らしい所に入った。当番室にも指揮班や各小隊にも机や食器棚が完備し、箱類は無数にあるので装具の整頓も実によくできている。

中隊事務室は正面玄関を閉鎖して、天井の高い部屋として使った。電話もあるし鍵のかかる鉄製の書類棚もある。連日の作業で立派な炊事場もできて、加賀谷曹長も大満悦である。

続々と新品被服が支給され、被服係の自分はまただいぶ忙しい目にあわされた。被服検査もやった。曹長以上にはなめし皮製の立派な防寒通信手套が支給された。

衛兵所にする適当な場所がなくて困ったが、講堂の一部に造った。

52　工藤兵長を送る

ある薄ら寒い、粉雪がチラチラと降る朝、自分は中隊の二年兵を連れて陽泉へ行った。下士官や古年次兵の有志も来た。炭坑作業員として先発する工藤兵長を送るためである。

寒々とした陽泉駅に、アンペラ屋根をつけた一連の無蓋車が停まっていた。まだ機関車も付いていず、彼らは途中の採煖用に使う石炭の大塊を積み込んでいる最中だ。工藤も真っ黒になって働いていた。二六大隊の炭坑作業員復員輸送隊長は四中隊の黒田准尉である。

工藤はその能筆のため、また野見山准尉の口添えもあったのか、復員途中も指揮班として働くらしい。

鬼武山からも平山、高橋敬治兵長、鈴木孝四郎上等兵らが見送りのため下山してきた。工藤はまったく先に帰らせるのは惜しい兵である。石炭積みも終わって、彼は我々のところへ来て立ち話をした。いつ発車するかも知れないので落ち着かない気持ちだ。

全部同業者ばかりだから、彼も大いに気楽だという。思い出は尽きぬ。河南で自分の教育助手を務めた。第一回目の黄村勤務で共に愉快な日を送った彼。あの悲惨な行軍で苦労した彼。まったく離したくない部下だ。だがもう仕方がない。

ついに乗車命令が下った。薄暗いアンペラ屋根の下から彼のリンゴのような顔が笑っている。いや、笑っているのでもなく泣いているのでもなく、複雑な顔だ。工藤がこんな顔をしたのは見たことがない。

「元気で暮らせ」

誰が言っているのか知らぬ同じような言葉が聞こえる。機関車がついた。灰色の空に真っ白な蒸気がビュービューと吹き上がっている。

今まで姿を見せなかった高橋春治伍長が背を丸くして走ってきた。彼は頭に何も被っていない。両手に抱えた略帽の中へ、湯気がポツポツと立つ石焼芋を買ってきたのだ。

「工藤、途中で食え」

「班長殿、有り難うございます」

工藤はいとも厳粛な敬礼をした。自分はホロリとさせられた。

「ポーッ」と汽笛が鳴った。

「ガタン、ガタガタ……」と先頭の方から順番に黒い貨車が身震いして動き出した。

「ご機嫌よう。ご苦労様」

「工藤、がんばってやれ」

「元気でな」と口ぐちに言う兵に対し、工藤は一人一人の顔に注目しながら敬礼していた。後ろにいる自分を見て歯を喰いしばって敬礼して行った。何という淋しい別れであろう。歓声をあげるわけにもいかぬ。と言って我々は軍人である。女々しい態度は取るべきでない。

「ガタン、ガタン」となおも貨車が我々の前を過ぎて行く。

「ご苦労様、元気で行け」

「有り難う、ご苦労様」

顔見知りのものも、知らない他部隊のものも、別れの言葉を交わしながら敬礼して自分たちの前を過ぎて行く。決して嬉しい別れではない。皆の顔は言い知れぬ憂愁に青ざめている。

「元気で暮らせ」

列車は速力を増し、白い煙を灰色の空に吹き上げげつつ遠ざかって行った。帰るものの前途は多難である。現地に留まる我々が危険か、内地へ向けて帰る彼らが果たして安全か。それは何とも言えぬ。何れを取るも明日の知れない命である。

陽泉を出発したが最後、彼らは二度と再び我々と連絡を取ることはできぬ。行ったきりなのである。敗戦後の今となっては部下を敵前に送るよりも、復員列車に乗せる方に、より多き不安を感じる自分たちであった。死なば諸共、復員は皆、一緒にと誓った部下と別れるのは何としても辛かった。もっとしてやりたいこともたくさんあった。話したいことも山ほどあった。しかし、彼はもう我々から遠く離れて行ってしまったのだ。

汽車はもはや山の突角を廻って消える。後に残った兵は茫然として消え行く煙を見つめている。粉雪はチラチラと静かに降りかかる。

「カーン」と澄んだ音が響き渡り、古風な駅の時計台が八時を打った。皆、我に返ったように外套の襟に頭を埋めて歩き出した。

53 支那人

小学校へ来て、やはり一番困ったのは外柵がないことであった。外界との隔てがなくなるということは、自然、兵の心の中に潜んでいる無分別さを挑発させることになり、知らず識らずのうちに軍紀が紊れてくるのだ。

このことは移転直後で毎日毎日忙しい仕事に追われている間は、それほど害がなかったのだが、暇になって兵が退屈し始めると、何ともしようのない悪い結果になってしまう。

第二に、この広い学校の中に、たった七〇名くらいの一個中隊が入っていても、実際に居住するのは極く一部に限られ、監視の目が行き届かぬのを幸い、附近の支那人が空き巣を狙うことが多くなってきた。前記の通り学校内には居留民が残して行った家具類や、また我々にも使い切れぬ学校の机や椅子が空いた教室にギッシリ詰まっているのである。

我々がいくら監視を厳にしようが、根気強い支那人はコッソリ忍び寄ってガラス窓をこじ開けて盗みを働く。現場を捕えるより手はない。しかもたとえ現場を取り押さえたところで、以前のように兵器をもって威嚇するわけにも行かず、うっかり変なことをすると、山西軍との関係がうるさくなる。

また、山西軍に交渉しても他人のものを盗むことは当たり前だというような顔をする。困った国である。ここでは持てるものよりも、持たざるものの方が強いのだ。一度、歩哨が裏の運動場の側から、ガラスを外して侵入しようとした小孩を引っ捕らえたことがあったが、ギャーギャーと手放しで大声を張り上げて泣き出したので、附近を通る支那人も何事ならんと集まってくるし、山西軍の兵隊までも見に来るので大いに弱ったことがある。

彼は何だか知らないが早口でクドクドと観衆に訴えていたが、おそらく自分がコソ泥に忍び込んだことは棚にあげて、兵隊にいじめられたとでも言っているのであろう。我々としてはこんな支那人の野次馬どもに状況の説明をする必要もなく、かえって支那人の好奇心を煽ることにもなるので、早々に追っ放してやった。

とても完全に支那人の侵入を防ぐことはできそうもないので、運動場の窓の外に有刺鉄線をクモの巣のように張り巡らして、これで安心と思っていたら、執念深い支那人は、根気よく夜中こっそり来ては有刺鉄線を打ちつけてある釘を外してガラスを盗んで行った。また有刺鉄線そのものが、どうやら街では高価に売れるらしく、かえってこちらで苦心して支那人に金儲けをさせてやっているようなものだった。

まだ二月の中旬のことである。時にポカポカした暖かい日があると思うと、冬が舞い戻ってきたかと思うような雪の降る寒い日もあった。

ある寒い晩、西兵舎の将校食堂で会食があり、各中隊の将校および部隊出身の兵団司令部の荒木大尉らが集まって大いに飲んだことがある。あまりに寒かったのでガラス窓はピッタリ閉ざしてあり、部隊後方係の赤川中尉自慢の木炭が赤々と熾っていた。

初めは皆、愉快に談笑していたのだが、自分はその日、どうも頭が重くて、いつものように飲めなかった。後頭部がズーンと鈍く痛んで圧迫されるような気分だった。妙に物憂く、話をするのも大儀である。自分の両側に副官と常川中尉が座っていたが、いつもの通り元気に喋っている。

なぜだろう。なぜ気分が悪いのだろうと考えてみてもわからず、注がれた酒もちょっと口をつけただけで気分が悪くなり、むやみにあくびばかりが出た。

朝岡部隊長はだいぶ酒が効いて赤鬼のようになっている。大したご機嫌だ。ふと見ると、あの呑み助の西田少尉が向かい側でいつになくムッツリした顔をして煙草ばかり喫んでいる。

しかもその顔ときたら、土色というか草色というか、とてもこの世のものとは思えぬ気味の悪い色をしている。変だ、変だと思う中、入口の方がガヤガヤと騒がしくなったので、ハッとして振り返ると、今外へ出て行こうとした岡田少尉がフラフラとうちのオヤジの膝の上にぶっ倒れてしまったのだ。その時、閉め切った扉を開けて坂本兵長が入ってきた。

氷のように冷たい夜の外気がサーッと流れ込んだ。あっ、その空気の旨さ。これでわけがわかった。防寒のため、机の下に入れてあった火鉢の炭火が、木炭の不良からガスを発生し、我々は中毒したのである。もっと長い間、知らずにいたら更に多くのものが中毒したに違いない。

一酸化炭素は恐ろしい。おかげでせっかくのご馳走も酒もあまり旨くなかった。

54　雪の夜の巡察

小学校に分遣されても、部隊巡察将校の役目はまわってくる。オヤジが正面玄関の方を向いた部屋にいるので、他の時は街へ出たくても出られない。公用以外には兵も出していないのだから、我々ばかりが遊びに出歩くのはよろしくない。また、それほど出たいとも思わない。

寒い寒い吹雪の晩、中津山に銃を持たせて街へ巡察に出た。防寒帽を被り、防寒外套を着、防寒長靴をはき、防寒大手套(だいしゅとう)をはめると酷寒の夜もポカポカと温かい。中津山にも同じような服装をさせた。

暗い雪空では街行く人影も少なく、街灯が降りしきる粉雪を照らし出し、地上にはすでに一〇数センチ積っていた。中津山も自分も黙々と歩く。暗い露路を通るときには靴の下に鳴る雪が「ギュー、ギュー、キュー、キュー」と音を立てる。明るい電灯の点いた大通りへ出て、外から店の中を一軒一軒点検する。かえってこんな晩には巡察が疎かになるのを当て込んで、軍紀・風紀を紊す兵が出るのである。

ある時計屋の前で、中に主人と話している兵隊の姿が見えたので、スッと中に入る。俄かに雪の積った怪漢が現れたので親父はびっくりしたが、兵はなお更驚いて、シドロモドロになって敬礼した。

聞いてみれば他部隊の兵だ。外出時間を過ぎた深夜に、しかも公用證も持たぬ兵を、怪しいと睨んで手帳に記し、注意を与えて外に出る。

雪はなおもサラサラと降りしきり、人っ子ひとり通らぬ街を電灯が皓々(こうこう)と照らしている。中津山は防寒大手套に包んだ手に銃を握り、周囲を警戒しながらついてくる。頼もしい奴。朝起きてから夜寝るまで、何くれとなく自分の身の周りの世話をやき、今はまた吹雪の中に銃を握って唯一の警戒兵となる。彼の大きな体は頭の先まで真っ白に雪を被り、握る銃には氷の華が咲いている。

雪中巡察一時間。自分たちはゴソゴソ、ギューギューと雪を踏み鳴らしながら帰ってきた。入り口でバタバタと体を払えば、パッと雪煙が舞う。

報告を終えて、赤々と燃える暖炉に当たっていると、熱い茶を持ってきてくれるのも中津山だ。高木中尉には田口朝吉がいる。西田少尉には前田良平がいる。しかし、俺には大隊一の当番たる中津山がいるのだ。

55 復員準備

我々が下白泉トーチカから撤収して以来、重要陣地は漸次山西軍に申し送り、軍は復員準備にとりかかった。我が兵団の復員の話は一向出ないが、遅かれ早かれ復員できることになるらしい。しかし、我々は海岸からだいぶ離れた山西にいるのである。

乗船地に赴く途中において、まだ幾多の困難を克服しなければならぬ。

もちろん復員するときは丸腰である。山西省内を行動する間は、山西軍も護ってくれるし、今、編成されつつある護路総隊や特務団も援助してくれる。だが一歩、長城を越えれば河北省は閻錫山の権力も及ばず、中央軍はいるが我々とはあまり縁がなく、彼らがそれほど誠意をもって我々を援助してくれるとは思わない。

また、八路軍の妨害も当然予想される。普通ならば二日か三日で行ける天津へも、このような状況では何日かかるか見当もつかない。一番悪いことは、乗船地や河北における鉄道沿線の状況がさっぱりわからないことである。

一度、河北へ向けて出発した居留民も部隊も、二度と山西へは帰ってこられないのだから様子が知れるはずもない。果して出発した居留民らが無事に乗船地に到着したものなのかどうか、皆目、わからないのである。噂は噂を生み、途中では列車が所属不明の匪軍に襲撃されて居留民多数が拉致されたなどと、不安極まるデマが飛ぶ。また事実そのようなことが多かったらしい。

山西を出発する時には少なくとも一〇日分くらいの食糧と燃料、被服その他船中での生活必需品は、一切整えて行かねばならないという。結局、現在ある乏しい資材の中から復員途中の必要品を捻出しなければならない。以前、部隊が山西軍の徴糧援護に出たりしたのも、ここに潜む苦しい意味があった。他部隊では豆腐を大量に入手して凍り豆腐を造っているところもあるという。我が部隊ではどうもこの方の準備が上手くいかず、朝岡部隊長や江連大尉も困っているらしい。

復員準備のひとつとして、列車用の吊りランプ、洗面器、バケツなどを大量に作ることになった。即ち、復員途中の飯上げ、食器の洗浄、あるいは船の中で船酔いにかかってゲロゲロやるときの洗面器やバケツである。これは適任者が中隊にいて、一中隊のために大いに気を吐いてくれた。即ち、自分の小隊の村岡仁八伍長である。

伊東中隊長からも推薦されてのことだろう。大隊命令が出て村岡は各中隊出身の同業者や使役兵を使って、本部裏の修理工場でトタン屋を始めたのであった。彼は朝食を済ませると毎日、本部へ出勤して行った。

　本部に行く時に立ち寄ってみると、彼の工場では兵舎の中から集めたトタンや波板を伸ばして、続々大量生産をやっていた。ランプの試作品も見たが、立派なものだ。ホヤだけはだいぶたくさん買い込んだらしい。仕事が仕事だけに彼の工場は喧しい。二中隊のトタン屋、矢作（やはぎ）一等兵が助手である。村岡は白の作業服を着込んで活躍している。トタンや波板を伸ばすには、たたきの上へ置いて兵隊がその上で四股を踏むのだから、大いに喧しい。

　時々、部隊長や江連大尉が仕事を見に来ることがあるが、知らん顔していても欠礼になるはずもない。

56　再び西兵舎へ

　陽泉地区の特務団は編成完了して相当人員も充実したので、彼らは今日、自分たちが入っている陽泉国民学校に入り、我々はまた西兵舎へ帰ることになった。西兵舎の一中隊兵舎は少数の監視兵と、命令受領の井村兵長が泊まっているだけで準備さえすればいつでも入れるようになっている。

　しかし、せっかくこんな良い所に入って十分愉快に暮らしているのに、また西兵舎へ帰るのは惜しい気がする。直ちにまた移動準備だ。しかし、やはり軍隊というものは移動するのが当たり前で、根が生えたように一ヵ所に駐留することは士気の沈滞や軍紀の紊乱など、どうも結果が良くないようである。まあこの辺で引っ越す方が兵のためにも良いかも知れない。

　今度は西田小隊が先発して設営することになった。ここへ来た時のように汚いごみを掃除することも要らず楽なものだ。自分たちはあとに残って特務団の連中に、例の多数の陣営具や備品の員数表の申し送りをしたりして忙しかった。

　兵舎に着くと新しいアンペラも支給されて、サッパリと気分が良かった。また自分は狭い部屋へ入って西田と暮らさねばならぬ。今度は少し長屋の住人も変わって、自分たちの向かいの部屋には三中隊の中村・松本少尉がいる。高木中尉も元のところへ入り、その隣には四中隊の大野・岡田少尉が入っていた。高木中尉のところには銃砲隊にいた神垣少尉が一緒に入っていた。

　単調な生活だ。週番士官も常のごとく回ってくる。よく兵室へ泊まったりした。村岡はトタン工場を兵舎の中に移して仕事をしていた。下士官室は入口に襖の扉をつけて、連中は中でゴロゴロしている。日曜の外出があるときには、どうも心配であった。巡察にも出た。兵の買い食いが多くなったようである。

57 馬

ある長閑な日曜日の午後。週番士官でもなく、兵舎へ行っても下士官兵は外出してしまっておらず、本も読み飽きて退屈していると、向かい側の部屋から、やはり退屈しているらしい松本少尉が声をかけてきた。

「北村少尉、馬に乗らないか」

彼は今、大隊の行李班長をしているので馬を引き出すのも自由である。

「ウーン」と自分も煙草をもみ消して彼の部屋へ首を突っ込んだ。しかし自分は今まで殆ど馬に乗ったことがない。

見習士官になって初めて三路里（みろり）にある渡辺隊に配属される時、初めて蒙古馬に乗り、いきなり走り出されてもう少しで大変なことになるところだった。その後、三路里と安邑の間を何度か往復する時に乗った。それと撤退行軍中、支隊本部へ連絡に出され、疲れ果てて暴れる元気もない副官の馬に乗ったことがある。自分の馬に関する経験はこれくらいのものだ。終戦後の今となっては馬から落ちて怪我をするのも馬鹿らしい。

しかし今日はいかにも退屈である。松本少尉もあまり勧めるのでついに長靴を履き、毛布をぶら提げて行李班の厩へ行った。兵が出てきて松本少尉の命令で馬をつかまえて鞍を置いた。自分はなるべく大人しい奴が欲しかったのに、兵は気を利かして最も逞しいピンピンした奴を選んでくれたようである。どうもいけない。

馬が喜んで走り出そうとするのを、手綱を握りながら外へ引き出す。松本少尉の馬はそれほど暴れない。彼はヒラリと跨るとポカポカと輪乗りしている。奴に負けるものかと傍にあった柳の枝を折って鞭を作り、あぶみに足をかけてヒラリと跨った。上手く乗れた。得意になっていたら馬はポカポカと勝手に走り出してしまった。

元来、行李班の馬は牽き馬や駄馬ばかりである。徴発の支那馬ばかりで、乗馬としての調教はやっていない。急に人に乗られたので驚いたのか、クルクルと右や左に輪を描いて跳ね廻る。急に立ち止まったり、俄かにパッと走り出したり、無闇に不規則な運動をするので、自分は今にも振り落とされそうになり、ただ鞍につかまって手綱を引き締めるより仕方がなかった。

松本少尉は悠然と営庭を乗り回している。自分は冷汗をかきながら、何とかして真っ直ぐに走らせようと骨折るが、馬は小廻りを続けるばかりだ。うっかり横腹を蹴ったりしたら何をやりだすか知れたものではない。

では一度降りようと馬を止めにかかったが、もう止まりもしない。鞭なんか持っていても何にもならない。グズグズしているうちに馬はグイッと首を曲げると厩めがけてパッと走り出した。危うく振り落とされそうになったので鞍にしがみついたら、そのまま一目散に駆けて行く。もう馬を操るどころか完全に馬に乗せられているのだ。

全速力で駈けながら、ふと前を見たら、さあ大変だ。馬の疾駆する前方、厩と自分との間に物干場があり、馬はその下を駆け抜けるつもりらしい。そんなことをされたら大変だ。横木にぶち当たって首吊りになるか、前歯を折られるか、眼鏡をメチャメチャにされるか、何れにしても有り難くない。もう避ける暇がない。

とっさの判断で、死に物狂いで横木に飛びついた。主なき馬は物干場をまっしぐらに駆け抜けて厩へ飛び込んでいった。厩にいた兵隊がびっくりして飛び出してきた。自分を見て呆れている。

まったく笑うに笑えぬ光景だったに違いない。長靴をはいた少尉が、スルメのように物干場の横木にぶら下がっていたのだから。自分は慌てて飛び降りた。気がついたら柳の鞭だけは後生大事に握りしめていたのだ。クソ面白くもない。馬臭くなった毛布を担いで一人で部屋に帰った(自分の乗馬歴はこれを最後として終わりになった。僅か数回の乏しい体験である。しかし正式に馬術を習わなかった自分にとっては厳しい経験であった。殊に、初めて三路里の渡辺隊へ着任する時、全力疾走された時は正直なところ、この世の終わりとまで思った。しかし読者諸氏に想起していただきたい。この乏しい乗馬歴の中に、ただの一度も落馬したことがないということを。少なくとも地上に墜落という経験は一度もないのだ。「鞍上人無く、鞍下馬無し」といえば馬術の奥義を秘めた人の神馬一体の妙技だが、物干場の横木にぶら下がった自分の状態は正にこの言葉にピッタリであったのだ。正に輝かしい乗馬記録という他はない)。

山西奥地の部隊は続々、河北地区に向かって出発しつつある。最近は八路軍による列車事故も少なく、汽車は順調に走っているようだ。陽泉駅には絶えず太原方面から復員列車が入り、また河北へ向けて出て行く。

いつも駅の構内にはカマボコ屋根の復員列車が入っていて、新品の復員用被服を着た兵隊が水汲みや炊事のため、列をなして歩いていた。

我々も、もう遠からず復員命令を受けることになるらしいので、村岡のトタン屋は忙しい。陽泉地区の特務団は各大隊のものが集合して陽泉国民学校に入っているが、まだ兵器もなく完全な編成もできていない。幹部となるべきものが少なく、比較的若いものが多く、また内地へ帰っても仕方がないと考えているような半ばヤケクソの連中が多いので、いきおい軍紀が紊れがちで、まとまりの悪い集団となる傾向がある。

この状況を見ている我々の部隊のものは、あまり特務団入りを希望しない。自分たちの中隊からは結局、特務団入りの志望者はなかった。二、三、四、五中隊と銃砲隊、通信班からはだいぶあり、四中隊が最も多かったようである。西兵舎の予備宿舎にも、他の大隊からの集結者が泊まったりして、何だか物情騒然たるものがある。いつの間にか、あの長閑な兵営の雰囲気も消え失せてソワソワした気分が漲っている。

一方、中隊でも陽泉鉄道護路総隊への入隊希望者が出たようである。小隊の高橋春治伍長も入隊を希望しているらしく、自分には下白泉にいる時から、そんな意向を洩らしていた。彼の家は富裕な農家であり、何も山西に残留すべき理由はないと思われるので、よく考えてから決定すべきことを忠告したのだが、ついに残留を決定したらしく、陽泉地区護路総隊の隊長になるはずの元陸軍少佐のところへ行ったりしていた。

自分はもう彼を止めなかった。ただ、他の兵、殊に動揺している若い兵が、ろくに考えも見せずに一時の好奇心に駆られて入隊してしまうことのないよう、なるべく兵舎に出て兵の動向に注意し、また高橋伍長らにもあまり若い兵には勧誘するなと伝えた。

高橋伍長に案内されて赤十字病院に入院しているその隊長に面会して内容も聞いた。話を聞いてみると隊設立の趣旨も立派であり、隊員の待遇も悪くはないが、今までの日本陸軍と違い名利に走る地方人も入ることでもあり、決して固い団結ができるほどの内容でもなかった。

各地区にできた特務団はまだ寄せ集めの軍隊であり、訓練も未済なので、従来の日本軍兵舎に入って基礎訓練をやることになった。結局、我々の警備区域は山西軍に申し送っても、八路に馬鹿にされてすぐにまた奪い取られてしまうので、兵器の半分も新設の特務団に申し送ることになったのであった。

陽泉では今、我々がいる西兵舎を特務団に明け渡し、大隊は数ヵ所に別れて復員を待つことになった。大隊本部では部隊長以下、司令部へ行って種々の打合せをやっていたらしく、朝岡部隊長、江連大尉、羽田副官が馬で司令部へ行ったり、分宿する場所の視察に行ったりしていた。

58　将校長屋の人々

自分は小さな部屋に西田と二人で入っている。前述の通り、自分と西田は同中隊にいながら性格が極端と極端で、正に犬猿の間柄である。一緒にいれば喧嘩が絶えぬので、自分は毎日兵舎へ出勤するし、西田は九時頃まで朝寝して、よく街へ行っては酒を飲んで帰ってきた。西田と一緒のため、小隊の兵もあまり遊びに来ないのである。

一方、高木中尉の所にいる神垣少尉は今まで銃砲隊にいて、今度、本部附になったのだが、高木中尉とはあまり親しくもしていなかったし、また高木中尉の謹直な性質ともソリが合わずに困っている。それなら俺と交代しようじゃないかとたちまち話がまとまり、彼も快諾して自分は高木中尉の部屋に移り、神垣は西田の部屋へ入った。中津山もその方が良いと思っている。

高木中尉の部屋の窓は営庭に向かって開いていて、明るくもあったし陽も当たる。中津山も高木中尉の当番、田口朝吉とは仲が良い。部屋の中も常に掃除が行き届いていた。オヤジの気風が直ちに当番に乗り移るとでもいうのか、中津山は西田少尉の当番、前田良平とはあまり仲が良くなかったようである。

隣の部屋には大野少尉と岡田少尉がいる。ユーモラスな大野少尉と、まだ子どもみたいな岡田少尉がそろっているので、ここは大いに賑やかであり雰囲気も良かったので、自分はよく遊びに行った。二村隊長もよくこの部屋へ来て、ナマズ髭をひねりながら大ボラを吹いて行った。四中隊の兵隊もよく遊びに来ていた。

大野少尉はよく中隊の実状を把握し、兵の指導も当を得ている。四中隊は岡山縣出身兵が多く、工場の工員が大部分で殺伐な気風に充ちた中隊なのだが、大野はこれで苦労してきただけに、今では立派に兵を掌握してしまっているのだ。また四中隊では黒田准尉が炭坑作業員復員輸送隊長として先発してしまい、曹長・軍曹はいたのだが、すごく程度が悪くて、今回、全部特務団へ入ってしまった。今では下士官といえば新しく任官した伍長が数名いるにすぎない。

この幹部の不足と兵のでたらめで、大野はどれだけ苦しんだかわからぬ。四中隊では現役の初年兵が最も粗暴で手がつけられず、古年次兵の方はさっぱり無気力で、これを指導していくなど思いもよらぬことなのだ。大人しい岩手縣の初年兵に目を細めている自分など、まったく有り難いと思わねばならぬ。

大野は苦労もしているだけに兵からは非常に慕われている。彼の兵に対する態度はまことに兄弟のごとく、時に事故を起こした兵が、大野の訓戒に泣いて帰って行くこともあった。自分は彼から大いに教えられる所があり、また、ますます彼を敬愛した。大野は石門予備士官学校第六中隊出身の一一期である。おそらく今、大隊内の少尉で彼の右に出るものはあるまいと思われる。

高木中尉は二村中尉、羽田副官、宮川中尉、元場中尉らの新任中尉や亀井中尉と仲が良く、気持ちの良いグループを作っていた。何れも中隊長や副官の職を持った人ばかりだが比較的若く、一風、変わった人物ばかりの集まりである。

中隊長の個室に閉じ籠って一人でいることなどできないような人ばかりで、しかも退屈しているから皆はよく高木中尉の部屋へ遊びに来る。部屋にはよく陽が当たるし、ある程度広くてきれいだし、何よりも高木中尉が人をそらさぬ温厚な好人物だったからでもあろう。

自分は殆ど一日中、兵舎にいたが、時に部屋にいる時にこの人たちが来ることがあり、話を聞いていたこともある。また一風変わった面白い話であった。

同じ中隊長でも、うちのオヤジくらいになると期も古いし、目も不自由だし、ドッシリとし過ぎていて、この人たちにはちょっと寄りつき難い印象を与えるので敬遠しているらしい。むしろオヤジは江連大尉や朝岡部隊長とよく話し合っていた。先任中隊長だから当然のことだ。

しかしオヤジも退屈するとよく高木中尉の部屋へ来た。時に野見山准尉も交えて高木中尉の部屋で会食したこともある。

とにかく将校宿舎の住人は、誰も彼も退屈し切っていたのだ。昼の会食だって部隊長もだいぶ気楽になられたし、火鉢も入って前ほど苦にならなくなったが、やはり自分たちは有り難くなかった。街へ出ても、とにかく物価が高くて面白くない。営内にいても自分たちより偉い人が多いのだから八方塞がりである。まったく籠の鳥というところ。

それでも我々は軽い財布を気にしながら、時々は街を闊歩して、せめて気分だけは紛らせた。やっぱり今でも部隊、兵団の巡察将校、週番士官は皆、自分たちの役目だ。新任中尉連中は少しばかり年を取っているせいで、自分たちにもわからぬ方法で色々楽しみを求めていたらしい。

それにも飽きると碁に凝る人もある。高木中尉のグループなど即ちこれである。コキ使われる自分たちに比べれば確かに極楽であろう。まあ、年の功があるのだから我慢してやろう。しかし高木中尉は年だって自分より一つ上だけなのに中尉であり、しかも中隊長でもなく小隊長でもなく比較的気楽な立場にある。遊び友達ができるのも無理はない。

亀井銃砲隊長がついに印鑑彫りを始めた。これなら暇にあかしてやる仕事だから、まったく今の我々には適している。自分らは知らなかったのだが、だいぶ前から彼自身の印鑑のほかに、部隊長や副官のも作ってやっていたらしい。よく亀井中尉の部屋の前を通ると、窓の金網を通して一生懸命何だかやっているのが見えた。

外から敬礼しても見向きもしない。まったく感じの悪い人だと思っていたのだが、どうやら印鑑を彫っていたらしい。自分のを五つも六つも作って、バンドに拳銃弾のようにしてくっつけて得意になっていた。そのうちに二村中尉も真似をして印鑑彫りを始めた。大野少尉のところへ遊びに行っていたら、天幕支柱を五センチくらいに切った断面に、大野と岡田の印鑑を作ってきて、紙にベタベタ捺していた。

高木中尉は一つ上の二五歳だ。多少、どもる癖があって小男だが、なかなか好人物で親切な人である。オヤジが帰ってきたので、今は兄貴のようにして気楽につき合っているのだが、友だちが年寄りなものだから、どうも最近、言うことがすごく年寄り臭くなってきた。高木中尉も印鑑彫りをやりだしたのだ。これには自分もまったく弱った。こちらから話しかけても生返事ばかりしてコツコツやっているので、自分も面白くなくて兵舎へ行ってしまう。

そうかと思うと、どこからか硯と筆を手に入れてきて、小学校にあった手本を見て習字を始めたり、果ては怪しげな「印度哲学」の本に読み耽って面壁座禅をやり出したのにには恐れ入った。どうも心霊現象などを書いた本のようだった。我々が騒ぐのを尻目に高木中尉はよく座禅をやっていた。

ある日、ノソリと部屋に入ってきた亀井中尉が、つまらなそうに煙草を吹かしたあと、「オイ、高木中尉、お前にも一つ彫ってやろう。自分で好きなように紙に書いておけよ」と言った。薄い紙に自分の好きな書体で書いてこれを切り抜き、印材の断面に裏返しに貼りつけて彫るのである。高木中尉は古い棗の印材を見つけてきて、砥石でゴシゴシ擦って古い字を擂りつぶしていた。

「北村、お前にも作ってやるから書いておけ」と、亀井中尉は言う。実は内地から遙々持ってきた印鑑は、例の下段村の戦闘の時、図嚢の中に入れたまま焚火の中へ放り込んでしまった。その後は拇印やサインで誤魔化していたのだが、陽泉に来てからいよいよ必要に迫られて、四〇〇円也を投じて小さな人を喰ったような汚い印鑑を作ったが、恥ずかしくて命令会報などに捺せるような代物ではなかった。

何とかして、もう少しマシなのが欲しかったのだが一ヵ月五〇〇円の、閻錫山給与では高価な印鑑が作れるはずがなく困っていたのである。作って欲しいが印材がない。天幕の支柱を利用するということもあるが、自分は中隊の被服係である。被服係将校が自ら官給品を潰すなど、許し難いことだ。

幸い高木中尉が小さな棗の印材を持っていて、これはいらないから君にやると言う。しかも、もうすでに古い字も擦り潰してある。さて、印材は貰ったが字を書くのが面倒だ。印鑑だから多少、ひねくった字を書かねばならぬのだろうが、自分にはそんなことはできそうもない。どうも最近、小手先を使ってコツコツやる仕事はサッパリできなくなってしまったので、また中隊へ行って兵隊と馬鹿話したりしていた。

ある日、中隊から帰ってきたら、「北村少尉、君の印鑑ができているよ。机の上にのっている」と高木中尉が言う。見ればなるほど、ちゃんと自分の印鑑ができていた。亀井中尉が字も書いて作ってくれたのだそうだ。

寒い寒い風の吹く日、亀井中尉が鼻を赤くして部屋に飛び込んできた。部屋の中には暖炉がほどよく燃えて春のように暖かい。今、碁の真っ最中だ。二村中尉と高木中尉は盤面を睨んで動かない。

元場中尉が観戦している。「オイ、今日はまた一つ良いのを作ったぞ、見せてやろう」と手に握ってきた新しいやつを出して、「高木、印肉を貸せ」ベタベタと丹念に印肉をつけて、そこにあった紙にポンと捺した。途端に皆、ワーッと笑い出した。何だ何だと覗いてみたら、なるほどこれは傑作である。

美しい立派な書体で、印肉のつきも申し分ないのだが、惜しいかな、亀の尻尾が左に曲っている。念には念を入れ過ぎて紙を貼るとき表を向けて貼ってしまったのだ。亀井中尉は皆から散々、冷やかされて逃げて帰った。

三中隊の中村少尉や松本少尉、銃砲隊の緒方少尉などはよく将棋をやっていた。大野少尉はクロスワードゲームをやり始めた。これも暇つぶしには有り難い遊びである。彼は碁盤目を書いた紙を広げて一日中、考えに耽っていた。時々、傑作ができた。

中隊における護路総隊への入隊志願者が、だいたい決定した。高橋春治伍長、粟津兵長のほかに大村曹長、辻兵長、佐々木久治兵長、和泉上等兵、佐野吉次郎である。大村曹長は下士官候補者出身なのだが、どうも兵隊の中では評判は良くなく、戦闘はともかく平素の言動はあまり感心できなかった。「勝」部隊にいた頃から自衛団の指導員もしたことがあり、彼が残留するのには別に異議を唱えるものはいない。佐々木久治兵長も家庭が面白くなく、多少やくざ気のある男だから仕方がない。

惜しいのは辻兵長である。多少、家庭の事情もあるらしいが、このような誠実な男を残留させるのは、我々としてはまったく惜しいのである。彼らはもうそろそろ現地除隊の準備をしていた。

日曜日には御楯寮で、兵団大隊対抗の演藝大会が開かれ、長沢と加藤は兵団直属の漫才屋になってしまい、続々新作を発表し、毎日出演していた。兵団司令部からいつも出演依頼があるのは大隊の中でもこの二人だけなので、我々の中隊は大いに鼻を高くしてもよいわけである。

59　再び国民学校へ

二月の末、また陽泉国民学校へ行くことになった。すでに述べた通り、未編成の特務団をまとめて入れるために、西兵舎を明け渡すことになり、大隊は陽泉各所に分散することになったのである。大隊本部は駅の東南方にある測候所の建物へ。一、四中隊および本部医務室は陽泉国民学校へ。二中隊は元のまま。三中隊と銃砲隊は大隊本部に近い山間の弾薬庫へそれぞれ入り、五中隊は分遣中だ。

今度は単独で入るのではない。四中隊と医務室と一緒である。二村中尉も大野・岡田両少尉も、我々とは互いに往来して仲良くしているが、下士官兵はまったく異なった地方の出身者であり、職業も異なり、特に四中隊は工員が多く、殺伐な気分が漲っている中隊なので、果して東北の兵隊と上手くやっていけるかと心配である。

むしろ純真な東北の兵隊に、妙な雰囲気を伝染させることになりはしないかと不安であった。全然別に入ればよいが、やはり二個中隊が一緒に入り、将校も互いに往来しているのだから、いつかは下士官兵も互いに接触し合うことも多く、また実際協力してやらねばならぬ仕事も多いであろう。

西田小隊先発で移動は完了した。特務団が入っているうちに、相当学校も荒れ果ててしまった。今度は四中隊のみならず、大隊本部医務室まで一緒に入らねばならぬ。部屋の割り当てでだいぶ揉めた。一中隊と医務室は本館の方へ入り、四中隊は別棟の教室へ入った。二村隊長は元の大村曹長の部屋へ。うちのオヤジも元の部屋へ。野見山准尉は元倉庫であった部屋を改造して入り、我々は四中隊の大野・岡田少尉と軍医さんまで加えて六人という満員ぶりである。

移って二日目の朝、自分は西田と大喧嘩をやり、西田は野見山准尉の部屋へ移ってしまった。軍医さんは例によって女のように大人しい人だからまったく気の毒である。部屋割りの決定はだいぶてこずった。自分の小隊は元指揮班が入っていた裁縫室に入って、入口に北村小隊の標札を掲げた。

もう分隊編成も事実上、なくなったようなものなので、秋川兵長を部屋長格にして好きなもの同士で雑魚寝させたのである。指揮班は自分の部屋の隣に入っている。中隊事務室は四中隊と合同で、二村隊長の部屋の隣にある細長い一室に入った。本部に通じる電話を取りつけた。

炊事も四中隊と合同でやるが、適当な炊事班長がないので、中隊の加賀谷曹長が班長となり、四中隊からも炊事要員を出してやることになった。加賀谷曹長もだいぶ格が上がり、ゴリラのような顔にもなお更威厳が備わってきた。

何もかも新体制である。今までのように中隊だけ水入らずで、というわけには行かない。従ってオヤジと会食したこともない。西田小隊、下士官室、炊事勤務者寝室および当番室は講堂を適宜仕切って入った。おそらく寒くて堪らぬだろうと心配したが、それほどでもなかった。

これを仕切るために西兵舎へ行って、予備兵舎をつぶして丸太を持ち帰った。

いよいよ我々の復員も近くなり、兵器を持つ必要もなくなってきたので、自衛のため必要なる最小限の兵器以外は兵器班に返し、残りも小隊に対し一個分隊相当とし、他は兵器庫に入れて封印してしまった。他部隊や他中隊で兵器事故があったので、俄かに兵器の員数検査がやかましくなり、頻々と検査がおこなわれた。

今や小学校の建物の中には兵が充満し、外から支那人が忍び込むということはなくなったが、今度は支那人の物売りが、うるさく校内へ出入りするようになり、事故の原因となりやすいので本部からの厳命もあって、外柵を完全に作り直すことになった。また仕事が一つできたわけで、自分は兵と一緒に働くのが愉快で堪らなかった。また例の炭坑へ枕木を取りにも出かけた。

衛兵所にする適当な場所が見つからなくて困ったが、前には事務室にしていた正面玄関を開いて、ここに衛兵所を作った。これで外来者も本当に真正面から入ることができるようになった。

原則として日曜の外出は禁止されてしまった。公用外出をする以外、ほかに方法がないわけである。村岡も工場を測候所へ移した。彼は常時、公用腕章一つを支給されて毎朝出勤していた。自分が退屈していたら本部の倉庫係の同年兵から、宣撫（せんぶ）用に使っていたクレヨンを貰ってきてくれたりした。まったく村岡は中津山と共に自分の性格を最もよく知り尽していたし、面白くない時に自分を朗らかにさせてくれる人間であった。

60　弱兵輸送

現在、山西省にいる日本軍は殆ど大都市周辺と鉄道沿線の警備を担当し、復員命令を待っているのだが、閻錫山はなるべく多くの日本軍人をそのまま山西省警備の軍隊に編入したがっている。すでに山西から乗船地の天津までの京漢（けいかん）線・京津線沿線の友軍は殆ど復員を終えている。

山奥の我々だけが取り残されて太行山脈の隘路（あいろ）に阻まれて復員できないのである。鉄道は全力を挙げて輸送に当たっているのだが、単線鉄道の悲しさ、それも十分ではない。

一方、山西軍から残留促進の宣伝はますます急である。兵団司令部としては、なるべく早く全部を無事に復員させたがっているのだが、まだ運びきれない居留民の輸送などで持て余しているらしい。

初めは奥地の部隊から順次復員させるはずであったが、この調子ではいつ輸送を完了できるか見通しがつかない。

現在、まだ残っている部隊の中にも病人もいれば体の弱いものもいる。司令官としては一人でも早く内地へ帰すことが急務なのだ。その結果、始められたのが弱兵輸送である。病院の重症患者は殆ど輸送を終わっているから、以前から弱兵と見なされている連中や、また戦傷を負っているものも弱兵として早く帰すことになった。何れにしてもこの調子でいけば案外、我々の復員も遠いことではないような気がする。

本部からも次々と弱兵輸送の命令が伝達される。我が中隊からの皮切りは、大友曹長以下八名である。静岡の補充兵のうち弱い連中や、補充二年兵の伊藤末蔵や大西竹蔵も帰ることになった。この連中に支給する新品被服の受領などで栗原兵長などはだいぶ忙しかった。

寒い日であった。弱兵輸送の連中を陽泉駅まで見送る。大友曹長はあまり体が強くなかったが、年寄りでもあり、好人物だったので皆にも親しまれていた。自分に高橋 進という兵を初めて紹介してくれたのも彼であった。

静岡の補充兵は皆早く帰りたいらしい。無理もないことだが最近では彼らの体もだいぶ良くなったし、中隊の人員も少なくなってきたので、彼らがまったくいなくなると困る。

堀水佐平は洋服屋だから、伊東隊長の将校服の生地でマントを作っていたのだが、先に帰ることになったので、同業者の津田藤平に申し送った。以後も弱兵輸送は数回繰り返され、中隊の人員は歯が抜けるように欠けていった。剽軽者の近藤健二や、原店では炊事をやっていた高橋重治や、補充兵の柘植梅吉も帰ってしまった。

慌ただしい落ち着かぬ日が続いた。加えて他部隊や他中隊に事故が絶えず、軍紀の緊粛が厳命され、朝岡部隊長や江連大尉の各中隊巡視が頻々とおこなわれる。中隊の被服検査もやらねばならぬ。更に兵に対し、新品長靴や革脚絆が多数、支給された。

一方、先発者を送るための会食を盛大にやらねばならぬ。最初、ここへ来たときには、さすがに両中隊とも少し遠慮して酒も飲まなかったのだが、戦友を送るとなると、そんなことも言っていられず、中隊の財産をさらけ出して大会食をやった。中隊としての会食が終われば小隊の会食があり、下士官室の会食もあるといった調子で、ようやく両中隊の本性を表わし始めたのであった。

元来、我々は軍人なのだから分遣転属は普通のことで、今まで同じ釜の飯を食ってきた戦友や部下が、遠く離ればなれになってしまうことはそれほど珍しくもなく、もちろん会食をして行を壮にしてやるのは言うまでもない。しかし、現在、我々が置かれている状態では、同じ別れるにしても簡単に喜びも悲しみもできないのである。

我々軍人の本分は、命を捨ててご奉公することである。たとえ萬死に一生の僥倖も望み得ない決死的任務に赴く時といえども、大義に生きる喜びに祝い酒を酌み交わすこともできたのだ。しかし敗戦の今日、深く敵地に囚われの身で、いま部下と別れの宴をはるとき、果してこれが祝いの酒なのか壮行会なのか。

内地へ帰らせることは嬉しい。しかし帰る途中の状況を思う時、むざむざと死地に赴かせるような底知れぬ不安な気もするのであった。何れ我々も後から帰るとはいうものの、それはいつのことかわからず、また必ず無事に帰れるという確実な保障があるわけでもなく、まったく心細い話なのだ。

元々、我々は弱兵輸送というような非常手段を予想してはいなかった。復員の時は中隊全員、中隊長指揮のもとに大陸を離れるであろうと想像もし、確信していたのである。それが今や炭坑作業員として工藤兵長を送り出し、護路総隊へ大村層長以下七名を失い、今また弱兵輸送で小刻みに中隊編成を破壊されつつあるのだ。

この現実に直面して、中隊長の心中や如何。

61　中隊長

三回目の弱兵輸送が発表される前に、その編成の中に伊東隊長が加わるであろうという噂が出た。自分も俄かにギクリとした。そういえばオヤジは第一回目に自分の小隊を下白泉勤務に連れて行く途中、地雷爆創で左目をやられているのだ。

実は弱兵輸送というのは名目上のことで、優秀兵の現地出身者でも、以前、戦傷を負っているものなら先に帰らせることになっているし、また一人でも早く先発させることは表向き喜ぶべきことなのだが、しかし中隊長がいなくなったら中隊はどうなるのか。

この話が単なる噂であってくれるようにと祈っていた甲斐もなく、事はかなり現実的な様相を呈してきたのであった。しかし伊東隊長としても五年以上、育成してきた中隊を残して帰るのだから、その心中ただならぬものがあることが十分、推察し得る。

事務室で野見山准尉から大隊本部の空気を聞いてみたが、どうやら確実らしいということだ。困ったことになった。

ある晩、隊長と会食したとき、オヤジから直接このことを告げられ、今さらながら途方に暮れる感じだった。中隊も隊長に先に行かれてしまったら、舵を失った船同然である。建制第一中隊の名声も、大隊一を誇った団結も、すぐに無に帰するのではないか。

高木中尉は九期の新任中尉だ。隊長が行ってしまったら、無論、高木中尉が中隊長になるだろう。隊長が入院中は高木中尉が中隊長代理をやっていたのだし、古い野見山准尉や下士官もいるが、やはり自分は心配である。高木中尉も西田少尉も中隊に来てからまだ五ヵ月くらいしか経っていないのだ。しかも高木中尉はその間、第三中隊長代理もやっているから、それほど中隊に対して深い愛着を感じていないのではないか。

まして自分と西田は誰かが間にいなければ、すぐに火花を散らすのだ。オヤジがいればこそすべてが上手くいっていたのではないか。それに復員も近くなった最近、兵の軍紀もようやく紊れ勝ちになってきた。また今まで先任中隊の羽振りを利かせてきたために受けてきた他中隊の羨望が表面化して、一中隊圧迫になりはしないか。心配は募るばかり。酒も進まず面白くもない。

しかし当の伊東隊長の心中も察しなければならない。もちろん隊長だって中隊を捨てて帰りたくないことはわかりきっている。決して自分で希望されたわけでもない。目も不自由である。また若いけれども七年間の辺境生活中、内地へ帰られたこともなく、これが勝ち戦なら当然、一度は帰郷もできている頃なのだ。

終戦後の今となっては便りを得る術もないが、東京は爆撃を喰らってすっかり灰燼（かいじん）に帰したという。東京市街の中心にある隊長の家庭のことを考えると、あるいは伊東隊長も居ても立ってもいられなくなるに違いない。しかし我々は武人なのだ。また名誉ある大日本帝国陸軍軍人なのだ。我が家を捨てて戦場に来ているのだ。

まして我々はまだ部下を預かっている。この中隊を無事、復員船に乗せるまでは、いや無事に日本に上陸するのを見届けるまでは、指揮官としての責任を果たすことはできないのである。ここに軍人なるが故に、また指揮官なるがゆえに味わう並々ならぬ苦痛がある。また我々部下としても言うに言われぬ辛さがある。

オヤジにはいてもらいたい。文句なしにいてもらいたい。また指揮官としては踏み留まるのが当然だ。だが、終戦後の今となっては、また負傷された隊長の健康が優れないことや隊長の家庭のことを考える時、我々は人情として、強いて留まってくださいとは言えないのである。

これはおそらく部隊長の心尽しの措置であろう。人間としての隊長の家族の人たちにとっては正に喜ぶべきことに違いない。しかし隊長の家庭の人たちにとって息子であり兄である人は、自分たちにとってはかけがえのないオヤジではないか。

我々は元来、大陸に骨を埋める覚悟で来たのである。何年間も軍隊の飯を食ってきたのだ。中隊という一家族があらゆる艱難辛苦を忍んでここまで来たのだ。そのオヤジを奪い去るとは。正に青天の霹靂とでも言おうか。我々は為す術を知らない。

考えてみれば今回のことに関しては誰に対しても怒りをぶっつけるということはできないし、またそんな理由もないのである。否、むしろ我々の大切なオヤジの体を心配して先に帰してくれる部隊長には心から感謝しなければならない。

さすがに下士官兵も元気がなくなりだした。無理もないことだ。殊に古い下士官兵は伊東隊長に四年も五年も世話になってきたのだから落胆するのも当然だ。自分にしたところがちょうどこれで中隊配属以来、丸一年になる。一年といえば短い月日だ。だが思い返せば正に波乱万丈の一年であった。

いつまでも感傷に耽っていることはできぬ。我々は軍人ではないか。大いにがんばって、ますます中隊の名誉ある伝統を重んじ、オヤジが安心して出発できるようにしなければならないのである。

折悪しく忙しい日が続いた。週番にはつけられる、被服検査はある、兵器検査はあるといった調子だ。伊東隊長の出発はそれほど早急でもないらしいので、殆ど毎日酒を買って会食することになった。オヤジも酒を飲むと目が痛むなどと言ってはいられない。

隊長が心中、どれほど悩み続けられたかということは、酒を飲んだ時によくわかった。酔えば「お前たちはなぜ俺が中隊に留まれるように取り計らってくれないんだ。俺を捨ててしまうつもりではないだろう」とシンミリ言い出すので、我々はなお更胸を刺される思いであった。

留まってくださいと言いたいが、ここはたとえ口が裂けても言ってはならないのである。できるだけお互い興奮しないように、ただいつも賑やかに河南時代の思い出話をしたりしたものだが、オヤジはともすれば憂鬱になりがちであった。野見山准尉も大いに心配してあの肥った体で目をへこませていた。

いつも隊長の憂鬱の究極は酒宴となり、酒乱となるのがオチであった。隊長の朗らかな顔を見る日は少なく、酒で持ちこたえているといった状態である。

ついに我々も態度を決する日が来た。とうとう高木中尉に中隊長着任の命令が出たのだ。中隊長徽章は高木中尉に引き継がれた。部隊と一緒に隊長当番の丸田上等兵、伴上等兵、浅利上等兵、補充兵の梶山銀三郎、津田藤平も帰ることになった。出発は三月一四日と決定した。

伊東隊長はしばしば大隊本部へ事務処理の連絡に行ったり、荷物の整理をしたりした。中津山もその手伝いに活躍した。

62　鬼武山

相次ぐ弱兵輸送や各種検査、果ては中隊長先発などで中隊は大混乱し、兵の気持ちも荒んできた。小学校の近くにある野戦倉庫の衛兵に司令部直轄中隊から電話がかかってきた。

中隊長出発も近いある日のこと、鬼武山陣地の斉藤伍長から電話がかかってきた。

「もしもし、隊長殿ですか、ご苦労様です。斉藤伍長です。鬼武山分遣隊異常ありません。隊長殿、一度山へ来てくださいよ。これで二週間ばかり待っていますよ。この前の日曜日も皆で待っていたのに、なぜ来られないのですか」

「すまん、すまん。この前は兵器検査があったんだよ。俺はいま週番なんだ。この次に週番が明けたらきっと行く」

「そうですか。きっと来てください、待っています」

その次の日曜日、自分は週番士官を下番した。鬼武山から平山兵長らが糧秣受領に来た。

「隊長殿、今日これから山へ来ませんか」と言う。その日は三月一三日、翌一四日には中隊長が復員列車で陽泉を出発される。今日はなるべくうちに居たいのだが、すごく良い天気だし、この前から何度も斉藤伍長に招かれているし、第一、ここ数週間の雑然とした中隊の空気も面白くなく、やっと週番も下番したので、ひとつ息抜きに山遊びでもしようかなと思った。

「よし、それならお前たちが帰る時、一緒に山へついて行こう」

昼食を済ませると準備した。

「中津山ーっ」

「ハアーイ」

「オイ、午後から山へ行くからお前も来い。そしてこれで一本買ってきてくれ」

午後、自分たちは出発した。もう三月も中旬である。しばらく外に出ないうちに麦の芽が青々と伸びている。

空はカラリと晴れた日本晴れ。ポカポカと春の陽射しが暖かい。今日は久し振りで解放されたような日曜日だ。自分の兵隊が守っている山の陣地へ遊びに行くのだ。今日は久し振りで何も任務があるわけでもない。

半日を愉快に暮らせばよいのだ。平山や角掛忠次郎、馬場竹蔵ら若い連中と話しながら賑やかな街を歩くのは楽しい。中津山は自分の図嚢をぶら提げてついてくる。いつも苦労ばかりかけているから、時に遊びにも連れて行ってやらねばならぬ。図嚢の中には白酒の四合壜を一本忍ばせている。街の露店で南京豆を買う。粗末ながらこれで土産ができた。

河を渡り、鉄廠の横から山道にかかる。あまりポカポカと暖かいので汗が流れる。方々の稜線上に山西軍のトーチカがポツポツと建っている。陽泉の街が眼下に開けてきた。都会の騒音が重苦しく伝わってきて青空へ吸い込まれて行く。山道は曲がりくねって上へ上へと登る。鬼武山陣地が見え出した。望楼に歩哨が神妙に立っている。陣地にも今日は布団や洗濯物が干してあって春風にあおられている。

鉄条網を越えて入ったら、斉藤伍長、高橋敬治兵長、齋藤長助上等兵が笑顔で迎えてくれた。国民学校では四中隊と一緒に宿泊している。指揮班や西田小隊もいる。衛兵にも勤務せねばならぬし、軍紀も振粛（しんしゅく）せねばならぬ。どうしても毎日、水入らずで一家団欒というわけにはいかない。

ここはさながら桃源郷である。街も塵芥も知らぬ。本部の偉い連中もあまり来ない。うるさい支那人の物売りも来ない。点呼も消灯もない。兵器弾薬は十分だ。食糧も燃料も中隊にいるものより多く支給されている。

兵室に入ると皆、丸々と肥り、心配事もないものだから間延びした仙人のような顔をしている。そして皆、大いに朗らかである。仲の悪いものは一人もなく元気溌剌（はつらつ）としている。斉藤伍長の統御よろしきを得て団結も高く、万事上手くいっているらしい。陽当たりのよい室内の整頓も立派なものだ。

しかし、こんなにも心から自分を歓迎してくれるとは思わなかった。

「伊藤、風呂はよいかーっ」

「ハーイ」

「隊長殿、今日は特に風呂を沸かしました。すぐ入ってください」

鬼武山は水が不便だ。二〇〇〇メートルばかり離れた山麓の集落から雇いの小孩が運ぶのである。しかしそれでも十分ではない。水は極度に節約しなければならないので、ここでは風呂も五日目に一度の割で沸かしている。しかも風呂を沸かす時は兵隊が出て行って石油罐を天秤で担いで坂道を登って運ぶ。まったく貴重な水であり風呂なのだ。

汗を流して山を登った後に、すぐに風呂とは何よりのご馳走である。斉藤伍長の着眼の良さには感心した。また有り難かった。

兵室の隣に小さな風呂場があり、ドラム罐風呂が一本置いてある。勧められるままにさっそく褌一本になり、下駄をつっかける。ドラム缶の中を覗くと三分の一ほど湯が入っている。細い板が一枚浮かんでいるが、これの上に足を乗せて入るという仕組みなのだ。

足を乗せる。ピリピリッ。ワッ、これはまた熱い。少し気合を入れ過ぎたか沸き過ぎている。とても入れそうにもない。しかし水は貴重である。何とか入れるくらいにするためには、たっぷり一日分くらいの水が必要であろう。兵が汗を流して運び上げた水を、そんなにムザムザと使ってしまうわけにはいかない。外で湯を被ろうかとも思ったが、そんなことをすればすぐに湯がなくなってしまう。

よし、やっぱり入ろう。少し熱いのは我慢しよう。呼吸を止め、歯を喰いしばって片足を入れる。ウーム、熱い。針で刺されるようだ。もう一方の足を入れる。たちまち片足は我慢できなくなって上げてしまう。膝から下が茹で蛸のように真っ赤になってしまった。堪りかねて外に飛び出す。思い直してまた入る。

ザブザブと肩に湯をかけるとヒリヒリと痛む。しかし自分は嬉しかった。山のものは皆、朗らかにやっている。元気に働いている。団結も立派だ。小隊のことにもよく気をつけていてくれる。これで自分も満足だ。今日は確かに来た甲斐があった。

風呂から上がって山の風に吹かれる。何とも良い気持ちだ。遠くまで山並みが連なり、遠くの山は青紫色に輝いている。静かだ。まったく静かだ。空に鳴る風の音のみ。鵲が一羽、ヒラヒラと飛んで行く。

その静寂を破って中からけたたましい声が聞こえてきた。

「ヒャーッ、オイ、お前たち駄目じゃないか。風呂の加減を見たか。とても入れんぞ。隊長殿も入られなかったかも知れん。来てみろ、来てみろ。少し水を入れてくれよ」

斉藤伍長が大騒ぎして入っているのだ。やがて彼はテラテラの顔で上がってきた。

「隊長殿、どうもすまんことをしました。熱かったでしょう。風呂に入らなかったのでしょう」

「いや、俺は入ったよ。少し熱くても我慢したんだ。これを見ろ」

茹蛸（ゆでだこ）になった脚を見せてやった。

「斉藤、それよりも今日は一本持ってきたから、早く兵隊を風呂に入れて集めてくれ。皆で一杯やろう」

「はあ、多分そんなことだろうと思って、もう準備させています」

なるほど、炊事場の方で初年兵が大騒ぎしながら鶏の毛をむしったり何だかグツグツ煮たりしている。彼らはまったく幸福そうで鼻唄まじりでやっている。中隊に残っている兵にも、もう一度こんな生活をさせてやりたいものだ。

「今のところ、皆、何も言うことはありませんが、読むものがなくて困っています」と斉藤伍長がシンミリと言う。

毎日、暇な時は歌を唄ったり、復員用のリュックサックを作ったり、布のバンドを作ったりして退屈を紛らわせているらしい。夜は無論、厳重な警戒をしなければならない。今は下白泉陣地を撤収したので、ここが日本軍の最前線陣地である。まったくご苦労だ。

間もなく皆、風呂から上がってきた。会食の準備をしている。陽当たりは良いが狭い兵室の狭い寝台の上に、毛布を敷き詰めて小さい机を置き、その上に山のご馳走が所狭きまでに盛りだくさん並べられる。

高橋兵長が炊事の大将らしいが、なかなか大変なご馳走だ。食器なども官給品以外の土地のものを使って上品なものである。それに南京豆と白酒の四合壜が出揃う。一〇名ばかりの壮漢が狭い寝台の上に文字通り膝つき合わせて座る。

「まあ一杯」と皆の顔を見廻して「ご苦労さん」と言う。「ご苦労さん」というこの言葉こそは簡単ではあるが軍人にだけわかる、言うに言われぬ意味深長な言葉なのだ。久し振りで会った時も別れる時も、また日常、何の気なしに使う時も、このひと言によってあらゆる苦労も困苦欠乏も何もかも忘れて互いに無事を祝い、労をねぎらい、また将来の健闘を誓う言葉なのである。

皆、大いに楽しそうであった。ご馳走をつつきながら盃を重ねた。

「隊長殿、まあ一杯」と皆から盃を差される。中隊の会食で皆の盃を受けていてはとても助からないので適当に御免被るのだが、今日は一滴も残さずに飲み干しては返す。

中隊に残っているものも皆、朗らかに働いている。

皆、満足している。決して他の中隊や西田小隊や指揮班に負けてはいない。ただ鬼武山が気がかりであった。しかしこれも、今ここへ来てみて心配も霧散解消してしまった。いよいよ俺の小隊も立派になったものだ。小隊長以下、正に一心同体。山の上に離れていてもこの通りだ。小隊長としてこんな有り難いことはない。

ご馳走は次々と追加される。皆、顔が桜色になってきた。それでも屋上には歩哨が銃を握って勤務している。日が暮れた。石油ランプが輝き出す。そろそろ星が瞬き、風も冷たくなってきた。帰らねばならぬ。

準備しかけると「隊長殿、今夜はもう遅いし、こんなに今日まで待っていたのですから、一晩泊まっていってください」と言い出した。

「いや、今夜は泊まれない。伊東中隊長殿が明日の朝、出発されるのだから今夜が最後の晩だ。やっぱり俺もいなければ悪いよ。明朝はお前たちも駅まで見送りに来い。やっぱり俺は帰る。多少、酔っ払っていても大丈夫だ。あれを見ろ、中津山という豪傑がついているじゃないか。もし俺が途中でつぶれても奴が担いで帰ってくれる」

まえに屈んで靴を履くのも苦しいくらい腹一杯ご馳走になり、いよいよ帰ることにした。斉藤伍長はそれでも心配して中津山のほかに粟野上等兵に銃を持たせて護衛につけてくれた。粟野は今夜、中隊に泊まり、明日来る連絡者と一緒に帰るのである。

「それじゃ、皆、体をこわすなよ。もう復員も近い。今夜はこれで帰る。有り難う」

「隊長殿、また崖から落ちては駄目ですよ」

「おやすみなさい。また来てください」皆は陣地外まで見送ってくれた。

空は満点の星である。陽泉街の電燈はキラキラと輝く。蕩然たる気持ち。夜風に吹かれて良い気持ちだ。しかし今日の一日はまったく嬉しかった。彼らも満足した。俺も満足した。風呂はまったく有り難かった。

「隊長殿、こっちですよ」と中津山に腕を引っ張られる。ウーイ、良い気持ちだ。いつの間にか中隊の前に来ていた。

63 オヤジと別れる

鬼武山から酔っ払って帰ってきたら、高木中尉も西田少尉もオヤジの部屋へ行っていたので、自分もさっそく行った。いよいよ明日は一年間仕えてきたオヤジともお別れなのだ。今さらもうジタバタしても仕方がない。

伊東隊長もここ数日の会食での疲れも治り、少し落ち着かれたらしい。その晩は野見山准尉、加賀谷曹長や神馬軍曹も狭い隊長室の畳の上にくつろいで午前二時頃まで語り明かした。また、皆と少し酒を飲んだ。

何といっても最後の晩である。今さらながらオヤジがいなくなるのはまったく心細いと思う。遅くまで話して、いよいよ皆、各自の部屋へ引き揚げた。自分もあとから出て行こうとしたら隊長が呼び止めた。

「北村、今夜は最後の晩だ。一緒に寝ないか、話をしよう」

自分は正直なところハッとして驚いた。隊長は今までこんなことを言う人ではなかった。むしろ我々には厳しく、およそ人間的な弱味は絶対と言ってよいほど部下には見せぬ人であったのだ。その厳しい伊東隊長でさえも、さすがに最後の晩は淋しかったの違いない。自分は何だか切ない気持ちで中津山を呼んで布団を運んで来させた。

布団に潜り込んだが、しかし今さら何を話すことがあろうか。昨年三月末、初めて中隊に配属されてから殆ど丸一ヵ年、一生懸命やったつもりだが、どうも失敗ばかり多くてオヤジには少なからず迷惑をかけたものである。よく叱られもした。嬉しいこともあったし、苦しいこともあった。一年間といえば、たった三六〇日あまり。短いようだが生まれてこのかた、これほど波瀾に満ちた年月を送ったことはない。

考えてみれば自分は、あの河南の陜縣橋頭堡にさえも、たった五ヵ月足らずしかいなかったのだ。そして終戦。苦しい、しかし一生忘れ得ぬ行軍。それにそうだ。こんど伊東隊長が先に帰るのも、初めて下白泉陣地へ自分の小隊を連れて行った時にかかった地雷爆創のためではないか。

万感交到(ばんかんこもごもいた)って何も話が出てこなかった。ただ、今日見てきた鬼武山のことや、風呂の一件を話したら、フンフンと笑って聞いておられた。窓から射し込む青白い月光に照らされ、何だか目が冴えて眠れなかったが、隊長はもう鼾をかいている。自分もいつの間にか夢を見ながら眠ってしまった。

翌朝、フと目を覚ますと伊東隊長はもう起き出して服を着ている。まだ六時にもならぬらしく、夜明け前の冷気が身に沁みる。薄暗い。隊長は今度の弱兵輸送で、中隊のものを直接指揮するほかに、その一連の復員列車の列車長も兼ねて行かれるのである。中隊の復員者はすでに昨夜から陽泉駅構内の列車内に泊まり、隊長と当番の丸田上等兵だけが中隊へ泊まりに来たのだった。

隊長は丸田を起こして、もう出発準備にかかるらしい。陽泉出発は正午頃なので、それほど急ぐ必要はなさそうだが、列車長だから仕方がない。自分も一人で寝ているわけにもいかず、起き出してしまった。まだ良いから寝ていろと言われても、何だか寒くて堪らぬ。隊長は一度、駅へ行って、もう一度中隊へ最後の訓示を与えに来るという。まだ起床時限前なのに丸田と駅へ行ってしまった。

やがて起床のサイレンが鳴る。別に週番士官でもないので、窓の中から天突き運動をする兵の群を見ていた。ふと机の上を見ると、伊東隊長の手札型の写真が二枚のっている。おそらく河南当時か、南京へ中隊長教育を受けに行った時のものだろう。

復員途中、天津での所持品検査では軍装の写真はすべて没収されることになっているので置いて行かれたものだろう。誰にやるつもりで置いていかれたのか知らないが、自分はとにかく一枚もらうことにして、手帳の中に挟んで大切にしまいこんだ。

朝食の頃、隊長が帰ってこられたのでしばらく話し、早い昼食を済ませると、全員を前の広場に集合させた。

いよいよ隊長は長年住み慣れた中隊を残して出発しなければならないのである。横にいる高木中尉の軍衣には銀色の中隊長徽章が輝いている。今日からこの人が隊長であり、伊東隊ではなく高木隊になってしまったのだ。

隊長が出てこられたので敬礼。高木中尉が「伊東中尉殿に敬礼……」と言ったのは、当然のことには違いないが、癪に障った。せめて最後の一度くらい「隊長殿に敬礼」と言えなかったのか。

最後の訓示に伊東隊長が何を言われたか、どうも自分は記憶していない。また、隊長の声も極めて低くてよく聞き取れなかった。いつもより顔色が青白いのが気がかりである。下士官や古年次兵には殊に淋しがるものがあるに違いない。チラッと横目で見た下士官兵の横顔はいかにも、残るものの淋しさが漲っていた。

隊長訓示が終わったので全員、陽泉駅まで見送る。もう列車には機関車がついていた。貨車の割当てが少ないため、すごく窮屈そうである。しかし、今回の復員列車は有蓋車なので、よほど寒さは防げるであろう。兵団司令部の高橋中佐、朝岡部隊長、江連大尉、副官も来ていた。鬼武山からも斉藤伍長以下、お土産を持って見送りに来た。護路総隊に行った連中も大村曹長以下、皆来た。

プラットホームで乗車の時間が来るまで話す。いつものことながら、復員列車を送る時の周囲の光景は嬉しさのある反面、言うに言われぬ淋しさがつきまとうものである。列車は太原方面から引き揚げてきた地方人もたくさん乗せている。妙な兵隊がたくさんいると思ったら、病院の看護婦が皆、兵隊の服を着ているのだった。女とわかったら何をされるかわからないので男装しているのだそうである。まったく復員輸送中の沿線各地には友軍はすでにいないし、何しろこちらは武装していないのだから、八路や時に中央軍から暴行されようと抵抗しようがないのだ。

やがて乗車の時間が来た。俄かに辺りがざわめき出す。伊東隊長は我々三人と握手して、兵の敬礼を受けながら乗車された。

「北村、西田と仲良くしてしっかりやってくれ」

これが隊長が自分に残された最後の言葉なのだが、どうも申しわけないことながら、西田少尉とは最後まで仲良くなれなかった。

隊長は貨車の戸口に立たれた。

「ポーッ」

汽笛一声、列車は徐々に動き出した。皆、口々に何か別れの言葉を交わしていたが、辺りは不気味なほど静かであった。レールの上を動いていく車輪の音だけがガタン、ガタンと重苦しく響く。

我々の無言の敬礼を受けながら、隊長はついに去られた。言い知れぬ淋しさがドッと襲いかかる。

「第一中隊集まれーっ」

ボンヤリしている下士官兵の横顔に向かって、自分はやけくその大声で叫んだ。

中隊内は何だか火の消えたような雰囲気になってしまった。やっぱりいて欲しかったと思ってももう遅い。

高木中尉はさっそく隊長の部屋へ移った。自分はもう一度、ゆっくりと昨年三月以来の一年間を振り返ってみた。石門の士官学校を出てから転々と移動した挙句、とうとう落ち着いたのが伊東隊であった。何の経験もなく自信もない一介の見習士官から、多少人並みな口も聞けるようになった今に至るまで、自分が伊東隊長から受けた影響は意外に大きかった。

結局、この一年間は他に誰も自分に行動の準拠を与えてくれる人はいない。自分の行動、ものの考え方はすべて伊東隊長の下におこなわれてきたのだ。もし、伊東隊精神とでも言うべきものがあるならば、自分は今こそ身をもってそれを日々の行動に具現している一人に違いない。

中隊長は変わった。しかし昔から伊東隊長によって培われてきた中隊の気風というものは、この中隊が解散しない限りなくならないであろう。一時は中隊長先発のあと、大隊内に中隊長の適任者がいないので、旧伊東隊を解散して他中隊に分属させようとの意見もあったらしい。もし、そんなことをされたとしたら、ずいぶん惨めなことになったであろう。この案がついに実現しなかったことは何よりの幸いであった。ついに中隊番号が変更もされず、やはり今でも第一中隊である。

少し中隊の人員も減少したので、衛兵や不寝番の勤務がだいぶひどくなりだした。三日ばかり経つと、もうそろそろ皆、元気を取り戻してきた。兵も相変わらずだ。会食グセがついたので、毎晩どこかで酒を飲んでいる。

陽泉駐留中、いや、大陸生活二年半のうち、この数ヵ月間ほどよく酒を飲んだことはなかった。また四中隊と一緒に宿泊しているということが、この際どうも困ったことになってきた。元来が無邪気な農村出身者が多いうちの中隊は、酒を飲んでも陽気に唄うばかりで少しも罪がないのだが、工場の工員が多い四中隊の会食といえば酔ったまぎれに校舎のガラスは叩き割る、同中隊の兵同士で喧嘩する。果ては一中隊の兵室にまで暴れ込むなどのデタラメぶりで、これには大いに憤慨した。更に悪いことには、この風習が我が中隊にも伝染してきたのである。

64 酒というもの

軍隊で覚えたものは酒と煙草である。特に伊東隊は昔から大隊きっての酒飲み中隊だったので、中学校時代には「俺は一生、酒なんか飲まんよ」と嘯（うそぶ）いていた自分も、否応なしに教育されてしまった。これもやはり伊東隊長の教育に負うところが大きい。隊長は酒を飲むのも人に負けぬが、暴れるのも大隊中の最右翼であった。

自分が飲もうと思って本当に酒を飲み出したのは、北合流駐留時代であったが、下士官兵と会食する時の楽しさで味をしめてから、黄村でもよく飲んだ。行軍途中でも体の調子が悪くなるのも承知の上でよく飲んだものだ。

殊に運城での失敗は、今から考えてみるとまったく危険千万のものであった。そして今ではすっかり一人前の酒飲みになってしまったのだ。伊東隊長と別れてしまったので会食もつまらない。酒のことでも思い出そう。

この頃は四中隊でもうちの中隊でも、百方手段を尽して酒を買い、料理を作って殆ど毎日やっている。ここで自分の酒談義をやるのも一興であろう。

俗に「チャン酒（チュウ）」と言っている酒、「白酒（バイジュウ）」は、おそらく強い蒸留酒である。この辺のは主として粟から造るが、中支・南支では米から造るし、満州では高粱で造る「白乾児（パイカル）」。その他に棗や柿で造った「黄酒（ホワンジュ）」というのがある。これは黄色くて甘いので旨い旨いとつい飲み過ぎて失敗する。

とにかく怖ろしいほどアルコール分があるので、軍医さんは消毒用のアルコールがなくなると白酒を使う。中支方面では白酒でトラックを走らせているということだ。真偽のほどは知らぬが、もってその強烈さ加減を表現するに足ると思う。

自分が軍隊に入った頃は大陸戦線では、日本酒はもうすでに珍しいものになっていた。自分は酒に関する限りチャン酒で育ったのである。日本酒と異なり一見、水のように透明だが、ちょっと飲んでみると新しいものは舌の先がピリピリとして、そのままではとても飲み下すことはできぬ。相当年月を経た古いものは、トロリとした甘味があり、それほど舌を刺激しない。

これだけ酒の味がわかりだしたのは黄村にいた頃であった。これから考えると、日本酒や葡萄酒やビールはまるで水のようなものだ。腹ばかりガブガブしてすぐに戻しそうになる。しかし、それらにはまた白酒とは違った捨てがたい味があるのだろう。自分たちのように大陸でも田舎まわりばかりしていたものには、このような上品な酒を飲む機会はあまりなかった。

支那人は酒を飲んでも絶対、見苦しい行動をしない。酔っ払って道にぶっ倒れることなどないと言われている。それはある程度事実だ。しかしそれは、うっかり酔い潰れていると、金、着物その他、何でも剥ぎとられるおそれが多分にあるという、この国の国内事情の然らしむところであって、酒が嫌いなのでは決してない。

どこの国でもそうだろうと思うが、自分たちの今まで見てきた支那の各地で、どんな山中の小集落で、他のどんなものがなくても、酒だけはどこへ行っても手に入るということはまことに感心である。彼らはあんな生活をしているけれども、結構、酒は大好きなのだ。現に李萬珍みたいな酒浸りの大酒飲みもいたのだから。

元来、我が中隊は東北地方出身者が大部分を占める。寒い地方の人間だからよく酒を飲む。話に聞けば彼らの農村生活では、いかなる行事といえども酒がなくては恰好がつかないものらしい。これは何も東北地方に限ったことではなく、農山漁村地帯の一般的傾向であろう。彼ら東北人、特に秋田縣人は濁酒の本場であるという妙な誇りを持っている。

分遣隊にいても、中隊にいても、何かあればすぐ会食だ、やれ酒だと騒ぐ。昔の自分ならば、おそらく眉をひそめたかも知れないが、自分も今では立派な酒飲み中隊の小隊長だ。「隊長殿、今日もやりますから来てください」と誘われれば、一つ返事で兵隊の中へ飛び込んで行くくらいの度胸を持っている。

伊東中隊長を送り出してからも中隊会食、小隊会食と大掛かりなのを何回もやった。時に高木中尉以下、我々と四中隊の二村隊長以下、三人も招待して幹部だけでやったり下士官室へ招かれたり、このところ酒の絶えたことがない。しかしどうも三人や六人でやるのはあまり面白くない。ご馳走は良いものができるが、もう伊東隊長もいないし、話の内容も前とすっかり変わってしまって面白くなく、自分は手持ち無沙汰に煙草を喫んだり肴をつついたり、旨くもない酒を飲んだりして結局、悪酔いすることが多くなってきた。

今では野見山准尉や下士官、古年次兵と飲む以外、河南当時の思い出話ができる相手がいなくなってしまったのだ。この頃から酒を飲むとムッツリ考え込んだりで、ものを言わなくなるという悪い癖がついてしまった。しかし下士官兵と飲む時には別だった。

伊東隊長が行かれたあとからも、よく中隊会食をやった。自分の小隊の部屋は元の裁縫室であり広くもあるし、床の間や違い棚もついていて、日本座敷のようだから、よく会食に使った。

加賀谷曹長が大いに奔走してご馳走をドッサリ作り、酒も一升壜に詰まってズラリと並べられ、準備が出来上がる。兵が畳の上に居並ぶと高木中尉を呼びに行く。そして型どおりの会食が始まる。

高木隊長が気を利かして席を外したりすると、あとはもうハメを外して馬鹿騒ぎする。これからが面白くなり、本当に会食らしくなり、自分も憂鬱を忘れて兵と騒ぐのであった。

次から次へと盃が回ってくる。盃を差す奴がある。こちらは一人だ。兵隊一人ひとりが一杯ずつ注ぎに来れば、少なくとも四〇杯は受けねばならぬ勘定である。それが小さな猪口ならともかく、そんなものはないので湯呑を使っているのだから助からない。たちまち膝の前になみなみと酒を湛えた湯呑がズラリと整列する。

ぐるりと自分を取り囲んだ連中が何とかして飲めという。大いに困る。北村兵長、鈴木茂次郎兵長、加藤亀松兵長は、いつもじっと横から監視していて、一滴も残さず飲み干すまで無理やり飲ませるのだからやり切れない。

しかし、それほど酒癖の悪い奴はいなかった。むしろ幹部の方に酒乱家が揃っている。元の伊東隊長が筆頭である。しかし刀を振り回したり、拳銃をぶっ放したりした隊長の姿も、もう会食の席上には見えない。

西田少尉もしつこい男である。今の高木隊長もあまり酒くせの良い方ではない。下士官では神馬軍曹がよく暴れる。兵では自分の小隊の高橋敬治兵長が特異なる暴れ方をする。高橋がこんなに暴れ出したのは、ごく最近になってからである。常は口数の少ない優秀兵であるが、大人しいだけに酔うとその反動としてすごく暴れまわる。

彼はものも言わずに、ただ愉快で堪らないというような顔つきで、一人で跳ね回るのであった。非常に男性的な暴れ方で、彼の同年兵でさえも彼がこんなに暴れる男であることを初めて知って驚いていた。

ある時には炊事場の横にある加賀谷曹長の部屋へ闖入し、燃え盛る暖炉に悠々と小便をひっかけたので、さすがの加賀谷曹長も度胆を抜かれたということである。そのくせ酔いが醒めればケロリとして何も覚えていないのだから罪がない。酒乱家も困るが、それでもやはり会食して蕩然と酔って騒ぐのは楽しかった。

会食も半ばになると、一応終わったことにして、それから二次会である。小隊ごとに分かれたり、小隊から指揮班へ行ったものが元の小隊へ帰ってきたりしている。自分たちも定位置を移動して、ここぞと思うグループに飛び込むと、歓声と共に盃の雨が降る。

もうそろそろ自分でも何をしているのかわからなくなってくる。しかし、俺はまだ酔っていないぞ、股をつねってみると痛いんだ、などと考えている時には、もう完全に酔っ払っているのだ。差される盃を片っ端から受けていても、もう水を飲むほどにも感じない。皆の顔がバラ色になってチラチラ動いている。

あっ、秋川兵長が障子の桟に紙を貼って作った三味線を持ち出して何だか唸っている。斉藤亀一が耳まで裂いたような口を開いて、タント節を唄っている。齋藤長助はチビリチビリと一人で旨そうに飲んでいる。村岡伍長が張子の虎のように首を振って唄い出した。

いつの間にか日が暮れて辺りは暗くなり、電灯が点いた。後ろを振り向くと皆川一等兵が真っ赤になってひっくり返っている。

「隊長殿、飲まなきゃ駄目だ。そら、盃を持って」と無理やり注ぎ込まれる酒。

「一滴もこぼしちゃいけませんよ。加藤が注いだ酒だ、一滴もこぼさずに飲んでください」と、亀松がトロリとした目で監視している。

「俺はもう駄目だ。亀松、半分助けろ」

「駄目だ、駄目だ。隊長殿が半分飲まなきゃ俺も飲まない。そら、これで元気を出して」

彼は前の皿から肉をつまみ出して俺の口の中へ押し込む。それで元気が出たかどうかは知らないが、湯呑の縁まで注ぎ込まれたのをゴクゴクと飲み干してしまう。喉から胃にかけて、熱湯のようなチクチクした白酒が火龍のように駆け下って行く。

井村美家（よしいえ）が金魚のような口をパクパクしながらやり出した。

「清水港の名物は～、お茶の香りと男伊達～」

皆の声がこれに和して沸きかえるような大声になる。

「見たーかー聞いたーかー、このー啖呵、粋な小政の、粋な小政のー、旅すーがーたー」

猛烈に眠くなってきた。アンペラ敷きの床がだんだん横にひっくり返って、アッと気付いたら美人の膝ならぬ齋藤長助の毛脛を枕に、大の字になって寝ていたのだった。辺りがまだ騒がしい。まだ飲んでいるのか。

「隊長殿、隊長殿、もう飲まんですか」

「ウーン、おれはもう寝るぞ」

何だか体がフワリと宙に浮いたような気がしたと思ったら、自分は長助の肩に担がれて廊下を歩いていた。部屋に来て敷いてある布団の上にひっくり返ったら、長助はご苦労千万にも自分の体から服を剥ぎとり、布団の中へ押し込んでくれた。とにかく小隊で酒を飲んで酔い潰れた時は、誰かが担いで部屋へ運び、布団の中へ押し込んでくれるのが常であった。

ふと目が覚める。何時頃だろう。隣を見ると軍医さんも、大野、岡田少尉もグッスリ眠り込んでいる。枕元を見ると水が置いてある。一杯注いでゴクゴクと飲み干す。良い気持ちだ。すごく腹が減っている。廊下に足音がして中津山が顔を出す。

「隊長殿、食事をしませんか」

「ウン」

まことに当番というものは感心である。もう不寝番以外、誰もが眠り込んでしまったのに、一人だけ起きていて自分に気をつけてくれていたのだ。それにしても遠く離れた当番室にいて、自分が目を覚まして腹を減らしていることをちゃーんと知っている中津山という兵隊は、まったく不思議な存在である。当番もこれだけ長く勤め上げると、以心伝心というやつで、自分の考えていることがピーンと頭に感じるのかも知れない。

起き出してちょっと小隊を覗いてみる。赤々と暖炉が燃えるなかで、鼾声(けんせい)雷の如く、あるいはスヤスヤと他愛なく眠っている。外は寒くても室内は暖かい。毛布を蹴り飛ばして大の字になっている奴、伏せの姿勢をしているもの、隣りのものの体の上に脚を乗せている奴など千種万態である。

東北人は昔から一糸まとわぬ素っ裸で寝るという妙な習慣がある。前線にいる時には警戒上、面白くないのでこんな真似は絶対させなかったが、ここへ来てからは非常がかかることもないのを幸い、これをやり出したのが多い。確かに寝心地が良いかも知れない。もしここへ若い女性を連れてきたら、古代ギリシャ彫刻の美術館のような凄まじい光景に胆を潰して気絶するに違いない。こちらも吹き出したくなるのを噛み殺して寝相の悪い奴を定位置に引き戻してからソッと部屋へ帰ってきた。

65 小隊

小隊は自分の家である。自分が別の部屋にいるのは便宜上、別れているにすぎない。中津山とてもやはり小隊に属する兵なのである。

伊東隊長を送ってからは、急に仕事も少なくなったし、高木隊長も特に新方針を決定することもなく、伊東隊長の方針はそのまま維持するつもりらしいので、我々としても大いにやりやすい。週番士官と部隊巡察将校の役目がまわってくるくらいで、あとは毎日、小隊に入り浸りであり、また下士官室へよく遊びに行った。

小隊からも、少し弱兵輸送のため人員を割かれ、元気でやかましい浅利上等兵らがいなくなったので淋しい。その代わりこの前、西兵舎にいた時、野見山准尉の当番、斉藤亀一がよく忠実に勤め上げ、鉄道連隊から中隊復帰した補充兵の佐々木朝之助と交代し、亀一は自分の小隊に配属された。

浅利の交代として村岡分隊へ入れた。二年兵ですごい津軽訛りだが、ピチピチと張り切った男だ。河南の偏口陣地で重迫弾を浴びて軽傷を受けたこともある。面白い奴だ。野見山准尉には感謝せねばならぬ。

自分の小隊は鬼武山へ一個分隊を出しているから人員も少ない。裁縫室では広すぎて寒く、天幕で半分仕切っている。もうあまり使役を取ってやる仕事もないので、衛兵、不寝番、野戦倉庫衛兵以外、忙しい仕事もない。陽当りのよい兵室では将棋や五目並べをやるものも多い。

復員用のリュックサックを作るために、相当大きな木綿布が支給された。皆、暇に飽かしてリュックを作っている。背嚢と背負い袋をつぶして利用してもよいことになった。その尾錠（びじょう）や革具を応用してすばらしく立派なものを作るものもある。

しかしそれほど皆、早く帰りたいという顔をするものもいないし、ただ、毎日を愉快に暮らしているに過ぎぬ。ブラリと小隊へ行くと、部屋長格の秋川兵長を中心にズラリと暖炉のまわりに座って思い出話に花を咲かせている。その間へ割り込んで話す。加藤亀松や齋藤長助、斉藤市太郎、斉藤亀一、秋川兵長ら、愉快な連中だ。

佐々木六郎がオタフク風邪でふくれている。通信班に勤務していた中隊のものが復帰し、伊藤尚一は西田小隊へ、田崎千太郎は自分の小隊へ来た。弱兵輸送でだいぶ減った静岡組のなかで、小隊では荻野一雄と牧野忠がまだ健在で、荻野は事務室で働いている。

松橋幸一はやはり家のことが心配らしい。可哀想に思うが体が悪いわけでもなく、立派な現役の初年兵だから弱兵輸送というわけにも行かない。村岡伍長はしばしば小隊へ来て兵と話していた。中隊内の分隊長としては今のところ彼が一番有能であろう。自分のいる部屋に、以前、小学校で使っていたらしい立派な極東地図があったので、小隊の壁にぶら提げておいたら、皆、毎日それを見ては盛んに論議していた。

秋川兵長は古い襖の桟を骨にして、その上に紙を貼り、三味線を作って得意になっている。この頃は兵長もあまり街へ出られないので退屈している。よく中津山に南京豆を買いに行かせて小隊で食った。時に運動と称して皆を連れて裏の小山へ駈け上がり、そこで数時間も遊んだりした。めっきり春らしくなり、麦畑が青々としてきた。

復員は近い。確実なことはわからぬが、誰もいつかは帰れるということを疑うものはなくなった。今でも『祖国の動き』という謄写版刷りの新聞が来る。中隊には一枚来るだけである。我々が回覧した頃、台紙をつけて事務室にぶら提げておくが、兵はあまり事務室へは出入りしたがらない。しかし、それを見たがっていることも明らかである。特に鬼武山にいるものは生活も安定し、よく任務を遂行しているが、それほど毎日連絡者が来ることもできないので、どうしても世界情勢や大隊内部の状況にも疎くなってしまう。

　これはしばしば連絡者が来るたびに訴えるので、ついに暇に飽かして一枚の『祖国の動き』を丹念に半紙に写し取り、毎日、山から下りてくる連絡者に渡し、同時にもう一枚を小隊にやることにした。余白には自分から兵に対する希望や感謝を書いたりした。

　これは皆、だいぶ喜んでくれたが、この『祖国の動き』という新聞の記事が、あまりにも悲観的なものが多くて、時によると逆効果を現すらしい。五、六回続けたが、ある日、秋川兵長がやってきて、「隊長殿、『祖国の動き』はまことに有り難いのですが、やはり兵の中にはあの記事を見て気を落とすものもあるし、自暴自棄になりかねないものもいますから、やめてください」と言う。

　なるほど、そうかも知れない。苦労人の秋川らしい意見である。果たしてあの記事が信用し得るものかどうか、また、彼らの故郷にも適用されるようなことなのかどうかもわからないし、いたずらに兵の心に暗い不安な影を作るようでは面白くない。

　これはやめることにした。以後は小隊へ出向いて馬鹿話に時を過ごすことにし、せいぜい愉快な生活をさせるようにした。兵には今のところ悲惨な内地の状況など、報せないほうがよいのである。また、東北地方の農村ではあの記事にあるような殺伐な事件も起こっていないかも知れない。彼らには楽しい夢を見させておくに限るのだ。いつかは国に帰って、黒土に鍬を振るう日のことを。

　ある日にはまた、山西軍から将校が入隊勧誘の演説に来た。指揮班に集合させ、自分たちも話を聞いたが、陽当りのよい所にいたので、ついにコクリコクリと居眠りをやり、これはいかんと午後は出席しなかった。

　学校の運動場を隔てて街道がある。その裏に少し畑があり、その後ろはすぐ山になっている。その山の上に小さなトーチカ陣地があって、三中隊から一個分隊が出ている。学校のすぐ東側にも小高い丘があり、その上に山西軍のトーチカがある。

　今は兵隊を置いていないらしい。よく兵を連れてこの山の上へ行って日向ぼっこした。だいたい国民学校のある所は高台になっていて、この丘はなお更高いので、陽泉の市街が一望のもとに見渡されて実によい景色であった。

　青々と芽を吹いた麦畑、楊柳も浅黄色の芽を出した。遠くに陽泉神社の丘と、大隊本部のある測候所の建物が見える。学校前の広場から少し狭い通りを出ると、正太鉄路の踏み切りがあり、右へ行けば陽泉駅や赤十字病院へ行けるし、少し賑やかな通りもあり、露店もある。飯店や旅館もある。

また近くに山西軍の兵舎があり、この丘の上から彼らが営庭で密集教練をやっているのが見られる。一度は国民学校の校庭で閲兵式をやったので、自分たちは丘の上から見物した。街を歩いていると山西軍の兵士一人一人はひとつも感心するところはないが、密集すれば、やはり彼らも一応軍隊であり、それ相応の軍紀も持っている。戦闘はともかく密集教練や分列行進は実に上手かった。

閲兵式のある朝は、附近の各兵舎から一個中隊くらいずつ軍歌を唄いながら、続々運動場に乗り込んでくる。足がよく合ってなかなか美しいねずみ色の冬服に、浅黄色の脚絆を着けたのが支那靴の音も軽く、サッサと歩いてくる。右へ準（なら）えの整頓などもピシピシと気持ちが良い。

自分たちももう一度銃を持って軍歌行進をしてみたいものだ。今はもう武器も殆どない。丸腰なのだ。何となく淋しい気がする。我々も街を歩くのに刀を吊ることは許されなくなった。初めのうちはどうも丸腰で歩くのが大いに危険なように思ったし、第一、腰に重味がなくなって落ち着かなかった。

岡田少尉は、どうせ山西軍に取られるのだからと言って、刀を抜いて暖炉の薪を割ったりする。困った男だ。自分もまだ刀は持っている。石門で見習士官になった時に買ったもので、ついに高橋と飯島の腕を切った以外、敵の血に染めるということもなかったが、行軍でだいぶ傷み、錆も出ている。

毎日手入れしているから切れ味は変わらない。拳銃は隊長が先発される時、自分に残して行かれたので、最後まで持っているつもりだが、いよいよここを出発する時には、護路総隊に残る高橋春治伍長に譲るつもりである。ついに山西軍の刻印も押さなかったので、これは接収武器のリストにも載っていない。

66　中津山を送る

大隊命令で河南時代から今までの戦死者、戦病死者の遺骨護送者が復員することになった。終戦以来、相継ぐ移動で河南からここまで来たが、河南での陝縣橋頭堡粛清作戦以来の戦死者、病死者の遺骨は一度も内地へ送還する機会はなかったのだ。

今回、兵団で一括して遺骨護送隊を編成し、先に復員させることになったのである。もちろん、大隊の遺骨の中には河南で戦死した最愛の部下、高橋進、自決した飯島博美、また下白泉で戦死した小坂上等兵の遺骨も含まれている。

各中隊から三名ずつ「身体比較的強健にして家庭の状況困難なるもの」を出すことになった。事務室へ行った時、野見山准尉の机の上を見ると、すでに三名の予定者の名前が書かれている。ふと、その書類を見ると筆頭に中津山重美。アッ、中津山だ。自分はびっくり仰天して立ち竦んだ。そこへまた運悪く、野見山准尉が入ってきた。

「野見山准尉、中津山を帰すのかっ」と、思わず自分の声が高く、震えを帯びた。

彼は一瞬、ハッとしたようだが、姿勢を正し、自分の目を直視しながら言い出した。

「実はもう、申し上げようかと思っていたところですが、ご存知のように中津山は家族が多く、しかも両親とも体が弱く、家は相当困っている様子です。殊に今度の遺骨護送者はたくさんの遺骨を持たねばなりません。惜しいでしょうが中津山も行かせてやってください」

自分はまたやけくそになってしまった。今、自分から中津山を奪い去ったらどうなるのだ。そんなことは考えられない。当分の間、面白くなく、野見山准尉とは口も利かぬという状態になった。

中津山はまだこの件に関しては何も知らないらしい。いつもの通り起床すれば洗面水の準備もしてくれるし、食事も持ってくる。洗濯も服の修理もしてくれる。自分は面白くない日々を過ごしたが、もう一度改めて中津山という人間を観察し直してみた。

文字通り一〇年一日のごとく昨年四月、原店で自分の臨時当番になってから今に至るまで、一〇ヵ月もの間、倦まず弛まず働き続けてきた彼の姿を思い出してみた。行軍で山のような装具を背負って意地を張った彼。炎熱の行軍に喘ぎながら歩く自分に、生ぬるい水が入った水筒を差し出した彼の姿。腹立ちまぎれに水筒を捨ててしまった自分は、よく彼の水を飲んでしまったものである。

酒に酔い潰れると彼はよく自分を担いで部屋へ帰った。今まで一〇ヵ月間、風呂へ入れば背を流してくれた。おかげでだいぶ背の皮が厚くなった。西兵舎へ来て直後、病気になって入院しても、門前一等兵と交代させられるのをおそれて強引に退室してしまった。そして、いつまでも自分の当番にしておいて欲しいと涙を流していた。まったく可愛い奴。

大隊一の当番。本当に彼は名実ともに大隊一の当番なのだ。彼の積んできた苦労の数々に対して、自分は一体何をしてやっただろう。まったく何もしていない。彼は誰に言われるのでもなく、やらされるのでもなく、彼自身で工夫してはその任務を果たしてきたのだ。自分はただそれを当然のように考えて受け入れていたにすぎない。

彼は普通の兵隊ではない。すでに自分の体の一部のようになっているのだ。二人寄って一人前なのだ。自分の足らざるところはすべて彼が補っているといえるだろう。自分の日常生活はもはや中津山なくしては、殆どできないところまで来ているのであった。

何度考えみても彼を先に帰らせることはとても想像できない。他の誰と別れても、中津山だけは最後まで連れて行くつもりであった。また彼もそのつもりでいた。

しかし考えてみると遺骨護送は野見山准尉も言ったように重大任務である。また確かに体力も要る。野見山准尉が要員として予定していたものは中津山の他に、静岡の補充兵、角田武雄と川島安太郎であった。さて、中隊にいる兵隊をざっと見渡して適任者を物色しても、なるほどこのように地味で、しかも遺骨というようなものを取り扱うに適した人間はいないようだ。

また、中津山の家庭事情についても実のところ直接、彼からあまり聞いていなかったのも、小隊長としては甚だ迂闊だったと思う。あんまり近しい間柄であり過ぎたため、互いに何もかも知り尽していると思い込んでいたのだが、意外にこの点が抜けていた。

やっぱりさすがは野見山准尉。人事係の選には狂いがない。まして今度帰る遺骨の中には高橋　進や飯島も入っているのだから、他部隊のものや、気心の知れない連中に運ばせるのは大いに心細い。やっぱり最愛の部下の遺骨は最愛の部下に送らせるべきなのだ。

自分もとうとう諦めた。ただ、中津山が何と言うかが問題だが、これは野見山准尉から話してもらうことにした。とても自分から直接、彼に申し渡すことはできそうもない。

野見山准尉から事情を話されても、中津山は別に驚きはしなかった。特に喜ぶでもなく悲しむでもなく、いつもの通り伏し目がちで働いている。とうとう大隊命令が出てしまった。もう今更とやかく言うことはない。命令会報綴には丹念に印を捺してやった（中隊附将校として、遺骨護送者として中津山以下、三名を出すことを確認したのだ）。さて、先に帰すとすれば盛大に送ってやりたい。今度の復員者は各小隊、指揮班から一名ずつということになっている。中津山は小隊から一人だけ帰るのだ。

さっそく小隊会食をやることにする。村岡がだいぶ奔走してご馳走や酒を集めてくれた。度重なる会食で小隊の財産も底をついてきたので、いよいよ自分も私物の服生地や靴下を処分して資金をかき集めた。

中津山は今まで酒を飲まなかった。彼は今年になってやっと二〇歳になり、未成年者ではなくなったのである。彼が酔うのを初めて見たが、さすが東北人だけあって、先天的にアルコールに対する抵抗力が強いのか、あまり酔わないようだ。また彼の偉大な体格では身体の隅々まで酒が回り切らないのかも知れない。

しかし、さすがに会食の終わる頃にはだいぶ回って、白い体に朱を帯びたようになっていた。自分も大いに酔っ払った。中津山は当番室の連中にも盛大な歓送会をやってもらったらしい。本当に今、当番室から中津山がいなくなったら自分ばかりか他の将校だって困るのだ。

他の当番連中が中津山を惜しむのも無理はない。殊に今の高木隊長の当番、田口一等兵は中津山を弟のように可愛がっていたから、がっかりしている。

当番室の横は下士官室だ。彼は下士官室にも呼ばれて大いに人気を上げていた。

部屋に帰って、じっと兵舎内のざわめきを聞いていると、当番室の会食の騒ぎの中で中津山を呼ぶのだが、今日はその当人が酔っ払っているのだから困ったものだ。彼はご丁寧にもフラフラしながら隊長室を初め各室をあるいて挨拶回りをやっていた。

さて、中津山出発の日も近づいた。一〇ヵ月も世話になったのだから何とか感謝の気持ちを表したいと思うのだが、今になって十分なお礼もできない。自分は相変わらずの貧乏少尉である。街から買ってきた洗面具、私物の略刀帯、カッターシャツその他、彼の被服の支給品の中で不足しているものは自分のを持たせてやった。兵団の遺骨護送は間もなく陽泉駅近くの兵站宿舎へ集結することになっている。

問題は彼の後任者である。自分は中津山の世話になってから、現役の初年兵以外の当番は使いたくないと思った。今では西田少尉も熊谷正視を使っている。前田良平は西田と夜、歩いている時、ひどい近視のため、陽泉大橋近くで河の堤を踏み外し、転げ落ちて入院し、そのまま復員になってしまったのだ。

加賀谷曹長も和村正夫を使っている。彼には惜しいような当番である。野見山准尉に、どうしてくれるかと聞いたら、「補充兵の牧野 忠はどうですか」と言う。嫌だ、嫌だ。いかに自分が教育した兵隊とはいえ、静岡の補充兵なんか真っ平である。うっかり野見山准尉に相談して変な奴を押しつけられることになると困るので、後任者の選抜も秋川兵長に頼むことにした。

彼は言ってみれば小隊の大久保彦左衛門で、自分の気心も知っているし、中津山を最初、自分に附けてくれた功労者でもある。

「よいのを探してみましょう」と彼は引き受けてくれた。

だいたい、当番兵の選抜というものは地方人の結婚よりも重大問題である。よく働いてくれて、正直で、真面目で、決してオヤジの体面を汚さないような兵隊をいうのだから、まことに難しいのである。地味な存在ではあるが、その将校が本来の任務を確実に果たせるか否かが左右される。いざとなれば互いに刺し違えて自決する場合だってあるだろうし、一方が戦死すれば骨も拾い合う仲である。階級こそ違え、命を託する間柄だ。一心同体でなければならない。

今までずっと色んな当番を見てきたが、本当にこれならと感心できるような当番はあまり見当らなかった。中津山なんかはむしろ異例である。そして一〇ヵ月も同じオヤジの下で働く当番など珍しいと言わねばならぬ（軍隊内務令で示されているが、各種当番は三ヵ月以上勤務させてはいけないことになっている。しかし、撤退行軍など異常事態が続いたため、また終戦ということで、少なくともうちの中隊では見逃しになってしまっていた。中津山が病気で入院後、野見山准尉は一度、交代させる意向であったが、自分が強引に断ってしまったのだ。伊東中隊長以下、軍の規律を曲げても自分と中津山を離したら、二人とも駄目になってしまうと判断してくれたのかも知れない）。

大概の場合、オヤジから、こいつは駄目だと三行半を叩きつけるのがオチである。自分も急に不自由するのだから、早く新しい当番が欲しいとは思うが、そんなに俄かに中隊命令が出るはずもないし、また、急ぎ過ぎて失敗するかも知れないので、万事、秋川兵長に一任することにした。

兵站へ集合する前の日、中津山は自分が管理を任せていた行李一個の私物と、洗濯物一切を戦友の皆川 登に申し送った。後任が決まるまで皆川に自分の世話を頼んだのである。皆川は大人しい兵で、よく働いてくれたが、村岡分隊には現役の初年兵は皆川一人なので、自分の当番にしてしまうことはできない。

中津山以下、三人は申告を終えると兵站宿舎へ集合した。近いところではあるし、まだ出発まで少し日があるから、時々は帰ってこいと言っておいた。中津山が兵站に移ってからは同じ部屋に寝起きしている大野、岡田少尉の当番にも世話になった。高木隊長以下、皆、自分に同情してくれた。洗濯物などは小隊へ持って行けば誰でもやってくれる。

差し当って別に不自由はないのだが、何だか物足りないのだ。部屋にいても仕方がないので、殆ど小隊に入り浸りだ。

「秋川、まだ決まらないか」

「隊長殿、もうしばらく辛抱してください。だいたいは馬場竹蔵に決めていますが、馬場は鬼武山にいますから、今度の交代まで下りてきません。もう一週間の辛抱です。洗濯物でも何でも小隊に言いつけてください」と言ってくれる。

馬場竹蔵か。ウン、あの兵隊ならよくやってくれるかも知れん。確かにこの一週間は長かった。中津山は時々、中隊へ来た。

ある日、野戦倉庫衛兵の勤務状態を巡察に行った時、衛兵所で外出証の査証を受けている兵があったので、その書類を覗いてみると、二七大隊、渡辺(隅)隊と書いてある。その兵の顔を見ると、確かに見たような顔である。

「オイ、貴様、俺の顔を覚えているか」

「ハイ、北村少尉殿ですね」

「そうだ、隊長殿はお元気か」

「ハイ。今度、帰られることになりました」

「何だって、どうして」

「今度、兵団の遺骨護送隊長になって帰られます」

「ホウ、そうか。それなら是非、一度お訪ねするとお伝えしてくれ。貴様の顔は確かに見た顔だが、どうしても名前は思い出せない」

「自分は隊長殿の当番であります。三浦と申します」

そうだった。思い出した。

それにしても渡辺隊長が遺骨護送隊長とは勿怪(もっけ)の幸い。直ちにその足で兵站に行く。将校室に渡辺隊長、元銃砲隊にいた近藤准尉、二中隊にいた山屋准尉がいた。

挨拶もそこそこに今までのことなどを話し、中津山以下のことをよろしくと願ってきた。近藤准尉が編成表を調べてくれたが、中津山は指揮班に属し、近藤准尉が指揮班長だったので、よく世話をしてくれるように頼み、ちょっとだけ中津山に会って帰ってきた。多くは補充兵らしい今度の復員者のなかで、中津山は見るからに若々しく体格も立派で、他の連中に対しても大いに羽振りを利かせているらしい。

いつまでも自分が河南にいた頃、二等兵時代の子どものような中津山のことが頭にこびりついているので、他の静岡出身者の髭面の中にいる彼の堂々たる古兵振りを見た時には、ちょっと度胆を抜かれた。彼はもう自分の当番ではない。一人前の立派な古兵殿である。あとから学校へ来た彼に聞いてみると、近藤准尉も大いに彼を抜擢して、目をかけてくれているようだった。

巡察将校になって市内を巡察し、大隊本部へ報告に行くと部隊長当番や副官当番の北村兵長が、「少尉殿、中津山が帰るので淋しいでしょう」と慰めてくれる。まったくその通りであった。

大野少尉や岡田少尉が当番を連れて外出する。何も自分に見せびらかすこともないだろうと僻んでしまう。部屋にいても面白くないので、また小隊へ行って秋川に窮状を訴えると、「隊長殿、そりゃ無理ですよ。たったもうあと二日の辛抱ですよ」とやられる。そうだ、もうあと二日だ。

ついに待ち遠しい一週間が過ぎて、鬼武山の斉藤分隊は西田小隊の石山分隊と交代して山を下りてきた。秋川兵長の意見具申は成功して、野見山准尉は馬場竹蔵を自分の当番に決めた。馬場は真っ四角に緊張して申告に来た。自分はまったく嬉しかった。

彼は二二歳だが体は小さくガッチリしている。家は農家で馬車牽きもやったことがある。秋川は、「馬場はやることが確実で間違いがありません」と言って自分に附けてくれたのだ。まったくその通りだと思う。中津山はよく意地を張って自分をてこずらせたが、馬場はそれほどでもない。荒っぽく見えて実際はその行動は慎重・細心・確実な人間であった。

再び当番室に向かって大声で呼ぶことができる人間を得たのだ。

「ババーッ」

「ハーッ」

彼はバネのように跳ね返りながら走ってくる。すごく威勢がよい。「ナカツヤマーッ」と言うのは長くて息が切れるが、今度はありったけの声を絞り出しても息は切れぬ。

また、その返事が気に入った。正に打てば響くというやつである。毎日、あんまり威勢よく大声で呼ぶものだから、そのたびに向かい側の二村隊長が室内でワッハッハと笑っている。そして自分も次第に元気を取り戻していった。

遺骨護送の復員列車が出発する日、兵団各部隊は陽泉駅に集合して最後の慰霊祭と告別式があった。兵団長閣下も来られた。その朝、皆が荷物検査を受けているとき、馬場を連れて会いに行った。

自分たちが中隊を連れて式場に着いたら、もう式は始まっていて、無蓋車の天幕屋根の下に積み重ねてある遺骨の前に祭壇が作られ、香が煙っていた。焼香式が終わると、すぐに列車は発車してしまうのである。天幕の陰にいる復員者の中に中津山の姿を見つけようとしたが、よくわからなかった。

式が終わり、部隊が一斉に敬礼する中に列車は静かに発車した。河南以来の戦死者も、高橋 進も飯島も、これで日本に帰れるのだ。チラリと天幕の隙間から見えた顔が中津山かなと思ううち、列車は速力を増して走り去ってしまった。

先に中隊長を失い、今また一〇ヵ月仕えてくれた当番を失う。いよいよ何もかもが姿を変え始めたように感じる。馬場は実によく働いてくれる。自分の生活も再び安定した。小隊も斉藤分隊が帰ってきたので、また賑やかになり、お土産もだいぶ持って帰ってきてくれたので、皆、大満悦である。毎晩、山の土産話を聞く。

67 大芝居

兵団特設演藝団の慰問演藝も、回を重ねるに従い、すごく立派になってきた。月に二度くらいは日曜日に御楯寮で演藝会があった。大隊からは殆ど毎日、長沢兵長と加藤亀松が出演して、陽泉の人気者になってしまっていた。また二、三度、映画館で慰問映画や居留民団の演藝会があり、兵を引率して見物に行ったが、まったく河南当時や行軍中などには、こんなことができようとは思いもよらなかった。

日曜日など、街も何となく活況を呈し、居留民もそれとなく着飾って映画館に集まってくる。各大隊からも兵が引率されてくる。こんな時、兵隊は何だか別世界に来たような顔をしてはしゃいでいた。敗戦のみじめさを一時的にしろ忘れてしまえるからであろう。

粗末ながらコンクリート造りの映画館らしい建物の中で見る映画は、終戦後、近くにあった古いフィルムをかき集めたものだから、切れがちで画面も暗い。それでも兵隊は貪るように見とれている。「或る女」というのをやっていた。「右門捕物帖 血染の手形」もやった。

ところが、いよいよ御楯寮も閉鎖されることになり、最後を飾る大演藝会が兵団司令部主催でおこなわれることになり、各大隊の出演を求めてきた。一等から三等までは商品も出るという。

　数日経って小隊で話しているとき、中隊の連中もこっそり出演の準備をしていることを知った。噂に聞けば三中隊も何か出すらしいとのことである。一体何を出すのかと思ったら、今度は漫才どころではない、「人情悲劇　男の涙」という大掛かりな四幕ものをやるのだという。さあ、どんなことになるか。中隊には衛兵勤務もあるし不寝番もある。暇だと思ってもやはり雑用がある。果して練習する暇があるだろうか。

　他の大隊はどんなのを出すか知らないが、今まで見てきた他部隊の中には本職の役者もいて、かなり真に迫ったものもあった。農村出身者を主とする我が中隊の連中が果たしてどの程度、他と競争できるだろう。自分はあまり当てにしていなかった。

　聞けば自分が教育した補充兵の杉本清市は、元来、浅草のヤクザの親分みたいな男で、アメリカへも流れて行ったこともあり、東京では藝能社だか両国屋だったかというような相撲や拳闘の興行などをやっていたのだった。

　その杉本が物好きにも脚本を書き、有志を集めて芝居をやるというのである。自分が週番になると延燈させてくれと言ってくる。毎晩、二四時頃まで寒い空き室で練習しているらしい。

　村岡や石山伍長、秋川兵長の話では皆、非常に熱心で、また上手くもなったから、是非応援してやってくれと言う。ある晩、自分も防寒外套を着込んで練習を見に行った。確かに熱心である。また思ったより上手くもある。他の部隊と比べてはどうか知らないが、この熱心さは買ってやらなければならない。破れガラスの隙間から風がビューッと入ってくる中で、アンペラを床に敷いて猛練習は続く。

　筋書きはそれほど驚くほどにも当らない。要するに人情悲劇である。


（第一幕）東北地方のある町。小林呉服店のひと間。主人とその妻が金策に困って相談している。店は寂れ、息子の兼治は家出している。そこへ高利貸の民三という男が借金の催促に来る。金が返せぬなら娘の夏子を家に女中奉公させろと詰め寄る。そこへ夏子が帰ってくる。話を聞いて、家のためなら女中にも行きますと言って、民三に連れられて行ってしまうという愁嘆場(しゅうたんば)。

（第二幕）夜の浅草公園。やくざになった小林兼治が、花巻の達と称するヤクザの親分から喧嘩を挑まれて、池の畔に待っている。花巻の達は乾分二人を連れて現れ、さっそく科白よろしく喧嘩を始める。兼治は達の乾分二人を投げ飛ばし、達の短刀を奪ってしまう。達は捨てぜりふを残して逃げる。兼治が立ち去ろうとする時、樹蔭から私服刑事が現れ、兼治をつかまえ不審尋問する。住所氏名を聞くうち、同郷出身で学校の友だちの兼治であることを知って驚く。兼治は家の窮状を聞き、妹が売られたことを知って発心し、すぐに堅気になって帰ることにする。

（第三幕）再び小林家の一室。老夫婦は娘の身の上を心配し、主人はやくざになったという息子のことを怒っている。そこへ兼治が帰ってくる。母はすぐに飛び出して家の中へ入れようとするが、主人は家名を辱めた息子を許さず、再び追い出す。

（第四幕）高利貸し民三の家。民三は一人で酒を飲んでいる。女中の夏子を呼んで酌をさせ、我が物にしようとする。危ないところ、兼治は戸口からこの状況を覗き、憤然として妹の奪還に乗り込む。民三は言を左右にして受けず、乾分二人に追い出させようとする。乾分二人を一撃のもとにやっつけた兼治は、相手の短刀を奪って民三を殺してしまう。そこへ夏子が飛び出してきて兄妹が久し振りの対面をするが、民三の殺されているのを見て妹はびっくりする。心配して追ってきた父親が、このありさまを見て飛び込み、自分が頑固なため罪を犯させたことを後悔する。そこへ巡査が登場。事情を聞いて同情し、兼治に有利な証言をすると約して連行する。兼治は家を復興するために父への清浄な金を残し、父と妹に見送られながら巡査に連れられて行く。

さて、これのどこが人情悲劇なのか、自分にはわかるようでわからない気がするが、しかし皆がこれだけ熱心なら、ものになりそうだと思った。彼らは不寝番や衛兵勤務の疲れもよそに、夜遅くまでがんばった。やはり出るからには中隊の名誉を傷つけてはならぬ。自分もできるだけ応援してやろう。

さて、その配役だが、

小林呉服店主人……杉本清市
その妻……………田名部仁三郎
娘・夏子…………熊谷正視
小林兼治…………加藤亀松

高利貸・民三……工藤岩男
民三の乾分………皆川 登　柳沢清明
花巻の達…………鈴木茂次郎
巡査………………〃
達の乾分…………皆川 登　柳沢清明
私服刑事…………加藤 督

この配役は誰が考えたのか知らないが、正に適役であった。熊谷の娘が貧乏な家の娘にしては肥り過ぎているのが気がかりだが、他に適任者なし。田名部のお婆さん振りは見事なものだ。加藤の私服刑事は彼の本職であるだけに要領満点。

日は迫ってくる。本式に練習をやることになった。今では自分も乗り気になった。野見山准尉辺りが背後で大いに力を入れ、便宜を図り、助言もしてやっているらしい。同じ芝居でもこんなのになると都会地出身者よりも、むしろ農村出身者の方が熱心である。村祭なんかでよくやるのかも知れない。

下士官が手分けして居留民から衣裳やかつらを借り集めてくる。背広や着物、殊に美しい娘の着物などは兵隊を有頂天にさせてしまった。その晩から衣裳を着けての練習である。

柳沢のやくざの乾分は上手いものだ。どうしても一度は実際、ヤクザの仲間に入っていたのだと皆に折紙をつけられてしまったのだが、彼はまだ学校を出たばかりの真面目な青年である。熊谷の娘夏子は、少し太いのを我慢すれば陽泉辺りではとても見られぬ美しい日本娘になった。

この娘を我が物にしようとする高利貸民三が大いに気分を出して演ずるので、兄貴になる加藤亀松が本気になって怒り出す。皆川のヤクザの乾分は啖呵を切るのにズーズー弁が抜け切らない。しかし、予想外の技量に達し、これなら成功疑いなしとさえ思われた。

ただ、他の部隊のと比べたらどうだろうか。彼らは時々、御楯寮へ行って実際、舞台へ上がって予行演習をやった。他部隊も練習に来ているらしい。よその練習を見てきた兵が帰ってきて「隊長殿、大丈夫です。きっとうちが優勝しますよ」と言う。自分も成功を祈った。

ある日、部屋にいたら鈴木茂次郎兵長が入ってきた。

「隊長殿、一つお願いがあります」

「何だ」

「隊長殿は絵を描かれるそうですが、ひとつ芝居のポスターを描いてくれませんか。まだどこもポスターを準備しているところはなさそうですから描いてください」と言う。

自分は承知した。久し振りで絵を描いてみよう。小隊へ行って皆に準備してもらったが、材料がないのには困った。事務室から半紙と糊をだいぶもらった。また小隊にかけてある大地図の裏も利用することにしよう。絵の具が何もない。墨だけではいかにもつまらない。何かパッとした華々しいものを描かなければ宣伝の効果は上がらない。

そこで思いついたのだが、衛生兵が持っているマーキュロ（赤チン）とリバノール（黄）である。それに赤・青のインキ。赤と白と青のチョーク。これで立派に赤・黄・青の三原色がそろったわけだ。

まず大きな地図の裏に、広い青空を背景に、真っ白なビルディングが並ぶ東京の街に、一本の大きな街燈を配し、赤く塗った紙を切り抜いて作った「人情悲劇男の涙」の文字を貼りつけた。色の取り合わせも上々だ。助手は荻野一雄である。彼は地方で製本屋だったから、図案化した文字を書かせたりすると上手かった。

次は加藤亀松と加藤 督の手を握手させ、その手を写生し、墨とリバノールとマーキュロで彩色すると非常によい色が出る。これにも大きな赤い字を貼りつける。

次は夜の浅草公園。不忍池（しのばずのいけ）に映る街の電燈。真っ黒な空に黄色い紙を切った星を貼りつける。上出来である。

東京の街も知らず、不忍池も見たことがない自分が描いたポスターに騙される奴は一体、誰だろう。壁に掛けて乾燥させる。舞台の背景は兵団司令部で作ってくれるし、大道具も照明装置も完備している。

いよいよ当日。役者は朝早くから衣裳の風呂敷包みと飯盒を持って出発した。兵を五、六名、応援させた。自分たちが中隊を引率して行った頃はもうすでに大入り満員であった。居留民が弁当持ちで押しかけてくる。御楯寮の前には支那人の飴売りや饅頭屋が店をひろげるといった騒ぎだ。

中隊の出演は午後早くになるので、午前中はもっぱら他部隊のを見物した。さすが各大隊とも精鋭を選りすぐっているだけに大した腕前である。殊に二九大隊の「義太夫道楽」というのは傑作であった。特務団も大掛かりな剣劇物を出している。大部隊で一個出すのだから人数も多く、衣裳も立派である。

日本内地の芝居と違って、血気盛んな連中がやるのだから剣劇などは真に迫る。刀だって竹光じゃなくて本物の日本刀で切り結ぶのだから危険千万である。特務団のものはすでに内地に帰るのも諦めた連中だから、もやは悲壮な決心をしている。常でも憂鬱そうな、世をすねたような顔つきのものが多いのに、髪振り乱したかつらを着け、赤インキで血を流した様は、何か肌寒いものを思わせる。

こいつら本当に殺し合うのではないかとヒヤヒヤさせられる。三人を相手に一人が切り結ぶとき、ガッキと刀が触れ合うごとに火花が散るのだ。とても内地では見られぬ凄まじい芝居なのである。後から聞いたことだが、これに出た連中は皆、大なり小なり手や腕に負傷したという。さすがは軍隊の芝居である。

一度中隊へ帰って昼食を済ませ、再び行ってみたら、入口はどこも人が溢れてとても入れそうもない。準備室へ行ってみると皆、変装している最中だ。御楯寮の女中が熊谷や田名部の着付けをしてくれている。鈴木や皆川はすでに背広姿になっている。鈴木茂次郎は地方では工場の工員だが、茶色の背広を着込むと隆々たる紳士である。

熊谷の娘は、白粉や口紅をつけてもらい、赤い草履を履いたら、着付けをしてくれている御楯寮の女中より美人だ。工藤岩男が高利貸の着物を着、紫色の色眼鏡をかけてニタニタ笑いながらそれを見ている。まったく此奴、高利貸ぐらいやるかも知れない。

舞台から呼び出しがかかった。いよいよ出場だ。「困ったな、あとの監視に残るものが誰もいない」というので「よし、それなら俺がいてやるから、皆早く行け」と言って室内監視に残ることにした。明日、もう一度やるのだから見られるだろう。

ゴロリと畳の上に寝転んで煙草を喫む。会場の方から嵐のような拍手が聞こえてきた。やがて一時間くらい経って、再び会場を揺るがすような拍手と歓声が沸き起こる。バタバタと加藤亀松が汗ダクになって駆け込んできた。

「隊長殿、有り難うございます。お陰様で大成功です」

「そうか、それは良かった」

「居留民の女の人は皆、泣いていましたよ」

やがて熊谷の娘を先頭にゾロゾロと皆、帰ってきた。大成功である。その日はすぐに引き揚げる。まだ明日がある。自分も今度はゆっくり見たい。

翌日、再び早くから出場。今度は舞台近くの椅子に座り、絶対動かぬことにした。昼食も抜きである。午前中も過ぎ、いよいよ会場も熱してきた。午後は最初がうちの出演である。舞台のすぐ横の幕に例のポスターを貼ってくれた。良い所へ出してくれたものである。

二日目には他部隊にも俄かにポスターを出したとこ

ろがある。午後一時頃から兵団長閣下が来られることになり、それまで開始を延ばすことになった。会場係である兵団司令部獣医務室の曹長も我が中隊出演者の技量を認めたらしく、初めから閣下に見せるようにしたのだそうである。

開始までの間、観衆が退屈するから、その埋め合わせに長沢兵長が、例のあほだら経と物まねをやった。観衆の中から「アチャラ、上手いぞーっ」という声がかかる。彼の藝名、「至隆アチャラ」はそれほどまでに有名になってしまったのだ。

やがて閣下が来られて正面に座られる。いよいよベルが鳴って、マイクから解説する杉本の声も重々しく幕は静かに上がった。

第一景。小林家の一室。ちゃんと大道具で家の一部もあり、ガラリと格子戸を開ける門もある。照明も立派だ。杉本と田名部の声もよく通る。上手いぞ、上手いぞ。

第二景。夜の浅草公園。背景が少しまずいが、まあ気分が出る。亀松が口笛で「男の純情」を吹きながら舞台に立っている。やがて、鈴木茂次郎のヤクザが乾分二人を従えてきて活劇が始まる。すごく上出来。

第三景。再び小林家の一室。もはや居留民の女の人の中にはハンカチを目に当てている人もある。さすがは日本の女だ。なかなか上手いものである。これは優勝確実かなと思う。閣下も感心したような顔付きで見ている。

「兼治、お前は本当におめでたいぞ。ヤクザの体で何が親孝行だ。やっぱり俺の帰る所は喧嘩の世界だーっ」と亀松が花道を走って消える。割れるような拍手。

第四景。高利貸 民三の家。民三は一人で酒を飲んでいる。奴、どこから手に入れたのか、本当に白酒を飲み、天ぷらを食っているのだ。決してお茶で誤魔化しているのではない。やがて女中を呼んで酌をさせ、いよいよ熊谷の手を握って引き寄せようとする危機一髪の光景である。観覧席の兵隊が「チクショウ」と歯噛みしているのも、あんまり場面が真に迫っているからだ。

「そうして逃げるところがまた可愛いねえ」とニタニタ笑う高利貸 民三。工藤の奴、本当に良い気持ちになって酔っ払ったんじゃないかとさえ思う。

「あれはどこの部隊だ」と閣下が副官に聞いている。

いよいよ加藤亀松の兼治が現れて、民三の乾分と格闘する息詰まる一瞬。民三の殺され方は上手い。熊谷の女中が飛び出してきて加藤に抱きついて泣く所。上手いぞー。

杉本が出てくる。藝能社の社長だか何だか知らないが、確かにこの男の藝は老巧である。巡査の鈴木茂次郎が現れて、いよいよ劇も大詰め。まことに割れ返るような拍手と歓声の中に幕。

よくやった。あれだけの大観衆の前で、これだけの熱演がやれたとは、さすがは第一中隊だ。ホッとして控え室へ行く。皆、互いにご苦労さんと言い合って衣裳を片付けている。そこで皆、ひと休みした。夕方近くなったので、そろそろ帰る準備をする。鈴木茂次郎が会場係から優勝確実との話を聞いてきた。しかし他の部隊の出演も多いことだし、採点の結果がどうなるかまだわからぬ。

鈴木だけが結果の発表を聞くために残り、皆は中隊へ帰った。あとから野見山准尉以下、兵隊が帰って来た。鈴木が小隊へ駈け込んできて、「隊長殿、二等賞です。こんなに賞品をもらいました」と出したのを見ると、白酒二升と手拭などたくさんだ。万歳である。一等賞は例の特務団にとられたそうだが、会場係の話では、あれはもう兵団の指揮下を離れた特殊部隊の飛び入りだから遠慮して一等をやったが、実力から言えば二六大隊が一番だと言ったそうである。

閣下も大変感心されたということである。

さっそく準備して小隊で出演者慰労会、優勝祝賀会だ。今もらった白酒で大いに騒ぐ。何と言っても熊谷の娘が一番の人気者だった。工藤の高利貸は憎らしい。その晩は「娘」が大いに酔っ払って跳ね回っていた。本当に今度の大芝居を伊東隊長に見せたかった。

再び暢気な生活が始まった。困ったことに中津山が帰ってから、やはり同じく家庭事情が良くない小隊の松橋幸一がまったく元気をなくしてしまったのだ。自分も彼の家が困っているらしいことは知っているが、今のところどうしてやることもできない。近ごろはさっぱり元気がなくなり、他のものともあまり会話すらしないという。

ついにはひどい熱を出したりして、ひと晩中、頭を冷やすこともあった。辺りはいよいよ春らしい。ポカポカと暖かい。鬼武山の警備は山西軍に申し送ることになり、石山分隊は帰ってきた。村岡のトタン工場もいよいよ全力をあげて大量生産をやっている。工場へ行ってみると出来上がったバケツや洗面器が堆(うずたか)く積んである。洗面器は二個一組で少しずつ大きさが異なり、かさばらないように大きな方の中へスポリと納まるようになっているなど、彼の工夫は上手いものだった。

彼は時々、余った資材を利用して暖炉煙突の余熱を利用する湯沸しなどを作って下士官室に取りつけたりしていた。また、村岡は兵隊が退屈しているので、街から野球のバット、ボール、ミット、グローブ、マスクなど、ひと揃い買ってきた。引き揚げる居留民が街の古道具屋に売り払ったものらしいが、支那人は使い方を知らないので捨て値で売っていたのだそうだ。

実は東北農村の連中も、あまり野球はやらないので、ごく一部のものがやっていたに過ぎぬ。四中隊にはスポーツマンが多く、よく借りに来た。自分たちも時々、投球の練習をしたが、一向に上達しない。

68 分離復員

在・山西部隊は、いよいよ復員に本腰を入れだした。一部隊ずつ復員させるとなると、あまりに目立ち過ぎて山西軍が妨害するかも知れないので、各部隊から少しずつ分けて早く帰らそうとしているらしい。なるべく古年次兵から先に帰してやれということだが、この人選は相当問題になると思われる。

兵隊がまた動揺しだした。やはり帰れるものなら早く帰りたいというところである。何れにしても、この調子なら案外急速に復員も完成するだろう。特務団も護路総隊もだいたい所要人員が揃ったようである。

人事係がよく大隊本部へ呼ばれる。高木隊長と二村隊長は二人連れで殆ど毎日、本部へ行く。自分たちは中隊に残されて復員予定のことで兵から質問の矢を浴びせられるのだからやり切れない。

また、酒宴の回数が増してきた。自分と大野、岡田少尉は部屋にいて、いつも出て行ってしまうオヤジたちに対して不平を鳴らしていたが、それにも飽きると、よく当番に街へ南京豆や飴を買いにやらせて食った。時にはコッソリ白酒を買い込んで三人で飲んだこともある。

西田少尉は相変わらずだ。あるときは西田少尉が酔っ払って高木中尉にしつこく絡み過ぎて喧嘩になりかけたこともあったが、これはまったく困る。

分離復員の編成も決まった。

蓬田俊一郎(軍)／秋川宮蔵(兵)／栗原吉一郎(兵)／成田喜一郎(兵)／斉藤市太郎(兵)／吉田喜久治(上)／島田東洋雄(上)／森元重一(上)／舘岡信之助(上)／栗野久栄(上)／佐々木六郎(一)／松橋幸一(一)／佐藤一雄(一)／田名部仁三郎(一)／今野謙次郎(一)／藤原貞四郎(一)／田崎千太郎(一)／野尻清太郎(一)／八島喜代治(一)／石井久四郎(一)／松尾文一(一)／佐々木朝之助(一)／杉本

清市(一)/西村太郎(一)/杉山繁男(一)/牧野 忠(一)の二六名(註・カッコ内は階級)。

これはまた大量的な復員である。これだけ欠けてしまったら、中隊も余すところたった六名になってしまう。小隊も名物男の斉藤市太郎、自分の片腕とも頼む秋川兵長、佐々木六郎、森元重一、成田兵長などを一度に失うとなると、火が消えたようになってしまう。

年寄り補充兵が大量に帰らされるのは仕方がない。それにしても早く帰りたがっていた松橋幸一が帰れることになったのは何よりであった。彼も初めて嬉しそうな顔つきになった。

また被服などの支給でひと揉めあった。会食につぐ会食。毎日、小隊に居座り。全体の復員も近いらしいので、残るものも割に朗らかだ。週番になると朝の点呼ではいつも「もう軍隊生活も長くはなし。これで軍籍を脱してしまったら、例え望んでも二度と再びこんな生活はできぬ。無秩序になってはならぬが十分、楽しめ。そして最後を飾る意味で軍人らしい生活をしろ」と言った。

皆もそのつもりだろうが、どうしても気が浮き浮きして酒を飲みがちである。

誰が聞いて来たのか知らぬが、大隊本部へ行った連中が、今度の大隊分離復員輸送隊長に自分が任命されるという噂を聞いてきた。小隊へ行ったら「隊長殿、本当に帰るんですか」と聞かれてこちらの方がびっくりした。

「そんな馬鹿なことがあるものか。俺より年寄りは大隊内にはいくらでもいるよ。帰れと言われたって帰るもんか」

「しかし、本部ではそんなことを言っていますよ」

「デマだよ。嫌なことは言うな」

自分は嫌な気がした。誰が言い出したか知らないが、先に帰るなんて嫌な奴だ。

元々、復員するときには伊東隊長以下、全員揃って復員船に乗るつもりでいた。その目算がガラリと外れて、隊長は先に帰ってしまう、弱兵輸送はある、というわけで中隊が滅茶苦茶になりつつあるのだ。隊長が一人だけ帰った後の混乱振りを見ても、これを放って帰るわけにはいかない。

まして後に残る小隊の一七名はどうなるのだ。西田の指揮下に入れるのは真っ平御免だ。やっぱり俺の小隊は、例え最後の一個分隊になっても俺が指揮せねばならぬ。また一方、他人より少しくらい早く帰ったところで何になるのだ。

中隊から離れてしまったら我々はまったく惨めなもの

だ。殊に他中隊の兵まで預かって帰るなど、とても自分には自信がない。大隊本部へ巡察報告に行ったら副官当番、坂本喜助が「少尉殿、今度お帰りになるんですね」と言う。アレ、副官当番までがこんなことを言う。これはいよいよおかしい。ただの噂ではなさそうである。

俄かに自分も心配になってきて、その夕方、大隊本部から帰ってきた高木中尉に聞いてみた。

「実はそうなんだ。まだ確定的ではないが、君と松村少尉は、少尉のなかでは期も一番古いし、家庭の事情も他の連中に比べると悪そうだからと言うんで副官から相談を持ちかけられている。君はどう思う」

やっぱり本当にこんな話があったのだ。早くわかって良かった。天降りで命令を出されてしまったりしたら、とんでもないことになるところだった。高木中尉によく家の事情を話して、この有り難い措置は願い下げにしてもらうことにした。高木中尉だってその方が助かるに違いない。さっそく明日は本部へ行って断ろうと言ってくれた。

これでひとまず安心というところだが、まだうっかり油断はできない。どんな都合でまたこの話を蒸し返してくるかも知れぬ。大概、大隊本部とはそんな所だ。ひどく不安だったが指揮者は松村少尉に決まりそうな様子だった。

先に帰る兵は準備に忙しい。小隊へ行くと秋川が「隊長殿、連下士の役目はどうしましょう」と言う。もうたった一七名では事実上、一個分隊みたいなものだ。連下士なんか要らない。今度は加藤亀松が先任だから、加藤に一任することにした。

性格から言って兵隊の世話を見させるにはどうかと思う男だが、あとには四年兵の高橋敬治や齋藤長助もいるから、万事が上手く行くだろう。それに、残ったものは若い元気な連中ばかりだから、何も言わなくともよく働いてくれる。

四月一日。朝起きた途端、大野少尉に担がれて大いに面白くない。軍隊生活に馴染んでからというものエイプリルフールなどという妙な風習とはおよそ縁遠くなってしまっていたのだ。

午後、二人の隊長は今日もまた大隊本部へ行くつもりらしい。

そうそう、面白いことを考えついた。

大野少尉の耳を引っ張って、

「……？　どうだい。面白いだろう」

「ウン、やろう、やろう。しかし高木中尉が怒ったら困ったことになるぞ」

「ナニ、構うもんか。時にはこんなことがあっても良いんだ」

二人は、オヤジ連を担いでやろうと横着なことを考えたのである。さっそく別室へ行ってコソコソ準備に取りかかる。自分の発案はこんなことだ。自分が今度、分離復員輸送の指揮をすることを断ってしまったので、今のところ五中隊にいる同期の松村少尉が任命されることが略々決定しているようだ。自分が先に帰らされる心配はまずなさそうだということになっているので、今、俄かに高木中尉のところへ副官から、再び自分を指揮者に任命する旨の内命が来たとしたらびっくりするに違いない。

そこで副官から高木中尉宛の親展で「北村少尉、分離復員指揮者任命内定の件」という偽手紙を見せたら驚くに違いないというのだ。ちと悪戯がひど過ぎるかなと心配したが、「エイ、やっちまえ」と実行することにした。自分の字では金釘流だからすぐに見破られるおそれがあるので、大野少尉は事務室の命令会報綴の中を繰って副官が書いた書類を見つけ、書体をまねて副官のサインもそっくりの偽手紙を作りあげた。

顔見合わせてニヤリと会心の笑みを洩らし、封筒に入れて、わざわざ四中隊の命令受領者、岩崎兵長を呼んで、「これを副官から渡されましたと言って持って行け」と言い含めた。岩崎も中隊の井村と同期で学徒出身の幹候だから、すぐにエイプリルフールの悪戯と気付いた。何しろオヤジを担ぐ悪戯を手伝うわけだから、甚だ迷惑そうな顔をしたが、そこを何とか納得させて押しつけてしまった。彼は苦笑しながら隊長室へ入って行った。

折から二人のオヤジは二村隊長の部屋で朝食を終わり、雑談していたので、隊長室と事務室の間にある閉鎖された扉に耳をつけて息を殺す。岩崎はノックして入って行った。

反響如何と聞いていると、封筒を受け取った二村隊長がビリビリと破って開けているらしい。紙を開いてちょっと沈黙の一瞬。「エーッ?」と横から覗いたらしい高木中尉の素っ頓狂な声がした。ここで笑い出してしまったらおしまいだ。グッと息を止めて笑いを噛み殺す。

「北村少尉に内定か。しかしまたどうして急にこんなことをするんかな。副官はいつもこれだから駄目だ。さあ本部へ行きましょう。行って副官をとっちめてやろう。まったくでたらめだよ」と高木中尉は相当、立腹の様子だ。

こいつは少し薬が効き過ぎたぞ。どうしよう。今出て行って本当のことを言おうか。きっと噛みつかれるに違いない。大野と顔を見合わせてオロオロしているうちに、二人の隊長は図嚢を吊って大隊本部へ行ってしまったのである。

さあ困った。今さら追いかけて、あれは嘘ですとも言えず、しかし一刻も猶予はならない。本当に高木中尉が本部へ行って、副官に喰ってかかったりしたら、それこそ大変である。

大野少尉が電話に飛びついた。

「もしもし、測候所？　国民学校の大野少尉だが、副官殿の部屋へ頼む」

さすがは大野少尉。先回りして副官に事情を話し、謝ってもらおうというのである。

「もしもし、副官殿ですか。大野少尉です。お呼び立てして申しわけありません。実は変なことを急にお願いしますが。今日はエイプリルフールでしょう。それで実は高木中尉殿のところへ、北村少尉が分離復員の指揮者になるという副官殿の偽手紙を作って見せたら、ひどく怒ってうちの隊長と一緒に本部へ行っちゃったんです。もうそちらに着く頃ですから、上手くなだめて話をつけてください。お願いします」

副官は大いに笑って承知してくれた。これでひとまず安心と胸を撫で下ろす。

夕方、「敬礼ーっ」と叫ぶ衛兵の声と共に、オヤジ二人が帰ってきた。さあ落ち着かない。大野とウロウロ部屋の中を歩き回る。副官は上手く宥(なだ)めてくれたであろうか。謝りに行った途端、大雷が落ちたらどうしよう。隊長室の扉がガタンと閉まって、二人で謝りに行こうと出かけたらしい。仕方ない、二人で謝りに行こうと出かけているところへ、またもや廊下に足音がして、我々の部屋の扉が開いて二人の隊長が入ってきた。

仕方がない。ビクビクもので「隊長殿、申しわけありませんでした」と二人で頭を下げた。

「いいよ、いいよ。しかしちょっとびっくりしたよ」と高木中尉殿は複雑な顔つきで笑った。当然、落雷を覚悟していたのだが、このように出られると、かえって不気味で、穴に入りたい気持ちだった。

いかに副官が宥めてくれたとしても、軍人にあるまじき極めてたちの悪い悪戯だから許されるはずもないが、高木中尉はこんなことで怒るような人ではなかったらしい。自分も初めて新しいオヤジの気持ちがわかるような気がした。自分もこれからは大人しくしようと思った（我々は若気の至りでいささか無茶な悪戯をやってしまった。終戦後だからと言っても、いわば半ば公的な性格を持つ副官の人事連絡の手紙を偽造したのだから、かなりタチが悪く、軍隊でエイプリルフール、などという外国のふざけた風習が通用するはずもないから、罰せられても仕方がなかったところだ。僅か一歳年長の高木中尉だからといって別に軽く考えたのでは毛頭ないが、伊東隊長に対しては、いくら自分でもこんな悪戯はする気になれなかった。いささか甘えがあったことは事実である。副官と大隊本部でどんなやり取りがあったか知らないが、もし再び高木中尉に会う機会が得られるなら、この時のことを詫びたいと思っている)。

そのうちに正式に松村少尉が分離復員輸送指揮官を命ぜられた。もう安心だ。その他に五中隊の中村曹長も帰ることになっている。またまた大会食をして行を盛んにした。護路総隊の連中もやってきた。彼らにもついに四月一七日、乗車の命令が出た。今度は一度にたくさん帰るのだから大いに心強くもあるし、指揮者も松村少尉だから、中隊のものの面倒をよく見てくれるように頼んでおいた。

もう工藤兵長を送った時ほど寒さに困ることもなく、貨車の割り当て状況も比較的良くなったので、ゆっくりしているようだ。だいたい各中隊各大隊のものがまとまって一車輌に入っているので安心である。見送りに行くと皆、大変な元気だ。同じ復員でも工藤兵長なんかは可哀想であった。果して無事に内地へ到着しているであろうか。春の陽差しもうららかなプラットホームに、新品被服の復員兵が戦友と別れを告げているのは、まことに微笑ましき光景である。皆、大いに希望に燃えているようだ。すでに残部の我々の復員も遠くないことがわかっていたから、自分たちも愉快に送り出すことができた。

湧き上がる歓声と敬礼の中を、延々たる復員列車は乗船地の天津へ向けて発車した。さあ、もう待つのは我々の復員命令のみだ。残り少なくなった中隊の誰の顔も、春風に吹かれて生き生きとし始めた。重苦しい防寒長靴も防寒外套ももう要らぬ。空高く雲雀（ひばり）が囀る。

69　兵器を棄つ

ついに兵団の兵器をすべて山西軍と特務団へ申し送ることになった。自分は高木中尉が中隊長になって以来、兵器係も命ぜられていたので、当日は使役兵を出して三中隊がいる山の弾薬庫まで兵器を運搬した。兵器係助手の神馬軍曹と立ち会うことにする。

各中隊からもここへ兵器を運び込み、種類ごとに分けて、名称と員数の札をつけて排列する。並べてみると、実に大量の兵器である。よほど改廃分裂のあった兵団だが、今でもこれだけの兵器があるのだから、前にはどれだけあったのか見当もつかない。

軽迫撃砲、九二式重機、ホッチキス重機、マキシム重機、数知れぬチェコ機銃、三八式、九九式歩兵銃や短小銃。銃剣、拳銃、刀。まるで兵器展覧会である。自分の見たこともないような鹵獲の小銃もある。また何かのはずみで敵の手に渡った小銃が、また友軍に分捕られ、再び今度、敵の手に帰するというというご丁寧なものもある。

弾薬なんか数知れずだ。特に珍しく思ったのは軽迫榴弾の対空信管である。これだけの兵器をもって、もう一度、山西軍対手に戦ったらどんなに面白いだろう。殊に横穴式の弾薬庫の中に山のように積み上げた黄色薬、硝安爆薬、ダイナマイトを見た時は胆を潰した。

そんな穴倉がいくつもズラリと並んでいたのだ。どうせ山西軍にやったとしても、たちまち八路軍に奪い取られてしまうに違いない。いっそのこと、ひと思いに火を点けて爆砕してしまった方が面白そうである。これが全部爆発したら、陽泉の街全体が鳴動するだろう。山西軍なんかその音だけで腰を抜かすかも知れない。

一日中待ったのに山西軍の接収員は来ない。とんでもない奴らだ。さすが山西軍である。時間の約束を守る気が全然ないのかも知れない。仕方なく排列した兵器の上に天幕を被せて、一応、中隊に帰り、翌日また行った。夜の内に少し雨が降って、三中隊は兵器を屋内に入れるのに大汗をかいたらしい。

だいぶ錆びたものもあるので、またもや使役兵を出して手入れのやり直しまでした。大隊本部兵器委員主査の江連大尉が、この山西軍の約束不履行にカンカンに腹を立てている。

その日もまたうんとおくれて、山西軍の連中はトラックでやってきた。兵団司令部の兵器委員も来た。さて、員数の点検が始まったが、彼らはフンフンと頷くばかりでロクに数えもしないのだ。もっとも彼らが弾薬の員数などを数え出すと、途中ですぐ狂ってしまい、またもや初めからやり直しである。足し算や掛け算がロクにできないのだから困る。

兵器の申し送りはあっけなく終わってしまった。さて、これだけ大量の兵器をどうして持って帰るのだろうと思ったら、山西軍の兵隊がやってきて、小銃や銃剣を荒縄で無造作に束ねて、乱暴にトラックの荷台に抛り上げる。小銃の束を抛り上げる馬鹿力には感心するが、こんなひどい扱いをするのでは、いくら優秀兵器をやってもたちまち照準具を駄目にしてしまうに違いない。

こんなことなら、使役兵を出してまで手入れのやり直しなんかさせなければよかった。しかし、これで一番神経が疲れる兵器を申し送ってしまった。拳銃は高橋春治伍長に譲ってやった。

70 赤十字病院へ

四月二〇日、我々は突如、陽泉赤十字病院へ移転することになった。我々のあとへは二九大隊が来ることになっている。あまり急なので大いに慌てて荷物を運んだ。やはり今度も四中隊と一緒だが、場所を見に行ったら何と伝染病棟ではないか。病院特有の陰惨な雰囲気が漂う、ジメジメした建物である。

床は破れ、壁は手垢で真っ黒。一段高いところにある個室も、元々は伝染病患者の専用室なのだから、何だか薄気味が悪い。四中隊は少し下の方にある兵舎へ入ったが、こちらはまだしもまともな兵室である。

軍医や衛生兵に聞いてみると、消毒はしてあるから大丈夫ということだが、どうもジメジメしていけない。もう復員も間もなくだから、こんな所でも構わないといえば仕方がないが、それだけになお更兵を変な病室には入れたくないのだ。もし万一、伝染病なんか出したら大変である。患者はもちろん、その中隊は当分の間、復員を諦めねばなるまい。

しかし学校の方へは続々と二九大隊が入ってくるので、ともかく行李班と連絡して荷物を運んだ。ちょうどその日は春によくある黄塵で目も口も開けていられない。細かい目に見えぬような砂流がサラサラと飛んできて、見る見るうちに机の上や窓の桟の上に積る。空は晴れているのだが、何だかボーっと薄暮色をしている。

気味が悪いが掃除してアンペラを敷き、兵は入った。西田少尉は一室を占め、高木中尉と自分は一段高いところにある個室を手入れして入った。隣は当番室である。やっと一応、落ち着いた。炊事をやる所がないので、また使役兵を出して新しく煉瓦でかまどを築く。

おそらくもう一週間以内に復員することになるらしい。さあ、いよいよ最後の一週間だというので毎日会食だ。下士官も兵も、知り合いの居留民の家に別れを告げに行き、ご馳走になって帰ってくる。しかし、もうすぐ帰るのだからそれほどハメを外すものもない。自分もどうせ重い荷物を持っていても、乗船地の検査で取られるか、そうでなくても自分で苦労するだけだと思って要らぬものはどんどん処分して、酒とご馳走を買い込んで小隊で飲んだ。皆もう浮き浮きとしている。

71　最後の一週間

いよいよ復員輸送中の編成が発令された。大隊本部は残務整理のため少しおくれることになり、第一、第二、第四中隊が合同して一個中隊編成。中隊長は赤川中尉。小隊長は現在の各中隊長。

第二、第五中隊および銃砲隊で一個中隊。中隊長は亀井中尉。同時に各中隊の編成もできた。高木隊は第二小隊になり小隊長は高木中尉。分隊長は第一分隊長が自分、第二分隊長は西田少尉。第三分隊長に野見山准尉。第四分隊長は加賀谷曹長。

ここに、いよいよ河南陜縣橋頭堡を出発するとき編成された北村小隊は解散することになったのである。さっそく解散式をやった。つまりは会食である。あんまり毎日飲むものだから、皆、胸やけして白酒は飲みたくないと言い出し、葡萄酒を買わせるという贅沢をやった。西田小隊も負けずにやる。またこちらもやる。中隊会食もある。指揮班もやるという調子で、このところ正に酒飲み合戦である。

今度の分隊編成で自分の下に来たのは、以前とはまるで顔ぶれが変わってしまった。神馬軍曹、大野伍長、千葉伍長、加藤兵長、伊東兵長、齋藤長助上等兵、神上等兵、斉藤亀一上等兵、佐藤正夫上等兵、皆川一等兵、馬場一等兵、田口一等兵、柴崎一等兵。高木中尉は自分の分隊で給与を受けることになっている。

自分は軍隊生活の楽しさをもう一度ゆっくり噛みしめたいと思い、個室に入って小学校から持ってきた平凡社の『大百科事典』などを見て暮らした。大野少尉のところへも遊びに行った。四中隊でも毎日会食をやっていて、うっかり行くと四中隊の兵が飛び出してきて自分までも引っ張り込もうとする。

二村隊長は、毎日毎晩と言ってもよいくらい高木中尉のところへ食事をしに来る。一緒に酒を飲む。果ては自分の布団を占領して寝てしまうというわけで、こちらも腹に据えかねて大野少尉のところに駆け込み、二村隊長の布団に入って寝てしまったこともある。

ある晩、高木中尉も二村中尉も大隊本部へ行ってしまい、自分一人で本を読んでいたら、村岡と石山伍長が入ってきた。

「隊長殿、こんなものを借りてきましたよ」

「オヤー、よくそんなものがあったな」

彼は知り合いの居留民のところからギターを借りてきたのだ。

「一曲聴かせてください」と言う。村岡は前から自分が内地でギターを自己流でやっていたことを知っているのである。自分もまったく嬉しかった。御楯寮の演藝会などで出演者がどこからかギターを借りてくるのを見て、一度は手にしてみたいと思っていたのだが、一度もその機会がなかった。村岡なればこそ、こんなものを借りてきてくれる。

惜しいことに弦が一本切れているが、あり合わせの針金で繋いで音を合わせてみる。何だか変に調子が狂うが、正しくギターの音である。家を出てから二年半、ギターを手にしなかった。手を触れてみれば再び勘が戻ってくる。とうとうその晩はギターを弾いて過ごしてしまった。

しかし、あの河南当時の苛烈な身辺の状況は、今から思うとまったくゾッとするくらいのものであった。また死の行軍も、よくも切り抜けられたものである。自分は今だに生きている。雨に打たれ黄土にまみれ、二人の部下を失ったのに、今はこうして一人窓際に座ってギターを弾いている。

何だか夢のようである。外を覗けば濃紺の空に皓々たる月がかかっている。兵室の方では何をやっているのか大騒ぎしては笑う声がする。

あと何日、こんな生活が続くのだろう。中隊に配属になってから丸一年、同じ釜の飯を食ってきた部下とも遠からず別れなければならないのである。

今の自分には思い出のみあって将来の見通しがない。船に乗る。日本へ上陸する。家へ帰る。しかし果して家族のものがいるだろうか。また、家があるだろうか。たった四人家族の家へ帰ったところで何になるのだ。兵はそれぞれ東北の農村へ帰れば、田もある、畑もある。何も心配はないはずだ。どこで皆と別れることになるのか知らないが、京都の出身者なんか一人もいないこの部隊から離れてしまった時の惨めさを思うと憂鬱になる。

赤川隊長から連絡が来て、大隊本部広場で復員時携行品の検査があることになった。また、我々は四月二六日朝、陽泉駅にて乗車ということに決まった。

いよいよ来た。待ち望んだ乗車命令。皆は抑え切れぬ喜びに落ち着かず、跳んで歩いている。兵があれほどまでに夢に見ていた復員船がまたひと際近くへ寄ってきたのだ。検査を受けるまでに各人左胸に白布をつけ、それにM、ローマ字の氏名、漢字の氏名、乗船番号を記入することになった。

また小さな別の布に出身府縣別を記入したものを縫い付けねばならない。白布を支給されて、その夜から遅くまでかかって事務室で書き続ける。とても数人では間に合わないので字の上手いものを使役に取り、大量生産をやった。同じものをリュックにも付けなければならないので、二組ずつ必要なのである。

そしてこの作業をやり遂げたのは夜明けも近い頃だった。最後の一枚を完成したところで、野見山准尉が半分ほど残っていた秘蔵の日本酒の一升壜を取り出して、皆で乾杯したときは、ひと仕事を終わったという満足感で一杯だった。

翌日、早朝からリュックを背負った兵を引率して大隊本部に向かった。本部の広場で各人の距離間隔を空けて、その前に荷物を広げて山西軍の検閲を受ける。山西軍の検査官が前に来ると、敬礼して官等級、氏名を言わねばならない。山西軍に向かって敬礼をさせられるのはこれが初めてで、やはり反感を抱いた。無論、何も没収はされはしなかった。兵はもう内地にでも帰ったような気持ちになってリュックを揺さぶりながら歩いている。

その夜は大隊本部で最後の将校団会食があった。夏服を着て出席。内地の五月頃によくあるような、暖かくてうっとりするような夜であった。大野少尉と行く。最後の将校会食だから、本部にあるだけの材料をさらけ出してご馳走を作ったらしい。パイ罐も朝岡部隊長秘蔵のものだそうだ。すしも久し振りである。蛤徳門（ハタメン）の包装紙にひとつひとつ、わざわざ北村少尉などと名前を書いて配られたのは一体どういうつもりだったのだろう。

部隊長も大変機嫌が良かった。だいぶ夜遅くなったから大野と先に帰ってきた。何となく外気に触れていなければ惜しいような夜であった。

自分はここまで行李を持ってきたが、これ以上、馬場に苦労をかけるのも可哀想なので行李は捨てて、リュックに荷物一切を詰め込み、布団も中の綿を抜いて皮だけにし、毛布だけはクルクルと巻いてバンドに縛り携行することにした。

これなら誰の手も借りずに歩けるし、一人になった時でも困らないのである。

馬場はまったく良く働いてくれた。しかし遠からず別れなければならぬであろうし、面白い所へ連れて行ってやることもできぬ。野見山准尉は当番の佐々木浅之助を分離復員で先発させたので、今は現役初年兵

の芦 信夫を使っている。芦は初年兵の下士候で首席の優秀兵だ。死んだ高橋 進と共に、今いる初年兵の中では彼の右に出るものはいない。

中隊では復員後も相互に通信連絡できるように、隊員住所録を刷って配布した。これは伊東隊長が帰られるのにやっと間に合ったのであった。

軍装の写真を持っていると没収されるだけでなく、皆にも迷惑がかかるというので、実に惜しいとは思ったが、伊東隊長の写真を暖炉で焼いてしまった。それと同時に北合流時代から書き始め、下白泉の孤城生活中、徒然なるままに書きためた厚い日記も焼いてしまった。これは身を切られるよりも惜しく、一枚一枚読み返しながら暖炉の中に抛り込んだ(もしこの日記が内地まで持ち帰れていたら、北合流、下白泉時代の記録、あるいは自分の日常生活や心理状態の移り変わりは詳細を極めることができたはずである)。

隣の当番室では、小さい四畳半くらいのところへ、田口、馬場、熊谷、芦が入っている。加賀谷曹長の当番、和村正夫も遊びに来る。小隊からは皆川や角掛も遊びに来る。大いに賑やかだ。自分も時々首を突っ込んだ。

馬場は非の打ち所もない立派な当番だが、夜、寝る時にすごい鼾をかくので皆、困っている。厚い壁一重を隔てても自分たちの部屋でも眠れなくなるくらいである。秋川も良い男を世話してくれたが、鼾のことは計算に入っていなかったらしい。

おそらく鼻が悪いのだろうが、眠れば口を開く。たちまち轟々たる鼾が始まる。彼が眠り込むと同室の他の三人が眠れないし、他のものが眠るときには馬場が目を覚ましている。しかも馬場は寝ながらよく暴れる。いつも上を向いて寝ると、途中から伏せの姿勢になる。それも片脚曲げて肘を張り、正に突撃発進の恰好である。

加賀谷曹長の当番、和村正夫も初年兵で、前は伊東隊長の馬当番だった。馬当番を下番したら、今度はゴリラの当番である。一階級上がったわけだ。

行李班が解散して千葉伍長、佐々木富弥、佐藤正夫、鎌田 信が中隊復帰した。護路総隊へ行った粟津が突然やってきた。青天白日の徽章のついた帽子を被り、山西軍の服装をしている。聞けばここ数日間、彼らは山西軍に加わって八路の討伐に行き、凄まじい激戦をやってきたのだった。

誰も幸い死傷者はなかったが、ひどい戦いであったそうだ。我々がもう近く出発することを聞いて、さすがに彼も淋しそうな顔つきになった。自分も粟津は残留させたくなかった。河南を出発するときに西田小隊へ入って以来、自分の小隊には来たことがなかったのだが、自分の小隊に来ていれば残留希望なんかさせることは、しなかったつもりだ。

八路の討伐は、日本軍から引き継がれた兵器を使い、特務団砲兵の野山砲も出るし、重機や迫撃砲もあるだけ繰り出して行ったそうである。おそらく新店攻撃よりもひどかっただろうという。とにかく相手の八路にも日本人や朝鮮人が多くいて、しかも互いにヤケクソの連中だから異常な近接戦闘となり、手榴弾の雨であった。しかもこちらの号令が敵の方にもわかるので、戦術の裏をかかれるらしい。

どっちも後へは退かず、押しつ押されつするうちに、「日本人は互いに戦線より手を引け」と、例の三人小組が調停したので、双方別れてきたという。日本人同士の戦いというものが、どんなに凄まじいものであるかということは想像に難くない。

粟津の話によれば護路総隊は結局、解散することになるのではないかという。「そうすれば自分も帰ります」と彼はまことに帰りたそうな顔をした。それほど簡単に彼の自由に帰れる状況なら良いが、果して希望通り山西軍が解放してくれるであろうか。やはり粟津は初めから残留希望なんかしなければ良かったのだ。

四月二五日。朝から携行食の準備に忙しい。復員途中の糧秣が大量に支給される。握り飯をドッサリ作った他に、白麺はできるだけ街で焼餅に加工させた。貨車の中では炊事もできないので長持ちのする煮物をたくさん作り、他のご馳走もいっぱい買い込んだ。殊に鶏の蒸し焼きや茹で卵は便利であった。

だいたい、一〇日分くらいの糧秣を携行しなければならない。しかも途中できっと八路か中央軍に抑留されるかも知れないので、通行税としてだいぶ余分に持っている。

サア、明日はいよいよ復員列車に乗れる。遅くまで起きて片付けようとするが、仕事はいくらでもある。夜明け近くになってからやっと陽泉最後の夢を結んだのであった。

Ⅷ

復員

1　さらば陽泉

明くれば四月二六日。晴天を衝いて飛び起きると、すでに下士官連中は兵を指揮して貨車の準備に出かけようとしている。我々も早々に朝食を済ませて現場へ行く。駅構内にはすでに一連の無蓋車が入っている。丸太や角材、釘その他も支給されているので、これを使って大急ぎで割り当てられた貨車を、二階屋根つきの車輌に改造せねばならぬ。

大工の佐々木富弥が大活躍する。見る見るうちに屋根の骨組みが出来上がる。病院から譲り受けた大型の木の寝台四個を貨車の上に乗せると、車輌の前後には三分の一くらいずつ二階ができる。アンペラと畳を敷く。

まず中央部へ米の叺と白麵袋をドッサリ積み上げた。ドラム罐一本を持ち込んで直ちに水を満たす。途中の停車場では下車すると危ないし、また発車の時刻も定まっているわけではないから、水汲みなどにはうっかり出られない。

また、各分隊とも前日から準備していた一升壜を二本ずつ結び合わせたのに水を一杯入れて携行している。その他、村岡の製作にかかるバケツ洗面器、吊りランプが積まれる。

一方、屋根の上にはアンペラを張り巡らし、その上を更に携帯天幕を繋ぎ合わせたものでスッポリ掩（おお）ってしまった。携帯天幕を結び合わせたものだから、所要に応じてどこへでも天窓を開けることもできるし、通風も良い。便所が問題である。一隅を狭く仕切ってバケツを置く。無蓋車とはいうものの内地の貨車とは違い、広軌だからすごく大きなボギー台車である。二階さえつければ六〇名がスッポリと入って互いに脚を合わせて寝れば、悠々と眠りながらでも行けるのだ。

準備万端整う。一応、皆が乗り込むと機関車が付いてプラットホームに入る。

自分たちの前に二村隊が、後ろに赤川隊の車輌がある。赤川隊長から色々途中の注意事項が伝えられてきた。絶対、兵に単独行動させぬこと。小隊長、分隊長は確実に人員を掌握すること、などである。小隊の命令受領者はやはり井村兵長だ。毎日分隊長の一人が日直となり点呼をとって小隊長に報告することになった。

今日もたくさんの見送り人が来ているが、自分たちにはもう送られようにも大隊本部の連中以外は送ってくれるものがない。ちょっと淋しい気もするが、後に心残りがなくて良い。

すばらしく良い天気である。天幕の下はムッと暑いくらいだ。発車が近いので、もうあまり外には出さない。一応、やることをやってしまうと、兵はまたおしゃべりを始めた。自分の分隊は前方の二階にいる。布団を敷いてあるのですごく乗り心地が良い。何日間か知らないが、これが雨露をしのぐ家となるのだ。

外に声がしたので覗くと、護路総隊の八名が見送りに来てくれていた。やはり我々にも見送ってくれる人間があった。改めて車を降り、彼らと話す。辻兵長(今は護路総隊の下士になっている)が、「隊長殿、これを」と言って果物や菓子がドッサリ入った大きな籠を差し入れてくれる。彼らもやっぱり今日は淋しそうである。何れ近いうちに彼らも帰れるようになるだろうと言うが、それならなぜ残留希望なんかしたのだ、まったく我々としても彼らを残して帰るのは心残りである。

できることなら今、貨車の中へ引き上げて連れて行きたいところだが、厳重な乗船名簿の検査には、そんな小細工はすぐにバレてしまって、他のものも危なくなる。

「汽車が山西の国境を越えるまでは自分たちがお守りします」と言ってくれるのも何だかもの淋しい。乗車の命令が下った。急にプラットホームがざわざわとし始める。

「皆、無事に帰ってきてくれ。つまらぬことで死んだり負傷したりするなよ」

「さよなら、ご苦労様」

自分たちは別れを告げて車上に飛び上る。

「ポーッ」

汽笛一声。ガタンと列車は動き出した。

「辻、佐々木、和泉、粟津、元気でやれ」

「隊長殿ーっ、オーイ、村岡班長よ、元気で暮らせ」

互いに呼び合い、敬礼しながら、彼らはいつまでも列車と共に歩いて別れを惜しむ。

「左様なら、さようなら」

列車は速度を増して走り出した。ついに彼ら八名の姿は敬礼したままプラットホームに小さく取り残された。

懐かしの陽泉。鬼武山のトーチカも、鉄廠の煙突も、測候所も病院も、浅緑の楊柳とともに後へ後へと消えて行く。思えば陽泉には昨年一一月以来、六ヵ月もの間、駐留した。自分の軍隊生活中、石門の士官学校八ヵ月を除けば最も長い駐留であった。それだけ名残は尽きない。兵は天幕の隙間から首を出して珍しそうに辺りを見廻している。

リズミカルな列車の動揺に良い気持ちに揺られながら、皆、夢を見ているような顔つきである。途中の危険も何のその、皆の心は祖国日本へ飛ぶ。

鉄輪轟々、前進驀進。汽車はまっしぐらに一路天津へ。

2　列車生活

停まっている時、蒸し暑かった車体も走り出すと、どこからか風が入って実に良い気持ちである。これなら堅い椅子のついた客車に乗って、寝転ぶこともできずに尻を痛くするより、どれだけ良いかわからない。

煙草もドッサリ持ってきた。火災を起こしては大変だから、罐詰の空罐を灰皿としてだいぶ用意してきている。初めて列車内の昼食。一風変わって面白い。辻兵長のご馳走もあり、なかなか内容豊富だ。

我々はまだ階級章をつけている。どこで取れと言われるか知らないが、誰も今から取るような馬鹿はいない。それどころか皆はとっておきの復員用の新品をつけているのだ。しかし今になってみれば、もはや将校も下士官も兵もない。一緒にゴロ寝してふざけ合っていると、西兵舎にいた頃の厳格な生活や、石門の士官学校の生活がいやに堅苦しいもののように思えた。

今でも少尉は少尉である。しかし何も今さら厳しい顔をしなくても兵はやるべきことをやってくれるし、自分たちもやるだけのことをやればよい。何も兵とゴロ寝してふざけ合ったからといって、将校の体面に関わるということもないはずだ。

復員列車は小さな駅には停まらない。夕方、娘子関に着く。もうここから先は山西省ではなくて河北省だ。閻錫山の威勢もここまでは及ばない。友軍もいなければ山西軍もいない。うっかり顔も出せないのである。入口を締め切り、天幕も閉ざし、停車中はできるなら無言の業を守り、人が乗っていないように見せるのが一番である。

何しろ武器を持って踏み込まれたら丸腰の我々は手の下しようがないのだから、ただじっとしているより仕方がない。娘子関でだいぶ長く停まり、夕方発車。列車が走っている間は安心して外を見ることもできるし、天幕の隙間から小便をすることもできる。

夕食のとき、加藤亀松の発案で、天井梁から長い紐で飯盒を吊り、その下に洗面器を置き、その中に携帯燃料を置いて、安全に飯を炊くことができた。早い夕食を終えた頃、列車は低い崖の下を走っていた。頭上に近く、支那人の声がしたと思ったら、突如、大音響とともに拳大の石塊が天幕とアンペラ屋根を突き破り、神馬軍曹の頭をかすめて落ちてきた。

ハッとして飛び起きて見たが、皆無事だ。神馬軍曹が破れた穴から首を出して後ろを見ると、崖の上に支那人がズラリと並んで、列車目がけて石を投げ下ろしているという。何というひどい奴らだ。無抵抗の復員列車に投石するとは。幸運にも誰一人、負傷しなかったから良かったが、当たり所が悪ければ命も取られる。なるほど河北省へ入れば油断がならぬと思った。

そうかと思うと、二、三輛先の貨車のアンペラ屋根が火災を起こした。大事に至らず消し止めたらしいが、もし延焼したら、その後方に繋がった貨車は全部ひと舐めに焼き尽されるだろう。これもどうやら崖の上からやった附近住民の悪戯らしい。

山西省ではこれほどまでに、日本軍に対して反感を持った住民は少なくとも鉄道沿線にはいなかった。あるいはこの地区の住民は戦時中、日本軍から相当ひどい目に遭わされたのかも知れない。その結果がすべて後から来る我々にかかってくるとすれば、自分たちの今までの生活も大いに反省してみなければならない。しかし自分たちには、それほどまでに住民の反感を買ったようなことはなさそうに思う。

日が暮れた。空が曇って雨がシトシト降り出す。列車は時々停車するが、大部分、単調に走り続ける。不寝番を立てることにした。一名ずつ中央部に降りて入口を固める。

列車で迎える夜。アンペラ屋根に当たる雨の音を聞きつつゴロ寝する。しかし車輪の音でなかなか寝付かれない。時々、機関車を取り替えたり給水する時には長く停車する。駅に入ったら絶対無言を守らせ、不寝番は吊りランプを下ろしてバケツの中に隠して灯火管制する。

この細心さが後になって自分たちを危険から救うことになったのであった。隣の車輌では停車中でも大声でガヤガヤ騒いだり、首を出したりしていたようである。時々外を歩く音がして、支那語の話し声とともに車の外にじっと立ち止まることがある。

入口の扉の掛け金をコツコツ叩いてみる奴もある。沈黙を守り、ジッと様子をみていると、諦めて他の車輌へ行く。ここでもし話し声でもさせたら、強引に乗り込んで掠奪を始めるに違いない。

真夜中に石門（石家荘）に着く。広いプラットホームに電灯が煌々と輝いていた。予備士官学校八ヵ月を過ごした石門市は、ちょっと懐かしかったが、今はうっかり首を出して外を見ることもできぬ。

雨が次第にひどくなりだした。アンペラの上には天幕が被せてあるから中には入らないが、天幕の隙間から侵入する雨水で、階下のものの方がかえって濡れてしまった。便所へ行く時には、二階から飛び降りて、加賀谷分隊長の寝ている上を踏んで行かねばならぬ。

夜が明けるとともに空は晴れてきた。保定を過ぎる。昼食。天幕の隙間から望む河北の大平野は楊柳の緑、波打つ麦畑が美しい。透きとおった水量豊富な川も流れている。

　ちょうど今から二年前の昭和一九年四月の末に、初年兵教育を終えた自分たちは、蒙疆厚和から松下教官に引率されて石門に赴く途中、夜が明けて見る河北平野の春が、あまりにも深いことを知ってびっくりしたものである。四月末の蒙疆といえば楊柳も麦畑もほんの少し芽を吹いたばかりで、冬中、灰色の殺風景な荒野を見てきた目には河北の緑が極楽世界のように思えたのであった。

　住めば都というわけで一年間、河南と山西を転々してきた間、ここほど良いところがあろうかと、第二の故郷とまで思い定めた河南黄村や山西各地、あるいは陽泉も、緑滴るばかりの中原（ちゅうげん）に比べると、やはり無味乾燥な辺鄙な田舎であったように思われる。

　それでもあの山西省の住民のオットリとした人情は忘れられない。陽泉の饅頭屋の親父や下白泉の姑娘は今頃どうしているだろう。見渡す限りの麦畑の中をカマボコ屋根の復員列車は走って行く。畑には牛を追う農夫が点々と見える。まことに平和な景色だ。ある所では鉄道沿線にズラリと子どもや女が並んで、手に手に籠をぶら提げて「タバコ、タバコ」「メシ、メシ」と呼んでいる。その前を列車は徐行する。

　実は我々はこの農民の群れが煙草や食物を売っているのかと思ったのだ。ところが実は大違いで、煙草や残飯を投げてくれと言っているのだった。試みに煙草をバラバラと投げてやると、我勝ちに奪い合って拾っている。その附近は鉄路沿いに煙草の空き箱や紙屑が延々と散乱している。どうせ貧しい住民が苦し紛れに考え出した新商売だろうが、戦勝国の住民が捕虜の輸送列車から煙草や残飯を投げてもらうとは変な話である。

　居留民や復員者は、荷物検査があったとはいえ、かなり潤沢にものを持っているので、乞われれば気前良く投げてやるらしい。山西からはおそらく数え切れぬ復員列車が天津に向かって走ったはずだから、結構、このやり方でひと財産作ったものもあるかも知れない。

　列車生活は愉快だが、食べるばかりで運動不足なのでどうもいけない。

　また日が暮れた。普通なら二日で天津まで行けるのだろうが、この状況では果してどれほどかかるであろうか。村岡伍長と石山伍長が、持ってきた短い梯子を外に突き出して、柱につかまったまま疾走中の車の外で大便をするという冒険をやった。支那大陸のこの辺だからよいが、内地の汽車だったら電柱に衝突したり、トンネル入口で跳ね飛ばされたりして大変なことになるに違いない。大陸でもこの辺りでは幸い、電柱もうんと線路から離れているし、トンネルもこの附近には一つもない。

夜中静かな駅に停車し、プラットホームの外れに止まったので、ソッと覗いてみると、高碑店（こうひてん）と標柱が見える。やがてレールの砂利を踏む足音が多数聞こえてきたので、例によって沈黙を守り、灯火管制をする。「ゴーン、ゴーン」と二、三輌先の貨車で車体を叩く音がする。

「開門（カイメン）々々。ゴンゴンゴン」

さあ、いよいよ掠奪に来たぞ。皆、固くなって座り直した。ソーッと覗いてみると、五、六名の銃を持った黒い影がその車内を窺っているらしい。その他にも、あちこちにガタガタと戸を叩く音「開門々々」（開けろ、開けろ）と気味の悪い声が聞こえる。絶対答えるなと皆に注意して息を殺す。

「ザクザクザク……」

砂利を踏む音が近づいてきた。三人らしい。自分たちの車の横にピタリと止まった。

「コンコンコン、ゴーン、ガタガタ」

戸の掛け金を叩く音が神経を抉るように車内に響き渡る。いよいよ駄目かと覚悟を決めた。

「開門、開門」

皆、戸口を見つめながら成り行きを見守った。

「開門、開門、ガタガタ」

ヒソヒソ話す声がする。しばらく沈黙。

「ザクザクザク……」

足音は隣の車へ移って行った。皆、ホーッと息をついた。汽車はまた動き出した。まったく危ないところであった。

ある駅では仕方なしに輸送大隊本部の車輌で、糧秣の一部を通行税としてやってしまった。当然の権利として堂々と要求してくるのだからひどいものである。

相手は銃を持っているのだ。

二八日朝、豊台（ほうだい）に着いた。大きな駅である。他にも多くの復員列車が入っている。我々は直接天津へ行くので、列車は北京には入らずにここへ来てしまったのである。豊台にも捕虜収容所があり、状況によってはここで降ろされ、しばらく収容されるかも知れないということであった。豊台の収容所は非常に設備が悪く、ここへ入れられたら、当分は出発できないということなので、大いに心配であった。

初めて下車の許可も出たので一個分隊くらい合同して便所へ行かせたり、水の補給をやったりした。久し振りで洗面所へ行って顔も洗った。空は晴れて暑いばかりである。見れば陽泉を出発する時は二〇輛くらいの編成であったこの列車が、どこで連結したのか四〇輛くらいの延々たるカマボコ列車になっている。いつの間にか自分たちの前にあった二村隊の車輛がうんと前方に移っていた。

二村隊長がやってきた。何だか久し振りで会うような気がする。昨夜、高牌店で中央軍が車内に侵入してだいぶリュックサックを盗られたものがあるという。大野少尉と岡田少尉もすっかり持って行かれたということだ。気の毒なことになったものである。三中隊でも二、三個やられたらしい。やはり自分たちが沈黙を守って燈火管制したのが良かったのである。

また輸送大隊長の車輛では、例の石に打たれて大隊長の当番が死亡したそうだ。もう復員も目前に迫っていながら、名もなき農民が投げた石に当って死ぬとは、まったく死んでも死に切れないであろう。それにしても我々はまことに幸運であった。あの石が神馬軍曹の頭に当っていたら、どんなことになっただろうか。

豊台の駅に停車したまま半日も過ぎる。いつまで待っても機関車の着く様子もない。午後になって何だか中央軍の首実検があるから車上に整列して待機せよという連絡が来た。何だろうと思ったが皆、自分の座席に座って待った。

広い駅構内には何本も同じような復員列車が入っているが、皆が車上に起立して何かの検査を受けているらしい。理由がわからないだけに、どうも薄気味が悪い。そうするうちに、また検査はなくなったから解散せよとの連絡があった。

だいぶ遠くにある一本の列車から、拳銃を持った中国兵に護られて降りて行く一人の兵の姿が見えた。どこかへ連れて行かれるらしい。後で聞いたことだが、これは憲兵の復員列車で、ここの駅へ来た時、この附近に勤務したことがある憲兵の一人が、駅にいる支那人の顔見知りを見つけて声をかけたところ、戦争中、何か暴力を振ったことでもあるのか、その支那人が駅の中央軍に密告し、駅構内にある復員列車全部の首実検ということになったのである。

そしてついに見つけ出されて、一人だけ下車させられてしまったのだ。その憲兵がどんな悪いことをしたのか知らないが、おそらく彼はもう帰ることを諦めねばならぬであろう。我々もいよいよ敗者の惨めさを目のあたりに見せつけられることになった。列車はとうとうその日の夕方まで発車しなかった。夕食を終えた頃、やっと発車した。もう明日は天津に着くことが明らかになった。汽車は今、京津線を走っているのだ。

日が暮れる。自分の隣に田口と馬場が寝ている。馬場がいよいよその本来の癖を発揮し始めた。実に車輪の音も消えるかと思うような轟々たる鼾なのである。田口は顔をしかめ耳を押さえて寝ている。試みに鼻をつまんでみると鼾は止む。放せば直ちにやり出す。これではまったくやり切れない。しかし、ここ数日来の睡眠不足で自分も少しうとうとした。

真夜中、ふと目を覚ますと、自分の向かい側に寝ていた齋藤長助が何だかゴソゴソ探している。自分が目を覚ましたのを見て、「隊長殿、大変なことをしました。書類をなくしました」と顔色を変えている。実は陽泉を出発する前、従軍証明書や給与通報、受傷証明書、予防接種や種痘証明書など、各人携行の重要書類をひとまとめにして封筒に入れて、一人一人に渡してやったのだ。

「絶対、落とさぬところに入れて忘れぬように。これがなければ船に乗れんぞ」と脅かして渡した書類を長助はなくしたというのである。

四年兵の上等兵にもなった奴が、そんなヘマなことをするはずがない。その辺にあるんだろう、探せ探せと皆も叩き起こして探させたが、彼はどうやら軍衣の物入れにその書類を入れ、その上着を脱いで枕にして寝ているうちに、天幕の隙間から疾走中の列車の外へ押し出してしまったらしいのである。こいつは大変だ。他のものはともかく、チフスと種痘の予防接種証明書は持っていなければ本当に乗船できないのだ。

まったく馬鹿な真似をする。長助はすっかりしょげ返ってしまった。自分もまったく困った。多分、大丈夫だとは思うが本当にもし乗船禁止などといわれたら大変である。

ちょうどそこへ野見山准尉が小便に起き出してきたので、つかまえて実は斯く斯くだから何とか書類を再製してくれと無理を言ってみた。野見山准尉も「こいつは困りましたね。何といっても汽車の中ではどうすることもできぬし。それでは天津でそんなことをする暇があれば何とかしましょう」と言う。大いに心配だ。長助もまったく意気消沈している。いつもはのんびりしたユーモラスな好人物だけに可哀想である。

「何とかなるだろう、心配するな」といって寝てしまったが、自分も大いに不安であった。果して天津でそんなことをする暇があるだろうか。また、あったとしても朝岡部隊長や軍医さんは陽泉に残留したので、その印鑑をどうするのか。見れば長助も眠れずに輾々（てんてん）と寝返りをうっている。

東の空が白む頃、天津着。そこからまた天津野戦倉庫（ここが日本軍人捕虜、日本人居留民の収容所になっている）の引き込み線に入ってプラットホームに着いた。

「下車」

皆、飛び降りる。野戦倉庫の怪物のような大きな建物がズラリと並んでいた。荷物を降ろすと直ちに二階と屋根を破壊して貨車を元通りのようにする。そのプラットホームは野原の真ん中にあった。辺りには干草や馬糧（ばりょう）の山。廃物の堆積があり雑然とした所だ。野戦倉庫の構内は厖大なもので、果てしか見えない。北支派遣軍補給の源泉だから、すごい設備である。

プラットホームで朝食を終わり、長い道を割り当てられた宿舎に向かう。

3　天津にて

我々が着いたのは大きな糧秣倉庫であった。飛行機の格納庫のような大きさである。天井がすごく高い。たたきの上に畳が敷いてある。ひどいボロ畳で、ピチャリと冷たい。かび臭いような変な臭気が鼻をつく。とにかく皆、入って、それぞれ分隊、小隊ごとに位置を占めた。まだいつ船に乗れるのかわからない。いよいよ捕虜生活だ。

今までは何と言っても天国であった。高木中尉は、よく他の小隊長とともに本部へ連絡に行った。広い構内に水道栓が少なく、水は一日中、時々出るだけだから、その時間になると遠くまで汲みに行かねばならぬ。

給与もおそろしく悪く、別に携行してきたものを炊かねばならない。ここの捕虜収容所には軍隊ばかりでなく、居留民の引き揚げ者も乗船するまで入れられるので、ここまで持ってきても没収される家財道具や布団、衣類が誰顧みるものもなく、無慙（むざん）に打ち捨てられている。

陽泉の国民学校以上の惨憺たるありさまなのだ。自分たちが着いたすぐ後にも、トラック一台が雨でズブ濡れになった居留民の一群を乗せて同じ倉庫に入ってきた。濡れそぼった女や子どもは見るからに憐れである。村岡ら一部のものは荷物の積み下ろしなどを手伝ってやっていた。

日が暮れた。高い天井に数個の電灯がボーッと点いているに過ぎぬ。野見山准尉はどう工面をつけたのか、齋藤長助の書類を作り上げてくれた。部隊長の印鑑なんかあるはずもないが、ちゃんと捺してある。まるで魔法のようなものだ。これで安心（後から考えると、魔法でもなんでもない。大隊本部からは部隊長や軍医の印を捺した書式を必要数、各中隊に配布し、官等級氏名だけ中隊の人事係に記入させたのである。このような場合、たいてい書き間違えるので必要な書類も少し余分に配布するものである。ただ、我が中隊の人事係が用心深く、余った書式を荷物の中に入れて、ここまで持ってきたので、あとは齋藤長助の名前を記入すればよかったのである）。

午後八時以降は便所へ行く以外、絶対、屋外通行は禁止。うっかり出歩くと中国兵に射殺されるという。事実、ひと晩中、あちこちで銃声がしていた。空包ではない。明らかに我々が聞き慣れていた実弾発射の音だ。

冷たい畳の上に毛布を敷いてゴロ寝した。三日目振りに動かない床の上に寝たわけだが、またもや馬場のすごい鼾に夢を破られて弱った。まったく人間の鼾というものが、こんなにも他人を困らせるものだとは思わなかった。しかし寝ていない時の馬場は良く働いてくれる当番で、立派な兵隊である。叱ったりすることはそれこそ見当外れというものだ。

翌三〇日は、兵の中から使役が出された。つまり強制労働である。この調子ではいつまでもここに抑留されると、どんなことになるかと心配した。午前も午後も雨が降り、附近の土は赤土で汚い泥濘となり、兵は雨に濡れながら疲れて帰ってきた。

街には米軍がたくさんいて車を乗り回しているし、重い荷物を担がされて歩いていると支那人が嘲笑うという。もうここまで来て、あとひと息で国へ帰れるというところで、兵隊にこんな屈辱的なことをさせるとはまったく罪な話である。まあ、我々は捕虜だから仕方がないけれど。

その夜、ひょっこりと松村少尉が我々の宿舎に入ってきたのでびっくりした。分離復員者を引率して出発したあの松村少尉である。「何だ、オイ、どうしたんだ。まだここにいるのか。皆はどこにいる」と聞いたら、実は残されたと言う。

聞けば、ここで戦時中、支那人あるいは捕虜を虐待したりしたと目される戦犯容疑者の首実検をしていて、松村少尉とか中村などという名前のものは皆、抑留されているという。五中隊に転属して分離復員した中村曹長も一緒に残されたそうである。

分離復員者は先に出発したという。さあ皆、不安になりだした。色々噂は噂を生んで、平山という姓は駄目だとか、村のつくものは帰らせないとか、不安極まるデマが飛ぶ。村がつく者が残されるとすると、こいつは困ったぞと不安になる。そのうちに、本当に三中隊の中村少尉は抑留されることになったので、いよいよ大恐慌である。

それ以外にここで松村少尉から実に意外なことを聞いた。ここの捕虜収容所の日本側勤務者として、石門士官学校で我々の中隊長であった長丸少佐が来ているというのである。松村少尉が是非会いに行こうと言うので、ここにいる間には一度一緒に会いに行くことにした。

松村少尉は携行して来た糧秣がなくなったので、赤川隊長のところへもらいに来たのだ。せっかくここまで来ながら、部下とも切り離されるのはまったく大変なことだろう。当番もなしに自分で何もかもやらなければならぬとしたら大変である。

五月一日朝、明二日乗船ということが決まった。こんなに早く船に乗れるとは思わなかった。午前中は二日朝におこなわれる荷物検査の要領を見学するため、分隊長以上と下士官は検査場へ行った。検査場勤務の大尉が色々注意を伝え、現地につき指導してくれた。検査はそれほど厳格なものではなく、ただ小さなものはなくなりやすいということである。検査が終わったものはそのまま荷物を背負って引き込み線のプラットホームから塘沽行きの列車に乗り込んでしまうことになっている。

午後は医務室へ消毒に行った。すごく乱暴な手つきで首筋と胸、両腕と尻の中へDDT〔編者註：dichlorodiphenyltrichloroethane（ジクロロジフェニルトリクロロエタン）の略であり、かつて使われていた有機塩素系の殺虫剤、農薬〕を吹き込まれた。

医務室の行き帰り、見るといたいた。毛色の変わった米国兵が醜悪な形をした小型自動車を乗り回している。また要所要所には中央軍の歩哨が立っているが、服装も立派で兵器も優秀なのを持っている。アメリカ兵と共に勤務するのだから精兵を配置しているのかも知れない。

中央軍の歩哨にでも、ここでは敬礼しろと注意されていたから試みに敬礼してみると、サッと片方の手を担っている銃の遊底にあてて、なかなか立派な答礼をする。しかし事ごとに良いところは米軍に抑えられているらしかった。

その晩、松村少尉が来たので一緒に長丸少佐を訪ねることにした。石門士官学校では最初の小川区隊長が立派な人であったが、途中から第三中隊長に栄転し、後任の区隊長、辻井少尉は下劣極まる軍人で、散々、煮え湯を飲まされたので恨み骨髄に徹し、結局、石門で懐かしく思われるのは長丸少佐ただ一人であった。その長丸隊長がここにいるとはまったく奇縁というほかはない。

一度、松村の宿舎へ行ってみると、なるほど中村曹長がふてくされたような顔つきで布団の中に潜っていた。そこを出て、ずっと離れた建物へ行った。そこは米軍や中央軍の連中と、捕虜の取り扱いや荷物検査につき交渉したり、懐柔したりするための建物であり、長丸少佐はその任務を帯びている。

外から見るといくつもある部屋には明るい電灯が点き、家には赤いカーテンと白いレースのカーテンが掛かっている。入口へ来て中を覗くと、五、六人で話している将校の中に長丸少佐の姿が見えた。昔の通り盛んに手を振りながら話している。

入ってもよいだろうか。どうしようかと迷ったが、今、会わなければ、おそらく二度と会えないと思えるので、意を決してノックした。さっそく応答があったので中に入り、松村と並ぶと不動の姿勢をとって声を張り上げた。

「北村少尉、松村少尉、参りました。北村元気でやっております」

「松村元気でやっております」

話していた将校は皆、話を止めて振り返った。皆、少佐、大尉ばかりだ。長丸少佐はちょっとの間、自分たちを見つめていたが、ニッコリ笑って「オウ、北村に松村か。よく来た。さあ、こっちへ来い」と隅のソファーに移ってきた。他の人には「俺の教え子だよ」と言いながら「オイ、何を固くなっているんかい。座れ座れ」と自分も腰を降ろした。

自分は長丸隊長の顔を見て、何だか変だなと思った。何だ、そうか。髭がなくなったのだ。

「隊長殿、髭がなくなりましたね」と言ったら、「ウン、敗戦の時、剃り落とした」と言って鼻の下を撫でている。

「お前たちはどこにいたんだ」と聞かれて、二人はできるだけ簡単な言葉で、できるだけ多くのことを話そうと骨折って、今までの生活を話した。何といっても陝縣橋頭堡にいたことは自分たちの誇りであり、自分は黄村での陣地構築や夜間索敵に活躍した状況を適切に話すことができずにイライラした。苦しい行軍の話もした。やっぱり昔の中隊長は有り難いものである。

「俺は曙(あけぼの)兵団にいて、終戦後に山西の部隊を救出しに娘子関近くまで行ったのだが、八路がいっぱいでとても行けなかった。山西省にいる日本軍の救出は絶望視されていたのだ」と聞かされて、こちらの方が驚いたが、山西での愉快な生活を話したら意外そうな顔つきをしていた。他の将校も自分たちの声があまり大きいので、皆、こちらを向いて笑いながら聞いている。

やがて当番兵が冷たい飲み物とカステラを山盛りにした盆を持ってきたので目を丸くした。話に夢中になっていたので気がつかなかったが、その部屋は立派な調度品や装飾品で飾られ、シャンデリアが輝き、隅にはピアノが黒く光っていた。テーブルの上には真っ白なレースの花瓶敷があり、花が盛られている。自分たちは何だか夢を見るような気持ちで冷たい飲み物を飲み、菓子を食い、洋楽のレコードを聴いた。

「お前たちは部下を持ってみてどんな気持ちがしたか」と尋ねられ、またもや考え得る限りの言葉を動員して自分たちの見解を話した。長丸隊長と話してみて、石門予備士官学校卒業以来、一年四ヵ月の間における自分の進歩というものを見い出したのであった。

あの当時、いくら教えられても納得のいかなかったことが、今に至ってすっかり答え得ることを知ったのである。八時になったので帰ることにした。自分は明朝、出発なのでお別れした。松村はまた来ることもできるだろう。

「お前が出発する時には俺たちもプラットホームで送ろう」と言われた。

すっかり暗くなって、泥だらけの道を気味の悪い思いをして帰ってきた。すぐ近くで銃声がする。明日はいよいよ乗船だ。しかし荷物検査のことを考えると憂鬱になる。

4 塘沽へ

五月二日は暗いうちから起床をかけて集合した。陽泉から携行してきた糧秣もごく一部を残して返納して身軽になる。検査場に到着して待つうちに夜が明けた。検査場入口に立っている歩哨が門柱にもたれ、銃を体に持たせかけながら煙草を吸っている。我々からみると度胆を抜かれるほど、歩哨としての原則を無視したひどいものである。

やがて検査をおこなう中央軍憲兵がトラックで乗り込んできた。ついで女の憲兵も来てトラックから飛び降りる。動作はなかなかキビキビとしている。解散するとひと休みするらしいが、やはり検査場勤務の日本兵が、彼らに洗面水などを準備してやっているのを見ると、敗戦の屈辱ということを身に沁みて感じる。

検査が始まった。大量の人員を一度にやるのだから、グズグズしていると、すぐに荷物がなくなる。横を向いている暇もない。大きな倉庫の中へ、木の柵に沿うて入っていく。正面に憲兵が立っている。これに敬礼して荷物を台の上に乗せると、憲兵は直ちに身体検査を始める。

一方、二人の日本兵の補助員が、荷物の包みをほどいて検査台の上に広げ、禁制品がないとわかると、ザーッと片寄せる。そのうちに身体検査が終わるから、すぐに走って行って自分の荷物をまとめて外に走り出し、荷造りをやり直してそれを背負うとすぐに塘沽行きのプラットホームに行くのである。忙しいと言ったらない。

荷物と体は別だから、台の上から貴重品がゴロゴロと地上に転げ落ちても、拾いに行くこともできず、検査を終えてから、その場でグズグズしていると怒鳴りつけられる。

自分も憲兵の前に立って敬礼した。セルロイドの桃色の襟章に白糸一本と、黒の三角が二つついているから軍曹に相当するのだろう。若い奴だ。彼は答礼すると直ちに外から物入れを探り出した。両腕を水平に上げて無抵抗でいなければならぬ。嫌な気持ちだ。

奴が自分の図嚢を開けて中を調べようとしたら、壁際に立っていた将校らしいのが近づいてきて彼を制止し、自分に対してむしろ非礼を詫びるように目礼した。日本軍将校に対しては、彼らもかなり気を遣っているようだ。これも階級章をつけている余得であろう。荷物の方も無事。すぐにプラットホームへ急ぐ。

皆を集合させてみた。やがて皆やってきて集まった。誰も殆ど何の損害も受けなかった。さあ、もう難関は突破したのだ。皆の顔も晴れ晴れとした。無蓋車を牽いた汽車が入ってきた。皆乗り込む。空は晴れ上がり、今日も良い天気だ。各車輌に一名ずつ中国兵が銃を持って警乗しているが、煙草なんかやると喜ぶ。中国兵もこうなると無邪気なものである。

小さな乗船カードが渡された。これさえ握ればもう安心だ。汽車はうららかな春光を浴びて動き出した。今こそ本当に復員船が待っている港へ向けて走って行くのだ。

貨車が小さくて座ることもできず、荷物を降ろして立ったままである。二時間くらいで行けるはず。機関車も非常に小さくて実にのろい。プラットホームにはここの勤務者が並んでいた。そしてプラットホームの一番端の方に、少し離れて長丸少佐や昨夜あの部屋に居合わせた将校が皆並んで見送っているのを見つけたので、手すりの方へ身を乗り出した。列車がゆっくり走っていたので十分に間に合ったのである。

「長丸隊長殿、行って参ります」と声をかけてパッと敬礼したら、隊長は笑って答礼し、ずっと見送ってくれた(自分は今になっても考える。長丸隊長に向かって言った言葉「行って参ります」だが、あの場合、思わず口を衝いて出た言葉だ。しかしこんな適切な言葉は他に無かったと思う。まさか将校ともあろうものが、昔の隊長に向かって「左様なら」などと兵隊や地方人のようなことを言えるものか。むしろ昔の隊長に向かって、部下を引率して復員するという新任務に出発する感慨を込めたかったし、二度と再び合うこともないので、訣別の言葉として思わず言ってしまったのだ)。

二九日に自分たちが到着した近くを通った時、今日も続々と新しい復員者の群れが歩いてくるのが見えた。ああ、その中にまぎれもなき朝岡部隊長、羽田副官の姿が見えるではないか。大隊本部も我々のすぐ後から陽泉を出発したのだ。皆で声を合して呼んでみたが、向かい風であり、また少し遠過ぎてわからなかったらしい。部隊長はいつもの通り鮮明な色の長靴を履いて颯爽と歩いていた。

汽車はグングン速力を増して走っているのだが、まだ野戦倉庫の構内から抜け出していない。とにかくお話にならないほど広い。おそらく京都の下鴨ぐらいの広さが占められているのではないかと思う。構内各所に半島人居留民が畳で造った汚い小屋をズラリ並べて住んでいた。相当長くここに住んでいるらしく、皆、疲れ果てたような顔で列車を見ていた。列車や復員船は軍隊や日本人居留民の方へ優先配当されるのかも知れない。

ついに一つの門を通過して外に出た。倉庫の地域を囲む高い土堤の上には、強力な電流鉄条網が張り巡らされ、その外側は真っ青な水を湛えた広い濠になっていた。日本軍が造った施設では、これらの野戦倉庫など最大のものであろう。

列車は天津の工場地帯を走っている。大きな火力発電所や倉庫が建ち並ぶ。今までのように原野を突っ走るのと違い、日本内地の工場地帯を走っているような感じである。立派なアスファルトの道路も縦横に走っている。米軍の大型トラックや小型自動車、水陸両用の装甲車がすばらしいスピードで走っている。

やがて工場地帯を抜けると、汽車は青々とした麦畑の中を走り出した。まったく目も醒めるような青さである。楊柳が茂る小川には家鴨が遊んでいる。草地には丸々と肥った牛が放牧されている。これが支那であろうか。自分たちが今まで見てきた支那とはまったく似ても似つかぬ、変に瑞々し過ぎる景色なのだ。

遠く海岸であろうと思われる方まで、一物も遮るものがない、気味の悪いほど平坦な畑である。遠くに飛行場が見え、地上にある飛行機と格納庫も見える。我々の列車の上を三機のヴォード・コルセア戦闘機が轟々爆音を響かせて飛び過ぎる。

小さな駅に着いた。今度は紡績工場がズラリと建ち並ぶ町を走り続ける。工場と言っても煉瓦建てやコンクリート造りの堂々たる建物で、タイル張りで綺麗な飾りがついたものもある。このような工場街を通っている時には支那らしい雰囲気はひとつも感じられない。

米軍のカマボコ屋根の組み立て家屋が散在し、トラックがたくさんある。何だか風が潮臭くなったような気がする。空気が大変湿っぽい。二年半振りで海というものを見るのである。やがて黄色い白河（はくが）が見えてきた。塩田がたくさんある。どちらを向いても塩田ばかりだ。

列車はますます単調に走っている。もう港が見えてもよさそうなものだと思うが、見渡す限りの塩田と湿地の連続である。白河の砂洲に乗り上げた汽船がある。ぐらりと傾いているが別に沈められたのではなく、今、干潮なのだろう。大きな船を見るのも二年半振り。何もかも二年半振りだ。海岸から何百キロも離れた四面黄土と岩ばかりの世界から、水ばかりの世界に移ろうとしているのだから、あらゆるものがその相を変えるのも不思議ではない。

汽車は速力を緩め始めた。もう河岸近くを走っている。河岸が岸壁になっていて、五〇〇トンくらいの汽船が二、三隻、横付けになっている。少し広い埋立地のような港というにはあまりにも淋しい岸壁に、目刺しのように三隻並んで横付けになっている灰色のちっぽけな船。列車はその傍へ着くと停車した。

「下車」

荷物を背負って飛び降りると集合。目指す復員船はこれか。皆の目はもう三隻の灰色の船に集中されている。夢に描いた復員船。歌に唄った復員船。皆それぞれの感懐に耽って見つめている。それにしても我々が頭に描いていた復員船は、もっと大きな船であったはずだが。

目の前にある三隻は、舳先（へさき）が馬鹿に反り上がってお尻が丸く、煙突もなければ上部構造物も前と後ろにかたまった異様な形をしているのだ。これが米軍の上陸用舟艇L・S・Tである〔編者註：Landing Ship Tank 戦車揚陸艇〕。

波止場に近く、丸太で楼を組み、その上から拡声器の大きなラッパがこちらを向いている。

「皆様、ご苦労様でした。お疲れ様でした。無事ご帰還、おめでとうございます。それではこれから乗船のご注意を申し上げます……」と、内地人のような言葉でスピーカーが喋り出した。こんなに「御」という敬語を乱発する言葉を聞くのも久し振りである。

乗船の注意事項を言ってしまうと、邦楽のレコード。ガランとした波止場に響く琴や尺八の音は、目の前にあるねずみ色の復員船とともに、何か異様な感じであった。

我々の傍を、アメリカ海兵が一人、銃を担いでブラブラ歩いている。歩哨らしいのだが監視しているんだか散歩しているんだか、動哨しているんだかわからぬだらしない姿である。目のくり玉は灰色で、鼻の下に薄茶色の髭を生やし、青白い顔をしたふざけた奴だ。

服装は灰色ずくめでそれほど上等でもない。銃は自動小銃らしい。手榴弾も持っている。脚絆は布製だ。我々の兵隊の方が遙かに野生的で逞しい。ところがこいつ、なかなか手癖が悪く、赤川隊長の後ろへ忍び寄ると、そーっと手を伸ばして図嚢の横にさしてあった赤鉛筆を抜き取ると、ポケットに入れて、知らん顔をして行ってしまった。とんでもない奴だ。アメリカ兵とは皆、こんなものかも知れない。これなら中国兵と大して変わるところもないではないか。

みればL・S・Tの甲板上には大きな米人水夫が右往左往しているし、甲板でバレーボールをしているのもある。船に乗るのはよいが、奴らがどんな態度で我々に接するかと思うと、グッと敵愾心が沸き起こってくる。

5　祖国一路

乗船の命令が出た。しかし、輸送大隊一五〇〇名がこんなちっぽけな船に乗れるだろうか。延々たる兵の列は、ノロノロと橋板を渡って船の上にあがる。ついに自分たちも上がった。三隻あるうちの最外側にある一隻に乗り移った。

地上から見た時はずいぶん、小さい船だと思ったが、乗り込んでみるとやはりすごく大きかった。驚いたことに大隊一五〇〇名がスッポリ入ってしまって、なお余裕綽々（しゃくしゃく）なのだ。

甲板から下に入ると、殆ど船の全長の三分の二くらい前方は船首まで何も遮るものがない、広い廊下のような船倉である。これはL・S・Tが上陸作戦に使われる戦車や水陸両用戦車の運搬船であるために、こんな構造になっているのだ。中も煌々と電灯が点き、ペンキも真っ白でたいへん美しい。自分たちの小隊は右舷側についた小さな一室に入ったが、これは後から考えると失敗だった。小隊まとまって入ることができた。少し暑いが我慢する。

自分たちが心配したのは、おそらく船員は皆アメリカ人で、航海中は甲板上へも出られず、船底に押し込められたまま過ごさねばならぬだろうということであった。しかし見たところこの船にはアメリカ人の船員はいないらしい。

自分は荷物を降ろすと、すぐさま甲板に駆け上がった。隣の船と連絡していた索具も板も取り外される。いよいよ出航だ。

「ガーン、ガンガンガン……」

船員が銅鑼(どら)を鳴らして歩いている。

「ゴンゴンゴンゴンゴン……」と静かな機関の音が響いてきた。

皆、甲板に上がってきた。手すりにもたれて辺りを見回している。しかし、何という淋しい出航だろう。誰も見送ってくれる人もなければ、旗を振ってくれる人もいない。

「ブー、ブー、ブー」

マストについたブザーが鳴る。船は静かに動き出して後進する。自分は辺りにいる兵の横顔を一人一人、順々に見た。皆、物言わないで何だか青ざめた顔をして、徐々に離れていく岸壁を見つめている。あれほど復員船を口癖のように口走り、歌といえば「祖国一路」を唄った兵が、この出航の瞬間、誰一人、嬉しそうな顔もしなければ笑いもせず、頬をこわばらせているのであった。

本当に、人間は夢にまで見たその願いが叶えられても、その瞬間には感極まって何も言えなくなるのであろう。自分だって笑う気持ちにはならない。二年半前には骨を埋めるつもりで踏んだ大陸の土を、思いもかけぬこんな状況下に離れつつあった。幾多の戦友が血で彩り、苦労を共にした部下が眠っている大陸から離れてしまったのだ。

船は一旦、停止すると再び前進を始め、船首を白河(はくが)河口に向けると徐々に速力を増しつつ走り出した。空は晴れているが沖の方はガスが立ち込めている。

下白泉にいた頃、兵は皆、復員船が出航したら、皆で「祖国一路」を合唱しようと言っていた。今、その瞬間が来ているのに、誰も歌なんか口に出すものはない。河岸はグングン後方へ流れるように動いている。

船はザブザブと波を蹴立てて走っている。兵の多くはすぐに下に降りてしまったが、自分はずっと甲板に立っていた。米軍のモーターボートがすごいスピードで白い飛沫を上げながら、沖のほうから走ってきて、我々の傍をかすめて行った。河口に近く、二、三隻のL・S・Tが投錨していた。

沖のガスが次第に薄れて、やがてガスがすっかり晴れ渡り、洋々たる浅黄色の渤海湾が展開した。クッキリと浮き出した水平線。あの向こうに日本があるのだ。広々とした外海に出ると、自分も何だか晴れ晴れとした気持ちになってきた。行く手の水平線を見つめていると、今度は過去の思い出よりも、行く手の希望を追う気持ちの方が強くなってくる。

そうだ、ここでこの気持ちで、あの「祖国一路」の歌の持つ感激を十分味わってやろう。

〝祖国一路〟　伊藤尚一　作詞作曲

1．呼びに来たのか迎えにか　波に羽搏く渡り鳥
　行くよ祖国へこの僕も　今日は嬉しい銅鑼の音で

2．思い出しますしみじみと　霧の波止場の別れ船
　心ひかれたあの夜は　星も見えない日暮れ空

3．男なりやこそなお更に　希望抱いた船でした
　甲斐がなければ帰らりょか　御らん青空　青い空

4．船は出て行くひとすじに　こいし故郷へふるさとへ
　母も待つだろ　今頃は　嬉し涙で背伸びする

これだ、この歌だ。やはりこの歌がこの瞬間、最もぴったりと我々の心に触れるものを持っているのだ。船は速力を早めてきた。後方に長い水尾を引きながら、まっしぐらに走っている。自分も初めて満ち足りた気持ちになって、皆のいる船室へ降りてきた。

6　海上生活五日間

船室へ帰ってみると兵隊はもう、さっきのこわばったような顔もしていないで、おしゃべりを始めていた。輸送大隊長から色々、注意事項が達せられる。三中隊、四中隊は広い真ん中の船倉にいる。

小隊まとまって入った方が何かとまとまりがよくて便利だろうと、右舷側の小さい船室へ入ったのだが、天井が低いのと、見ていると目が痛くなるほど明るい電灯が二個ついているのですごく暑い。これで五日間乗っている間に海が荒れたりしては目も当てられぬことになりそうだ。

リノリウムの床の上に筵、天幕、毛布を敷き、やっと落ち着いた気持ちで雑談する。高木中尉がハーモニカを聞かせてくれる。

昔から船は自分の憧れの的であった。子どもの頃は船を見ると気がふれたようになったものである。そのため中学時代の綽名を「フナキチ」と言われた。大陸へ渡るときは、関釜連絡線に乗って対潜警戒をしながらビクビクもので朝鮮海峡を渡ったのだが、今度は比較的自由に五日間も安全な海上を船で行くのである。

この間、十分に船と海とを楽しんでやろうと思った。船室にいると頭が痛くなりそうなほど暑いので、自分は殆ど甲板で暮らし、寝る時と食事の時以外は下に降りなかった。

ここでL・S・Tという船を良く観察してみよう。言うまでもなく、米軍の上陸作戦用の舟艇のひとつで、全長の殆ど三分の二以上もある長い船倉を持っているのは、アリゲーターなどという水陸両用戦車を入れる所である。その他兵員、車輌、兵器の輸送にも十分使える。これが上陸戦車を出すときには、海岸砂洲に乗り上げて、舳先にある扉をグーッと観音開きにして戦車を送り出すのである。

祖国一路

もちろんこんな船は、アメリカでは消耗品として大量生産しているのだろうが、見たところ決して粗製乱造ではなく立派なものである。大きさはおそらく二〇〇〇トンくらいであろう。

武装は今のところ全部取り外しているが、船首直上に軽砲の砲座があり、その他に船首に近く四個、船尾に約三個の機銃座がある。ディーゼル船で甲板上の諸装置はすべて電動式である。モーターボート二隻と救命筏を六個ばかり付けている。速力はどうもわからない。この航海中は終始一二ノット（編者註：一ノットは時速一・八五二キロメートル）くらいだろうと思う。

甲板は裸の鉄板である。移動式クレーンを一台載せている。船尾の甲板には船室がある。中へ入って見ていないが居心地は良さそうだ。アメリカの船だけに居住設備は良くできているらしい。

今は復員輸送用だから狭いうしろ甲板に大きな蒸気釜を置き、中部甲板上に急造便所を造っている。この便所がなかなか傑作である。無論、屋根と個々の仕切りと扉があるのは言うまでもないが、その下を木にトタンを張った樋が通り、ポンプで吸い上げられた海水が間断なく猛烈な勢いで流れている。清潔この上なしの水洗便所だ。真っ暗な夜中、このなかで排泄をしていると、その奔流する海水の中にピカリ、ピカリと美しい星のようなものが流れて行く。夜光虫である。

船中の日課といって別に何もない。朝食が済むと各隊から何名ずつか出て行って甲板洗い。ただそれだけである。こんな気楽な航海ができるとは夢にも思わなかった。煙草も特定の禁煙区域以外ではどこで喫ってもよかった。渤海湾中を航行するうちは、まるで鏡の上をすべるようなものだった。

自分は甲板の手すりに凭（もた）れて一日中、舳先に砕ける波を見て暮らした。高木中尉が「君はよく一日中、甲板にいて退屈しないね」と言う。本当に自分でもおかしいくらい、飽くことを知らず海ばかり眺めていた。

渤海の中心に乗り出すと、周囲どこを見廻しても何も見えぬ。時に戎克（ジャンク＝中国の木造帆船）が筵のような帆をバタバタさせて近くを通ったり、鴎が船を追ってきたりする。どこからともなく白い鳥が飛んできてマストに止まり、船員に捕まえられたこともあった。

また、ずっと遠くを旧式の巡洋艦らしい三本煙突の黒い軍艦と、真っ白でスマートな駆逐艦と汽船が並んで大陸の方へ航行するのを見た。駆逐艦からは我々の船に向かって発火信号をやる、こちらからも応答した（おそらくこれは日本海軍の旧装甲巡洋艦が戦利品として連合国たる中国へ譲渡されるために米海軍に護送されて行く姿であったのではないか。東洋で日本以外、日露戦争以来の旧式大型の装甲巡洋艦を保持していた国はなかったのである）。

二日目頃、右舷方向はるかに山東角（編者註：角＝岬）が見え出した。美しい絵に描いたような島が散在し、鬼が島を想わせるような急峻な崖が海上に突き出し、その下に白い波頭が砕け散っていた。こんな光景も支那にあったかと意外である。真っ白な灯台が漆黒色の断崖の上にスッと立っている。これでいよいよ本当にアジア大陸と別れることになった。

考えてみれば、我々は今までヨーロッパまでも陸続きの大陸にいたのであった。

三日目から本当に黄海に乗り出した。黄海は色が黄色だというが、渤海湾に比べると、うんと青味を増したようである。自分はよく皆が眠っているうちから起き出しては海上の日の出を見に甲板へ上がってみた。しかしいつでも惜しいことに水平線に雲がかかって、本当に日が昇るところは見られなかったが、濃紺の海の上からほのぼのと白み初め、雲間から出た旭日がキラキラと波に映るのは、またとなく美しい眺めであった。夕陽は殊に美しかった。

毎日毎日すばらしい上天気で、海は静かであったが、うねりはだいぶ出てきて揺れ始めた。手すりに凭れて反対側の手すりと水平線を見透かすと、グーッと水平線が上がったり下がったりする。マストも雲に対して大きな弧を描いて揺れている。別に気持ちは悪くないが、何だかハラワタが転倒しそうな心地だ。

本当に周囲どこを見廻しても何も見えぬ。ただ丸い水平線があるばかり。海はムクムクと盛り上がり、その頂に乗り上げるたびに、船首にパッと飛沫があがり甲板上に雨と降りかかる。

自分はいつも船首に陣取り、反り上った舳先からかき分けられてゆく波を見ていた。

耳に鳴る風は海の匂いがした。イルカが波に戯れるのも見た。トビウオが燕のように波頭から波頭へ飛ぶのも見た。まったくこんな楽しい航海は、もう二度とできないであろう。

夜中起きてみると、甲板上は猛烈な潮飛沫で顔がたちまち塩辛くなる。夜だけ特に速力を増すのかも知れぬ。夕陽が沈んでからしばらく小波がなくなり、まるでゼリーのようなツルツルした感じのうねりだけが空の色を映して、うっとりとさせられるような色に染まった。

四日目の朝、ついに東方の輝く霧の中に島影を発見した。日本だ。二年半振りに見る祖国の島影だ。

船はグーッと北東に針路を変えた。いよいよ九州地方の北岸に沿って東進することになったのである。島が続々と現れてくる。いや、島だけではない。更に向こうにうっすらと連なる九州地方の山山が、朝もやの上に覗いていた。その日は一日中、右舷左舷に島や山を望みながら航行。いよいよ明日は目的地である山口縣の仙崎に入港することになる。もう我々の旅も終わりに近い。この航海の終わりは即ち皆との別れなのだ。

行く手に船が現れ、同じL・S・Tが反航して行った。船上では船員が手を振っている。おそらく仙崎から また溏沽（とうこ）へ復員者を迎えに行くのであろう。

午後、また一隻の小さい汽船が来るのに出遭った。その船上からも乗客がたくさん手を振ってくれた。我々もそれに応じた。L・S・Tは現在、日本船員だけで運行しているようだが、日本船ではないから国旗は掲げていない。陽泉で読んだ『祖国の動き』の中で見る限り、日本商船隊が戦争中受けた大打撃の記事を見て、もはや日本には船もないのかと思っていたし、現に我々を迎えに来た復員船もL・S・Tだったのだが、こんなちっぽけな沿岸航路の船にしろ、日本の汽船に行き遭ったのはまったく嬉しかった。

7　緑の日本

五月六日。船はなおも波を蹴って進む。前方に大きな島〔編者註：青海島と思われる〕が間近かに現れた。霧の間から現れたその島が頂までびっしりと緑の樹木に蔽われているのには目を瞠った。こんなことを見るのも二年半振りである。

船はますます近づいて、その島を右舷に見ながらすぐ傍を通る。田や畑、そして藁葺きの農家が点在しているのが見える。やはり懐かしい。

正午頃、その島を廻ると、いよいよ仙崎の港口〔編者註：仙崎湾〕だ。両方から赤土の松山が迫る紺碧の港口へ船は静かに入って行った。何というみずみずしい色なのだろう。松の翠、若葉の萌黄。辺りの山山は、それこそ貝殻をベタ一面に伏せたかのような樹木の密生だ。皆、辺りの山を見廻して、眩しそうな顔つきをしている。

船は機関を止めて投錨した。鏡のような港内には同じようなL・S・Tが五、六隻も碇泊している。空船もあれば、まだ甲板上に兵隊がいっぱい乗っているのもある。ポンポン船や漁船も走っている。米軍のモーターボートも走っている。

自分たちの船はマストに停船旗を上げた。船員が陸上へ連絡に行くらしい。ボートを降ろすところを見た。スイッチをひとつ入れると、傾斜したレールの上をダヴィット〔編者註：ボートなどを上げ下ろしするための2本ひと組の吊り柱〕がスルスルとすべり、それが止まると同時に吊索が伸びて、ボートは静かに海面に浮かぶ。

このボートも上陸用の特殊なもので、四角い箱のような形をしているが、速力はだいぶ速い。始動するには機関部の蔽いの上に出ているハンドルをギュッと引けばすぐに走り出すのだから、実に簡単だ。ボートは波を蹴って上陸地の方へ向かって行った。

　自分たちの船はだいぶ沖の方にいる。遠くにゴチャゴチャと小さな家が重なり合った仙崎の町が見え、港に近く、急造の大きな倉庫のような建物が見えるのは、復員者の宿泊所でもあろうか。瓦葺きの屋根がキラキラ光っている。町の中に大きな松の木が空高く枝を張っている。支那にも松の木はあったが、日本の松の木は独特の枝ぶりである。

　港内に灰色の船腹と煙突に白十字のマークをつけた汽船と、昔、海軍の海防艦であったらしい、武装解除した小艦がある。あの白十字のマークは戦時中、日本にいた敵国人を送還する船にもついていた。

　モーターボートが帰ってきた。また港の復員事務所から汽船が来て横付けした。我々は九日まで上陸できないことになった。自分たちより先に着いた連中が、まだ上陸していないので、それまで待たねばならないのである。ここでもう一度、進駐軍の荷物検査があると聞いてがっかりした。自分の国に上陸するというのに何ということだ。

　午後、発疹チフスと四種混合の予防注射を両腕にやられて痛くて堪らぬ。皆、少し発熱した。目の前に日本の土を見ながら上陸できないので、皆はがっかりしたようだが、自分はひとつも上陸したくなかった。

　すでにその日の午前中に大隊本部から、上陸したら各府県別に上級先任者が引率して、出身地に向け分進することの指示があったからである。上陸したが最後、皆と別れなければならないのだ。他の連中は同郷のものが一〇数人ずつもいるのだから心強いことだろう。

　自分は二六大隊では一人ぽっちである。他部隊の京都出身者と一緒に帰るなんて嫌なことだ。

　夕刻からひどい嵐になってきた。急に冷たい風が吹き出し、港内には大波が立ち始め、小さい船は皆、避難してしまった。海面は凄まじく泡立ち、二〇〇〇トンの本船も錨鎖のまわりをグルグル廻転する。隣の船と接触する恐れがあるので錨を上げて泊地を移動した。錨を上げるのも揚錨器(ようびょうき)は甲板下にあり、船員が二名ばかりで船首にやってきて、電話で船橋と連絡を取りながら、スイッチひとつで上げてしまう。

　その夜は、ひと晩中、相当荒れ続け、船も揺れた。もし入港が一日おくれ、外海を走っているときにこの時化(しけ)を喰らったら、相当船酔いにかかるものも出たに違いない。

翌日はまたカラリと晴れた上天気だ。注射した両腕が痛い。ここでいよいよ階級章を取らされた。もう陸軍少尉ではない。一介の地方人だ。夜には一部、下士官兵の進級が発令された。鈴木茂次郎兵長、加藤亀松兵長、北村兵長、高橋敬治兵長、佐々木衛生兵が伍長に進級。その他若干が進級。いまさら進級してみたところで階級章がつけられないので皆、つまらなそうな顔つきであった。「鈴木伍長」と呼んでみたら、彼は嬉しそうな顔をして物入れから伍長の階級章を出して見せた。誰かにもらったらしい。

三〇大隊の寺下少尉というのが自分を訪ねてきた。京都人である。挨拶が終わったところで彼は一度、甲板上に京都出身者を集合させてみましょうと言う。自分の方はまったく乗り気はしないが承諾した。自分の方はまったく無関心で放っておいたのだが、彼は輸送大隊へ行って、各隊の京都出身者の官等級氏名を調べあげてきたのだった。

それによると、自分が本船乗り組み部隊の京都出身者の中で上級専任者に該当するのだそうで、寺下少尉は連絡に来てくれたのであった。彼は一三期だが、下士官以下数名の部下をまだ持っているということだし、自分にはもはや一人の部下もいない状態なので、自分はいささか横着になって面倒な事務手続きを万事、彼に押しつけてしまったのである。

寺下少尉というのがまた甚だ好人物で、同じ少尉なのに一三期だからというだけで、まるで中隊長の命令でも受けるように自分の指示に従うのはいささか気味が悪かったが、一面、ずいぶん楽をさせてもらうことになった。

船首に集合してみる。独立混成二四三大隊の若林曹長以下一二名。三〇大隊の寺下少尉以下七名。二七大隊の旧渡辺(隅)隊であった山本上等兵以下三名。自分を入れて計二三名である。

どいつもこいつも良い気になって京都弁を使う。まったく嫌な奴らだ。

同じ船に二七大隊の旧渡辺隊の沖村曹長以下が乗っていたので、時々話をしに行った。以前いた船津軍曹は先に帰り、巽軍曹は特務団に入って残留した。

最初、自分の当番になった津賀山のことを思い出して、「津賀山君は元気かね」と聞いてみたら、沖村曹長がいきなり「オーイ、津賀山」と呼んだ。聞こえないらしい。そうそう、津賀山は少し耳が遠いのだった。彼はポカンとして横を向いている。

「実はあの男、沖縄出身だから、ここへ帰ってきても仕方がないのです。このごろはずっとくさっていてものも言いません」と沖村曹長が説明する。

そういえば津賀山の横顔も何を考えているのか憂鬱そうであった。

暖かい静かな夜なので、皆、甲板に出て港の夜景を楽しんだ。静かな海面に仙崎の町の電灯や港内に碇泊する船舶の標識灯がキラキラと映り、波とともに揺れ砕ける美しさは、まったく夢のようであった。

静かな静かな漣の音。かすかに近くの海岸にある田圃から蛙の合唱が聞こえてくる。港内のL・S・Tは全部船首、船尾、両舷、橋頭などに赤や青や白の灯を点け、船橋にある作業灯で甲板を照らしている。ほのかな海のにおい。思い設けぬ光の饗宴に皆、遅くまで甲板上で話し合った。

自分たちは五月六日に入港して九日まで、こうして船の中で暮らした。目の前に日本の土を見ながら上陸できないのを残念がる者も多いが、しかし今までの、あまりにも変転極まりなき放浪生活をしてきた我々には、まったく違った意味で先鋭な刺激を受けるであろうと思われる内地に上陸するまでに、このような落ち着いた二日間の休養があるということは、むしろ幸いであった。

それぞれ何年間かの大陸生活に、黄土の匂いを染み込ませた体を、このみずみずしい内地に運び入れるには、ある程度の準備期間を必要とするのだ。また荒んだ気持ちを和らげ、冷静に自己の行動を反省し、次に故郷へ帰るための心の準備をしたのであった。

五月九日。いよいよ上陸である。兵は張り切って船内を掃除する。甲板に整列してみると、大型のはしけが横つけしていた。これに乗って波止場へ行くことになる。

我々は、はしけに満載されて、船員に見送られながら船を離れた。美しい周囲の山山が揺れながら流れて行く。たくさんの船の間を軽快なエンジンの音を響かせながら我々は走って行く。陸上の小さな町が、松の木がずっと近づいてきた。着物を着た人たちが歩き、自転車も走っている。敗戦国にしてはすごく平和そうな美しい港町である。

はしけは岸壁に着いた。やっと飛び降りた。祖国に印す第一歩。八日間の海上生活を終わって、今こそ動かぬ大地に降り立ったのである。その傍に杉皮葺きのバラックがあり、英国兵と米兵が荷物の検査をしていた。

検査は簡単だったが、奴らは荷物には一切、手を触れないで我々に開けさせ、煙草を喫みながらジロジロと見てから、顎をしゃくって立ち去らせるのだった。この野郎っ、とまたもやムラムラと敵愾心が沸き起こるが仕方がない。

ここでもう一度ＤＤＴを振りかけられた。この辺の町の娘たちが雇われているのだろう、着物にエプロンを掛けた娘がブリキ製の大きなポンプで、すごく乱暴な手つきで背、腹、両腕、尻の中へ白い粉を吹き入れる。最初に対面した日本婦人がこの連中だったので、可哀想に兵隊たちはすっかり度胆を抜かれてしまったのだ。

我々は確かに敗残兵だ。そして終戦後九ヵ月近くもおくれて今、内地に帰ってきた。連合国軍に占領された自分の国へ帰り着いたボロボロの敗残兵に、もはや内地の人は用がないのか。何も万歳を叫んで歓迎してくれとは決して言わない。しかし、ひたすらに祖国のために身命を賭して働き、敗戦の後も復員船に乗ることを唯一の楽しみにして生き抜いてきた兵隊たちが、せめて祖国に上陸して最初に会った日本娘から、暖かい言葉で迎えられることを期待したとしても当然であろう。

そしてその期待は無残にも打ち砕かれてしまったのだ。近くのバラックには引き揚げ援護局の相談所があって、戦災都市の消失個所を赤く塗った陸地測量部の地図が貼りつけてあり、ここの事務員に聞けば、町名、番地に至るまで被害状況を教えてくれるので、戦災都市出身の下士官兵が押しかけていた。

ここの女子事務員はさすがに訓練されていて、引き揚げ者に暖かく接触しているようであった。自分も一応行ってみたが、京都の地図には一点の赤色も見えなかった。東京や横浜、大阪などは殆ど全市街が真っ赤に彩られているのにはゾッとした。伊東隊長の家がある小石川区も殆ど赤色に塗りつぶされている。大野少尉、岡田少尉も横浜と沼津の地図を見て悲愴な顔をして帰ってきた。

彼らの家がある区域は真っ赤だったのである。外に出てから、帰郷までの糧秣と昼食、現金が支給された。

直ちに復員式がおこなわれる小学校へ行進する。沿道の落ち着いた商店街や白壁の土蔵。目も覚めるような夏蜜柑の鮮やかな色。皆、夢心地で歩いている。店先に出ている野菜や夏蜜柑についている値段を見て二度びっくり。支那に比べておそろしく安いこと。そして二年半前に比べてすごく高いこと。

店先にいる女の人たちや子どもが我々の顔をジロジロ見るだけで、笑顔も見せなければご苦労様でしたとも言ってくれないのはいささか拍子抜けであった。帰ってきたからにはせめて何とか声をかけるくらいのことはしてくれるだろうと思っていたのは甘かったようだ。これが内地の姿なら、我々も覚悟をしなければならぬ。

小学校に着いた。校舎のガラスが壊れたりしている。運動場にまで野菜畑が作ってあった。

復員式が始まる。輸送大隊長が我々の復員命令を読み上げる。いよいよ正式に二年半にわたる軍隊生活の幕は閉じたのである。それにしても何とお粗末な幕切れであろう。

引き揚げ援護局仙崎支部の役人が、背広姿でいやにペコペコしながら歓迎の挨拶をする。ひとつも有り難くなかった。いよいよ解散だ。正明市(しょうみょういち)の駅〔編者註：現在の長門市駅〕へ行くことになる。高木中尉、野見山准尉、二村中尉は残務整理のために二日間、仙崎のお寺に居残ることになった。ここで中隊は解散。中隊長に挨拶した。伝統を誇る旧伊東隊、今の高木隊もついに最後の復員を完成、解散したのであった。

8 別離

もう行動は各人の自由だが、今までの習慣がそんなに簡単に抜けるはずもなく、駅までは誰言うとなく並んで行った。広い松並木道。目に沁みるような黒土。ムンムンと鼻を打つ青草の香り。何だか息苦しいほどさまざまの自然の息吹が肌をうつ。皆、大きな荷物を背負ったますますばらしい速さで歩いている。

汽車の線路が見えてきた。「ヒューッ」と異様な汽笛を鳴らしながら、キラキラ黒光りするC－58型の機関車が走って行った。

とうとう重いリュックサックの負い紐がプツリと切れてしまった。道傍にリュックを抛り出して汗を拭く。もう誰の助けも借りてはならない。これからは一人で生き抜くんだ。

やっこらさと肩に担ぎ上げて歩き出した。汗だくになる。馬場は先頭近くを歩いていたので知らずに行ってしまったらしい。

「少尉殿、自分は手ぶらですから持って行きます」

後ろから声を掛けられて振り向くと、野見山准尉の当番、芦 信夫が立っている。彼の分隊は監視者をつけて先に荷物を駅まで送ったのだ。野見山准尉はここに二日間居残ることになったので、彼は今、当番を下番したところである。自分がどうしようかと迷っているのを見ると、「少尉殿、持たせてください。もうこれで最後です」と言って軽々と荷物を担ぎ上げてさっさと歩き出してしまった。

「もうこれで最後です」
自分はこの言葉を聞いて涙が出そうになった。もう軍人でも上官でもない自分に、彼は最後というわけで力を貸してくれたのである。彼もついに自分の部下になる機会はなかったが、一度は欲しいと思った初年兵だった。

駅に着くと大変な混雑だ。もう出身地方ごとに分かれて集まっているらしい。馬場が自分たちを見つけて走ってきた。さっそく道傍に座り込んで針と糸を出して切れたところを修理してくれた。しかし、これで自分も馬場と別れなければならない。

「馬場、長い間世話になったな」と言ったら、「隊長殿、何もできなくて申しわけありませんでした」と折目正しい敬礼をした。馬場の鼾にはずいぶん困ったものだが、それも今夜はもう聞くことはできぬ。

京都組が集まっているところへ行った。寺下少尉は乗車券を受け取りに行っているという。自分も行ってみると出札窓口は大変な混雑だ。彼が汗ダラダラになって人混みから出てきた。まったくご苦労である。

ところが彼が受け取ってきた乗車券を見たら山陰線まわりだ。こん畜生、何ということをしてくれたのだ。せめて京都までは東北の連中と同じ列車で行けると思ったのに、この男が勝手なことをするものだから駄目になってしまった。

しかし彼が大いに活躍してくれたのだし、自分もそれについて何も指示しなかったのだから、今さら何も言えない。あるいは山陽線に比べて混雑が少ないかも知れないので山陰線に決めた。だいぶ見込みが狂ったのでごった返す兵の間をかき分けながら、秋田、山形、岩手、青森の連中を探し出しては別れを告げる。彼らも京都までは一緒に行けると思っていたのだ。しばらく集まって皆と話した。京都方面行きの山陰線は彼らよりも先に出ることになる。もう時間もない。今さら改めて話すこともないので顔を見合わせて煙草を喫むばかり。

井村兵長、伊藤兵長。藤村兵長、橋本一等兵の中国地方出身幹部候補生が出発した。我々の乗車時刻も迫る。いよいよ自分たちもプラットホームに入らねばならぬ。駅舎の中も外柵も兵で一杯で、彼らには外で別れを告げて入ってしまった。実にあっけない別れである。自分を呼ぶ声が人垣の向こうから聞こえたが、姿を見ることもできなかった。

浜田行きの列車が入ってきた。乗り込んだがひどく混雑している。大陸の列車に比べると狭苦しい汚い車輌だ。やがてゴトゴト動き出した。自分は俄かに全身の力がガックリと抜けたような気がした。満員で座る所もない。変な香水の匂いと汗の臭いがプーンと鼻を衝く。白粉をベタベタ塗りたくったパーマネントの女が傲然(ごうぜん)とふんぞり返って座っている。もうあの懐かしいスピンドル油の臭いも、兵隊の臭いも、革具の臭いも嗅ぐことはできぬ。

まったく落ち着きのないマッチ箱のような汽車であった。京都の兵隊とはロクに話もせずに煙草ばかり喫んだ。辺りの人たちの話す言葉が馬鹿に耳につく。金儲けの話が多い。我々に話しかけてくるような人は一人もない。皆、自分と目を見合わせるとすぐ顔をそらせてしまう。「何だ此奴、敗けてきやがって」とその目は嘲笑っていた。

夜遅く浜田の駅に着いた。乗り換えである。ところが明朝六時三〇分まで京都行きは出ない。ここで一晩、徹夜である。夜なのではっきりわからないが、静かな町らしい。待合室に座って夜明けを待つ。駅の近くの食堂で米を出して飯を炊いてもらった。ところがかなりの米をだましとられたらしい。我々の常識では二合の米を飯盒に入れて炊けば、二食分の飯が飯盒のふちまで盛り上がって炊きあがるはずなのである。

わざわざ金を出してまで炊いてもらった飯盒のふたを開けて見たら、飯盒の底のほうに僅かの飯が入っているだけだった。まだまだ自分たちは祖国に帰ってきたという甘えがあった。金を出してまで飯を炊いてもらったのも、内地人を信頼してのことであった。考えてみれば終戦後、ずいぶん遅く経ってから帰ってきた我々が、内地の人たちからどんな目で見られるか、ある程度予測できたはずなのだ。

しかし、我々復員軍人だけが集団行動している間は、たとえ部隊は違っていても、まだ相互に軍人だからという安易な信頼感があった。戦後の日本人、特に軍人でない日本人に対する我々の不信感が決定的となったのは、実にこの浜田での事件だった。我々はそれ以後、自分の祖国に帰りながら、心の再武装をしなければならなかった。

駅の前にトラックが停まって灰色のインド兵が降りてきた。トラックを見れば英国国旗が描いてある。こんな田舎の小さな町にも進駐軍がいるとすると、京都なんかどれほどいるか見当もつかない。

一睡もせずに夜を明かした。星が美しい。他のものは大鼾で寝ていた。まだ薄暗い六時頃、京都行きの列車が入ってきた。今度は悠々と座れる。こんな所でひと晩徹夜するくらいなら、東北の連中と一緒に下関まで出て、復員列車で京都まで行けば良かった。そうすれば山陽沿線各都市の戦災の状況も見られたであろう。

薄ら寒い朝の浜田駅を発車。空が曇ってきた。しばらくしたら雨になった。京都の兵隊は乗客に話しかけられて、話さぬでもよいことまでベラベラ喋っている。東北兵の沈黙に比べて何たる相違であろう。「東北弁は自然を語り、関西弁は金儲けを語る」と言えそうである。

青白い顔をした、あまり目つきの良くない紳士が自分に話しかけてきた。大阪や神戸の戦災が凄かったことを聞きもしないのにくどくどと喋る。自分は黙って聞いていた。スペア（北支で買ってきた煙草）を一本やったら黙ってしまった。やれやれ煙草一本もらうためにこれだけ話し続けたとすれば、まったくご苦労千万なことだ。

後ろの方で話し声がする。

「私の息子もまだ帰ってきませんので心配しています。何でも「至隆」とか言う部隊だそうでして……」

振り返ってみると相当なお婆さんだ。

「自分たちも『至隆』部隊ですが息子さんは何大隊ですか」と聞いてみたが、お婆さんは大隊号も秘匿名も知らなかった。

それでも山西にいる部隊がもう次第に復員しつつあることや「至隆」部隊が、もう殆ど全部帰ってくることを話してやったらだいぶ安心したらしい（どうかこのお母さんの息子が特務団や護路総隊に残留するような馬鹿なことをしていませんように）。

松江、米子、鳥取を過ぎた。豊岡から列車は山の中に入る。和田山、福知山。もう京都府だ。綾部、園部。列車は多くのトンネルを抜けながら一路、京都へ驀進を続ける。

9 敗軍の将

陽が西山に傾き出した。あと一時間足らずで波瀾に満ちた二年半の放浪生活も終わる。

それにしても、昭和一八年一〇月三一日、身命を捨てて大君の醜（しこ）の御楯となる覚悟をもって出発した故郷へ、今こうして帰りつつあるということは、とても信じられぬ。平凡な言葉だが、夢のようなというのが当たっている。それも勝ち戦ならともかく、無理やり敗戦の汚名を着せられ、同胞の冷笑を受けながら帰らねばならぬとは、何たること。

しかも仙崎入港以来、今まで周囲にいる日本人の言動に接するにつけ、果たしてこれが自分の祖国なのか、はたまた外国なのか、同じ日本人の顔をしていながら、二年半前の同胞とは似ても似つかぬ氷のような眼差しを受けると、まったく異邦人かと疑われる。これならばむしろ大陸で、山西で、人情溢れるばかりの中国人相手に暮らした方がどれだけ気楽であろう。

果たして帰ってきた方が自分にとって幸福であったかどうかは何とも言えない。まだ京都に着いてみなければ何とも言えないが、今まで見た限りの敗戦日本の様相では、京都といえども我々を迎えてくれる故郷ではなくなっていると思われる。

今からでは取り返しがつかないが、乗船地天津まで兵を送り届けたら、あるいは陽泉で部下を復員列車に乗せてしまったら、大陸で八路軍相手に武器を取るのが自分のやるべき仕事ではなかったか。あの当時でも自分は果たして日本へ帰りたかったのかどうか、自分でもその辺は何とも決心ができなかったように思う。

そして、ついフラフラと復員列車に乗ってしまい、兵と馬鹿話をしながらここまで来てしまったのは、一代の大失策ではなかっただろうか。兵と別れるのが嫌なために、この失敗を招いてしまったのではないか。

「少尉殿、自分は次で降ります。色々お世話になりました」

振り返ると三六大隊の若い兵隊が敬礼していた。次は花園である。

「そうか、さようなら。元気で暮らせ」

京都人は嫌だが、彼はまだしも軍人であるという気安さがある。大きなリュックサックを背負って降りて行くその兵を見送った。発車するときチラッと見たら、その兵は慌しく入り乱れて歩く人並みの中にボンヤリと立って、キョロキョロ辺りを見廻しているようであった。

京都の街が左の方に見え出した。ボーっとした靄のようなものが棚引くうえに、遠く東山が起伏するのが見える。なぜかひどく寂れたなという感じを受けた。

二条駅に着く。また五、六名の兵が降りた。

さあ、いよいよ京都だ。市電が走っている。自動車も走っている。まるで昨日見たような京都の姿だ。列車はプラットホームにすべり込んだ。

「京都、京都。東海道線省線電車、橿原神宮行き急行乗り換え」とスピーカーは叫ぶ。広いプラットホームに流れる人の波々。ブリッジを渡って改札口を出て、皆ホッとして駅前を見渡した。「丸物（まるぶつ）」も「大建ビル」も「ステーションホテル」も「ハト屋」も昔のままだ。

赤青の信号灯が明滅する。電車の騒音。何もかも昔のままだ。二年半という歳月が嘘のように思える。夢でも見ているのだろうか。

今浦島の我々は広場に集まると、これが最後の軍人の礼式にかなった上官と部下としての別れを告げた。皆はバラバラになって市電とバスの乗り場へ急いで行った。自分はしばらくそこに立っていた。皆は大きな荷物に圧し潰されそうに、顎をまえに突き出して急いで行く。惨めな姿。これがかって日本軍人であったものの姿か。銃も剣も帯びぬその腰がフラついているのが気にならないのか。情けない奴ら。

夕陽が翳り、夕闇迫る京の街。流れる人波、都会の騒音。それにいるいる。すごく大きな米軍トラック。米軍の大型バス。醜悪な小型自動車がギラギラとヘッドライトを光らせ、臭いガソリンの排気を吹き上げて疾走して行く（これをジープということを知ったのはずっと後になってからであった）。

そうそう、昭和一八年の一〇月三一日。今、ここにいるこの広場で、家族や尾田先生、親友の片桐 宏に見送られ、万歳と歓声と旗の波に埋まりながら出発したのだった。

傍を通る人たちが、立ち止まっている自分の顔をジロジロと気味悪そうに見ながら通り過ぎて行く。ボソボソと小声で話しながら。

アッと我に返って自分の姿を見直した。編上靴。革脚絆。軍袴。階級章のない軍衣。埃まみれの大きなリュックサック。しかもまったくの一人ぽっち。取りつく島もない大都会。懐かしい河南黄村。陽炎（かげろう）にもえる緑の集落。冬の下白泉。

ああ、伊東隊長殿。中津山。村岡伍長よ、兵隊よ。俺は一人ぽっちでどうすれば良いのか。懐かしい東北弁も、もう聞くことはできぬ。

折から沈む夕陽に空は夕焼け。おお、比叡山が真っ赤に燃えている。血のように彩られている。

夕闇迫る街のざわめき。亡者の如き人の群れ。

変わり果てたり我が祖国。一人佇む敗軍の将。

『大陸征記』下巻了

復員直後

〔後　記〕

いよいよ自分も、ここで『大陸征記』の筆を擱かねばならなくなった。

今でも我々は互いに緊密に連絡を保っている。復員以後も頻繁に通信し合っている。記録の中に活躍する人物がすべて実在の人物であることは序文で述べたが、今でも彼らは日本各地にあって祖国再建に奮闘しているのである。

この記録を書くうちにも、雪深い東北や北海道から、あるいは東京から、中国から、また九州から、数多（あまた）の書簡は山をなして自分の机の上に積まれたのであった。上官から、部下から、戦友からそれぞれの安否を報せてきたのであった。また、最愛の部下、高橋　進、飯島博美の英霊は無事故郷に帰り、遺族の方からも便りをいただき、新たなる涙を誘われたのであった。

次に、いま判明している勇士たちの復員後の活躍の状況を書いてみよう。朝岡部隊長は東京で慶応義塾普通部に復職、スポーツマンの育成にあたっている。江連大尉は東京重機工業株式会社へ復職、結婚された。羽田副官は横浜の三菱造船所に勤務。やはり復員後新家庭の編成完了。

我々のオヤジ、伊東隊長は東洋酸素機械工業株式会社に勤務中。自分が静岡縣庁在職中、東京へ出張した時に二回オヤジの家に泊めてもらった。昔話に花が咲き、例によって酒も飲んだ。今でもよく釣りに行くらしい。目は良くも悪くもならない。今、奥さんを物色中。もう決まったかも知れぬ。

中隊の連中はたいてい東北地方の農村で食料増産にまい進しているらしい。時々、ズーズー弁の便りをくれる。村岡伍長は相変わらずトタン屋で大活躍しているらしい。ドラム罐改造のストーブ製造に大わらわだという。彼は昨年二月に結婚。今年になって女の子が生まれたと言ってきた。石山伍長とは今も仲良くやっているらしい。

工藤　正兵長は炭鉱作業員として先に帰り、北海道の空知炭鉱で元気に働いている。ますます立派な男になっているに違いない。彼も結婚した。平山兵長も元の鉄工所で働いている。

何よりも思いがけなく、また嬉しく思ったのは、我々が陽泉を出発する時、後ろ髪を引かれる思いで残してきた粟津兵長が、どうして帰ったのか知らないが、二年もおくれて昨年の一一月、無事に帰国・復員したことだ。ちょうどこの記録で彼と別れる場面を書いているところだったので、今頃はどうしているだろうかと思い出し、心配していたら、奇しくもその二日後に粟津の葉書が着いたのであった。また、村岡からも、やはり残留した辻兵長が帰ってきて無事でいるらしいと伝えてきた。

金谷軍曹は何思ったか静岡縣の清水に来て、丸国食料品店の番頭をしている。その他、静岡の補充兵は何れも家へ帰れば立派な主人ばかりだ。行けば親切にもてなしてくれる。

とにかく軍隊の飯を一度食ってきたということは、良いにしろ悪いにしろ忘れ難い思い出である。地方(一般社会)の学校で三年も五年も一緒に生活した親友でさえも、一、二年もすれば疎遠になるのに、僅か一年くらいしか接していない我々が、斯くまでに離れられないのは何を意味するであろうか。

自分もいつかは東北へ旅行して、どぶろくでも飲みながら旧部下と語り合いたいと思っている。

この記録をここまで通読された読者に対しては深甚なる感謝の意を表します。

もとより文学的才能なき自分のこと、文章は支離滅裂、更に軍隊の専門用語、支那語あり、加うるに生来の悪筆はますます読み辛さを増したことと思う。

本来ならば、ちゃんと印刷して多くの人に読んでもらいたい。しかし、今の時代では内容が内容だけに、うっかり印刷もできず、正体の知れない人に見られたくない。この記録は誰でも構わず見せられるものではない。まことに公平な立場に立って旧日本軍隊というものを理解してくれ、自分の心中を察してくれる人でなければ見せられない。幸いにしてこの記録を読まれた人は、どうかもう一度、色眼鏡をかけずに日本国内外の情勢を観察してください。

果たして我々、元軍人や今の戦犯者が国民諸君から賊党扱いにされてよいものでしょうか。また、何一〇万かの殉国の英霊は、ただ単に軍閥のために踊らされた、単にその犠牲になったとして簡単に葬り去られてよいものでしょうか。無理にとは言わぬが、まことに同情を払う気持ちのある人は、今ここで彼らの冥福を祈ってやってください。また、遺族の人たちを慰めてあげてください。

大東亜戦争は終わり、日本は世界平和に寄与するため完全なる非武装国になった。しかし、大東亜戦争がまことに世界最後の大戦争となったのではなかった。今や世界は二つの国家群に分かれ、第二次大戦より更に悲惨なる大戦争が始まろうとしている。日本が武器を棄てたところで、何も世界平和に貢献するものでもない。地球上より人間という動物が絶滅せぬ限り、人間同士の戦争はなくならぬであろう。

次の大戦争が勃発すれば、日本がどんなことになるか、言うまでもないことだ。それを手を拱いて見ているほど日本人はお人好しではないはずだ。どちらに転んでも同じ結果になるなら、一か八か自分で活路を打開するくらいの勇気があって然るべきである。

我々はもう一度武器を取りたい。そして日本のために戦いたい。きっと近いうちにその日が来るような気がする。無論、日本は怒涛と断崖の搏ち合うあおりを喰らって消滅するであろう。しかし、その瞬間なりとも旭日の軍旗を翻してその下に散ろうではないか。我々の同志はその日を待っている。その日に日本は消滅するだろう。しかし、日本軍隊はその瞬間、再び往昔の皇軍の威武を示し、桜花の散るごとく玉砕するに違いない。

皇軍一〇〇万、〇〇上陸の気球はこの次、どこに上がるであろうか。

昭和二三年三月二四日　北村 識

追記〔中津山に捧ぐ〕

天を仰ぎ、地に伏して叫ぶも、もはや詮無し。自分は中津山を失った。

昭和三三年一月、久しく文通を断っていた中津山に、久し振りで年賀状を出した。復員以来、一度しか文通をせず、彼からも一度しか便りが無かったのはまことに奇妙でもあるが、彼の性格からして何か心に期するところあってのことかと実は気にも留めていなかった。今にして思えば、自分のその考え方もまことに不思議とは思うが、自分としては、下手な手紙によって言い表せる以上の関係と自認し、むしろ密かに中津山の昔の姿を心に描いて満足していたのである。

以心伝心で暮らしてきた我々には、拙文の手紙はむしろ不要であるとも思った。しかし、今さらながら、その自分の得手勝手な自己満足を残念に思う。

昭和三三年二月三日、岩手縣東磐井郡の鈴木孝吾なる未知の人物から封書を受け取った。それは中津山の義兄（中津山夫人の兄）からであった。

中津山は昭和三〇年七月二八日、山へ薪取りに行き、仕事中に大木の下敷きとなり即死を遂げたとか。すでに妻子あり、しかも彼の復員直前、老父は死去されたとかで、おそらく彼が一家の大黒柱であったに違いない。

自分にも彼が木を伐る姿が目に浮かぶ。軍人としてでなく、田畑を耕し、妻子を守る一家の長としての彼が見える。

昭和二〇年三月より二一年三月まで、自分は一方的に彼の世話になった。その世話たるや一人の人間が他人に対しておこない得る限界の、没我献身の奉仕。一人の人間が受けるには過ぎたる誠心。拙文を用いて記することこそ何よりの冒瀆であろう。私生活の記録たる『大陸征記』中に、中津山が出現せぬ章は少ない。まさに当然である。彼と自分は二者にして一体であったのだから。

しかし自分は悲しまぬ。悲しみは遠く彼方に捨て去り、ただ彼の遺徳を讃えていこう。

彼の生活を貫くものは「誠」の一語に尽きる。義兄・鈴木氏の文面に溢れるのは、彼に対する愛情、讃嘆である。彼は名も無き一農夫として生活を終わった。しかし、いかにその生涯が短くあろうとも、彼が自分も含めて他に及ぼした影響は永久に消え去らぬ。

彼は富も無く、学歴も無く、意思発表の手段もほとんど無く、黙々として奮闘し、そして散華した。しかも他人をして渇仰せしめるだけの何物かを持ち、自分という凡夫の胸中に永遠に生きる。これが人生最大の勝利者でなくて何であろう。

中津山、静かに眠れ。今こそ君の本当の休息の時が来たのだ。

昭和三三年二月四日　夜

おわりに

私が『大陸征記』を初めて読んだのは大学一年の夏休みであった。子どもの頃は挿絵を眺めるくらいであったが、読み出すとなかなか面白く、一週間ほどで一気に読んでしまった。父親の書いた記録であるから興味があったというのは勿論なのだが、読み物として結構面白かったからである。

世に戦記物というものは実に多く存在するが、これほど詳細に書かれたものも珍しいのではなかろうか。熾烈を極めた南方戦線に較べ、戦争後期の北支方面は殆ど注目されることもないが、それだけに著された記録も少なく、そういう意味からも貴重である。

一小隊長の兵隊達に近い目線で書かれた物語は、戦地における軍隊生活の記録として、非常に興味深いものがある。無味乾燥な公刊戦史等では知ることのできないものであろう。

本書出版のきっかけは、宮帯出版社の田中佳吾氏に『大陸征記』をお見せする機会を得たことによる。氏はただちに出版の意義を強く感じられ、ぜひ書籍化することを奨めてくださった。私自身、父もそのように希望していただろうとの思いもあり、ただちに取り掛かることになった次第である。

何分、本文だけでも大学ノート一二冊分の分量であったので、やむなく二分冊とし、この他ノート二冊分の『戦線思い出話』二五〇頁を割愛せざるを得なかった。

校正校訂にかなりの時間を要し、またさらに不幸なことに担当にあたってくださった田中氏が途中で宮帯出版社を退社されるという困難に遭遇した。同社内舘朋生氏にその後お世話になることとなり、その引き継ぎなど意外の時間を経過する結果となった。

しかしこれらを乗り越え、ようやく出版の運びとなったことに対し、田中氏、ならびに内舘氏に心より深く感謝申し上げます。

本書を一人でも多くの戦史研究家、あるいは旧日本軍の事蹟に興味をお持ちの方々に読んでいただけましたら、望外の幸に存じます。

令和三年二月二二日

編者 北村 龍

〔著者紹介〕

北村北洋三郎（きたむら　ほくようさぶろう）

大正一二（一九二三）年、滋賀県坂田郡醒ヶ井村（現・米原市）に、父・良蔵、母・千鶴の五人兄弟の末っ子（姉二人、兄二人の三男坊）として生まれる。父親の良蔵は大阪高商（編集部註・大阪市立大学の前身）卒業後、製糸工場を経営していた。兄二人もそれぞれ長兄が東洋太郎（朝日新聞記者）、次兄が南洋次郎（三井物産社員）という珍しい名前であった。

昭和六（一九三一）年、同志社中学卒業後、三重高等農林学校（三重大学農学部、現生物資源学部の前身）入学。戦況の悪化により昭和一八（一九四三）年八月に繰り上げ卒業。卒業と同時に木原生物学研究所へ入所するものの、就職一ヵ月後の一一月一日に静岡の歩兵第一一八連隊への入隊が決定していた。同年、北支那（現・中国河北地域）地域に北支派遣軍（泉五三一六部隊＝独立歩兵第一三連隊）として中国大陸へ。現地での初年兵教育を経て幹部候補生試験に合格。昭和一九（一九四四）年二月、長兄・東洋太郎が戦病死（次兄・南洋次郎は三井物産社員としてビルマ・ラングーン支店勤務後、蘭六二部隊に移り終戦後復員）。三月、甲種幹部候補生となる。昭和一九年一二月、石門予備士官学校を終えて見習士官になったものの、所属部隊だった独歩一三連隊を含む泉兵団が、すでに蒙彊から移動して南方へ転進していたため第一二野戦補充隊に転属。陝県橋頭堡へ。

昭和二〇年（一九四五）八月二〇日　少尉に任官。

昭和二〇年八月二一日　内地におくれること六日、終戦の詔書に接する。

昭和二一（一九四六）年五月一日　二年半の軍隊生活を終えて復員、京都に戻る。

昭和二二（一九四七）年　静岡県庁農務課に勤務。

昭和二三（一九四八）年　同志社中学校の教諭（生物）に転ず。

昭和二六（一九五一）年　四七と結婚。二九年、長男・龍が生まれる。

昭和五四（一九七九）年二月二二日　心筋梗塞のため急逝。享年五七歳。

〔編者紹介〕
北村 龍(きたむら りゅう)
1954(昭和29)年、京都市生まれ(京都市在住)。東海大学文学部史学科卒。著者北村北洋三郎の長男。兵器研究家。元嵐山美術館学芸員。日本甲冑武具研究保存会評議員(近畿支部)。

大陸征記【下巻】
北支派遣軍 一小隊長の出征から復員までの記録

2021年8月15日 第1刷発行
著　者 北村北洋三郎
編　者 北村　龍
発行者 宮下玄覇
発行所 MPミヤオビパブリッシング
〒160-0008
東京都新宿区四谷三栄町11-4
電話(03)3355-5555
発売元 株式会社宮帯出版社
〒602-8157
京都市上京区小山町908-27
電話(075)366-6600
http://www.miyaobi.com/publishing/
振替口座 00960-7-279886
印刷所 モリモト印刷株式会社

 ISBN978-4-8016-0251-9 C0023